BASTEI
LÜBBE
TASCHENBUCH

EVE DE CASTRO

Das Schloss der verlorenen Träume

HISTORISCHER ROMAN

Aus dem Französischen von
Ulrike Werner-Richter

*Mit Personenverzeichnis
am Ende des Romans*

BASTEI
LÜBBE
TASCHENBUCH

BASTEI LÜBBE TASCHENBUCH
Band 16979

1. Auflage: April 2014

Dieser Titel ist auch als E-Book erschienen

MIX
Papier aus verantwortungsvollen Quellen
FSC® C014496
FSC
www.fsc.org

Vollständige Taschenbuchausgabe

Deutsche Erstausgabe

Titel der französischen Originalausgabe: »Le Roi des Ombres«

Textredaktion: Dr. Ulrike Brandt-Schwarze, Bonn
Umschlaggestaltung: Johannes Wiebel, punchdesign, München,
unter Verwendung von Motiven von
© Shutterstock/vichie81; shutterstock/Arcady
Satz: two-up, Düsseldorf
Gesetzt aus der Caslon
Druck und Verarbeitung: GGP Media GmbH, Pößneck
Printed in Germany
ISBN 978-3-404-16979-5

Für meine Eltern

VON HINTEN SIEHT der Mann nicht sonderlich beeindruckend aus. Er ist von kleiner Statur, und seine Gestalt wirkt fast so zierlich wie die eines jungen Mädchens. Die mausgraue Weste aus dickem, aber verschlissenem Stoff ist gut geschnitten, die schiefergrauen Strümpfe sind geflickt. Seine Füße stecken in ausgetretenen, alten Schuhen, die ihm viel zu groß sind und die er daher mit frischem Stroh ausgestopft hat. Der Mann, der vom Fenster seines Zimmers in den Hof hinunterblickt, nennt sich Ange Lacarpe. Niemand weiß, ob das sein richtiger Name ist, aber die Leute im Dorf sind sich einig, dass er nicht nur jedermann gegenüber eine Engelsgeduld an den Tag legt, sondern auch sehr wenig redet. Er kümmert sich um kranke Kinder, um die ganz kleinen und um die größeren, und, wenn es nötig ist, auch schon einmal um deren Eltern, denn die Zeiten sind hart. Zu ihm kommen Knaben und Matronen, Junge und Alte und sogar die Ärmsten der Armen, die nichts als ihre Verzweiflung haben und deren Tränen niemandem nützen.

Ange Lacarpe kann sie nicht immer heilen, doch zumindest verschafft er ihnen Erleichterung.

Der Einzige, dem er nie hatte helfen können, war der Herr. Der Gebieter, der im Schloss lebte.

Der Schlossherr, der letzte Nacht gestorben ist.

Die Glocken der Abtei läuten seit dem frühen Morgen, und die Dorfbewohner zerschneiden schwarze Tücher, um sie an die Fenster zu hängen. Ihre Trauer zeigen sie nicht etwa um des

Toten willen, der kein achtbarer Mann war, sondern aus Mitgefühl für seinen Sohn, der das schwere Schicksal nicht verdient hat, welches das Leben für ihn bereithielt.

Er ist der neue Gebieter.

Der Mann, der sich Ange Lacarpe nennt, kennt den neuen Herrn gut. Er kennt ihn so gut, dass er ihn »mein Kind« oder gar »Charles« nennen darf, eine Freiheit, die sich nicht einmal seine Amme, die alte Fermat, gestattet. Zwischen dem Kinderheiler und diesem Sohn, der längst ein junger Mann ist, besteht eine sehr enge Bindung, die von den Dorfbewohnern bewundert wird und um die sie die beiden manchmal ein bisschen beneiden.

Der Herr, der vergangene Nacht gestorben ist, war auf dieses innige Band immer eifersüchtig gewesen. Vor allem, als sein Ende nahte.

Der Mann in Grau öffnet sein Fenster. Es bewegt sich nur schwer, weil das Holz durch die Feuchtigkeit aufgequollen ist. Man müsste es abschleifen und streichen, doch dazu bleibt Ange Lacarpe keine Zeit mehr.

Die Luft ist lau und mild. Ein Abend, rosa wie eine Morgendämmerung.

Der Mann setzt seine ebenfalls graue Perücke ab, fährt sich durch die kurzen, dichten Haare, atmet tief ein und schließt die Augen.

Seit nunmehr dreizehn Jahren hat er auf diese Morgendämmerung gewartet.

Unter dem Fenster steht eine Reisetruhe. Sie ist aus Eichenholz, nicht sehr groß und mit komplizierten Eisenbeschlägen ausgestattet. Ange Lacarpe beugt die Knie, zieht einen Schlüssel aus der Tasche, öffnet die Schlösser und hebt den Deckel.

Der Inhalt der Truhe hat nicht gelitten – oder nur ein kleines bisschen. Er bewegt die zwischen mehrere Lagen Seide gebetteten Päckchen, entfernt hier und da ein wenig Staub und lässt die Truhe offen, um die Spitzen zu lüften.

Nachdem der junge Gebieter gegangen ist, hat Lacarpe die Tür abgeschlossen und zwei neue Federn zugeschnitten. Niemand wird ihn hier überraschen. Die hereinbrechende Nacht gehört ihm.

Er fährt sich mit den Händen über das Gesicht, träufelt etwas Weingeist auf ein Tuch und streicht sich damit über Stirn und Wangen. Für das, was er jetzt tun wird, müssen Seele und Gesicht rein sein.

Die Zeit ist reif.

Zu Händen von Charles, Comte de Cholay, vor dem Zubettgehen und der Einnahme seiner Tropfen zu lesen.

Monsieur,

seit dreizehn Jahren begegnet Ihr mir jeden Tag und habt mich doch nie wirklich gesehen. Es ist Euch zur lieben Gewohnheit geworden, mich rufen zu lassen, und Ihr behauptet, mich zu schätzen, zu kennen und sogar zu lieben. Ich sehe Euch an und lächele, weil ich mir das Weinen untersagt habe.

Ihr seid Euer selbst sehr sicher, dass Ihr Euch meiner so sicher zu sein glaubt.

Und doch gibt es ebenso viele Möglichkeiten, die Wahrheit zu verschleiern, wie es verschiedene Lebensweisen gibt. Unter der Maske einer Ehrlichkeit, die ich nicht leugne, habe ich Euch bei jedem unserer Zusammentreffen angelogen. Noch heute Morgen, als ich Euch sagte, ich käme am nächsten Tag zurück, log ich Euch an. Beinahe hätte ich mich verraten, als Ihr Euch auf der Schwelle umdrehtet und zu mir sagtet: »Ich weiß nicht, was aus mir würde, wenn auch Ihr mich verließet.« Ich zitterte, weil ich Euch nicht um Verzeihung bitten konnte, und schwieg, damit Ihr mich als Erster verlassen konntet. Denn genau so sollte es geschehen, das hatte ich mir geschworen. Und jetzt bleibt mir keine andere Wahl mehr, als meinen Weg bis zum Ende zu gehen.

Ihr werdet lernen müssen, ohne mich zu leben, Charles. Ja, ich gehe. Ich gehe weit fort. Und für lange Zeit. Da ich Euch nicht mitnehmen kann, bleibt mir nur die Hoffnung, dass Ihr mir eines Tages folgt. Eure Umgebung und Eure Vernunft werden Euch davon abzubringen versuchen, doch ich vertraue Euch. Die Keimlinge, die ich in Eure Seele gesät habe, werden eines Tages erblühen, und die Verbindung zwischen uns gehört nicht zu jenen, die mit zunehmender Entfernung schwinden. Ihr werdet mich verfluchen, aber eines Tages werdet Ihr zu mir zurückfinden. Zeit, Verlust und Schmerz sind überwindbar, das weiß ich besser als jeder andere. Die Worte, die ich Euch hinterlasse, werden Euch zu mir führen.

Folgt meiner Stimme.

Der Ort, an den ich Euch geleiten möchte, ist nicht innerhalb einer Stunde zu erreichen, und den Weg, der mich so oft in die Irre geführt hat, werdet auch Ihr nicht unbeschadet gehen. Lasst meine Hand nicht los, schreit nur, wenn Euch niemand hören kann, und verbrennt diese Blätter erst, wenn Ihr die letzte Seite gelesen habt. Ich bereue keine meiner Taten, und ich schäme mich nicht für die Dinge, die ich ertragen musste. Dass ich Euch meine seltsame Lebensgeschichte nun nicht mehr verberge, verleiht dem Schicksal, zu dem mich der König von Frankreich gezwungen hat, endlich einen Sinn.

Lasst Euch viel Brennholz bringen, gebt Eurem Kammerdiener frei, und macht es Euch bequem. In dieser Nacht werdet Ihr nur wenig Schlaf finden, und in den folgenden Nächten dürfte sich daran nichts ändern. Ihr kennt die Schatten nicht, die darauf warten, in Euer Leben zu treten, doch werden sie Euch bald vertraut sein. Sobald Ihr diese Seiten gelesen habt, sind sie zu einem Teil von Euch geworden.

Liegen Eure Beine bequem auf dem grünen Schemel?

Gut.

Stellt die Kerze in Eure Nähe, und öffnet die Augen so weit wie möglich.

Das erste Wesen, das Euch nun begegnet, ist kein Mensch, sondern ein Frettchen. Ja, ein Frettchen. Das Tier, von dem ich spreche, ist wohlgenährt, nicht sehr groß, eher rötlich als grau und japst und wimmert vor Angst. Ringsherum wird der Rauch mit jeder Sekunde dichter.

Seht Ihr es?

Es hat einen hellen Fleck in Kreuzform auf dem Kopf, klammert sich an ein Fensterbrett und kratzt wie wild an der Dichtung der Scheiben. Die glühende Holzvertäfelung unter ihm spuckt düstere Rußschwaden, draußen herrscht schwarze Nacht, und der Wind heult, drinnen brüllt und röhrt das Feuer. Die Hitze wird so stark, dass das Frettchen jeden Augenblick loslassen wird …

Eine Hand zertrümmert die Scheibe, erwischt das Tier im letzten Augenblick am Bauch, reißt es aus dem Glutofen, der durch die frische Luft noch weiter angefacht wird, und steckt es in eine ihm wohlbekannte Tasche. Eine Stimme murmelt ihm zu: »Alles in Ordnung, Jesus. Alles in Ordnung.« Der Sack, den sein Herr über der Schulter trägt, erdrückt das kleine Tier beinahe, aber das Feuer hat es nicht verschlungen, und nun besteht auch keine Gefahr mehr. Das Frettchen seufzt beruhigt und schläft ein.

Der Retter des Frettchens heißt Batiste. Da er Euch leider nie vorgestellt wurde, kann er Euch auch nicht begrüßen. Aber ich verspreche Euch, dass er es unter anderen Umständen mit einer Herzlichkeit täte, die Euch überraschen würde. Batiste liebt es, andere zu verblüffen, und tut nie das, was man von ihm erwartet.

Folgt ihm.

Am besten jetzt gleich, aber mit ein wenig Abstand und ohne Euch zu zeigen. Ein Mann, der mitten in der Nacht so rasch ausschreitet und einen derart großen Sack über der Schulter trägt, ist nicht erpicht auf Begegnungen. Batiste überquert die Bièvre über den Pont de la Croix-Clamart und die Seine über den Pont Neuf. Er rechnet mit zwei Stunden, um auf dem Weg durch die Sümpfe vom Faubourg Saint-Marceau am Place de Grève zu gelangen. Der Marché du Saint-Esprit öffnet bei Tagesanbruch, und wenn er seine Angelegenheit unbeobachtet von den Altkleiderhändlerinnen zu Ende bringen will, muss er sich sputen – sie sind ein gefährliches Gezücht. Da sie sich straßauf, straßab immerfort irgendwelche Unbekannten schnappen, diese entkleiden und neu ausstaffieren, birgt die menschliche Natur keine Geheimnisse mehr für sie. Batiste möchte nicht von ihnen durchschaut werden. Sie kennen ihn. Oft hat er für sie Unterwäsche vom gröbsten Schmutz gereinigt oder Kleidungsstücke in Teile zerlegt, damit sie diese einzeln verkaufen konnten. Ein paar der Altkleiderhändlerinnen wären ihm gern gefällig gewesen, und manch eine hat ihn eingeladen, Tisch und Bett mit ihr zu teilen. Aber leider fürchten diese Frauen Gott mehr, als sie das Vergnügen lieben, und wenn sie wüssten, was er soeben getan hat, würden sie ihn denunzieren.

Das Viertel um das Hôtel de Ville ist menschenleer. Dennoch drückt sich Batiste vorsichtig an den Wänden entlang. Neben dem Hôpital du Saint-Esprit erstreckt sich die Rue Tirechape mit ihren achtunddreißig unterschiedlich hohen Häusern, deren niedrige Türen und Vorsprünge wie Warzen mitten in einem Gesicht aussehen. Batiste schlängelt sich unter dem Schild mit dem Blumenkorb hindurch. Durch die Gasse eines Weinhändlers führt ein Weg zum Impasse de la Bourdonnais. Der Mann, den er sucht, liegt in einem geborstenen Fass und schnarcht und pfeift unter einem Haufen Lumpen fast ebenso laut wie die Feuersbrunst in der Kirche. Als sich Batiste jedoch über ihn beugt, öffnet er sofort hellwach die Augen und nickt ihm zum Gruß höflich zu.

»Der Himmel schütze dich, mein Junge. Du siehst aus, als hättest du einen Schatz gefunden.«

Batiste setzt seinen schweren Sack neben dem Fass ab. »Willst du ihn sehen?«

»Unrecht Gut gedeihet nicht …«

Batiste zuckt die Schultern. »Ein entlaufener Priester, der mich Mores lehren will?«

Der Mann streckt und dehnt sich, zerrt gleichgültig an dem Lumpen, der einmal eine Soutane war, entkorkt die Flasche, die um seinen Hals hängt, und genehmigt sich einen kräftigen Schluck. Mit seinem langen Körper, der dünner ist als der Schenkel einer Matrone, seinem rasierten Schädel unter einer braunen Wollkappe und seinem geschwungenen, völlig lippenlosen Mund erinnert er an einen Aal. Batiste löst die Kordel, öffnet den Sack und entnimmt ihm ein Priestergewand, das an Hals und Ärmeln reich mit Silber bestickt ist. Der Mann betastet das Gewebe mit einer überraschend zarten und weißen Hand. Am Zeigefinger trägt er einen Bischofsring. Über Batistes Schulter hinweg beobachtet er die langsam heller werdende Gasse.

»Das kommt woher?«

»Vorschuss auf mein Erbe.«

Der Mann lächelt. Er hat noch alle Zähne, was jenseits der Dreißig ein wahres Wunder ist. Langsam steckt er seine mädchenhafte Hand in den Sack und zieht ein seidenes, mit einem großen, goldenen Kreuz besticktes Chorhemd hervor. Ihm folgt ein zweites aus rotem Seidensamt, dann ein Stoffmantel für ein Ziborium mit einem in Silber gestickten Osterlamm, zwei aus Goldstoff gewebte Stolen, zwei Manipel, eine gefältelte Bursa und drei schwere Kirchenfahnen. Eine ist aus violettem Samt und stellt die Jungfrau Maria als Königin mit Heiligenschein dar. Auf der zweiten ist der heilige Marcellinus über seiner Abtei zu sehen, und die dritte zeigt das Martyrium des heiligen Bartholomäus, des Schutzpatrons der Metzger, und des heiligen Crispinus, des Schutzheiligen der Schuhmacher.

»Nicht gerade leicht zu verkaufen …« Der Mann verzieht das Gesicht.

Batiste faltet die Beute wieder zusammen. »Stolz und Geiz gedeihen in der Provinz noch viel prächtiger als in Paris. Jenseits der Vororte schert sich kein Pfarrer um die Herkunft, wenn du ihm anbietest, seine Kirche so auszustatten, wie es in der Hauptstadt Mode ist, und das auch noch zu einem … Freundschaftspreis.«

Der Aalmann kratzt sich zunächst die Brust, dann den Hals. Flöhe. Krätze. Seine Kleidung ist so verdreckt, dass sie auch ohne ihn stehen würde, aber sein Gesicht ist fast sauber, und seine Haltung und seine Stimme sind die eines gebildeten Mannes. »Die Zeiten ändern sich, junger Freund. Wir haben eine neue Regierung und eine neue Polizei. Mit dieser Ware da riskiere ich die Galeere.«

»Entweder du machst mir ein Angebot, oder ich geh woandershin.«

Der Mann nimmt seine Kappe ab und fährt sich mit der Hand über die nicht vorhandenen Haare. Wieder lächelt er. Früher hat er sicher Komplimente bekommen wegen seiner schönen Zähne, und er zeigt sie immer noch gern. »Es gibt kein Woanders, sonst wärst du nicht zu mir gekommen.«

»Ich verhandele mit dir, weil ich weiß, dass du trotz deiner Verbrechen immer noch Beziehungen zu allen Klöstern in Frankreich hast. Ich weiß außerdem, dass der Tag anbricht und dass du dir, wenn du dich nicht beeilst, eine ausgezeichnete Gelegenheit durch die Lappen gehen lässt.«

Der Mann reckt den Hals und schnüffelt. »Die Magd vom

Weinhändler hat gerade Feuer gemacht. Wenn ihr Herr dich mit deinem Diebesgut hier erwischt, bist du es, der auf die Galeere geht. Täte mir leid um dich. Du bist nicht auf den Mund gefallen und könntest eine große Zukunft haben … Fünf Louis.«

»Fünf? Wenn du nur das bestickte Zeug verkaufst, bekommst du dafür mindestens zwanzig.«

»Fünf Louis. Das sind hundert Livres. Und du kniest dich hin, damit ich dich segnen kann.«

Batiste macht eine obszöne Handbewegung. »Zehn. Und von einem Kirchenmann lasse ich mich erst segnen, wenn ich tot bin.«

Der Aal nickt enttäuscht. »Wie du meinst. Aber wenn ich schreie, macht der Concierge den Zugang vorne dicht. Dann sitzt du in der Falle.«

Batiste kippt den Inhalt des Sackes in das Fass und packt den Mann an der Kehle. Er ist nicht wütend und empfindet weder Hass noch Angst. Ebenso wenig wie vorhin, als er die Sakristei angezündet hat. Er tut nur, was er tun muss. Nicht mehr und nicht weniger. Er beugt sich zu dem Mann hinunter.

»Ich werde schreien«, flüstert er ihm mit der sanften Stimme, mit der er Mädchen davon überzeugt, ihre Röcke für ihn zu heben, ins Ohr. »Und zwar: ›Haltet den Dieb! Hier sind die Ornate der Église Saint-Marcel. Und der Abschaum, den ich am Wickel halte, ist ein sodomitischer Bischof, der zum Tode verurteilt wurde, weil er seine Novizen gekocht und gegessen hat!‹ Ich kann gut schreien, Exzellenz, und ich kann äußerst überzeugend sein. Dreißig Louis, und zwar jetzt sofort.«

Der Mann schnappt nach Luft und signalisiert mit beiden Händen, dass er dem Handel zustimmt. Batiste lässt ihn los. Der Mann wühlt in seinem von der Leiste bis zum Brustbein reichenden Gürtel und zieht eine schäbige, aber wohl gefüllte

Börse hervor. Während er die Silbermünzen vorzählt, beobachtet er Batiste aus dem Augenwinkel. Der Junge ist weder groß noch klein, ziemlich mager, aber muskulös, hat einen breiten Brustkorb, gerade Beine, eine hohe Stirn, eine kurze Nase, einen Wust lockiger Haare, die nie einen Kamm und noch weniger je Pomade gesehen haben, ein trotziges Kinn, einen weichen Mund und den seltsamen Blick einer alten Seele in einem noch kindlichen Gesicht.

»Wie alt bist du eigentlich inzwischen? Ich kann mich noch erinnern, wie du dich zwischen den Rockschößen der Altkleiderhändlerinnen herumgedrückt hast.«

»Zu alt für dich.«

»Kannst du lesen?«

»Niemand kann lesen.«

»Ich könnte es dich lehren. Lesen, schreiben und sogar ein bisschen Latein.«

»Das, was ich brauche, bringe ich mir schon selbst bei.«

»Im Gegenzug könntest du dich in den Kirchen des Königreichs auf andere Weise … nützlich machen.«

»Ich bin kein Dieb.«

»Genauso wenig, wie ich ein Mörder bin. Versteht sich von selbst.« Der Mann hebt schulmeisterlich den Finger. »Gott ist allwissend, aber manche Dinge entgehen ihm. Unsere Vernunft gehört uns selbst, nicht wahr?«

Batiste steckt die Münzen in die Tasche, ohne sie nachzuzählen. Sie fallen auf den Kopf des Frettchens, das aufwacht und sich mit einem Satz auf die Schulter seines Herrn rettet. Im Halbdunkel glitzern seine Augen wie Karfunkelsteine.

Der Mann weicht einen Schritt zurück. »Hast du das Vieh noch immer?«

»Bitte etwas höflicher. Wenn man Jesus den Respekt verweigert, macht er es wie ich: Er beißt.«

Der Mann bekreuzigt sich hastig. »Er hat Augen wie ein Teufel.«

Batiste rollt in aller Ruhe seinen leeren Sack zusammen und knotet ihn sich um den Bauch. »Er ist einer.«

Fürchten Sie den Teufel, Monsieur? Ich habe oft gehört, wie Euer Beichtvater Euch von den Untaten Luzifers und den unzähligen Masken erzählt hat, die der gefallene Engel annehmen kann, um uns zu verführen. Ohne mich mit der Kirche anlegen zu wollen, die sich nicht nur die Kontrolle über unser Urteilsvermögen, sondern auch über unsere Aktionen anmaßt, glaube ich, dass das Böse weder in der Hölle noch bei den Protestanten oder zwischen den Schenkeln der Frauen haust, sondern in uns selbst. Sein Gesicht ist unsere Schattenseite, die wir vor anderen und vor allem vor uns selbst zu verbergen versuchen. Im Gegensatz zu dem, was man Euch gelehrt hat, ist es nicht jener Gott, zu dem wir beten oder auch nicht, der uns zu einem ganz und gar guten oder völlig schlechten Menschen macht. Menschen sind manchmal gut und manchmal böse, und zwar in wechselndem Verhältnis und ganz gleich, zu welcher Konfession sie sich bekennen. Seit ich auf Eurem Hoheitsgebiet lebe, konnte ich viele Kinder beobachten und versichere Euch, dass nicht alle mit der gleichen Veranlagung für das Gute und Schöne geboren werden. Es bedarf keines Satans, um diejenigen zu verderben, die dank ihres sanften Temperaments und ihres Strebens nach Reinheit wie dazu geschaffen wären, andere glücklich zu machen. Der Kontakt zu ihren Mitmenschen genügt. Das Herz des Menschen ist ein Hexenkessel, Monsieur. Unser Jahrhundert verbirgt seinen Schmutz unter wertvollen Spitzen und den Abschaum der Seele unter viel Puder, Katzbuckelei und falscher Bußfertigkeit. Ich weiß von Priestern, die sich im Verbrechen suhlen, von Flegeln, die ihre

Frauen totprügeln, von Bürgern, die ihre Töchter an Scheusale verkaufen, von hohen Herren, die Kinder quälen, von Prinzen, die auf Menschen schießen wie auf Kaninchen, und von Königen, die vergewaltigen, verraten und lügen, anstatt ihren Untertanen ein Vorbild zu sein.

Woher ich sie kenne? Und wer ich bin, dass ich so von ihnen rede?

Ich bin ein Opfer. Und ich bin ein Zeuge.

Ihr denkt, dass ich allzu schwarzmale? Dass ich übertreibe?

Dann begleitet mich doch in die Rue de Montpensier unter die Arkaden des Palais-Royal. Der Bischof, der seine Novizen verspeiste, lebt heute hier. Dank seiner Hehlerei konnte er sich aus seinem Fass befreien und betreibt heute im Zwischengeschoss von Nummer 16 ein Geschäft, in dem die Ware nicht ausgestellt wird, aber dessen Umsatz floriert. Ihr erkennt ihn an seinen Zähnen und an seinem Ring. Sprecht ihn auf Batiste Le Jongleur an. Sagt ihm, Ihr wärt von ihm geschickt worden. Wenn der Kerl nicht bleich wird, wenn er nicht mit hastigen Blicken nach einem Ausweg sucht, der ihm die Flucht ermöglicht, dann dürft Ihr an meinen Worten zweifeln.

Inzwischen jedoch kehren wir zu Jesus zurück. Das Frettchen ist kein gewöhnliches Tier. Sein Herr hat ihm beigebracht, sich von Milch und Blut zu ernähren. Es saugt an Frauenbrüsten und ist ganz wild auf Blutegel. Immer wenn Batistes Mutter mit ihrem von schwarzem Saft triefenden Korb nach Hause kommt, schnüffelt das Frettchen an ihren Knöcheln herum und quiekt so lange, bis sie ihm einen Blutegel gibt.

Madeleine Le Jongleur ist eine der besten Blutegelvermieterinnen im Faubourg Saint-Marceau. Vom Frühling bis zum Ende des Sommers, vor allen Dingen in solchen Jahren, in denen es schon früh warm wird und der Sommer lange andauert, ernährt sie ihre Familie mit Roggenbrot oder Gerstenfladen, mit Grütze, Bohnen, fettem Speck oder getrocknetem Fisch. Obendrein kann sie noch ein paar Münzen für die Mitgift der kleinen Blanche beiseitelegen. Blanche ist neun Jahre alt, und Madeleine hofft, sie in einem Kloster unterbringen zu können. Und zwar nicht in einem jener von Scham und Tränen gekennzeichneten Häuser wie dem in Gobelins, in das auf königlichen Befehl Streunerinnen, Waisen, Bettlerinnen und uneheliche Mütter verbannt werden – nein, es soll ein wirklich heiliges Kloster für ehrbare junge Mädchen sein. Madeleine Le Jongleur träumt von diesem Kloster. Wenn sie am Ufer ihre Schuhe auszieht und die Bänder zusammenrollt, mit denen sie die Fliegen daran hindert, sich in den Wunden an ihren Waden zu sammeln, wenn sie in das grüne Wasser hinuntersteigt und darauf achtet, nicht auf den scharfblättrigen Grünpflanzen auszurutschen, wenn sie durch Schilf und Schlamm watet und dabei ihren Rosenkranz betet, um die Zeit zu messen, dann denkt sie an das Kloster. Ein großes Steinhaus mit Bögen, Wasserbecken, Gärten und einer Kapelle, wo die Kleine für die Sünden ihrer Familie beten könnte.

Da wären zunächst ihre eigenen. Madeleine wagt nicht mehr, zur Beichte zu gehen, weil sie zu viel zu erzählen hätte. Dann die Sünden der Männer, die Madeleine zu dem gemacht haben, was sie heute ist. Zum Beispiel die drei Väter ihrer Kinder, einschließlich des Vaters von Blanche, dessen Namen sie nie gekannt hat und an dessen Gesicht sie sich nicht erinnert. Und schließlich die Sünden von Batiste. Batiste, den sie ebenso streng erzogen hat wie seinen älteren Bruder Pierre, der aber trotzdem auf die schiefe Bahn geraten ist. Batiste respektiert nichts und niemanden, lügt wie gedruckt, betrügt beim Spiel, verführt junge Mädchen, geht niemals mit zur Messe und hat sein teuflisches Frettchen Jesus genannt. Jesus als Name für ein Nagetier – welche Blasphemie! Zwischen ihren »Gegrüßet seist du, Maria« deutet Madeleine eine Kniebeuge an, die sie bis zu den Oberschenkeln durchnässt, und betet: »Vergib meinem Sohn, Herr. Er weiß nicht, was er tut.«

Nie steht sie länger als eine halbe Novene im Wasser. Bleibt sie kürzer, haben die Blutegel keine Zeit, sich festzusaugen, bleibt sie länger, saugen die Tiere mehr Blut, als sie aushalten kann, und sie wird ohnmächtig. Das Kniffligste an ihrem Metier ist es, die Grenzen genau abzuschätzen. Es geht darum, die Beute auszumachen, anzulocken und aus dem Wasser zu holen. Dabei dient ihr eigener Körper als Köder, aber sie darf nie vergessen, dass sie innerhalb weniger Sekunden selbst zur Beute werden kann. Die dicke Mathilde, die Frau von Jeannot Le Potager, ist mitten im August ertrunken, als der Fluss seinen niedrigsten Stand hatte. Die Ärmste stürzte mit dem Gesicht nach unten, und als man sie fand, hatten die Egel sie völlig leergesaugt. Friede ihrer Seele.

Es gibt zwei Arten von Blutegeln. Für die dicken, schwarzen, glänzenden bezahlt der Apotheker doppelt so viel wie für die kleinen braunen. Madeleine kennt den Aufenthaltsort und die Gewohnheiten ihrer Beute, aber auf die Launen des Wetters hat sie keinen Einfluss. Wenn es regnet, ein Gewitter droht oder so warm ist, dass die Rosen welken, schmollen die schwarzen. Dann kann Madeleine stundenlang herumwaten, fängt aber höchstens zwei oder drei. Die braunen Egel sind weniger wert, weil die feinen Damen sie nicht mögen. Die feinen Damen, die in Stadtvillen mit in Stein gemeißelten Eingängen wohnen und auf deren gepflasterten Höfen eine Kutsche steht, haben ihre eigenen Vorstellungen. Sie sind der Meinung, dass die schwarzen Blutegel besser saugen als die anderen und dass sie deshalb größer und schwerer sind. Doch das stimmt nicht. Die kleinen Egel sind verfressener und leben auch länger. Doch das ändert nichts an der Tatsache, dass die hübschen Damen finden, man solle sie lieber den Bürgerinnen und den Frauen aus dem Volk überlassen. Dabei weiß jeder, dass Bürgerinnen sich bemühen, dem Adel nachzueifern, und dass sich Straßenhändlerinnen die Miete für Blutegel nicht leisten können.

Ein guter Blutegel hat die gleiche Wirkung wie ein Aderlass, dabei aber den Vorteil, dass man die Anwendung unterbrechen kann. Weil der Patient, wenn man ihm ein Tier anlegt, weniger Blut verliert als nach dem Gebrauch einer Lanzette, fühlt sich der Kranke danach erfrischt, aber nicht erschöpft. Wenn es an schwarzen Blutegeln mangelt, können die angesehenen Apotheker die Bedürfnisse der Ärzte, die gerade in Mode sind, nicht mehr befriedigen, und diese wiederum sind dann außerstande, ihre kapriziösen Patientinnen zu behandeln.

Wenn Madeleine keine Blutegel mehr verkaufen kann, muss sie sich selbst verkaufen. Früher hat sie es getan, um eine Stellung zu bekommen, was zur Geburt ihrer beiden Söhne führte. Für das Versprechen einer Stellung wurde sie mit ihrer Tochter schwanger. Aber noch nie hat sie es für Brot oder Geld getan. Madeleine mag eine Sünderin sein, aber eine Hure ist sie nicht.

Als sie mit zehn braunen und keinem einzigen schwarzen Blutegel aus dem Wasser steigt, wirft sie die Tiere in ihren Korb, reibt ihre geschwollenen Beine mit Weingeist ab und geht zum Schlachthaus. Schlachthäuser gibt es zu beiden Seiten der Seine, aber Madeleine bevorzugt das neben der Salpêtrière, in der Nähe des Quartier des Gobelins, weil hier die meisten Tiere herumwuseln und sie daher mühelos an das kommt, was sie braucht. Um allen Missverständnissen vorzubeugen: Sie hat nicht etwa die Absicht, Fleisch oder auch nur Innereien oder gar Abfälle zu stehlen. Etwas Essbares zu entwenden würde bedeuten, einem anderen das Brot vor der Nase wegzunehmen, und so etwas hält Madeleine in der Hierarchie der Sünden für verwerflicher als Zorn oder Wollust. Sie sucht nach Blut, und auch das ist nicht für sie selbst bestimmt, sondern für ihre Egel. Auf die Kruppe einer Kuh gesetzt, verdoppelt ein Blutegel sein Volumen in weniger Zeit, als man braucht, um das Confiteor aufzusagen. Danach muss man ihn nur noch ein wenig einfärben, und der Streich ist perfekt: Statt zehn brauner hat man zehn schwarze Blutegel, die vom Apotheker gut bezahlt werden. Mit diesem Trick riskiert Madeleine allerdings ihren Ruf, denn wenn der Betrug auffällt, darf sie ihr Metier nicht mehr ausüben. Daher geht sie das Risiko höchstens einmal in der Saison ein und immer nur bei unterschiedlichen Händlern. Seit dem Johannisfest 1665 ist sie jedoch schon zweimal auf dem Schlachthof gewesen, und obwohl sie jeweils eine Hälfte des Tages in der Seine und die andere in den Sümpfen der Bièvre verbringt, hat sie kaum mehr als eine Unze schwarzer Egel gefangen. Eine Unze guter Egel bringt im Sommer zwölf und im Winter zwischen vierzehn und zwanzig Sous ein. Zum Überleben braucht eine vierköpfige Familie ungefähr fünfzig Sous – etwas mehr als zwei Livres – am Tag.

Pierre ist ein guter Sohn, kräftig, rechtschaffen, respektvoll und ein guter Arbeiter, aber der Maurer, der ihn seine Kunst lehrt, zahlt ihm kein Gehalt. Batiste könnte Geld beschaffen, denn er ist ebenso gewitzt wie sein Frettchen, aber Tausendsassa ist kein Beruf, und Madeleine ist es gleichgültig, ob man ihren Sohn für gescheit hält, solange seine angebliche Genialität ihnen nicht aus der Patsche hilft. Sie bekocht den Witwer Jeannot Le Potager für vierzig Sous, die immer im Handumdrehen verbraucht sind.

Schweren Herzens beschließt sie, sich an Blanches Sparsumme zu bedienen. Die Mitgift. Das Kloster. Der Freikauf. Mit jedem verbrauchten Sou scheint sich das Paradies weiter zu entfernen, trotzdem glaubt sie nicht, dass Gott sie im Stich lässt. Dabei musste sie im Lauf ihres Lebens viele Probleme meistern. Rückblickend scheint es ihr, als reihten sich die Prüfungen aneinander wie die Perlen eines Rosenkranzes. Aber immer, wenn sie sich verloren glaubte, ist Gott ihr zu Hilfe gekommen. Wie alle anderen in der ihr bekannten Umgebung hat sie gearbeitet, seit sie Schürze und Haube selbstständig binden konnte. Mit fünf Jahren sammelte sie Blätter. Mit zehn jätete sie Beete und reinigte Gräben. Anschließend verkaufte sie Heilpflanzen. Einer ihrer Kunden, den sie regelmäßig mit Salbei und Fenchel versorgte, bot ihr an, sie bei sich aufzunehmen, um seiner ans Bett gefesselten Frau Erleichterung zu verschaffen. Tatsächlich handelte es sich hauptsächlich darum, ihm selbst Erleichterung zu verschaffen, und gleich beim ersten Versuch nahm der Kerl sie so intensiv zur Brust, dass sie schwanger wurde, ehe sie überhaupt protestieren konnte. Er versprach, sie bei sich zu behalten und für sie und das Kind zu sorgen. Als es jedoch nicht mehr möglich war, ihren dicken Bauch vor der Ehefrau zu verbergen, fand sie sich auf der Straße wieder. Sie gebar ihren Sohn in einem Stall und nannte ihn Pierre, weil sein Erzeuger Maurermeister war. Und genau in diesem Moment, als sie sich einsam und verlassen fühlte, sprach Gott zum ersten Mal zu ihr. Dein Kleiner nuckelt mit großem Appetit, sagte Gott zu ihr, aber sieh doch, du hast noch immer Milch übrig. Du hast Hunger, sagte er, aber schau dich an: Du bist kräftig und hast eine weiße Haut. Du stinkst nach Mist, sagte er, aber deine Haut ist weich, und wenn du dich schneidest, tritt schönes, rotes Blut aus.

Madeleine war zwar naiv, aber nicht dumm. Sie wusch sich in der Viehtränke, stellte sich im Hospital vor und bot ihre Dienste als Amme an. Danach verbrachte sie ein paar anstrengende, aber ruhige Jahre damit, zusätzlich zu ihrem Sohn alle Waisenkinder zu stillen, die die Benediktinerinnen ihr in die Arme legten. Als der Gemeindepfarrer erkannte, dass Madeleine nicht nur moralisch integer, sondern auch hübsch anzusehen war, empfahl er sie einer sehr frommen Familie, die ein geregeltes Leben führte. Madeleine stillte den kleinen Pierre ab und nährte dafür die Zwillinge ihrer Herrin. Sie aß am Tisch der Bediensteten, schlief in einem richtigen Bett und musste zur Beichte nicht einmal das Haus verlassen, denn der Gemeindepfarrer, ein Verwandter ihrer Herrschaft, kam jede Woche einmal zum Abendessen. Als guter Hirte zeigte er ein brennendes Interesse an ihrem Seelenheil. Außerdem an ihren eindrucksvollen Brüsten und den Schönheitsflecken, die an der Innenseite ihres rechten Oberschenkels ein kleines Dreieck bildeten. Aus seiner sehr persönlichen Art, ihr die Absolution zu erteilen, entstand Batiste, der einen Monat zu früh auf dem Boden der Sakristei das Licht der Welt erblickte. Die Amme hatte den Priester aufgesucht, um ihm mitzuteilen, dass die christliche Nächstenliebe dank seines Zutuns so leibhaftig geworden war, dass sie ihm demnächst einen Erben schenken würde. Von Beleidigungen überschüttet und benommen von den Ohrfeigen des heiligen Mannes, der nur Vater seiner Schäflein sein wollte, wischte Madeleine ihr Blut vom Boden der Sakristei, wickelte das Neugeborene in ein Chorhemd und verschwand. Sie tat ihr Bestes, ihre Tränen vor dem kleinen Pierre zu verbergen.

Weil sie nicht den Mut hatte, zu ihrer Herrschaft zurückzukehren, nahm sie verschiedene Stellen an und verkaufte ihre Milch – nach Möglichkeit nicht mehr – gegen etwas zu essen und einen warmen Platz am Kamin für sich und die beiden Kleinen. Man nannte sie »die Zitze«. Der Name passte zu ihr, und sie trug ihn fröhlich, doch nach Blanches Geburt versiegte ihre Milch, und weil weder der Maurer noch der Pfarrer auch nur daran dachten, sie zu unterstützen, wandte sie sich ein zweites Mal an Gott. Er war es, der ihr durch die Vermittlung eines Apothekers zu der Idee mit den Blutegeln verhalf. Zwar hatte sie keine Ahnung von diesem Metier, aber sie bedurfte keiner langen Lehrzeit, denn eigentlich ging es nach wie vor darum, sich aussaugen zu lassen. Anschließend musste man die Wunden mit Gänsefett behandeln, und wenn das Tagewerk getan war, fühlte man sich – auch das kannte sie – wie ein leerer Schlauch. Madeleine pries den Himmel, dass er ihren Körper mit mehreren Arten von Flüssigkeit ausgestattet hatte, die man zu Geld machen konnte, und weil ihre Kinder nicht vorzeitig zu Waisen werden sollten, lernte sie schwimmen, ehe sie sich ihrer neuen Aufgabe widmete. Nie hat sie sich beklagt, nie hat sie die Hand ausgestreckt, und selbst heute, wo sie keinen Ausweg mehr weiß, erwartet sie nur von sich selbst etwas.

Als Pierre ihr anbot, ein paar Louis von seinem Arbeitgeber zu leihen, hat sie dies rundweg abgelehnt, und hätte Batiste ihr vorgeschlagen, seinen Vater aufzusuchen, der inzwischen einem sehr schönen Kloster vorsteht, hätte sie sich ebenfalls geweigert. Doch Batiste denkt nur an seine Locken, seine galanten Stelldicheins und seine Freiheit, zu kommen und zu gehen, wann es ihm passt. Der Junge hat nur Unfug im Kopf und einen Igel anstelle seines Herzens. Möge Gott sich seiner erbarmen und Mitleid mit ihm haben …

In ihrer baufälligen Hütte liegt Madeleine auf den Knien und will eben ihre vierte Novene beginnen, als Batiste die Tür aufstößt. Genau genommen handelt es sich nicht um eine Tür im eigentlichen Sinn, sondern um ein Gatter, das man immer beiseiteräumen muss, wenn man hinein- oder hinauswill. Wortlos legt er seiner Mutter einen Stapel Münzen in den Schoß.

»Zweihundert Livres. Damit kannst du unsere Schulden bezahlen, einen Handkarren kaufen und sehen, was kommt.«

Madeleine betrachtet ihn wie ein Stück Aas auf einem Misthaufen. »Einen Handkarren. Was soll ich mit einem Handkarren?«

»Du packst unsere Habseligkeiten rein. Von hier nach Versailles sind es mindestens fünfunddreißig Meilen, und wir werden sicher unsere Truhe und die Strohsäcke nicht auf dem Rücken dort hintragen.«

»Versailles? Wieso Versailles?«

»Minister Colbert stellt im Auftrag des Königs Arbeiter ein. Man braucht dort jede Menge Hände. Pierre und ich können auf der Baustelle arbeiten, und im Schlosspark oder jedenfalls am Rand – so ganz genau hab ich es nicht verstanden – werden Wohnungen gestellt. Blanche und du …«

»Wie bist du auf diese Idee gekommen?«

»Ich habe Aushänge gesehen und einen Ausrufer gehört.«

Batiste kauert vor seiner Mutter nieder. »Ich möchte, dass du mit den Blutegeln aufhörst. Irgendwann gehst du dabei drauf, und die widerlichen Dinger bringen uns nicht mal über die Runden.«

Madeleine zuckt die Schultern. »Es geht aber nicht darum, was du willst. Meine Entscheidungen treffe ich entweder allein, oder ich bespreche sie mit deinem Bruder.«

Batiste lächelt. »Pierre ist einverstanden. Sein Meister gibt ihm ein Empfehlungsschreiben für Sieur Antoine Bergeron mit, den Hofbaumeister des Königs.«

Madeleine blickt ihm in die Augen. »Woher hast du dieses Geld?«

Batiste weicht ihrem Blick nicht aus. Im frühen Morgenlicht hat seine Iris die Farbe eines Gewitterhimmels. »Das, was ich getan habe, um es zu bekommen, hätte ich schon seit langer Zeit tun sollen.«

Madeleine packt ihn an den Schultern. »Was hast du wieder angestellt, du Strolch?«

Batiste macht sich frei und steht auf. Ruhig rückt er sein Hemd wieder zurecht. »Ich habe genau das getan, was du uns beigebracht hast, liebste Mutter: Ich habe den Herrn gebeten, uns zu Hilfe zu kommen.«

Und so kommt es, dass Madeleine Le Jongleur durch die Gnade Gottes, dessen Wege ihr unergründlich bleiben, am folgenden Sonntag Sieur Boniface die exorbitante Summe in die Hand drücken kann, die ihr angeblich das vorübergehende, aber exklusive Wohnrecht in einer für die Arbeiter am Schloss von Versailles reservierten Unterkunft sichert. Bei dieser Unterkunft handelt es sich um eine Hütte aus schlecht zusammengefügten Brettern. Anselme Boniface, ein großer, dicker, dunkler, deftiger Kerl mit fettigem Mund und verschlagenem Blick, der sich des Titels des Oberaufsehers des Ministers Colbert rühmt, mustert spöttisch die wenigen Münzen.

»Ist das alles? Du bist ziemlich dreist, Mütterchen. Ein Dach über dem Kopf auf dieser Seite des Sumpfes kostet zwei Livres die Woche, zahlbar alle zwei Wochen und für den ersten Monat im Voraus.«

»Acht Livres für einen Schweinestall!«

»Auf der anderen Seite ist es billiger, aber da sterben die Leute wie die Fliegen. Vor allem die Kinder. Die Entscheidung liegt bei dir.«

»In den Vororten von Paris sind ja Schweine besser untergebracht!«

»Dann geh eben wieder zurück. Hier herrscht weiß Gott kein Mangel an Arbeitskräften. Die größte Baustelle Frankreichs zieht jede Menge Leute an. Sie kommen aus der Normandie, aus der Bretagne und sogar aus dem Süden. Und wenn dir die Hütte nicht gefällt, kann dein Mann sie ja richten. Wo ist dein Mann überhaupt?«

»Ich bin Witwe.«

»Pech für dich.« Boniface hält ihr seine riesige Pranke wie einen Napf hin. »Der Tarif steht nun mal fest. Wenn du mit deinen Waisen hier einziehen willst, musst du zahlen. Acht Livres.«

»Und wovon soll ich Brot kaufen?«

»Wovon? Das kann ich dir zeigen!« Boniface dreht Madeleine um, drückt sie gegen die Bretterwand und knetet mit seiner freien Hand ihr Hinterteil. Der Rüpel hat die Konstitution eines Ochsen, und es wäre leicht, ihn zu befriedigen. Man müsste sich lediglich ein Stück vorbeugen und sich rhythmisch bewegen.

Madeleine hat nur einen einzigen Mann wirklich geliebt – Pierres Vater –, aber sie hat viele ertragen und weiß, wie man ihr Vergnügen beschleunigt. Auch dieser hier will nichts anderes von ihr als all die anderen Kerle, er knurrt vor Gier und speichelt in ihren Nacken, und es wäre einfach, ja, und zweifellos ginge es ziemlich schnell … Aber nein! Nein, sie will nicht, sie mag das nicht mehr. Sie hat beschlossen, dass der Umzug nach Versailles einen neuen Abschnitt in ihrem Leben einleitet, und um den zu beginnen, muss sie jungfräulich sein. Zumindest so jungfräulich wie möglich. »Lass mich in Ruhe!« Sie versteift sich und fängt an, sich zu wehren.

Boniface rammt ihr sein Knie zwischen die Beine, drückt sie auseinander und presst ihre Brust, als wolle er sie zerquetschen. Sie schreit. Boniface wirft sich mit seinem ganzen Gewicht auf sie, hält sie fest und will gerade in sie eindringen, als eine harte Faust ihn am Gürtel packt und zurückzerrt. Wütend dreht er sich um.

Der Mann, der ihm gegenübersteht, ist höchstens zwanzig Jahre alt. Er hat rotes Haar, rote Augen, die Muskelpakete eines Galeerensträflings und eine gebrochene Nase in einem offenen

Gesicht mit regelmäßigen Zügen. Neben ihm lauert ein Engelsgesicht mit weichen Locken, einem Blick wie geschmolzenes Blei und einer Art Eichhörnchenschwanz um den Hals. Beide mustern die hochrote Männlichkeit, die Boniface eilig zu verstauen versucht.

»Beeindruckend«, sagt der Lockige mit ungerührter Stimme. »Vielen Dank für den Empfang.«

Boniface holt mit seinen Pranken aus, die an Wäschebleuel erinnern, doch ihm bleibt keine Zeit, die beiden niederzuschlagen, denn schon liegt er am Boden und schüttelt sich wie ein Besessener, um das Vieh loszuwerden, das ihm an die Gurgel gesprungen ist.

»Jesus!«

Gierig suchen die Klauen und Zähne des mordlüsternen Frettchens nach der Arterie.

»Jesus!«

Batiste reißt das Tier von seiner Beute weg, hält es am Schwanz fest und lässt es vor der Nase von Boniface baumeln. Der Aufseher stöhnt und hält sich den Hals.

»Du sollst nicht begehren deines Nächsten Weib, aber auch nicht deines Nächsten Mutter. Wusstest du das nicht? Ich werde es dir beibringen.«

Madeleine huscht davon und kehrt mit einem Topf ihrer Blutegelsalbe zurück. Ohne Boniface Zeit zum Protestieren zu lassen, bestreicht sie seine Wunden mit einer dicken Fettschicht, die die Blutung zum Stillstand bringt. Anschließend löst sie die Bandagen von ihren Waden und verbindet die Verletzungen gerade fest genug, um das Blut zurückzuhalten, ohne ihn zu ersticken. Verstört lässt sich der Aufseher einreiben und verbinden wie ein Säugling. Madeleine hebt die Münzen auf, die er hat fallenlassen, und hilft ihm beim Aufstehen. Dann tritt sie einen Schritt zurück und weist auf die beiden jungen Männer.

»Pierre und Batiste. Meine Söhne.«

Boniface spuckt aus. »Bete für sie.«

Madeleine zückt die in ihren Schößen verborgene Börse, leert sie und streckt dem Aufseher den gesamten Inhalt entgegen.

»Für den nächsten Monat. Und für den Arzt, wenn der Verband gewechselt werden muss.« Sie schluckt ihren Stolz hinunter und fügt hinzu: »Bitte lasst uns bleiben.«

Boniface steckt das Geld ein und zeigt mit seinem nussbraunen Zeigefinger auf Batiste. »Dein Tier.«

Batiste lächelt. »Holt es Euch.«

Boniface zögert. Die Brüder blicken ihn an. Madeleine blickt ihn an. Jesus klammert sich an die Weste seines Herrn und blickt ihn ebenfalls an.

Boniface spuckt erneut aus, unmittelbar vor Batistes Füße. »Wie du willst, Rotzbengel. Dann ziehe ich eben dir das Fell über die Ohren.«

Kaum ist er um die Ecke der Hütte verschwunden, versetzt Madeleine ihrem jüngeren Sohn eine heftige Ohrfeige. »Du hättest uns mit deiner Ratte an den Galgen bringen können! An den Galgen! Alle drei. Und Blanche? Was wäre dann wohl aus Blanche geworden?«

Wie ein Kobold taucht ein kleines Mädchen aus einem Haufen welker Blätter auf, läuft auf Batiste zu und umschlingt ihn. »Ich wäre geworden wie Batiste, auch wenn er nicht mehr lebte. Die Schande der Familie.«

Batiste lacht und zieht an den braunen Zöpfen, die sich aus der Haube gestohlen haben.

Madeleine packt das Ohr der zukünftigen Karmelitin, die sich wie ein Aal windet. »Sing deine Entschuldigung!«

»Mama …«

»Sing!«

»Nicht hier im Wald.«

»Gott zürnt überall und ich auch. Sing jetzt!«

Mit einer erstaunlich tiefen und kräftigen Stimme stimmt die Kleine ein Lacrimosa an. Madeleine und Pierre hören andächtig zu. Batiste krault Jesus den Rücken und denkt an seine kürzlich erfolgte, einzige und endgültige Unterredung mit dem Pfarrer von Saint-Marcel in jener Sakristei, wo seine Mutter vor nunmehr achtzehn Jahren unter Schmerzen und Prügeln entbunden hat. Der Priester empfing ihn, ohne nach seinem Namen oder seinen Beweggründen zu fragen. Er hatte gerade die Abendmesse gelesen, seine Bediensteten waren bereits wieder in ihre Klosterzellen zurückgekehrt, und er zog sich um. Auf den ersten Blick fand Batiste ihn schön. Erst auf den zweiten Blick erkannte er seine Blasiertheit, sein kaltes Herz und seine Feigheit. Er sagte, was er zu sagen hatte. Vier, fünf Sätze, mehr nicht. Pfarrer Philippeaux antwortete mit einem einzigen Wort. Batiste trat einen Schritt näher. Der Mann roch nach Weihrauch und Wollfett. Batiste wiederholte seine Frage. Ohne ihn auch nur anzublicken, forderte der Pfarrer ihn auf, zu verschwinden, sonst würde er seine Hunde auf ihn hetzen. Batiste verabschiedete sich, verließ die Sakristei und versteckte sich unter den Zweigen des alten Feigenbaums, der neben der Apsis der Kirche wächst.

Dort wartete er geduldig. Er schlief sogar kurz ein und träumte von einer Frau mit drei Brüsten. Als er wach wurde, waren alle Fenster der Abtei dunkel. Wind war aufgekommen. Dunkle Wolken verbargen den Mond. Batiste löste eine Scheibe aus dem Fenster der Sakristei und warf zwei Heuballen hinein, die er aus dem Stall herbeigewuchtet hatte. Mit dem ersten verbarrikadierte er die Tür zur Kirche, den zweiten verteilte er entlang der Simse. Aus der großen Eichentruhe suchte er sich die am reichsten bestickten Messgewänder heraus, verstaute alles in seinem Sack und zündete das trockene Gras mit der Tabernakelkerze an. Das alles geschah mit der Präzision eines Automaten und mit so leerem Kopf, dass er bei seiner Flucht beinahe Jesus vergessen hätte. Das jedoch hätte er sich trotz des gelungenen Werkes niemals verzeihen können. Die Worte des fleischfressenden Bischofs kamen ihm in den Sinn: »Unsere Vernunft gehört uns selbst, nicht wahr?« Er murmelt: »Amen«, und macht sich an die Arbeit, den Handkarren zu entladen.

»Wenn ihr kein Wasser habt, geb ich euch gern etwas ab.«

Neben dem Karren steht eine junge Frau mit nackten Füßen und schüchternen Augen und hält ihm ihren Krug hin.

Gestalten wie diese, Monsieur, habt Ihr als Kind kennengelernt, als man Euch auf Befehl Eures Vaters durch die Küche in den Keller führte, um Euch von Eurer Angst vor Ratten zu kurieren. Immer beschäftigt, immer beladen mit Körben und Becken drehten sie sich um, wenn Ihr vorüberkamt, warfen Euch Kusshände zu und träumten davon, dass ihr Mann ihnen ein ebenso schönes Kind machen sollte, wie Ihr es wart.

Die Frau, die Batiste Wasser anbietet, ist pummelig. An der Art, wie ihre Röcke an ihren Beinen kleben, erkennt man sofort, dass sie weder Hose noch Unterrock trägt. Ihre Schürze ist mit braunen Schlieren besudelt, ihre Hände sind rot, sie hat Sommersprossen, und ihre Haube ist die einer Bäuerin. Batiste geht auf sie zu. Das Wasser ist lauwarm und schmeckt leicht nach Pilzen.

Als er sich den Mund abwischt, lächelt die junge Frau ihn an. »Ich hatte auch schon Streit mit Boniface. Und fast hätte ich meinen Mann verloren. Schon zwei Mal. Er hatte heftigen Durchfall. Wir wussten nicht, dass man das Wasser aus dem Sumpf nicht trinken darf. Inzwischen holt Benoît es nachts aus dem Brunnen beim Schloss. Das darf er zwar nicht, aber hier darf man überhaupt nichts. Das trockene Holz gehört dem König, die Eichhörnchen und Amseln gehören dem König, nur der Regen gehört allen. Wir wohnen in der Hütte mit dem flachen Dach dort drüben. Falls Ihr durstig seid …« Sie senkt den Kopf. »Eigentlich bleibt hier jeder für sich, aber ich helfe nun mal gern.«

Batiste steht nur einen Schritt von ihr entfernt und betrachtet sie. Sie weiß es noch nicht, aber er, er weiß es ganz genau.

Sie hebt die Augen. Sie hat dichte, blonde Wimpern in einem Puppengesicht, das aussieht wie von Kinderhand gezeichnet. »Ich heiße Mathilde.«

Mathilde rupft das Geflügel für Königin Maria Theresia, die Frau des Königs, die man die Spanierin nennt. Ihre Dienerinnen und Hunde sind gleichermaßen zwergenhaft, sie hat einen drolligen Akzent und bekleckert sich zu jeder Tageszeit mit heißer Schokolade. Wenn der König sich mit seiner Familie im Schloss aufhält – was nicht häufiger als zweimal im Monat vorkommt, weil er hauptsächlich im Louvre oder in Saint-Germain Hof hält –, rupft Mathilde im Schnitt etwa fünfzehn Hühner, Fasanen, Gänse, Enten und Perlhühner je Mahlzeit, hinzu kommen Wachteln, Ammern, Drosseln und Ringeltauben während der Saison. Sie erklärt Blanche, die immer alles wissen will, dass Versailles kein Palast ist, sondern ein »Hof der Wunder« – ein Cour des Miracles –, tatsächlich eine Räuberhöhle und ein Bordell. Blanche kennt solche Höfe, denn der Pate von Batiste wohnt in einem Elendsviertel, und einmal hat Blanche ihn besucht und mit den Kindern gespielt, die er dort zum Betteln dressiert.

An einem Feuer aus Torf und trockenen Blättern, nachdem Mathilde mit den Neuankömmlingen eine wässrige, stark nach Schlamm schmeckende Linsensuppe geteilt hat, beginnt sie zu erzählen.

Königin Maria Theresia ist blond, fett und dumm. Sie

ist hoffnungslos verliebt in ihren Ehemann, den König, der gleichzeitig ihr Cousin ersten Grades ist. Ihr Mann hat sie aus staatspolitischen Gründen geheiratet, arbeitet emsig daran, sie zu schwängern, und betrügt sie ebenso emsig. Seit drei Jahren turtelt er trotz der Entrüstung der Königinmutter mit Louise de La Vallière, die blond, mager und naiv ist, um zu verbergen, dass er mit Henrietta Anne Stuart, der englischen Frau seines Bruders, herumschäkert, die mager, dunkelhaarig und spirituell ist. Herzog Philippe d'Orléans seinerseits schäkert mit dem Chevalier de Lorraine, einem Teufel in Engelsgestalt, der mit seinen zwanzig Jahren bereits mit der Hälfte der Damen und Herren bei Hof geschlafen hat. Der Herzog ist ganz wild auf seinen Chevalier, aber auch auf seine Ehefrau. Und er ist eifersüchtig. Molière behauptet in seinen Komödien, dass es nicht ehrenrührig ist, mit Jupiter zu teilen, aber Monsieur beklagt sich so laut, dass jeder über sein Missgeschick informiert ist und dass gut informierte Leute die königliche Familie mit einem Rudel läufiger Hunde vergleichen.

Blanche zupft Mathilde am Ärmel. »Liebst du den König?«

Mathilde errötet. »Natürlich liebe ich ihn. Er ist jung, er ist der schönste Mann, den ich je gesehen habe, und er ist mein König.«

»Wie jung und schön? Wie Batiste? Oder wie Pierre?«

»Oh nein. Seine Haare glänzen, und wenn er in die Ferne blickt, sieht er aus wie ein Denkmal.«

»Bist du ihm schon einmal begegnet? Kennt er dich?«

»Natürlich bin ich ihm schon begegnet. Jeder kann ihn sehen. Man muss sich nur in den ersten Hof stellen, wenn seine Kutsche kommt. Man sieht ihn auch von hier aus, wenn er die Baustelle besucht oder von der Jagd heimkehrt. Ich habe ihn schon dutzende Male gesehen, aber er hat mich nie bemerkt. Wenn er in das Küchengebäude kommt, dann nur, um nach der besten Möglichkeit zu forschen, wie man Fleisch am Verderben hindern oder frisch Gekochtes über den Hof und durch viele Salons tragen kann, ohne dass es kalt auf den Tisch kommt. Würde ich eine Maschine zum Hühnerrupfen erfinden, würde er sich vielleicht nach meinem Namen erkundigen, denn er interessiert sich für Erfindungen und lässt sich häufig Erfinder vorstellen. Aber so bin ich für ihn keine Person. Ich könnte mich ihm nackt in den Weg stellen, er würde mich nicht sehen.«

Batiste muss lachen. »Ein König ist auch nur ein Mann. Er würde dich deiner Bedeutungslosigkeit überlassen, das ja. Aber erst nachdem er dich flachgelegt hat.«

Madeleine versetzt ihm eine Ohrfeige. »So spricht man nicht vom König. Ein König ist kein gewöhnlicher Mann.«

»Ach ja? Hast du ihn mal nackt gesehen? Was hat er, was wir nicht haben?«

»Er ist geboren, um König zu werden, und er ist es geworden. Er ist mit Chrisam gesalbt und der Stellvertreter des Herrn, um hier auf Erden zu regieren.«

»Und als König im Auftrag Gottes nimmt man sich eine Geliebte und schwängert sie gleichzeitig mit seiner Ehefrau, um zu vertuschen, dass man hinter seiner Schwägerin her ist?«

Madeleine versetzt Batiste einen so heftigen Stoß, dass er bis an die Glut rollt. »Für deine lästerlichen Reden wirst du eines Tages noch im Höllenfeuer schmoren!«

Batiste klopft sich ab und steht auf. »Keine Sorge, darauf bereite ich mich schon vor.«

»Du schläfst heute Nacht im Wald. Das wird dich lehren, Leute zu respektieren, die ein Recht darauf haben.«

Batiste pfeift nach Jesus, beugt die Knie und deutet einen Kratzfuß an. »Herzlichen Dank, liebste Mutter. Ich wünsche dir ebenfalls eine friedliche Nacht.«

Zwei oder drei Stunden später, als der Mond dicht über den Baumwipfeln steht, öffnet er leise die Tür der benachbarten Hütte und tritt ein. Ein donnerndes Schnarchen lässt das Dach aus Zweigen erbeben. Die Luft ist stickig. Weiße Strahlen stehlen sich zwischen den Wandbrettern hindurch und werfen einen fahlen Schein auf zwei Gestalten, die auf dem welken Gras auf dem Boden liegen. Batiste beugt sich zu der kleineren hinab und berührt das Laken, das sie bedeckt. Mathilde richtet sich auf. Er legt ihr die Hand auf den Mund. Unter den Fingern, die sich auf ihre Lippen pressen, lächelt sie. Sanft löst sie sich von ihrem Ehemann, der nach einem kurzen Hicks lauthals weiterschnarcht. Batiste löst seinen Gürtel. Mathilde atmet sehr schnell. Sie zittert ein wenig, macht ihm aber ein Zeichen, näher zu kommen. Sie hat ihr Hemd abgelegt. Ihr heller Körper ist weich und mit Sommersprossen übersät, die wie kleine Inselchen auf ihrem Bauch und ihren Beinen schwimmen. Batiste ist durstig, und sie ist wie süßes Wasser. Er kostet sie ohne Eile. Sie gurrt und bedeckt sie beide mit dem großen Laken.

Nein, Monsieur, ich werde keine Einzelheiten der Unterhaltung preisgeben, die dieser junge Mann und diese Rothaarige aneinandergeschmiegt miteinander führten. Ich kenne Euch. Ihr würdet Feuer fangen, und obwohl Ihr langsam darüber nachdenken solltet, diese Seiten beiseitezulegen, würdet Ihr hundert Vorwände finden, um noch ein wenig länger im Feuer zu verweilen. In Eurem Alter jedoch haben derartige Gefühlswallungen oft ein Fieber zur Folge, das einen Mann ebenso erschöpfen kann wie hundert ausgehungerte Blutegel. Ihr werdet Euch beherrschen müssen, denn um in meiner Begleitung weiter voranzuschreiten, bedürft Ihr eines klaren Kopfes und eines geradlinigen Urteilsvermögens.

Habe ich, der ich Euch schreibe, um Euch nicht zu verlassen, obwohl ich von Euch gehe, einen klaren Kopf und ein geradliniges Urteilsvermögen? Ist es mir in meinem Alter gelungen, meine Gefühle und meine Begierden zu beherrschen?

Wenn ich an die Dinge denke, die ich erlebt habe, glaube ich es. Wenn ich aber an das denke, was mir bevorsteht, bin ich mir nicht mehr so sicher.

Nehmt jetzt Eure Tropfen, Charles. Die in dem braunen Fläschchen in der Schublade Eures Nachttischs. Ich habe Euch schwören lassen, niemandem zu vertrauen, und in den heftigen Umwälzungen, die Euch bevorstehen, wiederhole ich meine dringende Bitte, ausschließlich auf Euch selbst zu hören. Zehn Tropfen. Ein wenig Zucker dämpft den bitteren Geschmack.

Morgen Abend, wenn wir wieder zusammentreffen, werde ich Euch von der Bitterkeit erzählen.

Und von Vertrauen.

Und von Lebensbahnen, die sich nach oben schwingen.

WUSSTET IHR, MONSIEUR, dass eine Frau kein eigenständiges Wesen, sondern ein unvollständiger Mann ist? Dass der weibliche Embryo sich später festigt und formt als der männliche, weil der Samen, der ein Mädchen produziert, schwächer und feuchter ist als ein Samen, aus dem ein Junge entsteht? Dass die menschliche Seele – gemeint ist der vernünftige Teil, der neben dem vegetativen und animalischen Teil existiert – bei Mädchen erst nach achtzig Schwangerschaftstagen entsteht und nicht nach vierzig wie bei den Jungen? Dass der Mann bei der Befruchtung die Gestalt und damit den von Natur aus überlegenen Part bestimmt, während die Frau das Material, den Raum und die Nährstoffe liefert, was als weniger wert gilt? Dass ähnlich wie bei den Haustieren, die minderwertige Wesen sind, deren Leben durch die Anwesenheit des überlegenen Wesens Mensch verbessert wird, die Natur die Beziehung zwischen Männern und Frauen so gestaltet, dass ein Mann höherwertig ist als eine Frau und dass aus diesem Grund der Mann lenkt und die Frau sich lenken lassen muss?

Das wusstet Ihr nicht? Hat Euer Vater, der sein Leben damit verbrachte, seine Geringschätzung der Frauen in Gedanken, Worten und Werken zu dokumentieren, Euch nie von Aristoteles erzählt?

Es ist richtig, dass der Comte nicht viel mit Euch gesprochen hat. Und auch, dass man sich in der Normandie lieber mit dem Anbau von Äpfeln für Cidre als mit griechischem

Gedankengut beschäftigt. Ich fürchte, man wird Euch in Paris, wo es sich gehört, dass man jedes Thema von allen Seiten erörtern kann, für einen aufgeschlossenen, aber ungebildeten Menschen halten und Euch gleich nach Eurer Ankunft einen Philosophielehrer andienen. Keine Sorge, der Titel hört sich zwar hochtrabend an, aber für die Funktion dieser Herren, deren Verdienste oft geringer sind, als ihre Überheblichkeit erwarten ließe, gibt es keine klare Definition. Stellt Euch einen Philosophielehrer als einen Mann mit süffisanter Miene und einem umso bleicheren Teint vor, als er mit Zinnweiß gepudert ist. Er trägt einen kleinen Kragen von zweifelhafter Sauberkeit auf einer Soutane, deren Ärmel so weit sind, dass man darin bequem eine Lammkeule verstecken könnte. Sein Metier ist das Schwadronieren, das er gern von einer Kanzel aus vor etwa zwanzig ausgesprochen gut situierten jungen Männern ausübt. Häufig handelt es sich um einen Jesuiten. Er nähert sich seinem Thema mit allerlei Geisteseskapaden, viel rhetorischem Können und erheblicher Anmaßung. Die Jesuiten sind sich ihres zweifellos vorhandenen Talents immer sicher und häufig machtgierig. Die Wahrheit ist ihre Handelsware, sie haben sie gepachtet und verbreiten sie, wenn nötig, mit dem Holzhammer.

Euer Leben auf dem Land hat Euch bisher vor ihren Gesängen verschont, doch bei Hof könnt Ihr Euch dem nicht entziehen. Jedes Mal, wenn Ihr Eure Augen zum Himmel erhebt und Euch fragt, ob Gott wirklich dort oben wohnt oder wie Wolken entstehen, wird sich ein Mitglied der Societas Jesu einfinden, sich Eurer Frage anschließen und Euch zu überzeugen wissen, dass seine Antwort – die er Euch natürlich sofort liefert – nicht nur die beste, sondern auch die einzige und universelle ist. Lauscht aufmerksam. Stimmt ihm vorsichtig zu. Bedankt Euch besonnen. Folgt seinem Rat, und bemüht Euch, Eure eigene

Ansicht zurückzuhalten. Die Jesuiten im Allgemeinen und die Philosophielehrer im Besonderen werden Euch nie wirkliches Denken beibringen, sondern Euch nur lehren, was andere schon vor Euch gedacht haben. Die angesehenen Herrschaften, die sie zitieren, werden Euch so viel Respekt abfordern, dass Ihr es kaum riskieren werdet, ihre Ideen in Zweifel zu ziehen.

Und doch könnt Ihr Platon widersprechen, ohne dass Zeus seinen Blitz auf Euch niederfahren lässt, und den Apostel Paulus widerlegen, ohne dass Ihr in der Hölle landet.

Das wagt Ihr nicht?

Ich kenne jemanden, der es in Eurem Alter getan hat.

Einen Adligen? Einen Mann von hoher Geburt?

Ganz und gar nicht. Es ist eines dieser weiblichen Wesen, die laut Aristoteles wegen ihrer besonderen Unvollkommenheit weiblich sind, so wie Männer dank ihrer besonderen Vollkommenheit männlich sind. Ein junges Mädchen von bescheidener, aber ehrbarer Herkunft. Geboren wurde sie in Paris am 22. Juni 1653 als Tochter von François Quentin, genannt La Vienne, und seiner Gattin Louise de Courtin. Nine Philippa Louise. Menschen, die sie lieben, nennen sie Ninon, doch davon gibt es nicht sehr viele, weil Nine es nicht darauf anlegt, geliebt zu werden. Sie schätzt die Einsamkeit und geht nur selten engere Bindungen ein. Auf den ersten Blick ist nichts Besonderes an Nine La Vienne. Sie ist klein und mager und kniet in einem Seitenschiff der Église Saint-Roch, scheint inbrünstig zu beten.

Jetzt fragt Ihr Euch, warum ich Eure Aufmerksamkeit auf sie lenke. Weil in ihren Augen unter der Kapuze ein Feuer brennt, das man nur selten bei ins Gebet vertieften Mädchen von zwölf Jahren sieht. Und weil sie an die Ränder ihres Gebetsbuches mit einer für ihr Alter und ihre Erscheinung erstaunlich festen Schrift nicht etwa die Früchte einer frommen Meditation niederschreibt, sondern die Thesen eines Philosophielehrers –

ganz ähnlich dem, den ich Euch eben beschrieben habe –, die er in einer benachbarten Kapelle von sich gibt. Der Mann spricht genau über die erwähnten Themen, über die Perfektion der Männer und die Unvollkommenheit der Frauen. Er zitiert Thomas von Aquin, einen Dominikaner, der um die Zeit von König Louis IX. gelebt und viele Jahre damit verbracht hat, Kommentare zu Aristoteles zu verfassen. Wie der Grieche ist auch Thomas von Aquin der Meinung, dass die Entwicklung eines weiblichen Kindes entweder einer Schwäche des Samens, einem Fehler im empfangenden Uterus oder einem äußeren Einfluss zu verdanken ist, wie zum Beispiel dem Südwind, der für eine zu feuchte Atmosphäre sorgt. *Sensu stricto* ist die Geburt eines Mädchens ebenso ein Unfall wie die von Missgeburten wie einem Kalb mit fünf Beinen oder einem Huhn mit Entenschnabel.

Ob diese Entartung der Natur eine Seele hat?

Das hängt davon ab, was man Seele nennt, denn die Seele besteht nicht nur aus einem Ganzen, sondern aus mehreren Anteilen. Da ist zunächst die Vernunft. Man findet sie nur beim Mann; sie stirbt nicht mit dem Körper und hat ihren Sitz im Kopf. Der zweite Teil ist doppelschichtig. Seine obere Hälfte ist der Mut. Er wohnt in der Brust und beflügelt Soldaten. Die untere Hälfte ist die am wenigsten edle Seele – die der Begierde. Ihr Sitz ist der Bauch, und es gibt sie bei beiden Geschlechtern. Frauen können sie allerdings nicht kontrollieren, weil ihre Vernunft den Launen ihres Uterus unterworfen ist. Dort wohnt ein gefräßiges Tier, das, wenn man ihm die Nahrung zur richtigen Zeit verweigert, seine Wut im ganzen Körper ausbreitet, den Durchfluss abriegelt, die Atmung blockiert und für alle möglichen Übel verantwortlich ist. Es ist eine Strafe Gottes. Im Anbeginn der Menschheit attackierte es die Männer, die sich als feige erwiesen hatten und die daraufhin als Frauen in ein zweites Leben wiedergeboren wurden. Damit ist die Frau nicht nur ein missratener, sondern auch ein bestrafter Mann. Für alle Ewigkeit.

Nine La Vienne weigert sich, noch länger zuzuhören. Mit hochroten Wangen zieht sie ihre Kapuze tief in die Stirn und gleitet unbemerkt zwischen den Säulen hindurch zum Ausgang der Kirche. Laut geltendem Gesetz ist ihr lediglich das Studium des Katechismus gestattet; im Übrigen darf sie nur nähen, kochen und haushalten lernen. Sie hätte also gar nicht in der Kirche sein dürfen. Während sie den Kai in Richtung Pont Neuf entlanggeht, beobachtet sie Wäscherinnen, die sich über das Ufer beugen, Korbflechterinnen, die unter einer Plane Schutz gesucht haben, Nadelhändlerinnen, die ihre Ware sortieren, und Entlauserinnen, die sich über struppige Köpfe neigen. Natürlich begegnet sie jeden Tag Frauen, aber nach dem, was sie soeben gehört hat, sieht sie sie mit ganz anderen Augen. Bestrafte Männer. Entartungen der Natur. Auf ihren Uterus reduziert. Peinlichkeiten, deren Schicksal die Unterwerfung ist. Nine beißt sich auf die Lippen. Sie kämpft mit den Tränen. In diesem Augenblick hätte sie ihre Seele verkauft, um mit diesen Weibchen nichts gemein zu haben.

Es ist brütend heiß. Das Wasser der Seine steht niedrig, und die Fähren, die von einem Ufer zum anderen übersetzen, müssen ihre Passagiere in stinkendem Schlamm abladen. Die Kleine bahnt sich einen Weg zwischen den Schiffern hindurch, die mit Brettern die Anlegestege verlängern. Als sie in der Rue Neuve-Montmartre ankommt, hat ihr Gesicht die Farbe eines gekochten Hummers, und sie träumt von einem kühlen Bad. Der Laden ihres Vaters ist blau gestrichen und hat ein Glasdach. Das Aushängeschild aus Metall zeigt drei weiße Becken. Da sie keine Lust hat, den Stammkunden zu begegnen, die sich rasieren oder die Ohren reinigen lassen, nimmt sie den Dienstboteneingang, überquert den erst kürzlich mit Sandsteinen gepflasterten Hof und schleicht sich in den Schuppen, der als Lager dient. Nirgends hält sie sich lieber auf, was an den Strahlen pudrigen Lichts liegt, das durch die Dachluken dringt. Und an der Stille, die man auch pudrig nennen könnte. Und wegen der Düfte. Vom gestampften Lehmboden bis zur Höhe der Heuleiter verschwinden die Wände unter aufgestapeltem Holz und hohen Regalen mit Schachteln, Tiegeln und dicken Hanfsäcken, die mit verschiedenen Mehlen, Blütenblättern, Wurzeln, Gewürzen und Kräutern gefüllt sind. In der Mitte steht ein langer Bauerntisch, auf dem eine ganz neuartige Art von Waage steht. Nine hat auf einem Jahrmarkt gesehen, wie die besonderen Funktionen des Geräts vorgestellt wurden, und ihren Vater überzeugt, es aus England kommen zu lassen, wo es hergestellt wird.

Im Gegensatz zu den hängenden Waagschalen, die überall in Frankreich benutzt werden, verfügt diese Waage über einen gleicharmigen Waagebalken mit Schalen, die über einen Unterbalken auf dem Waagebalken gelagert sind. Man nennt sie Roberval-Waage, weil sie von einem Sire de Roberval konstruiert wurde, der in Wirklichkeit Gilles Personne hieß und in einem finsteren Örtchen namens Roberval als Sohn einer noch finstereren Familie geboren wurde. Er lernte Mathematik, Latein und Griechisch bei seinem Pfarrer und wurde ohne eine andere Unterstützung als die seiner eigenen Intelligenz zu einem anerkannten Wissenschaftler. In Nines persönlichem Pantheon sitzt Roberval zur Rechten des Schöpfergottes, gleich neben dem großen Corneille, der stolz von sich behaupten konnte, dass er seinen guten Ruf nur sich selbst verdanke. Gilles de Roberval lehrt Philosophie am Collège Saint-Gervais, zu dem Nine natürlich keinen Zugang hat. Und genau aus diesem Grund hört sie sich heimlich die hier und da in den Kirchen gehaltenen Vorlesungen an. Weil er es geschafft hat, sich kraft seines Geistes aus dem Nichts zu befreien, will sie studieren, vergleichen, erkunden, experimentieren und erfinden. Nine hat hohe Ziele. Sehr hohe Ziele. Und das mit kaum mehr als zwölf Jahren? Ja. Das Talent dafür besitzt sie, zumindest redet sie sich das ein. Und dafür gibt es Gründe. Einleuchtende Gründe. Und um dieser Gründe willen schiebt sie den Vorhang beiseite, der den Schuppen in zwei Hälften trennt, setzt sich an ihren Schreibtisch aus Pappelholz und öffnet das Ein- und Ausgabenverzeichnis, mit dem sie an Rechenexempeln üben soll, wie ihr Vater das Unternehmen »Bains La Vienne« führt. Sie blättert in dem eng beschriebenen Büchlein, bis sie auf folgende Liste stößt:

Anis, grün (Samen), hustenlösend, gut gegen Blähungen
Artischocke (Blüte), entlastet die Leber, regt die Galle an
Baldrian (Wurzel), fiebersenkend, krampflösend
Bärentraube (Blätter), gegen Blasenentzündung
Beifuß (Stängel, Wurzel), gut als Tee
Eibisch (Blüten, Wurzel), entzündungshemmend, heilend
Eisenkraut (Blätter), leberunterstützend, beruhigt überreizte Nerven
Engelwurz (Wurzel, Samen), verdauungsfördernd, schweißtreibend, harntreibend
Enzian (Wurzel), Stärkungsmittel
Faulbaum (Rinde), Abführmittel
Fenchel (Frucht, Wurzel), hustenlösend, krampflösend
Flockenblume (Blätter), verdauungsfördernd
Johanniskraut (Blüten), gegen Blutergüsse, wundheilungsfördernd
Kamille (Blüten), gegen Krämpfe, Schmerzen, Entzündungen, Wunden

Klette (Wurzel), schweiß- und harntreibend, fördert die Wundheilung
Knoblauch (Knolle), gegen Würmer, entkrampfend, stärkt den Gemütszustand
Lavendel (Blüte), beruhigend
Lorbeer (Blätter, Früchte), harntreibend
Malve (Blätter, Blüten), hustenlösend, entzündungshemmend
Melisse (Blätter, Blüten), beruhigend, krampflösend
Meerrettich (Wurzel), desinfiziert
Mohn (Blüten), schlaffördernd
Nieswurz (Rhizom), pulsregulierend
Osterluzei (Stängel, Wurzel), entzündungshemmend
Purpurfingerhut (Blätter), herzstärkend, harntreibend
Tollkirsche (Blätter, Wurzel), krampflösend
Passionsblume (Blüten), krampflösend
Pomeranze (Blüten), stimuliert den Magen
Quecke (Rhizom), harntreibend, desinfizierend
Salbei (Blüten), adstringierend, entzündungshemmend
Schöllkraut (Wurzel), beruhigend, schmerzlindernd
Schwarze Johannisbeere (Blätter), harntreibend
Steinklee (Blüte), gegen Muskelverhärtungen
Thymian (Stängel, Blätter), leberunterstützend, krampflösend
Weinraute (Blüten), gegen Menstruationsbeschwerden
Wurmfarn, männlich (Rhizom), gegen Würmer
Zichorie (Wurzel), unterstützt die Leber

Nichts von alledem gibt eine Handhabe zur Unterdrückung der monatlichen Regelblutung. Dabei geht es nicht darum, die Menstruation für einige Monate oder Jahre zu bezwingen, sondern sie radikal und für immer zu beseitigen. Nines Überlegungen führen lediglich die Logik dessen fort, was sie in der Église Saint-Roch gehört hat. Wenn es stimmt, dass der Uterus der Grund für alle weiblichen Übel ist, dann muss man dieses gefährliche Organ lediglich unschädlich machen, um dem Los der Weiblichkeit zu entgehen. Am besten, indem man es stilllegt. Die wildesten Tiere kann man abrichten oder gar zähmen, daher muss es doch sicher eine Möglichkeit geben, dem Tier, von dem der Philosoph gesprochen hat, einen Maulkorb anzulegen.

Schon seit mehreren Jahren trägt Nine alle Rezepturen zusammen, die sie von Apothekern in Erfahrung bringen kann. Da sie keinen Arzt kennt, der bereit wäre, sein Wissen mit einem jungen Mädchen zu teilen, geht sie auf Märkte und Jahrmärkte, spricht regelmäßig mit Heilkundigen und schreibt sich deren Arzneimittel auf. Es gibt ganze Legionen solcher von der Fakultät höhnisch belächelten Heiler, deren Methoden auf Erfahrungen beruhen und von denen sich die kleinen Leute behandeln lassen, die das Geld für einen studierten Arzt nicht aufbringen können. Da gibt es Spezialisten, die Nine zeigen, wie man ausgerenkte oder gebrochene Knochen richtet, und Heiler, die sie lehren, aus dem Urin eines Kranken dessen Übel zu erkennen und es richtig zu behandeln. Bisher hatte sie noch nie Gelegenheit, einem Wundarzt bei einer Operation zuzuschauen, aber sie hat erfahren, dass Leistenbrüche und geschwollene Lebern geheilt werden können, indem man einen oder manchmal auch beide Hoden entfernt. Diese Behandlung eignet sich besonders für Mönche, die manchmal gleichzeitig unter schmerzhaften Krankheiten und den Qualen leiden, die ihre Fortpflanzungsorgane ihnen bereiten.

Mit gerunzelten Augenbrauen blättert Nine durch die Seiten ihres Heftes. Kakao ist ein ausgesprochen vielseitiges Mittel: Heiß und mit Gewürzen getrunken erleichtert er die Verdauung, hilft bei Brustübeln und weckt die Lebensgeister und die Liebeslust. Er stärkt die Gliedmaßen, reinigt die Haut, indem er die darunter befindliche Feuchtigkeit austrocknet, und verleiht dem gesamten Körper einen angenehmen Geruch. Er heilt Krätze und verdorbenes Blut, Migräne und Wassersucht. Leider wirkt er nicht gegen die Monatsblutung der Frauen, sondern scheint sie sogar zu fördern. Ein Präparat auf Birnenbasis wäre vielleicht sinnvoller. Nicht mit gezüchteten Kulturbirnen, die lediglich den Magen stärken, sondern mit wilden Birnen, deren Name auf ein griechisches Wort zurückgeht, das im Lateinischen mit *strangulare* – zuschnüren – übersetzt wird. Wenn man diese Frucht kaut, zieht sie einem den Mund und die Kehle so stark zusammen, dass man zu ersticken glaubt. Man müsste sie zermahlen, mit reinigend wirkenden vierblättrigen Kleeblättern und mit Quecksilbersalbe zur Behandlung von Geschlechtskrankheiten mischen und in den Uterus einbringen. Nine weiß nicht, wie ein Uterus aussieht, doch möglicherweise würde die adstringierende Wirkung der Mischung den gewünschten Erfolg bringen. Birnen sind nicht teuer, doch es ist schwierig, das sehr teure Quecksilber zu beschaffen. Da Nine selbst kein Geld besitzt, muss sie ihren Vater fragen.

An jenem Montag um diese Stunde denkt François La Vienne gerade angestrengt nach. Über Badeöfen, die mit jedem Winter ausgeklügelter werden. Über die Einrichtung der Ruheräume, die seine Kunden jedes Mal wieder überraschen sollen. François La Vienne ist Barbier und Bader, und sein Geschäft ist das berühmteste in ganz Paris. Wundert Euch nicht, Monsieur – ein Barbier in Paris ist von einem ganz anderen Schlag als der Dummkopf, der Euch sonntagmorgens die Wangen einschäumt. Er verfügt zwar nicht über ein Chirurgendiplom, und die Fakultät verbietet ihm das Tragen von Doktorhut und

Robe, aber unter der Fahne des heiligen Lukas ist er ein äußerst angesehener Mann und führt das Rasiermesser ebenso geschickt wie das Skalpell, mit dem er Furunkel, Karbunkel, Beulen und Milzbrand behandelt. Als geschickter Barbier erwirbt er sich schnell eine Stammkundschaft. Sein Name ist in aller Munde. Er eröffnet ein Geschäft in der Nähe des Louvre, um näher am Zentrum der Macht zu sein. Ein Händler führt ihm einen Bankier zu, der ihn wiederum an einen Parlamentarier weiterempfiehlt, der sein Loblied bei einem Staatssekretär singt, und weil er einerseits schweigt wie ein Grab, aber gleichzeitig aus der Masse hervorsticht, findet der gute Mann sich eines Tages im Umfeld des Throns wieder.

Genau so haben es die Brüder Quentin gemacht. Ihr Aufstieg war geradezu beispielhaft. Ihre Familie stammte ursprünglich aus der Bretagne, hatte sich jedoch bereits vor zweihundert Jahren in der Touraine niedergelassen. Eigentlich wenig bemerkenswerte Leute. Die beiden Jungen, die uns interessieren – François, der Vater von Nine, und sein jüngerer Bruder Jean –, wurden in La-Celle-Saint-Avant in der Nähe von Loches geboren. Nachdem ihr Vater an einem Knoten in der Kehle gestorben war, übersiedelten sie mit ihrer Mutter Antoinette, geborene Binet, zum Großvater. Der alte Binet war Perückenmacher und lebte in der Rue Neuve-des-Petits-Champs Nummer 23 ganz in der Nähe des Palais-Royal, den Ihr, Monsieur, demnächst kennenlernen werdet. Die Werkstatt von Großvater Binet existiert noch heute. Ich rate Euch an, dort einmal hinzugehen, denn nirgends hat man das Ohr näher am Pulsschlag der Macht. Minister, Beamte, Vertraute des Königs, die Gespielen seines Bruders, große Künstler, edle Damen, falsche Freunde und echte Feinde treffen sich dort mitten in der Stadt. Man trinkt Wein aus der Champagne, wählt Haarteile und Masken aus, und vor allem unterhält man sich mit einer

Ungezwungenheit, die Ihr bei Hof nie und in den Salons nur selten finden werdet. Von dieser Wohnung aus, die sich in der ersten Etage eines Mietshauses befindet, dessen Erdgeschoss heute ein Kerzengeschäft beherbergt, nahm der Aufstieg der Brüder Quentin seinen Ausgang. Das Barbierhandwerk erlernten sie von selbst, denn Schere und Rasiermesser sind verwandte Gegenstände. Niemand kann sich einen Perückenmacher vorstellen, der nicht in der Lage wäre, seine Kunden auch zu rasieren. Jean, der jüngere Bruder, war nicht sehr einfallsreich, hatte aber geschickte Hände und das Auftreten eines Höflings. Er verlegte sich darauf, allen zu Gefallen zu sein, die seine Karriere unterstützen konnten, und war darin sehr erfolgreich. Seine Kunden wurden zu Förderern, die Förderer erwähnten ihn in hohen Kreisen, die königliche Familie wurde aufmerksam. Der Barbier und Perückenmacher Jean Quentin katzbuckelte sich ganz nach oben und wurde wohlhabend.

Der drei Jahre ältere François liebte die Ruhe und seine Freiheit. Ohne großen Luxus bequem zu leben und niemanden um etwas bitten zu müssen erschien ihm deutlich erstrebenswerter als das Schicksal der ewig Gierigen, die um den Thron scharwenzelten und um eine Gnade nach der anderen bettelten. Als sein Bruder ihm vorwarf, zu wenig Ehrgeiz an den Tag zu legen, antwortete er, dass es ihm unwichtig sei, eine Menge Geld anzuhäufen, aber dass er gern etwas tun würde, was ihm gefiele. Er war ein guter Kerl, etwas rau, groß, breit, mit schwarzem Haar und schwarzen Augen und verglich sich selbst gern mit einem Bären – allerdings einem Bären, der weiß, was er will.

Als er hörte, wie die Kundschaft von Binet sich darüber beschwerte, dass man nirgendwo eine Badestube finden könne, wo man sich in ebenso netter Gesellschaft unterhalten könne wie beim Perückenmacher, machte er sich kundig und wagte das Abenteuer.

Ein Abenteuer war es tatsächlich. Zunächst einmal musste man den Mut haben, gegen den Strom zu schwimmen, denn seit mehr als einem Jahrhundert wurde propagiert, dass Bäder sowohl für den Körper als auch für die Seele schädlich seien. Zuzeiten von König François I. hatte niemand Angst vor dem Wasser. Man genoss es und tauchte gern ins kühle oder warme Nass. Edle Damen und Herren ließen sich von ihren Domestiken baden, und an schönen Tagen taten sie es dem Volk gleich und suchten ihr Wohlbefinden in den Flüssen. Männer, Frauen und Kinder badeten sowohl zu Hause als auch draußen allesamt nackt, und wenn Augen oder Hände einmal auf Abwege gerieten, wandte Gott lächelnd den Blick ab. Der Kirche missfiel es, dass die Menschen sich so unschuldig vergnügten wie im Paradies vor dem Sündenfall. Sie verbreitete die Behauptung, dass im Wasser die Pest übertragen würde. Dabei sollte es angeblich nicht einmal nötig sein, davon zu trinken – schon wenige Tropfen auf die Hände würden genügen, das Übel über die Poren direkt ins Blut zu übertragen. Weil die Leute große Angst vor Ansteckung hatten, ließen sie sich leicht davon überzeugen, dass jede Art von Bad die unterschiedlichsten Krankheiten überträgt. Eine dicke Schmutzschicht sollte, so glaubte man, vor Ausdünstungen schützen, die angeblich vom Wind, von Tieren und vom Atem Sterbender übertragen wurden. Warmes Wasser hingegen stand im Ruf, die Haut, die Gliedmaßen und das Temperament aufzuweichen, die Manneskraft zu schwächen und den Körper verletzbar zu machen.

Hinzu kam, dass die Geistlichkeit die Unmoral in den Bädern anprangerte, wo sich Personen beiderlei Geschlechts in verdächtig undurchschaubaren Dunstschwaden aufhielten. Das Misstrauen im Volk wuchs, und die öffentlichen Bäder schlossen eines nach dem anderen. Zu dem Zeitpunkt, als

François Quentin beschloss, die Herausforderung anzunehmen, gab es in Paris nur noch drei Einrichtungen, die man als öffentliches Bad hätte bezeichnen können. Das erste war ein als Massagesalon getarntes Bordell, in dem man zwar mit allerlei Flüssigkeiten in Berührung kam, wo man sich aber mit Sicherheit auch die Syphilis holte. Das zweite lag in der Rue du Cimetière Saint-Nicolas und besaß keine Becken, sondern lediglich Holzbottiche. Das Wasser dort war höchstens lauwarm, und die Bürsten gingen von Hand zu Hand, ohne zwischendurch gereinigt zu werden. Ein adeliger Herr hätte keinesfalls seinen Fuß in dieses Etablissement gesetzt. Das dritte Bad war sehr groß, aber schlecht eingerichtet. Es befand sich in der Rue Neuve-Montmartre, nur wenige Schritte vom Seine-Ufer entfernt, und Nines Vater beschloss, es zu kaufen. Damit kam gleich die nächste Herausforderung ins Spiel.

Ein Badehaus muss sich in der Nähe eines Fließgewässers befinden, damit man die Becken fluten und ausspülen kann. Handelt es sich bei diesem Gewässer jedoch um einen Fluss, der zeitweilig Hochwasser führt, muss es weit genug vom Ufer entfernt liegen, um nicht überschwemmt zu werden. Das von François gewählte Badehaus war vom Fluss lediglich durch einen ständig überschwemmten Streifen Land getrennt. Im Sommer wimmelte der Schlamm von Mücken und Fröschen, im Winter rutschte man auf dem Eis aus. Nines Vater verpfändete das Einkommen der nächsten fünf Jahre bei einem Geldverleiher, kaufte die Einrichtung samt aller Möbel, Geräte, Grundstücke und Anbauten und krempelte die Ärmel auf. Er legte Rohre um und installierte neue Zu- und Abflüsse, mit deren Hilfe er einerseits sein Grundstück trockenlegte und andererseits die Strömung der Seine benutzen konnte, um seine Becken zu füllen, zu leeren und zu reinigen. Er baute drei Öfen, mit denen er drei Wannenreihen heizen konnte, sowie ein gekacheltes Becken zur »Abkühlung«. Danach meldete er sein Geschäft unter dem Namen »Bains La Vienne« an, weil er am Ufer der Vienne seine große Liebe gefunden hatte. Gleich darauf hielt er um die Hand von Louise de Courtin an, die ihm sowohl vom Charakter als auch vom Äußeren her etwa so ähnlich war wie eine Taube einem Wildschwein. Trotzdem war sie die einzige Frau auf der Welt, mit der er leben wollte.

Louise entstammte dem niederen Landadel aus der Gegend um Poitiers und hatte ihre Kindheit damit verbracht, auf die Liebe zu warten, wie man auf den Sonnenaufgang wartet – ohne Hast und ohne Unruhe. Antoine de Courtin, ihr Zwillingsbruder, der ebenso blond und zierlich war wie sie, hielt sich nicht gern in der Sonne auf und zog der Gesellschaft von heiratsfähigen Fräulein diejenige von Stallknechten vor. Trotz seines eher deftigen Umgangs arbeitete er an einem Buch über zwischenmenschliche Höflichkeit. Louise pflegte mit ihm am Ufer der Vienne spazieren zu gehen und seinen Erklärungen zu lauschen, weshalb Sauberkeit ein wichtiger Bestandteil des Anstands ist und mehr als alles andere dazu dient, den Geist und die Tugend einer Person zu erkennen.

Und so kam es, dass Louise eines schönen Morgens im Frühling zum ersten Mal im Leben einen nackten Mann sah. Ohne sich um mögliche Zuschauer zu kümmern, schüttelte er sich laut lachend mit zurückgelegtem Kopf und weit geöffneten Armen im Wasser. Überrascht, aber nicht ängstlich, zumal ihr Bruder den Hals reckte, um den Badenden besser sehen zu können, bewunderte Louise dieses freie Lachen, das Fröhlichkeit und Gesundheit ausstrahlte. Der Mann stieg aus dem Fluss. Louise musterte ihn bedächtig und mit Vergnügen von unten nach oben, und als ihr Blick das Gesicht erreichte, war sie bezaubert und äußerst angetan. Der Unbekannte blieb wie angewurzelt im Schilf stehen und erwiderte ihren Blick. Louise kehrte in ihr Herrenhaus zurück und erklärte ihrer Großmutter, dass sie nur diesen und keinen anderen Mann heiraten wolle.

Einige Jahre vergingen. Antoine de Courtin übermittelte Briefe und Nachrichten und bedauerte, dass sich das große, braune Tier mit dem ansteckenden Lachen für seine Schwester und nicht für ihn entschieden hatte. Louise lehnte vier vorteilhafte Partien ab. Dann starb die Großmutter. François Quentin begab sich zum Gutshaus, um sein Beileid auszusprechen. Man signalisierte ihm, dass man nur ihn allein liebe, aber dass ein Ehemann verpflichtet sei, seiner besseren Hälfte ein anständiges Leben zu ermöglichen. Er schwor, Tag und Nacht zu arbeiten, um dieses Ziel zu erreichen. Tatsächlich arbeitete er Tag und Nacht, kehrte als stolzer Besitzer eines nagelneuen Badehauses zurück und wurde zu seiner eigenen wie auch zur großen Freude seiner Verlobten dafür belohnt.

Die Turteltäubchen verbrachten ihren Honigmond in der heimatlichen Touraine und kehrten in mehreren Etappen mit dem festen Vorsatz in die Hauptstadt zurück, aus den »Bains La Vienne« den beliebtesten Treffpunkt von Paris zu machen. Es war Ironie des Schicksals, dass sie die Stadt in den letzten Augusttagen des Jahres 1648 erreichten, just als die Aufstände der »Fronde« gegen die Monarchie überall wie Zunder aufloderten.

Ich glaube kaum, Monsieur, dass man Euch über die Umstände des Aufruhrs berichtet hat, den man »Fronde« nennt. Noch viel weniger hat man Euch wahrscheinlich erklärt, dass die Geschichte der jetzigen Regierung und Eure eigene Geschichte ihre Wurzeln in diesen vier blutigen, beschämenden Jahren voller falscher Einigungen haben. Die Unwissenheit, in der man Euch beließ, hat ihren Grund darin, dass sich der schöne Emmanuel de Cholay – Euer Vater – damals nicht auf die richtige Seite geschlagen hatte. Der König hat ihm zwar verziehen, aber er hat es nie vergessen.

Ihr müsst wissen, dass der König niemals etwas vergisst. Zwei Tage, zwei Monate oder zwanzig Jahre später erinnert er sich noch einer Bewegung, eines Wortes oder gar eines Blickes. Er kennt auch das Timbre Eurer Stimme, den Namen Eures Beichtvaters, den Eures Hundes, weiß, ob Ihr beim Lachen den Mund öffnet, welchen Dienst Euer Urgroßvater für den Thron geleistet hat und womit er dafür belohnt wurde. Wenn es Euch gelingt, seine Neugier zu wecken, die ständig unter einem gleichgültigen Äußeren lauert, wenn Ihr seine künstlerische Empfindsamkeit berührt, die seine ehrlichsten Gefühle nährt, wenn Ihr es schafft, durch eine mutige Tat oder Dienstbarkeit seine Wertschätzung zu erreichen, so wird er Euch vorteilhaft im Gedächtnis behalten und Euch mit der Freundlichkeit behandeln, die er seinen loyalsten Dienern vorbehält. Wenn er Euren Blick jedoch für zu lebhaft, Eure Stirn als zu hoch und

Eure Äußerungen als zu scharfzüngig empfindet, wenn Ihr zu geschickt zu Pferde sitzt, zu angenehm Gitarre spielt, zu hübsche Verse schmiedet und Euch die Herzen anderer Menschen zu leicht zufliegen, wenn er spürt, dass Euer Geist zu frei und Eure Seele zu stolz ist, um ihm und seinem Thron Ergebenheit zu zollen, dann wird er Euch aus Rücksicht auf diejenigen, die Euch empfohlen haben, zwei- oder dreimal zunicken und Euch danach nicht mehr kennen. Denkt daran, wenn Ihr ihm vorgestellt werdet.

Die »Fronde« ist ein Theaterstück, eine mit Schießpulver geschriebene Tragödie, die von illustren Persönlichkeiten des Königreiches auf einer recht willkürlich zusammengezimmerten Bühne aufgeführt wird.

Ihr habt noch nie ein Theaterstück gesehen?

Nun, das wird sich bald ändern. Da, wo man Euch erwartet, werdet Ihr sogar jeden Tag eines sehen, und oft werden sie demjenigen ähneln, von dem ich Euch jetzt berichte. Seid Ihr bereit?

Als der Vorhang sich hebt, ist Louis XIV. zehn und sein Bruder Philippe d'Orléans acht Jahre alt. Königinmutter Anna sieht sie jeden Tag, liebt sie und kennt sie besser, als es bei Müttern ihres Ranges sonst üblich ist. Kardinal Mazarin, ein Meister der Intrige und politischer Magier, der vom Adel, der Bourgeoisie und dem Volk gleichermaßen gehasst wird, ist Pate, Mentor und regierender Minister des noch unmündigen Königs. Der Dreißigjährige Krieg hat Frankreichs Schatzkammern geplündert. Um sie wieder zu füllen, erhöht Mazarin die Handelssteuer, die Grundsteuer und die Vermögenssteuer und setzt die Einkünfte für Ämter in der Regierung auf vier Jahre aus. Man kann diese Ämter als Gunstbeweis des Königs erhalten, doch sie verkaufen sich auch gut, weil damit die Erhebung in den Adelsstand und ein jährliches Einkommen verbunden ist. Die Parlamentarier, die ihre Einkünfte dahinschwinden sehen, rufen zum Widerstand auf. Das Volk begreift zwar nichts von diesen Dingen, aber wie jedes Mal, wenn es heiß wird und man um die Zukunft fürchtet, werden in Paris Barrikaden errichtet.

Durch solche rings um den Palais-Royal – damals hieß er noch Palais Mazarin – errichteten Barrikaden mussten François und Louise La Vienne sich einen Weg bahnen, um ihre neue Wohnung zu erreichen. Louise hat noch niemals Bewaffnete und erst recht noch keine blutenden Männer gesehen. Das Gebrüll der Fanatiker auf der Jagd nach dem Justizminister, dem unglücklichen Chevalier Séguier, und der Brand im Hôtel de Luynes, wohin er sich geflüchtet hatte, ängstigen sie sehr. Ihr Gatte versicherte ihr, dass die Unruhen nur von kurzer Dauer seien und den Erfolg ihres Unternehmens nicht beeinträchtigen würden. Er versprach ihr auch, dass sie nie wieder Angst zu haben brauche. Zwar ahnte er, dass er sie anlog, doch er wusste noch nicht, wie sehr.

Der nächste Vorhang öffnet sich auf eine Winterlandschaft. Es ist Januar, die Nacht vor Dreikönig. Den Pferden vor den Tuilerien hat man die Nüstern verbunden und die Hufe in Tücher gewickelt. Königinmutter Anna, die beiden königlichen Prinzen, der Kardinal, Kammerdiener, Ärzte, Beichtväter, Hofdamen, Offiziere des königlichen Hauses, die zuständigen Beamten für Zimmer, Garderobe, Nahrung, Musik, Hunde und Vögel drängen sich starr vor Kälte unter feuchten Decken in mehreren Kutschen. Ein Geisterzug ohne Fackeln und Trommeln durchquert eilig und stumm die Vorstädte, um Schloss Saint-Germain-en-Laye noch vor Tagesanbruch zu erreichen. Ziel dieses Manövers ist ein Rundumschlag. Die vier unabhängigen Kammern hatten eine Charta zur Erhaltung ihrer feudalen Privilegien aufgesetzt, die Mazarin ursprünglich akzeptieren wollte. Die Regentin jedoch lehnt es ab, sich Gesetze diktieren zu lassen.

Louis II. de Bourbon-Condé, den man auch »le Grand Condé« nennt, achtundzwanzig Jahre alt, dürr wie eine Bohnenstange, mit brennendem Blick und dem Profil eines Raubvogels, ist ein militärisches Genie und Cousin ersten Grades des Königs. Er findet die Unverfrorenheit der Parlamentarier unerträglich und die Unterstützung, die einige Herren des Hochadels ihnen gewährt hatten, unzulässig. Er hat die Siege von Rocroi und Lens errungen, die Frankreich im Dreißigjährigen Krieg in Vorteil brachten. Sein Ansehen ist immens, sein Streben nach Ruhm desgleichen. Er bietet dem jungen König seine Dienste an, um diejenigen zu bekämpfen, die ihm trotzen. Gewitzt verspricht Mazarin ihm den Vorsitz im Rat, sobald er die Revolte niedergeschlagen hat.

Nachdem der König Paris verlassen hat, übernimmt Condé das Kommando über die Truppen, verstärkt sie mit viertausend deutschen Söldnern, die er ordentlich aufhetzt, und belagert die Hauptstadt mit zehntausend Mann. Innerhalb der Stadtmauern beschließt das Parlament, den Kardinal zu bannen. Der Hochadel erkennt die Möglichkeit, gleichzeitig die eigenen Interessen zu verwirklichen und Ruhm und Ehre zu erlangen, und sammelt sich unter der Fahne der Herzogin von Longueville, der Schwester des Grand Condé. Anne Geneviève de Condé ist dreißig Jahre alt, blond, hat veilchenblaue Augen, ebenso viel Geist wie Ehrgeiz und ebenso wenig Moral wie Skrupel. Jemandem ein Gesetz aufzuzwingen ist für sie vergleichbar mit dem Vergnügen bei der Jagd: Man braucht List und Ausdauer, und außerdem kann es ungemein erregend sein. Ihre beiden Brüder Louis und Armand, die Fürsten Condé und Conti, vergöttern sie geradezu. Sie schläft mit

Armand, den sie vollständig beherrscht, und verspricht ihre Gunst auch dem Älteren, den sie noch vollständiger zu beherrschen hofft. François Paul de Gondi, der Koadjutor von Paris, ist verrückt nach ihr. Er schwört, ihr die Hauptstadt zu Füßen zu legen, und öffnet ihr die Tore des Hôtel de Ville, damit sie dort das Kind entbinden kann, das sie von ihrem Liebhaber, dem Prince de Marcillac – und späteren Herzog de la Rochefoucauld, Autor der Maximen –, erwartet. Das Buch kann ich Euch übrigens nur wärmstens empfehlen, falls Ihr es nicht schon gelesen habt.

Im Krieg ist es egal, ob man Ungeziefer hat oder stinkt. In diesem Winter hatte La Vienne nicht einmal Gelegenheit, die Badebecken zu heizen. Das Hochwasser der Seine überflutete sein Grundstück, und als der Frost kam, platzten die neuen Rohre. La Vienne schöpfte sein letztes Kapital aus und kaufte Blei, dessen Kurs zu Neujahr 1650 in schwindelerregende Höhen stieg. Er zerlegte den Pferdestall, um das Zimmer zu heizen, in dem sich Louise und er in Erwartung besserer Zeiten dem Würfelspiel widmeten.

Louise war hellhaarig, hellhäutig und so schlank, dass François ihre Taille mit beiden Händen umfassen konnte. Sie lachte gern und war sehr sanft. Sie hatte ein Brustleiden, das bei den ersten Frösten zu heftigem Husten und später zu Erstickungsanfällen führte. François räucherte die Wohnung mit Kampfer aus, und eines Tages waren sowohl der Husten als auch der Winter zu Ende. Im Frühjahr bot die Königinmutter einen Frieden an, der mit gegenseitigen Versprechungen von allen Beteiligten akzeptiert wurde. Der junge König kehrte in den Louvre zurück, seine treulose Hauptstadt feierte ihn, und das Ehepaar La Vienne erhielt endlich die Zulassung für sein Gewerbe. Über den Eingang nagelte François ein Schild mit der Aufschrift: »Bains La Vienne, von Gnaden des Königs«.

Solange Mazarin den Prince de Condé benötigte, hatte er ihm das Blaue vom Himmel versprochen. Nachdem Paris sich jedoch ergeben hat, macht er eine Kehrtwendung, reicht seinen früheren Feinden die Hand und verspricht nun ihnen das Blaue vom Himmel. Condé zeigt die Zähne. Seine verwandtschaftlichen Bande wirken sich aus. Sein verrückter Bruder, seine wilde Schwester und sein dummer Schwager stehen ihm zur Seite. Gemeinsam wenden sich Armand, Anne Geneviève und ihr Mann Henri, der Herzog von Longueville, gegen Kardinal Mazarin. Darauf jedoch hat der listige Mann nur gewartet. Am 18. Januar 1650 lässt er die Fürsten Condé und Conti sowie den Herzog von Longueville verhaften.

Dieses Mal erhebt sich ganz Frankreich. Der Prince de Condé sitzt zwar hinter Schloss und Riegel, aber die Herzogin von Longueville wiegelt die Normandie auf, Condés Gemahlin Marie-Thérèse de Bourbon schließt sich mit der Stadt Bordeaux und ganz Guyana an, und der Herzog von Orléans entschließt sich nach einigem Hin und Her ebenfalls für die Revolte, die man seither »Fronde der Fürsten« nennt. Gaston d'Orléans ist der Bruder des verstorbenen Louis XIII. und ein hübscher Schmetterling, der lieber herumtändelt, als die Krone seines minderjährigen Neffen und Königs zu schützen. Er ruft sich zum obersten Heerführer des Königreichs aus und fordert mit Unterstützung des Parlaments und des Hochadels den Kopf von Kardinal Mazarin. Unter seiner Führung setzt die Stadt Paris die Königinmutter Anna und die königlichen Prinzen Louis und Philippe gefangen. Man fordert die Befreiung der Fürsten und Exil für den Italiener Mazarin. Die Königinmutter gibt nach. Der Pate Seiner Majestät geht ins Exil. Anna von Österreich flüchtet sich mit dem jungen König, den jeder dieser Tage der Entehrung mit Wut wie mit einem Brenneisen zeichnet, nach Poitiers. Sie verbündet sich mit dem Maréchal de Turenne und bemüht sich, die aufständischen Provinzen eine nach der anderen zurückzugewinnen.

Am 5. September wird Louis XIV. dreizehn Jahre alt und erreicht damit das für Könige geltende Mündigkeitsalter. Könnt Ihr Euch vorstellen, Charles, was es bedeuten muss, zwar volljährig zu sein, sich aber wie eine Marionette zu fühlen, weil der eigene Onkel mit Waffengewalt gegen Euch vorgeht und in Eurer Hauptstadt residiert?

Im Frühjahr 1652 marschierten die königlichen Truppen nach Paris. Wieder eine Belagerung, neue Verwüstungen, erneute Hungersnot. Das Ehepaar La Vienne hatte seine letzten Ersparnisse verbraucht und wusste nicht mehr, an welchen Geldhai es sich noch wenden sollte. Just in diesen Tagen tänzelte hoch zu Ross la Grande Mademoiselle in ihren Hof. Anne Marie Louise d'Orléans, die Herzogin de Montpensier, ist die einzige Tochter des Herzogs von Orléans und reichste Adelige Europas. Ebenso hitzköpfig wie ihr Vater unterstützte sie ihren Cousin Condé, den sie heiraten wollte, nach Kräften gegen seinen Cousin, den König, den sie ebenfalls gern geehelicht hätte. La Vienne verneigte sich voller Respekt vor ihr und bat sie, wieder zu gehen. Weil die »Bains La Vienne« die Genehmigung des Königs und der Königinmutter erhalten hatten, empfand er es als unangebracht, deren Feinde zu empfangen. La Grande Mademoiselle lachte von Herzen, neigte sich zu La Vienne hinab und sagte ihm Ruin, Fehlschläge, Plagen und einen frühen Tod voraus. Dann ließ sie ihr spanisches Pferd aufsteigen und verschwand, wie sie gekommen war. Der Zwischenfall wäre möglicherweise im Sande verlaufen, hätte La Vienne nicht seinem Freund Bontemps davon erzählt.

Alexandre Bontemps bereitete sich darauf vor, die ebenso schwierige wie glanzvolle Funktion als erster Kammerdiener des Königs von seinem Vater zu übernehmen. La Vienne kannte ihn aus der Touraine, wo die Bontemps Ländereien besaßen, und ihre Kinderfreundschaft war trotz ganz unterschiedlicher Lebenswege nie erloschen. Beide Männer hatten ein gutes Herz und einen geradlinigen Charakter, waren grundsätzlich rechtschaffen und immer loyal. Bontemps gratulierte La Vienne zu seiner Treue zum Thron und ließ es sich nicht nehmen, jedem, der es hören wollte, davon zu erzählen. Man bewunderte den Bader. Da er la Grande Mademoiselle abgewiesen hatte, gewann La Vienne die Achtung der Königinmutter, des jungen Königs und des Kardinals Mazarin, der ihm gar einen eigenhändig geschriebenen Brief zukommen ließ: »Ein vortreffliches Badehaus ist in Paris ebenso selten wie ein loyaler Mann. Ihr seht mich entzückt, sowohl das eine als auch das andere zu belohnen.« Diesen Worten waren von Louis XIV. unterschriebene Patentbriefe beigefügt, die Sieur François Quentin, genannt La Vienne, den Status eines königlichen Oberhofbarbiers verliehen.

Die Kämpfe gehen weiter und verwüsten die Vorstädte. Die abenteuerlustige Grande Mademoiselle lässt von den Türmen der Bastille aus auf die königliche Kavallerie schießen. Am 2. Juli 1652 erfährt sie, dass der König und der Kardinal die Kämpfe von den Hügeln von Charonne aus beobachten. Sofort lässt sie die Kanonen wenden und befiehlt zu feuern. Der erste Schuss verirrt sich auf die Flanke des Hügels. Ein junger, blonder Mann mit einer Armbinde in den Farben des Herzogs d'Orléans beugt sich nach unten, um die Schussrichtung zu korrigieren. Beim nächsten Schuss geht eine Kugel unmittelbar vor den Nüstern des königlichen Pferdes nieder.

Louis XIV. droht zu stürzen, fängt sich jedoch wieder und

murmelt, kreideweiß im Gesicht: »Meine Cousine scheint tatsächlich meinen Tod zu wünschen …«

Der geschickte Schütze heißt Marie Emmanuel de Cholay und ist der einzige Sohn von Marie Amédée, Baron d'Almenêches, Seigneur de Séez, Comte de Cholay.

Sicher habt Ihr Euren Vater wiedererkannt, Monsieur.

Als sich die Beamten des Hôtel de Ville zugunsten von Verhandlungen mit der Regentin aussprachen, legte Condé das Gebäude in Schutt und Asche und verwüstete das Viertel.

In dieser Zeit stellte Louise La Vienne fest, dass sie ein Kind erwartete.

Am 1. September 1652 feiert Euer Vater seinen fünfundzwanzigsten Geburtstag. La Grande Mademoiselle ist es leid, Krieg zu spielen. Emmanuel de Cholay hat grüne Augen und eine hübsche Figur. Um sich zu zerstreuen, schäkert sie ein wenig mit ihm. Er jedoch begehrt nur käufliche Damen, sie hingegen bevorzugt Prinzen von Geblüt. Damit welkt ihr Idyll dahin, ehe es richtig begonnen hat.

Die Übergriffe von Condés Truppen und die Aussicht auf einen weiteren entbehrungsreichen Winter führen im Parlament zu einer Kehrtwendung. Plötzlich denkt man wieder royalistisch. Der Herzog von Orléans begreift, dass seine große Stunde vorüber ist, und zieht sich sang- und klanglos in sein Schloss nach Blois zurück. La Grande Mademoiselle lässt sich unentschlossen etwas mehr Zeit, ehe sie schließlich unter dem Vorwand, die Abrechnung ihrer Verwalter prüfen zu müssen, auf ihre Ländereien in Saint-Fargeau zurückkehrt. Verraten von Gondi, den Mazarin zum Kardinal de Retz erhoben hat, kehrt der Prince de Condé Paris den Rücken und stellt sein Schwert und seinen Stolz in den Dienst des spanischen Königs. Am 21. Oktober schließlich zieht der König wieder in den Louvre ein.

Euer Vater wartet die Sanktionen nicht ab. Er begräbt seine Träume von Ruhm und Glück in der Asche der »Fronde« und kehrt kleinlaut nach Almenêches zurück. Der alte Comte erkennt ihn nicht mehr. Er ist aus Scham um den Verrat seines Sohnes am König senil geworden.

Louis XIV. ist jetzt gut vierzehn Jahre alt. Die Jahre des Exils in seinem eigenen Reich haben ihn gehärtet wie Stahl, den man bis zur Glut erhitzt und ihn dann in eisiges Wasser taucht. Er hat gehört, wie man im Hof des Louvre seinen Tod forderte. Vom ersten Stockwerk aus musste er mitansehen, wie seine Garden von mit Mistgabeln, Sensen und Knüppeln bewaffneten Männern massakriert wurden. Man hat ihn völlig bekleidet ins Bett gelegt, wo er tat, als schliefe er, während stinkende Rüpel an den offenen Bettvorhängen vorbeischlurften. Er hörte, wie sie sich über ihn lustig machten und mit zusammengebissenen Zähnen beängstigende Drohungen ausstießen. Er musste fliehen. Er, der König! Von Schloss zu Schloss, ohne Aussicht auf ein Ende des Albtraums. Er schlief in Scheunen auf Stroh und auf Behelfsmatratzen in Räumen ohne Feuerstelle. Er war so arm, dass er nicht einmal einem Bettler ein Almosen geben konnte. Er fühlte sich verfolgt, verhöhnt und verleugnet. Seinem Bruder Philippe gefiel es, immer unterwegs zu sein. Es genügte, ihm eine Puppe in die Hand zu drücken. Wenn er spielen konnte, fehlte es ihm an nichts. Louis hingegen hatte Angst und Hunger. Er schämte sich, und ihm war kalt. Er war verraten worden. Von seinem Onkel, seinen Vettern, seiner Cousine und den höchsten Würdenträgern des Königreichs. Das Bewusstsein, dass es auf dieser Welt weder Verwandte noch Freunde und weder Loyalität noch Treue gibt, prägte sich tief in sein Gedächtnis.

Von diesem Zeitpunkt an misstraut er Fürsten, Parlamentariern, dem Volk und der ganzen Stadt Paris. Mazarin gibt ihm eine Liste mit den Namen der Adeligen, die gegen ihn gekämpft haben, und rät ihm, die Landjunker auf ihre Ländereien zu schicken, um dort über die Worte der Chimène im »Cid« nachzudenken: »Beschimpfte Ehre ist nicht herzustellen«, dem Hochadel jedoch zu verzeihen. Also Theater, wie immer. Mit lächelnden Lippen, aber Hass im Herzen breitet der junge König die Arme für die Abtrünnigen aus. »Erniedrigt die Großen, sonst erniedrigen sie Euch«, flüstert Mazarin ihm zu, während er zusieht, wie der Herzog von Orléans, La Grande Mademoiselle und Fürst Conti Krokodilstränen falscher Reue vergießen. Louis drückt die Verräter an sein Wams und träumt davon, sie eines Tages zu erwürgen. Ein Halsband um jeden Hals, eine Leine für jedes Halsband. Und dann langsam zuziehen. Bis sie am Boden liegen. Bis diese Heuchler mit beiden Knien im Dreck vor ihrem Herrscher kriechen. Der sie nie wieder aufstehen lässt.

Jetzt dürft Ihr klatschen, Monsieur. Die Bühne leert sich. Die Kulissen der »Fronde« werden abgebaut, doch hinter ihnen bereitet man schon das große Schauspiel der Herrschaft vor. Die geheime Absicht des Königs. Die Geschichte eines langsamen Todes, choreografiert wie ein Ballett. Das Schloss von Versailles dient gleichzeitig als Bühne und als Mittel zum Zweck.

Das Schloss von Versailles, wo man Euch demnächst hinbringt?

In diesem Königreich gibt es nur ein Versailles.

Und der Tod? Wer muss sterben?

Lest einfach weiter.

Louise La Vienne verlor ihr Fruchtwasser am 21. Juni, einem außergewöhnlich heißen Tag. François hatte sich schon vor Sonnenaufgang auf den Weg in den Wald von Halatte bei Senlis gemacht, wo er Buchenholz kaufen wollte. In seiner Panik ließ Antoine de Courtin, Louises Zwillingsbruder, Alexandre Bontemps benachrichtigen, von dem er wusste, dass er der einzige Freund seines Schwagers war. Bontemps ging sofort zu Seguin, dem Leibarzt der Königinmutter, und bat ihn, die junge Frau zu retten. Der prominente Herr ließ sich in einer Sänfte in die Rue Neuve-Montmartre bringen und diagnostizierte, ohne sich die Handschuhe abzustreifen, eine Steißlage, die durch blockierte Bronchien noch kompliziert wurde. In dem Bestreben, beide Probleme gleichzeitig zu lösen, verordnete er einen Einlauf mit Sennesblättern, alle zwei Stunden einen Aderlass abwechselnd an Armen und Knöcheln sowie ein leichtes Brechmittel. Der Einlauf sollte die Eingeweide entwirren, die so mehr Platz bieten und dem Kind eine Drehung in die richtige Lage gestatten würden. Der Aderlass wurde gebraucht, um den Organismus zu reinigen und die Brust zu befreien. Dank des Brechmittels schließlich würde die Kranke gleichzeitig mit überschüssiger Galle den Schleim erbrechen, der ihre Atemwege verstopfte. Schon beim zweiten Aderlass fiel Antoine de Courtin in Ohnmacht. Louise ebenfalls. Seguin befahl der Hebamme, die ihm assistierte, diese doppelte Ohnmacht zu nutzen und das Kind mittels der großen Zange zu drehen. Innerlich zerrissen, von oben und unten entleert, ausgeblutet und mit zwischen den Beinen heraushängenden Därmen ließ sich Louise sechs Stunden lang peinigen. Sie flehte, man möge sie sterben lassen, das Kind aber retten. Beim Angelusläuten holte man einen Mönch aus einem angrenzenden Kloster, der Louise mit den Sterbesakramenten versah. Anschließend steckte die Hebamme der jungen Frau ein Stück Holz zwischen die Zähne, wies sie an, so fest zuzubeißen, wie sie konnte, öffnete ihren Bauch von den Rippen bis zur Scham und zog einen rachitischen Säugling heraus, den sie mit Essig und Knoblauch abrieb, ohne ihn dazu zu bringen, auch nur einen Schrei auszustoßen. Louise streckte einen weißen, blau geäderten Arm nach ihrem Kind aus, ehe sie mit einem letzten Atemzug ihre reine Seele aushauchte. Antoine de Courtin schluchzte so sehr, dass seine Schultern zuckten, als leide er am Veitstanz. Als er das Neugeborene in die Wiege legen wollte, glitt es ihm aus den Armen. Sofort bildete sich an der Schläfe ein großer, blauer Fleck. Antoine versteckte die Beule unter den Spitzen des Häubchens und wies die Amme an, das Kleine sofort zu stillen.

Als François nach Hause kam, lag seine Frau, ganz in Weiß gekleidet, zwischen zwei dicken Kerzen, sein Schwager geißelte sich, die Hausmeisterin wischte das Blut auf, das zwischen den Holzbrettern hindurch nach unten gesickert war, die Hebamme forderte den doppelten Lohn, weil sie eine bereits verstorbene Mutter wieder zusammengenäht hatte, das Neugeborene erbrach unter Krämpfen seine erste Milchmahlzeit, und ein Barbier mit medizinischen Kenntnissen wollte ihm gerade ein Klistier verabreichen. La Vienne bekam einen solchen Wutanfall, dass der einzige Kunde des Badehauses triefend aus der Wanne stieg und sich erkundigte, wer hier wen und wo umbrachte. Der Quacksalber und die Hebamme flohen, ohne sich um ihre restliche Entlohnung zu kümmern. Allein die Amme wagte, La Vienne die Stirn zu bieten, weil ihr Erfolg, zwölf Säuglinge aus einflussreichen Familien ohne Beanstandung aufgezogen zu haben, sie stärkte. Sie hatte auf Anweisung der verstorbenen Mama ihre Brustwarzen vor dem Stillen gesäubert, und ihre Milch war nahrhaft und von ansprechendem Geruch. Das Problem lag nicht an ihr, sondern an dem Kind, das es sicher auch auf der Brust hatte.

Das Kind. La Vienne hatte es bisher keines Blickes gewürdigt. Er riss die Bänder ab und wickelte die Windeln auseinander. Ein Mädchen. Ganz winzig und mitleiderregend schwach.

Die Haut war so dünn, dass man jede Ader darunter erkennen konnte. Und dann dieses merkwürdige Blau auf einer Kopfhälfte. Hinzu kamen Krämpfe, die den kleinen Körper verdrehten wie ein Handtuch, das ausgewrungen wird. Die Vorstellung, er könne dieses kleine Ding ebenso verlieren, wie er Louise verloren hatte, durchfuhr François mit solcher Macht, dass er neben der Wiege auf die Knie sank. Er spürte, wie die Vernunft gegen seine Schädeldecke pochte, und presste die Hände an die Schläfen, damit sie nicht entwich. Viel Zeit verging. Er bemerkte es nicht. Als er wieder zu sich kam, hatte sich der blaue Fleck über das Gesicht des Neugeborenen ausgebreitet, und Louise begann zu riechen. Als Antoine de Courtin erkannte, dass sein Schwager nicht in der Lage war, das Haus zu verlassen, lief er zum Louvre, irrte durch Vorzimmer und Säle und wartete, bis Alexandre Bontemps sich vom Dienst befreien und ihm in die Rue Neuve-Montmartre folgen konnte. Als Bontemps sich, nachdem er Louise einen Kuss auf die kalte Stirn gedrückt hatte, über die Wiege mit dem kaum atmenden Neugeborenen beugte, drückte es ihm fast das Herz ab. Sanft überzeugte er La Vienne, dass er Louise nicht länger bei sich behalten konnte und dass er sie in die Gruft der Courtins bei ihrem Anwesen in der Nähe von Poitiers überführen müsse, wo die Toten der Familie seit fünf Generationen zur letzten Ruhe gebettet wurden. Als es jedoch um das Kind ging, zeigte der Witwer sich unbelehrbar. Er weigerte sich kategorisch, seine Tochter in der Obhut der Amme zu lassen, und lehnte es rundweg ab, dass sich ein Arzt auch nur in ihre Nähe begab. In seiner Verzweiflung schlug Bontemps vor, sich für die Zeit der Beisetzung des kleinen Mädchens anzunehmen, sie in seiner Wohnung zu hüten und sie keinen Moment aus den Augen zu lassen. Außerdem schlug er vor, eine jüngere und rundlichere Amme einzustellen, und kannte einen Heilkundigen, der erfahren im Handauflegen war. Es würde sicher nicht schaden, ihm die Kleine einmal vorzustellen – die Königinmutter habe ihn schon mehrmals zu ihrer vollsten Zufriedenheit konsultiert.

Seit Louise nicht mehr lebte, war Bontemps der einzige Mensch, zu dem La Vienne noch Vertrauen hatte. Er wickelte seine Tochter mit so viel Hingabe in eine Decke, als sei es das Jesuskind höchstpersönlich, legte sie Bontemps in die Arme und ließ ihn schwören, sie heil und gesund zu ihm zurückzubringen. Bontemps schwor, umarmte seinen Freund und ging.

La Vienne polsterte Louises Sarg mit Lavendelsäckchen aus. Er entschuldigte sich bei der geliebten Frau, dass er nicht besser auf sie aufgepasst hatte, und flehte sie an, in der unergründlichen Ewigkeit glücklich zu werden. Er hatte angefangen, an die Ewigkeit zu glauben, weil sie dort auf ihn wartete. Nur konnte er ihr nicht sofort dahin folgen, weil er sich um ihr gemeinsames Kind kümmern musste. Zwar wusste er nicht, wie man ein Mädchen erzieht, aber er versprach, es zu lernen, und flehte Louise an, in ihm selbst weiterzuleben.

Nachdem der Sarg in der Familiengruft bestattet worden war, überließ er es Antoine de Courtin, die Beileidsbekundungen entgegenzunehmen, und ging ein Stück am Ufer der Vienne entlang. Obwohl sich auf der Böschung Spaziergänger aufhielten, entkleidete er sich, trat nackt ins Schilf und suchte am Ufer nach jenem Blick, der ihn gefesselt und hingerissen hatte. Er fand ihn genau an dem Ort, wo er Louise kennengelernt hatte – himmelblau über einem hellen Lächeln, das wie die Sommersonne strahlte. Nun wusste er, dass seine geliebte Frau ihn gehört hatte und niemals verlassen würde. Er kehrte ins Herrenhaus zurück, nahm seinem Schwager das Versprechen ab, spätestens zu Neujahr in die Rue Neuve-Montmartre zurückzukehren, und sprang in die erste Kutsche in Richtung Paris.

Am nächsten Tag klopfte er an Bontemps' Tür. Er fand ihn in der Küche, wo er eine Amme überwachte, die ebenso blond war wie Louise, aber kräftiger gebaut und von strahlender Gesundheit. Mit pochendem Herzen trat La Vienne näher. Bontemps machte ihm ein Zeichen, noch zu warten, und füllte zwei Weingläser. Der Säugling schien seine neue Amme zu mögen, denn er saugte hingebungsvoll und ohne sich zu sträuben. Als die junge Frau nach einer Weile die Brust wechselte, nahm das kleine Mädchen auch die und saugte, als hätte es lange nichts mehr bekommen. »Heil und gesund, wie versprochen«, sagte Bontemps und prostete ihm zu.

La Vienne hob die Augenbrauen mit dem Ausdruck eines kleinen Jungen, dem man verkündet, der heilige Nikolaus sei da gewesen.

Bontemps trank einen Schluck und fuhr fort: »Ich habe mir die Freiheit genommen, sie vorsichtshalber nottaufen zu lassen. Aber du brauchst dir keine Sorgen zu machen, denn dieses kleine Mädchen da will unbedingt leben. Mein Heilkundiger hat ihr eine Salbe aufgetragen, und du wirst sehen, die blauen Flecken auf ihrem Kopf sind schon verschwunden.«

Er nickte der Amme zu, die den satten Säugling sanft wiegte. Die Augenbrauen des kleinen Mädchens berührten sich, und das winzige Mündchen war gerundet wie zum Kuss. Die Kleine war weder blass noch bläulich, unter ihrem Häubchen war keine Schwellung mehr zu spüren, und sie atmete normal. Mit großen Augen erkundigte sich La Vienne, ob sich auch die Krämpfe beruhigt hätten. Stolz darüber, dass man sie zurate zog, antwortete die Amme, dass das Kind, wenn es Hunger hatte, dermaßen wütend werden konnte, dass man Angst um sein Leben bekäme, aber dass dies vermutlich seiner Natur entsprach – manche Kleinen hätten eben eine leidenschaftlichere Natur als andere Kinder.

La Vienne hörte schon nicht mehr zu. Er hielt seine Nase an die Stirn seiner kleinen Tochter und sog ihren Duft ein. Von der Stirn ausgehend inspizierte er sie weiter Stück für Stück. Er schnüffelte an den jetzt brav geschlossenen Augen und dem rosa Hals, ließ einen Finger unter die Wickeltücher gleiten und berührte die seidige Haut in der Herzgegend. Als er sich wieder aufrichtete, lächelte er selig. Mit dem Gefühl, dass ihm eine zentnerschwere Last von der Brust genommen war, gab Bontemps das Lächeln zurück.

La Vienne trat auf ihn zu, nahm seine Hand und küsste sie innig. »Ihr habt mir das Leben zurückgegeben, mein Freund.«

Bontemps nickte. »Es dieser Kleinen da zu widmen ist das Beste, das Ihr damit tun könnt, François. Ich werde immer da sein, sowohl für sie als auch für Euch.« Mit dem Daumen machte er ein Kreuzzeichen an der Stelle, wo die Augenbrauen der Kleinen sich berührten. Dann blickte er den aufgewühlten Vater an. »Wie sollen wir sie nennen?«

Dem Wunsch Louises entsprechend wählte François La Vienne den Vornamen Nine, dem der Pate aus Achtung für die königliche Familie, der er diente und der auch François als Oberhofbarbier dienen würde, die Namen Philippa und Louise hinzufügte.

Nine La Vienne hat einen sehr eigenwilligen Charakter und würde nie versuchen, Euer Wohlwollen zu erzwingen, Monsieur. Wenn Ihr Euch nicht für sie interessiert, geht sie ihrer Wege und überlässt Euch den Euren.

Ihr versteht nicht, was Ihr mit der Tochter eines Pariser Baders zu tun habt, die, sollte sie noch am Leben sein, heute fast dreimal so alt sein müsste wie Ihr?

Schaut sie Euch näher an. Wie Ihr hat auch Nine ihre Mutter am Tag ihrer Geburt verloren. Wie Ihr ist sie der Überzeugung, Schuld an ihrem Tod zu sein. Wie Ihr ist sie mit ihren Träumen von einer Abwesenden aufgewachsen.

Ihr leugnet es ab?

Nun, ich habe oft genug bei Euch gewacht, um zu wissen, wer durch Euren Schlaf geistert. Ihr sprecht im Schlaf, Charles. Ja, auch heute noch. Als Ihr jünger wart, seid Ihr fast jede Nacht weinend aufgewacht und habt mich gefragt, ob ich Euch eine Medizin gegen den Schmerz geben könnte, keine Mama zu haben. Ich nahm Euch auf den Schoß und gab Euch mein altes Tuch, damit Ihr daran saugen konntet. Ich wiegte Euch und erzählte Euch, dass das Schicksal Euch zwar die leibliche Mama genommen hat, Euch aber als Ersatz nicht nur eine, sondern gleich vier neue Mütter beschert hat. Ihr hattet Eure Amme Bonne Fermat, die Euch gemeinsam mit ihrem dritten Sohn stillte. Ihr hattet die hübsche Gervaise de Sai, die Eurem Vater den Haushalt führte. Ihr hattet die Muhme de Cholay, Eure Tante, die Euch großherzig erzog. Und schließlich hattet Ihr Madame, die pfälzische Prinzessin und Ehefrau von Monsieur, dem Bruder des Königs, die Eure Taufpatin ist und die geschworen hat, dass sie Euch unter ihre Fittiche nähme, wenn Ihr eines Tages allein auf der Welt stehen solltet. Ihr werdet mir antworten, dass keine dieser Mütter Euch in ihrem Leib getragen hat, wie es Eure Jagdhündin Amie mit ihren Jungen tut. Dass Madame ihr Versprechen gab, ohne Euch zu kennen – was nichts mit Liebe zu tun hatte –, und dass sie im fernen Paris wohnte, viel zu weit fort, um zu kommen und Euch zu wärmen, wenn Euch kalt war. Dass auch Gervaise Euch nicht wirklich liebte und nur daran dachte, mit den Knappen Eures Vaters Geoffroy de Serigny oder Quentin Pichard zu schlafen, sofern Geoffroy und Quentin nicht im Bett Eures Vaters lagen. Die Muhme schlief zwar bei Euch, aber Ihr hättet es lieber gesehen, wenn sie das Bett Geoffroys, Quentins oder

Eures Vaters geteilt hätte, weil auch sie Euch nicht wirklich liebte. Sie zog Euch ihre Papageien vor und schwatzte und roch wie diese dummen Vögel. Bonne ähnelte schon eher einer richtigen Mama, aber Euer Vater sagte, sie hätte ihre Zeit hinter sich. Daraufhin hattet Ihr solche Angst, sie könne sterben, ehe Ihr erwachsen seid, dass Ihr sie nicht mehr sehen wolltet. Ihr putztet Eure Nase, warft mir einen dieser Blicke zu, die ich nur allzu gut kenne, und fügtet hinzu: »Und wenn auch Ihr mich eines Tages verlassen wollt, zöge ich es vor, Euch ab sofort nicht mehr zu sehen.«

»Auch dann, wenn wir vor meinem Weggang noch viele schöne gemeinsame Momente erleben sollten?«

Ihr runzeltet die Stirn und wandtet mir den Rücken zu.

Runzelt nicht die Stirn, Charles, und wendet mir nicht den Rücken zu. Lest weiter. Bitte. Ich verlasse Euch, weil der Augenblick für Euch und für mich gekommen ist, weil Euer zukünftiges Leben Euch ruft und weil ich Euch dorthin, wo man Euch erwartet, niemals folgen könnte. Nine La Vienne ist eine Brücke zwischen uns. Weist sie nicht zurück.

Ob ich sie gekannt habe?

Natürlich habe ich sie gekannt. Ich habe jeden derjenigen gekannt, von denen ich Euch erzähle, und jeder hat auf seine Weise meinem Schicksal eine andere Richtung gegeben.

Ob ich Nine geliebt habe?

Nicht wirklich. Und nicht ausreichend.

Ob ich mir wünsche, dass Ihr sie statt meiner liebt?

Vielleicht.

Ob ich sie auch verlassen habe?

Ja.

Ob es ihretwegen ist, dass ich Euch verlasse? Ob ich zu ihr zurückkehre?

Nein, ich gehe Euretwegen. Aber ich kehre zu ihr zurück.

Seid ihr deswegen nicht böse. Wenn wir am Ende sind, Ihr und ich, dann wird Euch klar sein, dass sie es verdient hat. Jetzt im Augenblick sitzt sie aber über ihren kleinen Schreibtisch gebeugt und notiert ihre Idee eines Mittels auf der Basis wilder Birnen. Sie erwartet Euch.

NINE SCHLIESST IHR Heft und versteckt es unter einem anderen, das mit so viel Additionen und Subtraktionen angefüllt ist, wie es ein Vater nur wünschen kann, der seiner Tochter eine gute Ausbildung ermöglichen will. Sie zieht die Tür hinter sich zu, durchquert den Hof und betritt das Gebäude aus grauem Stein, Ziegeln und Schindeln, das die Badestuben beherbergt. Sie findet François La Vienne in einem langen Saal, dessen runde Fenster sich zu den Badekabinen hin öffnen. Er ist dabei, Wannen zu zeichnen, während er gleichzeitig in regelmäßigen Abständen nach den Kunden schaut.

»Vater, ich brauche Geld.«

Ohne Zeichenkohle und Lineal wegzulegen, betrachtet La Vienne sie ruhig. »So, so. Und wozu bitte?«

»Für meine Experimente.«

»Nine, ich habe dir bereits gesagt …«

»Dass du mich mit Destillierkolben und Retorten spielen lässt, weil ich immer etwas Neues brauche, um mich zu beschäftigen, dass du jedoch hier keine Hexe haben willst. Aber ich bin keine Hexe. Höchstens ein kleiner, ganz kleiner Zauberer …«

»Keine Scherze. Du bist schon fast eine Frau.«

»Ganz genau. Frauen sind unvollkommene Wesen und können nur mit Bescheidenheit, Geduld und Unterwerfung darauf hoffen, das zu bekommen, was ihr Geschlecht ihnen nimmt. Zumindest habe ich das heute Morgen gelernt.«

»Und?«

»Ich werde nie bescheiden, geduldig oder unterwürfig sein. Daher muss ich möglichst schnell ein anderes Mittel finden, um das auszugleichen, was meine Natur mir vorenthält.«

François La Vienne verbeißt sich ein Lächeln und beugt sich wieder über seine Zeichnungen. Er ist an die Einfälle seiner Tochter gewöhnt. Seit ihrer Geburt handelt, spricht und denkt Nine nicht wie andere Kinder. Das Schicksal hat sie nicht mit einem bemerkenswerten Äußeren beschenkt, aber La Vienne hat Augen im Kopf und sieht, dass seine Kleine über etwas ganz Besonderes verfügt. Weil er Aufschneiderei nicht leiden kann, wagt er nicht, dieses Besondere Talent zu nennen, und spricht auch nicht von Intelligenz. Er nennt es: Neugier. Es ist eine Neugier, die wie ein vom Wind angefachtes Buschfeuer aufflammt, wild und ohne Rücksicht. Er nennt es auch: Bedürfnis, über alles nachzudenken. Alles – damit meint er den Einfluss des Mondes auf das Gemüt, die Ausbreitung von Krankheiten, religiöse Gebote, die Gerechtigkeit im Königreich, die Unsterblichkeit der Seele, wie man Badewasser auf einer gleichmäßigen Temperatur hält, welchen Sinn das Leben hat, warum so viele Gebärende bei der Niederkunft sterben und hundert andere Fragen, die sich sonst niemand je stellt. La Vienne nennt es auch: Wille. Ein beharrlicher Wille, den kein Beweis abstumpft und den keine Macht beugen kann. Und noch etwas kommt hinzu, das sich schon sehr früh abzeichnete und wichtiger ist als alles andere: der Drang zu lernen und zu verstehen. Bereits mit vier Jahren kannte die Kleine Zahlen und Buchstaben, die ihr Vater ihr, ohne darüber nachzudenken, gezeigt hat, als sie auf seinem Schoß saß, während er die Geschäftsbücher prüfte. Weil sie unbedingt wissen wollte, wie man Buchstaben zu Worten zusammenfügt, und er nicht recht wusste, wie er es ihr beibringen sollte, vertraute er sie den Damen Olivier an, ohne jemandem davon zu erzählen.

Die beiden Schwestern hatten in der Nähe der Église Saint-Germain-l'Auxerrois eine Mädchenschule eröffnet, die eine ganz neue Art von Pädagogik verfolgte, indem sie die Schülerinnen nach Alter trennte. Nine kam in die Klasse der Abc-Schützen, wo sie lediglich ein Jahr verbrachte. Danach besuchte sie ebenfalls ein Jahr lang eine Klasse, in der gedruckte Bücher gelesen wurden, und in einem Alter, in dem ihre Altersgenossinnen gerade einmal stockend das Alphabet aufsagen konnten, saß sie schon bei den Großen, die sich damit beschäftigten, handgeschriebene Briefe und Verzeichnisse zu entziffern. Sie lernte zunächst, deutlich zu schreiben, dann schnell und schließlich elegant, außerdem wurde sie im Rechnen und der Benutzung eines Abakus unterwiesen. Dieser Art von Studien widmete man zweieinhalb Stunden täglich. Die gleiche Zeit wurde für Religion veranschlagt, ebenso viel für Handarbeiten. Wenn Nine artig gewesen war, durfte sie sich auf die Siegerbank setzen. Gebärdete sie sich jedoch undiszipliniert, musste sie zu den Faulpelzen auf das Strafbänkchen, das man auch die »Bank der Melanie« nannte, denn darüber hing das Porträt eines weinenden Mädchens, das schwarz war wie eine Ägypterin und sich die Haare raufte, weil es nicht ordentlich gelernt hatte.

Mit neun Jahren gab es nichts mehr, was Catherine und Élisabeth Olivier Nine hätten beibringen können. Ihre frühreife Art sorgte für Eifersucht unter den Klassenkameradinnen, und die Verachtung, die sie für Stickerei und Gebet an den Tag legte, machte ihre Anwesenheit zu einem schweren Prüfstein der Harmonie unter den Schülerinnen. Ohne auf die Leute zu hören, die ihm davon abrieten, die Bildung dieses neugierigen Mädchens noch weiter voranzutreiben, suchte La Vienne nach einer anderen Schule für seine Tochter. Es war ein kniffliges

Unterfangen, denn die Lateinschulen in Paris waren sämtlich Jungen vorbehalten. Zwar gab es einige Klöster, die Mädchen auch noch andere Dinge als das Beten beibrachten, aber dabei handelte es sich um Internate für künftige Nonnen. Doch es gab auch die Ursulinen im Faubourg Saint-Jacques. Diese Nonnen hatten sich ein halbes Jahrhundert zuvor in Paris niedergelassen und fühlten sich zur Bildung berufen wie die Franziskaner zur Wohltätigkeit. Immer darauf bedacht, auch Kindern aus armen Schichten den Zugang zu Wissen zu ermöglichen, suchten sie ihre Schüler nach ihrer intellektuellen Beweglichkeit aus, lehrten in französischer Sprache und verlangten Schulgeld nur von bessergestellten Familien, die damit auch für die Ärmeren aufkamen. Die Schlafsäle waren geheizt, Mädchen, die nicht als Novizinnen aufgenommen wurden, brauchten kein Habit zu tragen – und was ganz besonders außergewöhnlich war: Die frommen Damen achteten auf die Frische der im Refektorium servierten Mahlzeiten. Die Schüler waren verpflichtet, zweimal wöchentlich die Wäsche zu wechseln, sich nach jeder Mahlzeit den Mund auszuspülen und sich immer wieder die Hände zu waschen.

Bei den Ursulinen lernt Nine nun Hauswirtschaft, Latein, Poesie, Geschichte, Geografie, Kunst, Zoologie und Botanik. Die Mutter Oberin, die sie persönlich unter ihre Fittiche genommen hat, lehrt sie überdies Chemie und Mathematik.

Nine greift nach einem Silbertablett auf dem Tisch.

»Wusstest du, dass Frauen ihrer von Feuchtigkeit bestimmten Gemütsart das weiche Fleisch, ein schmales Gesicht, kleine Augen, eine gerade Nase und ihr furchtsames, jähzorniges und trügerisches Wesen zu verdanken haben?« Sie dreht das Tablett um und betrachtet ihr Spiegelbild auf der glatten Rückseite. »Schmales Gesicht und gerade Nase – stimmt. Aber ich habe keine kleinen Augen. Und schon gar kein weiches Fleisch.«

La Vienne lächelt. »Vielleicht hättest du es, wenn du mehr essen würdest, und das wäre nicht unbedingt von Nachteil. Aber so hast du weder Brüste noch Schenkel oder Hinterbacken. Man sieht jede deiner Rippen, und mit deinen Knien könnte man das Knöchelspiel spielen. So gesehen brauchst du dir keine Sorgen zu machen, ein Mädchen zu sein, denn kein Mann wird dich als solches behandeln.«

Nine stellt das Tablett ab und drückt ihrem Vater einen Kuss auf die Schläfe. »Umso besser. Ich will nämlich keinen.«

»Machen Männer dir Angst?«

»Ganz und gar nicht. Ich finde sie nur ziemlich simpel, selten unterhaltsam, immer vorhersehbar und grundsätzlich hässlich.«

»Hässlich? Dann sieh dir doch mal die an, die heute Morgen hier sind.«

La Vienne weist auf die Luken in der Wand. Nine tritt an eine heran und schiebt die Klappe beiseite. Das Fensterchen öffnet sich auf einen kleinen Raum, in dem sich zwei große Badewannen auf Löwentatzen gegenüberstehen. Im bläulichen Dampf sitzen zwei Männer und lassen sich von Renée, einem robusten Mädchen vom Land, einseifen und abschrubben. Renée wurde eigens als Badefrau und Augenweide für die Kundschaft eingestellt. Nine kneift die Augen zusammen. Der Größere der beiden ist wirklich sehr groß und sieht von den Waden bis zu den Schultern aus wie von einem Gott gemeißelt. Der Zweite ist jünger, zarter und geschmeidiger, hat regelmäßige Züge, lange Muskeln und scheint von einer Art lässiger Sinnlichkeit umgeben. Beide Männer sind schön, sehr schön sogar. Selbst im besten Badehaus von Paris trifft man nicht jeden Tag solche Kunden an.

»Und?«

Nine zuckt die Schultern. »Ich sehe Männern beim Baden zu, seit ich denken kann. Kräftigen und hageren, fetten und behaarten, x-beinigen und weißhaarigen, aber alle sind vom selben Schrot und Korn. Was soll mich da schon überraschen? Diese beiden da sind ein wenig netter anzusehen als die anderen, sonst nichts. Wo kommen sie her?«

»Der Kräftigere ist der Chevalier de Rohan, Großjägermeister Seiner Majestät, der Hübsche ist der Chevalier de Lorraine, ein sehr enger Freund von Monsieur, dem Bruder des Königs.«

»Und du lässt zu, dass sich diese dumme Gans Renée um sie kümmert?«

»Renée ist geschickt. Und sie hat ihre Reize.«

Nine greift nach einer gestärkten Schürze. »Ich werde sie pudern. Und zwar mit einem von mir selbst entwickelten Puder. Ich verspreche dir, dass sie es immer wieder haben wollen.«

Mit einer knappen Geste klappt La Vienne sein Zeichenheft zu. »Du wirst dich von den hohen Herren fernhalten.«

Verärgert richtet Nine sich auf. »Glaubst du etwa, ich verstünde nicht genug von diesem Handwerk? Ich weiß ebenso viel wie du und wesentlich mehr als irgendeiner deiner Helfer.«

»Darum geht es nicht. Du hast dich nicht um Kunden zu kümmern. Punktum.«

»Ich habe es längst getan, ohne es dir zu sagen. Schon oft.«

»Was getan?«

»Das, was du mir beigebracht hast. Das, was wir hier tun.«

La Vienne sieht zu, wie seine Tochter eine weiße Haube aufsetzt, die ihr Haar völlig verbirgt.

»Mit Männern?«

»Natürlich. Und mit Frauen. Ich ziehe Frauen übrigens vor. Das, worum sie bitten, ist weniger kompliziert, und wenn sie zufrieden sind, bedanken sie sich.«

La Vienne hat die Angewohnheit, alle Dinge beim Namen zu nennen und nie um den heißen Brei zu reden.

»Du warst also unseren männlichen Kunden zu Gefallen?«

Nine wirft ihm einen eisigen Blick zu. »Zu Gefallen?«

Wenn sie jemanden so anschaut, werden ihre blauen Augen so dunkel, dass man sie für schwarz halten könnte. La Vienne erwidert ihren Blick.

»Zu Gefallen. Darf ich dich daran erinnern, dass du noch keine dreizehn Jahre alt und meine Tochter bist?«

Nine wendet sich zu den Regalen mit den Gewürzen und den Düften, die dazu dienen, Fleischgerichte, heiße Bäder und die Ruheräume gleichermaßen zu würzen. »Ihr kennt mich schlecht, Vater.« Sie steckt eine Phiole mit Veilchenöl, etwas Moschus und ein wertvolles Stück Ambra in die Schürzentasche.

La Vienne greift nach ihrem Kinn, hebt es und forscht in ihrem Gesicht. »Antworte mir.«

Sie macht sich los, zieht sich die Haube tiefer in die Stirn und sagt ruhig: »Ihr braucht Euch keine Sorgen zu machen. Ich werde niemals eine Frau sein.«

Sie geht an der Wand entlang und beugt sich zur letzten Luke hinunter, deren Klappe im Gegensatz zu den sonst üblichen Gepflogenheiten des Hauses offen steht. Der Raum auf der anderen Seite ist mit Mosaikarbeiten ausgeschmückt und hat eine Kuppel wie eine Kirche. Zwei Leuchter zu beiden Seiten der Tür erhellen eine einzelne, in den Boden eingelassene Wanne. Die Bodenfliesen sind aus weißem Stein, die Wanne aus grünem Marmor. Ein einzelner Mann ruht dort im dampfenden Wasser, hat die Arme auf den Rand gestützt und lässt den Kopf nach vorn hängen, als beobachte er einen Fisch. Nine kann sein Gesicht nicht erkennen. Sie sieht nur den Nacken und die breiten Schultern.

»Und wer ist der?«

La Vienne tritt zu ihr und späht mit ihr durch die Luke. »Erkennst du ihn nicht?«

»Kenne ich ihn denn?«

»Jeder kennt ihn.«

Nine seufzt. »Ich bin nicht jeder. Und ich kann Menschen nicht an ihrem Rücken erkennen. Wer ist es?«

La Vienne zögert. Nine wird ungeduldig.

»Nun?«

»Nun, es ist der König.«

Nine verdreht die Augen zur Decke. »Das ist nicht witzig. Der König kommt doch nicht zu uns.«

La Vienne schließt leise die Klappe. »Wie es aussieht, schon.«

Die Kleine mustert ihren Vater verblüfft. »Der König besucht uns? Seit wann?«

La Vienne verzieht zerknirscht das Gesicht. »Seit einigen Jahren. Drei oder vier vielleicht.«

»Vier Jahre!«

»Er hat damit angefangen, als er seine besondere Zuneigung zu Louise de La Vallière entdeckte. Sie war siebzehn und eine Hofdame von Madame, der Schwägerin des Königs. Es ging darum, einen Ort zu finden, wo sie sich treffen konnten, ohne bei seiner Gattin und seiner Mutter Anstoß zu erregen.«

»Dann kommt die Dame also auch?«

»Inzwischen nicht mehr. Der König nimmt sie mit nach Versailles. Dort kann er sich mit ihr vergnügen, wie er will.«

»Aber offenbar hat er Geschmack daran gefunden, wie wir unsere Kunden hier behandeln. Das ist sehr schmeichelhaft.«

»Mademoiselle de La Vallière hat ihm einen unehelichen Sohn geschenkt. Soviel ich weiß, ist der Kleine gestorben, aber dein Pate sagt, dass sie wieder guter Hoffnung ist. Der König liebt diese Frau, sonst hätte er sie nicht zur Favoritin erhoben. Aber schwangere Frauen mag er nicht. Wenn sie also ein Kind erwarten …«

»… geht er ins Dampfbad.«

La Vienne lächelt. »Genau.«

»Und du hast mir nie davon erzählt.«

»Niemand weiß es. Oder fast niemand. Er kommt maskiert, meist mit dem Chevalier de Rohan, seinem Seelenfreund, und zwei oder drei Schweizer Gardisten, die als Reitersleute verkleidet sind.«

»Und du lieferst ihm ... die Gesellschaft?«

»Dieses Haus ist keine Absteige, Nine.«

»Natürlich nicht. Aber du kümmerst dich trotzdem um das ... Wohlbefinden deiner Kunden, oder? Glaubst du, ich weiß nicht, was sich in den Ruheräumen abspielt? Die Kräuter, mit denen ich den Wein würzen soll, die Räucherschalen, in die du mich Düfte zu geben heißt, die den Kopf leeren und die Sinne erregen – meinst du wirklich, ich wüsste nicht, wozu sie dienen? Genau wie die Stärkungsmittel.«

»Welche Stärkungsmittel?«

»Die Pulver, die ich für dich zubereite und die ich mit den Fruchtgelees und Sirups mische, die du deinen ›Gästen‹ servierst.«

La Vienne runzelt die Stirn. »Sie dienen dazu, den Geschmack der Süßigkeiten zu verstärken.«

»Papa! Ich kenne deine ›Gäste‹ und sehe sie jeden Tag. Ich habe dir bereits gesagt, dass sie für mich nichts als Tiere sind. Oder jedenfalls nicht viel besser als Tiere. Die Art und Weise, wie sie sich genüsslich waschen, sich erhitzen und miteinander huren, lässt mich so unbeteiligt, als ob ich Hunden oder Kaninchen bei der Begattung zuschaue. Solche Dinge interessieren mich nicht.«

Beunruhigt hebt La Vienne den Kopf. »Was interessiert dich dann?«

»Wieso glaubst du, dass ich sie beobachte?«

»Vielleicht, weil du sie tatsächlich beobachtest?«

»Du hast natürlich recht.«

Bestürzt lässt sich La Vienne auf eine Truhe sinken.

Nine hockt sich vor ihn. »Ich tue es nicht aus Lasterhaftigkeit, Papa. Ihre Verrenkungen sind mir egal, und es ist mir völlig gleich, mit welchen Zärtlichkeiten sie beginnen und wie sie einander schließlich befriedigen. Mich interessiert ausschließlich die Wirkung der Zutaten, mit denen ich ihr Liebesspiel würze. Je nachdem, was ich sie einatmen oder zu sich nehmen lasse, verändert sich ihr Verhalten. Nicht immer, aber häufig. Sobald ich eine wirkliche Veränderung erkenne, wiederhole ich das Experiment und vervollkommne meine Mischung. Und natürlich schreibe ich jede Einzelheit auf.«

Sie richtet sich auf. »Eines Tages will ich ein richtiger Gelehrter sein. Ich will Möglichkeiten entwickeln, die Laune der Menschen zu verändern, ihre Gemütslage zu stärken, sie vor Krankheiten zu schützen, und irgendwann möchte ich Vorlesungen halten wie Monsieur de Roberval. Privatleute und Ärzte sollen mich konsultieren. Den Doktoren von der Fakultät fällt nichts Besseres ein, als den Kranken die Eingeweide umzustülpen und ihnen das Blut auszusaugen. Sie erinnern mich an den Philosophielehrer, den ich heute Morgen in Saint-Roch gehört habe; sie denken nicht selbst nach, sondern berufen sich auf Denker, die schon hundert oder gar tausend Jahre tot sind. Sie stützen sich auf das Urteil längst verstorbener Menschen und verfügen, was gut oder schlecht für Seele und Körper sein soll. Sie machen aus allen Frauen Entartungen der Natur und sorgen dafür, dass Kranke sich ohne Protest lebendig zerschneiden lassen. Und das soll ich gutheißen?«

»Nine …«

»Ich hasse sie, Papa. Und du müsstest sie auch hassen. Ohne sie hättest du heute noch deine Frau und ich eine Mutter.«

La Vienne schüttelt den Kopf. »Deine Mama hatte ein Brustleiden, lange bevor sie schwanger wurde.«

»Gib dir keine Mühe, mich anzulügen. Mein Onkel Antoine de Courtin hat mir erzählt, wie es sich zugetragen hat. Und zwar ganz genau.«

»Dann weißt du also mehr als ich.«

»Aber nur weil du es nicht wissen willst. Du willst dir nicht vorstellen müssen, wie deine Frau aufgeschlitzt auf dem Tisch liegt, und du willst nichts davon wissen, dass man deine Tochter wie eine tödliche Geschwulst aus ihr herausschneiden musste. Du willst Louise so im Gedächtnis behalten, wie du sie gekannt hast, und mich so sehen, wie du mich kennst. Du hast recht, so ist es natürlich viel bequemer.«

La Vienne steht auf. »Sei still, Nine.«

»Du willst auch nicht zugeben, dass man sie nicht von einer Hüfte bis zur anderen aufgeschnitten hätte, um mich herauszuholen, wärest du nicht an diesem Tag Holz kaufen gefahren.«

La Vienne klatscht wütend mit der flachen Hand auf den Tisch. »Sei still, hab ich gesagt!«

Nine ist ganz blass. Sie fixiert ihn, ohne mit der Wimper zu zucken. »Ich kann sie leider nicht zurückholen, aber ich werde mich freikaufen, indem ich andere pflege und rette. Ich bin stark, und ich werde es schaffen.«

La Vienne betrachtet seine brünette Tochter mit ihrem spitzen Puppengesicht und den viel zu großen Augen, die ihre Farbe wie Wolken im Wind wechseln. Sein wunderbares Geschenk trotz aller Trauer. Sein rätselhafter Schatz. Sein feuriges, dickköpfiges Töchterchen. Es stimmt, in ihrem zerbrechlichen Vogelkörper ist sie stark. Kapitulierend spreizt er seine großen Hände.

»Du hast recht.«

Nine wartet, bis ihr Herzklopfen sich beruhigt.

»Du wirst noch stolz auf mich sein. Und meine Mutter – da,

wo sie jetzt ist – darf zufrieden sein. Ich schulde es euch beiden.«

»Du schuldest uns gar nichts, Nine. Und schon jetzt bin ich so stolz auf dich, dass es für dieses und alle anderen Leben reicht.«

»Vielleicht ruft man mich gar eines Tages zum König …« Sie nähert sich der letzten Luke und legt die Hand auf die Klappe. »Darf ich?«

La Vienne verzieht das Gesicht. »Jetzt spielt es auch keine Rolle mehr …«

Auch wenn man mit dreizehn Jahren mehr über die männliche Anatomie weiß, als eine gewöhnliche Frau in ihrem ganzen Leben erfährt, stellt der nackte Körper eines Königs etwas ganz Besonderes dar.

»Wie alt ist er?«

La Vienne gesellt sich zu ihr. »Am 5. September ist er fünfundzwanzig geworden.«

Die Stirn an die Scheibe gelehnt, flüstert Nine: »Was macht er da?«

La Vienne beugt sich hinunter und lächelt. »Er schläft.«

Der König. Als ich damit begann, Euch zu schreiben, fragte ich mich, wie und wann ich auf ihn zu sprechen kommen würde. Ich habe Euch bereits ein wenig von seinen jungen Jahren erzählt, aber damals kannte ich ihn nicht und weiß nur das, was man mir berichtet hat, damit ich es Euch weitergeben konnte.

Jetzt hebt Ihr die Augenbrauen: Ihr versteht gar nichts mehr. Geduld, Charles, Geduld …

Der König ähnelt den Goldfischen, die er in den Becken in Versailles hält. Er ist Unmasse und Bezähmung, Schatten und Spiegelung des Lichts, Starre und Fließen, Ruhe und Funkeln, Natürlichkeit und Majestät. Schwierig einzuschätzen, unmöglich zu erfassen. Das Geheimnis, ihn zu durchschauen, liegt darin, ihn nachzuahmen: zu beobachten, Tränen, Wut und Groll zu unterdrücken und sowohl Männern als auch Frauen, jedem Vergnügen und allen Widrigkeiten mit den Worten zu begegnen: »Man wird sehen.« Und dann die Leute warten zu lassen. Warten – das bedeutet zu begehren, zu fürchten, sich zu freuen, unruhig zu sein und sich aufzureiben. Wer läuft, ermüdet schneller als jemand, der nur zuschaut.

Louis XIV. ist ein Zuschauer. Unendlich geduldig, diskret, aufmerksam, durchtrieben und mächtig. Er war der Grund für jedes Unglück, das mich traf, ich bin vor ihm geflohen, und ich verfluche ihn noch heute. Dennoch ist der Eindruck, den er bei mir hinterlassen hat, so stark, dass ich mich nicht davon befreien kann. Im Lauf meines Lebens habe ich so oft über sein Leben nachgedacht, dass es mir vorkommt, als würde ich ihn kennen, als sei er ein Teil von mir oder ich von ihm. An manchen Tagen verabscheue ich ihn so sehr, dass ich ihm am liebsten das Herz herausreißen und seinen geliebten Fischen zum Fraß vorwerfen möchte. Und dennoch hindert mich auch mein Hass nicht daran, ihn zu bewundern. Ich weiß nicht, ob ich ihm eines Tages verzeihen kann.

Wenn der König schläft, knirscht er mit den Zähnen. Und wenn er träumt, ballt er die Fäuste. François La Vienne ist zu seinen Entwürfen zurückgekehrt, während die kleine Nine sich verstohlen in die Badestube geschlichen hat. Sie kauert am Fuß des grünen Marmorbeckens und beobachtet den Oberkörper, der sich stoßweise hebt, den verzerrten Mund und die wie Schraubzwingen geschlossenen Hände. Der Traum scheint nicht angenehm zu sein. Beim Aufwachen dürfte Seine Majestät die Abdrücke seiner Fingernägel in den Handflächen haben. Ein schlafender König sieht aus wie ein ganz gewöhnlicher Mann, aber dieser Mann scheint keine heitere Seele zu haben. Liegt es daran, dass er König ist? Oder daran, dass dieser Mann mit seinen hellbraunen Haaren, den Augenlidern, die ein wenig dunkler sind als der Rest seines Gesichtes, der vorspringenden Nase, den flachen Wangen und den geschwungenen Augenbrauen in den Tiefen seines Schlummers Gespenster sieht? Von ihrem Paten weiß Nine, dass seine Augen die Farbe welker Blätter haben, aber sie fragt sich, wie sein Blick wäre, wenn sie ihn hier und jetzt aus seinem Traum aufweckte. Aus eigener Erfahrung weiß sie, dass man auch im Schlaf leiden kann. Man kann Mangel, Beklommenheit und Angst, Ungerechtigkeit und Verlassenheit empfinden. Ob ein leidender König sich wohl so weit gehen lässt zu weinen? Louis Dieudonné. Mit klopfendem Herzen richtet sie sich auf, um ihn besser betrachten zu können. Er hat einen harmonischen Körperbau, doch sie hat sich ihn kräftiger vorgestellt. Die Pockennarben auf Gesicht und Hals sind tief. Würde ihr Vater ihr mehr zutrauen, könnte sie eine Paste herstellen, die diesen Makel fast unsichtbar werden ließe. Sein Geschlecht zwischen den Schenkeln ist so dunkel wie die Augenlider und keineswegs beeindruckend. Seine Hände sind glatt, seine Zehen gekrümmt.

Eine Stimme aus der benachbarten Zelle lässt den Schläfer erzittern. Nine fährt zusammen. Wenn ihr Vater sie hier ertappte, würde er sicher sehr wütend, und dieses Mal könnte sie es ihm nicht einmal verdenken. Sie hat keine Zeit mehr, in die Garderobe zu verschwinden, sondern versteckt sich in der Truhe mit der frischen Wäsche und kauert sich zwischen Schwämmen und Rosmarinsäckchen zusammen.

Die Tür geht auf. Nine hört, wie ihr Vater flüstert: »Er schläft seit einer Stunde.«

Dann wird die Tür wieder geschlossen. Jetzt ist es die Stimme ihres Paten, die den König anspricht.

»Sire! Sire!«

Der König öffnet die Augen.

»Sire, die Königinmutter verlangt nach Euch«, sagt Bontemps sanft.

Louis murrt, die Königin solle warten, und erklärt, dass die Gemeinsamkeit von Ehefrauen und Müttern darin bestünde, dass sie einen viel öfter zu sehen wünschten, als man selbst es wolle.

»Nein, Sire, sie kann nicht warten.«

»Und warum kann sie nicht? Meine Frau leistet ihr Gesellschaft, was braucht sie mehr?«

»Ich bitte um Entschuldigung, Sire, aber die Doctores wollen eine Entscheidung über ihre Brust treffen.«

Aus dem folgenden, von Plätschern durchbrochenen Schweigen folgert Nine, dass Louis so blass, als hätte man ihn eben zur Ader gelassen, aus dem Bad steigt und die Arme ausstreckt, damit Bontemps ihm das Hemd überziehen kann. Erneut hört sie die Tür. Die beiden Herren begeben sich in den Nachbarraum, wo der König entkleidet wurde. Unverständliches Gemurmel. Vermutlich zieht man ihn an. Man streift ihm Strümpfe und Schuhe über, legt ihm den Waffengurt an, knöpft seine Handschuhe zu und setzt ihm die dunkelbraune, von Jean Quentin sorgfältig gelockte Perücke auf. Man reicht ihm einen Spiegel und schlägt ihm vor, ihm zur Belebung seines Teints ein wenig Rouge auf die Wangen zu tupfen. Nine hört, wie er ablehnt und sich bei Bontemps erkundigt, ob der Chevalier de Rohan ebenfalls Bescheid wisse. Seine Stimme klingt flach und männlich beherrscht. Jetzt ist er wieder Louis, der Vierzehnte dieses Namens.

Wie sieht der Schmerz eines Königs aus, wenn seine Mutter schwer krank ist?

Nach Ansicht von Monsieur Colbert, einem der vernünftigsten Männer Frankreichs, ist der Louvre der schönste Palast der Welt und der würdigste Aufenthalt für einen großen Souverän. Seit ein Brand die Galerie des Westflügels vier Jahre zuvor in Schutt und Asche gelegt hat, sind die Bauarbeiten noch nicht beendet. Monsieur Le Vau, der sie beaufsichtigt, stellt sich etwas Edles und gleichzeitig Bequemes vor, was nicht einfach ist. Ebenso schwierig ist es, die Forderungen einer alternden Königinmutter und die eines jungen Königs in Einklang zu bringen. Beide haben den Wunsch, dem Gebäude den Stempel ihrer Großartigkeit und ihrer Launen aufzudrücken. Die ehemalige Wohnung von Maria de Medici, der Mutter von Louis XIII., wurde für Königin Anna ausgebaut und verfügt nun über einen Karyatidensaal, ein Tribunal, ein Vorzimmer für die Garden, ein kleines Arbeitszimmer, das an ein Paradezimmer grenzt, eine Privatkapelle und einen besonderen, mit der Geschichte von Juno ausgemalten Raum, an den ein Bad grenzt. Die Wohnung der Königinmutter ist majestätischer und angenehmer als die ihres Sohnes, die in der ersten Etage des Königspavillons mit seinen von dem Bildhauer Laurent Magnier gestalteten Decken liegt. Sein Schlafzimmer ist sehr dunkel, und ein Bad gibt es dort nicht. Anna von Österreich bewohnt ihre Wohnung allerdings nur im Winter, weil es ihr im Sommer wegen der nach Süden ausgerichteten Fenster zu heiß wird. Für die schöne Jahreszeit hat der eifrige Le Vau ihr eine kühlere Wohnung im Erdgeschoss zurechtgemacht, deren Schlafzimmer sehr groß und mit italienischen Bögen, viel Stuck und schönen Basreliefs ausgestattet ist.

Hier ruht die Königinmutter in einem mit blauem und silbernem Damast bezogenen Bett. Ihre Augen sind geschlossen, die Hände über der Magengegend gekreuzt. Sie atmet so langsam, dass man glauben könnte, sie schliefe. Aber sie schläft nicht, sondern lauscht. Würde sie die Ärzte befragen, die am Kopfende ihres Bettes miteinander tuscheln, würden sie sie anlügen. Sie aber will die Wahrheit wissen. Schon seit mehreren Monaten hat sie von Zeit zu Zeit Erschöpfungsanfälle und heftige Schweißausbrüche. In ihrer rechten Brust ist ein Knoten, der zu Beginn weich und schwer zu ertasten war, jetzt aber hart und starr geworden ist. *Herr, lass diesen Kelch an mir vorübergehen*. Die Königin denkt an Kardinal Mazarin, der das Leben, den Reichtum und seine Parfüms so sehr geliebt hat, der aber jetzt schon fünfeinhalb Jahre nicht mehr unter den Lebenden weilt. Ihm stand sie nah. Sehr nah. Der Umgang mit Macht und Gefahr, die Liebe zu Kunst und Ehre und der Zwang, den durch die »Fronde« gefährdeten Thron zu stärken, hatten ein starkes Band zwischen ihnen entstehen lassen – stärker als jede Ehe. Niemals hatte sie darüber nachgedacht, dass er sie verlassen könnte. Und doch ist der wunderbare Giulio Mazarini kurz nach der Hochzeit von Louis mit der Infantin Maria Theresia von ihr gegangen, als hätte er seine letzten Kräfte damit verbraucht, die Verbindung mit Spanien zu schmieden. Er war noch nicht bereit gewesen, er wollte regieren und sich der schönen Dinge des Lebens erfreuen. Als es keine Hoffnung mehr gab, klammerte er sich an eine Illusion und schob das Unausweichliche bis zum letzten Augenblick weit von sich.

Auch Königin Anna ist noch nicht bereit. Sie will weder sterben noch leiden, sie muss einen klaren Kopf haben und bei Kräften sein. Noch braucht der König ihren Rat und ihre Unterstützung. Weil er schon mit fünf Jahren die Krone geerbt und nach dem Tod des Kardinals darauf verzichtet hat, einen neuen regierenden Minister zu ernennen, hält er sich für fähig, allein zu regieren. Ob es jedoch seinem schon in seiner Kindheit übermäßigen Stolz passte oder nicht – im Grunde ist er ein verrückter Hund. Ein verrückter Hund, der sich entweder hingebungsvoll über die Seiten einer Gitarre beugt oder auf der Jagd nach Wild oder Weiberröcken ist. Er interessiert sich für alle Frauen, auch für die, die ihm nach den Gesetzen des Blutes oder der christlichen Moral verboten wären. Ein verrückter Hund, der sich in Sümpfen und Wäldern herumtreibt, während ein bösartiges Übel diejenige dahinzuraffen droht, die ihm nicht nur das Leben geschenkt, sondern auch den Thron gesichert hat.

Der Knoten hat inzwischen die Größe und Konsistenz einer Mandarine, und Königin Anna braucht sich nur den Streit der Ärzte anzuhören, um zu wissen, was sie erwartet. Krebsgeschwür, bösartiger Tumor, Karzinom – jedes von den Doktoren benutzte Wort bohrt sich tief in ihre Eingeweide. Sie bekommt kaum Luft und zittert so stark, dass die Laken von der Schulter bis zu den Füßen beben. Dieses Mal sind ihr Mut und ihr Wille nicht stark genug, um über den Feind zu triumphieren. *Herr, ich lege mein Leben in deine Hände.*

Der König und der Chevalier de Rohan schreiten eilig durch den breiten Gang mit den gemeißelten Allegorien von Seine, Loire, Rhône, Garonne, Frankreich und Navarra und durchqueren das große Arbeitszimmer, ohne jemanden zu begrüßen. Ein leichter Jasminduft umweht sie -- ein bemerkenswerter Kontrast zum säuerlichen Geruch der Räume. Die versammelten Vertrauten – Hofdamen, Kapuzinermönche und Almosenverteiler -- treten mit starren Gesichtern beiseite.

Der Büttel, der das Schlafzimmer der Königin bewacht, verneigt sich und ruft laut: »Der König!«

Auf der Schwelle der weit geöffneten Doppelflügeltür umfasst Louis XIV. mit einem Blick die Seidenvorhänge, die die Kranke verbergen, und die Flügelhauben der Nonnen, die sich um die Kleidung und die schwarzen Roben der beiden Ärzte und des Chirurgen kümmern. Die Doktoren verneigen sich mit bedauernder Miene. Neben ihnen steht ein junger, recht kleiner und ziemlich pummeliger Mann, dunkelhaarig und trotz des roten Puders auf seinen Wangen sehr blass. Er sieht den König zutiefst verwirrt an, tritt auf ihn zu und streckt ihm zwei gepuderte Hände entgegen, die der König jedoch nicht ergreift.

»Diese Herren sagen …«

Louis XIV. mustert Philippe d'Orléans, seinen achtzehn Monate jüngeren Bruder, mit kalten Augen. »Ihr könnt jetzt gehen, mein Bruder. Ich bin da.«

Monsieur zögert, wirft einen Blick auf den Chevalier de Rohan, öffnet den Mund, besinnt sich anders, dreht sich zum Bett der Königin um, zieht ein stark mit Maiglöckchenduft parfümiertes Taschentuch hervor, betupft sich die Nase und verlässt das Zimmer. Dabei wackelt er mit dem Bürzel wie eine Ente, die ins Wasser watschelt.

Louis XIV. tritt ans Bett seiner Mutter. Die Königin liegt immer noch mit geschlossenen Augen da. Es fällt ihm schwer, sie anzusehen. Er zwingt sich, ihre Finger zu berühren, deren perfekt ovale Nägel eine merkwürdig violette Färbung angenommen haben.

Anna von Österreich seufzt. »Haben meine Hände sich verändert, Sire?«

»Kein bisschen, Madame. Ihr habt immer noch die schönsten Hände des gesamten Hofes.«

Die Königinmutter öffnet ihre außergewöhnlich großen Augen. Sie sind blaugrau mit winzigen gelben Punkten um die Pupillen. »Lügt mich nicht an, Louis.«

»Nein, Mutter.«

»Ihr dürft mich nie betrügen.«

»Niemals.«

»Versprecht Ihr mir das?«

»Aber natürlich.«

Mit dem Kinn weist Anna von Österreich auf die drei Mediziner. »Ich habe gehört, wie diese Herren über meinen Fall gestritten haben. Sie sagen, dass sie mich aufschneiden müssen, um das Übel zu beseitigen. Da Ihr sie berufen habt, vertraut Ihr sicher auf ihre Fähigkeiten und ihre Treue.«

»Das ist wahr, Madame. Sonst hätte ich ihnen nicht die Ehre erwiesen, Euch behandeln zu dürfen.«

Die Königin bekreuzigt sich. »So sei es.«

Mit einer Kopfbewegung fordert sie die Ärzte auf näher zu treten. Nachdem die Herren sich respektvoll verbeugt haben, löst der älteste unter ihnen das Band des königlichen Hemdes, schiebt den Stoff auseinander und entfernt das über den Ausschnitt gelegte Tuch. Trotz ihrer sechsundsechzig Jahre ist die Königinmutter noch rund und weiß wie eine Jungfer, und die Fülle ihrer Brüste könnte eine Amme vor Neid erblassen lassen.

Mit einer Geste bittet der Arzt den König, sich hinabzubeugen. »Seht Ihr, Sire, hier ist viel Fleisch, dessen der Tumor sich bemächtigen konnte. Durch die Sommerhitze scheint er zur Reife gelangt zu sein. Berührt ihn, Sire, genau hier. Er hat jetzt die Größe einer schönen Frucht.«

Erschrocken über das, was er unter seiner Hand spürt, hustet Louis XIV., bis seine Stimme ihm wieder gehorcht.

»Wie geht man im Fall einer solchen Frucht vor?«

»Man zerlegt sie in feinste Stücke, bis man den Kern erreicht, der nicht verletzt werden darf. Sobald wir den Kern haben, entfernen wir ihn, brennen die Wunde mit ungelöschtem Kalk aus, und die Königin wird genesen.«

Dem König weicht das Blut aus dem Gesicht. »Ist der Ätzkalk unumgänglich?«

»So ist es, Sire. Ohne jeden Zweifel. Wenn ich mir einen Vergleich gestatten darf, so ist Brennkalk für die Geschwulst das, was Glut für einen faulenden Zahn darstellt: ein heftiger, aber vorübergehender Schmerz, dem ein unsägliches Wohlbefinden folgt …«

Die Königin unterbricht die Tirade mit einer müden Handbewegung. »Ich danke Euch, meine Herren, für die Sorgfalt, die Ihr meiner Gesundheit angedeihen lasst, aber hättet Ihr jetzt bitte die Güte, mich mit dem König allein zu lassen?«

Die Hippokrates-Jünger ziehen sich mit tiefen Verbeugungen rückwärts zurück. Anna von Österreich bedeckt ihre Brust, lässt sich in die Kissen sinken und mustert ihren Sohn mit einer Schärfe, die er hasst, weil er sich unter diesem Blick wie ein kleiner Junge fühlt.

»Louis, liebt Ihr Euren Bruder?«

Der König zieht überrascht die Augenbrauen hoch. »Eine seltsame Frage, Madame.«

»Und mich? Liebt Ihr mich?«

»Natürlich liebe ich Euch.«

»Dennoch könnt Ihr es nicht lassen, Monsieur zu demütigen, der mehr Urteilsvermögen besitzt, als es den Anschein hat, und der Euch zutiefst zugetan ist. Ihr erschöpft die Staatsfinanzen mit diesem Hirngespinst Versailles, und erst kürzlich hat man mir zugetragen, dass Ihr nach einer Möglichkeit sucht, Spanien den Krieg zu erklären. Spanien! Die Heimat Eurer Gemahlin. Spanien, das vom Sohn meines Bruders Philipp IV. regiert wird, der noch ein Kind ist. Ihr solltet ihn schützen, anstatt nach seinem Erbe zu schielen! Und da behauptet Ihr, mich zu lieben?«

Der König richtet sich auf. Sein Gesicht wird undurchdringlich.

Seine Mutter greift nach seiner Hand. »Ihr bereitet mir große Sorgen, Sire. Ihr seid der wahre Grund für meine Krankheit.« Sie legt sich seine geschlossene Faust so auf die Brust, dass er wiederum das spürt, was ihn fünf Minuten zuvor sichtlich bewegt hat. »Dieses Krebsgeschwür kommt nicht von Gott, Louis. Euch habe ich es zu verdanken.«

Der König zieht hastig seine Hand zurück. »Schweigt, Madame.« Und mit leiserer Stimme fügt er hinzu: »Bitte.«

Anna von Österreich wirft ihm einen zornigen Blick zu. »Ihr wollt immer nur das hören, was Euch genehm ist, und deshalb umgebt Ihr Euch mit Menschen, die Euren Neigungen schmeicheln. Einige von ihnen arbeiten durchaus zum Wohle des Reiches. Zu ihnen gehören Monsieur Colbert und Monsieur Le Vau. Andere hingegen benutzen Euch nur für ihr eigenes Vergnügen, und Ihr, die Ihr alles zu überschauen glaubt, was Euch umgibt, Ihr bemerkt es nicht einmal.«

Louis XIV. errötet. Seine Frage fällt lauter aus, als es sich ziemt: »Und wer, bitte sehr, sind diese Personen, von denen Ihr sprecht?«

»Zum Beispiel der Chevalier de Rohan! Wie kann man nur auf die Idee kommen, sich einen solchen Heißsporn als Freund auszusuchen? Außerdem sieht man Euch so oft mit ihm zusammen, dass man glauben könnte, Ihr seid in ihn verliebt.«

»Der verstorbene Kardinal und Ihr selbst habt mich gelehrt, keine Freunde zu haben. Daher verstehe ich Eure Beunruhigung nicht. Der Chevalier ist mein Großjägermeister. Da ich sehr gern jage, sehe ich ihn recht oft. Mehr steckt nicht dahinter.«

»Dann Eure Schwägerin! Könnt Ihr mir verraten, was das Gehabe bedeutet, das die Frau Eures Bruders Euch gegenüber an den Tag legt?«

Der König lächelt herablassend. »Madame ist schwanger, aber ich versichere Euch, dass ich nichts damit zu tun habe.«

Die Königin errötet. »Nicht in diesem Ton, Louis!«

»Ich spreche in dem Ton, der Euren Äußerungen entspricht.«

»Ihr seid ein Aufschneider. Der Herzbube im Spiel Eurer Mätresse!«

Louis zwingt sich, die Wut zu zügeln, die in ihm aufsteigt. Er beugt sich zum Ohr der Königin hinunter. »Meiner Mätresse? Welche meint Ihr?«

Anna von Österreich richtet sich auf wie eine aufgescheuchte Natter. »Hinaus, Monsieur!«

Louis errötet bis über die Ohren. »Ich bin der König, Madame. Niemand befiehlt dem König, einen Raum zu verlassen.«

»Aber ich bin Eure Mutter, und eine Mutter befiehlt ihrem Sohn, was immer sie will. So! Und was ist Eure Antwort darauf?«

Starr und mit gleichermaßen glühenden Wangen mustern sich Mutter und Sohn mit feindseligen Blicken. Aber Anna von Österreich ist alt und krank. Schon seit Jahren arbeitet der König daran, ihre Macht einzuschränken. Sie weiß, dass sie aus einer direkten Konfrontation nicht als Siegerin hervorgehen würde. Mit einer tragischen Geste reckt sie den Zeigefinger.

»Gott ist Zeuge des Kummers, den Ihr mir bereitet.«

Der König beißt die Zähne so fest zusammen, dass er sich fast den Kiefer bricht, und wendet sich ohne ein weiteres Wort ab. Seinen grauen Hut vergisst er neben dem Bett.

Draußen trifft er auf Monsieur, der sich mit den Ärzten unterhalten hat. Philippe d'Orléans hat feuchte Augen und einen tief bewegten Ausdruck auf seinem länglichen Gesicht.

»Sire, Monsieur Fagon empfiehlt, sofort mit der Behandlung zu beginnen, um zu verhindern, dass die Frucht an anderer Stelle Knospen treibt. Gibt es keine Möglichkeit, bei der Königin das zu tun, was getan werden muss – ohne es zu tun? Könnte man es nicht mit Welpenöl versuchen, das bei Furunkeln Wunder wirken soll? Das Rezept ist ganz einfach. Man braucht sechs neugeborene Welpen …«

Verwirrt blickt Louis XIV. seinen jüngeren Bruder an, als sehe er ihn zum ersten Mal. Ganz in Schwarz, Watschelgang, quäkende Falsettstimme. Er ist der erste Prinz von Geblüt.

Das älteste Kind, das Louis mit Maria Theresia gezeugt hat – Gott sei Dank ein Sohn , wird am 1. November fünf Jahre alt. Der Dauphin Louis ist wohlgenährt und stark, aber falls er sterben sollte, wie die beiden nach ihm geborenen Prinzessinnen, die beide weniger als einen Monat alt wurden, würde Philippe die Thronfolge antreten.

»Man schneidet sie in Stücke, nimmt die Knochen heraus, kocht das Fleisch, reduziert die Flüssigkeit, fügt die zermahlenen Knochen hinzu …«

Ein Migräneanfall sticht wie mit glühenden Nadeln in die Augenhöhlen des Königs. Die Anstrengung, mit der er sich dagegen wehrt, verstärkt den Schmerz. Er schwankt, streckt die Hand aus …

»Atmet tief ein, Sire. Ihr schwitzt sehr stark.«

Jemand legt ein feuchtes Tuch auf Louis' Stirn. Langsam kommt er zu sich. Er erkennt Bontemps. Er steht neben Félix, seinem ersten Chirurgen, und befeuchtet ihm jetzt die Rückseite der Ohren. Monsieur hält ihm ein Riechsäckchen unter die Nase. Er stößt beide zurück.

»Genug jetzt. Gebt mir nur etwas zu trinken.«

Man bringt ein mit Orangenblüten versetztes Glas Wasser, das der König in einem Zug leert. Danach verlangt er ein zweites und schließlich ein drittes.

Philippe d'Orléans stößt einen erleichterten Seufzer aus. »Ihr habt uns Angst eingejagt. Ihr werdet doch hoffentlich nicht auch noch krank!«

Der König mustert seinen jüngeren Bruder mit einem kalten Blick. »Man könnte meinen, dass Ihr Krankheit mehr fürchtet als die Hölle.«

Philippe d'Orléans antwortet ehrlich: »Krankheit ist eine Art Hölle. Mir drückt es das Herz ab, wenn ich daran denke, was unsere Mutter ertragen muss.«

»Die Königin hat mehr Kraft und Autorität, als Ihr vermutet, das dürft Ihr mir glauben.«

Monsieur rümpft die Nase, die nicht so stark und vorspringend ist wie bei Seiner Majestät, sondern schmal, länglich und eher fallend.

»Denkt Ihr, ein Krebsleiden ließe sich von Kraft und Autorität beeindrucken?«

»Ich denke, auch diese Krankheit lässt sich bezwingen wie alles andere. Man muss es nur fest und beharrlich wollen.«

»Nicht alles lässt sich bezwingen.«

»Ihr irrt Euch, Monsieur. Ich habe es Euch bereits bewiesen und werde es, sollte es vonnöten sein, immer wieder beweisen.«

Philippe verzieht traurig das Gesicht. »Niemand hat so viel Macht.«

Der König beugt sich zu ihm hinunter. Sein Bruder hat große, haselnussfarbene Augen, die heller werden, wenn er betrübt ist. Louis antwortet ihm mit einer Stimme, die vibriert wie ein Amboss unter den Schlägen eines Hammers. »Doch. Ich.«

Das Leben hat Monsieur gelehrt, sich dem Erstgeborenen zu fügen, dem das Schicksal alle Rechte in die Wiege gelegt hat. Er schluckt die Antwort hinunter, die ihm auf den Lippen brennt, und murmelt: »Selbstverständlich.«

Der König richtet sich auf. »Kommt jetzt. Die Fakultät bedarf unserer Hilfe nicht.«

Philippe d'Orléans tritt einen Schritt beiseite. »Ich bleibe noch ein wenig. Möglicherweise wünscht die Königin, dass jemand ihr die Hand hält.«

»Macht Euch nicht lächerlich. Dies ist kein Platz für kleine Mädchen.«

Tief getroffen richtet Philippe sich so hoch auf, wie seine kleine Gestalt es zulässt. »Muss ich Euch beweisen, dass ich ebenso ein Mann bin wie Ihr?«

Der König, der sich bereits abgewendet hat, bleibt abrupt stehen. Aus den Tiefen seiner Erinnerung erklingt die Stimme eines Jungen, der fast die gleichen Worte mit der gleichen Betonung ausspricht.

»Muss ich Euch beweisen, dass auch ich ein Mann bin?«

Langsam dreht Louis sich um. Sein von der Migräne getrübter Blick erinnert an einen Tümpel voller Nattern. Philippe sieht ihn herausfordernd an.

Erneut erklingt die Jungenstimme: »*Heute Abend nämlich werde ich einer sein, und ich versichere Euch, dass man mich, obwohl Ihr der König seid, mehr lieben wird als Euch.*«

Ein roter Schleier trübt Louis' Blick.

Anne.

Es ist der Vorname ihrer Mutter. Und der aller kleinen Waisenmädchen, für die Anna von Österreich die Patenschaft übernommen hat.

Anne Trouvé.

Louis fixiert den Mund seines Bruders und lässt sich in einem roten Nebel in der Zeit zurücktreiben …

Er rührt sich nicht. Bei jedem Atemzug bildet sein Hauch einen kleinen Lichtkreis um sein Kinn. Aber Philippe und das Mädchen haben es warm hinter den Bettvorhängen. Louis beobachtet sie durch einen Spalt. Würden sie sich aufrichten oder auch nur die Kerze heben, die neben dem Bett brennt, könnten sie ihn sehen. Aber daran denken sie nicht. Nein. Sie sind viel zu innig miteinander beschäftigt. Das Mädchen ist pummelig. Unter den Schulterblättern, in der Taille, oberhalb der Oberschenkel und am unteren Ende des Rückens hat sie Grübchen. Zum ersten Mal hat Louis Gelegenheit, in aller Ruhe eine nackte Frau in allen Einzelheiten zu betrachten. Diese hier hat kleine, ziemlich schmutzige Füße, und ihr vorspringender Wadenmuskel zieht sich zusammen, wenn sie die Zehen bei ihrem Hin und Her auf das Laken presst. Philippe umfasst ihre Hüften. Er führt sie und gibt ihr Anweisungen. Oh, diese Stimme, die er annimmt, und die Worte, die er findet … Das Mädchen antwortet nicht, sondern seufzt nur. Wenn sie den Kopf zurückbeugt, locken sich ihre Haare bis zu den weißen Hinterbacken. Louis hält den Atem an. Er wird zum Standbild, zur Säule, zum Kerzenleuchter und sieht gespannt zu, wie dieses Tier mit den zwei Rücken sich berauscht. Er kennt die kurze, heiße Kontraktion, während der die Welt ringsum erlischt und die Sterne tanzen. Zweimal hat er auch schon im Alkoven triumphiert, doch die von seiner Mutter erwählte Lehrmeisterin war dreißig Jahre älter als er, ihre Brüste baumelten, und ihr Atem stank nach Kautabak. Das Mädchen dort ist in seinem Alter. Sie hat festes Fleisch und eine glatte, glänzende Haut. Sie stöhnt etwas. Louis spitzt die Ohren. Sie bäumt sich auf und wiederholt den Satz. Zum Teufel, wie kann sie es wagen …

Louis krallt die Fingernägel in seine Handflächen.

In einer Zimmerecke schäkert der Chevalier de Rohan mit zwei Hofdamen, während er den König beobachtet, dessen angespannter Gesichtsausdruck ihn beunruhigt. Als er entdeckt, dass Louis die Fäuste zusammenballt, als müsse er sich mühsam davon abhalten, Monsieur zu schlagen, gibt er Bontemps ein Zeichen, sich um seinen Herrn zu kümmern. Er selbst tritt zu Philippe d'Orléans und nimmt ihn beiseite.

»Kommt, Monsieur. Der Königin geht es nicht besser, wenn es Euch schlecht geht.«

Monsieur fährt sich mit den Händen über die Wangen, deren Blässe durch den Puder noch betont wird. Er hat die Hände eines Kindes. Er hebt den Kopf zu Rohan, der anderthalb Fuß größer ist als er selbst. Seine Augen brennen vor Intelligenz und Traurigkeit.

»Gott allein weiß, wie Seine Majestät sich verändern wird, wenn unsere Mutter, die Königin, nicht mehr unter uns weilt.«

Rohan seufzt. »Nun, Philippe, auch Ihr wisst es sehr wohl.«

Monsieur schüttelt den Kopf. Er will die Hoffnung nicht aufgeben. Rohan nimmt seinen Ellbogen.

»Wir wissen es alle beide, und genau dort liegt unsere Stärke.«

Monsieur macht sich los. »Eure Stärke, Chevalier. Der König sieht in Euch den Bruder, der ich ihm niemals sein konnte. Deswegen liebt er Euch.«

Leise antwortet Rohan: »Er liebt mich wie einen Bruder, weil ich nicht sein Bruder bin.«

Philippe verzieht verbittert das Gesicht. »Und mich verabscheut er, weil ich es bin …«

Louis XIV. ist wieder zu sich gekommen. Durch die weit geöffnete Tür verfolgt er das Ballett der Mediziner, die im Zimmer der Königinmutter ihre Instrumente vorbereiten. Der Chirurg Félix erkundigt sich mit leiser Stimme, ob er dabei sein wolle, der erste Schnitt allerdings verursache immer einigen Lärm … Das königliche Gesicht bleibt unbeweglich.

Mit gefasster, sehr höflicher Stimme antwortet Seine Majestät: »Ihr werdet mir später davon berichten. Heute Abend. Oder morgen. Möge Gott der Königin in dieser schweren Prüfung beistehen. Eure Kollegen werden sicher ihr Bestes tun.«

Félix flüstert, dass natürlich, selbstverständlich, ganz sicher der morgige Tag perfekt sei, zumal die Königin sich bis dahin ausgeruht habe, ebenso wie ihre Brust …

»Also dann bis morgen. Es sei denn, in der Zwischenzeit gäbe es Neuigkeiten.«

Lediglich ein sehr aufmerksames Ohr hätte in seiner sicheren Stimme einen Bruch oder ein verhaltenes Zittern feststellen können. Aber Rohan weiß, dass der König sich beträchtlich anstrengen muss, um derart unbeteiligt zu erscheinen. Er hat tiefe Schatten unter den Augen. Seine Migräne lässt zwar langsam nach, doch schon der kleinste Verdruss kann sie wieder aufflammen lassen.

Während Félix sich mit einer so tiefen Verbeugung verabschiedet, dass man sich fragt, ob er sich je wieder aufrichten wird, schweift Louis' Blick von einem Höfling zum nächsten. Er schaut sie an – zumindest sind sie dieser Meinung –, doch er sieht sie nicht. Er verschanzt sich in seinem Innern, isoliert sich, sammelt sich und sucht seine Mitte. Rohan ist an diese taktischen Rückzüge gewöhnt. Als Kind war Louis beängstigend jähzornig und extrem rührselig. Kardinal Mazarin fand es ausgezeichnet, dass sich Philippe d'Orléans in seinem Denken und Handeln lebhaft und berührend zeigte, der künftige König jedoch durfte sich keinesfalls von seinen Launen leiten lassen.

Louis de Rohan, Sohn der edlen und wunderschönen Fürstin von Guéméné, einer Vertrauten von Königin Anna, war zusammen mit den beiden Prinzen aufgewachsen. Er hatte miterlebt, wie der Kardinal seinen Zögling lehrte, die Eigenheiten seines Naturells zunächst zu zügeln und nach und nach zu bändigen. An einer glatten Oberfläche gleitet jeder Haken ab. Wer seine Ecken und Kanten verbirgt, ist weniger angreifbar. Abgesehen von Bontemps, der seit zwanzig Jahren am Fußende des Bettes seines Herrn schläft, ist Rohan der Einzige, der weiß, was sich hinter der Gelassenheit des Königs verbirgt.

»Die Angst …«

Louis' Stimme ist so neutral wie im Vorzimmer der Königinmutter, doch Rohan lässt sich nicht täuschen. Gemeinsam haben sie den Louvre verlassen und sind, ohne ein Wort zu wechseln oder anzuhalten, bis nach Versailles geritten. Der König hatte befohlen, dass man ihm sein liebstes Jagdross sattelte, der Großjägermeister sitzt auf seinem neuen Hengst. Trotz der prallen Sonne auf der Terrasse, von der aus man die Arbeiten an den Gärten verfolgen kann, betrachtet Louis den Horizont, ohne zu blinzeln.

»Wovor hast du Angst, Rohan?«

Der Chevalier legt den Kopf zurück und atmet die warme Luft ein. »Vor nichts, Sire. Außer vielleicht davor, zu sterben, ehe ich richtig gelebt habe. Man lebt nie genug.«

Louis zerquetscht eine Bremse auf dem Hals seines Pferdes. »Die einzige Möglichkeit, nicht zu sterben, ist, ein Mittel zum Überleben zu finden.« Mit seiner behandschuhten Hand zeigt er auf die weiten, unter weißlichem Dunst liegenden Wiesen, die gewaltigen Schneisen, die quer über die Wege liegenden Baumstämme, die schlammigen Gräben und die unordentlichen Beete. »Was siehst du hier?«

Rohan richtet sich auf. »Wenn ich es mit den Augen von Monsieur Colbert oder der Königinmutter betrachte, sehe ich hier die kostspieligste Laune, die je ein König seinen Ministern und seinem Volk aufgebürdet hat. Mit meinen eigenen Augen sehe ich eine Kampfansage an die Natur und an Euch selbst. Mit Euren Augen gesehen …«

Louis' Stimme klatscht wie eine Ohrfeige. »Du siehst nicht mit meinen Augen.«

Ein dünnes Lächeln huscht über Rohans Lippen. »Würde ich mit Euren Augen sehen, was mir selbstverständlich nie in den Sinn käme, sähe ich die Antwort auf die Frage, die Ihr mir hier im hellen Tageslicht stellt, weil sie Euch im Dunkel Eurer Nächte beschäftigt. Die Angst.«

Das folgende Schweigen dauert lang genug, um am Fuß der Terrasse den Vorarbeiter zu hören, der einen nach dem anderen die Handlanger aufruft, die er zur Trockenlegung des südlichen Teichs eingestellt hat. Louis wendet sich an Rohan.

»Denke daran, dass niemand mit meinen Augen sieht.«

Rohan nimmt die Zügel auf. »Keine Sorge. Meine eigenen Extravaganzen genügen mir vollauf.« Er weist mit dem Finger auf den Hochwald, dessen Laub sich zu röten beginnt. »Sprachen wir von Kampfansage?«

Der König hebt seine Peitsche. »Zeigt es mir!«

Sie treiben ihre Pferde an und reiten in vollem Galopp den Hügel hinunter auf den Wald zu.

JA, CHARLES, BALD geht Ihr nach Versailles.

Ist es dieser Ort, an den ich Euch nicht begleiten kann?

In der Tat, das ist er.

Weil ich während der »Fronde« den König bekämpft habe, wie der Comte de Cholay?

Es mag wohl sein, dass ich Euch uralt erscheine, aber in der Zeit der »Fronde« war ich zu jung zum Kämpfen.

Dann habe ich also etwas sehr Schlimmes getan, und der König, der ja nie etwas vergisst, hat mich ins Exil geschickt?

Ja, ich habe etwas sehr Schlimmes getan. Aber das Exil habe ich selbst gewählt.

Etwas Schlimmes? Schlimm wie was?

Lest einfach weiter, Monsieur, lest weiter. Genau das versuche ich Euch nämlich zu erzählen.

Also Versailles. Ich stelle mir vor, wie Ihr Euch über die Tür der Kutsche einer edlen Dame beugt, die ich sehr gut gekannt habe. Ihr hoher Rang gestattet es Euch, zunächst das erste und dann das zweite Tor zu passieren. Ihr springt auf das Pflaster des königlichen Hofes, ohne darauf zu warten, dass man Euch das Trittbrett herunterklappt, dreht Euch einmal um die eigene Achse und versucht, mit einem Blick die Perfektion der Fassade und die Majestät der Wirtschaftsgebäude in Euch aufzunehmen, öffnet den Mund, wie Ihr es eigentlich nicht tun solltet, und habt Lust, laut zu lachen und Gott zu danken.

Ja wirklich, Versailles ist ein Wunderwerk. Aber täuscht Euch nicht. Versailles ist auch eine Bestie.

Oh doch, es stimmt!

Ergötzt Ihr Euch am Rosa der Säulen, dem Gold der Gitterzäune und den märchenhaften Wasserbecken wie die Schaulustigen, die sich in den Hütten der Kostümverleiher neben dem Ministerflügel einkleiden, um die weitläufigen Gemächer zu besichtigen?

Das, was Ihr bewundert, ist ein Köder. Eine Falle. Der Stein, das Wasser und die Haine sind lebendig und ausgehungert. Unter ihrer Schönheit verbergen sie Herz, Lungen, Eingeweide und vor allem einen unstillbaren Appetit. Wie besessen von seiner Größe und nur darauf bedacht, sich auszudehnen und zu faszinieren, ernährt sich Versailles von Menschenfleisch, versklavt Seelen und verschlingt alles, was sich ihm zu widersetzen sucht. Lächelt nicht. Das, was ich Euch sage, ist die reine Wahrheit. Dieser Palast ist kein Palast. Er ist das unwandelbare Spiegelbild seines Schöpfers.

Was ich als bescheidener, in einem Pfarrhaus aus wurmstichigem Holz in der tiefsten Normandie lebender Kräuterkundiger darüber weiß?

Es mag Euch schwerfallen, es zu begreifen, aber ich hatte bereits ein Leben, ehe ich Euch kennenlernte. In den Galerien, Vorzimmern, Salons und Kabinetträumen, in die Ihr eintretet, habe ich die schönsten und die schwärzesten Stunden meines Daseins verbracht. Mit all den Menschen, die Euch begrüßen, ausfragen, Eurer Trauer das innigste Mitgefühl zeigen und Euch anschließend ewige Freundschaft schwören werden, stand ich in Kontakt. Ja, mit jedem Einzelnen. Und alle haben mich im Stich gelassen. Alle, bis auf die sehr edle Dame, die Euch in ihrer Kutsche mit nach Versailles nimmt. Die große Dame mit dem merkwürdigen Akzent, die fluchen kann wie ein Kutscher. Diese einzigartige Prinzessin, die Eure Patin ist.

Madame von der Pfalz?

Nun, man redet sie mit Madame an. Einfach nur Madame.

Und dieser Dame könnt Ihr vertrauen?

Ihr mehr als allen anderen. Aber niemals vollständig. Ich kenne Eure Begeisterungsfähigkeit besser als jeder andere. Sie ist der Grund dafür, dass Ihr an das Gute im Menschen glaubt. Sie bringt Euch dazu, in jedem das Gute und Schöne zu suchen. Optimismus ist ein edler Wesenszug, zu dem ich Euch nur gratulieren kann. Aber Naivität ist gefährlich und kann tödlich sein. Vergesst nie das Versprechen, das Ihr mir gegeben habt: niemals ganz und gar.

Ich muss Euch von der Bestie erzählen. Und von den Leben, die sie zermalmt hat.

Das Versailles, in das ich Euch jetzt führe, ist nicht dasselbe, das Euch erwartet und das Ihr erwartet, sondern sein Beginn vor dreiundzwanzig Jahren. Der Traum eines jungen Königs, der nach Vergnügen und Ruhm giert, dessen Mutter im Sterben liegt und dessen Bruder sich als Zigeunerin verkleidet, um sich von seinen Lustknaben von hinten bedienen zu lassen. Aber auch der Traum der bescheidenen Mathilde und des Vorarbeiters Boniface. Der von Madeleine Le Jongleur und ihren Söhnen, ebenso der kleinen Nine La Vienne, Patenkind des ersten königlichen Kammerdieners. Mein Traum, Monsieur.

Mein Traum.

Stellt Euch eine windgepeitschte Anhöhe vor, die mitten in einem langen, schmalen Tal liegt. Auf diesem Hügel befindet sich ein kleines, aus Stein und Ziegeln erbautes Schloss, das Louis XIII. als Jagdhütte diente. Es hat ein Hauptgebäude mit fünf Fenstern, das von zwei Seitenflügeln flankiert wird, die jeweils in einem quadratischen Pavillon enden. Das Ganze bildet einen geschlossenen Hof. Auf der Ostseite, von wo aus man das Schloss erreicht, gibt es noch einen größeren, ebenfalls mit einem Gitter verschlossenen Hof, der nicht gepflastert ist. Hier halten Kutschen und Reiter. Der terrassenförmige Vorplatz an der Westseite mündet in die Gärten, an deren Ende sich ein stinkender Sumpf ausbreitet, der an hügelige, sehr wildreiche Wälder grenzt. Und jetzt stellt Euch die größtmögliche Baustelle vor. Ihr kennt die Baustelle der Abtei, nachdem das Gewölbe der Kirche von Almenêches kurz nach Eurer Kommunion von einem Blitz gespalten wurde. Jedes Mal, wenn man es wieder aufbaut, spaltet es sich erneut. Multipliziert das, was Ihr von dort kennt, mit dem Faktor Tausend und transportiert das Ergebnis auf das kleine Schloss und seine Umgebung. Bekommt Ihr den Eindruck, dass das Gebiet wochenlang unter schwerem Beschuss stand und dass die Harke eines Riesen den Boden so lange bearbeitet hat, bis die Eingeweide der Erde zutage traten? Ganz genau – jetzt habt Ihr begriffen. Herzlich willkommen im Versailles des Jahres 1665.

Batiste Le Jongleur steht mit einer Kordel um den Bauch und einem Tragkorb auf dem Rücken bis zu den Oberschenkeln in stinkendem Schlamm und ist ebenso erstaunt wie Ihr. Die rote Mathilde, die ihn die ganze Nacht an ihre Brust gedrückt hielt, hat ihn vor Tagesanbruch geweckt. Der schnarchende Ehemann schlief noch tief und fest. Batiste schlich sich leise aus der Hütte. Pierre war bereits wach und kümmerte sich um das Feuer, um den Gerstenbrei warm zu machen, der die Familie bis zum Abend sättigen musste. Er warf seinem Bruder, der mit nackten Füßen, nacktem Oberkörper, wirrem Haar und einem Lausbubenlächeln eintrat, einen Blick zu.

»Kannst du es wirklich nicht lassen?«, seufzte er.

Batiste grinste ihn fröhlich an. »Sollte ich?«

»Sie ist verheiratet und hat es dir gesagt.«

»Umso besser. Wenn sie schwanger wird, ist das Kleine eben vom Ehemann.«

»Du musst damit aufhören, Batiste.«

»Warum?«

»Weil es nicht gut ist.«

Batiste zog sich aus und rieb seinen nackten Körper mit einer Handvoll Gras ab, um den Schmutz von Armen und Beinen zu entfernen. »Ihr hat es gefallen und mir auch. Was soll daran nicht gut sein?«

»Ist dir denn gar nichts heilig?«

»In dem Sinn, wie es für dich gilt? Nein.«

Pierre richtete sich zu voller Größe auf. Er überragte seinen Bruder um einen ganzen Kopf. »Du verdienst eine gehörige Tracht Prügel.«

Batiste hielt ihm den von Mathilde überlassenen Wasserkrug hin. »Aber du hast Durst.«

Pierre zögerte kurz, dann trank er.

Mit spöttischer Miene schlang Batiste den klumpigen Gerstenbrei aus der hohlen Hand. »Eigentlich sind wir gar nicht so verschieden, Pierre. Wenn du etwas brauchst oder Lust darauf hast, lässt du dich nicht von Skrupeln abhalten, sondern nimmst.«

»Ich nehme das, was mir zusteht. Aber ich stehle nicht meines Nächsten Hab und Gut.«

»Mathilde ist nicht das Eigentum ihres Ehemannes. Niemand gehört einem anderen.«

Er erhielt einen Klaps in den Nacken, dass seine Nase in den Brei tauchte. Mit strengem Blick zeigte seine Mutter auf das Barackenlager, dessen aus Stämmen zusammengefügte

Holzwände man am anderen Ende der Lichtung erkennen konnte.

»Oh doch. Du gehörst dem Teufel«, sagte Madeleine. »Draußen wird zur Einstellung geläutet, also versuch wenigstens jetzt mal, dich nützlich zu machen.«

Um seinem Ruf gerecht zu werden, lungerte Batiste bis zu dem Augenblick herum, als Madeleine nach einem Knüppel griff und ihm drohte, ihn auf seinem Rücken entzweizuschlagen. Sobald er jedoch außer Sichtweite war, rannte er los. Die größte Baustelle Frankreichs. Sein Herz klopfte aufgeregt. Seine Mutter und sein Bruder hatten Paris verlassen, weil er ihnen von einem besseren Leben vorgeschwärmt hatte. Er musste ihnen beweisen, dass er nicht nur ein Großmaul war. In der ersten Zeit würde es sicher schwierig sein, aber er würde bestimmt Abkürzungen finden, um die Karriereleiter schneller zu erklimmen. Abkürzungen fand er immer, sie waren seine Spezialität. Schreiner? Stuckateur? Schlosser? Dachdecker? Spiegelmacher? Gießer? Kunstschmied? Man würde sehen.

Batiste hat noch nie auf einer Baustelle gearbeitet. Genaugenommen hat er noch nie gearbeitet. Hier und da Handlangerdienste, Vertretungen, Karten- oder Würfelschwindeleien und kleine Betrügereien. Ein paar Diebstähle. Viele Frauen. Nur selten musste er Gewalt einsetzen. Die Leute ließen sich von ihm begeistern und folgten ihm gehorsam dahin, wo er sie haben wollte. Wenn ihn jemand fragte, womit er sein Brot verdiente, antwortete er: als Zauberer.

»Glaubst du, so was brauchen wir hier? Wir machen Erdarbeiten, keinen Jahrmarkt.«

»Ihr braucht Arme, und ich habe welche. Außerdem habe ich einen Kopf. Ihr entscheidet, ob er nützlich sein kann.«

»Haben wir alles schon gesehen.«

»Dann schaut Euch doch wenigstens meine Arme an.«

Der Anwerber hieß Jean Sanson, trug ein Lorgnon, einen Anzug aus grauem Tuch, einen weichen Hut mit aufgebogener Krempe, braune Gamaschen und Pfarrerschuhe – zumindest die Art Schuhe, die Pfarrer gewöhnlich tragen. Der Tag hatte noch kaum begonnen, doch er wirkte bereits müde. Sehr müde. Aus der Menschenmenge, die sich vor seiner Baracke drängte, musste er siebenundsechzig Handlanger heraussuchen, solide Kerle und Träger, die beim Graben und dem Transport von Erde in den unteren Gärten helfen sollten. Siebenundsechzig. Die anderen musste er wieder nach Hause schicken. Und zwar, wenn möglich, ohne sich beleidigen zu lassen. Und ohne bestechlich zu sein. Ein Anwerber verdient nur etwa das Doppelte eines Tagelöhners, und die Versuchung, eine kleine Entschädigung für eine Einstellung anzunehmen, ist groß. Wie viele standen da draußen? Zweihundert? Zweihundertfünfzig? Der kleine Zauberer hatte nicht gelogen, als er behauptete, Arme zu haben. Solide Schultern, schöne Muskeln, einen breiten Brustkorb, starke Beine und einen Blick, dessen Lebhaftigkeit die breite Masse in den Schatten stellte. Ein bisschen zu jung für die Hölle, die ihn erwartete, aber nervöse Typen sind belastbarer als die gemächlichen. Er würde zweifellos besser durchhalten als die stiernackigen Bauern, die in der Hoffnung aus der Provinz gekommen waren, binnen kürzester Zeit das Einkommen eines ganzen Jahres zu verdienen. Meist beschwerten sie sich schon am ersten Abend, am dritten Tag verfluchten sie Gott und den König in ihrem Dialekt, und innerhalb weniger als einer Woche brachen sie zusammen.

»Hast du einen Namen?«

»Le Jongleur.«

»Bist du bereit, hart zu arbeiten?«

»Ich bin bereit, alles zu tun, was nötig ist.«

»Versprich nicht zu viel, Junge. Versprich nicht zu viel. Man könnte dich beim Wort nehmen und am langen Arm verhungern lassen.«

»An mir hat sich noch jeder die Zähne ausgebissen.«

Der Anwerber musste lächeln.

»Hast du irgendeine Krankheit?«

»Nicht dass ich wüsste.«

»Familienmitglieder auf der Baustelle?«

»Mein Bruder versucht, bei den Maurern unterzukommen. Auch meine Mutter sucht etwas, weiß aber noch nicht, was. Und meine kleine Schwester ist neun Jahre alt.«

»Gut, heute versuche ich es mit dir. Wenn du durchhältst, sehen wir weiter.«

»Ich werde durchhalten. Wir können also schon jetzt weitersehen.«

»Oh nein, mein Junge. Du wirst es begreifen, wenn du erst drin bist.«

Seit die Uhr am Giebel des Schlosses fünf geschlagen hatte – den offiziellen Arbeitsbeginn im Sommer –, war Batiste mittendrin. Und er begriff.

Von der Schlossterrasse aus gesehen wirkt der zukünftige untere Garten wie eine hübsche Wiese. Auf sechs Hektar des trotz der Hitze erstaunlich grünen, mit Mohnblumen und schilfbestandenen Tümpeln betupften Graslandes weiden Schafe und einige Kühe – ein Privileg, das den Bauern von Versailles von höchster Stelle zugestanden wurde. Aber aus der Nähe betrachtet handelt es sich um einen riesigen Sumpf. Die Erde ist mit Wasser vollgesogen. An einigen Stellen ist der Boden so moorig, dass man bis zu den Knöcheln einsinkt, wenn man nicht aufpasst. Der Schlamm ist schwarz, fett und riecht faulig. In jeder Gruppe arbeiten zehn Männer. Zwei graben den vom

Vermesser vorgegebenen Geländeabschnitt aus, zwei füllen die schlammige Masse in mit einer dünnen Lehmschicht abgedichtete Tragkörbe, zwei leeren die Tragkörbe in Holzwannen, zwei laden die Holzwannen auf Handkarren, und zwei ziehen den Handkarren zu einer Rinne, wo das stinkende Zeug entleert wird. Um neun Uhr haben die Männer eine Stunde Pause. Soldaten verteilen Wasser. Sie sind fast sechs Fuß groß und tragen einen blauen Rock mit rotem Futter und Revers, eine rote Epaulette auf der rechten Schulter, blaue Kniehosen und Strümpfe, Schnallenschuhe und einen Hut mit Goldlitze, der mit einem blau-weiß-roten Federbusch geschmückt ist. Batiste findet sie sehr groß, sehr schön, sehr würdig und absolut unpassend in dieser sumpfigen Umgebung. Er erfährt, dass man sie Schweizer Gardisten nennt, weil sie aus der Schweiz stammen, einem Land mit hohen Bergen. Eigentlich dienen sie als Leibwache des Königs, aber um die Arbeiten auf der Baustelle voranzutreiben und Geld zu sparen, hat Monsieur Colbert sie bei den Erdarbeiten eingesetzt. Batiste zählt gut sechzig Männer auf der Baustelle des unteren Gartens. Dank ihrer Größe und ihres schleppenden Akzents sind sie leicht erkennbar. Diejenigen, die graben, sind Fußsoldaten, die Betreuer sind Korporale. Alle sind dem König, dem sie von Generation zu Generation dienen, mit Leib und Seele ergeben. Batiste zögert zunächst, etwas zu trinken, aber als es auch die Schweizer Gardisten tun, macht er es ihnen nach. Nachdem er getrunken hat, legt er sich unter einen Busch und schläft ein. Um zehn Uhr wird er vom Chef seiner Gruppe geweckt. Seil. Tragkorb. Schlamm. Um zwei Uhr nachmittags kommen die Gardisten zurück. Es sind jetzt mehr Männer, die einen von einem Arbeitspferd gezogenen Karren begleiten. Wieder eine einstündige Pause. Man verteilt Suppe, Reis, Weißbrot und Wein aus dem Karren. Batiste hat weder einen Becher noch ein Messer bei sich. Er macht es seinen Kollegen nach und trinkt direkt aus dem hölzernen Schöpflöffel, der von Hand zu Hand wandert. Auf der Suppe schwimmen Fleischfetzen, das Brot ist frisch und der Reis dick. Batiste, der sich seit Wochen von ranzigem Gerstenbrei ernährt, ist begeistert von dieser Mahlzeit. Als er sich wieder an die Arbeit macht, denkt er über Monsieur Colbert nach. Obwohl der Mann Minister ist, weiß er offenbar, dass ein Tagelöhner mit vollem Bauch besser arbeitet als ein hungriger Lump.

Die vier folgenden Stunden sind sehr anstrengend. Die Hitze lastet wie Blei auf den Arbeitern, die Wasserlöcher stinken faulig, der Schlamm auf Gesicht und Oberkörper klebt wie eine zweite Haut, die in der Sonne aufplatzt und fürchterlich juckt. Mückenschwärme umschwirren die Männer, und der Durst ist schwerer zu ertragen als die Arbeit. Einige Männer filtern Sumpfwasser durch ihre Hemdschöße. Das Resultat sieht aus wie Urin und riecht nach zersetztem Moos. Sie trinken gierig. Batiste denkt an Mathildes Warnung. Er könnte den Männern sagen, dass der Durst ihnen weniger schade als die grünliche Flüssigkeit. Doch er schweigt. Falls am nächsten Tag jemand krank ist, hat er größere Chancen, wieder eingestellt zu werden.

In aller Regel wird im Sommer elf Stunden gearbeitet. Um sieben Uhr ist Feierabend. Die Männer haben nichts, um sich zu reinigen und ihre Augen auszuspülen. Sie wringen ihre Gamaschen aus und trocknen sich mit Stroh ab. Es ist verboten, sich eine Pfeife anzuzünden. Wer ein wenig Tabak besitzt, stopft ihn sich in die Nasenlöcher oder reibt ihn auf das Zahnfleisch. Niemand bietet Batiste etwas an. Er sammelt Pickel, Harken, Tragkörbe und Wannen ein und verstaut sie unter Planen, die er mit Pfählen, Ringen und Seilen festzurrt. Seine geschundenen Hände bluten, ebenso wie seine aufgesprungenen Lippen. Die Schweizer Gardisten läuten zum Sammeln. Die

Gruppen finden sich erneut zusammen. Von betressten, stolz aufgerichteten Soldaten eskortiert sehen sie aus wie ein Geleitzug von Galeerensträflingen, die in die Kaserne zurückkehren.

Auf dem Weg treffen sie unterhalb eines halbrunden Wasserbeckens eine Gesellschaft feiner Damen und Herren, die in der untergehenden Sonne flanieren, um sich ein wenig Bewegung zu verschaffen. Aus Scham darüber, dass sie so schmutzig sind, senken die Arbeiter den Blick. Batiste aber schämt sich keineswegs. Trotz der lähmenden Müdigkeit im Rücken richtet er sich stolz auf, streicht die klebrigen Haare zurück und betrachtet die Gruppe.

Das Schauspiel ist es wert. Batiste hat sich in vielen Alkoven herumgetrieben, ganz zu schweigen von den Tavernen, Scheunen und Böden, aber Frauen wie diese hier hat er noch nie gesehen. Noch nicht einmal in der Umgebung des Louvre oder unter den Arkaden des Palais-Royal, wo Huren und freche Mädchen ihr Glück suchen. Diese Frauen hier wirken so unecht wie Püppchen, die sich dank eines verborgenen Mechanismus um die eigene Achse drehen, die Arme bewegen, einen Tanzschritt machen und sich verneigen. Ihre Gesichter und Dekolletés sind so stark gepudert, dass alle die gleiche Hautfarbe haben. Sie haben auch die gleiche gelockte Frisur, die sie wie gepuderte Schafe aussehen lässt, die gleichen theatralischen Attitüden, die gleiche Art zu lachen, indem sie ihre Schultern bewegen, um ihre Brüste zur Geltung zu bringen, und die gleichen spitzen Stimmen. Bei einer Hitze, vor der sogar Eidechsen in den Schatten flüchten, tragen sie mit Besätzen geschmückte Korsetts, drei übereinandergezogene, mit Schleifen verzierte Taftröcke und Mäntel, die mindestens drei Ellen hinter ihnen herschleppen. In diesem unbequemen Staat, und ohne sich darum zu kümmern, dass ihre Kleider oder Seidenschuhe zerreißen könnten, vergnügen sie sich mit Schussfahren. Batiste kennt dieses Spiel gut. Es besteht darin, einen Teilnehmer in ein kleines Gefährt mit Rollen zu setzen, dieses einen Hügel hinaufzuziehen und ihm am Hang einen heftigen Schubs zu versetzen. Sobald das Wägelchen den Hügel hinunterrollt, nehmen die anderen Spieler die Verfolgung auf. Wenn jemand das Gefährt erwischt und umwirft, hat er gewonnen und gibt dem Verlierer ein Pfand.

Batiste kann das Alter der Spielerinnen nicht einschätzen. Unter der dicken Puderschicht, die ihre Gesichtszüge wie erstarrt wirken lässt, können sie fünfzehn Jahre oder doppelt so alt sein. Sie amüsieren sich wie kleine Mädchen. Die Herren, die ihnen nachlaufen, sind erwachsene Männer, aber ihr Benehmen ist ebenso kindisch und ihre Aufmachung noch schlimmer. Sie rennen mit hohen Absätzen und handtellergroßen Schnallen an den Schuhen durch das Gras. Ihr Wams öffnet sich über einem weiten Hemd mit üppiger Krause und spitzengeschmückter Halsbinde. Zum gefältelten Rock von der Form eines Fässchens tragen sie bauschige Rheingrafenhosen, die an den Knien mit so voluminösen Spitzenmanschetten versehen sind, dass ihre Besitzer die Beine spreizen müssen. Hinzu kommt ein mit Fransen verziertes Waffengehänge, Seidenbänder von den Schultern bis zur Hüfte, ein Gehstock und Handschuhe mit weiten Stulpen. Und natürlich ein großer, geschmückter Filzhut sowie gelocktes, lang auf die Schultern fallendes Haar, das an die Ohren der Bluthunde erinnert, die von der Polizei auf der Suche nach flüchtigen Gefangenen eingesetzt werden.

Batiste ist fasziniert. Was mag die Frauen und Fräulein an diesen Herren reizen, die wie eitle Pfauen ausstaffiert sind? Nicht eines der Dämchen gefällt ihm so, wie Frauen ihm normalerweise gefallen. Trotzdem kann er die Augen kaum abwenden. Eine Dame, offenbar die Anführerin im Spiel, ist dunkelhaarig, hat ein ovales Gesicht, magere Arme, hervorspringende Schlüsselbeine, einen langen Hals und ein verführerisches Lächeln, das die Herren zu faszinieren scheint. Sie zieht einen Herrn mit olivfarbenem Teint und vorspringender Nase an der Hand hinter sich her. Die anderen Damen helfen ihr, ihren Galan in dem kleinen Gefährt zu verstauen. Der Herr verteidigt sich lachend und stiehlt der Brünetten im Vorübergehen einen Kuss. Die anderen Spielerinnen protestieren lauthals. Ehe sie ihr Opfer den Hang hinunterstoßen, beugen sie sich vor und küssen ihn leidenschaftlich auf den Mund. Batiste lächelt. Ob in Spitzen oder Lumpen – es geht immer um das Gleiche. Er denkt an Mathilde, ihren sanften Körper, ihre Sommersprossen, ihre schüchternen Lippen und ihre Fügsamkeit. An ihr stummes Vergnügen. An ihre dankbaren Liebkosungen. Er hätte sein Hemd verwettet, dass sich die Brünette, die Männer und Frauen mit der gleichen Grazie bezaubert, noch niemals einem Liebhaber mit echter Leidenschaft hingegeben hat. Würde sie um Hilfe rufen, wenn er sich ihr jetzt und hier näherte? Würde sie nervös werden, wenn er sie mit seinen magnetischen Augen anstarrte? Zwar ist sie für seine Begriffe zu mager, und blonde Frauen gefallen ihm besser, trotzdem wäre es amüsant, es einmal zu probieren.

»Genug da hinübergeschielt, Jongleur. Was bildest du dir ein? Dass sie dich küssen wollen? Wenn du so weitermachst, hetzen sie dir ihre Diener auf den Hals und lassen dich verprügeln. Das wird passieren!«

Batiste dreht sich zu seinem Gruppenleiter um. »Wer ist diese große Brünette da?«

Der Mann zuckt die Schultern. »Eine Prinzessin. Oder eine Herzogin. Henrietta. Irgendwas in der Art. Und jetzt spute dich, das Geld wartet nicht auf dich. Falls dir der Sinn dann immer noch nach Marquisen steht, kann ich dir gern sagen, wo du eine findest. Die ist vielleicht nicht unbedingt von Blutsadel, aber im Dunkeln und nach einem Krug Wein bemerkst du den Unterschied nicht mehr.«

Batiste ist noch nie in einem Bordell gewesen. Es käme ihm nie in den Sinn, dafür zu bezahlen, dass ein Mädchen die Beine breit macht. Normalerweise ist er es, dem die Frauen Geld, Kleidung oder etwas zu essen anbieten. Sie haben damit angefangen, als er dreizehn oder vierzehn Jahre alt war, ohne dass er darum bitten musste. Sie waschen seine Kleider, kämmen und entlausen ihn und ölen ihm das Haar mit Pomade. Manche, die nichts im Vorratsschrank haben und auf dem nackten Boden schlafen, stehlen, um ihm eine Mahlzeit zuzubereiten, und borgen sich einen Strohsack vom Nachbarn. Alle hoffen darauf, ihn halten zu können und an sich zu binden. Er nimmt alles, was sie ihm bieten, aber sobald er befriedigt ist, verlässt er sie ohne Bedauern und ohne schlechtes Gewissen. Einige laufen ihm aus Leidenschaft, Bösartigkeit oder Verbitterung nach. Sie flehen, sie drohen ihm, und manchmal schlagen sie ihn auch. Nie erwidert er die Schläge. Er verachtet es, Frauen zu schlagen. Ebenso wie er sie nie kaufen würde. Er kommt für eine Nacht oder zwei Nächte und ist immer großzügig, weil das, was er ihnen schenkt, ihn nichts kostet. Dann geht er wieder. Sobald sie begriffen haben, dass er wie ein streunender Kater ist, den keine weibliche List vor dem Feuer anbinden kann, werden sie es müde und lassen ihn laufen.

»Nun, Zauberer, ich hoffe, du hast den ganzen Sumpf in einem Zug trockengelegt.«

»Ihr habt mich wegen meiner Arme eingestellt. Nie würde ich mir verzeihen, meine Kunst anzuwenden. Wenn Ihr mir jedoch einen festen Vertrag anbietet, werde ich Euch überraschen, das verspreche ich.«

Der Anwerber lächelt. Dieser kleine Kerl mit den pfiffigen Augen ist einmal etwas anderes als die menschlichen Ochsen, deren Beschwerden er sich anhören und deren Verfehlungen er ausbügeln muss. Zu Dutzenden stehen sie schmutzig und stinkend vor seiner Tür. Er zahlt sie aus und bemüht sich, die Unterhaltung möglichst abzukürzen. Bei diesem Jungen allerdings macht es ihm Spaß, sich etwas mehr Zeit zu nehmen. Er öffnet die große, mit rotem Saffian bezogene Schatulle, in der sich stapelweise Münzgeld und Rechenpfennige befinden, und entnimmt ihr einen viertel Silber-Ecu, der fünfzehn Sou wert ist, außerdem fünfundzwanzig Liard, die zusammen fünf Sou machen.

»Jongleur, nicht wahr?«

»Le Jongleur. Batiste Le Jongleur.«

»Dein Name passt zu dir. Du siehst vertrauenswürdig aus, aber du hast es faustdick hinter den Ohren – oder irre ich mich?«

»Wenn Ihr meint …«

Der Anwerber schiebt Batiste einen Stapel Münzen über den Tisch. »Ein Tag – zwanzig Sou.«

Das Profil, das auf der Rückseite der Münzen abgebildet ist, erinnert deutlich an den Herrn, den alle Damen zu küssen versuchten. Weil er es kaum glauben kann, hält Batiste seinem Vorgesetzten die Münze hin.

»Soll das Louis XIV. sein?«

»Nein, das bin ich.«

Batiste kann es kaum fassen. »Ich glaube, ich habe eben gesehen, wie der König von Frankreich sich mit Schussfahren vergnügte!«

Der Anwerber nickt. »Seine Majestät liebt es, in der frischen Luft herumzutollen. Aus diesem Grund lässt er die Gärten bauen.«

»Sie sind so gut wie fertig. Natürlich nur, wenn Ihr mich fest einstellt«, sagt Batiste und steckt seinen Lohn ein.

Der Anwerber zeigt auf die Rolle, in der Namen, Rang und Gehalt der ihm anvertrauten Arbeiter notiert sind. »Gib mir einen guten Grund, dich da hineinzuschreiben.«

»Ich bringe Euch zum Lachen. In Eurer Funktion kommt das nicht so häufig vor.«

»Ich meine einen guten Grund für den König, für Monsieur Colbert und für die Baustelle.«

Batiste denkt blitzschnell nach. »Wie wäre es mit einem kleinen Wunder, um das Nordwestviertel Eures vertrackten Sumpfes trockenzulegen?«

»Es ist zwar nicht mein Sumpf, aber ich höre.«

»Die Abflussrinnen sind nicht dicht. Da, wo Ihr mich hingeschickt habt, muss man sehr tief graben, ehe man auf eine wasserundurchlässige Tonschicht trifft. Alles, was sich darüber befindet, ist ein wahrer Schwamm. Beim Ableiten kommt das Wasser zurück und durchtränkt den Boden erneut. Die Abwasserleitungen mit Steinen auszukleiden würde wochenlang dauern. Wenn man sie aber mit geölten Häuten auslegte, würde die Arbeit doppelt so schnell vorangehen. Mindestens.«

Der Anwerber pfeift anerkennend. »Bist du da ganz allein draufgekommen?«

»Ich sagte Euch doch schon heute Morgen, dass ein Kopf manchmal dienlich ist. Stellt Ihr mich fest ein?«

Der Mann nickt. »Na ja. Wenn dir so viel daran liegt.« Er taucht eine Feder in ein tragbares Tintenfass, schreibt etwas in sein Register, dreht das Heft um und reicht Batiste die Feder. »Unterschreib unter deinem Namen.«

Batiste errötet. »Wo steht er?«

Der Anwerber zeigt auf die letzte Zeile in der rechten Spalte. »Dort. Le Jongleur, Batiste. Wie du gesagt hast.«

Batiste nimmt die Feder und schreibt langsam seinen Namen in Großbuchstaben.

»Du kannst deinen Namen schreiben, aber nicht lesen?«

Batiste zögert. »Ich sehe ihn zum ersten Mal auf Papier.«

Der Anwerber klappt das Register zu und greift nach einem dicken, mit Zahlen angefüllten Heft. »Wir stellen hier entweder nach Aufgabe oder tageweise ein. Für dich gilt die Aufgabenregelung. Und die Häute lasse ich morgen kommen. Fünfzig Dutzend.«

»Ich bin auf achtzig Dutzend gekommen.«

Der Anwerber blickt ihn erstaunt an. »Stellst du etwa mit einem Korb voller Schlamm auf dem Rücken Berechnungen an? Wo hast du das gelernt?«

Batistes Augen funkeln. »Nirgends. Entfernungen messe ich mit meinen Beinen, und die Menge der Häute zähle ich mit meinen Fingern ab.«

Verblüfft starrt der Anwerber ihn einen Moment schweigend an. Schließlich nimmt er eine Handvoll roter und gelber Kupfermarken aus der Schatulle und steckt sie in eine Stoffbörse.

»Nimm das hier. Damit sparst du Zeit bei deinen Berechnungen. Und nutze sie mit Bedacht. Nicht dass ich es eines Tages bereue, dir eine Chance gegeben zu haben. Ich gebe dir zwei Wochen für dein Wunder.«

»Herzlichen Dank, Messire.« Batiste zieht einen imaginären Hut und grüßt galant. »Gott hat die Welt in sieben Tagen erschaffen. Davon das Doppelte – das ist fast schon zu viel der Großzügigkeit …«

Der Anwerber lacht auf. Der Junge gefällt ihm wirklich. »Man soll den Tag nicht vor dem Abend loben. Fünf Uhr morgens, sieben Uhr abends. Von montags bis samstags. Am Sonntag gehst du zur Messe und widmest dich deiner Familie, ebenso an Feiertagen. Wenn du früher kommen oder später gehen musst, um dein Werk zu vollenden, sagst du mir vorher Bescheid.«

»Bekomme ich mehr Lohn?«

»Das nicht, aber wenn deine Gruppe nachts arbeiten muss, erhaltet ihr eine Zulage.«

»Ernennt Ihr mich zum Gruppenleiter?«

»Du bist zu jung und gerade erst angekommen. Die Hierarchie auf der Baustelle ist streng. Die Älteren würden dich kaltmachen.«

»Das Risiko gehe ich ein.«

»Ich aber nicht. Mir genügen schon die Unfälle und Krankheiten, da muss ich mich nicht auch noch mit Streitigkeiten belasten.«

»Es wird keinen Streit geben. Eure Arbeiter werden sanft sein wie die Lämmer, das garantiere ich Euch.«

»Heb dir deine Zauberkünste für deine Zuschauer auf, Kleiner.«

»Ich werde den Männern erklären, worin ihr Interesse besteht, das sich im Übrigen mit meinem deckt. Wenn ich die Arbeiten beaufsichtige, gehe ich jede Wette ein, dass sich das Gelände innerhalb von zehn Tagen leert wie eine Badewanne.«

»Gruppenleiter ist unmöglich. Aber ich kann dich zum Verantwortlichen für diese Aufgabe ernennen. Allerdings nur für diese eine Aufgabe.«

Batiste legt die zwanzig Sou auf den Tisch, die er an diesem Tag verdient hat.

»Behaltet das. Wenn ich versage, gehört es Euch.«

»Und wenn es dir gelingt?«

»Wenn es mir gelingt … gehört es ebenfalls Euch. Und Ihr ernennt mich ganz offiziell zum Gruppenleiter. Damit haben wir beide etwas davon.«

»Für einen so jungen Mann schlägst du dich nicht schlecht.«

»Ich habe früh damit anfangen müssen.«

»Lebt dein Vater noch? Was macht er?«

In Batistes Augen erglimmt eine kalte Flamme. »Er hütet Schafe.«

»Dann ist er Hirte?«

»So könnte man es nennen.«

Von draußen wird heftig an die Tür gehämmert. Der Anwerber steht auf.

»Wenn du noch länger hierbleibst, dürftest du morgen Probleme mit dem Respekt haben.«

Batiste steckt die Börse mit den Kupfermarken in seinen Gürtel.

»Danke«, sagt er und blickt dem Anwerber gerade in die Augen.

»Wir reden noch. Zehn Tage?«

»Zehn Tage.«

Ich sitze an meinem Tisch vor dem Fenster, schreibe und beobachte, wie der Himmel seine Farbe verändert. Noch bin ich weder müde noch traurig. Ich denke an Euch.

»Welch ein Glück, dass ich dich kennengelernt habe«, sagtet Ihr, als Ihr klein wart. »Du heißt Ange, wohnst im Pfarrhaus und bewirkst Wunder. Du bist sicher eine Art Heiliger, nicht wahr?«

Ich antwortete Euch, dass dies nicht der Fall sei – ganz und gar nicht – und dass ich oft wütend würde und eigentlich nur zur Messe ginge, um die Gesänge zu hören.

»Ich finde dich aber viel heiliger als meinen Papa.«

In diesem Fall fiel es mir schwer, das Gegenteil zu behaupten.

»Weißt du, dass ich ihn nicht mag?«

Ich wusste es, aber wie hätte ich Euch gestehen können, dass ich mich darüber freute?

»Und weißt du, dass er mich auch nicht mag?«

Auch das wusste ich. Und vor allem wusste ich, woran es lag. Aber auch darüber konnte ich natürlich nicht mit Euch sprechen.

»Mein Papa sagt, dass er teuer dafür bezahlt hat, mich zu bekommen. Viel teurer als gedacht. Und dass er auf mich zählt, um die Ausgaben wieder wettzumachen.«

Dieser Gedanke verursachte Euch große Sorgen, und Ihr kamt immer wieder darauf zurück.

»Glaubst du, dass ich wirklich so teuer war?«

Oh ja, teuer wart Ihr wirklich. Aber wenn es Euch tröstet: Es war nicht Euer Vater, den Ihr am meisten gekostet habt.

Als Ihr letzten Donnerstag in mein Zimmer stürztet, brachtet Ihr es nicht fertig, mir zu sagen, dass Comte de Cholay tot sei. Ich schlief nicht. Mir war klar, dass bald alles vorbei sein würde, und ich fragte mich, ob ich die Kraft besäße, das zu vollenden, was ich mir bei meinem Herkommen geschworen hatte. Ich erwartete Euch. Ihr tratet ein, ohne anzuklopfen, und blicktet mich so ängstlich an, dass es mir fast das Herz brach.

»Nun kann ich ihm seine Ausgaben nicht mehr zurückerstatten … Er wird mich heimsuchen …«

Am liebsten hätte ich Euch in die Arme genommen, aber für einen Jungen Eures Alters ziemt sich das nicht mehr. Ihr habt heftig gezittert.

Ich fachte das Feuer wieder an, wickelte Euch in mein großes indisches Tuch und sagte: »Keine Sorge. Alles wurde mit Zins und Zinseszins in Eurem Namen bezahlt.«

Ihr runzeltet die Augenbrauen. Die Vorstellung, dass jemand Eure Schuld beglichen hatte, war Euch unangenehm.

»Von wem?«

»Das spielt keine Rolle.«

»Für mich schon.«

»Ich werde es Euch sagen, wenn Ihr bereit seid, es zu hören und zu verstehen.«

Ihr wurdet wütend und warft mir vor, ich hätte immer Geheimnisse und wiche Euren Fragen aus.

Ihr hattet recht. Ich hatte immer Geheimnisse. Leider konnte ich nicht anders, denn es ging um mein Überleben. Und um das Eure. Ich beschloss, Euch diesen Brief zu schreiben, als Ihr, erschöpft von Aufregung und Müdigkeit, auf meinem Sessel eingeschlafen seid. Ich sah Euch an und dachte: Noch diese und ein paar weitere Nächte. Dann wird alles ausgesprochen sein, und ich werde ihn nie wiedersehen.

Aber die Geheimnisse – alle Geheimnisse – wären dann gelüftet.

Ich würde Eure Fragen beantwortet haben, Charles. Sogar diejenigen, die Ihr nie gestellt habt.

Zehn Tage. Batiste Le Jongleur wusste nicht, dass der Vorgang, sich ein wahrscheinlich unerreichbares Ziel zu setzen, den Geist löst, das Blut aufpeitscht, die Muskeln stärkt und der Arbeit so viel Schwung verleiht, dass man damit fertig ist, ehe man Zeit findet, an sich selbst zu zweifeln. Er stand vor dem ersten Hahnenschrei auf, war als Erster auf der Baustelle, strengte sich mehr an als alle anderen, verlor nie den Mut und überraschte alle – auch sich selbst.

Seine Dichtungsmaßnahmen erweisen sich als Notbehelf, denn die geölten Häute widerstehen dem Wasser nur wenige Wochen. Aber bis der Herbstregen sie verrotten lässt, funktioniert das System. Es funktioniert sogar so gut, dass die Erdarbeiter am südlichen Weiher von Monsieur Colbert beglückwünscht werden. Der Minister war persönlich auf die Baustelle gekommen, um sich ein Bild vom Fortschritt der Trockenlegung zu machen. Batiste, der kurz zuvor zum Gruppenleiter ernannt worden war, wird ihm vorgestellt. Der Minister betrachtet ihn mit einem kurzen Blick, präzise wie die Messlatte eines Landvermessers und so scharf wie das Skalpell von Docteur Vallot, mit dem er – so behauptet man – jeden Tag in die Brust von Königinmutter Anna schneidet. Der Oberintendant der königlichen Bauwerke hat den Teint eines Kohlrabi, ist ganz in Schwarz gekleidet wie ein Staatsbeamter, der sich nicht anmaßt, den großen Herrn zu spielen, trägt sein braunes Haar lockig bis zum Kragen, ein Lorgnon an einer Kette, Handschuhe, die aussehen, als wären sie aus Mäusefell, und eine sorgenvolle Miene zur Schau. Neben ihm steht ein hochgewachsener, sehr ruhiger Mensch mit heller Haut und hellen Haaren, dessen gutmütiges Gesicht an ein Schaf erinnert und der sich offenbar mehr für vorüberziehende Wolken und die bereits rot werdenden Blätter im angrenzenden Wald interessiert als für die Unruhe des pedantischen Colbert. Der Minister fragt nach dem Wann und dem Wieviel. Bis wohin, und warum nicht schneller. Der lange Schafsmann bleibt ruhig und antwortet mit Zahlen und Fakten, die dem Oberintendanten zwar nicht zu gefallen scheinen, deren Präzision Batiste aber begeistert.

Das Schloss von Versailles liegt auf einem hundertzweiundvierzig Meter hohen Hügel, der aus Sand und Tonschichten besteht. Auf der Gartenseite neigt sich der Hang stärker. Zwischen der westlichen Terrasse und dem zukünftigen unteren Garten besteht ein Höhenunterschied von dreiunddreißig Metern. Um hier Abhilfe zu schaffen, werden zwei Terrassen aufgeschüttet, die mit einem hufeisenförmigen Becken verbunden sind, dessen unter Hainbuchen verborgenes Fundament die Rampen abstützt. Auf dem unteren Gelände hat man ein dreißig Kilometer umfassendes System von Steinrinnen vorgesehen, kleine, fünfzig Zentimeter unter der Erdoberfläche gelegene Aquädukte, um Rieselwasser, Grundwasser und die miteinander durch kleine Wasserläufe verbundenen Weiher und Tümpel aufzufangen und trockenzulegen. Die Weiher galten unter dem vorigen König als hervorragende Fischgründe. Sobald das Gelände entseucht wäre, würde man die Parzellen, die weiter unter Wasser stehen sollten, mit gemauerten Ufern und einem in die Böschung eingelassenen Abflusssystem versehen, durch das überflüssige Wassermengen in den Bach Galie und von dort aus über die Mauldre in die Seine abfließen können. Während der vier Jahre, seit der König die Anlage der

Gärten betrieb, war in Versailles mehr Erde bewegt worden als im gesamten Königreich während der zurückliegenden zwanzig Jahre. Beschwert sich Monsieur Colbert, dass die Arbeiten zu viel Zeit in Anspruch nehmen und zu teuer sind? Weiß er überhaupt, mit welchen Feinden die Erdarbeiter Tag für Tag fertig werden müssen? Beunruhigt reißt der Minister die dunklen Augen auf. Nein, er weiß es nicht. Niemand hat es ihm gesagt, obwohl hier wie überall Informanten im Einsatz sind. Feinde?

»Maulwürfe, Herr Oberintendant«, erklärt das beigefarbene Schaf mit päpstlichem Ernst. »Eine einzige Maulwurfsfamilie kann in einer Nacht das Tagewerk von zehn Männern zunichtemachen.«

Colbert setzt eine verächtliche Miene auf, die ihn äußerst unsympathisch aussehen lässt.

Das Schaf gibt sich unbeeindruckt. »Im vergangenen Jahr haben die von Seiner Majestät bestallten Maulwurfjäger, Vater und Sohn Liard, in Versailles eintausendachthundertsechzig Maulwürfe gefangen. Und seit dem Beginn dieses Jahres …«

Der Minister wischt die Maulwurfsfrage mit einer Handbewegung vom Tisch. »Ich weiß, Herr Gartenarchitekt. Aber ich weiß auch, dass man Feinde kaufen kann. Immerhin ist dies das Prinzip der Kriegsführung, vor allem in Frankreich. Ich komme für Eure Maulwürfe auf. In jedem Haushalt muss jemand die Finanzen unter Kontrolle halten. Wenn dieser Haushalt aber ein ruiniertes Königreich ist, ist diese Aufgabe eine äußerst undankbare Ehre, das könnt Ihr mir glauben. Die Königinmutter wirft mir vor, jeder Laune des Königs nachzugeben, der König wirft mir vor, ihm Zügel anzulegen, und Ihr werft mir vor, Eure Visionen nicht zu teilen. Jeder scheint zu glauben, dass ich weder Fantasie noch einen Sinn für Poesie habe und weder nach Schönheit noch nach Größe strebe. Monsieur Colbert? Ein

Buchhalter. Notwendig, aber unendlich langweilig ... Zeigt dem langweiligen Buchhalter doch bitte die neuen Wasserbecken, Herr Gärtner, damit er seinem Ruf Genüge tun und Euch sagen kann, dass Ihr schon wieder zu viel Geld ausgegeben habt ...«

Ohne einen Blick für die Arbeiter, deren Existenz er schon wieder vergessen zu haben scheint, dreht der kleine Mann sich um und geht.

Das Schaf tätschelt Batiste zweimal die Schulter. »Gut gemacht, junger Freund«, sagt er und schwingt die dünnen Beine, um den Oberintendanten der königlichen Bauwerke einzuholen, der bereits auf dem Weg zum Schloss ist.

Von dem berühmten Monsieur Le Nôtre wie ein braves Hündchen belobigt zu werden hätte jede andere der menschlichen Ameisen, die auf das Signal des Vorarbeiters wieder in den Schlamm abtauchen, unendlich stolz gemacht. Doch Batiste verachtet diese Art von Schmeichelei. Er blickt weiter voraus. Und höher. Er will dem Sumpf so schnell wie möglich entkommen, ehe er sich eine der Krankheiten holt, die die Erdarbeiter dezimieren, und die nächste Etappe in Angriff nehmen.

Pierre hat eine Stelle in der Werkstatt eines Maurermeisters bekommen, dessen Arbeitsbereich die Orangerie ist. Nachdem die Glocke den Feierabend verkündet hat, führt er seine Familie auf der Baustelle herum. Das, was Batiste, Madeleine und Blanche zu sehen bekommen, macht sie sprachlos. Die rote Mathilde behauptet, dass Louis XIV. Versailles geradezu leidenschaftlich liebt und seine Familie zwingen will, das Schloss ebenfalls zu mögen, aber wie kann es dem König von Frankreich Vergnügen bereiten, sich an einem solchen Ort aufzuhalten? Abgesehen davon, dass die Lage, die Monsieur Le Nôtre sicher großes Kopfzerbrechen bereitet, einfach hässlich ist und das Gebäude von den Ausmaßen her allenfalls dem

Haus eines wohlhabenden Privatmannes entspricht, sieht man ringsum nichts als ein wildes Durcheinander von festen und transportablen Gerüsten, Steinhaufen, Karren mit zwei, vier oder sechs vorgespannten Pferden, die Holz, Werkzeug, Rohre und Bleiplatten transportieren, Wagen, die riesige, rechteckige Steinklötze einen nach dem anderen fortbewegen, Stücke von Gesimsen, die an mit Metallstangen gespickten Mauern lehnen, aufgeschichtete Marmorplatten, fahrbare Wasserbehälter, halb abgebaute Sägeböcke, herumliegende Leitern – das alles ohne jede erkennbare Ordnung in einem unglaublichen Staub.

»Hier sieht es aus wie beim Jüngsten Gericht«, murmelt Madeleine und bekreuzigt sich.

Pierre nickt. »Der König hat die Seele eines Baumeisters. Sobald er mit einer Baustelle beginnt, plant er schon die nächste. Natürlich muss alles gleichzeitig passieren und wird immer wieder rückgängig gemacht, wenn Seine Majestät eine neue Idee hat, was ständig vorkommt. Zunächst ist er zum Jagen nach Versailles gekommen, wie sein Vater. Dann stellte er fest, dass er hier fern von seiner Frau, die viel zu faul ist, ihm nachzulaufen, und ohnehin nur das Kartenspiel liebt, seinem Vergnügen frönen konnte. Er ließ sich von Damen und Herren begleiten, die sich gern an der frischen Luft aufhielten, machte sich einen Spaß daraus, zunächst eine, dann zwei und später mehr Nächte hier zu verbringen. Mademoiselle de La Vallière glaubte übrigens allen Ernstes, dass Strauße Zähne haben. Um sie in dieser und anderen Beziehungen aufzuklären, hat der König Tiergehege erbauen lassen, wo exotische Vögel und Wildtiere gehalten werden, außerdem ein Elefantenpaar, eine gefleckte Giraffe und schließlich ein Tier, das unmittelbar aus der Hölle zu stammen scheint und das man Rhinozeros nennt. Danach wünschte Seine Majestät eine Orangerie. Man erzählt sich, dass er seine Leidenschaft für diese Früchte bei einem

Fest vor vier Jahren entdeckt hat, das Monsieur Fouquet, der damalige Finanzminister, für ihn in seinem Schloss Vaux-le-Vicomte gab. Es muss märchenhaft gewesen sein. So etwas hatte es in Frankreich noch nie gegeben. Der König war wie geblendet und rasend eifersüchtig. Einen Monat später wurde Monsieur Fouquet wegen Missbrauchs der Amtsgewalt angeklagt, ins Gefängnis geworfen und sein gesamtes Hab und Gut konfisziert. Neben Statuen und Gemälden beschlagnahmte man etwa hundert Orangenbäume, die der König nach Versailles bringen ließ und für die an der Südseite des Hügels gigantische Erdaufschüttungen vorgenommen werden. Gleichzeitig verfügte Seine Majestät Louis XIV. – dem bewusst ist, dass ihm zu dienen bedeutet, das Unmögliche möglich zu machen –, ein Wasserreservoir zu bauen, das größer ist als alles, was bisher in dieser Richtung geschaffen wurde, und das weder aus der Nähe noch aus der Ferne wie ein Wasserreservoir aussehen darf. Monsieur Le Vau hat eine Grotte in einem Gebäude entworfen, auf dessen Dach fünfhundertachtzig Kubikmeter Wasser gespeichert werden können. Das Wasser stammt aus dem Étang de Clagny und wird durch ein unterirdisches Röhrensystem bis zum Fuß des Gebäudes gepumpt. Das Reservoir liegt rechts des Vorhofs ein wenig im Hintergrund und damit so hoch über den Gärten, dass die bereits fertigen und möglicherweise auch die zukünftigen Springbrunnen dank der Schwerkraft gespeist werden können. Die Grotte ist der Thetis gewidmet, einer Meeresnymphe, bei der sich der Sonnengott von seinem täglichen Himmelslauf ausruht und die ihm die Kraft verleiht, jeden Tag die Erde aufs Neue zu erhellen. Der König vergleicht sich lieber mit Apollon als mit Zeus, dem Beherrscher des Olymps, weil er lieber mit der Sonne und ihrem Licht in Verbindung gebracht werden will als mit dem tödlichen Blitz. Seine Untertanen sollen ihn als Verteiler von

Wohltaten sehen und seine Höflinge als Gestirn anerkennen, fern von dem das Dasein finster und leer ist.«

Ob der König von Frankreich sich für einen Himmelskörper hält oder als Triton verkleidet, ist Batiste egal. Ohne einen Blick für die gemeißelten Sonnenallegorien an den Kapitellen, die das Wasserbecken stützen, wandert er um die schwarzen Rohre herum, die in den offenen Gräben liegen.

»Ist das Blei?«, fragt er.

»Ja. Die Wasserleitungen in der Stadt sind noch aus Holz, aber hier hat Maître Jolly es vorgezogen, Blei zu verwenden«, erklärt Pierre. In den Wänden der Grotte verlaufen überall Rohre, und im Boden sind die Wasserbaumeister dabei, ein Röhrensystem zu installieren, das einem Termitenbau gleichen wird.«

»Wer ist dafür zuständig?«

»Denis Jolly ist der oberste Brunnenbaumeister, die Gebrüder Francine sind die Wasserbauingenieure. Sie arbeiten Hand in Hand mit Monsieur Le Vau und Monsieur Le Nôtre, aber letztendlich ist es wie immer der König, der alles entscheidet.«

Als die Nacht hereinbricht, geht Batiste nicht zu Mathilde, um bei ihr Vergessen zu suchen, sondern kehrt in die Grotte der Thetis zurück. Die bogenförmigen Tore an der Fassade sind mit Gittern verschlossen, und an jeder Ecke stehen zwei Schweizer Gardisten. Batiste geht um das Gebäude herum zu der Stelle, wo die Rohre der Wasserleitung sichtbar sind. Er weiß zwar nicht wirklich, wonach er sucht, aber die Besichtigung mit Pierre hat seine Neugier angestachelt. Jetzt möchte er die verborgenen Qualitäten der Anlage kennenlernen.

Leise und geschmeidig gleitet er in einen der Gräben und kriecht in Hockstellung – später auf dem Bauch – durch das dicke Rohr, das in einer gemauerten Höhlung verschwindet. Nach etwa hundert Metern erreicht er eine grob aus unbehauenen Steinen zusammengefügte Kuppel, von der zwei Gänge abzweigen, die aussehen, als hätte man sie für einen der Windhunde des Königs oder einen der Zwerge der Königin gebaut. Batiste lässt sich auf alle viere nieder und wendet sich aufs Geratewohl nach links. Je weiter er vordringt, desto deutlicher zeichnet sich eine Helligkeit am Ende des Tunnels ab. Er hört ein Plätschern und Stimmengemurmel. Nach kurzem Zögern kriecht er langsam weiter. Die Passage mündet hinter einem Wasserspiel, dessen Fontänen feuchte Perlenschnüre bilden. Hinter dem flüssigen Vorhang entdeckt Batiste gekrümmte Wände, die von oben bis unten mit Muscheln ausgelegt sind, Leuchter in Form von Sirenen, einen Boden, dessen marmorne Einlegearbeiten Wirbel und Wellen vorgaukeln, und eine mit Wolken und halb nackten Gestalten bemalte Decke. Am andern Ende der Grotte befindet sich eine weitere Nische. Das Wasserspiel ist das gleiche wie das, hinter dem er sich versteckt. In der Mitte öffnet sich eine dritte, höhere Nische, die mit großen Muscheln und Korallen geschmückt ist.

Auf einer mit Tüchern und Kissen bedeckten Steinbank sitzt ein Mann und fingert unter den Röcken einer Frau herum. Batiste weicht unwillkürlich ein Stück zurück. Ist es möglich … Er hält den Atem an und beugt sich nach vorn. Tatsächlich, bei dem Mann handelt es sich um den Spieler aus dem Park, dessen Profil auf die Rückseiten der Münzen geprägt ist. Die Frau ist jung. Deutlich jünger als der Mann. Ihr hellblondes Haar ergießt sich wie ein goldener Fluss über ihren Rücken. Sie trägt ein rosenfarbenes Korsett, das der Mann mit einem Geschick aufschnürt, das häufige Übung verrät. Die entblößten Schultern der Dame sind knochig, ihre Brüste klein, und ihre makellose, perlweiße Haut umhüllt sie wie ein Gewand aus Schnee.

Der Mann liebkost ihre kleinen Brüste und wiederholt ihren Namen: »Louise, Louise …«

Mit sanfter Hand hebt sie seinen Kopf. »Dann liebt Ihr mich also noch?«

Er fasst sie um die Taille und dreht sie um. »Schaut her.« Er hebt den Arm.

Batiste drückt sich an die Wand, aber es ist zu spät. Er ist so nass, als sei er in die Seine getaucht. Eine Musik, wie er sie noch nie gehört hat und die aus dem Nichts zu kommen scheint, hat den Rhythmus des Wasserspiels verändert, das ihn verbirgt. Auch der Brunnen gegenüber folgt der neuen Kadenz, ebenso das Wasser, das in die mittlere Brunnenschale plätschert. Es klingt, als bestimme das Wasser die Partitur. Jeder Tropfen ist eine Note und jede silbrige Fontäne die Stimme einer Geige, Harfe oder Flöte.

Ebenso geblendet wie Batiste klatscht die junge Frau in die Hände. »Wie macht Ihr das?«

Der Mann entblößt ihren schlanken Hals, biegt ihn zurück und bedeckt ihn mit Küssen, die glucksen und fließen wie die Noten und die Wassertropfen.

»Es ist eine Wasserorgel. Ich habe von ihr geträumt, und Monsieur Francine hat sie erfunden, um Eurer Grazie zu huldigen. Um Euch zu zeigen, welche Gefühle Ihr in mir wachruft. Ich weiß, dass Eure Situation nicht leicht ist, ich kenne Eure Feinfühligkeit und Eure Bedenken. Aber lasst die anderen nur reden, meine Süße. Die Eifersüchtigen und Störenfriede werden es bald müde sein. Ich baue Versailles für Euch, Louise. Dieses Haus ist unseres, und Ihr seid meine Königin …«

Das junge Mädchen schmiegt sich in seine Arme. Jetzt kann Batiste ihr Profil sehen. Sie hat ein ovales, etwas langweiliges Gesicht, eine schöne Stirn, einen kleinen Mund, wenig Kinn und große, blaue, sehr naive Augen, die vor Tränen glänzen. Sie wirbelt herum, legt die Hand ihres Liebhabers auf ihre Wange und blickt ihn mit leidenschaftlicher Zärtlichkeit an.

»Ich liebe Euch, weil Ihr Louis seid. Einfach nur Louis. Wärt Ihr ein einfacher Privatmann, würde ich Euch nicht weniger lieben. Vielleicht sogar mehr, denn dann hätte ich Euch ganz für mich. Und ich wäre glücklicher.«

Der König schürzt ihre Röcke und setzt sie rittlings auf seinen Schoß. Sie trägt Strümpfe, die so fein sind, dass man sie für eine zweite Haut halten könnte, und ihr Strumpfband ist mit edlen Steinen bestickt. Sie hat lange Oberschenkel und sehr dünne Waden.

»Bist du etwa nicht glücklich, jetzt und hier?«

Sie wirft ihm einen arglosen, aufrichtigen Blick zu. »Ich wünschte mir, Ihr wärt nicht der König.«

Er knöpft mit einer raschen Bewegung seine Hose auf, hebt die junge Dame hoch und dringt mit einem Stoß seines Beckens in sie ein. »Ich bin der König.«

Batiste kriecht auf den Ausgang zu. Wollte er seine Mutter necken, so denkt er, müsste er ihr nur erklären, dass Könige genau auf die gleiche Art herumhuren wie gewöhnliche Männer. Sie reden vielleicht mehr, aber sie schenken der Befriedigung ihrer Partnerin ebenso wenig Aufmerksamkeit wie irgendein Bauer. Wissen sie vielleicht nicht, was den Damen Freude macht? Oder sind sie wegen ein wenig Wimpernklimpern und einer vorgetäuschten Ohnmacht der Meinung, dass sie sie befriedigt haben? Louis XIV. mag vielleicht gekrönt sein und sich schneidig fühlen, doch offenbar hält er sich weder für einen guten Liebhaber noch für einen mächtigen Herrscher – aus welchem Grund würde er sonst das Bedürfnis verspüren, seine Großartigkeit und seine Männlichkeit dadurch ins rechte Licht zu rücken, dass er Gottheiten an die Decke malen und Wasser laufen lässt, wenn er es doch eigentlich nur seinem Schatz besorgen will?

Vorsichtshalber behält Batiste diese Gedanken jedoch für

sich. Madeleine vergöttert den König und duldet keine Kritik an seiner Person, seinen Liebesabenteuern und seiner Art, die Krone zu tragen. Seit sie weiß, wer Apollon war, findet sie, dass Seine Majestät ihm in allen Gesichtszügen gleicht, und preist die Sonne, die zu den Menschen gekommen ist und mit ihren Strahlen auch das Schicksal der Familie Le Jongleur verbessern wird. Hat sich ihr Leben nicht auf ermutigende Weise verändert, seit sie sozusagen Tür an Tür mit ihm wohnen?

Dank ihres Wissens über Blutegel ist es Madeleine gelungen, eine Stellung in der königlichen Krankenstation zu finden, die von den Schwestern von Saint-Vincent-de-Paul auf dem Marktplatz von Versailles eingerichtet worden ist. Sie hilft dabei, Kranke und Unfallopfer von der Baustelle, die von den Schweizer Gardisten auf Tragen zu ihnen gebracht werden, zu zweit oder gar zu dritt auf Liegen unterzubringen. Sie wechselt das auf dem Boden ausgebreitete Stroh, leert Aborteimer, säubert Laken und wäscht die Toten. Dank ihrer wunderbaren Stimme darf Blanche ebenfalls im Krankenhaus bleiben. Sie geht von einer Liege zur anderen und singt für die Kranken. Kirchenlieder, Abendlieder und Lieder, die sie von den Musikern des Königs im Park aufgeschnappt hat. Die Letzteren liebt sie ganz besonders – vor allem, wenn sie sie darstellt wie im Theater. Batiste bestärkt sie darin und versichert ihr, dass Gott alle Sänger liebt, nicht nur die im Kloster. Als Madeleine das hört, wird sie wütend, aber sie ohrfeigt ihn nicht, denn zum allgemeinen Erstaunen ist er es, der das meiste Geld heimbringt.

Pierre arbeitet inzwischen als Handlanger bei einem Maurermeister und hofft, sein zweiter Lehrling zu werden, sobald der erste eines Tages zum Kompagnon befördert wird. Im Augenblick jedoch verdient er weniger als ein Erdarbeiter. Die Maurerinnung ist streng reglementiert, und es ist schwierig,

Stufen zu überspringen. Auf der untersten Stufe stehen die Handlanger, die den Mörtel anrühren, mit dem die Steine zusammengefügt werden. Über diesen stehen die Maurer, die mit Gips arbeiten, Mauern hochziehen, Balken einzementieren und Kaminabzüge setzen. Noch eine Stufe darüber stehen die Steinmetze, danach folgen die Meister, die Steinblöcke aussuchen, die auszuführenden Modelle zeichnen und die Steine, nachdem sie in Form gebracht sind, an der entsprechenden Stelle anbringen. Die Aufseher rühren weder Meißel noch Hammer an, sondern kontrollieren die Materialanlieferung, den Fortschritt der Arbeiten, die Qualität des Steinschnitts und die Arbeitsstunden. Bei Abwesenheit verhängen sie Strafen. Abgesehen davon, dass er fünf Jahre lang einen armseligen Lohn erhält, muss Pierre seinem Meister im Augenblick der Übernahme als Lehrling zwanzig Livres zahlen, doch in seinen Augen ist der Maurerberuf jedes Opfer wert.

Eines Nachts, als der Herbstregen auf das Dach ihrer Hütte prasselt, vertraut er Batiste seinen Traum an. Irgendwann will er an die Tür seines Erzeugers klopfen und ihm sagen: Sieh her, was aus dem Sohn geworden ist, den du nicht wolltest.

Batiste seufzt. »Was hättest du davon?«

»Würde es dir nicht gefallen, von deinem Vater bewundert zu werden?«

»Dazu verachte ich ihn viel zu sehr.«

»Meiner hat mich Werkzeug tragen lassen, als ich mit diesem Beruf anfing, aber er hat sich immer geweigert, mich unter vier Augen zu treffen. Ich will, dass er sein Verhalten bereut. Wenn ich hier hart arbeite, kann ich besser sein als die anderen, ehe ich vierzig Jahre alt bin. Die Bauleiter und königlichen Architekten sind fast alle ehemalige Maurer. Sie verdienen sich ein Zubrot, indem sie als Zulieferer auftreten, den Weiterverkauf überzähliger Materialien organisieren und billiges Land erwerben, das sie in Parzellen aufteilen. Sie machen gemeinsame Kasse, um ihre Geschäfte zu sichern, und verbinden ihre Familien durch Heirat. Das alles ist völlig legal. Wenn man ihn nicht bestiehlt, hat der König nichts dagegen, dass man sich dank seiner bereichert.«

»Willst du die Tochter eines Bauleiters heiraten?«

»Warum nicht? Aber erst in etwa zehn Jahren.«

»Glaubst du wirklich, dass Baumeister wie ein Maître Bergeron, ein Monsieur Mansart oder ein Monsieur Villedo ihre Tochter dem vaterlosen Sprössling einer Blutegelvermieterin zur Frau geben? Armer Pierrot!«

»Das Leben ist das, was man daraus macht, Batiste. Vielleicht braucht es etwas Zeit, aber eines Tages will ich aus unserer Mutter eine von allen respektierte Frau machen. Sie wird ein anständiges Dach über dem Kopf haben, Schuhe tragen, die Männer werden ihr den Vortritt lassen, und niemand wird mehr wagen, die Hand gegen sie zu erheben. Ich will ihr Geld für Blanches Kloster geben. Ich will, dass sie es im Alter warm hat, in einem Bett schlafen und sich immer satt essen kann. Und sollte ich einmal heiraten, will ich, dass meine Frau nicht arbeiten muss und dass meine Kinder Lesen und Schreiben lernen.«

»Vielleicht solltest du selbst damit anfangen.«

»Das habe ich vor. Sobald ich Lehrling werde. Hättest du auch nur einen Funken Ehrgeiz im Leib, würdest du dich nicht über mich lustig machen, sondern dir deinen eigenen Weg suchen.«

»Keine Sorge, ich habe nicht die Absicht, mein Leben lang Erdarbeiter zu bleiben. Ich werde demnächst Wassertechniker.«

Pierre lacht auf. »Wassertechniker? An den Becken und Springbrunnen arbeitet höchstens eine Handvoll Leute. Die

Arbeit erfordert viel Fachwissen und ist sehr schwierig zu bekommen. Du hast doch keine Ahnung von Wasserkraft, kannst keinen Stift halten und hast nie mit Holz oder Blei gearbeitet.«

»Aber ich habe gute Ideen, das ist längst bewiesen. Immerhin hat Monsieur Le Nôtre mich beglückwünscht.«

»Glaubst du ernsthaft, dass er deinen Namen behalten hat? Im Übrigen werden die Arbeiter von den Wasserbaumeistern Denis Jolly und François Francine höchstpersönlich ausgesucht.«

»Damit komme ich klar.«

»Kennst du die Herren?«

»Nein.«

»Wie willst du es dann anstellen? Denen kannst du nicht so leicht um den Bart gehen wie Jean Sanson, der dich gleich zum Gruppenleiter ernannt hat – das ist sicher.«

»Monsieur Jolly ist furchtbar fett.«

»Das hindert ihn aber nicht, Rohre und Ventile zu verlegen.«

»Er ist verheiratet. Seine Frau ist brünett und geht dienstags und donnerstags zum Markt neben der Krankenstation, wo Mama arbeitet. Mit einer Bediensteten, die ihren Sonnenschirm hält, und einem Diener, der die Gemüsekisten trägt.«

»Ja und?«

Batiste lächelt sein unverschämtes Engelslächeln, dem noch nie eine Frau widerstanden hat.

Jeanne Jolly ist dreißig Jahre alt, hat üppige Kurven und einen entsprechenden Appetit. Als Mutter männlicher Zwillinge, die nacheinander Pocken, Mumps, Keuchhusten und Diphtherie überstanden haben, ist sie der Meinung, ihre ehelichen Pflichten ausreichend erfüllt zu haben. Weil sie überdies Angst hat, bei jeder Umarmung unter dem Gewicht ihres Gatten zerquetscht zu werden, behauptet sie, unter Rotlauf zu leiden, um Jolly den

Zutritt zu ihrem nach dem Vorbild der berühmten Kurtisane Ninon de Lenclos mit blauer Seide bespannten Alkoven zu untersagen. Jeanne Jolly hält sich für eine würdevolle Ehefrau, aber sie liebt das Vergnügen und noch viel mehr das Begehren, das sie bei den Männern auslöst. Schon ehe ihre Brust sich rundete, machte sie ihnen schöne Augen, seufzte und schwenkte ihr Hinterteil möglichst verführerisch. Die Kunden der väterlichen Kurzwarenhandlung reagierten entweder verlegen oder erregt. Als besonnenes Mädchen wusste sie sehr wohl, dass ihre Jungfernschaft ein höheres Gut darstellte als ihre Mitgift. Und so ließ sie sich zwar häufig berühren – aber eben nur berühren. So ging es bis zu ihrem zwanzigsten Geburtstag. Sie beschloss, dass es nun an der Zeit für den vollen Einsatz war, und erwählte den Brunnenbaumeister Jolly, wie man ein Zugpferd für seine Kutsche aussucht. Vierschrötig, breitnackig, blauäugig, stark und ruhig wie ein Ackergaul, ausgestattet mit einem angesehenen Beruf und einem Paar beeindruckender Hoden, schien er deutlich bessere Zukunftsgarantien zu bieten als alle anderen Bewerber. Hinzu kam, dass sie ihn um Haupteslänge überragte und deutlich mehr Willenskraft besaß, was er mit dem Humor eines Mannes hinnahm, dem es nichts ausmachte, nicht Herr im eigenen Haus zu sein.

Denis Jolly mag das Aussehen eines Ochsen haben, aber er ist keineswegs dumm. Im Gegenteil. Er ist intelligent genug, die eigenen Grenzen zu erkennen. Er weiß, dass er zwar stark, aber kurzatmig ist. Ehrgeizig, aber nicht geduldig genug. Ein methodischer Arbeiter, aber fantasielos. Man lobt sein Talent als Ingenieur, aber es mangelt ihm an den Geistesblitzen, die einen wahren Erfinder auszeichnen. Er liebt das Geld, das Entwerfen komplizierter Maschinen, seinen Schlaf, gutes Essen und möchte dem König gefallen. Er liebt seine Windhunde, von denen er einen ganzen Stall voll besitzt, und erfreut sich daran, sie rennen zu sehen. Früher liebte er es, die Zuneigung seiner Frau zu genießen – damals, als sie noch bereit war, ihre rundlichen Schenkel für ihn zu spreizen. Er vermutet, dass das Wochenbett ihr zwar nicht den prickelnden Zeitvertreib, wohl aber seine Person verleidet hat und dass sie das Feuer, das sie ihm vorenthält, anderweitig befriedigt. Darunter leidet er. Die Mädchen in den Herbergen, bei denen er sich schadlos hält, befriedigen nur seine Sinne. Aber Jeanne hat einen so starken Einfluss auf ihn, dass er sein Unglück erträgt, ohne sich zu beklagen. Als sie ihm von Batiste Le Jongleur vorschwärmt und ihn bittet, den jungen, von technischen Neuerungen begeisterten Erdarbeiter in seine Gruppe aufzunehmen, ahnt er sofort, in welcher Beziehung die beiden zueinander stehen. Zunächst murrt er, um sich die Illusion zu erhalten, wenigstens noch über einen Funken Autorität zu verfügen, doch schließlich ist er einverstanden, sich mit dem jungen Mann zu treffen.

Batiste stellt sich ohne die geringste Verlegenheit vor. In seiner Tasche hat er ungefähr zwanzig auf Tuchfetzen gezeichnete Entwürfe. Seit seiner Entdeckung der Grotte der Thetis hat er sämtliche fertigen und im Bau befindlichen Pumpwerke untersucht. Die freundliche Mathilde hat in der Küche Kreide, zwei Schieferplatten und einige durchlöcherte Küchentücher entwendet. Aus diesen Hilfsmitteln hat Batiste ein Lineal und einen einfachen Zirkel gebastelt und seine freie Zeit damit verbracht, das aufzuzeichnen, was er gesehen und verstanden hat. Dennoch bleiben eine Menge Fragen darüber, wie man das Wasser in die Höhe bekommt. Aber er hat auch Vorschläge, wie man die bereits existierenden Anlagen verbessern könnte. Er beeindruckt Jolly durch seine Aufgewecktheit und das tiefe Vertrauen in sein Bauchgefühl, das ihn auf Einwände Dinge wie: »Das hat noch niemand je gemacht?«, antworten lässt: »Umso besser! Sollen wir es nicht versuchen?«

Der Ingenieur lässt sich überzeugen. Als fairer Spieler gesteht er seiner Frau, dass er den Jungen vielversprechend findet und es für schäbig hielte, ihm die Chance zum Aufstieg zu verwehren. Aus Dankbarkeit hakt Jeanne ihre Korsage auf, rafft ihre Röcke zusammen und gewährt ihm ohne große Umstände auf dem Esstisch das, wovon er kaum noch zu träumen wagte. Atemlos und außer sich vor Glück verspricht der Gatte seiner appetitlichen besseren Hälfte, dass er sich aus Liebe zu ihr und im Dienste des Königs um die Karriere des kleinen Le Jongleur kümmern wird. In der folgenden Woche erklärt Batiste seinem Vorgesetzten Jean Sanson, dass er den unteren Park verlassen und bei den königlichen Wassertechnikern anfangen wird.

Erinnert Ihr Euch noch des Abends, Monsieur, als Ihr dem Grafen ohne Umschweife erklärtet, dass es eines Cholay unwürdig sei, kleinen Jungen und Mädchen Gewalt anzutun, und dass Ihr keinen Vater wollt, der sich wie ein brünstiger Haudegen benimmt? Ihr wart noch keine neun Jahre alt. Bei dem Faustschlag, den Ihr als Antwort bekamt, platzte Eure Lippe auf. Ihr presstet die Zähne zusammen und ließt Euch in Euer Zimmer einschließen, ohne ihm die Genugtuung zu gönnen, Euch weinen zu sehen. Ihr rolltet Eure Laken zusammen, machtet sie am Fensterkreuz fest, hangeltet Euch an der Fassade hinunter, holtet ohne das geringste Geräusch Eure Stute aus dem Stall und kamt ohne Sattel zu mir geritten. Als Bonne Fermat Euer blutüberströmtes Gesicht sah, schrie sie Zeter und Mordio, lamentierte, dass es dieses Mal wirklich zu viel sei und dass sie Euren Vater eigenhändig in die Hölle befördern wolle, wo er unter seinesgleichen wäre. Ich schickte die Amme zu Euren fünf Milchbrüdern zurück, verband Euch und legte Euch in mein Bett. Dann setzte ich mich in den alten roten Sessel und hörte Euch zu. Ihr batet mich, Euch mitzunehmen und weit von Almenêches fortzubringen. Ihr wart nicht mehr im Geringsten darauf erpicht, die Ländereien, Wälder, das Schloss und den Titel zu erben, den Euer Vater entehrte. Ihr wolltet in einem bescheidenen, aber friedlichen Zuhause wiedergeboren werden, einen ehrlichen Beruf erlernen und ohne Gewalt und Boshaftigkeit aufwachsen. Ich habe Euch geantwortet, dass Ihr eines Tages frei sein würdet, dass Euer Name Euch Türen öffnen würde, zu denen ein Handwerker niemals Zugang hätte, und dass Ihr um Eurer Zukunft willen Euer Schicksal erdulden müsstet.

Habt Ihr diesen Zwischenfall vergessen?

Es wäre durchaus normal. Um mit Eurem Vater unter einem Dach leben zu können, ohne verrückt, verzweifelt oder unmenschlich zu werden, muss man solche Augenblicke ausblenden.

Warum ich Euch heute daran erinnere?

Weil Eure eigene Wahrheit aus solchen Erinnerungen gewoben ist, Charles. Weil Ihr sie wieder in Euch aufsteigen lassen müsst, um in der Geschichte, die ich Euch erzählen will, vorwärtszukommen. Wenn Ihr es nicht tut, bleibt Ihr Euer Leben lang in der Lüge eingeschlossen wie in diesem Zimmer, in dem Ihr meine Zeilen lest.

Soll ich fortfahren?

Ein Wassertechniker gehört nicht sich selbst. Seine Tage und Nächte hängen von den Launen des Königs ab. Jeden Augenblick ist es möglich, dass es Seine Majestät nach den vergänglichen Arabesken seiner Wasserspiele verlangt – ob nun zu einem Mittagessen oder einem späten Imbiss, einem Maskenball im Park oder einem nächtlichen Besuch in der Grotte, zu heiteren Spielen oder anlässlich eines Damenbesuchs. Da Denis Jolly Garant dieses königlichen Vergnügens ist, müssen seine Helfer immer erreichbar und immer einsatzbereit sein.

Wie es seine Art ist, schert Batiste Le Jongleur sich nicht im Geringsten um Ratschläge oder Drohungen. Laut Vertrag hat er eine sechs Quadratmeter große Unterkunft mit den beiden Kompagnons und den drei Lehrlingen des Meisters zu teilen, die alle ohrenbetäubend schnarchen. An Abenden jedoch, an denen der König nicht in Versailles weilt, entwischt er, ebenso wie Ihr es in der Nacht getan habt, von der ich Euch soeben erzählte. Da die Arbeiter auf Strohsäcken schlafen, hat Batiste keine Laken, die er aneinanderknüpfen könnte. Daher knotet er seine Beinlinge mit seinem Hemd zusammen, hängt alles an einen Haken und hangelt sich mit einer halsbrecherischen Geschicklichkeit, die der Euren als Achtjähriger in nichts nachsteht, durch die Speicherluke. Hastig zieht er sich an, versteckt den Haken für die Rückkehr unter einem Busch und läuft am Nordparterre des Schlosses entlang zu den Hütten, in denen

Kornsäcke und Brotlaibe, Ragouts und saurer Wein, Salz und Konfitüre, lebendes Geflügel und Räucherwurst, Briketts und Holzscheite, Schaufeln und Holzschuhe, Heu und Stroh, Öl und Kerzen, Tuch und Wolle, Töpfe und Seile gehandelt werden. Von dort geht es weiter zur »Auberge du Cheval Couronné« in der Rue de l'Abreuvoir.

In seinem Haus in der Pfarrei Saint-Germain-l'Auxerrois, nicht weit entfernt von den »Bains La Vienne«, bereitet sich Denis Jolly auf ein ruhiges Abendbrot vor. Seine Frau vermutet er bei einem Wohltätigkeitstreffen bei den Franziskanern. Statt sich jedoch um Almosen und Gebete zu kümmern, wartet besagte Ehefrau allerdings nackt vor einem Kaminfeuer darauf, dass ihr junger Liebhaber zur Tür des Zimmers hereinkommt, das sie unter falschem Namen in der besten der vier Herbergen im Dorf Versailles angemietet hat.

In einem Alter, in dem sich die meisten Frauen eher der Frömmigkeit als der Galanterie zuwenden, entdeckt Jeanne Jolly die Leidenschaft. Sanft wie ein Mädchen und ausdauernd wie ein Treidler findet Batiste seinen eigenen Genuss in dem, den er großzügig verschenkt. Er schürt ihre Lust und beglückt sie wie niemand je zuvor. Die Sehnsucht, ihn zu besitzen und von ihm genommen zu werden, verbrennt Jeanne Jolly, als stünde sie auf einem Scheiterhaufen. In Batistes Armen hat sie das Gefühl, ihren eigenen Namen zu vergessen, ohne allerdings den Sinn für das Praktische je zu verlieren. Sie macht sich ebenso wenige Illusionen über den jungen Mann wie Jolly über sie, ehe er sie heiratete. Der kleine Le Jongleur sieht in ihr nicht die Mätresse, sondern ein Sprungbrett. Er hat sie nicht wegen ihrer Reize, sondern wegen ihres Ehemannes erwählt, und nachdem er sie am Haken hat, wird er Himmel und Hölle mit dem erklärten Ziel in Bewegung setzen, sich einen Platz an der Sonne zu erobern. Jeanne versteht ihn so gut, dass sie sich keineswegs darüber ärgert, sondern sich nur überlegt, wie sie diesen Umstand ausnutzen kann. Ihr Charme reicht nicht aus, um einen jungen Mann an sich zu binden, der jedes sechzehnjährige Mädchen haben könnte, und ihre Autorität perlt an Batiste ab wie Regen an einem Schieferdach. Aber sie verfügt über ein für einen ehrgeizigen Jungen äußerst begehrenswertes Gut, und wenn sie es geschickt einsetzt, kann sie ihn damit in ihr Bett zurückholen, so oft ihr danach ist.

Denis Jolly pflegt die Aufzeichnungen erledigter Geschäfte und sämtliche Pläne seiner Werke am Pont-Neuf, im Schloss Saint-Germain und in Versailles in Schachteln zu ordnen, die er auf der Galerie seines Pariser Hauses aufbewahrt. Jeanne hat einen Zweitschlüssel. Sie braucht nur auszuwählen und sich zu bedienen. Seit zehn Jahren teilt ihr Gatte alle Sorgen seines Berufs mit ihr, und die Abläufe auf seinen Baustellen hat sie so genau mitverfolgt, dass sie Batiste in alle Einzelheiten einweihen kann. Jedes Mal, wenn sie ihn in der Herberge trifft, trägt sie ein dickes Papierbündel bei sich, das sie, nachdem sie sich an dem jungen Mann berauscht hat, ausbreitet und ihm alle Sachverhalte erklärt. Entzückt, dass er das Angenehme mit dem Nützlichen verbinden kann, spielt Batiste das Spiel begeistert mit. Sein Schwung ist der schönste Lohn für seine Gefährtin, und von zärtlicher zu lehrreicher Nacht erfährt der junge Mann in einem weichen Bett alles Wissenswerte über die Geheimnisse der Brunnen.

Der Herbst ist lau, lang und regnerisch. Der Grundwasserspiegel steigt. Die Familien, die in der Nähe der Sümpfe wohnen, ernähren sich von gekochten Fröschen und Schnecken. Das Dach von Madeleines Hütte ist so durchnässt, dass es einzustürzen droht, aber Anselme Boniface weigert sich, der Mutter des Jungen mit dem Frettchen eine weniger gesundheitsschädliche Wohnung anzubieten. Blanche hat Halsschmerzen. Die Nonnen von Saint-Vincent lassen sie nicht mehr zu den Kranken. Trotz des Verbots, sich in den königlichen Wäldern zu bedienen, sammelt sie Reisig, bindet ihn mit von der immer hilfreichen Mathilde besorgten Schnüren zusammen und verkauft die Bündel an die Leute, die an Ständen die Essensreste von der königlichen Tafel aufwärmen. Sie verrät niemandem etwas davon und versteckt das Geld in einem hohlen Baum. Würde sie den Handel beichten, würde ihre Mutter sie verprügeln und die mühsam verdienten Sous der Mitgift für das Kloster hinzufügen. Blanche möchte jedoch nicht mehr bei den Karmelitinnen eintreten, sondern sich lieber den singenden Komödianten von Monsieur Lully anschließen. Lully ist Italiener, spielt Geige, kann wunderbar tanzen und tauscht verborgen im Gebüsch Zungenküsse mit seinem Flötisten. Blanche ist überzeugt, dass die geschlechtslosen Engel im Himmel Gott mit der Stimme von Kastraten loben, die ebenfalls geschlechtslos sind. Blanches Stimme klingt wie eine Kastratenstimme. Oder die eines Engels. Sie hat vor, das Paradies ihrer Mutter mit ihrer Stimme zu erkaufen. Sobald die kleinen Pusteln tief in ihrer Kehle abgeheilt sind, wird sie wieder an ihren Koloraturen arbeiten. Wenn sie schließlich alle Töne perfekt und rein trifft, will sie Batistes Rat folgen, sich vor Monsieur Lully aufbauen und ihm alles vorsingen, was sie kennt. Er würde so entzückt sein wie die Schwestern von Saint Vincent, wie die Amputierten auf der Krankenstation oder wie Benoît, Mathildes Ehemann, der doch eigentlich gar keinen Sinn für Musik hat. Bis diese leuchtende Zukunft Wirklichkeit wird, erfreut sich Blanche des gnädigen Schicksals, das Monsieur Lully auf ihren Weg gestellt hat, und betet gemeinsam mit Mathilde darum, dass die Heilige Jungfrau den König, seine Mutter, seine Frau, seinen Sohn, seinen Bruder, seine Mätresse, sein Reich, seine Kirchen, seine Theater und seine Musiker beschützen möge.

Obwohl Blanche und Madeleine sich Brot vom Mund absparen, um sonntags in der Kirche eine Kerze anzuzünden, liegt Königin Anna von Österreich im Sterben. Die Ärzte haben ihren Tumor ausgeschabt, die Wunde mit grauem Salz desinfiziert und mit glühendem Eisen ausgebrannt, sie haben ihr jeden Tag ein Abführmittel gegeben und sie ebenso oft zur Ader gelassen, sie haben ihr die Milch einer jungen Frau und das Blut eines jungen Mannes zu trinken gegeben, doch obwohl sie alles fügsam mit sich geschehen ließ, hat der Krebs über die Wissenschaft triumphiert. Die Ärzte mussten dem König gestehen, dass sie die Königin nicht mehr retten können. Louis besucht seine Mutter ein oder zwei Mal in der Woche. Wenn er diese Frau ansieht, die einst so schön und so mächtig war, jetzt aber nur noch ein von Geschwulsten zerfressener Körper ist, wird ihm ganz merkwürdig zumute. Er kann die innere Stimme nicht zum Schweigen bringen, die ihm vorwirft, der Grund für den Krebs seiner Mutter zu sein. Die Folge sind Migräne, Koliken, Schlaflosigkeit und Albträume. Sein Bruder erträgt den blutigen Schweiß und das Erbrechen, er hält die Hand der Kranken, wenn ihre Bettwäsche gewechselt wird, er träufelt ihr Maiglöckchenessenz auf das Kissen, um den Gestank zu überdecken, der von ihr ausgeht, er streicht Haarsträhnen unter ihre Haube und küsst sie auf die Stirn. Louis hingegen weiß nicht einmal mehr, ob er sie noch liebt. Früher einmal hat er sie geliebt, oh ja. Er liebte sie mit dem Anspruch ausschließlichen Besitzes, die jede seiner Bindungen kennzeichnen. Er wollte sie für sich. Ganz allein für sich. Während seiner gesamten Kindheit verabscheute er Philippe, der sie zum Lachen brachte, Philippe, dessen lebhaften Geist, sprühenden Humor und hübsches Gesicht sie schätzte, Philippe, den sie öfter liebkoste als ihn. Er war der König, aber Philippe war der Süße, der abgöttisch Geliebte, der Charmeur, das »kleine Mädchen« seiner Mutter.

Nun ist es Philippe, der der Sterbenden die letzte Zeit erleichtert, während Louis sich auf die Nachfolge vorbereitet. Schon seit Monaten tut er das, schweigend und heimlich. Wie Mazarin es ihm beigebracht hat. Sein Bruder ist eine Marionette, seine Gattin zu dumm, um Hof zu halten. Wenn Anna den letzten Atemzug getan hat, wird Louis allein auf der Bühne zurückbleiben. Zusammen mit seiner Mutter wird er deren Vorwürfe, Strafpredigten, Drohungen und die Schuldgefühle beerdigen, die Anna so gern verbreitete, indem sie den Himmel zum Zeugen nahm. Natürlich schmerzt es ihn, sie zu verlieren. Auch hat er Angst vor der Macht, die er nun ganz allein auf sich nehmen muss. Und doch kann er es kaum erwarten. Es ist eine fieberhafte Hast, die ihn gefangen hält und seinen Mund austrocknet. Eine beängstigende Hast, die ihn bei Morgengrauen mit wild pochendem Herzen und aufgerissenen Augen aufwachen lässt. Er überlistet die Mischung aus Angst und Ungeduld, indem er mit Rohan Hirsche hetzt und sich in einer einzigen Nacht sowohl mit seiner Frau als auch mit seiner Mätresse verausgabt. Unter dem Vorwand, ein neues Ballett einzustudieren, in dem er Apollon darstellt, tanzt er bis zu drei Stunden ohne Unterbrechung mit Lully. Weil er sich im Louvre unwohl fühlt, reitet er von Paris nach Saint-Germain und von Saint-Germain nach Versailles.

Versailles im Schnee. Die Baustelle ist im gefrorenen Schlamm erstarrt, doch das Schloss ist für Louis der einzige Ort, wo die Luft, der Wein und der Körper einer Frau noch nach Zukunft duften. Er bemüht sich darum, Unbekümmertheit auszustrahlen, und arbeitet mit dem fleißigen Le Vau, dem mürrischen Colbert, dem ungestümen Louvois und dem scharfzüngigen La Reynie, bis es ihn schwindelt. Louvois ist Kriegsminister, La Reynie soll zum obersten Polizeichef erhoben werden. Louis will einen der aufgehenden Sonne würdigen Palast und die schlagkräftigste Armee Europas. Er will ein Netz von Polizisten und Spionen, um Paris, die Provinz und den Hof zu kontrollieren. Er inspiziert seine Truppen, die er armselig findet, bestellt Uniformen, Ausstattung und Waffen und stellt ein drakonisches Strafsystem im Fall von Nichtbeachtung der militärischen Disziplin auf. Auf der Suche nach einem Vorwand, Rechte am Territorium der Spanischen Krone zu beanspruchen, prüft er sorgfältig die Frage der Mitgift, die Philippe IV. von Spanien, der Vater seiner Ehefrau, zurückbehalten hatte, ehe er starb. Louis blickt voraus. Er bereitet vor. Nichts will er dem Zufall oder einer plötzlichen Überraschung überlassen.

Als sein Kammerdiener Bontemps ihm am Nachmittag des 6. Januar 1666 jedoch mitteilt, dass Königin Anna um die Sterbesakramente gebeten habe, fühlt er sich plötzlich unendlich schwach. Anstatt sofort zu seiner Mutter zu eilen, zieht er sich in seine Kapelle zurück und bittet Gott mit in den Händen vergrabenem Gesicht um Kraft, Weitsicht, Enthaltsamkeit und Durchhaltevermögen, die das Markenzeichen großer Könige sind. Dann weint er. Die Tränen erleichtern ihn. Als er sich erhebt, ist er bereit.

Die Türen zum Schlafzimmer der Königin stehen weit offen. Schon an der Schwelle ist der Verwesungsgeruch überwältigend, obwohl in allen Zimmerecken aromatische Kräuter in Becken verbrannt werden. Der Stallmeister Annas von Österreich, ihre Hofdamen, ihre vier Ärzte und die vier Chirurgen, ihr Leibapotheker nebst zwei Helfern, ihre beiden Augenspezialisten, Louis de Lasseré, ihr Kammerstuhlträger, Annas erster Kammerdiener sowie vier weitere Diener, der Hauptmann ihrer Leibgarde, kirchliche Würdenträger, ihr Verwalter, Monsieur d'Argougues, sowie eine Handvoll der Königin verbundene Handwerker wie Edme Suppligau, der Laken aus Gold und Seide webt, Catherine Martin, die für Weißwaren zuständig ist, der Sticker Jacques Imbault sowie der Schneider Hélie Monnedière treten zur Seite und lassen den König passieren.

Anna von Österreich sitzt, von großen Kissen gestützt, in ihrem Bett. Ihr Haar ist frisiert und geölt, das weißlich graue Gesicht ungeschminkt. Sie hat tiefe, dunkle Ringe unter den Augen und ist so dünn geworden, dass man den Eindruck hat, ihre hängenden Lider und Wangen, ihr schlaffes Kinn und ihr ebenso schlaffer Hals seien geschmolzen wie Wachs. Neben dem Bett steht ihr Beichtvater, Père Philippe, und spricht leise von der Vergänglichkeit alles Irdischen und göttlicher Barmherzigkeit. Monsieur lehnt an der Wand und betet einen Rosenkranz. Königin Maria Theresia schluchzt leise in ihr Taschentuch.

Als Anna von Österreich den König sieht, hellt sich ihr Gesicht auf. Sanft schiebt sie ihren Beichtvater zur Seite. Louis XIV. tritt ganz nah an sie heran. Schwach lächelt sie ihm zu.

»Sie hier, Sire, endlich …«

Sie reicht ihm ihre Hand. Er ergreift sie. Sie klammert sich daran und zwingt ihn, sich zu ihr hinunterzubeugen. Angesichts des Geruchs, der von ihrer Büste ausgeht, wird Louis blass. Auf der anderen Seite des Bettes lässt Monsieur seinen Rosenkranz fallen, weil er den letzten Augenblick für gekommen hält. Aber die Königin hat nur Augen für ihren Erstgeborenen. Sie bemüht sich um eine feste Stimme, doch ihr Atem pfeift wie feuchtes Holz auf der Glut.

»Mein Sohn, ich bedauere zutiefst, Euch manches Mal falsch

eingeschätzt zu haben.« Der König will protestieren, doch sie bedeutet ihm zu schweigen. »Vor langer Zeit hat der Kardinal einmal über Euch gesagt: Ihr kennt ihn nicht, aber er hat das Zeug zu drei Königen und einem Ehrenmann.«

Louis bemüht sich um Haltung, doch seine Lippen beginnen zu zittern, und er hat Tränen in den Augen.

Die Königin ringt um Luft und fährt fort: »Ich habe mein Bestes gegeben, um Euren Thron zu festigen. Das Reich …« Ein Krampf schneidet ihr das Wort ab. Über die Wangen des Königs rinnen Tränen. »Ich möchte in Frieden gehen …«

Louis erstickt ein Schluchzen.

»Schwört mir …« Anna von Österreich nimmt ihre letzten Kräfte zusammen und richtet sich ein Stück auf. »Schwört mir, Euren Bruder zu lieben und auf Krieg, Bautätigkeit und Frauen zu verzichten.« Der König erstarrt, doch seine Mutter klammert sich an seine Hand. »Schwört es mir, Sire!«

Sie fixiert ihn mit der überlegenen Autorität eines Menschen, der sich auf sein unwiderrufliches Ende vorbereitet.

Louis senkt den Blick. »Ja.«

»Louis!«

Der König blickt seine Mutter an. Unmöglich, sie zu betrügen.

»Ich schwöre es Euch.«

Der Beichtvater und der Kaplan legen ihr eine Bibel in die Hände.

Der König richtet sich auf und macht seinem Bruder ein Zeichen. »Monsieur, wir müssen gehen.«

Das Gesicht von Philippe d'Orléans ist gezeichnet von Trauer und der Müdigkeit durchwachter Nächte, doch er hält sich sehr gerade. Seine kleine Gestalt strahlt eine ungewohnte Entschlossenheit aus. »Nein, Sire. Ich entschuldige mich für diesen Ungehorsam, aber ich bleibe.« Der König runzelt die

Augenbrauen. Monsieur fährt fort: »Ich verspreche Euch, es wird das einzige Mal bleiben, dass ich Euch nicht gehorche.«

Louis fixiert ihn mit hartem Blick. »Das einzige Mal?«

Ein düsterer Schatten zieht durch seine Augen. Etwas wie Hass. Er senkt die Stimme. »Ist Euer Gedächtnis so kurz?«

Philippe versteht nicht. Er erkennt, dass der König ihm wegen irgendeiner wichtigen Sache grollt, doch er weiß nicht, worum es geht. Da fällt sein Blick auf eine sichelförmige Narbe unmittelbar unter der Nase seines älteren Bruders. Er erbleicht, und in seinen Augen zeigt sich der gleiche düstere Schatten. Er beißt sich auf die Lippen und wendet sich ab. Er spürt, dass Louis ihn beobachtet und auf seinen Fauxpas wartet. Wie immer seit jenem Tag.

In dieser Nacht …

Louis hat genau verstanden, was das Mädchen gesagt hat. Die Worte haben sein Herz verwundet.

Mit tief in die Handflächen gepressten Fingernägeln beherrscht er sich.

Er weiß, wie man sich beherrscht. Er ist in der Lage, seine Gliedmaßen, Augen und seinen Mund daran zu hindern, seine wahren Gefühle und das, was er wirklich ist, zu offenbaren.

Er ist nicht so geboren, er hat es gelernt. Er musste es lernen. Um nicht zu sterben. Um nicht getötet zu werden. Sein jüngerer Bruder musste nie um sein Leben fürchten. Oder zumindest nur sehr selten. Er kennt nicht die schreckliche Angst, die Körper und Geist erstarren lässt wie das Eis, das sich im Januar über die Seine legt und dessen klirrendes Echo in dunklen Nächten wiederkehrt. Die Angst ist ein Gefängnis.

In ihren zerdrückten Laken halten Philippe und das Mädchen sich für frei. Sie halten sich für Beherrscher dessen, was sie sich schenken. Aber sie irren sich. Niemand hat das Recht, frei zu sein, wenn er selbst es nicht sein kann. Sie sind niemand, und sie besitzen nichts. Nicht einmal das Beben ihrer Körper, der entzückte Schrei, den sie fast gleichzeitig ausstoßen, ihr Lachen oder die zärtliche Bewegung, die sie aneinanderdrängt, gehören ihnen.

Alles ist sein.

Louis zwingt sich zu warten.

Auf die Zärtlichkeiten der Lust folgen die des Glücks. Er hört verliebte Worte. Bei den gegenseitigen Versprechungen bedeckt sich seine Haut mit ekelerregendem Schweiß. Das Mädchen streift sich Hemd und Jäckchen über. Phillip kniet hinter ihr, schnürt ihr Korsett, steckt ihr Haar auf, und nachdem sie ihre blauen Strümpfe übergestreift hat, beugt er sich hinunter und hilft ihr, sie zu befestigen.

Louis' Hände scheinen zu brennen, und sein angeschwollener Penis schmerzt in seiner Kniehose. Er rührt sich nicht.

Das Mädchen steigt aus dem Bett. Ihre Unterröcke und Röcke liegen auf dem Boden. Sie beugt die Knie und hebt sie auf. Ein Lichtstrahl fällt auf ihren Haarknoten. Lächelnd dreht sie sich zum Bett um. Ihr kindliches Gesicht strahlt vor tiefer, ehrlicher Freude.

Louis tritt aus dem Schatten und packt sie am Arm.

Die Königin wird von einem schrecklichen Krampf geschüttelt und stöhnt auf. Sie wirft die Laken zurück und enthüllt ihre entsetzlich zugerichtete Brust. Monsieur stürzt an ihr Bett.

Der König taumelt. Bontemps und Doktor Vallot stützen ihn und führen ihn fort.

Ob es wahr ist, was ich Euch erzähle?

Das, was ich Euch erzähle, Monsieur, ist die getreuliche Niederschrift dessen, was mir die Leute berichtet haben, die in den letzten Lebensminuten der Königin oder bei den Liebesaffären von Batiste Le Jongleur dabei waren. Sollten sie Einzelheiten vergessen oder bestimmte Bewegungen, Worte oder Blicke falsch verstanden haben, ist ihr Irrtum hiermit zu meinem geworden, und ich bitte Euch dafür um Verzeihung. Was mich betrifft, so habe ich Euch lange genug belogen. Jetzt versuche ich nur noch, Euch davon zu überzeugen, dass ich nicht aus Bosheit, sondern aus Notwendigkeit gelogen habe und immer mit meinem selbst gesteckten Ziel vor Augen. Diesem Ziel komme ich nun mit der Feder in der Hand näher, Ihr hingegen werdet das Ziel mit dem Ende dieses Briefes erreichen.

Und dann?

Ich sagte es Euch bereits zu Beginn. Was dann geschieht, hängt einzig und allein von Euch ab.

Totenbleich und zitternd lässt sich der König im kleinen Arbeitszimmer der Königin auf einen Sessel fallen. Vallot tastet nach seinem Puls. Bontemps massiert seine Schläfen mit Essig und legt ihm nahe, seine Wohnung aufzusuchen und sich vor einem großen Feuer zu wärmen.

Der Chevalier de Rohan tritt zu ihm, beugt sich zu ihm hinunter und flüstert: »Kommt mit mir.«

Louis hebt die Augen. Er bemüht sich um einen festen Blick, der nichts von seinem Schwindel preisgibt.

Der Chevalier beharrt auf seiner Bitte. »Kommt. Wir nehmen meine Kutsche. Ich weiß genau, was Ihr jetzt braucht.«

Dreieinhalb Stunden später erreichen sie den Eingang des Hundezwingers am Schloss Versailles. Die mondlose Nacht ist wie der Tod – schwarz, stumm und kalt. Wachen entzünden Fackeln, die Hundeführer öffnen die Türen. Gefolgt von Rohan, der dem diensthabenden Hauptmann einen Befehl zuflüstert, tritt der König ein. Die Hunde haben auf Bänken geschlafen, von denen sie nun hinunterspringen. Neben zweihundert Hetzhunden für die Treibjagd werden in getrennten Zwingern noch etwa fünfzig weiß-braune Hunde aus der Franche-Comté gehalten, die man Porcelaine nennt und die zur Hasenjagd eingesetzt werden. Louis XIV. kennt die Namen der Spürhunde, der Leithunde und vieler Weibchen. Wenn er sich im Schloss aufhält, bringt er ihnen jeden Tag ihr Futter. Weil sie es jedoch nicht gewöhnt sind, ihn zu dieser nächtlichen Stunde zu sehen, knurren sie und sträuben das Fell, als wäre er ein völlig Unbekannter. Zwei Diener bringen eine Schüssel mit Fleischabfällen. Rohan greift sich eine Handvoll und reicht sie dem König. Die Ariègois und die Bleus de Gascogne, die sich mit ihren fast achtzig Zentimetern Schulterhöhe ausgezeichnet zur Wildschweinjagd eignen, riechen die Leckerbissen, bellen und springen an den Gittern hoch. Louis XIV. nimmt das Fleisch. Roter Saft trieft auf sein Gewand und besudelt seine Seidenstrümpfe. Rohan öffnet das erste Gehege und tritt beiseite, um den König einzulassen.

Louis hebt den Arm. »Brav! Ganz brav!«

Die Hunde drängen sich mit erhobenen Nasen und hängenden Ruten aneinander. Louis wartet noch einen Augenblick. Er genießt ihren Geruch und erfreut sich an ihrem Hunger und ihrer Unterwürfigkeit. Dann wirft er ihnen das Gekröse hin. Mit gefletschten Zähnen stürzen sich die Tiere auf das Fleisch. Der König kniet auf dem Boden und sieht ihnen zu, wie sie gierig schlingen. Seine Augen glänzen. Rohan gibt den Dienern ein Zeichen, die Schüssel in seine Nähe zu rücken, damit er sich bequem bedienen kann. Der König greift ohne Rücksicht auf seine Handschuhe mit beiden Händen zu und verteilt Fleisch, bis die Schüssel leer ist. Die satten Hunde schmiegen sich an ihn oder steigen an ihm hoch. Für Louis zählt nur noch der Augenblick. Er streichelt und tätschelt die Tiere und gibt ihnen die zärtlichsten Kosenamen.

Rohan lehnt an der Wand und streicht sich Schnupftabak in

die Nase, den ein Offizier entgegenkommenderweise für ihn gerieben hat. Als der König sich wieder zu ihm gesellt, reicht er ihm eine mit hellem Tabak gestopfte Meerschaumpfeife. Louis XIV. streift die Handschuhe ab, lässt sie fallen und nimmt die Pfeife. Er raucht nicht gern und bedauert, dass inzwischen auch die Damen zum Tabak greifen, aber jetzt, in diesem Moment, ist ihm nichts lieber. Mit einem zufriedenen Seufzer gönnt er sich den ersten Zug und sieht den Chevalier an.

»Woher weißt du, worauf ich Lust habe, wenn es mir doch selbst nicht einmal klar ist?«

Rohan lächelt. »Ich kenne Euch ein wenig.«

Der König rundet die Lippen und stößt Rauchringe aus. »Ein wenig ist gut. Mehr wäre zu viel.«

Man könnte diesen Satz für einen freundschaftlichen Scherz halten, aber Rohan weiß, dass der König es bitterernst meint.

Im Kreis von zwölf Wachsoldaten, die sich sehr wundern, dass der König und sein Großjägermeister bei diesen Temperaturen nicht schon längst erfroren sind, rauchen sie stumm. Abgesehen von den zufriedenen Lauten der Hunde, die noch nicht wieder eingeschlafen sind, ist es unendlich friedlich. Die Turmuhr schlägt viertel nach vier, dann halb fünf.

Louis schließt die Augen, schlägt den Kragen seines dicken Mantels hoch und flüstert: »Möge meine Mutter, die Königin, die ewige Ruhe finden. Wir wollen uns ihrer als einer unserer größten Könige erinnern.«

Rohan, der mit den Prinzen aufgewachsen ist, hatte zu Anna von Österreich eine stärkere Verbindung als zu seiner eigenen Mutter. Mit zugeschnürter Kehle fügt er hinzu: »Friede sei mit ihr.«

Der König wirft seine Pfeife fort, macht ein Zeichen, man möge ihm neue Handschuhe bringen, und klatscht munter in die Hände, um sie zu wärmen. Bei seinem Anblick käme niemand auf den Gedanken, dass seine Mutter soeben den letzten Atemzug getan hat. Er wendet sich seinem kleinen roten und weißen Schloss zu, das noch im Dunkel liegt. Auf der Baustelle werden die ersten Feuer für die Morgensuppe entzündet. Die Hufeisen der Lastpferde klingen auf dem hart gefrorenen Boden, und die ersten Arbeiter rücken mit dicken Tüchern um den Kopf und einer Laterne auf der Schulter an.

Louis wendet sich Rohan zu und sagt, als wäre es die natürlichste Sache der Welt: »Versailles soll in drei Jahren doppelt so groß sein wie heute. Nachher zeige ich dir die Pläne, die ich bei Monsieur Le Vau in Auftrag gegeben habe.« Er macht eine kurze Pause. »Und sobald unsere Armee bereit ist, marschieren wir in die Spanischen Niederlande ein.«

Ja, Ihr habt richtig gelesen, Monsieur. Anna von Österreich war noch nicht kalt, als ihr Sohn sich bereits anschickte, den Schwur zu brechen, den er ihr auf dem Sterbebett geleistet hatte.

Denkt auch Ihr wie Madeleine Le Jongleur, dass Louis XIV. seine Gründe hatte? Gründe, die normale Menschen wie Ihr und ich mit normalen Anliegen und normalem Schicksal nie verstehen können?

Ich persönlich glaube, dass normale Menschen, sofern sie über Neugier und Feinfühligkeit verfügen, vieles verstehen können. Um ihnen die Augen zu öffnen, genügt es meist, ein anderes Licht auf vertraute Dinge zu werfen. Überrascht, das, was sie zu kennen glaubten, ganz anders zu entdecken, öffnen sie ihre Augen weit, lenken ihre Aufmerksamkeit in eine andere Richtung und verändern ihre Sichtweise. Und dann erkennen sie plötzlich. Manchmal gelingt es ihnen sogar, etwas zu entdecken, das man ihnen sorgfältig vorzuenthalten versuchte.

In Versailles werdet Ihr sicher in den Räumen von Madame wohnen. Ich erzähle Euch später, auf welche Weise ich Monsieur kennengelernt habe. Ich werde Euch auch erzählen, wie es dazu kam, dass die pfälzische Prinzessin, die der Herzog von Orléans nach dem tragischen Tod seiner ersten Frau Henrietta Anne Stuart geheiratet hat, zu Eurer Patin wurde. Zunächst aber müsst Ihr mir versprechen, niemals, wirklich niemals mit Monsieur zu baden. Auch nicht mit seinem Sohn, der etwa in Eurem Alter ist und von dem man sagt, dass er sehr heißes Blut habe, und ebenso wenig mit einem ihrer Vertrauten.

Hier badet Ihr immer mit Quentin? Und im letzten Jahr hat Euer Vater Euch häufig mit in die Wanne genommen?

Ja, ich weiß. Und jedes Mal habe ich Gänsehaut gehabt.

Comte Emmanuel ist Euch nie zu nahe getreten? Er begnügte sich damit, Euch zu bewundern, während Gervaise und Quentin Euch abschrubbten? Anschließend vergnügte er sich mit der einen, dem anderen oder allen beiden gleichzeitig?

Das wundert mich nicht. Er wartete auf seine große Stunde.

Welche Stunde?

Die seines Todes hat Euch wahrscheinlich vor Schlimmerem bewahrt. Noch ein paar harmlose Vergnügungen, und dann wäre Euch, nachdem Euch nach den Gesetzen der Natur das Haar auch am Bauch sprießte, das geschehen, was dem jüngeren Bruder des Königs dank Philippe Mancini geschah, dem

Neffen von Kardinal Mazarin, dem später der schöne Comte de Guiche in gleicher Funktion nachfolgte. Mit dreizehn oder vierzehn Jahren. Glaubt nicht, dass Ihr Euch hättet verteidigen können. Noch nicht einmal, indem ihr aus dem Fenster geflüchtet wäret, hättet Ihr Euch diesem Schicksal entziehen können. Aus freien Stücken oder gezwungenermaßen – irgendwann zwischen Einseifen und Abspülen hätte ein erstes Streicheln weitere Berührungen nach sich gezogen. Der Lust wäre die Scham oder der Abscheu tiefe Resignation gefolgt, aber Euer Vater hätte Euch zu seinem Püppchen gemacht. Zu seiner Sache. Seinem Spielzeug. Für mich wäret Ihr dann verloren gewesen, Charles. Aber was noch viel schlimmer ist: auch für Euch.

War es diese Art von Behandlung, die aus Monsieur den Menschen machte, den die rote Mathilde sich bemühte, Batiste zu beschreiben? Einen Mann, der sich mehr für sein eigenes Geschlecht interessiert? Einen weiblichen Mann? Eine männliche Frau?

Eine Ursache kann mehrere Wirkungen haben und eine Wirkung mehrere Ursachen. Die Geschichte des Bruders von Louis XIV. ist ein Strang, in dem sich viele Fäden verflechten, und es wäre riskant zu versuchen, ihn zu entwirren, um herauszufinden, was von der Natur angelegt und was beabsichtigt war. Ich kann Euch nur versichern, dass der Herzog von Orléans nicht immer die geschminkte Marionette war, die Ihr bald kennenlernen werdet.

Ich kenne Euch: Ihr zuckt mit den Schultern. In Fragen der Körperlichkeit fühlt Ihr Euch – wie in so vielen anderen Dingen – absolut sicher und wollt nicht verstehen, warum ich ein solches Getue um ein Bad mache.

Die Kirche predigt eine Menge Dummheiten, aber manchmal hat sie auch recht. Ein Bad zu nehmen ist wichtig für die körperliche Gesundheit und die seelische Entspannung, aber es ist eine nicht immer ganz unschuldige Tätigkeit. Natürlich hat Wasser an sich nichts Dämonisches, und es verdirbt oder schwächt niemanden. Dennoch muss man zugeben, dass seine weiche Liebkosung auf nackter Haut den Organismus anregt und Hemmungen und Zwänge abbaut. Und dass es deshalb …

Ihr lacht?

Umso besser. Ihr seid noch arglos genug, um Euch den Einfluss nicht vorstellen zu können, den die Sinne auf einen Menschen ausüben können. Nicht nur auf die Frauen mit ihrem unersättlichen Uterus, ihrer inneren Schwäche und ihrer angeborenen Neigung zum Laster. Männer und Frauen sind gleichermaßen betroffen, und zwar ohne Rücksicht auf Herkunft und Veranlagung. Allen geht es so. Eurem Vater, dem Grafen. Dem König von Frankreich. Dem Herzog von Orléans. Batiste Le Jongleur. Anselme Boniface. Mathilde, der Geflügelrupferin. Jeanne Jolly.

Auch mir?

Ja, auch mir. Unglücklicherweise.

Und Nine? Die kleine Nine La Vienne? Das Mädchen, das keine Frau sein möchte, das nackte Körper betrachtet, ohne mit der Wimper zu zucken, und im menschlichen Liebesakt nichts anderes sieht als Gymnastik zur Befriedigung des Brunsttriebes?

Nun, Nine ist ein Sonderfall. Wäre sie jetzt bei Euch, würde sie Euch raten, zwischen den Zeilen zu lesen und gewissenhaft nicht nur die Menschen in Eurer Umgebung zu beobachten, sondern auch die Neigungen Eurer eigenen Natur.

Werdet Ihr es tun?

Wir haben sie in ihrem Versteck in der Wäschetruhe zurückgelassen, in der Badestube, in der Louis XIV. eingeschlafen war. Jetzt findet Ihr sie im angrenzenden Raum wieder, in dem der König sich ausgezogen hat und der normalerweise der Durchführung gesundheitlicher Maßnahmen dient.

Als Ihr am Purpurfieber littet, bereitete ich Euch manchmal medizinische Bäder. Sicher seid Ihr der Meinung, bei einem solchen Bad lege man sich lediglich in mit Kräutern versetztes Wasser. Aber Ihr müsst wissen, dass es etwa ebenso viele Möglichkeiten gibt, ein Bad vorzubereiten und zu genießen, wie Menschen davon Gebrauch machen. In dieser Hinsicht ist das »Badehaus La Vienne« etwas ganz Besonderes, denn es gehört zu seinen Diensten, von Fall zu Fall zu entscheiden. Nines Vater behauptet, über so viele unterschiedliche Rezepturen zu verfügen, dass ein ganzes Leben nicht ausreiche, sie alle auszuprobieren. Er übertreibt selbstverständlich, aber seine Kunden glauben ihm, und nach jedem Besuch freuen sie sich auf den nächsten, was eine gute Garantie für ein florierendes Unternehmen ist. Den meisten Leuten erscheint ein medizinisches Bad fast ebenso beunruhigend wie die Krankheit selbst, und wenn der Arzt ihnen eines verschreibt, befürchten sie das Allerschlimmste.

Es gibt Bäder in heißem, lauem oder eiskaltem Wasser, dem Kräuter, Salze oder Mineralien zugesetzt werden, »trockene« Bäder in feinem Sand oder Trester, »weiße« Bäder in frischer Milch und weichmachenden Pulvern, Kopf-, Bein-, Arm- und Rückenbäder und Bäder für die Fortpflanzungsorgane. Manchmal werden zusätzlich Blutegel angesetzt, Gliedmaßen gestreckt, schmerzende Bereiche massiert oder ein erfrischendes Klistier verabreicht. Das alles sind Behandlungen und Maßnahmen, die normalerweise Angst machen, sich bei La Vienne aber in sinnliche Erfahrungen verwandeln. Der Kniff besteht darin, so vorzugehen, dass der Patient nicht mehr recht weiß, ob er aus Notwendigkeit oder Vergnügen gekommen ist.

In aller Regel beginnt man mit Waschungen in einem warmen Bad, auch wenn der Betreffende auf den ersten Blick sauber erscheint. Dies kann im Sitzen in einem Bottich geschehen oder aufrecht stehend im Schwitzbad. Der ganze Körper wird mit einer Bürste, einem Bimsstein oder grobem Tuch abgerubbelt. Danach kommen die Einreibungen, Lotionen, Salben, Duftwässer, Pasten und das Eintauchen in Wohlgerüche.

Seit Nine alt genug ist, einen Schwamm zu halten, hat sie sich in jeder dieser Etappen kundig gemacht, doch ihre Spezialität ist das Schröpfen, denn hierzu bedarf es großer Geschicklichkeit, damit es nicht schmerzt. Es geschieht vor dem Wechsel vom heißen in das kalte Bad, wenn die Haut vom Dampf aufgequollen ist und die Nerven unter dem Einfluss der Hitze ermattet sind. Der Patient muss seinen Bottich nicht verlassen. Nine klemmt sich eine Schale mit einer dampfenden Mischung zwischen die Knie – das Rezept hat sie selbst vervollkommnet – und heißt den Kunden, tief einzuatmen und seine Schienbeine zu umfassen, damit sich sein Rücken rundet. Der Patient atmet die opiumhaltigen Dünste ein, entspannt sich und beginnt aus seinem Leben zu erzählen, ohne dass man ihn darum bitten müsste. Nine ermutigt ihn, und während er seinen Liebeskummer oder seine Pläne schildert, ritzt sie seine Haut mit einem Skalpell und setzt ein Schröpfglas an, um das Blut abzuleiten, das zwischen Fleisch und Haut stockt. Der in seinen Bericht vertiefte Kunde seufzt nicht einmal und bemerkt auch kaum, wenn Nine ihm nach einigen Minuten ein Schröpfglas nach dem anderen abnimmt und ihn mit einem mit Kamille getränkten Schwamm abwischt. Selbst der Mürrischste steigt lächelnd aus dem Bottich und wundert sich über seinen leichten Kopf und seinen erfrischten Körper. Er bedankt sich bei Nine, beglückwünscht sie zu ihrer Geschicklichkeit, staunt umso mehr über ihr Fachwissen, als sie noch sehr jung ist, erkundigt sich, ob sie bereit wäre, die gleiche Dienstleistung auch bei ihm zu Hause zu erbringen, reagiert enttäuscht auf die Ablehnung und steckt ihr ein großzügiges Trinkgeld zu. Mit einer Gewissenhaftigkeit, die Monsieur Colbert bewundern würde, überlässt Nine die Hälfte des Trinkgelds ihrem Vater und steckt die andere Hälfte in ihre persönliche Schatulle. Es ist eine sehr hübsche Schatulle aus getriebenem, mit Perlmutt eingelegtem Silber – ein wertvolles Stück, das sie von ihrem Paten Alexandre Bontemps zur Taufe bekommen hat. Als Nine an ihrem siebten Geburtstag die Erlaubnis erhielt, die Schatulle zum ersten Mal zu öffnen, fand sie darin zwei als Ohrringe gefasste rosa Perlen und eine Miniatur der Jungfrau Maria in einem goldenen, mit Saphiren besetzten Rahmen, nicht viel größer als eine Hand und so perfekt gearbeitet, dass die Figur aussah, als würde sie gleich ihren Rahmen verlassen. Der Pate nahm ihr das Versprechen ab, die Perlen erst nach ihrer Verheiratung zu tragen, erlaubte ihr aber, das Bild über ihrem Bett aufzuhängen.

Nine neigt nicht zur Schwärmerei, und Antworten auf die Geheimnisse des Universums erwartet sie nur von der Wissenschaft. Dennoch spricht sie jeden Abend vor dem Einschlafen mit dem kleinen Bildnis. Da sie weder Mutter noch Schwester hat und sich weder Cousine noch eine Freundin in ihrem Alter anbieten, vertraut sie ihre Träume und Entscheidungen den blauen Augen und dem verhaltenen Lächeln der Jungfrau an. Ihr Vater akzeptiert ihre Studien, aber ihr Vater ist ein Mann, und wenn es um die eigenen Kinder geht, so stoßen Männer – mögen sie noch so großherzig sein – schnell an ihre Grenzen. Nine ist vielleicht dünn, aber sie entwickelt sich. Die Zubereitung mit der wilden Birne hat nicht wie erwartet gewirkt, und so bekam sie kurz nach dem Tod Annas von Österreich ihre erste Monatsregel. Sie verbarg diesen Fehlschlag so sorgfältig, als litte sie an Lepra. Seit ihrer Geburt schläft sie in einem kleinen Raum unmittelbar neben dem väterlichen Zimmer, und François La Vienne weiß, was gewisse Flecken auf dem Laken bedeuten. Er bemerkt auch, dass Nine zwar ihre Brüste bandagiert, dass sich aber der Blick, mit dem die Kunden sie betrachten, zu verändern beginnt. Die Stammkunden behandeln sie mit Respekt, aber Neulinge schielen oft begehrlich nach ihr, und schon zwei Mal hat man ihm eine fürstliche Bezahlung für eine Privatbehandlung im türkischen Bad vorgeschlagen, das der Entspannung von Paaren vorbehalten ist. Als der Chevalier de Lorraine ihm den Preis einer wertvollen Stute dafür bietet, seine Tochter entjungfern zu dürfen, wird La Vienne klar, dass die Situation so nicht mehr lange haltbar ist, und beruft den Familienrat ein.

Nine freut sich auf das Treffen. Mit Jean Quentin hat sie wenig gemein, aber Antoine, ihren Onkel mütterlicherseits, liebt sie, weil er ebenso wie sie in einem Körper gefangen ist, der es ihm nicht gestattet, das auszuleben, wonach er trachtet. Eine Frau hat sich unterzuordnen, und ein Mann muss dominieren – so gilt es seit Anbeginn der Zeiten, und wer sich dieser Ordnung widersetzt, verdient Strafe. Aber Antoine de Courtin trägt ein besticktes Korsett unter seinen Kniehosen, lässt sich von seinen Stallburschen gern grob behandeln, hat niemals eine Frau geküsst, weiß nicht genau, wie Kinder zustande kommen, und hat auch kein Interesse daran, es zu lernen. Bei Hofe breitet sich die Homosexualität aus wie Pilze auf dem Mist, für das gemeine Volk jedoch ist es eine Sünde, die des Scheiterhaufens wert wäre. Es ist gerade einmal fünf Jahre her, dass zwei Koberer, bei denen sich einige Adelige und hohe Militärs mit Frischfleisch versorgten, lebendig verbrannt wurden, nachdem man ihnen die Zunge abgeschnitten hatte. Ein kleiner Landadeliger kann seine Vorlieben für junge Männer ebenso wenig ausleben, wie die Tochter eines Baders die Universität besuchen kann. Onkel Antoine achtet peinlich darauf, sich nicht zu kompromittieren. Als Nine ihn fragt, wie er es fertigbringt, so zu sein, wie er ist, ohne dass die Öffentlichkeit davon erfährt, antwortet er, dass das Leben eine tragische Farce ist und dass er auf der Bühne nur mit Maske agiere.

Mit Maske agieren. Als Nine vor ihren beiden Onkeln und ihrem Paten sitzt, hat sie das Gefühl, man schneide ihr die Pulsadern auf. Das fröhliche Familientreffen besteht nämlich darin, dass Nines Vater den anderen erklärt, warum seine Tochter die Rue Neuve-Montmartre verlassen muss. Aufhören muss, im Badehaus zu arbeiten. Unter einem anderen Dach wohnen.

»Ein pubertierendes Mädchen ist eine willkommene Beute«, pflichtet ihm Alexandre Bontemps bei. »Man muss sie vor Begehrlichkeiten schützen, bis man eine gute Partie für sie gefunden hat.«

In Nines Wangen kehrt die Farbe zurück. »Aber ich will mich nicht verheiraten, Pate.«

Bontemps lächelt. »Niemand sagt, dass es jetzt sofort geschehen muss. Nur Königstöchter werden verheiratet, sobald sie fortpflanzungsfähig sind.«

»Mit dem Alter hat es nichts zu tun. Ich will überhaupt nicht heiraten. Weder in zwei noch in zehn Jahren.«

Jean Quentin, der jüngere Bruder ihres Vaters, spuckt seinen Priem aus. »Ob Königstochter oder Tochter eines Baders, ein Mädchen hat das zu tun, was man ihm sagt. Wir wollen alle nur dein Bestes, und du wirst tun, was wir beschließen.«

Nines Wangen werden dunkelrot. »Ich bitte um Vergebung, Onkel, aber ich bin nicht die Sorte Mädchen, von der Ihr sprecht.«

Jean La Vienne sieht seinen Bruder an. »Spricht sie häufig so mit dir? Eine wunderbare Erziehung, ich muss schon sagen!«

Mit gestrengem Blick wendet er sich wieder an Nine. »Es ist nicht zu spät, noch so zu werden, Mademoiselle. Und du wirst so werden, das darfst du mir glauben. Zu deinem eigenen und dem Wohl der Menschen, die für dich verantwortlich sind – es gibt keine andere Wahl.«

Als er sieht, dass Nine bis zum Besatz ihrer Haube errötet, nimmt Bontemps ihre Hand und tätschelt sie freundlich. »Um Kinder zu bekommen, muss man aber nun einmal heiraten, Ninon. Du willst doch sicher einmal Kinder haben?«

»Nein.«

»Wie, nein?«

»Nein. Ich will weder Ehemann noch Kinder. Ich will Chemie, Medizin und Chirurgie studieren. Ich will …«

Jean Quentin lässt die Faust auf den Tisch donnern. »Genug jetzt! Frauen sind nicht zum Denken geboren, sondern für den Beischlaf und zum Kinderbekommen!«

Nines Vater macht eine beruhigende Geste. »Die Kleine hat ein Gehirn. Du kannst ihr nicht vorwerfen, dass sie es benutzt.«

»Aber ihr Gehirn hilft ihr nicht weiter«, sagt Jean Quentin. »Nur auf ihren Bauch kann sie zählen. Und wir ebenfalls.«

Nine traut ihren Ohren nicht. »Ihr ebenfalls? Was geht Euch mein Bauch an?«

»Was er mich angeht? Bei Gott, ihn verkaufen wir schließlich.«

Verblüfft blickt Nine ihren Vater an, der beschämt das Gesicht verzieht.

Unbekümmert fährt der Perückenmacher fort: »Wusstest du nicht, junge Dame, dass eine Ehe zunächst einmal profitabel für die Familie sein muss, bevor sie es für die Eheleute ist?« Er neigt sich zu Nine und legt die Hand auf ihren Rock. »Der Gatte bietet den Rang, die Kinder den Status. Dein Vater hat einen weiten Weg zurückgelegt, ebenso wie ich auch. Dennoch ist eine Stellung nie ausreichend gefestigt, und der Sinn eines Stammbaums liegt darin, seine Äste immer weiter in die Höhe wachsen zu lassen. Deine Pflicht, Nine, ist es, den Deinen zu dienen. Wir werden dir einen Grafen aussuchen, der alt genug ist, dich nicht lange zu belästigen, aber noch so lebendig, ein Kind zu zeugen. Ein Sprössling aus gutem Haus hat Zugang bei Hof …«

Alexandre Bontemps unterbricht ihn mit ungewohnter Strenge. Seine hohe Stellung hat sein eher diskretes und versöhnliches Naturell nicht verändert. »Nines Platz ist nicht bei Hofe.«

Jean Quentin runzelt die Stirn. »Haltet Ihr meinen Bruder und mich nicht für fähig, einen Ehemann für sie zu finden, der ihr den Zugang ermöglicht?«

Bontemps lächelt. »Aber sicher halte ich Euch für fähig. Vor allem Euch, Maître Jean. Aber es ist absolut nicht das Leben, das ich für sie anstrebe.«

»Und das sagt ausgerechnet Ihr? Welches Schicksal wäre wünschenswerter, als sich in der Umgebung des Königs aufzuhalten?«

»Ein Leben mehr im Hintergrund – friedlicher, ehrlicher und mit weniger Zwängen. Diese junge Dame dort steht nicht gern im Mittelpunkt.«

»Dann wird sie es lernen.«

»Ich würde den Sohn eines Parlamentariers oder Richters für sie vorziehen.«

»Den Sohn? Nehmt doch wenigstens den Vater.«

Bontemps überhört den Einwand und fährt fort: »Es sollte eine Familie von kleinen oder mittleren Beamten sein. Kein Adel. Leute, die lieber mit Akten als mit dem Schwert umgehen und die nichts dagegen haben, dass Nine gerne nachdenkt und Schlüsse zieht.«

»Ihr lasst dieser Kleinen gegenüber Schwächen zu, die ich mir nicht erklären kann. Seit wann sucht man eine gute Partie danach aus, ob sie der Verlobten gestattet, die gebildete Frau zu spielen? Denkende Frauen sind Sammlerobjekte, die man am besten in eine Vitrine einschließt. Dort kann man sie bewundern – das ja! –, aber wer würde sich ihrer schon gern bedienen? Selbst der König hütet sich vor ihnen, und gerade Ihr müsstet das am besten wissen, Monsieur Bontemps.«

»Der König mag keine allzu intelligenten Frauen, weil er fürchtet, dass sie ihn lächerlich machen könnten. Unter uns: Er ist schüchterner, als es den Anschein hat, und nachdem ihm die verstorbene Königin Anna immer wieder vorgehalten hat, dass Monsieur geistig beweglicher sei als er, ist er in dieser Hinsicht äußerst empfindlich. Abgesehen von Musik und Tanz, für die er eine natürliche Begabung besitzt, die Monsieur Lully ganz wunderbar fördert, lernt er recht langsam. Und weil er sich den ernsten Dingen erst recht spät gewidmet hat, befürchtet er ständig, dass es ihm an Kenntnis, Urteilsvermögen und Überblick mangelt. Von Damen lässt er sich am liebsten unterhalten und zerstreuen. Aus diesem Grund genießt er die Gesellschaft von Madame, seiner Schwägerin. Gar nicht gefällt ihm, wenn Frauen ihm ihre Überlegenheit beweisen und ihm den Eindruck vermitteln, mehr zu wissen als er.«

François La Vienne zuckt die Schultern. »Hier geht es nicht darum, ob Nine dem König gefällt, sondern dass sie in ihrer Ehe glücklich wird.«

Betroffen blickt Nine ihn an. »Dann willst du mich also auch verheiraten?«

Jean Quentin schnalzt mit der Zunge. »Nun höre sich einer das an! Eine junge Dame, die diesen Namen verdient, sollte ihren Vater keinesfalls duzen!«

Nine wirft ihm einen giftigen Blick zu und wendet sich wieder an La Vienne. »Und was ist mit Eurer Nachfolge, Papa? Sollte ich nicht Eure Teilhaberin werden? Wer übernimmt das Badehaus, wenn Ihr mich einem Mann gebt, dem ich den Haushalt führen und dessen Freunde ich empfangen soll? Ein Mann, der über meine Zeit verfügt, mir seinen Willen aufzwingt und mir jedes Frühjahr ein Kind macht?«

Antoine de Courtin rutscht seit dem Beginn der Diskussion unruhig auf seinem Stuhl hin und her. Schließlich nimmt er seinen ganzen Mut zusammen und greift in das Gespräch ein. »Kinder zu bekommen ist eine gefährliche Angelegenheit. Nine hat nicht die richtigen Hüften und wird im Kindbett sterben wie meine Schwester.«

Bontemps schüttelt den Kopf. »Louise hatte ein Lungenleiden. Nine aber ist kerngesund und ähnelt ihrer Mutter nur wenig.«

Antoine de Courtin möchte dem ersten Kammerdiener des Königs, der ihn trotz seiner Gutmütigkeit tief beeindruckt, nicht widersprechen. Daher murmelt er nur noch: »Aber sie ist nicht gerade drall …«

Jean Quentin lacht auf. »Ich kenne deutlich magerere Damen, die Kinder bekommen, wie die Hühner Eier legen. Seht Euch doch nur Madame an. Vor der Hochzeit hat der König noch zu seinem Bruder gesagt, dass seine Zukünftige ihn an das Beinhaus eines Friedhofs erinnere, aber innerhalb von vier Jahren hat diese Bohnenstange vier Kindern das Leben geschenkt. Und erst Mademoiselle de La Vallière! Sie hat so wenig Busen, dass sie ihr Dekolleté mit Tüchern ausstopfen muss, aber Monsieur Bontemps kann sicher bestätigen, dass die Belagerungen des Königs Früchte tragen.«

Nine presst ihre Fingernägel in die Handflächen. Ihre Augen sind so dunkel geworden, dass man die Iris nicht mehr von der Pupille unterscheiden kann.

Sie steht auf und tritt vor ihren Vater. »Papa … Ihr habt mir versprochen, dass Ihr mich wählen und mein Leben selbst gestalten lassen wollt …«

François La Vienne lächelt gequält. »Ich werde dieses Versprechen so lange wie möglich halten, Ninon. Aber ich kann dich in den kommenden Jahren nicht hierbehalten und dafür garantieren, dass dir nichts Unerfreuliches geschieht.«

»Dann wollt Ihr mich ins Kloster schicken?«

»Du wirst bei deinem Onkel in die Lehre gehen.«

Nines Blick verklärt sich, als strahle Sonne aus ihren Augen. Sie wendet sich an Antoine de Courtin. »Oh, vielen Dank. Ich kann ganz gut Latein, lese Griechisch und kann Euch bei Eurer Arbeit über die verschiedenen Möglichkeiten, sich sauber zu halten, bestimmt helfen. Ich habe selbst schon in diese Richtung geforscht …«

Ihr Vater unterbricht sie. »Bei deinem anderen Onkel, Nine. Du wirst das Perückenmacherhandwerk erlernen. Du hast Fantasie, geschickte Hände und Geschmack. Dieses Handwerk ist wie für dich geschaffen.«

Nine wird blass. »Und die Schule? Darf ich nicht mehr zu den Ursulinen?«

Jean Quentin antwortet für seinen Bruder: »Das ist vorbei. Du wirst in der Rue des Petits-Champs wohnen und von Montag bis Samstag in der Werkstatt arbeiten. Sonntags besuchst du deinen Vater.«

Nines Augen füllen sich mit Tränen. »Aber ich will nicht Perückenmacherin werden. Ich kann doch jetzt nicht mit dem Studium aufhören …«

Jean Quentin klatscht sich mit beiden Händen auf die Schenkel. »›Ich will nicht!‹ und ›Ich kann nicht!‹ Ist es das, was du einem Kunden antwortest, der dich festnagelt, während du ihn unter dem Vorwand massierst, deine kunstvollen Mixturen an seinem Körper auszuprobieren?« Er steht auf und packt seine Nichte an den Schultern. »Nine, es gibt ein paar Dinge, gegen die es sich nicht zu kämpfen lohnt, weil die Welt nun einmal so ist, wie sie ist, und wir sie nicht verändern können. Ein Mann, der seine Ehre verloren hat, kann sich durch ruhmreiche Taten reinwaschen, aber ein einmal beschmutztes Mädchen hat diese Möglichkeit nicht. Latein und Griechisch können deine Tugend nicht schützen, und wenn sich erst einmal ein Mann an Euch vergriffen hat, wird nur Gott allein dich noch wollen, was weder dir noch uns weiterhilft. Dein Vater sagt, du wärest intelligent und vernünftig. Verstehst du, was ich dir zu erklären versuche?«

Nine beißt die Zähne zusammen. Sie ist dreizehn Jahre alt und hungrig nach dem Leben. Sie will daran glauben, dass die Dominanz der Männer und die Unterwürfigkeit von Frauen nicht gottgegeben sind und dass der Kampf gegen die Ungerechtigkeit ihrer Zukunft Flügel verleihen kann. Die Märzsonne bringt die Luftbläschen im Fensterglas zum Leuchten. Sie will keine Luftblase sein. Sie wird nicht auf ihre Pläne verzichten. Sie wird eine Möglichkeit finden. Eine verborgene Tür.

Langsam atmet sie tief in den Bauch und schließt für ein paar Sekunden die Augen. Dann blickt sie ihren Onkel an.

Jean Quentin, der spürt, dass sie ruhiger geworden ist, nickt ihr zu. »Es ist besser so. Ich bin weniger liberal als dein Vater, aber ich bin kein Tyrann. Ich verspreche dir, dass du dich bei mir bestimmt nicht langweilst. Du wirst viel lernen, und zwar nicht nur, Haare auf Tuchkappen zu nähen.«

Nine hat sich wieder unter Kontrolle und macht einen kleinen Knicks. »Ich weiß, dass Ihr ein guter Mensch seid, Onkel, und ich danke Euch für das Interesse, das Ihr mir entgegenbringt. Ich werde Eurem Rat in allen Einzelheiten folgen, und wenn Ihr mir jeden Tag ein wenig Zeit für mich selbst lasst, werdet Ihr Euch nicht über mich beklagen müssen.«

Jean Quentin streckt ihr seine perfekt manikürte Hand entgegen. »Dann ist es also beschlossen und besiegelt, Mademoiselle.«

Nine fährt mit den Fingerspitzen über die glatte Handfläche ihres Onkels. »Eure Hände sind sehr weich, Onkel Jean. Fettet Ihr sie mit Seehundöl ein, das mit Traubenkernen versetzt ist?« Sie beugt sich vor und schnüffelt an der offenen Hand. »Und anschließend überdeckt Ihr den Geruch mit Benzoe?«

Jean Quentin hebt die Augenbrauen. »Ja, tatsächlich. Woher weißt du das?«

»Aus Versuchen. Ich habe festgestellt, dass es nichts Besseres als diese Mischung gibt, um Männerhände so weich wie Frauenhände zu machen. Man kann übrigens auch das Haar mit diesem Öl behandeln. Es wird davon glänzend und kräftig. Für einen guten Duft kann man das Benzoeharz auch mit Jasmin mischen, dem Lieblingsparfüm des Königs. Oder mit Maiglöckchen. Dieser Duft ist der Lieblingsduft von Monsieur.«

Verblüfft setzt sich Jean Quentin wieder hin und mustert seine Nichte von Kopf bis Fuß. »Ihr kennt Euch ja gut aus, junge Dame …«

Nine wirft ihm einen sehr unschuldigen und sehr bescheidenen Blick zu. »Wann soll ich in der Werkstatt anfangen?«

In der ersten Etage der Rue des Petits-Champs 23 riecht es nach Puder und Klebstoff. Tierhaaren und Beize. Bügeltuch und Brenneisen. Nach den Blumensträußen, mit denen die Empfangsräume geschmückt sind, nach schwarzer Seife und hellem Wachs. Vater Binet ist hier geboren. Er verlässt das Haus so gut wie nie, denn draußen reizt ihn nichts, drinnen dagegen hält ihn alles gefangen. Sein Arbeitsplatz in der Ecke bietet ihm das schönste Leben, das er sich vorstellen kann, und eines Tages wird er dort mit seiner letzten Perückenkreation im Arm lächelnd sterben.

Die erste Überraschung erlebt Nine, als sie feststellt, dass abgeschnittene Haare einen Eigengeruch haben. Es ist nicht der Geruch der Lebenden oder Toten, denen das Haar einst gehörte, sondern ein ganz eigener Duft, der je nach Beschaffenheit, Farbe und der Zeit variiert, seit es abgeschnitten wurde.

Wie ihm Jean Quentin aufgetragen hat, führt der alte Binet das junge Lehrmädchen in sein neues Leben ein. Er zeigt Nine die Dachkammer, die sie mit den beiden Flechterinnen Edmée und Zéphyrine teilen wird, und erklärt ihr, dass jedes Haar eine eigene Persönlichkeit besitzt, die man studieren, verstehen und bändigen muss, um es so verändern zu können, dass ihm seine Eigenqualität bleibt. Mit seinem Lorgnon auf der Nase, einem Maßband um den Hals, einem Stift in der Hand und dem Gesichtsausdruck einer Maus, die kurz davor ist, die Käseglocke anzuheben, wirkt Maître Binet wie ein Künstler. Auf einem Ohr ist er taub, mit dem anderen hört er nur noch die Hälfte, ohne Augengläser kann er nicht einmal mehr seinen Namen schreiben, und er spricht recht leise, weil er normalerweise höchstens mit sich selbst redet. Sobald es aber darum geht, etwas zu zeichnen oder einem Modell den letzten Schliff zu geben, findet er schnell zum Schwung früherer Zeiten zurück. In seinen besten Jahren hatte er unermüdlich gearbeitet, Haarmärkte besucht, die Bücher seines Geschäftes geführt und seinen reichen Auftraggebern ihren neuen Kopfschmuck höchstpersönlich präsentiert. Als sein Geschäft bekannter wurde, trat er die Buchführung leichten Herzens an Jean ab, das jüngste der Kinder, die seine Tochter Antoinette nach dem Tod ihres Gatten bei ihm in der Rue des Petits-Champs aufgezogen hatte, und widmete sich nur noch seinen Entwürfen. Jean Quentin beherrscht die Technik, und wenn es darum geht, in letzter Minute eine Frisur zu verändern oder zu richten, arbeitet er zur allgemeinen Zufriedenheit, aber er versteht besser zu gefallen, als zu arbeiten, kann besser verkaufen als anfertigen und streut mit größerem Talent den Kunden Sand in die Augen als Puder auf Perücken.

Der alte Binet träumt gern und setzt seine Träume dann um. Die kühnsten Pläne sind für ihn die faszinierendsten, und er ist beständig auf der Suche nach neuen Einfällen zu Farbe, Form und Material. Nichts bereitet ihm mehr Freude, als Modelle zu entwickeln, an die kein Perückenmacher selbst in seinen kühnsten Träumen je auch nur zu denken gewagt hat. Tatsächlich ist sein Stil unnachahmlich und so unverkennbar, dass es genügt, eine von ihm arrangierte Frisur zu sehen, um auszurufen: »Seht euch nur den Marquis d'Effiat an. Er trägt heute Morgen wieder eine ganz besondere ›Binette‹!«

Bezaubert von der Wissbegier, mit der Nine ihm lauscht, erzählt er ihr, wie vor einem halben Jahrhundert die Barbiere, die damals die Perücken herstellten, die Jahrmärkte verließen, um dem Hof auf seinen Reisen zu folgen, und wie sie schließlich einen gewissen Status erlangten, indem sie die Armen schoren, um den Reichen zu neuer Haarpracht zu verhelfen. Zu Beginn der Regierungszeit von Louis XIII. erfanden sie auf der Suche nach neuen Techniken die Methode, die Haare, ähnlich wie bei Mailänder Spitze, auf Streifen von gewebtem Tuch zu befestigen, und die haarigen Bänder in Reihen auf eine weiche Kappe aus Schafsleder zu nähen. Das so entstandene Vlies hatte den Vorteil, dass man es schneiden und je nach der herrschenden Mode dem Gesicht anpassen konnte. So stellte man Perücken mit auf Bändern genähten Haaren her, die sehr natürlich wirkten. König Louis XIII., der bereits mit dreißig Jahren kahlköpfig war, fand die Erfindung so gut, dass er achtundvierzig Ämter an ausschließlich für den Hof tätige Barbiere und Perückenmacher vergab und zweihundert weitere schuf, die dem breiten Publikum vorbehalten waren. Seit diesem Tag besitzen die Perückenmacher das Exklusivrecht am Groß- und Einzelhandel mit Haaren. Außerdem ist es ihnen gestattet, alle Arten von Puder, Pomaden und Opiaten herzustellen und zu vertreiben, die sie zur Sauberkeit und Pflege des Kopfes, des Gesichts und der Zähne für notwendig halten.

»Ihr stellt Eure Salben und Puder hier her? Ihr habt ein Laboratorium? Dürfte ich es einmal sehen?«

Die plötzliche Leidenschaft verblüfft den alten Binet. Er hustet, spuckt, sein Lorgnon gerät ins Rutschen, er hält es fest und mustert seine Urenkelin mit zusammengekniffenen Augen. Er ist diesem jungen Mädchen höchstens zehn Mal bei Hochzeiten oder Beerdigungen begegnet, hat ihr nie besondere Aufmerksamkeit gewidmet und weiß nur das über sie, was Jean Quentin ihm gesagt hat. Sie sei eine äußerst stolze junge Dame, sehr empfindlich und unnachgiebig. Ein Bäumchen, das

François La Vienne aus Schwäche hat wuchern lassen, ohne es zu beschneiden, und das man jetzt so schnell wie möglich trimmen und gerade biegen muss. Unter dem weißlichen Häutchen ist Binets Auge lebhafter, als es den Anschein hat. Er inspiziert Nine eine geraume Weile, ohne ein Wort zu sagen. Mit dreiundsiebzig Jahren nimmt man sich gern die Zeit, sich ein eigenes Bild von den Leuten zu machen.

Ein bescheidenes Kleid aus grün gestreiftem Etamin, eine kaum ausgeschnittene Korsage ohne Verzierung, nur unten an den Ärmeln eine schmale Spitze. Üppiges, streng geflochtenes Haar unter einer ganz einfachen Haube. Keine Spur von Schminke, kein Band um den Hals. Die Kleine hält offensichtlich nichts von Koketterie und schert sich nicht um den Eindruck, den sie auf andere macht. Durchscheinender Teint, ein wenig dunkler an Schläfen und Augenlidern. Schmale Handgelenke, kleine, gepflegte Hände. Weder Armband noch Ring. Ein durchdringender Blick, der sich schnell wieder abwendet, um seine Intensität zu verbergen. Eine reservierte, bedächtige Haltung und eine bläuliche Ader, die ungeduldig in der Halsmulde pocht. Beide Daumennägel bis aufs Blut abgeknabbert. Dieses Mädchen lässt sich nicht in die Karten schauen. Unter ihrer ruhigen Blässe und ihren beherrschten Bewegungen kocht eine verhaltene Glut. Sie ist nicht selbstherrlich, aber schlau, manipulativ und vermutlich recht dickköpfig. Und heuchlerisch. Sie hat den Erklärungen ihres Urahns mit außerordentlicher Aufmerksamkeit gelauscht; jetzt lächelt sie ihm zu, wartet darauf, dass er fortfährt, und doch ist sie mit den Gedanken anderswo. Sie hat etwas ganz Bestimmtes im Kopf. Ein Ziel, dass sie offenkundig niemandem verraten will. Und sie fragt sich, ob ihr Urgroßvater ihr dabei helfen könnte, es zu erreichen.

Zufrieden mit seiner Inspektion rückt Binet seine Brille zurecht. »Ein Laboratorium? Gut möglich.«

Nines Augen leuchten auf. »Darf ich dort arbeiten?«

Der alte Perückenmacher schenkt ihr ein breites, zahnloses Grinsen, neigt den Kopf und fragt: »Bist du ganz sicher, dass du hier bist, um Perückenmacherin zu werden?«

Nine errötet bis zu den Haarwurzeln. »Zweifelt Ihr daran?« Sie glüht, als hätte sie den Kopf in einen Backofen gesteckt.

Binet nickt. »Ob ich daran zweifele? Ganz bestimmt nicht. Im Gegenteil.« Und weil er ein weiches Herz und Mitleid mit der Verzweiflung hat, die er in den blauen Augen liest, fügt er umgehend hinzu: »Aber das spielt keine Rolle, solange du mir gegenüber ehrlich bist. Dein Onkel hat mich gebeten, dich auszubilden, und ich habe keine Lust, mit verbundenen Augen Blindekuh zu spielen. Ich frage dich nicht, was du ausheckst, und es ist mir gleich, ob du von mir profitieren willst. Nur anlügen darfst du mich nicht. Wenn du lügst, rege ich mich auf und werde unruhig, was wiederum meiner Galle schadet. Daraufhin fühlt sich Monsieur Purgon verpflichtet, mich zur Ader zu lassen, und das hasse ich wie die Pest.«

Nine hebt einen Finger. »Es wäre besser, er gäbe Euch Schwedenbitter.«

»Schwedenbitter?«

»Ein, soweit ich weiß, ägyptisches Rezept, das der große Paracelsus für unser Klima verändert und am schwedischen König Gustav II. durch dessen Leibarzt hat ausprobieren lassen. Daher der Name. Die Kräuter entgiften den Organismus nach übermäßigem Essen und Trinken, außerdem wirken sie gegen Übersäuerung, Blähungen, Völlegefühl im Magen und Verstopfung.«

Wie die meisten älteren Leute ist Binet ganz wild auf Arzneimittel.

»Das hört sich wirklich nützlich an. Weißt du, wo ich diesen Schwedenbitter herbekomme?«

»Nein, aber ich kann ihn selbst herstellen.«

»Du scherzt.«

»Man braucht Aloe, das die Verdauung sanft anregt, Myrrhe, die Hippokrates wegen ihrer stärkenden Wirkung empfiehlt, Safran, Sennesblätter, Kampfer, Rhabarber- und Zitwerwurzel, zehn Gramm venezianischen Theriak – davon habe ich eine kleine Flasche bei mir –, etwas Eberwurzwurzel, eine Pflanze, die der Distel ähnelt, und schließlich Engelwurz. Solltet Ihr ein stärkendes Ergebnis wünschen, kann man noch fünf Gramm Enzianwurzel hinzufügen.«

Fasziniert bedeutet Binet ihr, fortzufahren.

»Ihr gebt die Zutaten in eine mit anderthalb Litern Kornbrand gefüllte Zwei-Liter-Flasche und lasst es zwei Wochen in der prallen Sonne oder in der Nähe eines Ofens stehen.«

»Und weiter?«

»Ihr füllt die so erhaltene Flüssigkeit in kleine Phiolen ab, schließt sie luftdicht ab und haltet sie kühl.«

»Wie lange hält sie sich?«

»Nun, dieses Elixier ähnelt großen Zauberern: Je älter es wird, desto wohltuender ist seine Wirkung.«

»Und wenn man es sofort braucht? Zum Beispiel im Rahmen einer Abmachung, von welcher der Heiler ebenso viele Vorteile hat wie der Patient?«

Nine lächelt. »Man nimmt dreimal täglich einen Löffel davon in lauwarmem Wasser.«

Der Perückenmacher hakt seine neue Komplizin unter. »So soll es sein.«

Die beiden sind gleich groß, gleich schlank, und in ihren Augen blitzt der gleiche Schalk.

Der alte Mann drückt das Handgelenk seiner Urenkelin. »Von heute an werde ich dir morgens zeigen, wie man Haar auswählt, reinigt und mit unterschiedlichen Kämmen glättet.

Dann essen wir zusammen, manchmal nur wir beide, manchmal mit den Arbeiterinnen. Während des Essens erkläre ich dir die Färbemittel, die Weichmacher und die Festiger. Nach dem Essen lehre ich dich die Handhabe des Glätteisens, einer Art gezähnter Zange, und des Lockenstabs, der einen gerundeten und einen ausgehöhlten Schenkel hat. Du wirst lernen, Echthaar mit Pferdehaar zu verbinden, immer feinere Zöpfe zu flechten, Haare zu kräuseln und später zu Locken zu formen, und du wirst üben, die unterschiedlichsten Haartrachten herzustellen. Das Abendbrot nimmst du mit Edmée und Zéphyrine ein, die ihre Ausbildung in unserem Haus gemacht haben und dir auf ihre Weise unser Handwerk erklären. Und danach, wenn du dich recht angestrengt hast …« Er unterbricht sich und fixiert sie mit breitem Grinsen.

Unsicher fragt sie nach. »Nach dem Abendbrot?«

»Nach dem Abendbrot, wenn wir sicher sein können, dass dein Onkel anderweitig beschäftigt ist, gehen wir in dieses Laboratorium, das dich so zu interessieren scheint. Dort darfst du dann versuchen, mich in Erstaunen zu versetzen.«

Jean Quentin hat nicht übertrieben. Rasch stellt Nine fest, dass das Atelier Binet ihrer Neugier eine Menge Nahrung bietet, und trotz ihrer Liebe zu den »Bains La Vienne« muss sie bald zugeben, dass die Perückenmacherei ihr besser gefällt als der Beruf des Baders. Das Material ist äußerst vielfältig und bietet sowohl Spielraum für Fantasie als auch für Erfahrung.

Die billigen Perücken aus Pferdehaar, manchmal mit Seidenfäden oder Echthaar gemischt, sind den Subalternen vorbehalten – Bittstellern, reisenden Komödianten und Händlern, die ihre reiche Kundschaft selbst beliefern. Die reiche Kundschaft hingegen will ausschließlich echtes falsches Haar und wechselt die Perücke häufig. Ein Arzt oder Notar zwei bis drei Mal am

Tag, ein Höfling bis zu sechs Mal und der König, so oft es ihm gefällt oder je nach seinen Verpflichtungen. Ein angesehener Perückenmacher lässt sich selten auf den Märkten blicken, sondern verfügt über ein Netzwerk von Lieferanten, die Paris und die Provinz für ihn durchkämmen. Diese Männer, die so derb und schlau sind wie normannische Pferdehändler, kommen mit großen Ballen in die Rue des Petits-Champs und öffnen sie auf einem schönen Brett aus Zedernholz, das nach Wald riecht und Motten vertreibt. Pferdeschwänze und unmittelbar am Nacken abgeschnittene Zöpfe ringeln sich wie seidige Schlangen auf dem Tisch. Sie sind auf seltsame Weise gleichzeitig tot und lebendig, und ihr Geruch erfüllt den gesamten Raum. Schon nach wenigen Wochen ist Nine in der Lage, Geschmeidigkeit, Stärke und Glanz zu beurteilen und je nach Qualität und möglichem Gebrauch einen Preis auszuhandeln. An der Behandlung des Haars haben die Lehrlinge meist nicht viel Freude. Läuse müssen unschädlich gemacht und Nissen, Schuppen und Ablagerungen entfernt werden. Anschließend ist das Haar zu entfetten, ohne es auszutrocknen, und zu ölen, ohne es zu beschweren. Es muss geglättet werden, ohne es platt aussehen zu lassen, man muss ihm Geschmeidigkeit verleihen, ohne dass es erschlafft, und so behandeln, dass kein Parasitenbefall mehr droht. Die Produkte werden mit bloßen Händen aufgetragen, stechen in den Augen und verursachen Juckreiz.

Nur Nine mag diese Arbeitsphase ganz besonders, weil sie ihr einen Einblick in die empirische Chemie verschafft. Sie hat kleine Taschen auf die Rückseite ihrer Schürze genäht, in denen sie das Heft mit ihren Notizen und verschiedene Fläschchen verbirgt, mit denen sie im Lauf der Zeit die einzelnen Produkte verbessert. Das Flechten liegt ihr weniger, aber Edmée und Zéphyrine bemühen sich redlich, ihr Wissen an sie weiterzugeben. Nine ist gerührt über ihren liebevollen Eifer.

Edmée und Zéphyrine sind Zwillinge. Eine ist mit einem Nichtsnutz verheiratet, die andere mit einem Möchtegern-Don-Juan. Zusammen haben sie vierzehn Kinder, die sie in einem Nebengebäude des Hôtel de Rohan aufziehen, wo Zephyrines Herzensbrecher dank der Vermittlung von Maître Binet als Kutscher arbeitet. Während sie eifrig die Hände rühren, erzählen sie Nine mit leiser Stimme, was es bedeutet, einen Mann zu heiraten, jeden Abend, den Gott werden lässt, in seinem Bett zu liegen, Lust auf ihn zu haben, seine Lust zuzulassen, seinetwegen zu weinen, seine Kinder auszutragen, sie unter schier unbeschreiblichen Schmerzen zu gebären, ständig zu zittern, dass die Kleinen nicht krank werden, sie am Krupp oder nach einem Tritt sterben zu sehen, seinen Mann trinken zu lassen, selbst zu trinken, sich zu verweigern, um nicht wieder schwanger zu werden, doch wieder schwach zu werden, weil einem der Kerl unter die Haut geht und weil man nicht geschlagen werden will, doch wieder schwanger zu werden, eine Fehlgeburt zu erleiden, wieder von vorn anzufangen, um sich zu beruhigen und dass man trotz allem tagein, tagaus und jahrein, jahraus Gott für dieses Leben dankt, weil es der Nachbarin, der Cousine oder unfruchtbaren Frauen noch viel schlechter geht.

Abends im Bett betrachtet Nine das Bildnis der Jungfrau, das neben ihrem Kopfende hängt. Sie versenkt die Augen in denen von Maria und versucht zu verstehen, wie diese Frau es fertiggebracht hat, eine jeder Logik widersprechende Schwangerschaft und die Kreuzigung ihres absolut unschuldigen Sohnes zu akzeptieren. Sie denkt an die Unterdrückung der Frauen und das Leiden der Mütter und kommt zu dem Schluss, dass sie sich, um Herrin ihres Schicksals zu bleiben, nie der Liebe hingeben darf. Als sie ihre Kerze auspustet, schwört sie sich, immer auf der Hut zu sein und nicht zuzulassen, dass man sie von ihrem selbst gesteckten Ziel abbringt.

Der alte Binet verlangt mehr von ihr als von anderen Lehrlingen, doch in den beiden Dingen, die ihr am Herzen liegen, unterstützt er sie nach Kräften. Da ist zunächst der Zugang zu der kleinen Kammer im Zwischengeschoss unmittelbar unterhalb des Salons, wo die Kunden trinken und schwatzen, während man ihnen die neuesten Kreationen vorführt. Eigentlich ist es weniger ein Laboratorium als ein Sammelsurium von klebrigen Tiegeln, mit Öl oder Holzkohle betriebenen Kochern, Phiolen, Büchern mit Eselsohren und vergilbten Papieren, in deren Mitte ein beeindruckend schmutziger Destillierapparat thront. Bereits am ersten Abend putzt Nine die Kammer vom Boden bis zur Decke, reinigt die Instrumente und stellt Regale auf wie in der Vorratskammer ihres Vaters. Seither versucht sie sich unter der begeisterten Aufsicht des alten Binet an den verschiedensten Pomaden, Salben, Lotionen und Pulvern. Jean Quentin schöpft nicht den geringsten Verdacht. Wenn er sein neues Lehrmädchen sonntags in die Rue Neuve-Montmartre bringt, lobt er ihre Fügsamkeit, Strebsamkeit und Geschicklichkeit über den grünen Klee. Als Binet ihn schließlich drängt, die Kleine mitzunehmen, um ihr die endgültige Bestimmung der von ihr so hervorragend verarbeiteten Haare zu zeigen, kann er nicht ablehnen.

Nachdem er die Toiletten seiner Nichte auf das Genaueste kontrolliert hat, bittet er trotz Nines Protest die Marquise d'Heudicourt – eine Kundin, deren Schulden ein halbes Heft füllen –, ihren Schneider für das Mädchen arbeiten zu lassen. Die hübsche Dame ist fünfundzwanzig Jahre alt und Ehrendame der Königin. Im vergangenen Jahr hat der König seine Frau und seine Mätresse mit ihr betrogen. Man nennt sie die »Grande Louve«, die Große Wölfin, weil ihr Gatte der Grand Louvetier de France, der oberste königliche Wolfsjäger, ist, sie hat einen unstillbaren Hang, sich aufzuputzen, und wetteifert mit Madame um die Ehre, die neuesten Moden zu lancieren. Ihr Schneider näht für Nine zwei mädchenhafte Kleider, eines in einem matten Grün, das andere in einem lebhaften Rosé, jeweils mit farblich passenden Strumpfbändern und Schuhen. So herausgeputzt und die Haare bis auf zwei Ringellocken neben den Wangen unter einer kleinen Kappe versteckt erhält Nine die Erlaubnis, der Präsentation der Modelle beizuwohnen. Sieben Monate nach dem Antritt ihrer Lehre ist sie an dem Punkt angelangt, den sie erreichen wollte. Nun muss sie nur noch das Rettungsseil finden, das sie aus ihrem Dilemma herausziehen würde, und sich gut daran festhalten.

In den Anprobesalons redet man von nichts anderem mehr als vom Krieg. Nine sammelt Bruchstücke aus den Gesprächen und versucht aus den Teilen ein Ganzes zusammenzusetzen, das ihr, falls es ihr gelingt, davon zu profitieren, vielleicht die Gelegenheit bietet, auf die sie wartet. Philipp IV. von Spanien, der älteste Bruder der verstorbenen Königin Anna, hat nach seinem Tod einen kleinen, kränklichen Jungen als Erben zurückgelassen. Karl II. ist sechs Jahre alt. Er ist von schwacher Gesundheit, die Winter im Escorial sind hart, und er wird wohl nicht lang leben.

Der Ehevertrag zwischen Maria Theresia, Tochter des Königs von Spanien, und Louis XIV., König von Frankreich, sah vor, dass im Fall des Einbehaltens der Mitgift der Verzicht der Infantin auf die Nachfolge ihres Vaters nichtig sei. Da die Mitgift nie ausbezahlt wurde, hätte Louis XIV. nach dem Tod seines jungen Schwagers das Recht, im Namen seiner Ehefrau die großen spanischen Besitzungen einzufordern, und zwar sowohl auf dem Festland als auch in Übersee. Allerdings gibt es ein Problem. Der verstorbene spanische König hat in seinem Testament als Zweiterbin nicht Maria Theresia, die Tochter seiner ersten Gattin eingesetzt, sondern Margarita Teresa, die Schwester des kleinen Königs, die ebenso wie Karl II. aus seiner zweiten Ehe stammt. Louis XIV. fordert sein Recht und schickt Botschafter, die zunächst zuvorkommend, dann konkret und schließlich drängend verhandeln. Die Regentin, eine Wienerin, die am liebsten schläft und isst, schickt sie unverrichteter Dinge zurück. Unser König gibt sich indigniert, ist aber insgeheim erleichtert. Er wünscht diesen Krieg. Er ist jetzt achtundzwanzig Jahre alt und lässt sich als Sonne auf Deckengewölben darstellen, um aber sein Licht tatsächlich erstrahlen zu lassen, muss er Erstaunen und Bewunderung erzwingen und wie sein Ahne Henri IV. seinen Ruhm auf dem Schlachtfeld festigen. Seit dem Tod der Königinmutter hat er zwar im Verborgenen, aber bis zum Äußersten entschlossen den Maréchal de Turenne, den Kriegsminister Le Tellier und dessen Sohn, den Marquis de Louvois, bedrängt. Weihnachten 1666 zählt die französische Armee zweiundfünfzigtausend voll ausgerüstete Männer, hinzu kommen zwanzigtausend Schweizer und Lothringer. Tausend Kanonen und Bombarden stehen bereit, ebenso viele wurden in Dänemark bestellt, Ställe und Magazine, Waffenlager und Munitionsdepots sind wohl gefüllt. Da man im Winter keinen Krieg führt, wartet man auf die warme Jahreszeit und nutzt den Aufschub, um ein dickes Dokument auszufeilen, das an alle Staatskanzleien Europas gesendet wird. Die Akte nennt sich: »Der Christlichsten Königin Recht auf Brabant und andre Länder Spanischen Gebietes«.

Keiner von Binets Kunden hat es gelesen, aber alle sind sich einig, dass dieses Werk ein Wunderwerk der Diplomatie ist. Nine hört zu, wie sie sich über die Fähigkeiten des Königs und seiner Berater begeistern, und kommt zu dem Schluss, dass Diplomatie und Heuchelei ebenso Zwillinge sind wie Edmée und Zéphyrine. In der Schrift geht es darum, auch in Frankreich einen alten flämischen Brauch anzuwenden, der Erben aus zweiter Ehe zugunsten derer aus erster Ehe enterbt. Aufgrund dieser privatrechtlichen Sitte, die noch nie bei einer königlichen Erbfolge angewendet wurde, fordert Louis XIV. das Herzogtum Brabant, das Marquisat Antwerpen, die Grafschaft Namur, die Grafschaft Artois, das Herzogtum Cambrai sowie drei weitere, weniger wichtige Provinzen und einen großen Teil des Herzogtums Luxemburg.

Nine wundert sich. Der kräftige junge Mann, den sie schlafend im Bad gesehen hatte, ist also hungrig wie ein Wolf im Winter. Die schnatternden Damen und Herren, die sich den Kopf einpudern lassen, schwärmen von der Art und Weise, wie der König seine Regimenter inspiziert und wie er seinen Schnurrbart bürstet, doch Nine fragt sich, wonach man überhaupt noch hungern kann, wenn man seit dem Alter von fünf Jahren regiert. Warum will man Apollon sein, wenn man doch schon Louis XIV. ist? Am liebsten würde sie ihren Vater fragen, der das Leben kennt, oder ihren Paten, der den König kennt – doch dann müsste sie zugeben, dass sie die Gespräche belauscht, und Jean Quentin würde sie sofort zum Flechten zurückschicken. Und so fährt sie bescheiden fort, ihre Perücken zu zeigen, die entweder auf einer auf einen Stab montierten Holzkugel oder auf einem in Samt und Seide gekleideten Torso aus Pferdehaar präsentiert werden. Ein Knicks bei Betreten des Salons, ein weiterer vor den Kunden. Sofern sich mehrere Kunden im Raum aufhalten, knickst sie vor jedem Einzelnen. Graziös, aber untertänig. Mit gesenktem Blick. Die Aufmerksamkeit der Kundschaft soll sich auf das Modell richten, nicht auf das Lehrmädchen. Gefällt das Modell, nimmt Nine es von seinem Ständer und reicht es mit weiterhin gesenktem Blick an Meister Binet oder Jean Quentin weiter, der es auf dem mit einer dünnen Haube bedeckten Kopf eines Herrn oder dem unter einem engmaschigen Netz verborgenen Haar einer Dame befestigt. Lediglich die Hälfte der männlichen Kundschaft rasiert sich den Schädel, um das Tragen von Perücken zu vereinfachen, die andere Hälfte liebt und hegt ihr eigenes Haar und gibt Unsummen für stärkende Lotionen, glättenden Balsam und Pomaden gegen Läuse aus.

Zu Letzteren gehört der Chevalier de Rohan. Nine hat ihn auf den ersten Blick erkannt und muss bei der Erinnerung an seinen nackten Körper unwillkürlich lächeln. Dieser Herr gefällt ihr. Nicht auf die gleiche Weise, wie er Edmée gefällt, deren Ehemann bereits einschläft, wenn er sich auf den Bettrand setzt, und nicht einmal mehr Zeit findet, seine Schuhe auszuziehen. Edmée sagt, der Chevalier sei ein tolles Mannsbild und sie würde ihn gerne einmal berühren. Nine ist es egal, dass Rohan größer, drahtiger und kräftiger ist als die anderen männlichen Kunden der Werkstatt. Auch seine kräftigen Schultern und seine edle, männliche Haltung imponieren ihr nicht. Sie begehrt ihn nicht, sie entziffert ihn. In allen Männern kann man lesen, und ihre Jahre im »Badehaus La Vienne« haben sie die entsprechenden Alphabete gelehrt. Der Großjägermeister ist strahlend schön, und das weiß und genießt er. Er hält sich für den schönsten Mann bei Hofe und damit von ganz Frankreich. Außerdem hält er sich für unantastbar. Der König vertraut ihm. Der König kann nicht ohne ihn auskommen. Der König liebt ihn. Colbert? Le Tellier? Lediglich Höflinge. Der große Condé? Ein Verräter, der trotz des Bündnisses immer ein Verräter bleiben würde. Monsieur? Ein Hasenherz in Puppenkleidern. Rohan lacht laut und zeigt seine fast schneeweißen Zähne. Wenn er so lacht, wird das Zimmer heller. Gewölbte Stirn, leuchtende Augen, ein großer, roter Mund, festes Kinn, starker, weißer Hals – eigentlich ist er es, der der Sonne ähnelt. Er unterstreicht seine Sätze mit Gesten, die die bewundernswerte Spitze seiner Manschetten besonders gut zur Geltung bringen. Er spricht so, wie ein Pferd galoppiert, von zehn verschiedenen Dingen gleichzeitig, ohne sich mit Einzelheiten abzugeben. Er ist gerne grob, manchmal derb und macht sich einen Spaß daraus, jeden, der ein Schwert trägt oder mindestens zwanzigtausend Livres Rente bezieht, zu provozieren. Kleinen Leuten gegenüber zeigt er sich hingegen voller Wärme und ausgesuchter Höflichkeit. Er versäumt es nie, sich nach Binets Gesundheit oder den Sprösslingen der Zwillinge zu erkundigen. Nine fragt sich misstrauisch, ob sich dieser Chevalier, der viel zu anziehend ist, um ehrlich zu sein, tatsächlich für andere Menschen interessiert oder ob er nur darauf aus ist, von ihnen bewundert zu werden. Wahrscheinlich ist es eine Mischung aus beidem, was für einen Herrn seines Ranges sicher schon eine Menge Menschlichkeit bedeutet. Zumindest ausreichend für das, was sie von ihm erwartet. Zwar begrüßt er sie bei jedem seiner Besuche, aber ihr Aussehen ist nicht dazu angetan, seine Aufmerksamkeit zu fesseln, und sie ist sich nicht sicher, ob er sie überhaupt wirklich bemerkt. Darüber freut sie sich, denn um nichts in der Welt möchte sie ihren Weg mithilfe der Köder machen, die gewöhnliche Frauen einsetzen. Sie will nicht, dass Rohan ihre Schultern oder ihr Dekolleté bewundert. Ihre Augen soll er entdecken. Und er soll sich nach ihrem Namen erkundigen.

In Versailles findet ein Fest im Freien statt, um den Frühling und den Krieg zu feiern. Natürlich wird getanzt. Im Februar war der König im »Carrousel des Galantes Amazones« auf die appetitliche Marquise de Montespan aufmerksam geworden und freut sich darauf, sie ausgiebiger bewundern zu können. Monsieur Lully streitet sich mit Monsieur Le Nôtre über die Freilichtbühne, die dem Ersten Gärtner zufolge nicht rechtzeitig fertig werden wird. Mademoiselle de La Vallière erwartet wieder ein Kind, und obwohl die Schwangerschaft noch kaum sichtbar ist, brennt ihr Liebhaber darauf, seine Hand auf und vor allem unter andere Röcke zu legen. Maskiert und verkleidet. Monsieur kommt als kleines Mädchen. Sein Kostüm ist dem Kleid nachempfunden, das er mit sechs Jahren auf dem Lieblingsbild der verstorbenen Königinmutter trägt. Der König will als antiker Held gehen, Herkules oder Achilles – er zögert noch. Und Rohan? Rohan verkleidet sich als Adam. Adam vor dem Sündenfall? So, wie Gott ihn schuf, nur geschmückt mit ein wenig Grünzeug, um dem Schamgefühl Genüge zu tun, und einer eigens für diese Gelegenheit entworfenen Frisur. Die Blätter sind echt, und die Perücke soll es ebenfalls sein, oder doch zumindest so nah an der Natur, dass man nichts bemerkt.

Der alte Binet entwirft drei Modelle. Jedes entspricht einer Phase im Leben des Urvaters der Menschheit. Die Unschuld. Die Verführung. Die Vertreibung. Nine hilft ihrem Urgroßvater, die drei Frisuren zu kräuseln, zu bauschen, aufzubauen und gekonnt zu verwirren. Das Resultat ist unwiderstehlich, aber Rohan zeigt sich unzufrieden. Er wünscht, dass Adam so aussieht, als habe er das Haar des Chevalier de Rohan, und nicht etwa umgekehrt.

Am Abend, während Jean Quentin und Binet herumjammern, dass sie ihren Lieblingskunden nicht zufriedenstellen konnten, schließt sich Nine im Nähzimmer ein und fabriziert aus unbenutzten Strähnen, die sie zur Seite gelegt hat, eine vierte Perücke. Als der Chevalier zu einer weiteren Anprobe kommt, rückt sie seine Haube zurecht und deutet einen Knicks an.

»Würde Monsieur mir gestatten, ihm ein Präsent auf meine Art zu überreichen?«

Rohan macht eine nachlässige Bewegung, die ebenso gut ein Ja wie ein Nein bedeuten kann. Unter den entsetzten Blicken ihres Urgroßvaters hebt Nine ihre Schürze und zieht aus einer ihrer Geheimtaschen etwas heraus, das eher an eine dem Feind bei lebendigem Leib vom Schädel gezogene Kopfhaut erinnert als eine von Binet kreierte Perücke.

Rohan verzieht angeekelt das Gesicht. »Was soll das sein?«

»Wenn Monsieur mir gestattet, es ihm aufzusetzen …« Mit einer hurtigen Handbewegung zieht Nine ihm die Haube vom Kopf und zerzaust sein Haar, während sie ihm mit der anderen das Vlies überzieht, ohne ihm Zeit zum Protestieren zu lassen.

Der Chevalier weicht zurück. »Lasst das! Ich will diesen Pelz nicht!«

Emsig huschen Nines Finger über seinen Nacken, seinen Hinterkopf und seine Schläfen, ziehen, zwirbeln, zausen und glätten. Rohan gluckst. Es kitzelt.

»Wo habt Ihr diese Teufelin her, Maître Binet?«

Nine ist fertig. Sie tritt einen Schritt zurück, um ihr Werk zu bewundern.

Bestürzt murmelt Binet: »Ich bitte vielmals um Entschuldigung, Monseigneur. Sie weiß es nicht besser – sie hat gerade erst bei uns angefangen.«

Nine steht vor Rohan. In ihren Augen leuchtet ein solcher Triumph, dass der Chevalier neugierig wird.

Er erhebt sich und tritt vor einen Spiegel. »Bei allen Göttern – was habt Ihr mir da aufgesetzt? Ich sehe aus, als wäre ich unter die Räder einer Kutsche gekommen.«

»Ich habe Euch zu Adam gemacht. Mit seinen Haaren und den Euren«, sagt Nine, stellt sich auf die Zehenspitzen und kräuselt zwei Strähnen mit ihrem kleinen Kamm.

Verblüfft mustert Rohan die wilde Mähne auf seinem Kopf.

Mit wild pochendem Herzen, aber völlig ruhiger Stimme erklärt Nine: »Adam lebte draußen. Genau wie Ihr, weil Ihr jeden Tag auf die Jagd geht. Adam besaß keinen Kamm und schon gar kein Glätteisen …«

Der Chevalier unterbricht sie. »Wie ist es Euch gelungen, mein eigenes Haar mit dem der Perücke zu vermischen?«

Nines Augen glänzen. »Schlitze. Ich habe Schlitze in den Trägerstoff gemacht und Euer eigenes Haar so hindurchgezogen, dass man nicht mehr unterscheiden kann, was echt und was falsch ist. Ihr, Monseigneur, tragt die erste Perücke, die ausschließlich Euch kleiden kann …«

Rohan bückt sich, dreht sich und betastet sich. Die Erfindung begeistert ihn. Er macht Nine ein Zeichen zurückzutreten und sieht sie zum ersten Mal richtig an. »Wie ist Euer Name, kleines Fräulein?«

Nine hebt das Kinn. »Nine La Vienne, Monseigneur. Nine Louise Philippa La Vienne.«

Verblüfft dreht sich Rohan zu Binet um. »La Vienne? Der Bader? Der Bruder von Maître Quentin?«

»Ebender, Monseigneur.«

»La Vienne hat eine Tochter? Ich dachte, er sei nicht verheiratet.«

»Meine Mutter ist tot, Monseigneur. Sie starb bei meiner Geburt, und weil er nur sie liebte, hat er nicht wieder geheiratet. Bis zum Beginn meiner Lehrzeit hier wohnten wir zusammen.«

Rohan blickt Nine erneut an. Interessiert. »In der Rue Neuve-Montmartre? Ich kann mich nicht erinnern, Euch dort gesehen zu haben.«

»Wir sind uns schon mehrfach begegnet. Auch hier übrigens. Aber Ihr habt mich nie bemerkt.« Sie lächelt. »Ich hingegen habe genau hingesehen.«

»Wirklich?«

Nines Lächeln wird breiter. Sie mag klein von Statur sein, doch der hohe Herr bringt sie ebenso wenig in Verlegenheit wie ein Schornsteinfeger oder ein Matrose. »Wirklich. Ihr wart so nackt wie Adam, und ich fand Euch äußerst wohlgeformt.«

Rohan lacht auf. »Weißt du eigentlich, dass du mindestens genauso unverschämt wie handwerklich begabt bist?«

»Dann ist es also unverschämt, wenn man ehrlich ist?«

»Wie alt bist du?«

»Im Juni werde ich vierzehn, Monseigneur.«

»Und du hast dir diese Perücke ganz allein ausgedacht?«

»Nicht nur ausgedacht, sondern auch hergestellt. Eigens für Euch.«

»Warum für mich? Du hättest sie doch auch für den König machen können.«

»Der König kommt nicht hierher, und mein Onkel nimmt mich nicht mit, wenn er zum Hof geht.«

»Deine Erfindung gefällt mir. Adam wird sie in den Gärten von Versailles tragen, und wenn der König fragt, welche Fee ihn frisiert hat, werde ich deinen Namen nennen.«

Nine knickst dankbar.

»Natürlich werde ich dir die Perücke auch bezahlen. Maître Binet, Ihr gebt dieser jungen Dame drei Louis, die Ihr auf meine Rechnung setzt.«

Binet nickt unterwürfig. »Sehr wohl, Monseigneur.«

Nine richtet sich auf und beschließt, alles zu riskieren. »Ich bitte um Verzeihung, Monseigneur, aber es geht mir nicht um Geld.«

»Was wollt Ihr denn sonst, mein anspruchsvolles Fräulein?«

»Ich möchte in den Krieg ziehen. Im Frühling. Nach Holland.«

»In den Krieg! Wie kommst du denn auf diese Narretei?«

»Mein Onkel wird dem Tross folgen, um seinen Dienst beim

König weiterzuführen. Wenn Ihr ihm befehlt, mich mitzunehmen, kann er nicht ablehnen.«

»Lager und Schlachtfelder sind aber wirklich kein Spielplatz für junge Mädchen.«

»Ich habe dort Dinge zu erledigen.«

»Dinge? Hältst du dich für eine Art neuer Jeanne d'Arc?«

»Ich möchte Monseigneur bitten, nicht nach meinen Absichten zu fragen.«

»Jetzt höre sich einer diese Dreistigkeit an! Und wenn ich es verlangte?«

Nines Wangen brennen, doch ihr Blick bleibt fest. »Ihr hättet nichts dabei zu gewinnen, ich aber sehr viel zu verlieren.«

Rohan findet nichts dabei, wenn man ihm die Stirn bietet. Amüsiert betrachtet er seine kleine, tapfere Gegnerin. »Gut, dann verlange ich es also nicht.« Er streift einen Handschuh ab und reicht ihr seine große Hand. »Schlagt ein, Nine La Vienne. Ich nehme Eure Perücke mit Schlitzen mit. Und Ihr zieht in den Krieg. Aber auf Eure eigene Verantwortung.«

JA, MONSIEUR, BEI HOFE müsst Ihr eine Perücke tragen. Der König hat unter seinem beeindruckenden Haaraufbau nicht mehr viel eigenes Haar. Das Wenige, das ihm geblieben ist, lässt er rasieren, und niemand würde es wagen, ihm mit gesundem Eigenhaar gegenüberzutreten. Aber macht Euch nicht die Mühe, eine eigene Perücke zu kaufen – so etwas gibt es rings um das Schloss an jeder Ecke.

Um an der Messe teilzunehmen, die Seine Majestät besucht, entscheidet Euch am besten für eine Kurzhaarfrisur. Zum Ballspiel oder zur Jagd sollte das Haar eng anliegen, zu Bällen geht man mit halblanger Haarpracht. Fragt einfach, was sich in Eurem Alter geziemt, und wenn Ihr verunsichert seid, bittet Philippe, den Sohn von Monsieur, um Rat. Der Herzog von Chartres weiß, was richtig ist. In den Straßen von Paris, dem Park des Palais-Royal und in der Komödie dürft Ihr Euer Naturhaar zeigen. Kämmt Eure Locken nach hinten, bauscht sie ein wenig auf und pudert sie lieber mit Reis- als mit Maisstärke. Morgens nur leicht, abends ruhig ein wenig üppiger. Wascht Euch mindestens einmal im Monat den Kopf, achtet beim Kämmen darauf, alle Krusten zu entfernen, und benutzt die belebende Lotion, die ich Euch dagelassen habe. So kann ich Euch versprechen, dass Ihr in meinem Alter nicht kahl sein werdet.

Ob meine grauen Haare echt sind?

Nein, sie sind falsch. Aber gut nachgemacht, das müsst Ihr zugeben.

Dann bin ich also kahlköpfig?

Gott behüte, nein! Ganz und gar nicht.

Warum unter diesen Umständen das Haar verbergen? Ich lebe allein, ohne Dienerin, und abgesehen von den Leuten Eures Vaters und der Äbtissin von Almenêches treffe ich nur arme Schlucker – warum brauche ich hier auf dem Land eine Perücke?

Zu Beginn, als ich mich hier niederließ, ging es darum, den Comte de Cholay günstig zu stimmen. Der Mann kam vom Hof und war an mondäne Äskulap-Jünger gewöhnt. Ich wollte, dass er mich trotz meiner dubiosen Herkunft ernst nehmen und mich um seine Tagelöhner, die Nonnen der Abtei und die Schlossbediensteten kümmern lassen sollte. Und um Euch.

Aber später?

Später wurde mir klar, wie recht der König hatte, als er zu seinem Kammerdiener Bontemps sagte: »Die Perücke macht weder einen König noch einen Mann aus, aber sie dient dem Bild, das die Öffentlichkeit von ihm hat.« Das Bild, das ich, so frisiert, von mir verbreite, gefällt mir. Ich behalte also meine strenge Kopfbedeckung bei, die mir den doppelten Vorteil verschafft, mich einerseits so alt aussehen zu lassen, dass ich vor weiblichen Nachstellungen gefeit bin, und mir andererseits in den harten normannischen Wintern den Kopf wärmt.

Ob ich dort, wo ich ohne Euch hingehe, die tristen Strähnen beibehalten werde?

Oh nein! Ich lasse meine echten Haare wieder wachsen.

Welche Farbe sie haben? So blond wie die Eures Vaters? Rot wie die der Geflügelrupferin Mathilde? Braun wie die von Nine La Vienne? Schwarz wie die von Quentin Pichard? Oder goldbraun wie Eure?

Ich finde Euch recht neugierig. Je schneller Ihr zu mir kommt, Charles, desto eher wisst Ihr es.

Inzwischen muss ich Euch mitteilen, dass die süße Mathilde, die Euch, wie ich glaube, sehr gefällt, ein Kind erwartet. Und die feurige Jeanne Jolly ebenfalls.

Von Batiste?

Keine der Damen könnte es mit Sicherheit sagen. Um jeglichen Verdacht der Ehemänner auszuschalten, widmen sich beide von Zeit zu Zeit ihren ehelichen Pflichten, aber Hebammen behaupten gern, dass wahre Liebe eher Früchte trägt als von der Vernunft vorgeschriebene Vereinigungen. Und so sind beide der Meinung, das Kind des Brunnenbauers zu tragen. Seit den ersten Umarmungen in der Hütte und der ersten Nacht in der »Auberge du Cheval Couronné« sind mehrere Monate vergangen, aber die so unterschiedlich erlebten wie gleichermaßen brennenden Leidenschaften blieben. Batiste teilt seine Zeit so getreulich zwischen den beiden Frauen auf, dass keine der beiden die Existenz der anderen auch nur argwöhnt. Sein Herz aber bleibt ganz und gar unberührt. Beide Damen unterstützen seine Absichten auf ihre Weise, er bezahlt dafür pünktlich und in Naturalien – und dabei bleibt es für ihn.

Madeleine Le Jongleur hat festgestellt, dass ihr jüngerer Sohn angefangen hat, sich anders auszudrücken, anders zu essen und Gesicht und Hände regelmäßig zu waschen. Außerdem besitzt er jetzt ein paar Kurzstiefel wie Maître Jolly, einen roten Flanellgürtel und mehrere wunderbar warme Kappen, die er sich mit seinem Lehrlingsgehalt sicher nicht hätte leisten können. Aber sie stellt keine Fragen. Seit Batiste bei den Brunnen arbeitet, hat sie keinen Grund mehr, sich über ihn zu beklagen. Sie erwägt sogar, eine Kerze zu stiften, um sich beim lieben Gott dafür zu bedanken, dass er ihrem Nichtsnutz den Weg in die Ehrbarkeit gezeigt hat.

Jeanne Jollys Gatte ahnt, dass sein nächstes Kind nicht von ihm ist, und er glaubt auch, die Identität des Kuckucks zu kennen, der ihm dieses Geschenk ins Nest gelegt hat. Aber seine Schultern sind breit genug, um alles zu ertragen, was von seiner Frau kommt.

Die sanfte Mathilde hat dieses Glück nicht. Seit ihre Brustwarzen härter geworden sind und sie begriffen hat, dass sie schwanger ist, zittert und weint sie. Ohne Mann kann man kein Kind aufziehen, und ihr Benoît hat sich zu den Soldaten gemeldet.

Die meisten Arbeiter auf der Baustelle in Versailles scheren sich nicht um die Kriegsvorbereitungen. Sie denken nicht über die Aufgaben des Tages hinaus, die Baustelle bestimmt ihren Horizont, und die Spanischen Niederlande interessieren sie ebenso wenig wie Dalmatien oder China. Seit Winteranfang bemühen sich die Brunnenbauer, drei neue Sammelbecken abzudichten. Ihnen ist wichtiger, dass aus den Wasserspielen das Aushängeschild des Festes vor dem geplanten Feldzug wird, als herauszufinden, ob Seine Majestät mit seinem Einmarsch in die Niederlande recht oder unrecht hat oder nicht.

Die Gruppe um Jolly ist stolz auf eine in Europa einzigartige Technik, die von den Brüdern Francine entwickelt wurde und die den großen Bernini bei seinem Besuch des Schlosses begeisterte. Die Sammelbecken bestehen aus Steinmauern, die mit einer Schicht Ton verputzt sind. Früher kleidete man solche Becken zur Abdichtung mit verschweißten Bleiplatten aus, die sich dem Mauerwerk anpassten. Die Erfindung der Francines beruht darauf, zwischen den Steinmauern und den innen liegenden Bleiplatten zusätzlich eine Schicht gewachsten Tuchs anzubringen, das mit Kitt verklebt wird. Bei großen Reservoirs arbeitet man dazu mit einem verschiebbaren Gerüst. Um dessen Bedienung zu vereinfachen, schlägt Batiste vor, keine Bretter, sondern Pfahlrohr zu verwenden. Diese Pflanze, die man auch Spanisches Rohr nennt, kann bis zu drei Zentimeter im Durchmesser haben und fünf Meter lang werden. Sie ist gleichzeitig leicht und äußerst widerstandsfähig, wächst wie Unkraut, ist leicht zu transportieren und ohne aufwendige Trocknung oder Behandlung sofort nach dem Schlagen nutzbar. Begeistert ruft Jolly, dass er Batiste, hätte er eine Tochter zu verheiraten, sofort als Schwiegersohn akzeptieren würde. Batiste verbeißt sich ein Lächeln. Jeannes Gatte ist ein so netter Mann, dass Batiste froh ist, seine Frau geschwängert zu haben. Dieses Kind zumindest bekäme einen Vater, der sich um es kümmerte.

Die Ballnacht im Park von Versailles ist ein wahres Märchen für die geladenen Gäste, aber ein Albtraum für Jollys Männer. Während Prinzen, Prinzessinnen, Herzöge, Marquisen und Komtessen sich zum Klang der Geigen vergnügen, rennen die fünf Brunnenbauer-Lehrlinge wie gejagte Hasen umher. Der König hat Mademoiselle de La Vallière versprochen, eigens für sie die Springbrunnen in voller Pracht sprühen zu lassen. Das Gleiche hat er mit denselben Worten auch der Königin versprochen, die hinter ihm hertrottet und sich die Handgelenke massiert. Ebenfalls versprochen hat er es der großen, viel zu mageren, aber dennoch pikanten Brünetten, die Henrietta heißt und mit seinem Bruder verheiratet ist. Außerdem einer strahlenden Blondine, wohlgenährt wie ein Masthühnchen, die sich als Venus mehr ent- als verkleidet hat und ihm mit ihren Rührmichnichtan-Allüren heftig einheizt.

Der König weiß, dass die Sammelbecken nicht genügend Druck liefern, um alle Sprühdüsen gleichzeitig zu betätigen, hat aber Denis Jolly zu verstehen gegeben, dass er ein Wunder erwarte. Um Seine Majestät nicht zu enttäuschen, galoppieren Batiste und seine Kollegen von Becken zu Becken und schinden sich die Hände wund, um die Ventile genau dort zu öffnen, wo sich die fröhliche Truppe gerade aufhält. Sie liegen hinter Brunnenrändern, verstecken sich in Hütten, kauern am Eingang der unterirdischen Rohrsysteme, geben die von Jolly empfangenen Signale weiter und schalten die Wasserspiele ein, wenn der König und sein Gefolge sich nähern, und wieder aus, wenn sie außer Sichtweite sind. Glücklicherweise blickt sich niemand um. Abgesehen von einem Adam, dem sich in den Wäldchen eine Nymphe nach der anderen ergibt, denkt keiner der Höflinge an etwas anderes, als so eng wie möglich an Herkules' goldenen Sandalen zu kleben. Der Halbgott wölbt die ledergepanzerte Brust vor, die seine Muskeln betont, fühlt sich ganz offensichtlich wie ein richtiger Gott und genießt die begeisterten Hommagen seines Gefolges wie Ambrosia.

Die Anordnung der Beete, die Monsieur Le Nôtre eine Menge grauer Haare gekostet hat, gefällt ganz besonders. Die von der Taille bis zu den Augenbrauen silbern bemalten Fackelträger ebenfalls. Hauptsächlich natürlich den Damen, aber ganz besonders einem unechten, sehr dicken und stark geschminkten kleinen Mädchen, das sich jedes Mal, wenn es an einem der am Rand der Allee zur Statue erstarrten Diener vorüberkommt, nicht daran hindern kann, die strategisch einschlägigen Regionen zu streicheln und zu stimulieren.

Beim Feuerwerk entdeckt Batiste das kleine Mädchen mit rot verschmierten Wangen und schief sitzendem Häubchen, wie es auf den Knien hinter einem Busch liegt und es einem blonden Bacchus besorgt, der es derb an den Haaren zerrt. Er findet, dass das Laster bei den Großen dieser Welt früh beginnt und dass Pierre diese Kleine, wäre sie ihre Schwester, sicher ordentlich versohlen würde.

Pierre hat sehr genaue Vorstellungen von Gut und Böse und ist, was Moral angeht, weniger nachsichtig als der Abt des Karmelitenordens. Manchmal fragt sich Batiste, woher diese übermäßige Tugendhaftigkeit stammt. Der Junge ist geradlinig wie ein Schuss aus einer Armbrust; keine Versuchung hat ihn je von seinem Weg abgebracht. Mädchen? Er mag sie und tanzt gern mit ihnen, aber er bewahrt sein Herz und seinen Körper für die auf, die er einst heiraten wird. Wein? Er trinkt ausschließlich, um bei Kräften zu bleiben. Würfel, Karten und Wetten auf Hunde oder Hähne? Sein Geld ist viel zu hart verdient, um es beim Spiel zu verlieren. Tabak? Er mag weder den Geruch noch den Geschmack. Er lügt nicht, er betrügt nicht, er lästert nicht, er sträubt sich gegen keine Mühe und ist unfähig zu Feigheit oder Unredlichkeit. Kein einziges Laster? Nicht einmal ein ganz kleines?

Solange Batiste sich zurückerinnern kann, ist es ausschließlich der Zucker. Pierre ist kein Leckermaul, aber er ist versessen auf Zucker. Als er noch klein war, hat er Batiste bei einigen wenigen Gelegenheiten angestiftet, Zucker zu stehlen. Für das grausam kurze Vergnügen bestrafte er sich anschließend mit Rohrstockhieben auf Rücken und Schenkel. Auf seiner Haut blieben violette Striemen zurück. Immer wenn Batiste sie sieht, schämt er sich. Er bewundert seinen Bruder und liebt ihn mit wilder Zuneigung, aber er würde sich eher das Fell über die Ohren ziehen lassen, als es zuzugeben.

Die Rollen der beiden stehen seit frühester Kindheit fest: Pierre ist der gute Weizen, die schützende Eiche, Batiste hingegen das Weidelgras, die Quecke, die Distel – jemand, der weder Gott noch das Gesetz fürchtet und den Mädchen Vergnügen und seiner Mutter graue Haare bereitet. Selbst jetzt noch, obwohl er dank seines Einfallsreichtums und seines Eifers die Achtung von Maître Jolly erworben hat, sieht Madeleine Le Jongleur in ihm einen Spitzbuben, und Pierre behandelt ihn wie einen verrückten Hund. In ihren Augen ist er noch immer ein Aufschneider, dem man am besten den Hintern versohlt.

Als Batiste ihnen vorschlägt, dem königlichen Vergnügen versteckt in einer der Bauhütten hinter dem Theater beizuwohnen, in dem der König ein kleines Impromptu tanzen würde, lehnen seine Mutter und sein Bruder barsch ab, weil ihrer Ansicht nach Diebstahl mit den Augen ebenso verwerflich ist, wie mit den Händen zu stehlen. Madeleine bindet Blanche an einen Baum, damit sie nicht auf dumme Gedanken kommt. Die Kleine weint so herzzerreißend, dass Pierre Mitleid hat und ihr die ganze Nacht hindurch zwar keine Märchen erzählt – er kennt keine –, sondern die Geheimnisse von Strebepfeilern und Schlusssteinen verrät. Schließlich schläft er todmüde auf dem Gras ein und vergisst dabei, den Tuchbeutel in die Hütte zu räumen, in dem er sein Werkzeug aufbewahrt.

Als er erwacht, ist der Beutel verschwunden. Der Schlägel aus Buchsbaumholz, der kurze Hammer, der Meißel, die Steinsäge, drei Stichel, der Zirkel sowie der Winkel und die Kelle, die sein Erzeuger ihm überlassen hatte. Madeleine schreit wie am Spieß, ohrfeigt Blanche und kniet mitten auf der Lichtung nieder, um den heiligen Antonius zu bitten, ihrem Ältesten und damit der gesamten Familie zu helfen. Sie verspricht, so viele Messen lesen zu lassen, wie noch Tage vom Jahr übrig sind, im folgenden Jahr ebenso und auch noch in dem danach, wenn das Werkzeug vollständig und in gutem Zustand wiedergefunden würde. Pierre wird bleich wie der Tod bei der Oberintendanz der königlichen Bauten vorstellig und zeigt den Diebstahl an. Seine Anzeige wird zwar aufgenommen und notiert, aber man macht ihm wenig Hoffnung. Weil sein Werkzeug nicht markiert war, habe es der Dieb vermutlich längst weiterverkauft, und man könne davon ausgehen, dass damit schon morgen auf einer anderen Baustelle Stein bearbeitet würde. Pierre habe nicht die Mittel, neues Werkzeug zu kaufen, und ohne eine solche Ausstattung würde ihn sein Meister nie zum Lehrling befördern? Nun, so sei nun einmal der Lauf der Welt. Wenn man das Glück habe, mehr zu besitzen als das Hemd auf dem Leib und ein Paar Schuhe, dann müsse man eben über sein Hab und Gut wachen. Pierre hat das Gefühl, dass man ihm den Boden unter den Füßen wegzieht. Seit er denken kann, besteht sein Leben aus Arbeit, Treue zu seinen Arbeitgebern und Unterstützung der Familie. Er hat niemandem etwas getan, sondern ist einfach nur eingeschlafen. Warum wird er so hart bestraft? Wo bleibt die Gerechtigkeit des Königs? Und wo die Gerechtigkeit Gottes?

Während der Mittagspause trifft er sich mit Batiste.

»Maître Pichard wird mich wieder zu den Gipsern stecken. Aber das ist nicht gerecht!«, beklagt er sich bitterlich.

Batiste verzieht das Gesicht. »Gott und der König sind sich gar nicht so unähnlich, lieber Bruder. Sie können alles, tun aber nur das, was ihnen gefällt. Dein Jammern ist schiere Zeitvergeudung. Nimm deine Gerechtigkeit selbst in die Hand.«

»Selbst wenn ich mein Werkzeug wiederfände, könnte ich nicht beweisen, dass es mir gehört.«

»Ganz richtig. Und weil ein Hammer dem anderen gleicht …«

Pierre blickt seinen Bruder verzweifelt an. »Siehst du? Ich habe nicht die geringste Chance.«

Gerührt von seiner Naivität versetzt Batiste ihm einen Rippenstoß. »Ich rede mal mit Jolly. Wir bekommen schon irgendwie Werkzeug für dich.«

»Selbst wenn er dir zwei Jahresgehälter vorschießt – was er bestimmt nicht tun wird –, reicht es nicht.«

Batiste lächelt sein schönes, samtweiches Lächeln. »Wirst du jemals Vertrauen zu mir haben?«

Am folgenden Sonntag entdeckt Pierre beim Erwachen neben seinem Kopf eine Kiste mit allem Werkzeug, von dem ein Maurerlehrling nur träumen kann. Entgeistert rennt er zur Unterkunft der Brunnenbauer und fragt nach Batiste. Er findet seinen Bruder auf dem Speicher damit beschäftigt, Jesus zu entflohen.

Noch ganz außer Atem zeigt er ihm die Kiste. »Warst du das?«

Batistes Augen funkeln. »Gott ist vielleicht kurzsichtig, aber du verdienst, dass man dir zu Hilfe kommt.«

Pierre ist außer sich vor Freude. »Ich werde mich Maître Jolly zu Füßen werfen. Wie großzügig von ihm, dass er dir so viel Geld geliehen hat …«

»Lass das mit dem Kniefall. Du schuldest dem dicken Trottel nichts.«

»Wem dann?«

Batiste streichelt sein Frettchen und wirft seinem Bruder einen schalkhaften Blick zu. »Dreimal darfst du raten.«

Pierre schießt das Blut in die Wangen. »Du hast doch nicht etwa …«

»Wie oft hast du mir eingebläut, dass man sich im Leben ein Ziel setzen und sich unbeirrt dafür einsetzen muss?«

Pierre richtet sich auf. Sein Gesicht unter dem roten Schopf ist dunkel vor Wut. »Du gibst dieses Werkzeug zurück. Jetzt sofort.«

Batiste blickt ihn ruhig an. »Wovon redest du?«

»Gleich jetzt. Wenn es heute Abend nicht erledigt ist, verpfeife ich dich.« Pierre nimmt die Kiste und kippt das Werkzeug auf den Boden.

»Du? Du willst mich verpfeifen?« Langsam steht Batiste auf.

Pierre rempelt seinen Bruder so brutal an, dass Batiste gegen den Rahmen der Dachluke prallt. »Und ich drehe dir den Hals um.«

Er versetzt der Kiste einen heftigen Tritt und geht hinaus, ohne sich noch einmal umzudrehen. Benommen wischt Batiste das Blut ab, das ihm ins rechte Auge läuft. Jesus klettert wie eine Spinne an seinem Bein hinauf, setzt sich auf seine Schulter und leckt eifrig die Platzwunde, die seine Augenbraue spaltet.

»Sachte, kleiner Draufgänger, das ist nichts für dich«, sagt Batiste und schiebt das Schnäuzchen beiseite.

Folgsam rollt sich das Frettchen in der Tasche zusammen, die sein Herr eigens für das Tier innen in sein Hemd genäht hat. Batiste knotet sein Taschentuch um die Stirn und räumt das verstreute Werkzeug wieder in die Kiste. Er ist wütend. Ob sein Bruder überhaupt ahnt, was er auf sich genommen hat, um ihn aus dem Schlamassel zu ziehen? Nie scheint das, was er für die Familie tut, gut genug zu sein. Pierre ist ein Trottel. Pech für ihn.

Am Abend geht Batiste nicht zu Jeanne Jolly ins »Cheval Couronné«, sondern lässt sich von einem Holztransport zur Porte Saint-Denis mitnehmen. Die Leute aus der Provinz glauben, dass es nur einen einzigen Unterschlupf von Gaunern und Bettlern im Quartier Réaumur gäbe. Wenn sie schaudernd davon sprechen, dann denken sie nur an den größten dieser Höfe der Wunder, den man auch Fief d'Alby nennt. Aber sowohl Ganoven als auch Wachleute wissen, dass das Laster in Paris ein gutes Dutzend Schlupfwinkel hat, wo weder Gottes noch des Königs Gesetze gelten: den Cour Gentien, Rue de la Coquille. Den Cour de la Jussienne in der Rue de la Jussienne 23 zum Beispiel. Und den Hof am Marché Saint-Honoré. Den Cour Brisset in der Rue de la Mortellerie. La Petit Cour in der Rue du Bac 63, den Blindenhof in der Rue de Rueilly und die

Passage des Miracles in der Rue des Tournelles 26 im Quartier du Marais.

Batistes Pate regiert über zwei Höfe: den Cour Sainte-Catherine und den Cour Roi François, die sich beide in der Rue Saint-Denis befinden – einer in Nummer 313, der andere in Nummer 328. Ebenso wie der Herrscher des Fief d'Alby, den man den »Grand Coesre« oder Talerkönig nennt, hat er keinen Namen. Und er ist alterslos. Groß, aufrecht, sehnig, einäugig und mit mehr Falten, als der Ozean Wellen hat, kampiert er in einem aus dem letzten Feldzug Louis XIII. übrig gebliebenen Zelt. Seine Lampen betreibt er mit Walöl, das er gegen Menschenblut eintauscht, er isst nur rohe Lebensmittel und trägt ein Büßerhemd, um seine vergangenen und zukünftigen Sünden zu sühnen. Er hat fünf Frauen, die er alle gut christlich geheiratet hat, und hält sich Edelleute als Sklaven, die wegen Mord, Betrug oder Treubruch zu den Galeeren verteilt wurden, die er aber auf dem Weg zum Hafen für fünfzig Livres pro Kopf den Begleitsoldaten abgekauft hat. Es gefällt ihm, sich von einem gestürzten Chevalier oder Grafen die Füße waschen oder sich auf seinem Kammerstuhl den Hintern abwischen zu lassen. Er nennt sie unterschiedslos Louis oder Philippe, und wenn einer stirbt, wirft er die Leiche seinem Schwein zum Fraß vor, das er später anstatt eines Osterlamms verspeist. Er erkennt einzig die Zeit als seinen Meister an, weil auch der geschickteste Dieb nichts davon stibitzen kann. Über die Polizei, die Kirche und Monsieur Colbert kann er nur lachen.

Mit einer Autorität, die einer gediegenen Kenntnis aller menschlichen Laster entspringt, hat er die Hälfte aller Gauner, Strauchdiebe, Taschendiebe, Prostituierten und kleinen und größeren Betrüger der Hauptstadt zunächst verprügelt, dann aufgepäppelt und nach seinen Vorstellungen zurechtgebogen. Batiste hat ihm eine Vergewaltigung im Alter von elf Jahren zu verdanken. Der Täter war ein Tuchhändler, der kleine Jungen mit langen Wimpern liebte. Der Pate stand Schmiere und kassierte das Geld. Beim nächsten Mal forderte der Tuchhändler Batiste für eine ganze Nacht. Der Pate stimmte unter der Bedingung zu, dass der Junge in den Laden des Mannes im Quartier Saint-Antoine kommen dürfe, dass ein ordentliches Feuer im Ofen lodern würde und dass der Junge vor dem Akt etwas Anständiges zu essen bekäme. Batiste verschlang Knoblauchsuppe, gefüllte Tauben, Wildschweinkopf, Lachssülze und Trockenfrüchte. Dann zog er sich im warmen Licht der Glut aus und ließ sich von allen Seiten bewundern. Anschließend schenkte er seinem Freier ein engelgleiches Lächeln, senkte die dichten Mädchenwimpern über seine Stahlaugen und bot dem Mann sein Hinterteil dar. In der auf den Kaminsturz gestützten Hand aber hielt er eine messerscharfe Spiegelscherbe. Geifernd vor Gier fasste der Händler ihn um die Hüften und drang in ihn ein, als spieße er ein Barthähnchen auf. Batiste schrie vor Wut und Schmerz. Ohne sich umzudrehen, schlitzte er dem Mann mit einer einzigen Bewegung den Bauch auf. Der Tuchhändler brach zusammen. Batiste ließ ihn auf dem wertvollen Teppich ausbluten, ging zur Tür und öffnete sie seinem wartenden Paten, der sofort den gesamten Laden leer räumte. Batiste verzichtete auf seinen Anteil an der Beute gegen das Versprechen, nie mehr verkauft zu werden. Außerdem wollte er, sobald er die Ausbildung abgeschlossen hatte, die der Pate nur seinen begabtesten Untertanen angedeihen ließ, auf eigene Rechnung arbeiten.

Der Einäugige hielt Wort. Als Batiste ebenso geschickt wie tüchtig zu stehlen gelernt hatte, als er zu seinem Schutz so zu lügen verstand, dass man ihm aufs Wort glaubte, gab er sein Patenkind frei und wünschte ihm das Beste, das aus dem Bösen entstehen kann.

Batiste verabscheut den Paten, respektiert ihn aber. Bei ihm hat er den mönchleinfressenden Bischof kennengelernt. Von ihm weiß er, dass sein leiblicher Vater François Augustin Philippeaux heißt und Pfarrer an der reichen Abbeye Saint-Marcel ist, wo man ihn für seine gewandte Eloquenz schätzt. Hingegen hat er nie erfahren, auf welche Weise die Verbindung zwischen Madeleine Le Jongleur und dem Oberhaupt des Ganovenquartiers von Saint-Denis zustande gekommen ist. Er erinnert sich nur noch, dass sie ihn nach einem langen Gebet ins Herz von Paris brachte und durch ein stinkendes Labyrinth führte, wo Hunde hinter Ratten herjagten, die fast ebenso groß waren wie sie selbst. Am Fuß eines holprigen Hügels sah er ein halb in den Boden vergrabenes, vor sich hin faulendes, baufälliges Lehmhaus, das keinen einzigen rechten Winkel besaß und in dem sich etwa fünfzig Familien mit unglaublich vielen Kindern drängten. Daneben stand ein Zelt, vor dem Madeleine ihn zurückließ, nachdem sie ihm empfohlen hatte, ein »Gegrüßet seist du, Maria« zu beten, falls er Angst bekäme, und alles zu tun, was der Pate ihm befahl.

Batiste hat seiner Mutter nie von den Peitschenhieben auf den Kopf erzählt, immer an Stellen, wo das Haar die Wunden verbirgt. Auch nicht von den Verbrennungen unter den Fußsohlen. Und schon gar nicht von dem Tuchhändler. Eines Tages, das hat er sich geschworen, würde er dem Einäugigen jeden erlittenen Schmerz mit Schmerz und jedes Entsetzen mit Entsetzen heimzahlen. Erst an diesem Tag wäre er wirklich frei.

Jetzt aber trifft er den Paten vor seinem Zelt sitzend an. Mit einem Stock stochert er in einer Schüssel herum, die der dicke Roger d'Angenès und der spindeldürre Philippe de Merlerault ihm hinhalten.

Batiste reckt den Hals. »Kocht Ihr Suppe?«

»Ich necke die Unsterblichkeit.«

Batiste beugt sich über das Becken. Im grauen Wasser windet sich ein großer gelber Fisch.

Der Pate blickt auf. »Er kommt aus Japan.«

»Ist das ein Karpfen?«

»Ein Zierkarpfen. Ein Königskarpfen. Er ist noch recht jung, aber er kann tausend Jahre alt und größer als der größte Hecht in unseren Flüssen werden. Der japanische Kaiser besitzt hundert davon. Er hält sie in seinem Palast, sie erkennen seine Stimme und lassen sich streicheln wie zahme Otter.«

»Wo habt Ihr ihn her?«

»Ein aus dem Morgenland zurückgekehrter Matrose hat ihn mir als Bezahlung für eine Schuld überlassen.«

Batiste schiebt die Kiste mit dem Werkzeug vor die Füße seines Paten. »Ich kaufe ihn Euch ab.«

»Mit den Hämmern, die du für deinen Bruder gestohlen hast?«

»Mit dem Werkzeug, das Ihr mir geliefert habt. Pierre will es nicht. Er hat mir befohlen, es an seinen Besitzer zurückzugeben.«

»Weiß er denn noch immer nicht, dass Redlichkeit ihren Mann nicht ernährt?«

»Hunger stört ihn weniger als eine Sünde.«

Der Einäugige berührt die Schwanzflosse des Fisches. »Ein Königskarpfen ist unbezahlbar, Kleiner.«

»Ich bin nicht mehr klein.«

»Du wirst immer klein bleiben. Du bist begabt, aber zu heißblütig. Der Brand in Saint-Marcel war absolut unnötig. Du hättest deinen Vater bestehlen können, ohne seine Kirche niederzubrennen.«

»Wer sagt denn, dass ich es war?«

»Ich kenne dich, als wärst du mein Werk. Was genau genommen ja auch zutrifft.«

»Es hat mir eben Spaß gemacht.«

»Das meine ich. Du lässt dich von deinen Instinkten leiten.«

»Das glaubt Ihr …«

»Wozu willst du meinen Karpfen haben?«

»Ich will ihn verschenken.«

»Einer Frau? Dieser reichen Frau, die dich dazu bringt, dich zu waschen und saubere Wäsche zu tragen?«

»Einem Mann.«

»Der auch reich ist?«

»Sehr reich. Viel reicher.«

»Erwartest du, dass dein Geschenk sich auszahlt?«

Batiste zieht einen Mundwinkel hoch. »Keine Sorge, Pate, eines Tages wird es sich auch für Euch auszahlen.«

»Hundertfach? Du kennst mich – weniger interessiert mich nicht.«

Der Blick des jungen Mannes ähnelt einer Klinge aus Toledo. »Oh … ich denke an viel, viel mehr.«

Kurz vor Morgengrauen kehrt Batiste nach Versailles zurück. Er lässt seinen Zierkarpfen in der Obhut von Jesus zurück und lauft hastig zu seiner Arbeitsstelle, um nicht gerügt zu werden.

Unter der Erde vergeht die Zeit, ohne dass man sich dessen bewusst wird. Als der Durst den Brunnenbauer aus dem Schacht treibt, wird es bereits dunkel.

Pierre erwartet ihn vor dem Eingang zu den unterirdischen Gängen. »Sie haben den tauben Thomas verhaftet.«

»Den kleinen Untersetzten, der nicht ganz richtig im Kopf ist?«, fragt Batiste, richtet sich auf und streckt sich. Er ist von Kopf bis Fuß voll Schlamm und Sand.

Pierre packt seinen Bruder am Kragen und schüttelt ihn wie ein Kaninchen. »Sie hängen ihm deinen Diebstahl an.«

Batiste versucht, sich zu befreien, aber sein Bruder ist doppelt so stämmig wie er.

»Du hast das Werkzeug nicht zurückgegeben, oder?«

»Doch!«

Pierre lässt ihn los. »Du lügst.«

Batiste massiert seinen schmerzenden Nacken. »Ich werde mich nie mehr in deine Angelegenheiten einmischen. Aber misch du dich auch nicht in meine ein.«

»Thomas hat im Gasthaus eine ziemliche Summe ausgegeben. Ein Aufseher hat ihn gefragt, woher er das Geld hat. Thomas gab keine Antwort. Klar, schließlich hört er nichts. Der Aufseher hat ihn ins Amt zu Monsieur Declezeaux geschleppt, der sich um die Klagen kümmert. Ich weiß nichts über die Einzelheiten, aber Thomas hat ein Schuldbekenntnis unterschrieben.«

»Das ist sein Problem.«

»Batiste, man wird ihn auf die Galeeren schicken. Du kannst ihm nur helfen, indem du das gestohlene Werkzeug zurückbringst.«

»Ich habe es nicht mehr.«

»Hast du es verkauft?«

»Eingetauscht.«

Pierre geht ihm an die Kehle.

»Gegen ein Geschenk. Für den König«, stößt Batiste halb erstickt hervor.

Pierre versetzt ihm einen Faustschlag in den Magen, dass es ihn krümmt. »Schweinehund!«

Mit schmerzverzerrter Miene richtet Batiste sich auf. Pierres Gesicht ist dunkelrot. In seinen vorquellenden Augen zeigt sich nicht eine Spur brüderlichen Mitleids. Ein zweiter Faustschlag trifft Batiste hinter dem Ohr und schickt ihn zu Boden. Er rollt über die mit Kies bestreute Allee. Zehn Jahr unter der Knute des Paten haben ihn gelehrt, Schläge einzustecken und zurückzugeben, und was der Cour des Miracles ihm nicht eingebläut hat, brachte ihm das wilde Wesen von Jesus bei. Er greift nach dem Fuß, mit dem sein Bruder ihn in die Seite treten will, und dreht ihn, bis das Kniegelenk kracht.

Pierre stürzt mit seinem ganzen Gewicht auf ihn und schreit: »Ich mach dich zu Kleinholz, Widerling.«

Pierre wiegt zweihundert Pfund. Mit einem Handkantenschlag kann er ein Kalb bewusstlos schlagen, aber Batiste hat den Vorteil, schnell und wenig zu sein. Seit seiner Kindheit prügelt er sich wie eine Wildkatze oder ein Pantherweibchen – ohne unnötige Mühe und ohne zu viel Muskeleinsatz. Stumm. Und tödlich. Er umfasst den Hals seines älteren Bruders und drückt seinen Daumen auf die Luftröhre.

»Hör auf damit, Pierre. Das brauchen wir nicht. Schade um den Tauben, aber was zählt, sind wir.«

Pierre stößt ihn zurück und rammt ihm seinen Ellbogen ins Gesicht. Batistes Oberlippe platzt auf.

»Es gibt kein Wir mehr. Ich will keinen Bruder wie dich. Du bist ekelhaft. Ich schäme mich für dich.«

Batiste rollt zur Seite. Über sein Kinn läuft Blut. Pierre stößt ihm mit voller Wucht sein Knie in die Nieren.

»Ich wollte dir doch nur helfen …«, stöhnt Batiste.

Pierre lässt seine verschränkten Fäuste auf Batistes Schädel niederkrachen. »Du sollst krepieren …«

Der Himmel scheint einzustürzen. Stumme Funken sprühen durch weiße Watte. Als Batiste wieder zu sich kommt, ist sein Bruder aufgestanden und tritt auf ihn ein, als wolle er einem räudigen Hund den Rest geben. Batiste berechnet seinen Schwung nicht. Er kauert sich zusammen, öffnet die Augen weit und schnellt mit einem Satz hoch.

Dann weiß er nichts mehr.

Pierre hat nicht geschrien.

Er ist nur gestürzt.

Auf den Grund des Zugangs zum Schacht.

Es sind kaum drei Meter, aber Pierres Fuß hat sich in einem der Eisen verfangen, die als Leitersprossen dienen. Vielleicht hat er sich auch an einem vorspringenden Felsstück gestoßen. Oder Batiste hat ihm bei seinem Sprung etwas ausgerenkt …

Pierre liegt im feuchten Sand. Seine Finger sind verdreht, und seine Beine bilden einen seltsamen Winkel zu den Schenkeln. Er schluchzt wie ein ganz kleiner Junge.

Wie Batiste es geschafft hat, ihn heraufzuholen und auf seinem Rücken bis zur Krankenstation der Baustelle zu tragen, weiß er nicht mehr.

Madeleine und Blanche sind noch da und machen die Kranken für die Nacht zurecht. Als Madeleine ihre beiden blutverschmierten Söhne sieht, fällt sie auf die Knie, und ihr Gesicht wird so grau wie ihre Haube. Stumm räumt Blanche den Tisch frei, auf dem man von Steinen zermalmte oder von Rädern zertrümmerte Gliedmaßen amputiert. Als Batiste seinen Bruder hinlegt, brüllt Pierre wie am Spieß und verliert das Bewusstsein, noch ehe die diensthabende Nonne ihm die Gamaschen abgenommen hat.

Pierres Kniescheiben sind ausgerenkt. Ein Knochensplitter hat die Haut oberhalb des rechten Knöchels durchdrungen, ein weiterer die unter dem linken Knie. Der linke Knöchel fühlt sich beim Betasten weich wie Brei an. Batiste hält den Kopf des Verletzten, Blanche und Madeleine stützen seine beiden Füße. Die Nonne zieht, drückt und klopft erst mit der geballten Faust und schließlich mit einem kleinen Hammer. Der Schmerz ruft Pierre ins Bewusstsein zurück. Er wimmert ein »Vater unser«, als ob es mit der Welt zu Ende ginge. Seine Gelenke sind so angeschwollen, dass man nicht erkennen kann, ob die Nonne

Erfolg hatte, aber immerhin scheinen die Beine wieder eine Linie mit den Oberschenkeln zu bilden.

Vor den Schienbeinen zögert die Ordensschwester. Sie ist es gewöhnt, einfache Brüche zu richten, weiß aber nicht, wie man Knochensplitter überzeugen soll, an ihren angestammten Platz zurückzukehren. In ihrem Zweifel übergießt sie die Wunden mit Weingeist und legt Pierre Schienen an, die sie von oben bis unten bandagiert. Pierre verdreht die Augen und atmet rau. Die Nonne bandagiert auch den weichen Knöchel. Gott weiß besser als sie, was sich dort unter der Haut abspielt, und wird in seinem Erbarmen sicher das Richtige tun. Einen nach den anderen renkt sie die Finger wieder ein und bindet Pierres Arme auf seinen Bauch. Madeleine schneidet ihrem Sohn die schmutzige Hose vom Leib und wäscht ihn wie den Säugling, der er einst war. Sie legt ihr Herz und ihre Gedanken in ihre Hände. Sie will weder denken noch fühlen, weder verstehen noch planen. Sie kümmert sich um ihren Jungen. Er ist nicht tot. Er wird nicht sterben. Sie bittet Blanche, etwas Beruhigendes zu singen. Blanche singt von der kristallklaren Unendlichkeit des Himmels. Pierre öffnet blutunterlaufene Augen und lächelt ihr zu. Es sieht aus wie die grässliche Fratze eines Verdammten. Die Kleine bricht in Tränen aus und geht hinaus, um sich zu übergeben.

Und Batiste?

Batiste ist geflohen.

Der Krieg seiner Majestät erinnert an eine von Monsieur Lullys Opern. Viel Musik, in äußerst kleidsame Rüstungen gezwängte Helden, allenthalben Federn und Bänder, funkelnde Waffen, auf denen die Blutflecken aussehen wie die Schönheitspflästerchen auf den Dekolletés der Damen, besagter Damen natürlich, zahlreich, hinreißend und weit ausgeschnitten, Pulverdunst in den Augen und Festungen, die höfisch wie Kartenhäuser fallen.

Nine La Vienne kann es kaum fassen. Sie erhoffte und befürchtete ein grässliches Blutbad und weite, mit aufgeschlitzten Männern übersäte Felder, aber was sie erlebt, ist der Zug einer Komödiantentruppe, die dafür bezahlt wird, vor den Flamen den Mut und die Pracht des französischen Herrschers zu inszenieren.

Die Vorhut bilden Pioniere, deren Aufgabe es ist, die Brücken zu sichern. Hinter ihnen marschieren ordensgeschmückte Regimenter zum Klang von Geigen. Nie zuvor gab es eine so glänzende, begeisterte und disziplinierte Armee. Den Soldaten folgt der gesamte Hofstaat in einer endlosen Reihe schwankender, staubiger Kutschen. Zwar leiden die Herrschaften unter den teilweise heftigen Stößen der unebenen Wege, aber jeder will beim Triumph des Herkules dabei sein. Nach den Kutschen kommt eine ungeheure Menge hoch beladener Karren mit Zelten, Möbeln, Teppichen, Bett- und Leibwäsche, Koch- und Essgeschirr, Mundvorräten, Kerzen, Holz und Viehfutter.

Die Dienerschaft ist zahlreicher als Schmeißfliegen auf verdorbenem Fleisch und geht zu Fuß wie die rangniederen Soldaten, die Schieber, alle Arten von Profitjägern und die leichten Mädchen. Die Nächte verbringt man irgendwo im Grünen. Der König ist so ungeduldig, endlich zum Zug zu kommen, dass er dem Tross keine Zeit lässt, ein Lager aufzuschlagen. Die Königin schläft auf einem Feldbett, ihre Hofdamen auf Stroh und die jungen Herren unter freiem Himmel. Man trinkt sauren Wein, warmes Bier, unterhält sich mit Landstreichern, die man an der Straße aufliest, fängt Flöhe, bemitleidet die Alten und Kranken, die sich überhaupt nicht amüsieren, man preist das Glück, im Dienst seines Herrn zu sterben, man tauscht Küsse und mehr und beglückwünscht sich zu dem gelungenen Abenteuer. Wie schön so ein Krieg doch ist! Und wie galant!

Die Städte Binche, Charleroi, Arth, Bergues, Furnes und Armentières ergeben sich fast ohne Widerstand, und obwohl Maréchal de Turenne die mangelnde Übung der Grenadiere beklagt, findet der König den Feldzug ganz nach seinem Geschmack. Es ist ein Paradekrieg mit Belagerungen, die nach allen Regeln der Kunst ablaufen – ungestüm genug, um sich in Szene zu setzen, aber ausreichend kurz, um die Zuschauer nicht zu langweilen. Genau das hatte Louis erwartet.

Der Maler van der Meulen, ein Spezialist für Kriegsdarstellungen, hat den Auftrag erhalten, die einzelnen Schlachten festzuhalten. Sie sollen auf den Wänden von Versailles dem staunenden Publikum die ruhmreiche Geschichte der Regierungszeit von Louis XIV. vermitteln. Der Künstler lässt sich im Schatten eines von einem Pagen gehaltenen Sonnenschirms auf einem Klappsitz nieder und entwirft mit Kohle, akzentuiert mit Aquarellfarben, die männliche Gestalt des Königs auf seinem spanischen Ross, die Umgebung der belagerten Städte, die Zelte des königlichen Lagers, die Bewegung der Truppen in der Landschaft und die dramatische Überquerung von Flüssen, die sein Pinsel in reißende Ströme verwandelt.

Männlichkeit ist dem König ungeheuer wichtig. Der königliche Wahlspruch »Nec pluribus impar« bedeutet wörtlich: »Auch nicht mehreren unterlegen«, doch der König will damit ausdrücken: »Ich genüge mehreren Welten.«

Er ist der oberste Kriegsherr, der seine Musketiere bei der Belagerung von Tournai so tapfer anführt, dass er sich, als eine Kugel ihm den Absatz seines Schuhs wegreißt, keineswegs beeindruckt zeigt und noch nicht einmal den Kopf wendet. In Douai sausen zwei Kugeln unmittelbar an ihm vorbei, was ihn jedoch nicht daran hindert, auf die Brüstung zu steigen, die sich in Reichweite der feindlichen Musketen befindet. In Lille wird ein Page des königlichen Marstalls direkt neben ihm von einer Salve in den Kopf getroffen. Ein Soldat zerrt den König am Ärmel und brüllt: »Macht, dass Ihr wegkommt! Euer Platz ist nicht hier!« Aber schon am gleichen Nachmittag läuft Louis schon wieder ohne Deckung hin und her, inspiziert die Vorwerke, macht den Männern Mut und genießt ihren Applaus in vollen Zügen. Monsieur de Turenne schwört ihm, seinen Abschied von der Armee zu nehmen, wenn er weiter mit weißen Hutfedern und auf einem großen weißen Pferd durch die Schützengräben reitet, als lege er es darauf an, bemerkt zu werden. Der Marschall versteht offenbar nicht, dass die Rolle eines erobernden Königs genau darin besteht, bemerkt zu werden. Und zwar von den Soldaten, die in ihm einen neuen Henri IV. sehen und ihn vergöttern sollen, wie die Heiden der Antike den Kriegsgott Mars vergötterten. Bewundert werden will Louis auch von den Prinzen und Adeligen, die seine Truppen anführen und die aufgrund ihres Rangs oder ihrer hohen Geburt mit ihm rivalisieren könnten. Begehrt werden will er von den Damen aller Bevölkerungsschichten, mit oder ohne Titel, deren Aufgabe es ist, sich jederzeit zur Erholung des gekrönten Kriegers bereitzuhalten.

Als der König Ende April 1667 zum Feldzug aufgebrochen war, hatte er Königin Maria Theresia, seine Schwägerin Elisabeth Charlotte und alle ihre Hofdamen mitgenommen. Louise de La Vallière ließ er mit der Begründung zurück, dass sie im vierten Monat schwanger und von zu schwacher Konstitution sei, um dem Tross ohne Risiko für ihr Kind folgen zu können. Unmittelbar vor seiner Abreise hatte er sie zur Herzogin von Vaujours ernannt und die fast vierjährige gemeinsame Tochter Marie-Anne legitimiert. Die Nachricht sorgte für Wirbel bei Hofe und in der Stadt.

Auch Nine La Vienne hat davon erfahren und herausgefunden, dass damit eine fast sechs Jahre andauernde Zuneigung großzügig honoriert wurde. Sie sitzt auf dem Dach des Wagens, in dem ihr Onkel die Koffer mit seiner Perückenmacher-Ausstattung befördert, und studiert die Gestalt dieses großherzigen Fürsten.

Als die Armee La Fère-en-Tradenois belagert, lässt die Marquise de Montespan Jean Quentin ein Billet zukommen, mit dem sie ihn um Mitternacht in das Zelt des Chevalier de Rohan beordert. Nine hält sich hinter ihrem Onkel und begnügt sich damit, ihm die Bürsten zu reichen, doch sie beobachtet das Spiegelbild der Marquise. Diese Frau ist unvergleichlich. Weder im Badehaus noch bei Binet hat sie je so etwas gesehen. Mit ihren betörenden Augen, ihrer Odaliskenfigur, der stolzen Kopfhaltung ist sie nicht nur schön, sondern geradezu königlich. Alexandre Bontemps wartet geduldig am Zelteingang. Sobald Madame de Montespan frisiert ist, legt er einen langen Schleier über ihren Kopf und führt sie wortlos weg. Am nächsten Morgen kursiert das Gerücht, dass die La Vallière zwar jetzt Herzogin sein mag, aber nicht mehr die Mätresse ist. Königin Maria Theresia versteht gar nichts. Als ihr die Botschaft überbracht wird, dass die Kutsche von Louise de La Vallière, der frisch ernannten Herzogin von Vaujours, trotz des Verbots des Königs auf dem Weg ins Lager ist, wird sie sehr wütend und flüchtet sich in die Arme ihrer lieben Hofdame, Marquise de Montespan.

Außer sich vor Angst, der König könne sie verstoßen, ist Louise de La Vallière vier Tage lang gefahren, um ihn an seine Schwüre zu erinnern. Weniger als eine Meile vom Lager entfernt wird ihre Kutsche von zwei Gardisten angehalten, die sie auffordern, sofort umzukehren. Ja, der König sei anwesend. Ja, es gehe ihm ausgezeichnet, aber er wünsche nicht, sie zu sehen. Eine Erklärung? Nein, keine Erklärung. Seine Majestät lässt sie mit einem Krug kühlen Weins grüßen, versichert sie seiner Zuneigung und bittet sie darum, umzukehren, ohne daraus einen Skandal zu machen.

Bis zur Abenddämmerung bleibt die Kutsche auf der Kuppe des Hügels stehen. In den Zelten kursieren die wildesten Gerüchte. Königin Maria Theresia ist entzückt über die Demütigung ihrer Rivalin und küsst ihrem Gatten überschwänglich die Hände. Als der Mond schließlich hoch am Himmel steht, kehrt Louise de La Vallière um, ohne den Fuß auf flämischen Boden gesetzt zu haben. Und ohne dass der König sich nach ihrer Gesundheit erkundigt hätte.

Nine beobachtet ihn weiter und denkt, dass er doch nicht so großherzig ist, wie sie vermutet hatte. Was hätte es ihn gekostet, eine Frau zu empfangen, die ihn genügend liebt, um sich ohne Rücksicht auf ihre Schwangerschaft auf den beschwerlichen Weg zu machen? Und falls der König sie wirklich der Königin nicht zumuten wollte – was er allerdings in Saint-Germain und in Versailles ständig tut –, hätte er nicht wenigstens hinüberreiten und sie begrüßen können? Gerne hätte sie den Chevalier de Rohan gefragt, ob die Großen dieser Welt tatsächlich so beschaffen sind, dass sie nur im Plural lieben können.

Seit sich der Hof auf dem Feldzug befindet, besucht der schöne Herr Nine fast jeden Tag und behandelt sie sehr freundschaftlich. Natürlich ist es keine echte Freundschaft. Seine neueste Stute ist ihm wichtiger als sie, aber sie regt ihn zu einer Art amüsierter Neugier an. Am Vorabend der Abreise hatte er ihr Männerkleidung mit Schnallenschuhen, einem kleinen Hut und Lederhandschuhe gebracht. Jean Quentin regte sich lautstark auf, aber Rohan überzeugte ihn schnell, dass seine Nichte in dieser Verkleidung zwischen den Soldaten herumlaufen könne, ohne belästigt zu werden. Der Perückenmacher stellt Nine nun als seinen Neffen vor, und kein Kunde der Werkstatt Binet hat sie bisher erkannt. Dabei gibt es deren viele: den hinreißenden Chevalier de Lorraine, den stämmigen Maréchal d'Aumont, den aufbrausenden Louvois, ältester Sohn des Kriegsministers Le Tellier – sie alle sind braun gebrannt, schmutzig und haben bei den langen Ritten abgenommen.

Jeden Morgen beim ersten Klang des Signalhorns packt Nine Bürsten, Öl und Bänder zusammen, folgt ihrem Onkel von Zelt zu Zelt und onduliert die Haare der Herren, die sie auf die Schultern hängen lassen, um so auszusehen wie der König. In Wahrheit verhält es sich so, dass der König nicht sein Naturhaar trägt, sondern eine Perücke mit Schlitzen. Nine hat sie nach dem Modell des Adam genäht, und Rohan, der sie als seine Idee ausgibt, hat sie Louis geschenkt. Dieser Louis XIV. hatte sich so sehr über dieses Geschenk gefreut, dass er dem Chevalier als Gegenleistung versprach, dessen Spielschulden zu begleichen.

Nine hat die kleine List für sich behalten. Noch nicht einmal ihrem Onkel hat sie etwas gesagt. Das Vertrauen eines Louis de Rohan muss verdient werden, und sie würde sich lieber in Stücke hacken lassen, als ihn zu verraten. Sie muss lächeln, wenn sie daran denkt, dass sie die Komplizin des Großjägermeisters Seiner Majestät ist und dass der König dank ihrer Hilfe gut aussieht.

Abends macht sie mit Jean Quentin die Runde und pudert und parfümiert die ermatteten Helden, damit sie zu Abend speisen können, ohne die Damen mit ihrem Bocksgeruch zu betäuben. Ab und zu lässt sie die Herren einige Salben eigener Herstellung ausprobieren. Gegen Mücken und Bremsen. Gegen Läuse. Gegen den Juckreiz, der durch den Schweiß in der Leiste, unter den Achseln und in der Kniekehle entsteht. Gegen Hämorrhoiden, unter denen fast alle leiden, ohne etwas zu sagen. Viele haben von Steigbügeln verletzte Knöchel. Vom Pulverdampf gerötete Augen. Geschwulste in der Leiste. Und wunde Stellen. Nine salbt sie alle hingebungsvoll, aber es sind nicht die kleinen Verletzungen, derentwegen sie hierhergekommen ist.

Nach der Abendmahlzeit braucht Jean Quentin ihre Dienste meist nicht mehr, und im Sommer geht die Sonne spät unter. Sobald ihr Onkel sie in den Feierabend entlässt, leiht sie sich ein Maultier und reitet zu den Stadtmauern, wo tagsüber gekämpft wurde. In beiden Lagern gibt es Anweisungen, nach der Schlacht die Verletzten zu bergen, doch meist werden zuerst diejenigen geholt, die Krawatte und Sporen tragen. Nine hat also die Möglichkeit, die Zurückgebliebenen zu untersuchen. Oft sind es Hunderte, die in den Schützengräben und auf den Feldern liegen. Das Mädchen ist erschrocken und verwirrt darüber, wie viele Arten, zu leiden und zu sterben, die Männer trotz gleichen Körperbaus finden. Als ihr ein Soldat mit Bauchschuss das erste Mal einen Schwall Blut ins Gesicht spuckt, fällt sie in Ohnmacht. Danach beißt sie die Zähne zusammen. Den meisten dieser Unglücklichen kann sie nicht helfen und oft noch nicht einmal ihre Qualen lindern. Sie geht von einem zum anderen mit dem Gefühl, ein Raubvogel auf der Suche nach zuckendem Fleisch zu sein. Laut betend beugt sie sich über offene Bäuche und zermalmte Schädel. Sie will sehen und verstehen. Wie das Blut durch den Körper strömt. Wie das Fleisch an den Knochen befestigt ist und wie die Adern es versorgen. Sie will Organe wie Leber, Nieren, Herz und Lungen kennenlernen, von denen das Leben abhängt. Sie nimmt gewachste Fäden, eine Nadel und einiges andere Werkzeug mit, das der Chevalier de Rohan für sie von Docteur Lequenec ausgeborgt hat. Lequenec ist der Feldarzt des Schweizer Regiments. Außerdem hat sie so viele Tinkturen bei sich, wie sie tragen kann.

Schwitzend und mit zitternden Händen versucht sie, sich an die medizinischen Anweisungen zu erinnern, die sie hier und da aufgeschnappt hat. Nichts hat sie darauf vorbereitet, wie es ist, wenn man in blutgetränktem Gras kniet und versucht, mit bloßen Händen Darmschlingen in einen von einem Säbel durchlöcherten Bauch zurückzustopfen, während der Verletzte schreit wie am Spieß. Oder wie es ist, nach einem noch warmen Toten zu suchen und ihm den Arm oder das Bein abzusägen, um das Schultergelenk oder den Oberschenkelhals zu untersuchen. Sich neben einen am Hals oder in der Leiste getroffenen Soldaten zu setzen und die Dauer seines Todeskampfes in Beziehung zum Blutverlust zu berechnen. Einem armen Teufel bei vollem Bewusstsein die Finger, einen Fuß oder ein Ohr wieder anzunähen, während dieser schluchzt und sich in Dankesbezeigungen ergeht, dass man sich um ihn kümmert, aber genau zu wissen, dass ihm der Wundbrand ebenso sicher ist, wie man selbst nie Erzbischof werden wird. Die Widerstandsfähigsten überleben es vielleicht. Nine renkt ausgekugelte Gliedmaßen ein, näht Schnittwunden, entfernt Kugeln, desinfiziert mit Urin und Essig, verbindet Wunden und hofft, dass zumindest zehn von den vielen wieder gesund werden. Zehn gerettete Leben würden das grausige Unterfangen wohl rechtfertigen. Vielleicht genügten sogar schon fünf oder sechs. Zwei oder drei. Vom Zweifel geplagt schreckt sie manchmal mitten in der Nacht auf und weint bittere Tränen. Würde zum Ende der Kämpfe wenigstens ein Einziger dieser namenlosen Männer überleben, deren Gesichter sie sich zu vergessen bemüht?

Der Krieg endet, wie er begonnen hat: mit Marschmusik und Küssen. Nach der Eroberung von Lille, der reichsten spanischen Besitzung in Flandern, hätte der König gern von dem Schrecken profitiert, den seine Truppen verbreiten, und Brüssel angegriffen, doch der Maréchal de Turenne weiß es ihm umso leichter auszureden, als Seine Majestät genügend Trophäen angesammelt hat und es ihn drängt, die schönste von ihnen ausgiebig zu genießen: die Marquise de Montespan.

Monsieur Lully erklärt Nine, dass italienische Opern die Liebe als süßesten und grausamsten aller Kriege besingen. Der Oberintendant der Musik des Königs ist ein begnadeter Geiger, fleißiger Komponist und ein geborener Höfling. Obwohl er Frau und Kinder hat, macht er sich des Nachts auf die Suche nach willigen Soldaten für eine ebenso köstliche wie verbotene Lust. Den jungen Lehrling von Maître Quentin findet er unwiderstehlich. Zwar ist dieser zierlich wie ein Spatz, doch wenn er sich bückt, zeichnen sich in seiner Hose appetitliche Formen ab. Seine für sein Gesicht viel zu großen Augen wirken fiebrig und unendlich hungrig. Weil Lully nicht zur Gewalt neigt und das gemeinsam genossene Vergnügen vorzieht, macht er dem Jungen den Hof. Natürlich mit Musik. Er zeigt ihm, wie man einen Geigenbogen hält. Er lehrt ihn, Noten zu lesen. Er spielt, singt und tanzt für ihn. Er erzählt ihm, dass er den König mit vierzehn Jahren kennengelernt hat. Damals war der heutige Herrscher ein vierschrötiger, schweigsamer, düsterer Junge, der sich der Größe seiner Aufgabe schmerzlich bewusst war und dennoch darauf brannte, sich ihr zu widmen. Er strebte nach Ruhm, zweifelte an sich selbst, spielte recht gut Gitarre und liebte den Tanz. Lully machte aus ihm einen hervorragenden Musiker und einen bemerkenswerten Tänzer. Und was noch besser war: Er brachte ihn auf die Bühne. Ins Theater, vor die Augen des der regierungsfeindlichen »Fronde« zugetanen Adels, des Hofes, Frankreichs und der ganzen Welt.

Der König verdankte ihm sein Ansehen. Zumindest einen für sein Persönlichkeitsbild nicht nur wichtigen, sondern unentbehrlichen Teil. Ihm, dem Gaukler aus Florenz. Genial, nicht wahr? Wenn der charmante Neffe von Maître Quentin nur zustimme, würde Lully ihn nur zu gern aus Binets Werkstatt herausholen und ihm eine Arbeit verschaffen, die mehr Annehmlichkeiten mit besseren Aussichten verbinde ... Wider Willen ein wenig erregt lacht Nine und lässt sich auf die Wange küssen. Jean-Baptiste Lully ist weder groß noch besonders kräftig. Er hat faule Zähne, trinkt wie ein Haudegen, sein italienischer Akzent ist ebenso stark ausgeprägt wie die spanische Aussprache der Königin, er ist eingebildet, lügt und würde seine Mutter, seine Frau und seine Töchter für ein Schäferstündchen verkaufen. Trotzdem hat er etwas, das einen dazu bewegt, ihm alles zu verzeihen. Dieser kleine Mann zeigt eine geradezu unbändige Lebenslust, und er drückt seinen Überschwang mit so viel Talent aus, dass er ansteckend wirkt.

In der letzten Zeit hat Nine viele Menschen sterben sehen. Jetzt verspürt sie eine unbezähmbare Lust, zu leben.

Ihr auch, nicht wahr, Charles? Trotz Eurer Trauer. Obwohl ich abgereist bin. Ihr tragt die Anlage dazu in Euch – das war schon immer so. Eure Lebenslust entstand bei Eurer Geburt, und nicht einmal die Schlechtigkeit Eures Vaters hat Euch davon abbringen können. Als ich Euch das erste Mal in die Arme nahm, wart Ihr noch nicht einmal einen Monat alt, und es schien, als hättet Ihr die ganze Zeit nicht aufgehört zu schreien. Nicht zu weinen, sondern zu schreien. Bei Bonne Fermat, die Euch stillte, versiegte die Milch, und Euer Vater wusste nicht, ob er Euch lieber mit dem Kopfkissen ersticken oder Euch den Wölfen im Wald von Gouffern überlassen sollte. Lediglich die Sorge um die Zukunft hielt ihn zurück. Nicht um Eure Zukunft, sondern um die seine. Wie schon Eure Mutter wart Ihr in seinen Augen kein menschliches Wesen, sondern ein Schlüssel. Der erste Schlüssel hatte nur zugemauerte Türen geöffnet. Der zweite sollte nun die Enttäuschung wiedergutmachen und ihm seine Begnadigung und Rückkehr ermöglichen. Wäret Ihr gestorben, hätte er den Hof mit Sicherheit nie mehr wiedergesehen, seine verbleibende Zeit mit Gervaise und Quentin verbracht und zur Zerstreuung höchstens dann und wann ein Kind vergewaltigt. Auf dem Weg von Versailles, wo Ihr geboren seid, nach Almenêches, wohin er sich mit Euch zurückzog, hätte er Euch beinahe aus der Kutsche geworfen. Und ganz ehrlich: Ich konnte ihn verstehen. Euer Gebrüll hätte auch den heitersten Benediktinermönch aus der Fassung gebracht.

Es war Bonne, die ihm vorschlug, mich zu konsultieren. Ich war damals erst seit kurzer Zeit im Dorf, aber ich hatte ihre Zwillinge bereits von einer Mittelohrentzündung geheilt. Auch den Sohn ihrer Nachbarin, der dicken Charlotte, der einen hartnäckigen Husten hatte, und den Kleinen von Mutter Angéline, der sich ständig erbrach, konnte ich kurieren. Daher war Bonne der Meinung, dass ich mit Kindern besonders gut umgehen könne.

Der Comte de Cholay ließ mich ins Schloss rufen. Er empfing mich in dem Turm, wohin er Euch mit Eurer Amme verbannt hatte, damit Euer Gebrüll ihm nicht den Geschmack an Brot und Wein verdarb. Im Kamin brannte ein Feuer. Bonne stand neben Eurer Wiege, in der Ihr aus Leibeskräften schriet, Euer Vater ging mit langen Schritten vor dem Fenster auf und ab und machte ein Gesicht, als hätte er einen Abszess im Mund.

Er sah mich kaum an. »Man berichtet mir, Monsieur, dass Ihr Euch gut mit kleinen Kindern auskennt.«

Ich verneigte mich mit einem Respekt, den ich – warum, das werdet Ihr später verstehen – nicht empfand. »Ich kenne tatsächlich einige Kniffe. Sollte der Herr Graf mir seinen Sohn anvertrauen …«

»Dazu braucht es mehr als einige Kniffe, das kann ich Euch versichern. Mein Sohn ist kein Kind, er ist ein Dämon!«

Ich konnte mir ein kleines Lächeln nicht verbeißen. »Mit Dämonen habe ich weitreichende Erfahrungen.«

Er trat auf mich zu und musterte mich eindringlich. »Ich finde Euch recht klein und kümmerlich. Seid Ihr wenigstens gesund?«

»Meine Gesundheit ist ausgezeichnet. Mein Vater, Gott hab ihn selig, war auch nicht sehr groß.«

»Wie ist Euer Name?«

»Ange Lacarpe, Monsieur le Comte. Meine Familie stammt aus Loches und ist verwandt mit Monsieur Bontemps, dem ersten Kammerdiener des Königs …«

»Ich weiß, wer Bontemps ist, und will nichts von ihm hören. Sagt mir nur, ob Ihr Euch in der Lage seht, dieses Ding da zum Schweigen zu bringen.« Mit seiner schwarz behandschuhten Hand zeigte er auf die alte Wiege der Comtes de Cholay, in der Ihr brülltet, ohne auch nur einmal Luft zu holen.

Ich kam näher und beugte mich über Euch. Rot angelaufen, aufgedunsen, faltig, den zahnlosen Mund von einem Ohr zum anderen aufgerissen – Ihr wart, ich muss es gestehen, wirklich hässlich.

Ich blickte mich zu der armen Bonne um, die mir einen verlorenen Blick zuwarf, dann wandte ich mich an Euren Vater, der bereits auf dem Weg zur Tür war.

»Gestattet Ihr mir, Euren Herrn Sohn aus der Wiege zu nehmen, damit ich ihn untersuchen kann?«

»Macht mit ihm, was Ihr wollt. Wie Ihr es anstellt, ist mir gleich, Hauptsache, er ist still. Nur töten dürft Ihr ihn nicht. Ich brauche ihn noch.«

Ich sah Euch an.

Euch.

Ich durfte jetzt nur noch an Euch denken.

Als Erstes schälte ich Euch aus Euren Spitzen. Ihr wart straff gewickelt wie in einem Kokon und stankt erbärmlich. Ich zog Euch aus und wusch Euch mit der Hilfe von Bonne, die ihren großen Busen wie ein Euter molk, vom Kopf bis zu den Füßen. Ja, ich wusch Euch mit Milch. Die Milch einer Frau, einer Kuh oder eines Schafes ist tausendmal besser als Essig, der die Säuglingshaut austrocknet und zu Schrunden führt. Natürlich habt Ihr während der gesamten Behandlung nicht aufgehört zu schreien. Ohne Not, weder aus Angst noch aus Hunger. Es war Wut. Ihr japstet so stark nach Luft, dass Bonne das Schlimmste befürchtete und lautlos in ihren Schnurrbart weinte. Richtig, Bonne hatte schon damals einen Schnurrbart. Er war nicht weiß, wie heute, sondern so rabenschwarz wie ihr Haar und fast so dicht wie der ihres Mannes.

Als Ihr einigermaßen sauber wart, bat ich Eure Amme, uns einen Moment allein zu lassen. Ich zog einen Schemel ans Feuer und legte Euch auf meine Knie. Ihr wart so hässlich, schriet so laut und wirktet so unwirsch, dass es schwierig war, Euch zu mögen. Ich hatte eine trockene Kehle und fragte mich, ob ich nicht gerade dabei war, den zweitschwersten Fehler meines Lebens zu begehen. Aber nun stand ich in der Arena und musste eine Möglichkeit finden, den Löwen zu zähmen. Ich atmete tief durch, näherte meine Stirn der Euren und begann, in freundschaftlichem, vertrautem Ton mit Euch zu reden.

»Es war einmal vor gar nicht allzu langer Zeit, da lebten in dem schönen Königreich Frankreich, wo gar nicht immer alles so schön ist, ein Königssohn und der Sohn eines Niemands. Der Königssohn war geboren, um den Thron zu besteigen, der Niemandssohn wusste nicht, warum er geboren war. Der Erste wuchs im goldenen Licht auf, der andere in dem bitteren Schatten, der das Los der Benachteiligten ist. Nie und nimmer hätten ihre Wege sich kreuzen und noch viel weniger ihre Schicksale sich verbinden dürfen. Aber Fortuna ist ein Weib, und nichts liegt ihr mehr, als mit den Menschen zu spielen …«

Ihr hörtet mir zu. Ich schwöre Euch, Monsieur, Ihr hörtet mir zu. Stumm wie der Karpfen, dessen Namen ich trage, noch ein wenig fleckig im mittlerweile glatten Gesicht und mit großen, ruhigen Augen, die an meinen Lippen hingen. Mit sanfter Stimme setzte ich meine Erzählung fort.

»Der König liebte die Menschen nicht. Der Niemandssohn auch nicht. Der König spielte den Vater über seine Untertanen, das Spiel des Niemandssohns bestand darin, alle Frauen zu lieben. Auch der König liebte die Frauen, aber er liebte sie weniger als sich selbst …«

Ohne mit dem Sprechen aufzuhören, steckte ich die Spitze meines kleinen Fingers zwischen Eure Lippen. Ihr gluckstet und begannt, mit der gleichen Wut an meinem Finger zu saugen, mit der Ihr zuvor geschrien hattet. Ich lächelte. Im Kamin brannten die Scheite nieder. Schon zweimal hatte Bonne den Kopf durch die Tür gestreckt, wagte aber nicht, uns zu stören. Ich nahm den Faden meiner Geschichte wieder auf, ohne zu wissen, wohin sie führen würde. Noch nie hatte ich einem Säugling eine Geschichte erzählt und wunderte mich, wie leicht mir die Worte über die Lippen kamen.

»Der Königssohn hatte einen Bruder, ebenso wie auch der Niemandssohn einen hatte. Beide waren der Meinung, dass ihre Mutter ihren Bruder bevorzugte, und beide träumten heimlich davon, ihm den Rang abzulaufen …«

Die Geschichte schien nicht sehr moralisch zu werden. Doch das tat nichts zur Sache, denn der Königssohn und der Niemandssohn langweilten Euch nicht. Ich spürte, wie Ihr Euch auf meinen Beinen entspanntet, aber Ihr wart dickköpfig. Ihr wolltet noch nicht nachgeben, jedenfalls noch nicht sofort. Eine ganze Stunde lang hörtet Ihr mir auf diese Weise mit großen Augen zu. Erst beim letzten Wort, beim wirklich allerletzten Wort, schlieft Ihr ein.

Die Gefühle, die mich bis zu diesem Tag antrieben, hatten eine tödliche Leere in mir hinterlassen. Für Euch und durch Euch begann mein Herz wieder zu schlagen. An jenem Morgen entbrannte ich in Liebe zu Euch. Ja, Charles, in tiefer Liebe. Als ich Euch in Eure Wiege zurücklegte, schwor ich mir, dass ich jeden, der Euch Böses wollte, daran hindern und mich erst von Euch zurückziehen würde, wenn ich Euch außer Gefahr wüsste.

Ich habe Wort gehalten. Ihr seid über das Alter für Kinderkrankheiten hinaus, habt einen gesunden Körper und eine gesunde Seele, und der Tod Eures Vaters schützt Euch vor seinen bösen Absichten. Meine Aufgabe ist beendet. Ich werde nun auf der Straße weiterziehen, der ich gefolgt wäre, wäret Ihr nicht plötzlich in meinem Leben aufgetaucht.

Ihr habt es mir zwar nie gesagt, aber ich weiß, dass auch Ihr mich liebt. Ich weiß auch, dass ich Euch fehle. Aber ich bin da, Charles. Ich habe Eure Hand nie losgelassen. Die Geschichte, die Ihr gerade lest, ist die Fortsetzung unserer ersten Geschichte vom Königssohn und vom Niemandssohn, die ich Euch im Lauf der Jahre auf tausend verschiedene Weisen erzählt habe. Immer habt Ihr Geschichten geliebt, die sich winden, und vor allem liebtet Ihr jene ohne Schluss. Diese Geschichte hier wird noch viele Wendungen haben, und wenn Ihr es so beschließt, hat sie auch kein Ende. Während ich sie niederschreibe, flüstere ich sie in Euer Ohr. Da, ganz nah. Hört Ihr mich?

Wir haben Pierre le Jongleur bei einer Krankenschwester zurückgelassen, die überzeugt ist, dass ein Gebet besser als alle Arzneien der Welt seine gebrochenen Knochen heilen kann. Seine Mutter klammert sich an einen Rosenkranz, die kleine Schwester steht schluchzend auf dem Dorfplatz von Versailles, und sein Bruder Batiste ist in der Nacht verschwunden.

In den folgenden Wochen wird das Leben der Familie Tag für Tag mehr zur Tragödie. Die Neuigkeiten des Feldzugs in Flandern erreichen die Baustelle in ruhmreichen Berichtsfetzen. Die Arbeiter zünden Freudenfeuer an, doch Madeleine ist nicht mehr in der Lage, sich für ihren König zu freuen. Pierre kann seine Beine nicht einmal anheben und leidet bei jeder Bewegung Höllenqualen. Er hat seinen Meister informieren lassen, dass er nicht weiß, wann er die Arbeit wieder aufnehmen kann. Seine Finger und die Knie kann er wieder benutzen, aber die Knochensplitter an den Schienbeinen weigern sich, unter die Haut zurückzukehren, und der zertrümmerte Knöchel quält ihn entsetzlich.

In den ersten Tagen sucht ihn der Maurermeister, der ihn beschäftigt, höchstpersönlich am Krankenbett auf, um sich nach seinem Befinden zu erkundigen. Er meldet den Unfall, und Doktor Claude Lottin, der beste der drei für die Baustelle zuständigen Chirurgen, kommt Pierre zweimal besuchen. Nachdem ein Monat vergangen ist, schickt Maître Bergeron seinen

Lehrling und beginnt, sich über die Verzögerung zu beklagen.

Monsieur Colbert, der vermeiden will, dass die Disziplin auf der Baustelle unter der Abwesenheit des Königs leidet, gibt eine Verfügung heraus, die jede Art von »Kabale« verbietet und Fehlzeiten streng bestraft. Bei den sogenannten »Kabalen« handelt es sich um Gruppierungen, die über Streiks eine Verbesserung der Arbeitsumstände, eine Entschädigung bei Unfällen und die Auszahlung ausstehender Löhne erzwingen wollen. Der Vogt wird angewiesen, Männer, die sich zusammenrotten, zu maßregeln und solche, die sich zu arbeiten weigern, exemplarisch zu bestrafen. Die Strafen reichen von öffentlichem Auspeitschen bis hin zu sechs Monaten Gefängnis. Zwar erfolgte Pierres Unfall auf der Baustelle, doch der Gehilfe des Vogts hat bezeugt, dass der Sturz Folge eines Streits war. Pierre bekam die vierzig Livres Entschädigung nicht ausbezahlt.

Zum Unglück für die Familie Le Jongleur ist der Gehilfe des Vogts Anselme Boniface. Jenes verschlagene, lüsterne Vieh, das ihnen die Hütte vermietet hat. Der Mann, dem Jesus beinahe die Halsschlagader durchgebissen hätte. Auch er ist vorangekommen. Inzwischen trägt er Strümpfe, gewichste Schuhe, eine Uhr an einer Kette und eine bauschige Krawatte, die er recht weit oben am Hals bindet, um die Narben zu verbergen, die die scharfen Zähne des Frettchens zurückgelassen haben. Dank seiner Denunziationen hat er es vom Vorarbeiter zum Gehilfen des Vogts gebracht, und in dieser Eigenschaft gedeiht er wie eine Zecke auf der Kruppe einer Kuh. Batiste wird von Denis Jolly geschützt, dem Boniface trotz seiner Rachegelüste nicht am Zeug flicken kann. Während er den Zeitpunkt abwartet, an dem er Batiste schaden kann, macht er sich daran, die Existenzen seines Bruders, seiner Mutter und seiner Schwester zu zerstören, immer schön eine nach der anderen.

Zunächst also der Rothaarige. Kaum ist Pierre wieder zu Bewusstsein gekommen, schickt ihn Boniface unter dem Vorwand, man brauche ein Bett, wieder zurück in seine Hütte. Unter dem vermoderten Dach kann die Luft nicht zirkulieren, und es wimmelt von Insekten. Sobald es heiß wird, verfault der Verletzte unter grässlichen Qualen bei lebendigem Leib.

Angesichts der Kränkung, die ihm die beiden jungen Männer und ihr Frettchen angetan haben, genügt dies dem beleidigten Boniface jedoch nicht. Er will die Blutegelvermieterin ausquetschen wie ein nasses Tuch und zermalmen wie eine Nuss, bis sie vor seinen Füßen kriecht und ihn anfleht, die Umarmung zuzulassen, die sie ihm zwei Jahre zuvor verweigert hat. Noch oft hat er an ihr Hinterteil einer gesunden Arbeitsstute und ihre beachtlichen Brüste denken müssen. An diesen Brüsten würde er nur allzu gern einmal nuckeln. Ohne zu beißen, oder höchstens ein klein wenig.

Madeleine musste die Krankenstation verlassen, um sich um den verletzten Pierre zu kümmern. Die Miete für die Hütte aber ist alle vierzehn Tage fällig. Wie lange würde sie wohl durchhalten, ohne den neuen Vorarbeiter um einen Aufschub zu bitten? Und selbst wenn der Aufschub gewährt würde – wie könnte sie es fertigbringen, einen Invaliden zu ernähren, der fett essen muss, damit seine Knochen wieder zusammenwachsen, dazu ein elfjähriges, schnell wachsendes Mädchen und schließlich sich selbst, deren einziges Kapital ihr üppiger Körper ist? Ganz zu schweigen von der Unterkunft. Monsieur Colbert würde sie nicht für immer auf Kredit wohnen lassen.

Ob der Nichtsnutz mit dem Frettchen ihr Geld gibt? Gut möglich. Aber der Lohn eines Brunnenbauerlehrlings reicht nicht für eine vierköpfige Familie. Außer vielleicht, der Lockenkopf verzichtet auf sein eigenes Essen.

Anselme Boniface tätschelt seinen Bauch und stellt sich

einen ausgehungerten Batiste Le Jongleur vor, der tief im Schacht hechelnd an einem feuchten Wasserrohr hängt, das dicker ist als er selbst. Zu schwach, um an die Oberfläche zurückzukehren. Halb tot vor Hunger. Drei viertel tot. Ganz tot. Halleluja! Ein paar Schippen Kalk und eine verzweifelte, völlig mittellose Mutter, die allein vor ihm steht. Vor ihm, dem Gehilfen des Vogts. Ein robuster Leckerbissen, den er ohne Hast und mit Kennermiene genießen würde.

Wenn er ihrer müde wäre, käme Blanche an die Reihe. Die Kleine mit der Engelsstimme, von der selbst der Vogt schon gehört hat. Sie würde für ihn singen. Dann würde er sie ihrer Jungfernschaft berauben und später verkaufen. Vielleicht auch vermieten. Nachdem man ihr Hymen wieder zusammengenäht hätte, würde sie wunderbar wieder als Jungfrau durchgehen, und Jungfrauen bringen doppelt so viel ein wie benutztes Material.

Boniface reckt sich genüsslich. Bei Monsieur de la Fontaine steht: »Viel mehr als Wut und große Kraft hat hier Geduld und Zeit geschafft«, und Monsieur Corneille schreibt, dass »das Verlangen sich mehrt, wenn der Erfolg auf sich warten lässt«, was bedeutet, dass es, je länger man auf den herbeigesehnten Augenblick wartet, umso schöner ist, wenn man ihn schließlich erlebt. Bisher hat sich Boniface eher der Gewalt, der Wut und der Ungeduld bedient. Dieses Mal jedoch gefällt es ihm, Katz und Maus zu spielen. »Kommet zu mir alle, die ihr mühselig seid und beladen«, sagt die Bibel. Und genau darauf wird Boniface warten.

Seit dem Unfall hat Batiste seinen Bruder nicht mehr gesehen. Madeleine hält ihn für den Schuldigen und verbietet ihm, sich der Hütte auch nur zu nähern. Da Batiste noch auf zwei Beinen steht, während Pierres Knochen gebrochen sind, kann dies nur bedeuten, dass der Jüngere einer verdienten Tracht Prügel ausweichen wollte und den Älteren dabei in das Loch gestoßen hat. Und zwar absichtlich. Der Sohn der Amme Madeleine Le Jongleur und des Pfarrers François Augustin Philippeaux ist ein Dieb und Mörder. Aus Unkraut kann kein Weizen werden, und Batiste trägt das Mal des Bösen schon seit seiner Empfängnis. In der Zeit, als der Kleine im Cour des Miracles unterwiesen wurde – vor den Einzelheiten verschließt Madeleine lieber geflissentlich die Augen – sagte der Pate einmal, dass sein begabter Patensohn gefährlicher sei als er selbst. Gefährlicher als ein Berufsmörder. Madeleine spürt ein Kribbeln im Nacken. Sie muss an die flinken Hände von Pfarrer Philippeaux denken, an seine Beichtvaterstimme, und wie er ihren ganzen Körper mit Weihwasser übergoss, es ableckte und es ihr schließlich auf Knien vor dem Kruzifix besorgte, an dem Jesus stumm die Sünden der Welt beweinte. Batiste entstammt einem verfluchten Beischlaf, und nun ist für Madeleine die Zeit gekommen, durch diesen ungeheuerlichen Sohn ihre zahlreichen, schweren und schrecklichen Sünden abzubüßen. Wäre Blanche doch nur schon im Kloster! Ihre Gebete könnten den gerechten Zorn des Herrn vielleicht besänftigen.

Im vergangenen Jahr hat Madeleine sich mit Unterstützung ihrer Arbeitgeberinnen, den Nonnen von Saint-Vincent-de-Paul, um den Eintritt ihrer Tochter in das Karmelitinnenkloster im Faubourg Saint-Jacques beworben. Es ist eines der angesehensten und strengsten Klöster Frankreichs. Madeleine hat sich dieses Kloster ausgesucht, weil es in der Rue d'Enfer liegt, in der Höllenstraße, was ihr als gutes Omen zur Seelenrettung erschien. Außerdem nehmen die frommen Damen nicht nur Novizinnen von hoher Geburt auf, sondern auch junge Mädchen bescheidener Herkunft, die über ein ganz besonderes Talent verfügen. Unter der Voraussetzung einer unangetasteten Jungfräulichkeit, worüber zwei beeidigte Nonnen zu befinden haben, erklärte sich die Mutter Oberin einverstanden, die Kleine mit einer als »symbolisch« bezeichneten Mitgift aufzunehmen. Diese symbolische Mitgift hatte für Madeleine zwar lebenslange Arbeit und schmerzlichen Verzicht bedeutet, aber was sind schon irdische Opfer im Vergleich zur ewigen Seligkeit?

Blanche protestierte. Sie wollte nicht mehr für Gott, sondern lieber für Monsieur Lully singen und zitterte bei dem Gedanken, lebendig in diesen großen Steinsarg namens Karmel eingemauert zu werden. Da Prügel der Stimme nicht schadet, machte sich Madeleine daran, ihr den Sinn töchterlichen Gehorsams einzubläuen. Nachdem die arme Blanche eine Auspeitschung mit Brennnesseln über sich hatte ergehen lassen müssen, erschien ihr die Strenge bei den Karmelitinnen wie ein anheimelndes Paradies. Im Jahr 1668, zu der Zeit, als der König in den flämischen Ebenen seine Lorbeeren einheimste, plante Madeleine, ihre Tochter in die Rue d'Enfer zu schicken.

Doch dann brach Pierre sich die Beine. Sein Bruder brach ihm die Beine.

Vermaledeiter Hund.

Bringt Batiste jeden Abend, sobald Jolly ihn gehen lässt, einen Korb mit einer Ration Ragout, einem Krug sauberen Wassers, einer Frucht und manchmal frischer Wäsche zur Hütte?

Vermaledeiter Hund.

Ist die Fleischration seine eigene, die er sich vom Mund abgespart hat, damit Pierre satt wird?

Vermaledeiter Hund.

Legt er am fünfzehnten und dreißigsten eines jeden Monats, den Zahltagen, Geld in den hohlen Baum, wo Blanche ihre Reisigbündel versteckt?

Vermaledeiter Hund.

Ist es das gesamte Geld, das er mit seiner Arbeit verdient, und behält er nichts für sich?

Vermaledeiter Hund.

Hat er erreicht, dass der Brunnenbaumeister seinen eigenen Arzt zu Pierre schickt – einen berühmten Chirurgen, der sich seine Instrumente von einem Diener tragen lässt –, indem er Denis Jolly versprach, doppelt so viel zu arbeiten wie sonst?

Vermaledeiter Hund.

Pierre lässt sich von dem Äskulap-Jünger mit Perücke untersuchen. Mit hellen Tränen in den Augen fleht Blanche Batiste an, nicht zu lang in der Umgebung der Hütte herumzulungern, weil ihre Mutter sonst den Gehilfen des Vogts rufen wolle. Ja, Anselme Boniface höchstpersönlich.

Vermaledeiter Hund!

Als Erstes erklärt der illustre Doktor, dass Monsieur Lottin ein Esel sei und dass der linke Knöchel nicht mehr wiederhergestellt werden könne. Weil er Chirurg ist und alles Notwendige zum Sägen und Nähen mitgebracht hat, schneidet er ihn ab.

Pierres durchdringender Schrei bohrt sich schmerzlich in Batistes Herz.

Als Nächstes stillt der Doktor das Blut, indem er Spinnweben um den Stumpf wickelt, den er anschließend mit der Anweisung verpflastert, den Verband unter keinen Umständen zu wechseln. Die Parasiten, von denen es in der Hütte wimmelt, würden sich nur allzu gern über die Wunde hermachen und Eier hineinlegen, die wiederum zu Larven würden. Die Larven aber würden den Patienten so sicher umbringen, als hätte er sich die Beulenpest eingefangen.

Batiste sackt an einem Baum in sich zusammen. Tief in ihm hat sich ein Loch aufgetan, das durch nichts und niemanden je wieder gestopft werden könnte.

Als Drittes betastet der Doktor Pierres Knie, die ihn zufriedenstellen.

Pierre wird nie wieder gehen können. Sein Traum, als Lehrling angenommen und irgendwann einmal Maurer zu werden, ist ausgeträumt. Er wird nicht der Schwiegersohn eines Baumeisters. Weder wird er die Tochter von Bergeron noch die von Villedo heiraten. Vermutlich auch nicht irgendein anderes Mädchen. Pierre wird behindert sein, ein Ballast. Pierre wird nicht mehr Pierre sein.

Viertens untersucht der Arzt die Schienbeine, die ihm verdrossene Seufzer entlocken. Diese Schienbeine sehen wirklich gar nicht gut aus – violett, gelb und sogar ein wenig schwarz. Unter der Schwellung, die seit dem Unfall hätte zurückgehen müssen, spürt er lose Knochensplitter. Für lästige Knochensplitter jedoch gibt es nichts Besseres als einen Hobel. Der Arzt bittet seinen Diener, den Kranken festzuhalten, und beginnt entschlossen zu hobeln. Anschließend pudert er die Wundfläche mit Myrrhepulver ein und verbindet die Beine bis zur Mitte der Oberschenkel.

Dass Pierre nicht mehr schreit, liegt daran, dass er keine Stimme mehr hat. Und dass er nicht mehr weint, daran, dass er keine Tränen mehr hat. Das Gesicht in trockenem Laub, den Mund voller Gras und Erde schreit und weint Batiste an seiner Stelle.

Fünftens und letztens hinterlässt der Doktor weise Ratschläge und Opiumsirup. Die Ratschläge lauten, die Verbände um die Schienbeine ebenso wenig zu entfernen wie die um den Knöchel. Juckreiz sei ein Zeichen dafür, dass der Knochen aus seiner Betäubung erwache und sich neu bilde. Der Opiumsirup könne pur oder verdünnt angewendet werden. Im vorliegenden Fall plädiere er für pur und hielte einen Löffel voll alle drei Stunden für angebracht. Der Patient werde einschlafen und käme dadurch wieder zu Kräften.

»So Gott will, ist das Schlimmste in vierzehn Tagen vorüber, und wenn der König aus Flandern zurückkehrt, kann Pierre aufstehen und ihm zujubeln. Natürlich auf Krücken, aber einen Fuß zu verlieren ist immer noch besser, als mit beiden Füßen ins Grab zu steigen, nicht wahr?«

So Gott will.

Batiste glaubt nicht an Gott. Er glaubt an seinen Kopf und seine zehn Finger. Er glaubt an seine Wimpern und seine Männlichkeit. Er glaubt an seinen Instinkt und seine Glut. Er glaubt, dass jedes Holz recht ist, wenn man friert und Feuer machen muss. Er glaubt, dass die menschliche Gerechtigkeit nur denen nutzt, die sie verkünden, dass die Hölle erfunden wurde, um den Leuten Angst zu machen, und dass Reue nur etwas für Feiglinge und Heuchler ist.

Nach einiger Zeit im Polizeiverlies wird der taube Thomas des Diebstahls von Maurerwerkzeug schuldig gesprochen. In seiner Eigenschaft als Stellvertreter des Königs verfügt der Vogt von Versailles, dass ihm die rechte Hand abgehackt werden soll.

Batiste verbringt die Nacht vor dem Vollzug des Urteils auf dem Grund des Schachts, in den sein Bruder gestürzt ist, und fragt sich, ob er den Diebstahl gestehen soll. Zwar könnte eine Selbstanzeige den Tauben retten, aber wer würde dann für das Überleben von Pierre, Blanche und Madeleine sorgen?

Auf dem Dorfplatz von Versailles, gleich neben der Krankenstation, erwartet ein Podest die Verurteilten. Da die Strafe das Publikum möglichst tief beeindrucken soll, hat man dem angeblichen Dieb zwei Deserteure hinzugesellt. Bei den beiden Unglücklichen handelt es sich um Soldaten, die vor dem Feldzug in die Niederlande zur Arbeit bei der Ausschachtung des Grand Canal eingeteilt waren. Der große Kanal ist eine neue Marotte des Königs, eine Art künstliche Lagune, die mit einem riesigen See die Perspektive des Parks abschließt. Die Arbeit ist sehr schwer und der Gestank der aufgewühlten Erde so ungeheuerlich, dass die Tagelöhner ihm nicht lange standhalten und zusätzlich Soldaten eingesetzt werden müssen. Soldaten nehmen in Kauf, im Kampf zum Ruhm des Vaterlandes zu fallen, allerdings finden sie es deutlich weniger akzeptabel, an Fieber oder Durchfall zu krepieren, damit Louis XIV. seine Damen unterhalb des Schlosses in einer Gondel herumfahren kann. Seit dem Beginn der Abtragungsarbeiten desertieren sie zu Dutzenden, verstecken sich in den umliegenden Dörfern und hoffen, dass Gott ihnen freundlicher gesonnen ist als Apollon. Die beiden, die das Podest mit dem tauben Thomas teilen, wurden bei einer Witwe in Buc-les-Roses verhaftet, die sie als ihre Söhne ausgab. Sie sind kaum älter als Batiste und zittern in ihren Ketten. Weil sie noch so jung sind, hängt man sie nicht auf. Aber ehe man sie auf die Galeeren schickt, werden sie mit einer Königslilie gebrandmarkt, und man schneidet ihnen Nase und Ohren ab. Der Offizier, der mit dieser Aufgabe betraut ist, untersucht sie und prüft die Schneide seiner Klinge. Monsieur Louvois hat klargestellt, dass auf Wunsch des Königs lediglich die Nasenspitze abgeschnitten werden soll. Der Schnitt muss daher genau auf die Anatomie abgestimmt sein und schnell und präzise erfolgen. Der erste Soldat fällt bereits bei der Nase in Ohnmacht, der zweite hält durch, bis seine Ohren auf seine Oberschenkel fallen. Beide wachen erst wieder auf, als man ihnen das rot glühende Eisen auf die Schulter drückt. Ihre Schluchzer drehen dem Publikum den Magen um.

Der taube Thomas beobachtet das erbauliche Spektakel, ohne die geringste Unruhe zu zeigen. Als man ihm das Handgelenk durchschneidet, schreit er nicht, stöhnt nicht und flucht auch nicht. Man hätte meinen können, dass er nicht nur taub und beschränkt, sondern auch stumm wäre.

Batiste steht stocksteif inmitten der von Blut, Unglück und den schönen Offiziersuniformen schwer beeindruckten Menschenmenge und beobachtet mit unbewegter Miene den betressten Henker, der die unschuldige Hand schwenkt. Er hat wieder seinen Metallblick und fühlt sich so leer wie damals, als er in der Kirche seines Vaters Feuer legte. Reue ist ein Luxus, den er sich nicht gönnen darf und kann. Seine Reue würde diese Hand nicht wieder an ihren Platz zurückbringen – ebenso wenig wie Pierres Fuß. Der Sohn von Pfarrer Philippeaux hat eine offene Wunde anstelle seines Herzens, doch das weiß niemand. Er schließt die Augen und lässt das Johlen in sich eindringen, das die Abfahrt des Karrens mit den drei zusammengeschnürten Gefangenen begleitet. Sie sitzen Rücken an Rücken und bluten.

Diese Partie hat Batiste verloren. Der Schaden ist größer, als seine schrecklichsten Albträume ihn haben fürchten lassen. Aber um Pierres, Blanches, Madeleines und auch des armen Thomas willen, dem er eine Holzprothese schenken würde, schwört er sich, die zweite Runde zu gewinnen.

In den Tagen nach dem Besuch des Chirurgen dämmert Pierre vor sich hin. Blanche und Madeleine lösen sich an seinem Lager ab, um ihm die Lippen zu befeuchten, die Insekten zu verjagen und ihm den Trank in den Mund zu träufeln, der sein Bewusstsein gnädig betäubt. Der Arzt schickt durch seinen Diener eine zweite Flasche und fordert dafür zwei Livres, die sofort zu bezahlen sind.

Jeanne Jolly, deren Bauch mittlerweile die Ausmaße eines Fässchens angenommen hat, lässt sich auf jede erdenkliche vertikale und horizontale Weise bitten, die nur einer Schwangeren einfallen können. Schließlich bekommt Batiste seine zwei Livres. Doch die Tinktur wirkt nicht mehr. Pierre leidet so entsetzlich, dass ihm manchmal der Atem wegbleibt. Eingedenk des zweiten Rats des Arztes wartet Madeleine lange, ehe sie den inzwischen längst harten und verkrusteten Verband entfernt. Der Stumpf darunter sieht aus wie ein schlecht gegarter Hackbraten. In der Meinung, das Richtige zu tun, bestreicht Madeleine die Wunde mit einem Rest Blutegelsalbe und verbindet ihn erneut.

Zutiefst verstört und immer auf der Suche nach einer Möglichkeit, Geld zu verdienen, verbringt Batiste seine Tage bei den neuen Anlagen, mit denen Jolly die Rückkehr des Königs feiern will, und seine Nächte mit Zeichnungen und Plänen für eine neue Maschine, mit der er reich zu werden hofft. Zum ersten Mal im Leben hat er weder Zeit noch Kraft noch Lust für Bettgeschichten. Jeanne Jolly wundert sich zunächst, dann reagiert sie gereizt, und zum Schluss ärgert sie sich, ehe sie schließlich das Interesse verliert. So hübsch und lockig er auch sein mag – ein müder Liebhaber ist für sie ohne Nutzen, und für nutzlose Personen oder Dinge hat sie keine Verwendung. Die ewige Liebe, die sie ihm zwischen den Laken geschworen hat? Worte. Der Meister der Lüge hat seine Bezwingerin gefunden. Die heiße Leidenschaft, die sie für ihn empfand? So ist es nun einmal mit Brennmaterial: Wenn man im Kamin kein Holz nachlegt, erlischt das Feuer.

Batiste kann zwar nicht mehr auf Jeanne zählen, aber ihm bleibt noch der Karpfen. Der kaiserliche, der unsterbliche Karpfen. Seit Batiste im Park arbeitet, hat er den König häufig beobachten können. In der Öffentlichkeit zeigt sich Louis XIV. sparsam mit Worten und Gesten. Selbst die geringfügigsten Aktionen erscheinen überlegt und choreografiert wie ein Ballett, dem er selbst zusieht. Je nach Szene und Art der Zuschauer gibt er sich würdig und kühl wie eine seiner Statuen, aufbrausend wie ein Gallier nach dem Vorbild seines Ahnen Henri IV., mürrisch wie Monsieur Colbert oder poetisch wie Monsieur Le Nôtre. Was jedoch seine Augen zum Glänzen und seine Hände auf dem Knauf seines Stocks zum Zittern bringt, ist vollendete Schönheit. Diese Göttin verehrt er, und weil er König ist, tut er alles, um sie zu besitzen – ganz gleich, ob sie in Gestalt einer Frau, als Springbrunnen oder als zauberhafter Garten in Erscheinung tritt. Schon oft hat Batiste, verborgen hinter einem Brunnenrand, Louis dabei überrascht, wie er sich unbeweglich von einer lichtdurchfluteten Perspektive, den Schnörkeln eines Pflanzenbogens oder dem Perlmuttregen eines Brunnens gefangen nehmen ließ.

Batiste wird diesem Ästheten etwas schenken, wovon er träumen kann. Ein goldenes Wesen, das im gleichen Maß wächst wie sein Ruhm und das ihn überleben wird. Ein so königliches und gleichzeitig so überraschendes Geschenk, dass der König nur gerührt sein kann.

Gegenüber den kleinen Leuten verhält sich Louis XIV. niemals hochmütig oder ungeduldig, und die Arbeiter, die an der Verschönerung seines geliebten Versailles arbeiten, werden selten abgewiesen. Batistes Plan ist einfach. Zum König gehen, ihm den Fisch geben und seine Verblüffung ausnutzen, um ihm seinen Plan einer von sechs Pferden angetriebenen Hebepumpe und vielleicht auch seine Idee einer Poliermaschine für Glas darzulegen. Ihn zu interessieren. Und wenn er ihn geködert hat, Hilfe für seine Familie zu erbitten.

Als Anselme Boniface vor der Hütte von Madeleine Le Jongleur vorüberkommt, schnüffelt er wie ein Hund und lächelt. Die Tür steht offen. Er streckt den Kopf hinein und sieht Madeleine, die sich über das Schilflager ihres Sohnes beugt. Pierre ist nackt, sein Bauch aufgetrieben, die Beine sind in schmutzige Tücher gehüllt, die Beckenknochen springen vor, Schultern und Hals sind ausgemergelt, und sein rotes Haar klebt in Strähnen schweißnass an seiner Stirn.

»Nun, hat das Rad des Schicksals sich gedreht? Schade, dass es deinen Sohn dabei zermalmt hat, was?« Boniface lacht.

Madeleine wirft ihm einen hasserfüllten Blick zu. Boniface kann sich vorstellen, dass es ganz unterhaltsam wäre, sie gleich hier zu nehmen, neben ihrem unbeweglich daliegenden Sohn, der keinen Finger krümmen könnte, um ihr zu helfen. Aber der Geruch in der Hütte ist allzu ekelerregend.

Als Boniface die Lichtung verlässt, entdeckt er die kleine Blanche, die ihn aus dem Schutz eines Baumes heraus beobachtet. Sie ist süß, biegsam und noch ein wenig unreif, aber vielversprechend.

»Komm her. Hast du etwa Angst?«

Blanche ist wie Batiste: Sie hat vor niemandem Angst.

Boniface fährt ihr mit seiner Pranke durch das lange, braune Haar. »Wenn deine Stimme genauso schön ist wie dein Haar, dann können wir etwas aus dir machen.«

Blanche hebt stolz das Kinn. »Aus mir macht niemand etwas. Nur ich selbst.«

Boniface muss lachen. Die kleine Maus hat wirklich etwas. »Sing doch mal.«

»Ich singe nur für Leute, die ich mag, Leute, die krank sind, und Leute, die beten.«

»Sing, oder ich lasse deinem Bruder auch noch den zweiten Fuß abschneiden.«

Blanche wird sehr blass. »Das würdet Ihr wirklich tun?«

»Und noch viel schlimmere Dinge. Sing jetzt.«

Das Mädchen schließt die Augen, sucht tief in sich den Zauber, der Sterne entzünden kann, und singt von Vertrauen in die Milde Gottes und der ewigen Seligkeit als Lohn für reine Seelen. Boniface hört mit offenem Mund zu. Als sie verstummt, weiß er weder, was er sagen, noch, was er tun soll. Um seine Unsicherheit zu verbergen, räuspert er sich, spuckt auf den Boden, wirft zwei Sous ins welke Laub und entfernt sich mit großen Schritten.

Zitternd kehrt Blanche zur Hütte zurück. Ihre Mutter hat sich über Pierre geworfen, der sich in grässlichen Krämpfen windet. Sie bindet seine Arme fest, wie sie es in der Krankenstation gesehen hat. Blanche streichelt das Gesicht ihres großen Bruders. Pierres Blick ist glasig. Er glüht vor Fieber.

»Wir müssen einen anderen Arzt suchen, Mama.«

»Von welchem Geld?«

Blanche hält ihr die zwei von Boniface erhaltenen Sous hin.

Madeleine verzieht das Gesicht. »Wir brauchen zwanzigmal mehr.«

Blanche faltet die Hände. Ihre Hände sind lang und grazil – Hände, um den Wind zu streicheln und den Flug eines Schmetterlings nachzuahmen. »Ich glaube, ich habe etwas zu verkaufen. Der böse Boniface hat mich auf die Idee gebracht!«

Madeleine fletscht die Zähne, als wolle sie zubeißen. »Niemals! Hörst du? Niemals! Nicht solange ich lebe und genauso wenig nach meinem Tod!« Sie packt Blanche an beiden Armen und schüttelt sie. »Eher würde ich dich töten!«

Die Kleine befreit sich. Batiste sagt oft, dass der Zweck die Mittel heiligt. Wenn sie ihn fragt, was das bedeutet, zieht er sie sanft an ihren Zöpfen und antwortet, dass sie diesen Gedanken eines Tages ganz von selbst verstehen wird, und zwar früher, als es ihm persönlich lieb wäre. Jetzt hat Blanche verstanden. Der Zweck liegt vor ihren Augen, die Mittel hat sie selbst in der Hand. Nun muss sie nur noch das eine mit dem anderen verbinden, was mithilfe der sanften Mathilde, die viele nützliche Leute in Versailles kennt, sicher nicht schwer sein dürfte. Morgen, spätestens übermorgen wird sie Geld und ihr Bruder einen Arzt haben, ohne dass sich Batiste noch mehr verschulden muss.

Man spricht einen Herrscher nicht in einer durchlöcherten Jacke und rostzerfressenen Gamaschen an. Wie jeder Bittsteller in Versailles hat Batiste an einem Stand im Vorhof des Schlosses saubere Kleidung gemietet. Mit einem großen Eimer in der Hand, die Locken unter einem grauen Hut gebändigt und mit dem roten Gürtel, den ihm Jeanne geschenkt hat, um den Leib läuft er ungeduldig am Rand des Schwanenbeckens entlang, das der König vergrößern lassen und Apollon widmen will.

Jeder, der möchte, kann Louis XIV. beim Verlassen der Kapelle oder im Park bewundern, denn die Gärten sind für das Publikum geöffnet. Will man jedoch mit ihm sprechen, muss man zunächst vorgestellt werden. Batiste hätte Denis Jolly darum bitten können, ihn beim König einzuführen, aber fast alle Meister geben die Ideen ihrer Schützlinge als eigene aus, und der junge Mann will seine Erfindung, an der er heimlich arbeitet, mit niemandem teilen. Die meisten der Schweizer Gardisten kennen Batiste, mit dem sie wochenlang gemeinsam im Matsch herumgewatet sind, und würden ihn sicher passieren lassen.

Während er wartet, berechnet Batiste, wie vieler junger Buchsbäumchen es für die Umrandung der Becken bedarf, und kalkuliert die Geschwindigkeit der Kräuselwellen auf dem Wasser. Die Sonne steht im Zenit und setzt ihren Lauf in Richtung Westen fort. Noch immer kündet keine Bewegung auf der Schlossterrasse vom baldigen Erscheinen des Königs.

Batiste bemerkt einen stämmigen Mann, der breitbeinig mitten auf der Allee steht. Er sieht weder wie ein Arbeiter noch wie ein Vorarbeiter aus und schon gar nicht wie ein Höfling. Er ist wohlgenährt, hat ein langes Gesicht und trägt das blonde Haar kurz. Seine bronzefarbene Kleidung ist mit Erde beschmutzt. In der rechten Hand hält er ein Heft, in der linken einen Zirkel und führt ernsthafte Selbstgespräche. Batiste geht langsam auf ihn zu. Der Mann dreht sich um und blickt ihm nicht etwa ins Gesicht, sondern auf den tropfenförmigen Eimer, der ihm gegen das Bein schlägt. »Ein interessanter Eimer. Einen solchen habe ich noch nie gesehen.«

Batiste nickt. »Ihr werdet auch nie einen Zweiten sehen. Ich habe ihn eigens für seinen Inhalt hergestellt, und der Inhalt wird den Eimer schon bald nicht mehr brauchen.«

Der Mann lacht und entblößt dabei viele schief stehende Zähne. »Mit anderen Worten: Der Inhalt ist lebendig?«

»Sehr lebendig. Und das hoffentlich noch für sehr lange Zeit.«

Das Lächeln des Schnurrbartträgers erreicht seine Augen, die klein, grün und gütig sind und vor Intelligenz sprühen. »Würdet Ihr mir diesen Eimer verkaufen, wenn der dicke Fisch darin in die Wasserbecken des Königs umgezogen ist?«

Ein wenig verunsichert blickt Batiste ihn an. »Darf ich wissen, Monsieur, wer Euch über meine Absichten informiert hat?«

Der Mann setzt sich lässig auf den Brunnenrand und mustert Batiste amüsiert. »Junger Freund, wäre Euer Schützling für die Suppe bestimmt, würdet Ihr Euch sicher vor der Küche und nicht hier herumtreiben. Ihr seid der kleine Jongleur und arbeitet in der Gruppe von Jolly, nicht wahr?«

»Le Jongleur. Ja.«

»Zeigt mir Euren Fisch.«

Nach kurzem Zögern hält Batiste ihm den Eimer hin.

Der Mann pfeift anerkennend durch die Zähne. »Oh! Der wird dem König mit Sicherheit gefallen. Ich weiß zwar nicht, wo Ihr ihn herhabt, aber er ist beeindruckend. Ist die Farbe echt?«

»Er stammt aus Japan und ist ein Kaiserkarpfen.«

Der Mann blickt träumerisch zu den Springbrunnenfontänen empor. »Könntet Ihr euch sämtliche Wasseranschlüsse hier so golden wie diesen Karpfen vorstellen?« Er verstaut seinen Zirkel in einer Tasche, greift nach dem Griff des Eimers und verzieht das Gesicht. »Leider zu schwer. Man müsste die Legierung ändern.«

Batiste runzelt die Stirn. Wer ist dieser Mann?

»Heute wird der König nicht kommen. Aber wenn Ihr mir dieses Wunderwesen überlasst, überreiche ich ihm den Fisch in Eurem Namen.«

»Vielen Dank, aber ich ziehe es vor, meine Geschenke selbst zu überreichen.«

»Habt Ihr etwa Angst, dass ich mich mit dem schönen Japaner davonmache?«

»Ich muss persönlich mit dem König sprechen.«

»Dann habt Ihr also eine ganz neue Idee, von der Ihr viel erwartet. Jolly hat gesagt, dass ihr vor Erfindungsreichtum geradezu sprüht und dass er froh ist, Euch zu seiner Gruppe zu zählen, damit niemand anders von Euren Ideen profitieren kann. Hütet Euch vor Jolly, mein Freund. Der Mann liebt nur seine Frau und das Geld. Für zehntausend Livres würde er den König verraten und für die schöne Jeanne sein Seelenheil verkaufen. Ein insgesamt wenig achtbarer Mensch. Ich rate Euch dringend, ihm nicht bedingungslos zu vertrauen.«

»Er lehrt mich viele Dinge.«

»Ich habe mir sagen lassen, dass Ihr längst ebenso viel wisst wie er und dass Ihr in Eurem Kopf eine sehr eifrige Ideenschmiede betreibt. Ihr solltet nicht in Jollys Gruppe arbeiten, sondern in meiner.«

»In Eurer?«

»Ihr kämt schneller weiter und höher, Ihr könntet stolz auf Euch sein, und Ihr müsstet nicht mit der Frau Eures Dienstherrn schlafen.«

Batiste verzieht das Gesicht. »Das wisst Ihr also auch?«

Der Mann streckt sich, bis seine Beine krachen wie morsches Holz. »Versailles ist ein recht kleines Aquarium. Aber keine Sorge, ich gebe ebenso wenig Tratsch weiter, wie ich Lehrlinge abwerbe. Ich werde Jolly zu dem Kind beglückwünschen, das seine Frau ihm demnächst schenkt, und Ihr kommt zu mir, ohne dass ich Euch bestechen muss. Denkt immer daran, dass es in der Umgebung des Königs nur drei rechtschaffene Männer gibt – lediglich drei, die sich möglicherweise für Euch als für den Menschen interessieren, der Ihr seid: Alexandre Bontemps, der erste Kammerdiener, André Le Nôtre, der oberste Gärtner … und ich.«

Batistes Blick hellt sich auf. »Ihr seid François Francine. Ich habe Maître Jolly schon zwanzigmal gebeten, mich Euch vorzustellen, und jedes Mal hat er geantwortet: ›Mal sehen.‹«

»Genau das Gleiche antwortet Seine Majestät, wenn er sagen will: ›Niemals.‹ Der König hält sich in Saint-Germain auf und kommt erst wieder, wenn die Decke in seinem Schlafgemach fertig ist. Glaubt man Le Brun, der die Malerarbeiten überwacht, ist es nur noch eine Frage von Tagen. Soll ich den Karpfen in meinem eigenen Becken kühl aufbewahren und ihn dem König bringen, sobald er anreist?«

Batiste zögert und sagt dann: »Würdet Ihr ihm wirklich meinen Namen nennen und ihm sagen, dass ich einen Plan für eine Maschine habe, die ihm mit Sicherheit gefallen wird?«

»Ihr kennt meinen Ruf. Ich nehme die Dinge nicht auf die leichte Schulter und halte meine Versprechen. Le Jongleur. Eine Maschine. Ist es dringend, oder kann ich den besten Moment abwarten?«

»Es ist sehr dringend.«

»Dann wollt Ihr den König um eine Gnade bitten? Ist es etwa diese Gnade, die keinen Aufschub duldet?«

»Es geht um ein Menschenleben.«

»Ich überreiche ihm Euer Geschenk und werde zu Euren Gunsten sprechen. Danach, junger Jongleur, könnt Ihr nur noch beten.«

»Gott und ich sind nicht gerade die besten Freunde.«

François Francine wendet sein Gesicht der langsam rot werdenden Sonne über dem Sumpfloch zu, aus dem eines Tages der Grand Canal werden soll. »In Italien, woher meine Familie stammt, gibt es ein Gebet: ›Herr, gib mir die Kraft, die Dinge zu ändern, die ich ändern kann, die Demut, das Unabänderliche zu ertragen, und die Weisheit, zwischen diesen beiden Dingen die rechte Unterscheidung zu treffen.‹ Dieses Gebet richtet sich mehr an den Betenden selbst als an Gott und mag Euch bei Gelegenheit vielleicht helfen.« Der Generalintendant der königlichen Brunnen erhebt sich und nimmt den Eimer. »Kraft, Demut und Weisheit. Denkt darüber nach, Le Jongleur. Und hütet Euch vor dem Ehepaar Jolly.«

Batiste sieht ihm nach, wie er sich mit dem Karpfen entfernt, auf den er mit gesenktem Kopf einredet. Ein merkwürdiger Mann. Batiste kann sich nicht erinnern, je einem Menschen vertraut zu haben, aber er ist überzeugt, dass dieser Mann dort sein Wort halten wird. Auf der Baustelle, wo sich François Francine selten blicken lässt, weil er eher am Zeichenbrett als in den Schächten arbeitet, spricht jedermann seinen Namen mit großem Respekt aus. Batiste weiß, dass er der älteste Sohn eines von Henri IV. entdeckten Hydraulikers aus Florenz ist, dass sein Bruder Pierre der Maître d'Hôtel des Königs ist und das Personal überwacht und dass er sich als begeisterter Erfinder und um Seiner Majestät eine Freude zu machen, geschworen hat, die Grotten und Brunnen von Versailles zu den schönsten der Welt zu machen. Er will, dass Louis XIV. ihn bewundert. Batiste zweifelt nicht daran, dass er mit Francines Unterstützung vom König empfangen werden wird. In wenigen Tagen wird Pierre einen neuen Arzt haben. Den besten. Und dieser Arzt wird ihn retten.

Batiste läuft los, um Blanche und seiner Mutter die gute Nachricht zu überbringen. Auf der Lichtung steht eine Kalesche. Das Pferd weidet neben einem im Gras liegenden Mann, der seinen Hut über die Nase geschoben hat und seine Peitsche zwischen den Beinen hält. Der Wagen ist leer, aber auf dem Kutschersitz liegen zusammengefaltete Hanfsäcke. Beunruhigt beschleunigt Batiste den Schritt. Madeleines dralle Gestalt blockiert den Eingang der Hütte. Über ihre Schulter hinweg sieht Batiste eine Frau, die sich über Pierres Strohsack beugt. Die Frau ist klein, dunkelhaarig, gekleidet wie eine Dame, und ihr ovales Gesicht leuchtet als heller Fleck aus der Dunkelheit der Hütte.

»Ich bin natürlich kein Arzt, aber ich kann mich um Euren Bruder kümmern«, sagt sie mit klarer Stimme.

Blanche, die Batiste von seinem Standort aus nicht sehen kann, antwortet: »Wir hätten gern wieder den Arzt, der ihn im Frühling behandelt hat. Wie viel zahlt Ihr für mein Haar?«

»Tretet ein Stück näher, damit ich es betasten kann.«

Blanche macht einen Schritt nach vorn. Ihr gelöstes Haar fällt ihr bis zu den halben Oberschenkeln.

Die Frau streckt die Hand aus, tastet und wiegt ab. »Fünf Livres.«

»Seid Ihr ganz sicher, dass es nicht mehr wert ist?«

»In meinem Beruf kenne ich mich aus.«

»Fünf Pfund jetzt sofort?«

»Ich habe das Geld bei mir.«

»Dann gebt es meiner Mutter, und schneidet mir die Haare.«

Die Frau nickt und greift mit der linken Hand nach Blanches Haar. »Ärzte kommen meist nicht sofort, wenn man sie braucht. Sollte der Eure auf sich warten lassen, benachrichtigt mich. Ich bringe dann etwas mit, das Eurem Bruder Erleichterung verschafft.«

Batiste sieht die Schere aufblitzen. Hastig schiebt er Madeleine beiseite und packt die Frau am Arm. »Ein übles Handwerk übt Ihr da aus, Madame!«

Die Frau befreit sich flink aus seinem Griff. Sie ist kaum größer als Blanche, antwortet aber mit einer wie ein Peitschenhieb schneidenden Autorität. »Im Gegensatz zu Gliedmaßen wachsen Haare wieder nach, Monsieur. Und ich bin hier, weil ich darum gebeten wurde.«

Madeleine tritt zwischen die Streithähne. »Lass sie, Batiste. Unsere Nachbarin Mathilde hat uns die Dame geschickt. Madame kauft Haar im Auftrag ihres Onkels, der Perücken herstellt. Sogar die Königin trägt von Madames Onkel entworfene Perücken. Genau wie der König. Und noch viele andere Leute im Schloss. Ich habe deine Schwester geschlagen, weil ich befürchtete, dass sie ganz andere Dinge verkaufen wollte. Aber im Kloster wird man ihr ohnehin den Kopf rasieren. Madame tut uns also einen Gefallen, wenn sie für etwas bezahlt, das Gott nicht mehr braucht.«

Batiste packt die Frau an den Schultern und stößt sie aus der Hütte. »Ihr seid nicht besser als ein Geier! Von der Verzweiflung der Menschen zu profitieren, um sie kahl zu scheren! Ein paar verlauste Existenzen in einer Bruchbude samt einem Unglücksraben, der inmitten einer Wolke von Fliegen langsam verfault – welch ein Glücksfall für Euch! Ihr wollt nicht vielleicht zufällig auch das Blut meiner Mutter kaufen?«

Die Frau dreht sich um und blickt ihm gerade ins Gesicht. »Ihr seid der Bruder des Verletzten? Er muss so schnell wie möglich ein zweites Mal operiert werden. Die Infektion breitet sich aus …«

Es ist keine Frau, sondern ein junges Mädchen. Fünfzehn oder sechzehn Jahre alt, keinesfalls mehr. Recht klein, mit Augen wie fließendes Wasser, spitzer Nase und ebensolchem Kinn, ausgeprägten Wangenknochen, hoher Stirn und den blassen Lippen eines Menschen, der seinen Zorn zügelt oder von einem tiefen Gefühl überwältigt wird.

»Er wird sterben. Wisst Ihr das?«

Batiste hätte sie am liebsten geohrfeigt. Er schreit sie an:

»Geh zurück zu deinem Perückenmacher. Er soll dir andere Leichen zum Fleddern suchen.«

Die auf Batiste gehefteten Augen werden dunkelblau. »Er wird sterben, und es ist Eure Schuld.«

»Verschwinde!«

Der Kutscher hat die Kalesche ein Stück zurückgesetzt. Das Mädchen nimmt seine Hand und klettert neben ihn auf den Bock. Sie beißt die Zähne zusammen. Ihre blassen Lippen zittern. Der Mann lässt die Peitsche schnalzen.

Das Mädchen dreht sich zu Batiste um. »Mein Name ist Nine La Vienne. Ich hätte Euch helfen können.«

Während des gesamten Heimwegs von Versailles nach Paris hält Nine die Augen geschlossen. Wie an dem Tag, als ihr in der Église Saint-Germain-l'Auxerrois ihre weibliche Natur bewusst wurde, schämt sie sich, ist wütend und verabscheut sich. Seit ihrer Kindheit wohnt sie in großen, hellen Räumen, schläft auf einer weichen Matratze, trägt saubere Wäsche und isst, wonach es sie gelüstet. Nie zuvor hat sie einen Fuß in eine der klapprigen Hütten gesetzt, die die Pariser Vorstädte verunzieren. Auch bei den Bauern war sie noch nie, die sich angeblich von Wurzeln ernähren und Wasser aus Pfützen trinken. Selbst während des Feldzugs hat es ihr nie an etwas gefehlt. Das Elend der Familie Le Jongleur hat sie tief betroffen gemacht. Dass man heutzutage mitten in Frankreich, gleich neben dem herrlichen Park von Monsieur Le Nôtre und unmittelbar unter den Fenstern eines Palastes, den der König von der Decke bis zum Boden vergolden lässt, überhaupt so leben kann! Ohne Fenster, ohne Abtritt, ohne Brunnen, ohne Feuer, ohne Bett und ohne Tisch oder Schemel, auf einem mit welkem Gras bedeckten Boden, und das in einem Gestank, der sie an die verwesenden Leichen vor den flämischen Zitadellen erinnert.

Immer wieder sieht sie den Amputierten mit seinen verfaulten Bandagen vor sich, die gefalteten Hände der Mutter, den Blick der kleinen Schwester, die ihr Haar verkaufen wollte. Ein außergewöhnliches Kind. Die Kleine gab sich so stolz, dass

Nine ernsthaft überlegte, ob sie ihr die fünf Livres nicht ohne Gegenleistung überlassen sollte. Der brutale Kerl aber, der sie aus der Hütte geworfen hat, trug einen Hut und weiche Stiefel, während sein Bruder mit dem Tod kämpft und seine Mutter barfuß gehen muss. Für wen hält er sich, dass er es wagt, Moral zu predigen? Er hat ihr Geld abgelehnt und sie als Geier bezeichnet. Nine ballt die Fäuste. Sie hat ihr letztes Wort noch nicht gesprochen.

Zunächst jedoch muss sie sich mit Jean Quentin auseinandersetzen, der beinahe in Ohnmacht fällt, als sie ohne die versprochene Ware zurückkehrt.

In Flandern hat der Chevalier de Rohan dem Chevalier de Lorraine das Geheimnis der schönen Locken verraten, die der König unter seinem Straußenfederhut zur Schau trug. Lorraine hat besagtes Geheimnis umgehend mit Monsieur geteilt, der daraufhin beschloss, seinem Bruder eine lange Nase zu drehen und sich eine noch üppigere Perücke anfertigen zu lassen.

Das Treffen im Palais-Royal ist längst festgesetzt, und dem Bruder des Königs sagt man nicht ab. Wie auf dem Feldzug als Junge gekleidet, folgt Nine ihrem Onkel zu den Arkaden des Palais-Royal, von wo es über mehrere Treppen und Galerien zu den persönlichen Wohnräumen seiner Hoheit, des Herzogs von Orléans, geht. Nach zweistündiger Wartezeit in einem Vorzimmer voller Gemälde, die von der Leidenschaft des Prinzen für italienische Kunst zeugen, werden der Perückenmacher und sein vorgeblicher Neffe in einen Raum vorgelassen, in dem sich bereits der Chevalier de Rohan, der Chevalier de Lorraine, der Marquis d'Effiat, den Nine vom Sehen her kennt, ein Schlosskaplan mit Soutane und Brevier, ein Arzt mit Robe und Haube, ein Barbier mit Rasiermesser und Becken sowie etwa fünfzehn Männer und Frauen mit betrübten Gesichtern aufhalten. Letztere stehen mit gekrümmten Rücken und eingezogenen Schultern in den Zimmerecken wie von einem Gewitter überraschte Spaziergänger. Und tatsächlich herrscht ein großes Donnerwetter unter der Kassettendecke. Ein Ehekrach nach allen Regeln der Kunst, abgesehen von dem Umstand, dass der Gatte einen Rock trägt und die Ehefrau sich nicht über eine Mätresse, sondern über einen Liebhaber aufregt, während ebendieser Liebhaber dem Gatten vorwirft, zu gern mit seiner Frau zu schlafen.

Der Liebhaber ist der hinreißende Chevalier de Lorraine, der ganz in Weiß gekleidet, mit blonden Locken bis auf die Schultern und mit vor Zorn rosigen Wangen geradezu meisterlich den empörten Engel spielt. Henrietta Anne Stuart ist schlank und biegsam wie ein Schilfrohr und hat schwarze Augen. Ihr Gesicht und die Nase sind ein wenig zu lang. Sie ist erst dreiundzwanzig Jahre alt, aber ihre sechs Schwangerschaften haben sie vor der Zeit altern lassen. Nine findet sie weniger anziehend, als sie gehofft hatte. Was Monsieur angeht, so ist er genau, wie Rohan ihn beschrieben hat: kurze Beine, kurzer Hals, runder Bauch, eine noch längere Nase als Madame, dunkle Augen und ein Teint, der im Augenblick der Farbe eines Hahnenkamms gleicht.

Er hebt das Kinn, um größer zu wirken, und schreit seiner Frau ins Gesicht: »Ich wäre nicht eifersüchtig, wenn Ihr mir nicht allen Grund dazu gäbt. Ihr habt dafür gesorgt, dass ich mich mit dem König – meinem eigenen Bruder – überwerfe, außerdem mit Monsieur de Guiche, den ich sehr liebte, und erst heute Morgen sagte der Comte de Gramont zu mir: ›Ihr scheint ja wirklich nicht klar zu sehen. Ein wenig mehr Licht, und Ihr würdet erkennen, dass der Chevalier de Lorraine, der Comte d'Armagnac und der Comte de Puiguilhem mit Madame schlafen.‹«

»Ihr scheint mich mit den Huren zu verwechseln, die Euer

Favorit sich vor Euren Augen kommen lässt«, antwortet Henrietta tief gekränkt.

Monsieur wird womöglich noch röter. »Ich lasse Euch einsperren!«

»Lasst lieber den Chevalier de Lorraine einsperren. Gott ist mein Zeuge, dass er Euch öfter betrügt als ich.«

»Tut er es auch mit Euch?«

»Fragt ihn selbst. Vielleicht spricht er ja einmal in seinem ganzen Leben die Wahrheit.«

Wütend dreht sich Monsieur zu Lorraine um.

Der Chevalier verzieht verächtlich das Gesicht. »Ich kann alle Frauen haben, die ich will. Eure lasse ich Euch gern. Die Zeit, die Ihr in ihrem Bett verbringt, ist verlorene Zeit, und das wisst Ihr genau.«

Aus Henriettas Gesicht weicht alles Blut. Jean Quentin flüstert Nine zu, dass Madames Sohn im letzten Winter gestorben sei und dass von ihren vier ausgetragenen Kindern nur noch eine Tochter lebe.

Die Augen auf ihren Rivalen geheftet zischt Madame: »Ich kenne niemanden, der so hinterhältig und so bösartig ist wie Ihr.«

Lorraine verbeugt sich spöttisch. »Dazu kann ich mich nur beglückwünschen, denn Euer Gatte ist zufriedener mit meinen Fehlern als mit Euren Qualitäten.«

Monsieur lacht, zieht ihn zu sich heran und küsst ihm hinter das Ohr. Lorraine legt ihm seine Arme um den Hals. Eng umschlungen verhöhnen sie die Herzogin, deren Augen mit unbeschreiblicher Trauer und sichtlichem Ekel vom einen zum anderen wandern. Sie verzichtet darauf, einen schon hundertmal geführten und jedes Mal verlorenen Streit fortzusetzen, richtet sich zu ihrer vollen Größe auf, wodurch sie Monsieur um einen halben Kopf überragt, dreht sich stolz um und verlässt den

Raum. Der Herzog von Orléans lässt sich in einen Sessel fallen, hebt die Röcke, sodass alle seine in rote Seidenstrümpfe gehüllten Waden sehen können, und verlangt nach einem Schemel und einem Fächer. Über die Schulter eines zu seinen Füßen knienden Dieners hinweg wirft er Jean Quentin einen Blick zu.

Als Werbung für die Werkstatt Binet hat der Perückenmacher sich mit einer hohen, gelockten »Binette« ausstaffiert, die intensiv nach Geißblatt duftet.

Monsieur macht ihm ein Zeichen, näher zu treten. »Nun, Maître Quentin, erklärt mir doch einmal diese Neuschöpfung, von der unser Freund, der Großjägermeister und der König bereits profitieren durften.«

Lorraine und Rohan treten hinzu und betrachten gemeinsam mit dem Prinzen die Zeichnungen, mit deren Hilfe der Perückenmacher das Prinzip der geschlitzten Perücke erklärt. Nine hält sich dicht hinter ihrem Onkel und lauscht, ohne mit der Wimper zu zucken. Rohan, den ihre Steifheit amüsiert, zwinkert ihr zu.

Lorraine neigt sich zu dem Chevalier de Rohan hinüber. »Ist das der junge Neffe, von dem Ihr mir erzählt habt?«

Monsieur unterbricht Quentins Ausführungen und kratzt sich so ungeniert wie ein Schimpanse. »Die Absicht habe ich verstanden, aber letztlich hängt doch alles vom Material ab. Zeigt mir, was Ihr mir bieten könnt.«

Nine reicht ihrem Onkel die Samthülle, in der die Warenproben eingenäht sind. Monsieur beugt sich vor und untersucht jede einzelne Strähne. Als er sich aufrichtet, runzelt er die Stirn so streng, dass seine Augenbrauen sich berühren. »Wollt Ihr Euch über mich lustig machen? Glaubt Ihr, ich ließe zu, das sich solche Hundeschwänze mit meinem eigenen Haar vermischen?«

Jean Quentin protestiert, es handele sich hier ausschließlich um sehr gesunde Haarmuster, die möglicherweise weniger spektakulär seien als das eigene Haar Seiner Hoheit, das Haar Seiner Hoheit sei jedoch von einer derart hohen Qualität, dass es schwierig sein dürfte, ähnlich schönes Material zu finden … Monsieur wischt die Proben samt dem Perückenmacher mit einer Handbewegung beiseite. Der aus dem Gleichgewicht gebrachte Quentin fällt schwer auf seinen Sitz zurück. Der Herzog von Orléans, der auf seinem Sessel thront wie ein Hahn auf dem Mist, wird wieder hochrot im Gesicht und beginnt so laut zu kreischen, dass sein Arzt sich beunruhigt bei Lorraine erkundigt, wann der Prinz zum letzten Mal zur Ader gelassen wurde. Jean Quentin erhebt sich, klopft sich den Staub aus den Kleidern und lässt sich mit gesenktem Kopf als unfähiger Mensch, Flegel, Scharlatan, Kakerlake, Verräter, Nichts und tausend anderen Verwünschungen beschimpfen, die ihm die Tränen in die Augen treiben.

Schließlich kann Nine nicht mehr an sich halten. Mit einer heftigen Bewegung reißt sie ihre Männerperücke und das Netz herunter, das ihr Haar zusammenhält, und schüttelt den Kopf. Ihr dicker, brauner Zopf fällt ihr bis zu den Hüften hinunter. Sie nimmt ihn nach vorn, zieht ein Rasiermesser aus der Tasche und schneidet ihn in Höhe des Kinns ab. »Sollte Eure Hoheit diese Haare für würdig befinden, soll es mir eine Ehre sein, daraus eine Perücke zu machen, die dem Eigenhaar Seiner Hoheit so ähnlich ist, dass man Ihn damit geboren glaubt.«

Verblüfft sieht der Prinz Quentin an, dann Lorraine, dann Rohan, dann den Zopf, dann wieder Quentin, dann den angeblichen Lehrling und schließlich noch einmal den Zopf, der auf seinem Rock liegt.

Seine Züge entspannen sich und werden zu einem Ausdruck kindlicher Begehrlichkeit. »Die Farbe ist meiner eigenen sehr ähnlich, und das Haar ist von kräftiger Beschaffenheit …« Er blickt zu Nine auf und fragt mit zuckersüßer Stimme: »Es sind wirklich sehr schöne Haare. Werden sie Euch nicht fehlen?«

»Nun, ich verliere sie schließlich nicht aus den Augen, sollte ich das Glück haben, sie auf dem Haupt Eurer Hoheit bewundern zu dürfen.«

Der Herzog von Orléans rollt eine seidige Strähne um sein Handgelenk und macht Jean Quentin ein Zeichen. »Ich will sie.«

»Die Perücke? Aber natürlich, Eure Hoheit …«

»Das Mädchen. Euren Neffen. Sie ist doch Euer Neffe?«

»Meine Nichte, Eure Hoheit. Ja, sie ist meine Nichte.«

»Abgesehen davon, Euch aus der Verlegenheit zu helfen – was kann sie noch, Eure Nichte?«

Jean Quentin hüstelt. »Falls Eure Hoheit von weiblichen Arbeiten sprechen: Nine versteht ein wenig vom Nähen und Sticken, aber …«

Rohan neigt sich zu Monsieurs Ohr hinunter und flüstert ihm etwas zu. Der Herzog betrachtet Nine mit steigendem Interesse.

»Tretet einen Schritt zurück, Mademoiselle Neffe.« Nine gehorcht. »Dreht Euch um die eigene Achse. Aber langsam, damit ich Euch genau ansehen kann.« Philippe hebt seine Lorgnette und inspiziert sie wie einen neuen Emu für seinen Tierpark in Saint-Cloud. »Und Mademoiselle mischt mit ihrem Aussehen eines schlecht genährten Jungen tatsächlich Salben? Zum Beispiel auch solche gegen Juckreiz? Dreht Euch weiter. Gegen den Juckreiz, der auf dem Schädel entsteht, wenn man Frauenperücken trägt?«

»Eine Lotion, ja. Ich benutze sie selbst.«

»Kommt her und zeigt mir Eure Zähne. Die Zähne verraten sehr viel darüber, ob ein Mensch sich pflegt.«

Nine öffnet den Mund. Monsieur stößt ein Grunzen aus und

sinkt in seinen Sessel zurück. »Sie sind tatsächlich weißer als meine eigenen.«

»Ich reibe sie jeden Morgen und Abend mit Sand ab, der mit Zitronensaft angefeuchtet ist.«

»Hilft das auch gegen Schmerzen?«

»Gegen Zahnschmerzen gebt Ihr einen Löffel voll Schießpulver in ein Tuch und kaut es über eine lange Zeit. Oder Ihr lasst Euch eine Handvoll Regenwürmer kochen, sie zerkleinern und Euch in das Ohr auf der schmerzenden Seite streichen. Oder ihr zieht durch das Nasenloch auf der betroffenen Seite einen Löffel Branntwein hoch. Ihr könnt auch den Ohrrand mit einem glühenden Eisen behandeln …«

»Aber Ihr? Wie macht Ihr es?«

»Ich spüle mir nach jeder Mahlzeit den Mund mit Thymiantinktur aus. Dazu braucht man dreieinhalb Unzen Thymian, den man einige Zeit in einem halben Liter Branntwein ziehen lässt.«

»Wisst Ihr auch eine Behandlung für unangenehme Gefühle im Gesäß, wenn man zu viel … geritten ist?« Der Herzog von Orléans wirft dem Chevalier de Lorraine einen Seitenblick zu. »Versteht Ihr, was ich meine?«

Nine senkt die Stimme und antwortet sanft: »Das Übel großer Reiter, nehme ich an. Man muss es unbedingt behandeln, weil sonst stechender Schmerz und das Risiko einer Blutung das Vergnügen an einer Übung verderben, die dem Leben Würze verleiht.«

Monsieur lächelt. Wenn er lächelt, wirkt er fast charmant. »Genau das meine ich.«

»Manche empfehlen Totenschweiß. Der Henker von Paris handelt damit, und ich weiß, wie man ihn zubereitet. Man kann aber auch geschälte Kürbiskerne in Milch kochen, sie in kleine Säckchen geben und diese Säckchen noch heiß auf die betroffenen Partien legen. Ich persönlich würde eine Salbe auf der Basis frischer Beinwellwurzel empfehlen, die zuvor geschält, abgekocht und zerrieben wurde. Eure Hoheit kennen sicher den Beinwell. Er wächst in Büscheln an feuchten Standorten, und man nennt ihn auch Wallwurz. Wenn Eure Hoheit das letztgenannte Rezept eine Woche ohne Unterbrechung anwenden und während dieser Zeit auf jegliche … Übung verzichten, könnt Ihr anschließend so lange im Sattel bleiben, wie es Euch genehm ist.«

Die Augen des Herzogs von Orléans funkeln. »Mademoiselle Neffe, ich finde Euch äußerst unterhaltsam. Ich wünsche, Euch ab sofort jeden Morgen bei meiner Toilette zu sehen. Gleich von morgen an und mit Euren Tinkturen. Solltet Ihr mich weiterhin überraschen können, werde ich Euch behalten. Wenn nicht, kehrt Ihr zu Euren Perücken zurück.«

Rohan beugt sich zu Lorraine. »Diese Kleine da wird es weit bringen …«

Mit leuchtenden Augen antwortet Lorraine: »Vorausgesetzt, sie lässt sich besteigen …«

»Seit wann interessiert sich Monsieur für kleine Mädchen?«

Lorraine fährt mit der Zunge genießerisch über seine roten Lippen. »Er nicht. Aber ich. Ich interessiere mich sogar sehr dafür.«

Monsieur gähnt so ausgiebig, dass alle Anwesenden feststellen können, dass er im Gegensatz zum König noch alle seine Backenzähne besitzt.

Dann reibt er sich die Hände und verkündet: »Wir werden also so verfahren.« Er reicht Jean Quentin Nines Zopf. »Monsieur, möge Euer Werk der edlen Geste Eures Lehrlings entsprechen. Tretet näher, mein Fräulein.« Er zieht einen Ring mit einem Saphir vom Zeigefinger. »Dies dürfte Euch für das Haar entschädigen, das Ihr mir geschenkt habt.« Vom Mittelfinger zieht er eine große, in Gold gefasste Perle. »Und dies hier ist für eine Auswahl an Perücken, mit denen Ihr Euer Haar ersetzen könnt.« Zum Schluss zieht er einen rund geschliffenen Rubin vom Ringfinger. »Damit bestellt Ihr einige Eurer neuen Frisur und Eurer neuen Beschäftigung angemessene Kleider.«

In jenen Tagen war der Herzog von Orléans sehr großzügig. Seine Großzügigkeit kam von Herzen und glich durch ihre Ehrlichkeit einige seiner Charakterfehler aus. Der König schenkte aus Berechnung und um Menschen auf seine Seite zu ziehen, Monsieur schenkte aus Vergnügen und ohne ein anderes Ziel als dem, Freude zu bereiten. Er war in fast allen Dingen das komplette Gegenteil seines älteren Bruders, so unähnlich, dass es fast an eine Karikatur grenzte, und ihm dennoch so eng verbunden wie die beiden Seiten einer Münze. Louis gab sich geradezu erbitterte Mühe und war ein visionärer, detailverliebter Perfektionist. Philippe lebte im Augenblick. Für ihn war alles ein Spiel, und er lebte nach der Devise: Was schert mich die Flasche, was zählt, ist der Rausch. Louis träumte davon, die großen Kaiser in den Schatten zu stellen, Philippe war es wichtiger, die einzige große Liebe des Chevalier de Lorraine zu sein. Der König verbarg seine Gedanken, Gefühle und Absichten, um anderen gegenüber immer einen Schritt voraus zu sein, sein Bruder kostümierte sich als Marquise oder Zigeunerin, beklebte sich mit Schönheitspflästerchen und tanzte ohne jede Hemmung. Seit seiner Kindheit legte Monsieur eine geradezu blinde Zuneigung zu seinem großen Bruder an den Tag und wünschte nichts sehnlicher, als von ihm ebenso geliebt zu werden. Ebenfalls seit seiner Kindheit hegte der König unfreundliche Gefühle für seinen kleinen Bruder und wünschte nichts sehnlicher, als ihn so schnell wie möglich loszuwerden.

Loswerden?

Ein König ist in der Lage, gewisse Umwege zu beschreiten, um unliebsame Zeitgenossen loszuwerden. Vor allem dieser König, der alles perfekt machen will, weiß, wie man auf vielerlei Arten tötet, ohne sich die Hände zu beschmutzen.

Warum ich das sage?

Weil ich sah, wie er es tat.

Hat er Leute getötet, die ich kannte? Leute, die mir etwas bedeuteten?

Oh ja, sie bedeuteten mir sogar sehr viel.

Leute, die in dieser Geschichte vorkommen?

Geschichten sind eine Art Reise, Charles. Lasst Euch mitnehmen …

Wenn ein junges Mädchen den Juwelieren auf dem Pont-au-Change oder dem Quai des Orfèvres einen Saphir, eine Perle und einen Rubin verkauft, genügt das für eine reiche Brautausstattung. Eine komplette Aussteuer mit Kleidern für Tag und Abend, Leibwäsche, Bettwäsche, Tischwäsche und dem großen bestickten Laken für das Brautbett. In der Werkstatt, wo Zéphyrine und Edmée damit beschäftigt sind, Nines Haar in regelmäßigen Strähnen auf eine nach Monsieurs Maßen angefertigte Kalotte zu nähen, schmiedet Jean Quentin Pläne. Der Blick, den der Chevalier de Lorraine auf seine Nichte geworfen hat, ist ihm nicht entgangen. Dieser Herr brauchte nur sein Taschentuch fallen zu lassen, und alle Damen des Hofes würden es bereitwillig aufheben. Wenn Nine ihm gefallen hat, kann das nur bedeuten, dass sie in der Lage ist zu gefallen. In der Umgebung von Monsieur würde sie zwar mehr Lustknaben als heiratswillige Männer kennenlernen, doch der Erste, der sich erklärte, dürfte das Rennen machen. Wenn man Badertochter ist, keine Mutter und keinen Busen hat, diskutiert man nicht lange über eine gute Partie. Die Unternehmen La Vienne und Binet florieren. François wird eine Hälfte der Aussteuer aufbringen, und Jean wird seiner Nichte die andere Hälfte schenken. Hat er ihr bei ihrer Übernahme als Lehrling nicht versprochen, ihre Interessen nicht aus den Augen zu verlieren?

Nine sitzt vor dem alten Binet, der ihrer Frisur mit geschickten Schnitten zu einer neuen Form verhilft, und hört zu, wie über ihre Zukunft beschieden wird, als liste man das Inventar eines neuen Hauses auf. Möbel, Teppiche, Kutsche, Diener, illustre Gäste – nichts fehlt. Aber trotz der Begeisterung des Onkels, trotz des ermutigenden Lächelns ihres Urgroßvaters und trotz der entzückten Gesichter der Zwillinge sagt ihr nichts von alledem wirklich zu.

Das, was sich Nine wirklich wünscht, kauft sie vom Erlös des Saphirs des Herzogs von Orléans. Es ist eine nagelneue Chirurgenausstattung mit mehreren Injektionsnadeln, einem Meißel, zwei Skalpellen sowie einer kleinen und einer großen Säge. Außerdem ersteht sie dicke Baumwollkompressen und mehrere Bandagen. Mit dem alten Binet als Komplizen verbringt sie den Abend damit, einen Breiumschlag aus verbrannter, mit Essig getränkter Brotrinde (zwei Unzen, also zweimal achtundzwanzig Gramm), Harz vom Mastixstrauch (eine Unze), Kürbisöl (eine Unze), gemahlenem Elfenbein und zerkleinerter Koralle (eine Drachme, also drei bis vier Gramm), zerriebener Minze sowie rotem und weißem Sandelholz herzustellen. Das Ganze wird mit zwei Unzen in Wasser gekochtem Gerstenmehl vermischt. Dieser sehr weiche und schlecht aufzubewahrende Brei wird von dem weisen Nicolas Lémery, dem Autor des von allen Apothekern hochgeschätzten Werks »Pharmacopée universelle«, gegen Wundbrand empfohlen.

Nine kennt die meisten Rezepte von Monsieur Lémery auswendig und hat sie an ihrem Vater, an den Kunden der »Bains La Vienne«, an den Ursulinen, bei denen sie zur Schule ging, an Edmée und Zéphyrine, an französischen Soldaten und nicht zuletzt an sich selbst ausprobiert, wann immer sie Gelegenheit dazu hatte. Die Wissenschaftlichkeit und Erfahrung von Nicolas Lémery beeindruckt sie, trotzdem musste sie feststellen, dass seine Verbände, Wässerchen und allmächtigen Pasten nur selten die Wirkung zeigten, die ihr Autor ihnen zusprach.

In der Kutsche, die sie in den Wald von Versailles bringt, beschließt sie, im Fall einer Verschlechterung des Zustands des älteren Le Jongleur nicht unbedingt die Ratschläge der »Pharmacopée« anzuwenden, sondern zu improvisieren.

Sie findet den jungen Mann allein in der Hütte. Sein Atem rast vor Fieber und Schmerzen. Neben ihm liegt ein umgestoßener Krug. Nine taucht eine Kelle in den Eimer neben der Tür und gibt ihm erst einmal zu trinken. »Ihr müsst meinen Bruder entschuldigen, Mademoiselle«, flüstert er. »Er würde so gern Gutes tun, aber es wendet sich immer wieder zum Schlechten.«

»Ich habe Euch Geld für Euren Chirurgen mitgebracht. Und einen Breiumschlag für Eure Wunden. Auch etwas Laudanum, damit Ihr weniger leidet. Gestattet Ihr, dass ich Eure Beine untersuche?«

Der Kranke stöhnt. »Seid Ihr nicht Perückenmacherin?«

»Ich wünschte, ich wäre es nicht. Darf ich die Verbände abnehmen?«

Mit fiebrigen Augen sieht Pierre zu, wie Nine ihre große Baderschürze über ihr Kleid zieht und einen nach dem anderen seine Verbände abwickelt. Der Knöchelstumpf ist vollkommen brandig. Beide Beine sind dick angeschwollen, hart und bis zu den Knien dunkelbraun geädert.

»Wo ist Eure Mutter?«

»Beim Vorarbeiter. Wegen der rückständigen Miete.«

Nine beugt sich über das rechte Schienbein. Die schwärzliche Haut ist mit kleinen, violetten Blasen übersät, die einen ekelerregenden Geruch verbreiten. »Wie heißt Ihr?«

»Pierre. Pierrot. Werde ich meine Beine behalten?«

Nine drückt zunächst ihren Daumen und dann die Spitze ihres Skalpells in die aufgetriebene Wade. Das Fleisch ist bis in eine Tiefe von drei Zentimetern ohne jegliches Gefühl.

»Der Arzt muss sehr schnell kommen, Pierre. Morgen. Unbedingt.«

»Wird er amputieren? Auch das linke Bein?«

»Ich fürchte ja. Sonst steigt die Infektion in die Schenkel auf.«

»Und daran stirbt man?« Pierre lässt sich zurückfallen. »Ich will nicht sterben.«

Nine träufelt ihm eine ganze Phiole einer Tinktur in den Mund, die sie aus in Malagawein aufgelöstem Opiumpulver und Safran hergestellt hat. Sie wäscht die Geschwüre mit Essigessenz aus, schneidet verweste Fleischfetzen ab und legt zur Beruhigung ihres Gewissens von den Knöcheln bis zum halben Oberschenkel die mit dem Brotbrei bestrichenen Bandagen an. Pierre windet sich auf seinem ärmlichen Lager und bemüht sich, sein Stöhnen zu unterdrücken, bis er unter dem Einfluss des Opiats schließlich einschläft.

Auf der Lichtung reißt Nine sich Schürze und Haube vom Leib und schüttet sich Alkohol über die Hände. An liebsten hätte sie sich von Kopf bis Fuß damit abgerubbelt.

»Was habt Ihr mit Eurem Haar gemacht?«

Die kleine Schwester steht im Schatten einer Eiche und betrachtet Nine mit gerunzelter Stirn. Nine hebt ihre Haube auf und befestigt sie hastig wieder auf dem Kopf.

»Ich habe sie verkauft. Weggegeben.«

»Statt meiner Haare?«

»In gewisser Weise …«

»Dann brauchtet Ihr meine Haare tatsächlich?«

Nine lächelt. »Ja.«

Die Kleine setzt den Eimer ab, den sie in der Hand hielt, und tritt einen Schritt näher.

»Ich bin Blanche. Habt Ihr Euch um Pierre gekümmert?«

»Ich habe nur seine Wunden gereinigt und ihn neu verbunden. Euer Arzt muss das Werk zu Ende führen, das er begonnen hat. Geld dafür liegt in dem leeren Krug in der Hütte.«

»Tut Ihr gern gute Werke? Oder habt Ihr Sünden auf dem Gewissen?«

Nine errötet. »Wenn ich einen Kranken oder Verletzten sehe, versuche ich, ihm zu helfen. Ich möchte einmal Chirurgin werden.«

»Ah! Ich werde Opernsängerin. Batiste hat es gesagt. Batiste ist mein anderer Bruder, der so unhöflich zu Euch war. Dabei habt Ihr noch Glück gehabt. Wenn er Jesus losgelassen hätte, wärt Ihr entstellt nach Hause gefahren oder vielleicht sogar gestorben, und wir hätten Euch heimlich begraben müssen. Stellt Euch das nur vor. Bei dieser Hitze! Jesus ist ein zahmes Frettchen und hat sehr spitze Zähne. Batiste ist Lehrling bei den Brunnenbauern, und alle Frauen außer meiner Mutter lieben ihn von ganzem Herzen. Ihr werdet sehen, auch Ihr werdet ihn lieben.«

Nine verzieht das Gesicht. »Das bezweifele ich, Kleine.«

»Ich bin gar nicht so viel kleiner als Ihr. Und mein Name ist Blanche. Kommt Ihr wieder?«

»Ich glaube nicht.«

Das Mädchen nimmt seinen Eimer und geht zur Hütte. Auf der Schwelle dreht sie sich noch einmal um, mustert Nine von oben bis unten und sagt sehr ernst: »Ich glaube schon.«

Während der beiden folgenden Tage liest Nine alles, was sie über Gasbrand finden kann. Am dritten Tag nimmt sie allein den Wagen und treibt das Pferd zur Baustelle von Versailles. Neben der Hütte von Pierre Le Jongleur kauert der Brunnenbauer Batiste und facht ein Torffeuer an. Nine springt vom Wagen. Sie zieht einen großen Sack hinter sich her. Der Brunnenbauer richtet sich auf und geht ihr entgegen. Sein Oberkörper ist nackt und glänzt vor Schweiß. Er riecht nach Müdigkeit, Angst und Schmerz. Seine Schultern sind eckig, sein Bauch flach, seine Lippen sind aufgesprungen, und für einen Mann hat er zu viele Locken und zu dichte Wimpern.

Er greift nach dem Sack, wirft ihn sich über den Rücken, senkt die Augen unter Nines düsterem Blick und stößt hastig hervor: »Bitte entschuldigt mein Benehmen beim letzten Mal. Und danke für das, was Ihr getan habt.«

Nine folgt ihm in die Hütte. Trotz der geöffneten Tür ist der Gestank unvorstellbar. Halb erstickt beugt sich Nine über das Lager.

»Der Chirurg wollte also nicht kommen?«

Die kleine Schwester löst sich aus dem Schatten. »Der Gehilfe des Vogts hat das Geld genommen. Auch unsere Mutter hat er mitgenommen. Er heißt Boniface. Anselme Boniface. Und er ist ein wahrer Teufel.«

Batiste zerrt sie zurück. »Halt den Mund, Blanche.«

Nine löst die Verbände. Die Haut um die Verletzung ist bis zum Schienbein hinauf schwarz. Pierre stöhnt leise mit halb geschlossenen Augen.

Nine dreht sich zu Batiste um. »Wenn wir alles so lassen, wird er vor Ende dieser Woche zu Gott heimkehren.«

Batiste beißt sich auf die Lippen und knurrt: »Gott hat damit nichts zu schaffen.«

Er betrachtet das junge Mädchen, das sich über Pierres

Wunden beugt. Trotz ihrer Jugend und ihrer zierlichen Erscheinung lässt sie sich von dem, was sie sieht, offenbar nicht beeindrucken. Wo mag dieses Mädchen bloß herkommen?

»Arbeitet Ihr in einem Hospital?«

Ohne die Augen zu heben, antwortet Nine ruhig: »Nein. Aber ich weiß, wie man ein Bein amputiert, wie man eine Blutung stillt, und ich kenne Arzneien, die die Infektion unterdrücken.«

Batiste weicht das Blut aus dem Gesicht. »Ein Bein oder beide?«

»Beide, und zwar am Kniegelenk. Der Wundbrand hat sich bereits stark ausgebreitet, aber Euer Bruder ist solide gebaut, und wenn sein restlicher Organismus noch nicht von der Fäulnis befallen ist, kann er es vielleicht noch schaffen.«

Batiste zögert. »Warum wollt Ihr das tun? Was gewinnt Ihr dabei?«

Nine richtet sich auf und blickt ihn gerade an. »Auf die eine oder andere Weise hat jeder von uns etwas gutzumachen.«

Batiste legt die Hand auf Pierres glühende Stirn. In einem ganzen Leben würde er den Augenblick nicht wiedergutmachen können, in dem er Pierre in den Schacht gestoßen hat.

»Sagt mir, was ich tun soll. Auch Blanche kann helfen. Sie hat zusammen mit meiner Mutter auf der Krankenstation der Baustelle gearbeitet.«

»Habt Ihr Brennholz? Ich brauche zuerst kochendes Wasser und später Glut.«

Batiste reißt die Hüttentür aus den Angeln, zertrümmert sie und wirft die Stücke ins Feuer. Nine legt die Schürze an, schüttet sich Essig über die Hände, knotet sich ein mit Melissenwasser getränktes Tuch unter die Nase, bittet Blanche, die mitgebrachten Laken in Stücke zu reißen, verabreicht Pierre eine doppelte Dosis Opium und öffnet ihr Chirurgenköfferchen.

Sie verbringt die ganze Nacht in der Hütte. Unter der Einwirkung der Drogen schreit Pierre nur einmal, als Nine die Stümpfe mit roter Glut behandelt. Blanche singt für ihn vom ersten Schnitt mit dem Skalpell bis zum letzten Verband. Außerdem reibt sie ihren Bruder auf Nines Anweisung am ganzen Körper mit Nelkenöl ab, ehe sie ihn in ein mit Zitronengrasessenz getränktes Laken hüllt. Citronella ist für seine reinigende und Fäulnis hemmende Wirkung bekannt. Batiste hilft seiner Schwester, Pierre auf das mit frischem Gras ausgestattete Lager zu legen, und geht dann nach draußen zu Nine.

Ein schwülheißer Morgen dämmert herauf. Nine sitzt an ein Rad ihres Karrens gelehnt, blickt in den Himmel und weint vor Erschöpfung. Sie hat die Schürze, Schuhe und Strümpfe abgelegt, ist wachsbleich, ihre Haare ringeln sich unordentlich um ihr kleines Gesicht, und Arme und Hals sind mit Blut befleckt. Mit ihren nackten Füßen und mageren Schultern sieht sie aus wie ein Kind am Ende seiner Kräfte. Batiste setzt sich neben sie und nimmt sanft ihre Hand. In der Ferne, aus Richtung der Orangerie, erklingt die Glocke, die die Arbeiter zum Sammeln ruft.

»Ich werde erwartet. Im Dienst des Königs«, murmelt Batiste.

Nine drückt seine Hand. »Bleibt noch ein wenig. Bitte …«

Als Pierre aufwacht, hat er zwar große Schmerzen, doch das Fieber ist gesunken. Am folgenden Abend bringt Nine ihm Rindsbouillon, die er trinkt, und Feigenkompott, den er isst. Am übernächsten Tag flammt das Fieber erneut auf, und er hat so starke Schmerzen, dass er seine Mutter bittet, ihn zu töten. Am folgenden Morgen färben sich beide Oberschenkel braun und werden von Stunde zu Stunde dunkler. Pierre beginnt zu delirieren. Beunruhigt probiert Nine jede nur denkbare Salbe und Tinktur aus, ohne ihm Erleichterung verschaffen zu können. Auf den dringenden Wunsch von Madeleine, die ein halbes Dutzend Blutegel am Oberkörper des Kranken angelegt hat, führt sie einen Aderlass an der Innenseite des rechten Arms durch. Pierre verliert das Bewusstsein, ehe sie den Druckverband abnehmen kann. Zwei Stunden später stirbt er.

Die Vorschriften der Bauaufsicht sehen eine Entschädigung für auf der Baustelle erfolgte Verletzungen und Todesfälle vor. Die jeweilige Natur der Verletzung sowie der Status des Arbeiters sind in einer Skala festgelegt. Ein gebrochenes Bein bringt zwanzig Livres für einen Hilfsarbeiter, dreißig Livres für einen Gesellen. Ein Schädelbruch: zwanzig Livres für einen Lehrling, sechzig für einen Meister. Die Entschädigung bei einem Todesfall folgt den gleichen Regeln. Bei den Maurern ist ein toter Hilfsarbeiter zwanzig Livres wert, was etwa dem Lebensmittelbedarf für zwei Personen während eines Monats entspricht. Ein Geselle ist dreißig Livres wert; diese Summe wird auch beim Verlust eines Pferdes bezahlt. Ein Steinmetz ist fünfzig und ein Meister sechzig Livres wert.

Als Gegenleistung für Pierre, der auf Veranlassung des Vogts am nächsten Morgen um fünf Uhr begraben wird, soll Madeleine Le Jongleur zwanzig Livres erhalten, hinzu kommen dreißig Livres, mit denen der Schmerz einer Mutter beim Verlust ihres Sohnes abgegolten wird. Anselme Boniface kommt höchstpersönlich mit der entsprechenden Summe und den Beileidsbekundungen von Monsieur Colbert. Der Gehilfe des Vogts steht vor der Hütte, sieht blühend aus wie nie zuvor und hat den Gesichtsausdruck eines Mannes, der Gott und dem König wohlgefällig ist. Zufrieden betrachtet er Madeleine und Blanche, die sich auf der türlosen Schwelle ihrer Hütte aneinanderklammern, ausgezehrt und stumpf vor Trauer. Inzwischen kennt er den Geschmack von Madeleine und hat sich, während der Rotschopf im Sterben lag, ausgezeichnet damit unterhalten, ihr in einer Jagdhütte, deren Schlüssel er besitzt, bis aufs Blut in Brüste und Hinterbacken zu beißen. Sie ist wirklich ein Leckerbissen. Die Kleine dürfte weniger anregend sein, und unreifes Obst ist nicht gut für die Zähne, aber von ihr erwartet er eine andere Art Vergnügen.

Die Mutter wagt nicht, ihm in die Augen zu blicken. Sie schämt sich ihrer Niederlage und hat große Angst um ihre Tochter. Zu Recht. Boniface spuckt einen Strahl Tabaksaft auf die Erde und beschließt, weil einmal keinmal ist, heute einmal Milde walten zu lassen. Theatralisch langsam zieht er zehn Geldstücke aus der Tasche und wirft sie Mutter und Tochter vor die Füße. Madeleine Le Jongleur schaut das Geld an, ohne zu begreifen. Boniface lächelt nach Art des Königs, indem er nur die Mundwinkel nach oben zieht, was den doppelten Vorteil bietet, das Lächeln einerseits geheimnisvoll zu halten und andererseits ein wenig schmeichelhaftes Gebiss zu verbergen.

»Von den dir zustehenden fünfzig Livres für den Tod deines Sohnes habe ich zweiunddreißig einbehalten. Sie dienen dazu, die ausstehende Miete sowie den Mietzins für die kommenden vierzehn Tage abzudecken. Damit bleiben achtundzwanzig Livres, also neun Louis und zwanzig Sous, die ich angesichts deiner Trauer auf zehn Louis aufrunde. So gerecht sind der König und ich. Du darfst dich bedanken.«

Madeleine erbleicht. »Aber Ihr habt doch schon das Geld genommen, das die Perückenmacherin für den Arzt dagelassen hatte.«

»Das war für die Geduld, die ich dir gegenüber an den Tag gelegt habe.«

»Das dürft Ihr nicht.«

»Dann geh dich beschweren.«

Madeleine beginnt zu zittern wie ein Blatt im Wind. Boniface hätte nichts dagegen, wenn sie sich schreiend auf ihn würfe. Wut steht reifen Frauen gut zu Gesicht; sie belebt ihren Teint. Aber die kleine Blanche hält ihre Mutter fest und redet leise und beruhigend auf sie ein. Schließlich heftet Madeleine Le Jongleur ihre geröteten Augen fest auf den Vogtsgehilfen und ballt hinter ihrem Rücken eine Faust, um die Verwünschung anzuziehen.

»Beim nächsten Mal lasse ich zu, dass das Frettchen dich umbringt, Anselme Boniface«, sagt sie langsam.

»Beim nächsten Mal, meine Dicke, mache ich mit deiner Tochter genau das, was ich mit dir gemacht habe. Sie wird singen, die kleine Blanche, das verspreche ich dir. Allerdings nicht im Kloster.«

Eine halbe Meile vom Ort des Geschehens entfernt, in seinen nach Farbe und Holzleim duftenden Gemächern, lässt Louis XIV. sich verwöhnen wie ein Sultan im Harem. Er hat Madame de Montespan sowohl der Königin als auch Louise de La Vallière, dem ganzen Hof und allen Botschaftern vor die Nase gesetzt. In aller Öffentlichkeit mit der schönsten Frau des Königreichs umherzustolzieren erfüllt ihn mit einer Zufriedenheit, der weder die Verwünschungen des Marquis de Montespan noch die Tränen der Herzogin von Vaujours etwas anhaben können. Die Ehe der neuen Odaliske kann nicht annulliert werden, weil aus ihr zwei gesunde Kinder hervorgegangen sind und der vor Wut schäumende gascognische Gatte Louis XIV. seinen Besitz nicht kampflos überlassen will. Monsieur Colbert und Monsieur Bontemps kommt die Aufgabe zu, den lästigen Mann positiv zu beeinflussen, damit seine Ausbrüche das königliche Glück nicht stören. Aus dem doppelten Ehebruch ergibt sich eine sehr delikate juristische Situation. Außerdem ist er ein nie da gewesener Affront gegen die Kirche, aber wenn es darum geht, seine Launen in einer Angelegenheit zu akzeptieren, die dem Herrscher sowohl am Herzen liegt als auch seine Sinne befriedigt, genügt der Wille des Königs sich selbst. Und wenn der Hahnrei sich nicht kaufen lässt, dann verbannt man ihn eben auf seine Besitzungen. Sollte er damit drohen, der Marquise ihre Tochter und ihren Sohn vorzuenthalten, die gerade einmal vier und zwei Jahre alt sind, überlässt man ihm die Kinder. Wie die meisten jungen Frauen ihres Standes kennt Madame de Montespan ihre Sprösslinge kaum, und die Wohltaten, die Seine Majestät ihr angedeihen lässt, entschädigen sie um das Hundertfache für das, worauf sie für seine Liebe verzichtet. Die Öffentlichkeit, die sich normalerweise gegenüber den Eskapaden der Fürsten nachsichtiger zeigt als bei Privatpersonen, betrachtet die neue Schwärmerei von Louis XIV. mit kritischem Blick. Mademoiselle de La Vallière ähnelt immer mehr einem kleinen Veilchen, das sich unter dem Gras versteckt; sie schämt sich, eine Mätresse zu sein, sie schämt sich, Mutter zu werden, und sie schämt sich ihres Titels einer Herzogin. Ihre Bescheidenheit und das sichtliche Desinteresse des Königs an ihr berührt die einfachen Herzen. Die strahlend schöne Marquise de Montespan hingegen ist zu dünkelhaft und zu offenkundig von ihrem Ehrgeiz geprägt, um die kleinen Leute zu bewegen. In den Straßen von Paris kursieren Spottschriften, und es sind Karikaturen im Umlauf, die Louis Apollon auf einer Kutsche darstellen, die von seiner Gattin und den beiden Mätressen mit nackten Brüsten und Hinterteilen gezogen wird.

Madeleine Le Jongleur, die sich in ihrer Hütte verkrochen hat und um ihren Pierrot weint, ertappt sich dabei, den König ebenso abgrundtief zu hassen, wie sie ihn zuvor vergöttert hat. Weil sie sich nicht entschließen kann, Gott anzuklagen, dass er ihr ihren Sohn genommen hat, sie in ihrer Verzweiflung jedoch nach Schuldigen sucht, gegen die sich ihr Hass wenden kann, macht sie in ihrer Verbitterung keinen Unterschied mehr zwischen Batiste und Louis XIV. Der Erste ist ein Dämon, der Zweite ein Despot. Beide verhöhnen Gott, treten die Moral mit Füßen, benutzen Menschen für eigennützige Zwecke, bezahlen mit Lächeln und leeren Versprechungen und kennen weder Mitgefühl noch Gewissensbisse.

Boniface genügt es schon längst nicht mehr, Madeleines Körper mit Bissen und blauen Flecken zu malträtieren. Er macht sich einen Spaß daraus, ihre Wut so lange aufzustacheln, bis sie vielleicht eines Tages irgendeinen nicht wiedergutzumachenden Fehler begeht. Er berichtet ihr von den Nächten, in denen die Königin im Südflügel darüber klagt, gleich doppelt betrogen zu werden, während sich Seine Majestät im Nordflügel mit Madame de Montespan vergnügt, gleich neben dem Zimmer, in dem Louise de La Vallière soeben von ihrem vierten Bastard entbunden wurde und wie ein Tier darunter leidet, dass der König ihrer müde geworden ist. Boniface ist es egal, ob der König eine Todsünde begeht, aber er suhlt sich in dem Skandal. Außerdem genießt er es, zuzuschauen, wie die Statue, auf die Madeleine Le Jongleur all ihr Vertrauen und ihre Hoffnungen gesetzt hat, langsam ins Bröckeln gerät. Um es auf die Spitze zu treiben, erzählt er der verzweifelten Mutter von Batistes Schäferstündchen mit der Gattin seines Meisters und Wohltäters Denis Jolly, einer hübschen Brünetten, die er gleichzeitig mit einer Geflügelrupferin namens Mathilde Benoît geschwängert hat. Beide haben inzwischen kräftige Jungen zur Welt gebracht, die von den beiden Ehemännern für Früchte ehelicher Liebe gehalten werden.

Madeleine hat sich an der Stelle zusammengerollt, wo Pierres Blut unter der Schilfrohrpritsche versickert ist, knurrt und stößt schreckliche Verwünschungen zwischen den Zähnen hervor. Als Nine La Vienne, getrieben von ihrem schlechten Gewissen, den Tod des Verletzten beschleunigt zu haben, mit frischem Brot und Bier zur Hütte zurückkehrt, beschimpft sie das Mädchen als Dienerin Satans und fordert sie auf, sofort zu verschwinden, sonst würde sie ihr die Augen ausreißen und essen. Unfähig, sich Arbeit zu suchen, verlässt Madeleine die Hütte nur noch, um dem Vogtsgehilfen zu Willen zu sein, der sie jede Nacht im Wald erwartet.

Mit Batistes Hilfe hätte Blanche zweifellos eine Anstellung als Küchenmädchen oder Putzhilfe in der »Auberge du Cheval Couronné« finden können, doch Madeleine lehnt erbittert jede Unterstützung ihres zweiten Sohnes ab, den sie nur noch den »Verfluchten« nennt. In ihrem Herzen gären Scham, Schmerz und Wut. Sie bilden eine bittere Kugel, die sich in ihrer Kehle festsetzt, bis sie fast keine Luft mehr bekommt. Sie träumt, der Tod kehre zurück und tausche Pierre gegen Batiste aus. In ihren Träumen trägt Gevatter Tod einen Harnisch, lässt sein ganz mit Purpur bedecktes Pferd tänzeln und trägt die Züge des vierzehnten Louis.

Es ist ein frischer Frühlingsmorgen, und es regnet nicht. Der König hat beschlossen, seine Gattin und seine beiden Favoritinnen nach Versailles mitzunehmen, um die Baustelle zu besichtigen. Die Königin hält sich nicht gern an der frischen Luft auf, und Louise de La Vallière reitet lieber, als dass sie zu Fuß geht, weil sie hinkt. Madame de Montespan genießt den Ausflug, denn sie findet Geschmack an der Architektur, und Seine Majestät erfreut sich daran, ihr immer wieder zu beweisen, dass seine Größe und die seines Schlosses unvergleichlich sind. Er befördert die drei Damen gemeinsam in seiner Karosse von Saint-Germain nach Versailles.

Maria Theresia sitzt neben ihm, Louise und Françoise ihm gegenüber. Alle drei sind blond, aber der Perückenmacher Quentin behauptet, dass es nur einer einzigen Haarsträhne bedarf, um sie zu unterscheiden. Die Königin ist aschblond und hat krauses Haar, das an die Frisur der verstorbenen Königinmutter erinnert. Das Haar von Mademoiselle de La Vallière ist hell und glatt wie das einer Nymphe, die gerade aus dem Wasser steigt, und die Naturlocken der Marquise de Montespan sind von der Farbe reifen Getreides und gäben eine wundervolle Perücke ab. Amüsiert wandert Louis' Blick von einer zur anderen, was er allerdings unter seiner üblichen Maske verbirgt. Die Frauen sind so ungleich wie eine Gans, eine Taube und ein Adlerweibchen, und er liebt es ebenso, sie zu beobachten, wie ihnen beizuwohnen. Die Erste ist dumm, die Zweite ist schüchtern, die Dritte hinreißend. Dazu verdammt, einander zu ertragen, beneiden und hassen sie sich. Um jedoch dem König nicht zu missfallen, lächeln sie und schwatzen miteinander, als wären sie die besten Freundinnen der Welt. Louis begehrt die Dumme, weil er dem kleinen Dauphin Brüder schenken will, die Hinreißende, weil sie ihn glücklich macht, und die Schüchterne, weil sie ihm nicht nur als Deckmantel gedient hat, als er mit seiner Schwägerin turtelte, sondern weil er jetzt auch seine Liebe zu einer verheirateten Frau und Mutter hinter ihr verstecken kann. Natürlich weiß er, dass sich weder der Hof noch Paris täuschen lassen, aber zu regieren bedeutet nun einmal, sich gleichermaßen zur Schau zu stellen und zu verbergen. Mehr als jeder andere Sterbliche muss der König den Schein wahren.

Seit seiner Rückkehr aus Flandern sind die Arbeiten in Versailles, vor allem die im Park, gut vorangekommen. Von der westlichen Terrasse aus bewundern seine Frau, seine beiden Mätressen und ein Dutzend Vertraute erstaunt die Perspektive der unteren Gärten, die erst vor Kurzem neu bepflanzt und dann wieder aufgerissen wurden, um die Wasserzufuhr zum zukünftigen Grand Canal zu ermöglichen, dessen riesiges Sumpfloch am Horizont erkennbar ist.

Die sehr kurzsichtige Königin kneift die Augen zusammen und erkundigt sich mit verunsicherter Stimme: »Wo bleibt denn der Fortschritt, von dem Ihr gesprochen habt, Sire? Wenn ich es richtig sehe, herrscht hier noch größere Unordnung und gibt es noch mehr Schlamm als zuvor.«

Die Marquise de Montespan lächelt. Mit einem einzigen Wort könnte sie die fette Spanierin lächerlich machen, der sie nach wie vor als Hofdame dient. Sie hält sich nur zurück, weil der König nicht duldet, dass man der Königin keinen Respekt zollt. Louise de La Vallière senkt den Kopf. Sie respektiert Maria Theresia aus tiefstem Herzen und würde sich bis zu ihrem Tod vorwerfen, dass sie ihr sechs Jahre lang das zugemutet hat, was sie heute selbst ertragen muss. Der König weist mit seinem Gehstock auf die Baustelle und beschreibt den Plan, wie sich das Wasser mit dem Himmel so vereinen soll, dass sich bei Sonnenuntergang Gestirn und Gewässer blutrot färben. Louis liebt es, seine Visionen zu teilen, und tut es mit Leidenschaft und Talent. Die Königin hört mit großen Augen und halb geöffnetem Mund so gebannt zu, als predige Jesus höchstselbst. Sie betrachtet nicht die Stellen, die er ihr zeigt, weil sie weder die Vorgehensweise noch die Symbolträchtigkeit des Projekts interessieren, aber sie erkennt, dass ihr Gatte hier aus einem anderen Grund als dem seiner Nächte mit der Montespan glücklich ist, und findet daher das Geld und die Menschenleben, die hier investiert werden, bestens angelegt.

In seiner Begeisterung, sein Publikum kurzweilig zu unterhalten, bemerkt der König die zerlumpte Frau nicht, die vom Wald aus auf ihn zuläuft. Trotz ihrer Körperfülle rennt sie, bewegt dabei die Arme und schreit, als wäre unter ihren schmutzigen Röcken ein Feuer ausgebrochen. Die Schweizer Gardisten, die an einen Notfall glauben, lassen sie passieren, und die Höflinge halten sich angesichts ihres Elends hastig ihre Taschentücher vor die Nase. Die Frau würdigt sie keines Blickes. Ohne langsamer zu werden, stürmt sie mit erhobenen Fäusten auf Louis XIV. zu.

»Tyrann! Weiberheld!«, schreit sie. »Schande über dich!«

Die Gardisten werfen sich auf sie und zerren sie zurück.

Die Frau wehrt sich und kreischt: »Gib mir meinen Sohn zurück! Gib ihn mir zurück!«

Die Königin stützt sich auf den Arm des Chevalier de Rohan. Würde der König den Park für das Volk unzugänglich machen, würde man nicht ständig von solchen armen Narren belästigt … Der Großjägermeister vertraut Maria Theresia dem Herzog de la Vieuville an und tritt vor, um den Schweizer Gardisten zu helfen, die Verrückte zu fesseln. Die Frau keift immer weiter.

»Du nimmst uns aus! Du bringst uns um! Und wozu?« Mit dem Kinn deutet sie auf die Springbrunnen, die ihre silbrigen Arabesken in den Himmel sprühen. »Etwa dafür?« Sie spuckt Mademoiselle de La Vallière und Madame de Montespan vor die Füße. »Um deine Huren zu beeindrucken?«

Mit hochroten Wangen, aber kalten Augen murmelt die Marquise: »Kann denn niemand diese Irre zum Schweigen bringen?«

Louis XIV., der wie erstarrt gelauscht hat, wird wieder lebendig. Mit einer kurzen Geste weist er Rohan an, das Problem zu regeln. Der Chevalier reißt der Frau die Haube ab und stopft sie ihr in den Mund. Die Schweizer führen sie ab. Halb erstickt und mit rotem Gesicht brüllt sie weiter in ihren Knebel. Louise de La Vallière wird von Übelkeit überwältigt. Sie versteckt sich hinter dem getreuen Bontemps und erbricht ihr Frühstück. Als sie sich wieder aufrichtet, ist sie so weiß wie die Spitze an ihrem Dekolleté.

»Nehmt Euch zusammen, Madame«, raunt ihr Madame de Montespan mit einem ironischen Lächeln auf den schön geschwungenen Lippen zu. »In einer so exponierten Position wie der unsrigen muss man sein Herz im Kopf und nicht im Bauch haben.«

Der König scheint den Zwischenfall bereits vergessen zu haben. Mit gelöstem Gesichtsausdruck fährt er in seinen Erklärungen fort, als sei nichts geschehen, um schließlich der Königin den Arm zu reichen und die Damen in seiner Begleitung einzuladen, im Latona-Becken einen außergewöhnlichen Karpfen zu bewundern, den der Kaiser von Japan ihm geschenkt habe. Jawohl, der japanische Kaiser höchstpersönlich. Nachdem Reisende ihm die Schönheit des Parks von Versailles geschildert hätten, habe der Inhaber des Chrysanthementhrons das Bedürfnis geäußert, mit diesem Geschenk die Pracht des französischen Königs zu honorieren.

Der oberste Wasserbauingenieur François Francine wirft dem Chevalier de Rohan, der sich ihm diskret genähert hat, einen verblüfften Blick zu und raunt: »Aber ich habe dem König diesen Karpfen gegeben. Als Geschenk eines kleinen Brunnenbauers, einem Lehrling von Jolly!«

Rohan antwortet ebenso leise: »Die Aufmerksamkeit ist sicher rührend. Aber das angebliche Geschenk eines Kaisers ist politisch von größerem Nutzen als das tatsächliche Geschenk eines Arbeiters.«

»Der Junge bat um eine Audienz, und ich habe ihm versprochen …«

»Das hättet Ihr nicht tun sollen. Der König kann jetzt nicht mehr zurück. Er wird Euren Schützling niemals empfangen.«

Begeistert wie ein Kind, ermutigt Seine Majestät Madame de Montespan, einen Keks ins Becken zu bröckeln. Der Karpfen kommt an die Oberfläche. Seine goldenen Schuppen sorgen für ekstatische Ausrufe. Louis XIV. bückt sich und streichelt dem Fisch mit dem Zeigefinger über die Flanke. Das Tier ist so damit beschäftigt, die Brosamen zu verschlingen, dass es nicht flieht.

Madame de Montespan lächelt ihrem Liebhaber zu. »Wisst Ihr, was hübsch wäre, Sire?«

Der König richtet sich auf und lächelt sie ebenfalls an. »Was immer Euch Freude macht, Madame, ist sicher auch hübsch.«

Die Königin runzelt die Stirn. Louise de La Vallière denkt darüber nach, wie gerne sie die Marquise hier vor aller Augen ertränken würde.

»Wie wäre es mit einem Halsband für Euren Kaiserkarpfen? Natürlich mit Anhänger.«

Die Königin lacht säuerlich auf. »Ein Halsband! Ihr habt manchmal wirklich lächerliche Ideen, meine Liebe.«

Die Marquise vertieft ihr Lächeln und fährt fort: »Ein goldenes Halsband, das Ihr jedes Jahr am 5. September, Eurem Geburtstag, wechseln lasst. Auf eine Seite des Anhängers kommt Euer Profil, auf die andere werden Eure Verdienste des vergangenen Jahrs eingraviert.«

Der König greift nach der Hand seiner Mätresse und führt sie an seine Lippen. »Das ist ein äußerst schmeichelhafter Vorschlag, Madame. Monsieur Bontemps wird beim besten Goldschmied des Reiches, bei Maître Germain, dieses Schmuckstück in Auftrag geben. Ihr kümmert Euch um die Ausführung der Arbeit. Maître Germain soll außerdem eine Kopie des Schmuckstücks anfertigen. Es wird mir eine Ehre sein, sie Euch zum Geschenk zu machen.« Er dreht sich zu seiner Gattin und Louise de La Vallière um. »Hättet Ihr nicht Lust, meine Damen, einen Namen für diesen Karpfen auszusuchen?«

Batiste hat nichts gesehen. Als seine Mutter den König angriff, befand er sich nur wenige Schritte von dieser Stelle entfernt unter der Erde, kauerte vor der Mechanik des Latona-Brunnens und schraubte und feilte. Er hörte nichts. Als er aus einem Schacht in der Nähe der Orangerie ans Tageslicht trat, war weder vom König noch von seinem Gefolge die geringste Spur zu sehen, und die Arbeiter sprachen lediglich von einem Zimmermann, dem ein Balken auf den Kopf gefallen war. Auf Anordnung von Denis Jolly verbrachte Batiste den Nachmittag damit, im Lager in der Rue du Réservoir Bleiplatten zu wiegen, am Abend und in der Nacht reparierte er die mit Pferdekraft betriebene Pumpe in der Nähe des Étang de Clagny. Kreuzlahm und wie trunken vom Lärm der Maschine schlief er an Ort und Stelle in einem Futtertrog. Wie jede Nacht träumte er von seinem Bruder. Und von dem seltsamen Mädchen, das ihm mit dem Selbstbewusstsein eines gestandenen Mannes die Beine amputiert hatte. Als Pierre starb, hatte sie geweint und ihn um Entschuldigung gebeten. Batiste kennt ihren Namen. Es ist der Name des berühmtesten Badehauses von Paris. Würde er Nachforschungen anstellen, würde er vielleicht erfahren, ob sie verlobt ist und warum sie mit einem Chirurgenkoffer in die Hütten kommt, um Haar zu kaufen. Er hat sie nicht mehr wiedergesehen, und ihre Gesichtszüge sind seinem Gedächtnis kaum noch eingeprägt. Ihre blauen Augen jedoch spähen durch den Schleier seines Schlafs, und wenn er erwacht, spürt er ihre kleine Hand in der seinen.

Am folgenden Samstag, dem Markttag, wird Madeleine Le Jongleur, die frühere Amme und Blutegelvermieterin, unter der Aufsicht von Anselme Boniface, dem Gehilfen des Vogts, auf den Marktplatz von Versailles geführt, wo man sie halb entkleidet und öffentlich wegen Majestätsbeleidigung auspeitscht. Batiste wird von einem Schweizer Gardisten informiert, dem er ein Jahr zuvor in den Sümpfen das Leben gerettet hat, und erreicht den Platz in dem Moment, als der Henker seine Mutter an den Schandpfahl fesselt. Mit Schulterstößen muss er sich einen Weg durch die Menge bahnen. Die rote Mathilde steht vor dem Podest. Sie ist in einen großen Schal gewickelt, der den Säugling an ihrer Brust verbirgt. Sie sieht Batistes weiße Lippen, seine verkrampften Kiefer und seinen eisernen Blick. Als wolle er sich auf den Henker werfen oder auf Boniface oder gleich auf alle beide. Mit einem erschrockenen Ausruf auf den Lippen drängt Mathilde sich an ihn heran und legt ihm den Säugling in die Arme, um ihn an unüberlegten Handlungen zu hindern. Batiste erstarrt. Das Kind weint, während die Menschenmenge den Richterspruch, die geschwungene Peitsche, die Brust der Angeklagten und die Autorität des Vogtsgehilfen beklatscht. Zitternd vor Ohnmacht drückt Batiste das Kind an seine Brust und schließt die Augen. Die Peitsche fährt nieder. Die Menge zählt mit lauter Stimme die dreißig Schläge ab, die in Madeleines Fleisch ebenso viele blutige Striemen hinterlassen.

Unter halbgeschlossenen Lidern ist Batiste weit fort. Er befindet sich in dem namenlosen Land, in das ihn der Tuchhändler als Erster geschickt hat, jenem Land, in das gequälte Kinder sich flüchten, um dort die Stunde ihrer Rache zu erwarten. Erst als Mathilde ihm sanft das Kind aus den Armen nimmt, öffnet er wieder die Augen. Der Henker hat das Podest verlassen. Boniface raucht und scherzt mit den Wachsoldaten. Madeleine steckt mit dem Hals in dem hölzernen Pranger, wo sie eine geschlagene Stunde verbringen muss. Sie soll dem Volk als Warnung dienen, was man zu erwarten hat, wenn man es gegenüber dem König an Respekt fehlen lässt. Sie ist totenblass. Blut läuft über ihren Rücken. Batiste tritt zu ihr, nimmt den feuchten Schwamm, den Mathilde ihm reicht, und fährt ihr damit vorsichtig über die Stirn. Die Gefolterte stöhnt, hebt den Kopf und öffnet mühsam die Augen.

Als sie ihren Sohn erkennt, legt sie den Kopf, so weit es eben geht, in den Nacken und spuckt ihm ins Gesicht. »Mörder!«

Batiste schwankt und hält sich am Pranger fest.

Boniface applaudiert. »Gut gemacht, Mütterchen. Rechne mit ihm ab, dann brauche ich es nicht zu tun. Ich beschäftige mich sowieso lieber mit deiner Kleinen.«

Batiste erbleicht. »Wo ist Blanche, du Stück Dreck?«

Boniface hebt drohend die Hand. »Entweder du schlägst einen anderen Ton an, oder es geht dir auch an den Kragen.

Darauf freue ich mich schon die ganze Zeit. Und aus deinem Frettchen mache ich Hackfleisch.«

»Wo ist meine Schwester?«

»In Sicherheit.«

Batistes Blick ist voller Hass. Boniface spürt, dass der Junge ihm an die Kehle springen will. Mechanisch berührt er mit der Hand das Tuch, das seine Narben verbirgt, und ruft den Wachen zu: »Hierher, Leute!«

Doch eine tiefe Stimme lässt die herbeilaufenden Schweizer innehalten.

»Macht euch keine Mühe. Ich nehme ihn mit.«

Der Gehilfe des Vogts dreht sich um. François Francine schiebt die Klatschbasen beiseite, die sich voller Vorfreude auf eine weitere Verhaftung vor dem Pranger versammelt haben, und legt Batiste die Hand auf die Schulter.

»Die Brunnen Seiner Majestät bedürfen dieses jungen Mannes.«

Empört protestiert Boniface: »Ich wurde beleidigt, Messire.«

»Das tut mir sehr leid für Euch, aber er wird auf der Baustelle des Labyrinths gebraucht. Ich würde ihn auch mitnehmen, wenn er Euch die Nasenspitze abgebissen hätte.«

Batiste reißt sich los und flüstert: »Ich muss meine Schwester finden …«

Francine wirft ihm einen gebieterischen Blick zu. »Jetzt haltet wenigstens einmal den Mund, und kommt mit.«

Als die vorgeschriebene Zeit abgelaufen ist, wird Madeleine von Anselme Boniface befreit und, ohne ihre Blöße bedecken zu dürfen, in einen bereitstehenden Wagen gesetzt. Die Nonnen von Saint-Vincent-de-Paul wagen es kaum, sich ihr zu nähern, so heftig verflucht sie ihren Sohn und den König von Frankreich. Der Vogtsgehilfe hat ihnen die kleine Blanche mit der Auflage anvertraut, sie unter Verschluss zu halten, bis der Fall ihrer verrückten Mutter erledigt sei. Sobald er die alte Le Jongleur eingesperrt hätte, die dann vorerst niemandem mehr etwas antun kann, würde Boniface das Mädchen holen und sich höchstpersönlich um ihre Zukunft kümmern.

Die Nonnen hatten Blanche in der Wäscherei der Krankenstation eingeschlossen, wo sie den Applaus der Menschen und Madeleines Schreie hören konnte. Sie trommelte gegen die Tür und vollführte einen derartigen Lärm, dass die Nonnen darauf verzichteten, ihr etwas zu essen zu bringen. Irgendwann hörte der Krach auf. Gegen Abend, als alle glauben, die Kleine hätte sich beruhigt, bringt eine der Schwestern ihr einen Teller Suppe und einen Brotkanten. In der Wäscherei ist das Unterste nach oben gekehrt. Die Schränke stehen offen, Laken und umgeworfene Körbe liegen auf dem Boden. Das Kind ist verschwunden.

Stellt euch einen Raum von vierzig auf zehn Schritt vor, Monsieur. Steinwände. Spitzbogenfenster. Auf den Steinfliesen liegt aller mögliche Unrat, in den Ecken hat man Stroh aufgehäuft, das jeden Sonntag gewechselt wird. Es gibt keine Feuerstelle. An der Wand stehen zwei Tische und einige Bänke. Keine Stühle, keine Truhen. Die Fenster sind vergittert, die Scheiben schmutzig, und das Tageslicht muss dicke Spinnwebschichten durchdringen. Keine Kerzenständer, keine Fackelhalter. Mittags wird es gerade einmal so hell wie an einem Allerheiligentag, und vor der Vesper, die im Sommer um sieben und im Winter um fünf Uhr gesungen wird, herrscht in dem Saal bereits eine Finsternis wie im tiefsten Keller. Und tatsächlich befinden wir uns hier auch in einem Keller. Einem Keller mitten in der Rue de Sèvres, im Quartier Notre-Dame-des-Champs, der eigens dazu erbaut wurde, lebendige Menschen einzusperren. Man nennt ihn Petites-Maisons, und noch nie hat ein Mensch diesen Namen ausgesprochen, ohne zu schaudern. Weder damals noch heute.

Wer die Leute sind, die man dort lebendig begräbt? Ich halte Euch eine Fackel hoch. Seht sie Euch an. Es sind etwa vierzig, vielleicht ein paar mehr. Männer und Frauen, Alte und Junge, alle in Lumpen. Arme und Beine sind von Zecken und Wanzen zerstochen, Schläge haben blaue Male auf Rücken und Gesicht hinterlassen, die Menschen sind mit Schrunden und Krusten bedeckt, der graue Mund öffnet sich über geschwollenem

Zahnfleisch, ihre Augen sind wütend, verstört oder erloschen. Sie kauern hier und da oder liegen auf dem nackten Boden. Manche wandern hin und her. Alle sehen aus wie Gespenster.

Kommt nur näher. Ihr braucht keine Angst zu haben. Die meisten von ihnen tun keiner Fliege etwas zuleide, und diejenigen, die Euch belästigen könnten, sind an starke Ringe gekettet. Sie sind furchtbar mager, schrecklich bleich und brüllen Euch Klagen und Verwünschungen entgegen, die Euch die Haare unter Eurer Perücke zu Berge stehen lassen. Sie alle sind ausnahmslos auf Befehl des Königs von Frankreich hier.

Dieses Königs, von dem wir sprechen? Derjenige, der Damen und Springbrunnen liebt? Der, den Madeleine Le Jongleur beschimpft hat?

Genau der. Dieser König, der nach seiner Rückkehr aus Flandern dem obersten Kommandeur der Pariser Polizei, Monsieur de La Reynie, die Säuberung von Paris ans Herz gelegt hat. Jeder, der auf den matschigen Straßen bettelte, herumirrte oder epileptische Anfälle bekam, sollte in den Kerker gesperrt werden.

Und warum geht man so streng gegen diese Unglücklichen vor, die nichts verbrochen haben?

Weil laut Beschluss des Königs nichts die öffentliche Ordnung so sehr stört wie der Anblick menschlichen Elends. Natürlich wäre es ehrlicher zu sagen, dass es der König ist, der sich vom Anblick menschlichen Elends gestört fühlt. Louis-Apollon liebt die Sonne, Feuerwerk, Wasser- und Bettspiele, schnurgerade Alleen und genau abgezirkelte Beete. Elend verdrießt ihn ebenso wie Hässlichkeit und Krankheit ebenso wie Chaos, weil in seinen Augen Elend hässlich und Krankheit chaotisch ist. Er hat die Flamen besiegt und Madame de Montespan erobert – nun möchte er all das gesetzlich regeln, was in seinem Reich seinem Bedürfnis nach Größe, Ordnung und Harmonie entgegensteht. Und Monsieur de La Reynie setzt die Anordnungen des Königs gewissenlos um. Jedes Viertel wird durchkämmt, jeder Keller durchsucht, jede Notunterkunft abgerissen. Vagabunden, Bettler, entstellte Männer, Findelkinder, Prostituierte und Bedürftige werden ins Hospital geschafft, gesäubert, geschoren, versorgt und bekommen etwas zu essen. Wirkliche oder als solche denunzierte Verrückte, Melancholiker, Einfältige und delirierende Alkoholiker werden zusammen mit Syphilitikern und Aussätzigen ins Asyl Petites-Maisons gebracht, das so heißt, weil rings um den Hof sehr niedrige Gebäude stehen, in denen vierhundert alte Leute untergebracht sind, die ohne diese barmherzige Hilfe auf den Bürgersteigen sterben würden.

Nine La Vienne findet Madeleine Le Jongleur in einer Zelle neben dem Saal, den ich Euch eben beschrieben habe. Durch ihren Paten Bontemps hatte sie von der Verfehlung der armen Frau erfahren. Nach dem Zwischenfall bekam der König Migräne und hatte mehrere Nächte hintereinander schwere Albträume, unter denen er bereits seit seiner Kinderzeit leidet. Er erkundigte sich, ob die Verrückte, die ihn beschimpft hatte, unschädlich gemacht und streng bestraft worden sei. Niemand, wirklich niemand dürfe es wagen, je einem derart schlechten Beispiel zu folgen. Nach ihrem Namen und ihrem Zustand erkundigte er sich nicht. Auch nicht nach den Umständen, die sie dazu gebracht hatten, sich auf ihn zu werfen.

Über den Chevalier de Rohan, der manchmal mit dem Vogt von Versailles zur Jagd geht, erfuhr Nine, dass Anselme Boniface Madeleine nach Petites-Maisons gebracht hatte, wo sie seitdem festgehalten wurde. Nine brauchte den Chevalier nicht zu bitten, ihr eine Besuchserlaubnis zu verschaffen. Als Empfehlungsschreiben dienten ihr ihre Schere und der Ruf der Werkstatt Binet. Der Verwalter der Anstalt muss für den Unterhalt von fast siebenhundert Menschen aufkommen und hat jeden Monat Schwierigkeiten, seine Konten nicht zu überziehen. Natürlich sind seine Schutzbefohlenen nicht in der Lage, selbst für ihre Bedürfnisse aufzukommen, aber manche haben Haare auf dem Kopf, die einiges wert sind.

Nine hat alles auf eine Karte gesetzt und dem Schatzmeister zwei Livres für jede gesunde Haarpracht angeboten, behielt sich aber vor, jeden einzelnen Probanden selbst zu untersuchen. Der Preis lag deutlich unter dem marktüblichen Tarif, aber mehr konnte Nine nicht anbieten. Weil sie fürchtete, ihr Onkel würde Zeter und Mordio schreien bei der Vorstellung, Nine könne sich über grindige Köpfe beugen und sie vielleicht gar berühren, weihte sie ihn gar nicht erst in ihren Plan ein. Finanziert hat sie ihn mit dem Verkauf der großen Perle von Monsieur und indem sie den Rubin als Pfand hinterließ. Warum sie das tat? Weil sich die kleine Blanche nach Madeleines Auspeitschung zu ihr geflüchtet und sie gebeten hatte, ihr zu helfen. Lehnt man es etwa ab, einem Kind zu helfen, das fünf Meilen auf nackten Füßen zurücklegt, den Cour des Miracles abklappert, bis es die Adresse der Perückenwerkstatt von Binet und Quentin erfährt, den Weg in die Rue des Petits-Champs findet, ohne zu essen und zu trinken, auf der Türschwelle wartet, bis man heimkommt, und sich aufführt, als wäre man die einzige Person auf der Welt, der man vertrauen kann?

»Ihr hättet Blanche nach Versailles zurückschicken können. Die meisten Leute, die ich kenne, hätten das getan«, sagt Batiste.

Nine nickt. »Ihr kennt eben nicht die richtigen Leute.«

Batiste Le Jongleur zwingt sich zu einem Lächeln. »Ob es zu spät ist, damit anzufangen?«

Nine hätte sein Lächeln gern erwidert, doch es gelingt ihr nicht.

Batiste wartet im Innenhof des Asyls und beobachtet zwei alte Männer, die sich um einen Napf streiten. Die Wachen haben ihn zwar in den Hof gelassen, aber er durfte nicht mit ihr das Gebäude betreten, in dem die Geistesgestörten aufbewahrt werden. Nine ist allein hineingegangen, nachdem sie ihm versprochen hat, ihm alles zu berichten, was sie sehen und in Erfahrung bringen würde. Als sie in Begleitung eines Mannes wieder herauskommt, der eine Schürze trägt und einen Korb voller Haare schleppt, zeichnet sich auf ihrem Gesicht ein solches Entsetzen ab, dass Batiste das Schlimmste befürchtet. »Wenn es eine Hölle gibt, dann habe ich sie gerade gesehen«, seufzt Nine.

Batiste wird blass. »Ist meine Mutter tot?«

»Nein. Aber sie weilt auch nicht mehr wirklich auf dieser Welt.«

»Hat sie Euch erkannt?«

»Ich weiß es nicht. Die Zelle, in der sie festgehalten wird, ist sehr dunkel. Ich konnte ihr Gesicht nicht sehen. Trotz der Kälte ist sie völlig nackt. Die Wärterin behauptet, dass sie jede Art von Wäsche in Streifen reißt, sie um ihren Hals wickelt und sich damit zu erdrosseln versucht. Sie hat eine Pritsche und einen Eimer, aber sie schläft und verrichtet ihre Bedürfnisse auf dem Boden. Um meinen Besuch zu rechtfertigen, wollte ich ihr Haar betasten. Da hat sie mich gebissen. Wie ein wildes Tier. Der Arzt hat eine kalte Dusche, danach ein heißes Bad und dann wieder eine kalte Dusche verordnet. Er sagt, dass sie auch die Schwestern beißt, die ihr zu essen bringen. Und dass sie sich selbst in Arme, Waden und Schenkel beißt und ihr Blut aufsaugt wie ein Vampir. Die Ärzte sind äußerst eifrig bei der Sache, denn sie haben einen solchen Fall noch nie erlebt. Sie probieren die unterschiedlichsten Behandlungsweisen aus, aber bisher hat noch nichts angeschlagen.«

»Welche Art von Behandlungsweise?«

»Den vibrierenden Stuhl. Und die Katzenorgel.«

»Wie bitte?«

»Der vibrierende Stuhl ruft etwa die gleichen Erschütterungen hervor wie eine Postkutsche. Angeblich soll die Bewegung das Gehirn aktivieren. Und die Katzenorgel ist eine Art Klavier, dessen Saiten durch Katzen ersetzt werden. Lebendige Katzen. Deren Sprünge und Schreie sollen die Patienten zum Lachen anregen, sie entspannen und Übungen erleichtern. Aber Eure Mutter schläft auf dem Rüttelstuhl ein und will die Katzen verschlingen.«

»Sie muss da raus, ehe sie noch wirklich verrückt wird.«

Nine setzt sich auf eine der Steinbänke im Hof und macht Batiste ein Zeichen, neben ihr Platz zu nehmen.

»Das ist unmöglich. Ein Patient kann nur mit einem ärztlichen Gutachten entlassen werden. Im Fall Eurer Mutter müsste dieses Gutachten von Monsieur de La Reynie gegengezeichnet werden, der seine Befehle direkt vom König erhält.«

»Ich werde einen Weg finden. Für Geld bekommt man heutzutage alles.«

»Monsieur de La Reynie ist wie Monsieur Colbert: absolut unbestechlich.«

»Aber die Pfleger und Wärter sind da sicher nicht so streng.«

»Es würde Euch ein Vermögen kosten. Und ich kann Euch dabei nicht wirklich helfen.«

»Ihr habt schon genug für uns getan. Immerhin habt Ihr Blanche Zuflucht gewährt.«

»Nein, sie selbst hat Zuflucht gesucht. Ich habe ihr nur die Tür der Werkstatt geöffnet, und binnen kürzester Zeit hatte sie alle Anwesenden um den Finger gewickelt. Sie sagt, dass sie dieses Talent von Euch hat …«

Batiste verzieht traurig das Gesicht. »Und doch hat meine

Mutter ihr Möglichstes getan, sie meinem Einfluss zu entziehen.«

»Mein Urgroßvater hat die Kleine fest ins Herz geschlossen. Er sieht kaum noch etwas, und sie leiht ihm ihre Augen. Außerdem singt sie für die Kunden, was von diesen sehr geschätzt wird. In ein oder zwei Jahren, wenn ihre Stimme ausgereifter ist, werde ich sie Monsieur Lully empfehlen, den ich ein wenig kenne.«

Verwundert dreht Batiste ihr den Kopf zu. »Ihr scheint meine kleine Schwester sehr zu mögen.«

»Als ich in Blanches Alter war, wollte ich unbedingt ein Junge sein. Ich kann mich nicht erinnern, mich je als Mädchen gefühlt zu haben. Aber ich hatte einen liebevollen Vater, ein sicheres Dach über dem Kopf, jeden Tag zu essen, und mir wurde gestattet, zur Schule zu gehen. Eure Schwester hat nichts von alledem, und doch strebt sie nach höheren Dingen, als nur zu essen, im Trockenen zu schlafen und in Frieden alt zu werden. Und genau diese Kühnheit ist es, die ich an ihr liebe. Auch ich wollte meinen Weg selbst wählen, und auch ich habe davon geträumt, dem alltäglichen Schicksal zu entrinnen.«

Batiste sieht zu, wie sie ihre Röcke anhebt, die dreckigen Schuhe abstreift und den Schmutz von ihren Strümpfen reibt. Dieses Mädchen hört einfach nicht auf, ihn in Erstaunen zu versetzen.

»Und was ist daraus geworden?«

Nine zieht die Schuhe wieder an und schneidet eine Grimasse. »Ein Schritt nach dem anderen. Lange habe ich geglaubt, die Zukunft gehöre denen, die alles riskieren und sich über alle Regeln hinwegsetzen. Heute bin ich der Meinung, dass man mehr dabei gewinnt, das Spiel der anderen mitzuspielen. Zumindest so zu tun, als ob. Und das mache ich.«

»Ohne zu mogeln?«

Sie lächelt. »Jeder von uns mogelt auf die eine oder andere Weise. Das gehört doch schließlich zum Spiel, oder?«

»Und ich dachte, Ihr wärt ein Muster an Ehrbarkeit!«, sagt Batiste und verschränkt seine vom Rost rissigen Finger.

Nine wirft ihm einen ironischen Blick zu. »Mogelt Ihr etwa nicht? Wie sonst kann man in Eurem Beruf reich werden?«

Mit Schwarzhandel. Der Pate, der sich selbst für einen der besten Spezialisten auf dem Gebiet von Schwindel und Trickserei, Bestechung und Veruntreuung hält, macht sich ein Vergnügen daraus, Batiste zu erklären, wie die Baustelle von Versailles funktioniert. Genauer gesagt: der Untergrund der Baustelle. Zwar gibt der König vor, jede einzelne Etappe, jedes Rädchen und jedes Glied der riesigen Kette zu kontrollieren, die von den Steinbrüchen für italienischen Marmor zu den Stufen seiner Treppe, von den holländischen Wäldern zu den Säulen seines Salons, von den Schieferbrüchen in der Auvergne zum Dach seiner neuen Kapelle und von den Seen von Clagny und Marly zu den Springbrunnen der Gebrüder Francine reicht. Monsieur Colbert verfolgt als akribischer Buchhalter die Einhaltung aller Vorschriften in jeder Gruppe von Unternehmern, Lieferanten und Arbeitern, aber von den Ursprüngen bis zum Endabnehmer sind es fast zehntausend Menschen, die alle versuchen, ihr Schäfchen ins Trockene zu bringen, und er müsste ebenso viele Augen haben, um jeden von ihnen zu überwachen.

Vom ersten Zuschlag auf den Märkten bis hin zu den Materiallagern findet eine Fülle größerer und kleinerer Betrügereien statt. Stein, Holz, Erz, Zugtiere, Karren, Boote und Kähne, Straßen, Brücken, Wasserstraßen, Kanäle und sogar ganze Häfen samt ihrer Schiffe, Matrosen und Lagerhallen werden beschlagnahmt und in den Dienst der Baustelle übernommen. Dies geschieht in Marseille und Bordeaux, in La Rochelle,

Le Havre und Paris, als ob sich ganz Frankreich dafür opfern müsste, ein einziges Schloss zu bauen.

Der Vogt von Versailles ist dafür verantwortlich, dass die königliche Gesundheitspolizei die Zubereitung der Lebensmittel betreut, um Erkrankungen zu vermeiden, die zu einem Ausfall wertvoller Arbeitsstunden führen könnten. Vieh soll an Ort und Stelle geschlachtet, Brot an Ort und Stelle gebacken, Heu in Scheunen am Ort eingefahren und Wasser nur aus eigens zu diesem Zweck gegrabenen Brunnen geschöpft werden. Tatsächlich aber ist es so, dass es von Zwischenhändlern nur so wimmelt, die dabei dick und rund werden, während die Arbeiter öfter Pökelfleisch als Frischware essen und die Kantine, die gegen Bezahlung Bouillon, Cidre, Bier, Wein und Schnaps liefert, hervorragende Umsätze macht.

Auf der Baustelle werden die Paletten mit Dachziegeln, Schieferplatten und Tonfliesen sowie die Stein- und Marmorplatten zwar sorgfältig gezählt, doch sobald sie verlegt werden sollen, sind immer weniger da, als die Aufzeichnungen auflisten. Aber nicht nur Baumaterial wird entwendet. Laufrollen, Joche für Saumtiere, Karrenräder, Pflugschare, Leitern und Kordeln verschwinden und werden gleich am nächsten Morgen auf einem Parallelmarkt angeboten, wo die Unternehmer zu einem Vorzugspreis die Utensilien zurückkaufen können, die dem König gestohlen wurden.

Der Pate unterstützt rund ein Dutzend auf diese Art von Diebstählen spezialisierte Männer. Er überlässt Batiste eine vollständige Liste der Geschäfte mit den Namen der Nutznießer und den Summen, die jeder einstreicht. Der größte Profit lässt sich mit wertvollen Materialien machen, auf die der König geradezu versessen ist. Gold für Holzvertäfelungen, Gitter, Balkone und Wasserhähne. Silber für Verzierungen an Betten und Leuchtern. Quecksilber für Spiegel. Kupfer für Rohrleitungen.

»Was ist mit Blei?«

»Zu schwer und zu schwierig zu handhaben. Blattgold ist wesentlich einfacher loszuschlagen als Bleiplatten. Aber bei den Preisen, die man heutzutage für Metall bekommt, könnte sich jemand mit Ideen und den richtigen Verbindungen eine goldene Nase verdienen.«

Batiste bemüht sich, jeglichen Ausdruck aus seinem Blick zu verbannen, aber der Pate kennt ihn zu gut, um sich täuschen zu lassen. Er greift nach dem Arm des jungen Mannes und drückt ihm seine spitz geschnittenen Nägel tief ins Handgelenk.

»Ich kriege fünfzig Prozent von dem, was du da gerade in deinem hübschen Köpfchen ausbrütest. Als Rendite für meine Investitionen. Der Karpfen, den ich dir überlassen habe, planscht jetzt fröhlich in den Becken von Versailles herum, ohne dass ich den geringsten Vorteil davon gehabt habe.«

»Ich auch nicht. Ich wurde hintergangen.«

»Vom Überbringer?«

»Nein, vom Empfänger.«

»Ich kann mich nur über dich wundern.«

»Ich werde es wieder hinbiegen.«

»Höchste Zeit. Ich hatte tatsächlich schon befürchtet, du wärst allen Ernstes auf dem Weg in die Wohlanständigkeit.«

Der Pate hebt Batistes Handgelenk an die Lippen und leckt die Blutstropfen ab, die sich unter seinen spitzen Nägeln gebildet haben.

»Es würde mir nicht gefallen, wenn du mich noch mal enttäuschst … Apropos Blei: Wenn du herausfindest, wie du es dir unter den Nagel reißen kannst, könnte ich es verstecken. Und was den Weiterverkauf angeht, da habe ich meine Verbindungen.«

»Es wird nichts zu verstecken geben. Und auch nichts zu verkaufen.«

Der Pate starrt ihn mit seinem gesunden Auge an, das so schwarz ist wie ein Stück Kohle. »Was denn sonst? Ein Taschenspielertrick?«

Batiste befreit seine Hand und zieht mit einer graziösen Geste eine Rose hinter dem Ohr des Einäugigen hervor. Eine rote Rose. Mitten im Winter. »Ihr wart es, der mich die Magie gelehrt habt, lieber Pate ...«

Batistes Idee ist kühn und im Prinzip nicht kompliziert. Allerdings ist sie insofern schwierig umzusetzen, als Batiste dafür der Komplizenschaft des Ehepaars Jolly bedarf.

Laut Vertrag erhält Denis Jolly jährlich hunderttausend Livres für den Kauf und das Verlegen von Bleirohren, durch die die alte, aus Holz und Stein bestehende Kanalisation des Schlosses von Versailles ersetzt wird. Diese Rohre mit einem Durchmesser von zehn bis sechzig Zentimetern werden in Teilstücken von zwei bis fünf Metern hergestellt, deren Gewicht ebenfalls vertraglich festgelegt ist. Der Trick besteht darin, weniger schwere Rohre zu verlegen, die dadurch billiger herzustellen sind, und die Differenz einzustreichen.

Jeanne Jolly ist leicht zu überzeugen. Sie liebt Schmuck ebenso sehr wie jede Art von Vergnügen, und Jollys Einkünfte reichen nicht ganz, um ihre Ausgaben zu decken. Überdies hegt sie zwar großen Respekt für Louis XIV., der aus Jolly das gemacht hat, was er heute ist, aber die Vorstellung, sich auf Kosten des Königs zu bereichern, findet sie noch unterhaltsamer, als ihren Gatten zu betrügen. Als sie ihm den Plan erläutert, fällt besagter Gatte beinahe in Ohnmacht. Weil er jedoch selbst drückende Schulden hat, widersteht er ihren Argumenten nur kurz. Batiste wird auf das Liebenswürdigste in die Pariser Wohnung des Ehepaares eingeladen, um die Einzelheiten des Unternehmens auszuarbeiten. Er bewundert die Windhunde des Ehemannes, die Spieldosensammlung der Gattin, die Zwillinge des Paares sowie seinen eigenen Sohn namens Déodat, der vier Zähne und rote Haare hat. Als Mann der Tat, der sich nicht lang mit Skrupeln abgibt, öffnet Denis Jolly eine Flasche Madeira und stößt mit seinem jungen Komplizen an.

Batiste konnte bereits zwei Schmiedemeister für sich gewinnen, denen er für den Fall eines Verrats androhte, ihre Frauen und Töchter den Schergen des Paten zu übergeben. Die Teilstücke, die aus den Werkstätten kommen sollten, hätten zwar den vorgesehenen Durchmesser, doch die Wandungen wären eine Winzigkeit dünner. Abgesehen vom Gewicht, das niemand in Versailles überprüfen würde, unterschieden sie sich in nichts von den vorschriftsmäßigen Stücken. Jolly würde über die Verwendung der Rohre entscheiden, Batiste würde deren Verlegung überwachen. Sobald sie aneinandergefügt und mit der bestehenden Wasserleitung verbunden wären, könnte niemand mehr den Schwindel nachweisen. Aus den Augen, aus dem Sinn – aber mit beträchtlichem Profit.

Batiste stellt dem Brunnenbaumeister einen Gewinn von fünfundzwanzigtausend Livres im Jahr in Aussicht, die man gerecht durch drei teilen werde. Bezaubert von diesem Vorschlag, der ihr persönlich ein schönes Einkommen sichert, küsst Jeanne den jungen Mann vor den Augen ihres Gatten auf den Mund. Jolly kramt das Zählbrett hervor, ohne das er nicht rechnen kann, und fordert acht Prozent mehr. Batiste sieht sich nicht in der Lage, ihm etwas zu verweigern – ganz gleich, um was es sich handelt. Als Gegenleistung fordert er die offizielle Anerkennung als Brunnenbauerlehrling. Zwar verdient ein Lehrling nur vierzig Sous am Tag, also zwölf Livres in der Woche, aber er hat einen Status und ist damit kreditwürdig. Jolly verspricht ihm, einen ordnungsgemäßen Vertrag aufzusetzen und ihm auch die Monate, die er bereits bei ihm gearbeitet hat, als erstes Lehrjahr anzurechnen.

Als Batiste nach Versailles zurückkehrt, ist sein Herz etwas leichter. Tatsächlich rechnet er mit fünfzigtausend Livres jährlichem Gewinn, was ihm, wenn er die dem Paten versprochene Summe ein wenig nach unten korrigiert, einen Reingewinn von etwa zwanzigtausend Livres lässt. Zwanzigtausend Livres. Das entspricht bei seinem derzeitigen Einkommen etwa hundert Jahren Arbeit. Und es würde reichen, um damit alle Pfleger und Wärter von Petites-Maisons zu kaufen.

Nine hat Rückenschmerzen. Wenn sie sich nicht über den Mörser beugt, in dem sie die Zutaten für ihre Salben zerstößt, steht sie entweder über Monsieurs Nacken gebückt, um seine Schrunden zu ölen, oder sie kauert vor seinen Füßen, um die Zehen zu parfümieren, oder sie neigt sich über seinen zu salbenden Allerwertesten. Monsieur juckt es. Monsieur hat Bauchgrimmen. Monsieur hat Schmerzen hinter den Augen, in den Ohren, unter der Schädelhaut, an seinem Glied oder an seinem enthaarten Hodensack. Er fürchtet, blind und taub zu werden. Ihm scheint, dass seine männlichen Attribute kleiner werden, schrumpfen oder abfallen. Er ruft nach Spiegeln, betrachtet sich unter jedem Blickwinkel und macht sich verrückt. Er fühlt sich alt. Er findet sich hässlich. Nine massiert ihm die fetten Knie und Oberschenkel.

»Siebenundzwanzig ist doch nicht alt, Eure Hoheit«, beeilt sie sich, ihm zu versichern. »Mein Vater ist doppelt so alt wie Ihr und steht wie eine Eiche.«

»Aber ich werde immer dicker, genau wie der Frosch bei Monsieur La Fontaine. Dabei esse ich keineswegs mehr als mein Bruder, der König. Aber seht mich nur an!«

Bei der Erinnerung an den schlafenden Louis XIV. in der Badewanne ihres Vaters muss Nine lächeln. Würde Philippe d'Orléans sich nur ein bisschen mehr bewegen, etwa Ball spielen wie der König, zur Jagd gehen oder tanzen, oder wenn er wenigstens manchmal forschen Schrittes in seinen Gärten in

Saint-Cloud oder Villers-Cotterêts spazieren ginge, wäre es um sein Gewicht besser bestellt. Aber abgesehen von kriegerischen Heldentaten und Kampfspielen im Bett lehnt Monsieur jede körperliche Anstrengung ab.

»Ich sage Euch, meine Jugend fliegt mir davon. Schon bald werde ich niemandem mehr gefallen.«

Nine senkt den Blick auf dem merkwürdig vorspringenden, bräunlichen Nabel Seiner Hoheit und verzichtet auf eine Antwort. Mit einem Prinzen von Geblüt macht man keine Konversation, man hört ihm zu.

Nine kennt die Anatomie von Monsieur bis ins Detail, aber dass sie ihm jeden Tag das Hinterteil salbt, ändert nichts daran, dass sie ihm Achtung schuldet. In Wahrheit allerdings erweckt der kleine, wehleidige und launische Mann in ihr eher Ungeduld als Respekt, aber da man bei den Großen immer heuchelt, heuchelt sie eben. Sie brauchte nur wenige Wochen, um zu begreifen, dass Philippe d'Orléans trotz seiner hohen Geburt ein Papagei ist und sein Hof seine Voliere. Hinter dem goldenen Zaun des Palais-Royal wird nichts Wichtiges besprochen oder beschlossen. Man plappert, man kreischt, man putzt sein Gefieder, man zeigt seine Krallen, man stößt mit dem Flügel oder hackt mit dem Schnabel ohne ein anderes Ziel als dem, Aufmerksamkeit auf sich zu ziehen. Ob es um den »Amphitryon« von Molière geht – die Geschichte eines ehrbaren Ehemannes, den Jupiter ungeniert betrügt, indem er seine Gestalt annimmt –, die letzte von Binet erfundene Perücke oder die Blitzkampagne in die Franche-Comté, um die Holländer dafür zu bestrafen, dass sie eine Allianz mit England und Schweden eingegangen sind – alles wird im gleichen Tonfall kommentiert. Man ereifert sich darüber, dass Molière sich wie kein anderer über alles lustig macht und dass der König sich von niemandem der Lächerlichkeit preisgeben lässt oder dass Nines Urgroßvater ebenso viel Talent hat wie der Maréchal de Turenne. Man beobachtet Monsieurs Laune, ehe man sich entscheidet, ob man über Regen oder gutes Wetter spricht.

Seit Anfang 1668 wechselt Monsieurs Laune bei jeder Kleinigkeit. Zunächst hat Nine diesen Umstand dem Temperament des Prinzen zugeschrieben, das zu gleichen Teilen sanguinisch und melancholisch ist, und lindernde Tees und Kräutermischungen gebraut gegen die düsteren Zustände und Tränke zur Aufheiterung. Doch dann begegnete sie dem Herzog von Monmouth und begriff, dass Monsieurs Zustände nicht in seiner Esslust und seiner Faulheit begründet lagen, sondern einem eifersüchtigen Stolz entstammten.

James, Herzog von Monmouth, weilt zu Besuch bei Hofe. Er ist der außereheliche Sohn von Charles II. von England, dem älteren Bruder von Madame. Der junge Mann ist neunzehn Jahre alt und mit seiner Jungferntaille und seiner Kriegerbrust von strahlender Schönheit. Nimmt man noch ein Gesicht hinzu, das jeden Maler zu Höchstleistungen anspornen würde, sowie einen wachen und lebhaften Geist, so kann man sich vorstellen, was das Ehepaar Orléans zu leiden hat. Weil es Madame gefällt, sich mit dem Schönling in ihrer Muttersprache Englisch zu unterhalten und weil sie in seiner Gesellschaft sprüht und strahlt, hält Monsieur sich umgehend für einen Hahnrei. Dass Monmouth der Halbbruder der Prinzessin ist, beruhigt ihn keineswegs. Nachdem er in der Zeit, als der König mit seiner Gattin schäkerte, tausend Tode gestorben war, weiß er nur allzu gut, was sich gewisse Brüder gestatten.

Obwohl er Madame schon lange nicht mehr liebt und, wie er Nine gegenüber unterstreicht, schon seit vierzehn Tagen nicht mehr mit ihr geschlafen hat, ist diese Frau sein Eigentum, und er lehnt es ab, dass sie um eines wie auch immer gearteten Vergnügens willen eigene Entscheidungen trifft. Dass er seine

Frau wegen eines Lachens oder eines Blickes mit Vorwürfen überhäuft, während er dem Chevalier de Lorraine gestattet, mit dem Erstbesten ins Bett zu steigen, stört Nine. Madame ist die Schwester des Königs von England und die Schwägerin des Königs von Frankreich, aber sie ist nicht Herrin im eigenen Haus. Nicht nur, dass der Chevalier sich nach Gutdünken aus der Schatulle des Herzogs von Orléans bedient, sondern er erteilt Aufträge, streicht Bestechungsgelder ein und verhilft jedem, der ihm gefällt, zu einem Posten. Während Madame nicht einmal die Hand des jungen Monmouth streifen darf, hat der Chevalier de Lorraine seine Favoriten, die Monsieur ihm großherzig unter der Voraussetzung gönnt, dass er sie mit ihm teilt.

Im Augenblick dreht sich alles um Mademoiselle de Grancey. Sie ist die Tochter eines Marschalls, hat große Brüste und ist nicht auf den Mund gefallen. Zunächst wurde sie die Geliebte Rohans, später dann des Königs. Ihre vorwitzige Art amüsiert Monsieur, und weil er Frauen viel weniger ablehnt, als man gemeinhin annimmt, teilt er bei Gelegenheit das Bett mit ihr. Die Schöne hat Nine gestanden, dass Monsieurs Feuer sie völlig kaltlässt, dass sie aber bei seinen Küssen die Kunst, Komödie zu spielen, vervollkommne, was ihr sicher nützlich wäre, wenn sie sich eines Tages verheirate.

Aber die Grancey ist lediglich eine Marotte. Die wahren Favoriten sind drei Jünglinge, alle sehr hübsch anzusehen, aber von ziemlich üblem Benehmen. Bei dem ersten handelt es sich um den giftigen Marquis d'Effiat, Stallmeister und Großjägermeister von Monsieur. Er ist dunkel, groß, schlank und von einer finsteren Schönheit, die einen starken Kontrast zur strahlenden Grazie des Chevalier de Lorraine bildet. Der schwarze Engel des Palais-Royal. Eine Ansammlung aller nur möglichen Laster unter dem Lächeln eines Vampirs um Mitternacht. Nine kennt ihn schon lange. Sie hat gesehen, wie er in den Privatgemächern des Badehauses eine Frau auspeitschte, sie hat ihm Perücken angepasst, und sie hat ihm im Feldlager von Tournai gemahlenes Hirschhorn verkauft. Er hat ihrem Onkel Geld für ihre Jungfernschaft geboten und sie ihm dann später noch einmal als Junge abzukaufen versucht. An dem Glimmen, das sich in seinen Augen entzündet, sobald er ihrer bei der Toilette von Monsieur ansichtig wird, kann sie erahnen, dass er nur auf den richtigen Moment wartet, sie zu überfallen und zu vergewaltigen. Sie hält ihn für seelenlos und niederträchtig und hütet sich vor ihm wie die Maus vor der Schlange.

Der Zweite im Bunde ist ein entfernter Verwandter des Ersten. Der Comte de Beuvron entstammt einer mittellosen Familie und ist Hauptmann der persönlichen Garde seiner Hoheit. Die Figur eines Atlas. Die Haut einer Nymphe. Geizig und korrupt bis aufs Blut. Nine ist ihm zu durchschnittlich, um ihr den Hof zu machen, aber vorsichtshalber geht sie ihm aus dem Weg.

Was nun den Dritten angeht, von dem reden wir später. Im Augenblick sitzt der Schurke im Kerker. Wegen Spielschulden. Dieser Mann würde seinen Vater und seine Mutter verspielen, wenn er daraus Gewinn ziehen könnte. Er trägt einen sehr alten Namen. Seine Schlechtigkeit hat den Adel seiner Stirn nicht verändert, und unter seinem blonden Schopf trägt er eine hochnäsige Miene zur Schau, die seine unmäßige Gier auf Abschaum verbirgt. Beide Elternteile sind durch seine Schuld gestorben. Seine Mutter vor Angst, als er zehn Jahre alt war, sein Vater vor Scham, als er zwanzig war. Unser Spieler muss häufig ins Gefängnis und lebt dort in Saus und Braus vom Geld des Herzogs von Orléans, der seinen ausschweifenden Lebensstil ohne Wissen des Chevaliers de Lorraine finanziert. Nine kennt ihn nicht, und ich habe es nicht eilig, ihn Euch vorzustellen.

Lassen wir ihn noch ein paar Nächte in seiner Zelle. Für den Schaden, den er anrichten wird, kommt er noch früh genug heraus.

Ein goldener Käfig also. In dem Monsieur von Eifersucht gequält jammert, schmollt, sich kratzt und ständig nach »Mademoiselle Neffe« ruft. Nine, die dem prinzlichen Juckreiz auf Gedeih und Verderb ausgeliefert ist, verbringt die meiste Zeit in einem Vorzimmer und wartet darauf, dass Seine Hoheit nach ihr läutet. Sie trägt es mit Fassung, und um ihren Ärger darüber zu unterdrücken, dass sie sich wie ein Hündchen fühlt, nach dem man dann und wann pfeift, lauscht sie den Gesprächen der Vertrauten, Intriganten, Lieferanten und Bittsteller, die genau wie sie in Räumen mit wunderbaren Holzböden herumlaufen, in denen es aber weder ein wärmendes Feuer noch andere Bequemlichkeiten gibt. Während eines Schneesturms im Februar haben die königlichen Truppen so viel Angst und Schrecken verbreitet, dass Besançon und Salins sich kampflos ergeben haben. Durch diesen Vorteil gestärkt hätte Monsieur de Turenne die Eroberung der spanischen Niederlande am liebsten gleich fortgesetzt, aber der König hat sich der Ansicht Monsieur Colberts angeschlossen und sich entschieden zu verhandeln. Man lobt ihn dafür, den Frieden vorzuziehen, und munkelt, dass Henri IV. nicht so viel Mäßigung gezeigt hätte. Man zögert, sich über den Frieden von Aachen zu freuen, weil Frankreich die gerade erst unterworfene Franche-Comté zurückgeben muss, um die im vergangenen Jahr eroberten Festungen behalten zu können. Man fragt sich, wer diesen Krieg in Samt und Seide wirklich gewonnen hat. Die Antwort ist eindeutig: Madame de Montespan.

Am 18. Juli bietet Seine Majestät seiner schönen Marquise unter dem Vorwand, seinen Triumph und den wiedergewonnenen Frieden zu feiern, ein großes Fest mit einem Feuerwerk, von dem man noch in fünfhundert Jahren sprechen würde. Anschließend werden die Truhen gepackt, und der gesamte Hof zieht in fröhlicher Karawane nach Chambord in die Sommerfrische. Der König will auf die Jagd gehen, und Madame de Montespan möchte mit dem hübschen Monmouth, der gerade sehr in Mode ist, Federball spielen.

Wenn Monsieur an den Engländer denkt, kratzt er sich erst recht. Er geht nicht mit nach Chambord. Klein, fett und weibisch, wie er ist, will er Madames Herr und Meister bleiben. Sie wird ihm also nach Villers-Cotterêts folgen, wo er sich bemühen wird, sie zu schwängern, damit sie im Herbst weder Blindekuh spielen noch die Courante mit ihrem lieben James tanzen kann.

Nine tut Henrietta von England leid. Naiv, wie sie war, ehe sie das Leben der Großen teilte, konnte sie sich nicht vorstellen, dass man gleichzeitig Prinzessin und trotzdem unglücklich sein kann. Von Jean Quentin weiß sie, dass Madame ihre Bemühungen schätzt, sowohl die Verdrießlichkeit als auch die Nesselsucht ihres Gatten in den Griff zu bekommen, aber noch nie hat die hohe Dame gewagt, sie anzusprechen. Wenn die Herzogin von Orléans sie in einer Ecke des Zimmers bemerkt, in dem sich gerade die familiäre Tragikomödie des Tages abspielt, flattern ihre Augenlider. Sonst nichts. Niemals lächelt sie, niemals bleibt sie stehen, wenn sie Nine begegnet. Nine findet es schade, denn sie würde ihr gern ihre Dienste anbieten. Madames Magerkeit, ihr fahler Teint, die tiefen Ringe unter den Augen und die Schmerzen in der Seite sind ein Zeichen von zu viel Galle. Nine kennt eine Reihe von Rezepten, die eine mitgenommene Leber reinigen, heilen und stärken können. Aber da Monsieur auf alles mit Eifersucht reagiert, was Madame Freude machen könnte – angefangen beim Kompliment eines

Greises bis hin zu einem Sonnenstrahl auf ihrem Hals –, fürchtet Nine seine Ausbrüche. Keinesfalls will sie das Risiko eingehen, ihm zu missfallen, denn er schätzt sie nicht nur, sondern es scheint, als könne er kaum noch auf sie verzichten.

Dieser angenehme Fortschritt verstärkt sich nach der Rückkehr aus Villers-Cotterêts. Die Dienerschaft des Herzogs von Orléans hat seine Sommerfrische dazu genutzt, um die Wohnräume in Paris von Grund auf zu reinigen. Höfe und Abwassergräben wurden gesäubert, aller Unrat von Treppen und Korridoren entfernt. Nun ist es nicht mehr nötig, in allen Ecken wohlriechende Kräuter zu verbrennen, um sich nicht durch üble Gerüche gestört zu fühlen.

Monsieur gefällt der saubere Palast ganz außerordentlich, und er wünscht, von nun an unangenehme Ausdünstungen ein für alle Mal zu verbannen. Monsieur wünscht ein Badehaus. Nicht nur um sich selbst dort zu waschen und massieren zu lassen, sondern auch für diejenigen unter seinen Vertrauten, denen Lavendelduft besser anstünde als der Geruch nach Schweiß und Pferdeäpfeln. Weil »Mademoiselle Neffe« die Tochter des berühmtesten Baders von Paris ist, spricht der Prinz mit ihr darüber. Die Idee gefällt Nine umso besser, als sie darin eine Möglichkeit sieht, sich ihrem Vater wieder anzunähern, den sie sehr vermisst, und möglicherweise auch etwas für Batiste Le Jongleur zu tun, den sie seit dem Besuch in Petites-Maisons nicht mehr gesehen hat und dessen Schicksal sie aus unerfindlichen Gründen beschäftigt. Maître La Vienne würde die Pläne zeichnen, und der junge Le Jongleur, der in Maître Jollys Gruppe daran arbeitet, die Wasserleitungen vom Dorf zum Schloss von Versailles zu verlegen, könnte ihn beraten, wie man das Wasser eines möglichst schlammfreien Wasserlaufs am besten so umleitet, dass es bei Bedarf die prinzlichen Badewannen füllt.

François La Vienne verschafft sich einen ausgiebigen Eindruck von den Räumlichkeiten und begutachtet womöglich noch genauer den Brunnenbauerlehrling, dessen Einfallsreichtum Nine ihm geschildert hat. Der Bader kann sowohl das körperliche als auch das moralische Gewicht eines Menschen bestimmen, ohne ihn zu entkleiden, doch der junge Mann erinnert ihn an Quecksilber, ein Metall, das nur schwierig zu wiegen ist. Auge und Geist sind lebhaft und silbrig. Er verfügt über eine erstaunliche Anpassungsgabe und kann sich in das Wunschdenken anderer Menschen versetzen, um sie für sich zu gewinnen. Unter seiner Stimme blitzt Ehrgeiz hervor wie eine blanke Klinge. Batistes Ruhe ist die eines Brunnens, in dem man zu ertrinken droht. Der junge Bursche kennt seine Trümpfe und spielt sie so meisterlich aus, dass La Vienne sich kaum wundert, dass der dicke Jolly ihm aus der Hand frisst und ihm die Überprüfung einer so wichtigen Planung überlässt.

Weil er den König nachahmen will, der sich in Versailles für kleinste Details interessiert, hat Monsieur darum gebeten, dass man ihn über jeden notwendigen Schritt informiert, um selbst über alles entscheiden zu können. La Vienne erscheint zur Audienz Seiner Hoheit in Begleitung seines Bruders Jean Quentin, Batiste trägt seinen roten Gürtel und hat sein Frettchen bei sich. Ohne auch nur im Geringsten schüchtern zu wirken, als rede er seit seiner Geburt jeden Tag mit Prinzen von Geblüt, setzt der Brunnenbauer Seiner Hoheit die Notwendigkeit auseinander, die Gärten des Palais-Royal aufzugraben, und rät ihm, sich nicht nur lieber für Blei- als für Holzrohre zu entscheiden, sondern auch, eine Pumpe an der Ecke des Palastes aufstellen zu lassen, die dem Bad am nächsten liegt. Monsieur klatscht in die Hände. Eine Pumpe? Ja natürlich. Blei? Aber sicher. Wie lange würden die Arbeiten wohl dauern, und könne sich der kluge Jongleur der Sache selbst annehmen?

Nine kennt den Herzog von Orléans gut genug, um zu erraten, dass er eher Batistes Lippen betrachtet, als seinen Ausführungen gelauscht hat und dass es ihm inzwischen weit weniger um den Bau des Bades geht als vielmehr darum, in Gesellschaft des hübschen Brunnenbauers darin herumzuplanschen. Sie wirft dem jungen Mann einen kurzen Blick zu. Er ist gerade dabei, seine Entwürfe in eine neue Tasche zu räumen. Dazu nimmt er sich viel Zeit, und während dieser gesamten Zeit lässt er einen Blick über die geschminkten Lippen von Monsieur gleiten, der wie ein langer, sehnsüchtiger Kuss wirkt. Nine errötet und senkt den Blick. Ihre Bewegung entgeht La Vienne nicht.

Als sie später gemeinsam zur Werkstatt Binet zurückkehren, wo das Mädchen nach wie vor in Kost und Logis ist, erkundigt er sich scheinbar arglos: »Dieser Lehrling, den du empfohlen hast, hat er auch eine Familie?«

Mit wenigen Worten berichtet Nine von Pierres Beinen, Blanches Haaren und dem Wahnsinn der Madeleine Le Jongleur.

La Vienne nickt. »Kennst du den Jungen gut?«

»Ja und nein. Ich habe ihn vielleicht zehnmal gesehen, was nicht gerade viel ist, aber ich habe das Gefühl, ihn wie einen Bruder zu kennen.«

La Vienne lächelt. »Du hast keinen Bruder.«

»Eben.«

»Gib zu, dass dieser Batiste Le Jongleur dir gefällt.«

Nine blickt ihn erstaunt an. »Aber Vater, Ihr wisst ganz genau, dass Männer mir gleichgültig sind.«

»Der da aber nicht.«

»Er gefällt Seiner Hoheit.«

»Ja, das habe ich wohl bemerkt. Wie vermutlich jeder andere auch. Und dein Freund will daraus Profit schlagen. Er versteht sich darauf, Menschen zu begeistern, er spricht geschickt und hat kühne Ideen. Aber er ist ein Fuchs. Ein verführerischer und gewitzter Fuchs, der nur darauf wartet, dass sich die Tür des Hühnerhofs öffnet. Lass dich nicht manipulieren, Tochter.«

Nine lacht auf. »Ich? Von ihm? Haltet Ihr mich für so naiv?«

»Ich glaube, du wirst allmählich zur Frau.«

Nine stellt sich auf die Zehenspitzen und drückt La Vienne einen Kuss auf die bärtige Wange. »Ganz bestimmt nicht. Ich habe wirklich Besseres zu tun. Ich gebe mir noch ein Jahr, um Monsieur so unentbehrlich zu werden, dass er mir nichts mehr abschlagen kann.«

»Was heckst du denn jetzt wieder aus? Hoffentlich nicht, mit diesem Brunnenbauer anzubandeln. Ich muss zugeben, dass er wirklich hübsch ist, aber ich bezweifele, dass man ihm vertrauen kann. Zumindest dein Vertrauen hat er nicht verdient.«

»Papa, ich wüsste nicht einmal, welche Farbe seine Augen haben!«

La Vienne nimmt ihr Kinn in die Hand und forscht in ihrem kleinen Gesicht wie damals, als sie noch ein Kind war. Sie schminkt sich noch immer nicht. Ihre Samtkleider und ihre neue Haartracht haben keine Frau aus ihr gemacht, das stimmt. Sie benutzt sie, wie man ein möbliertes Zimmer benutzt, und schnürt ihre weiblichen Attribute so eng zusammen, dass man sie kaum erahnt. Aber im Juni wird sie sechzehn Jahre alt, und in diesem Alter entbrennen junge Mädchen oft, ohne es selbst zu bemerken. La Vienne seufzt. Häufig ist man blind gegenüber den Dingen, die man fürchtet. Zweifellos ist Nine sich nicht darüber im Klaren, dass dieser junge Brunnenbauer sie anzieht. Sie ist ebenso naiv wie dickköpfig. Selbst wenn die große Liebe höchstpersönlich und völlig nackt an ihre Tür klopfte, würde sie sie nicht erkennen.

Er beugt sich zu ihr hinunter und küsst sie auf die Wange.

»Füchse töten Hühner, meine Süße. Manchmal verschlingen sie sie sogar bei lebendigem Leib.«

Nine rümpft die Nase. »Gut, dann werde ich eben eine Füchsin.«

Und genau daran arbeitet sie. Der Palais-Royal bietet eine willkommene Voliere, und Monsieur gibt die appetitlichste Poularde ab. Nachdem Nine herausgefunden hat, wie man den Prinzen zähmt, verbirgt sie ihre Reißzähne und nähert sich ihm langsam an. Der Chevalier de Lorraine hält Seine Hoheit beim Gemächt, Nine versteht es, ihn über die Nase zu ködern. Monsieur ist ganz wild auf Parfüm, und nichts begeistert ihn mehr als eine neue Duftessenz. Nines Geniestreich besteht darin, ihm zu beweisen, dass Düfte nicht nur dem Vergnügen dienen, sondern darüber hinaus auch von großem therapeutischem Nutzen sind. Monsieur, der Krankheiten mindestens ebenso sehr fürchtet wie die ewige Verdammnis, mit der ihm sein Beichtvater droht, ist hingerissen von Nines Mixturen und den Erklärungen, die sie dazu liefert.

Diese Art von Medizin, die weder mit Aderlass noch mit Abführmitteln arbeitet, sei uralt, erzählt sie. Schon die Griechen bedienten sich ihrer und verließen sich dabei auf ihre Beobachtungsgabe und ihren gesunden Menschenverstand. Im Gegensatz zur herrschenden Meinung dringen Gerüche nämlich nicht nur durch die Nase ein, sondern durch alle Poren der Haut, die eine Art winziger, höchst sensibler Nasenlöcher sind. Durch die Nase erreichen Düfte die Lunge und das Gehirn. Über die Haut gelangen sie ins Blut und damit in alle lebenswichtigen Organe wie Leber, Herz und Nieren, aber auch in die Fortpflanzungsorgane wie Uterus, Penis und Hoden. Einmal im Körper verteilt sich der Duft, verschafft sich Platz, setzt sich fest und verstreut die Heilkräfte seiner einzelnen Substanzen. Jede Substanz verfügt über ein eigenes Energiepotenzial, das teilweise aus dem Tier oder der Pflanze stammt, aus dem sie gewonnen wurde, und teilweise der Behandlung zu verdanken ist, die man ihr zukommen lässt, um ihre Kräfte zu vervielfachen. So erhalten Kräuter, die man in der Sonne trocknen lässt, eine sengende, unverrottbare Konsistenz, die jede Art von Fäulnis im Körper bekämpft. Zermahlenes Schlangenfleisch ist gut gegen Gift. Wolfsleber, Bärenfett, Walrat, Skorpionpulver, Salamanderasche, Öle vom Regenwurm oder roten Hunden, Pulver aus Hirschhorn, Gold, Silber oder Perlen sowie Stier- und Menschenblut bereichern eine Zubereitung mit besonderen Eigenschaften und verstärken deren Wirkung.

Nine, die bei den Besuchern der »Bains La Vienne« häufig mit Düften experimentiert hat, kennt den Einfluss vieler einfacher oder zusammengesetzter Essenzen auf den Organismus. Sie achtet darauf, je nach Beispiel ihren Tonfall zu variieren, und erklärt Monsieur, der ihr mit der Leidenschaft eines Kindes für Gespenstergeschichten zuhört, die Wirkweisen bestimmter Gerüche. So handelt es sich beispielsweise bei der Pest um eine ansteckende, oft tödliche Ausdünstung, die man mit der Luft einatmet und die zu Fieber führt und das Herz befällt. Um sich davor zu schützen, verhüllt man am besten sein Gesicht mit einer Binde und schützt den Körper mit einem Hemd, das mit einem Sud aus Knoblauch, Lauch und Opoponax getränkt wurde. Mit Moschus, grauem Ambra, Zibet und Sandelholz parfümierte Taschentücher entflammen Männerherzen und versetzen Damen in hingebungsvolle Stimmung. Mit Harz behandelte Kappen, die man unter der Perücke, dem Hut oder als Nachthaube trägt, entfernen unter dem Schädel festsitzende Dämpfe. Die freigesetzten Aromen wirken außerdem lindernd bei Schwindel, Katarrh, Gedächtnisschwund und anderen altersbedingten Beschwerden. Manche Mischungen besitzen eine ganze Reihe von Heilkräften, und man kann sie täglich anwenden. Andere wiederum haben eine ganz spezifische Wirkung, und man benutzt sie nur im äußersten Notfall. »Eau de la Reine d'Hongrie«, das stark nach Rosmarin duftet, kann für Inhalationen, Umschläge und Einreibungen verwendet werden. Atmet man es ein, wirkt es gegen schädliche Dämpfe und Migräne. Einige auf dem Leib verteilte Tropfen besänftigen Bauchschmerzen. Auf Nacken, Schläfen oder Handgelenke massiert hält es die Lebensgeister zusammen, verleiht Kraft, Urteilsvermögen und Freude, löst blockierte Nerven und stimuliert die Sinne. Träufelt man es ins Ohr, löst es das Schmalz und wirkt gegen Ohrgeräusche. Reibt man den gesamten Körper damit ab, hilft es gegen Schlaganfälle, Lähmungen, Gicht, Rheuma, Verbrennungen, Prellungen und angeblich sogar gegen Geschwulste.

Begeistert von diesem Allheilmittel lässt Monsieur seine Tapeten, seine Bettvorhänge und seine Sesselbezüge damit besprühen. Weil Nine die Folgen von Monsieurs Begeisterung fürchtet, vermeidet sie die Erwähnung der Essenz zur Herstellung einer Mumie. Dies ist ein ganz besonders wirksames Medikament, das ein Arzt namens Crollius im vergangenen Jahrhundert erfunden hatte. Er ging dabei von dem Prinzip aus, dass kein Tier so viele medizinische Eigenschaften besitzt wie der menschliche Körper, weil der Mensch schließlich der König aller Tiere ist. Crollius empfiehlt, die Kräfte von Parfüms dadurch zu vervielfachen, dass man ihnen etwas vom besten Produkt beimischt, das die Tierwelt zu bieten hat: vom Körper eines Menschen, der im besten Alter dahingerafft wurde. Dazu muss man nicht unbedingt den Sohn des Nachbarn meucheln – es genügt, den Henker zu bestechen und sich einen zum Tode Verurteilten frisch vom Galgen liefern zu lassen. Er muss unbedingt jung und nach Möglichkeit rothaarig sein, weil eine flammende Haarpracht der beste Garant für viel Lebenskraft ist. Von diesem Körper schneidet man die fleischigen Teile ab, entfernt das Fett, wäscht das, was übrig bleibt, mit Weingeist und setzt es zwei Tage und zwei Nächte den Strahlen der Sonne und des Mondes aus, um den Lebensstoff zu verstärken. Anschließend reibt man das Fleisch mit Aloe, Myrrhe und Safran ein und hängt es über das Feuer, wie man es mit Ochsenzungen oder Schinken macht, die dadurch einen köstlichen Duft annehmen. Sobald es durchgeräuchert ist, zermahlt man das Fleisch und mischt es mit Öl, bis es eine sämige Konsistenz und die Honigfarbe des Duftbalsams annimmt, den Grabräuber aus den Sarkophagen der Pharaonen mitbringen.

Fragt Ihr Euch jetzt, ob ich diesen ekelerregenden Rezepten Glauben schenke und ob Nine tatsächlich Menschen zerschnitten hat, um Salben aus ihnen zu machen?

Ich persönlich konnte nie die fabelhafte Wirkung dieses Balsams feststellen, und Nine vermutlich auch nicht. Aber in der Zeit, von der ich Euch berichte, fand unsere junge Freundin es weniger schlimm, eine Leiche zu zerschneiden, als Pierre Le Jongleur oder verwundete Flamen bei lebendigem Leib zu amputieren.

Der Henker von Paris, den Nine mit elf Jahren zum ersten Mal am Fuß eines blutigen Podests angesprochen hatte, blieb ihr Freund, und sie besuchte ihn oft. Er hieß Levasseur und war trotz seines brutalen Berufs ein schüchterner, geduldiger und wohlwollender Mann. Er verurteilte niemanden, der kein Verbrechen begangen hatte, und störte sich nicht daran, dass Nine Interessen an den Tag legte, die eigentlich Jungen vorbehalten waren. Er beantwortete jede ihrer Fragen und zeigte ihr seine Kniffe und Methoden. Er gestattete ihr sogar, den Leichen, für die er die Verantwortung trug, Nägel, Haare und Teile von Schädeldecke, Haut und Knochen zu entnehmen, die sie für die in ihrem Schulheft notierten Rezepte brauchte. Henker sind ausgezeichnete Heilkundige. Weil sie Menschen häuten, ihnen Gliedmaßen brechen, sie entbeinen, rädern, vierteilen, aufhängen und enthaupten, sind sie mit dem menschlichen Körper vertrauter als die diplomierten Ärzte, die nur selten sezieren. Sie wissen, dass Schädelpulver ausgezeichnet gegen Epilepsie wirkt und dass es eine verstopfte Leber entlastet, wenn man sie mit einer abgehackten Hand massiert, dass das Horn des Einhorns, dem die Alten eine mächtige Wirkung zuschrieben, reine Scharlatanerie ist, dass das Herz den Kreislauf des Blutes beeinflusst wie der Mond die Gezeiten und dass das Halsfett reifer Frauen ein hervorragendes Mittel gegen Falten ist.

Nachdem Nine ihn in diese Geheimnisse eingeweiht hat, reibt sich Monsieur vor jedem galanten Rendezvous mit Halsfett ein, denn er wünscht sich eine so faltenfreie Stirn wie der junge Monmouth. Monsieur hat seine Gattin zum mittlerweile achten Mal geschwängert, und weil die erneute Schwangerschaft die arme Prinzessin verunstaltet, gibt er sich beruhigt seinen Vergnügungen hin.

Er hat verfügt, dass sein Badehaus einen eigenen Eingang zur Rue de Valois bekommen soll, wo man von außerhalb kommende »Kunden« diskret empfangen kann. Unter »Kunden« versteht Monsieur die Rekruten, die sein Maître d'hôtel, Antoine Morel de Valonne, für ihn aussucht. Der Mann verkauft junge Männer wie Pferde. Sein Marktplatz ist das Erdgeschoss der Oper, und weil er den Geschmack seines Herrn genau kennt, rühmt er sich damit, ihn gleichzeitig befriedigen und überraschen zu können. Die Ware ist frisch, gesund und – je nach Anlieferung – kräftig oder zierlich und sorgfältig darauf dressiert, sich ihre Käuflichkeit nicht anmerken zu lassen. Monsieur macht es nichts aus, seine Liebhaber zu bezahlen, ihnen sogar ein Vermögen zu bezahlen, aber er braucht die Illusion, ihnen zu gefallen. »Macht mich begehrenswert um meiner selbst willen und nicht, weil ich der Bruder des Königs bin«, sagt er, über seinen Spiegel gebeugt, zu Nine.

Nines Wangen werden rosig vor Freude. Jetzt kann sie ihr Talent zur Geltung bringen. Sie wird aus diesem kleinen Mann, der in ein Korsett gezwängt ist, das sein Bauchfett in teigige Rundungen verwandelt, eine Traumkreatur machen. »Würde Eure Hoheit geruhen, sich zu setzen und die Augen zu schließen?«

Die Füchsin schiebt ihm einen Sessel unter das Hinterteil, dessen Rundung durch die Pluderhose noch betont wird. Die Poularde gluckst und macht es sich bequem. »Legt Ihr es darauf an, unersetzlich zu werden, Mademoiselle Neffe?«

Nine denkt: »Aber ja, mein Dickerchen, natürlich!«, murmelt aber sanft: »Wenn es Eurer Hoheit genehm ist …«

»Ihr kennt eine ganze Menge Mittelchen, mein Kleiner. Und der junge Brunnenbauer, der uns hervorragend beraten hat, ist ebenfalls ganz nach meinem Geschmack.«

Nine denkt: »Wenn du noch einmal begehrliche Blicke auf Batiste wirfst, schmiere ich dich mit Bleioxid ein, bis du an deinem Laster und deiner Gefallsucht stirbst.« Tatsächlich aber antwortet sie mit süßer Stimme: »Seine Leidenschaft ist das Wasser, so wie meine die Düfte sind. Würden Eure Hoheit das Gesäß ein wenig anheben?«

Nine nimmt den gepolsterten Deckel des Sessels ab und öffnet so eine Mulde, die etwas kleiner als die eines Kammerstuhls ist. In die Mulde lässt sie eine Räucherpfanne gleiten, in der auf einem Glutbett eine Mischung aus Ambra und Patschuli raucht.

Entzückt von dieser neuen Erfindung setzt Monsieur sich so hin, dass seine Geschlechtsteile durch die Öffnung hängen, und fragt lachend: »Wollt Ihr mir die Eier parfümieren?«

Nine fährt mit einem in Orangenwasser getauchten Schwamm über seine Schultern, den Hals, das Gesicht und schließt mit vorsichtiger Hand seine Lider.

»Nicht nur die Eier, Eure Hoheit«, antwortet sie. »Das gesamte Hinterteil. Die Dämpfe steigen durch Euren Darm bis in die Lunge hinauf und gehen von dort in Euren Mund, Eure Augen, Eure Ohren. Ihr werdet nicht wie jemand duften, der sich parfümiert hat, sondern ihr seid fleischgewordenes Parfüm.«

Der Herzog von Orléans stößt einen wohligen Seufzer aus. »Etwas Besseres kann ich mir nicht vorstellen …«

Unter den sanften Händen, die sein Haar flechten und über seine Haut streifen, fühlt sich Philippe völlig entspannt. Er lässt seinen Kopf in den Nacken sinken und fällt in eine selige Lethargie.

Es ist Winter. Im Louvre.

Er ist sechs Jahre alt, vielleicht auch sieben. Seine Mutter sagt noch immer »mein kleines Mädchen« zu ihm, und er tut nichts lieber, als mit Puppen zu spielen.

Seine Lieblingspuppe heißt Anne. Sie hat süße, runde Wangen, dichtes, braunes Haar und Grübchen an den Handgelenken.

Anne.

Die Puppe ist ein Geschenk, um ihn darüber hinwegzutrösten, dass er immer seinem älteren Bruder gehorchen muss, der weniger gescheit und weniger hübsch ist als er selbst, aber der zuerst geboren wurde und daher König ist.

Seine Mutter findet ihn hübscher und begabter, aber das sagt sie ihm nur heimlich, weil sonst der König eifersüchtig wird.

Der König darf eifersüchtig sein. Er nicht.

Er muss dem König sagen, dass er perfekt ist, auch wenn er es nicht wirklich denkt. Er muss dem König großen Respekt erweisen, auch wenn er ihn langsam, wenig graziös und überhaupt nicht lustig findet. Er muss dem König in allem gehorchen, auch wenn er es ungerecht findet und damit nicht einverstanden ist.

Es ist ebenfalls seine Mutter, die ihm Freundlichkeit, Respekt und Gehorsam gegenüber seinem älteren Bruder, dem König, befiehlt. Er liebt seine Mutter mehr als alles andere auf der Welt und tut alles, was in seiner Macht steht, um sie zufriedenzustellen. Seine Mutter sagt, er sei sehr intelligent, aber er habe vor allen Dingen ein großes Herz, ein sehr großes Herz, und wenn sie das sagt, dann werden ihre Augen feucht, und sie küsst ihn.

Aber gleich nach seiner Mutter liebt er seine Puppe Anne mehr als alles auf der Welt.

Anne gehört ihm, und er kann mit ihr machen, was er will. Er kann sie schminken und ihr Bänder ins Haar knüpfen. Er kann ihr Befehle und Ohrfeigen geben. Er kann sie kitzeln und kneifen.

Anne sagt niemals Nein. Das darf sie nicht. Sie muss immer freundlich, respektvoll und gehorsam sein, weil sie ein Nichts ist und er der erste Prinz von Geblüt. Das ist zwar nicht gerecht, aber es ist so. Er erklärt es ihr mit den Worten, die er von seiner Mutter gehört hat, und weil sie eine gute Puppe ist, versteht sie es.

Wenn er sieht, dass sie verstanden hat, küsst er sie. Anne ist eine sehr gute Puppe. Niemand hat eine bessere. Außerdem ist sie wirklich hübsch. Wäre sie keine Puppe, würde er sie später heiraten.

Er weiß, dass ein Prinz von Geblüt seine Puppe nicht heiraten darf, weil sein Bruder es ihm Tag für Tag wiederholt.

Sein Bruder sagt auch, dass ein Prinz von Geblüt seine Puppe nicht lieben darf, denn das wäre lächerlich und erniedrigend.

Er weiß nicht, was erniedrigend heißt, und er hat auch keine Lust, es zu erfahren.

Das, was er weiß, und das, was er nicht wissen will, hindert ihn nicht daran, sich danach zu sehnen, Anne zu heiraten, sobald er dreizehn Jahre alt ist. Mit dreizehn Jahren wird sein Bruder mündig und ist dann wirklich König. Wenn er selbst dreizehn wird, wird auch er mündig und ist dann wirklich Prinz. Mit dreizehn Jahren können Könige und Prinzen heiraten und Nachkommen zeugen. Normalerweise wählen sie dazu Prinzessinnen, weil es für das Königreich besser ist. Er hofft, dass ihm selbst, weil er nur der Zweite ist, die Rücksicht auf das Königreich erspart bleibt und er daher vielleicht seine Puppe statt einer Prinzessin heiraten kann.

Und wenn seine Mutter, die Königin, und sein Bruder, der König, ihm verbieten, Anne zu heiraten, dann können sie ihn trotzdem nicht daran hindern, sie zu lieben.

Sie von ganzem Herzen zu lieben.

»Wenn Eure Hoheit jetzt bitte einmal schauen möchten …«

Philippe presst die Augenlider zusammen, um die Erinnerung zurückzuhalten, aber ein säuerlicher Duft holt ihn in die Gegenwart zurück. Er öffnet die Augen.

Der Spiegel vor ihm zeigt das Bildnis einer Unbekannten mit marmorglatter Stirn unter einer Perücke, die echter wirkt als natürliches Haar, einem Teint wie frischer Milch, die samtschwarzen Augen von dunklen Wimpern überschattet, mit roten, glänzenden Lippen, einem Hals, an dem man weder Muskeln noch Adern sieht, und einem verführerischen, sehr glaubwürdigen Dekolleté mit einem hellen und einem dunklen Schönheitspflästerchen. Verblüfft neigt er sich zu seinem Spiegelbild und berührt es mit dem Finger.

Nine lächelt angesichts seiner Sprachlosigkeit. »Nun müssen Eure Hoheit nur noch das Kleid wählen, und die Illusion ist perfekt.«

Sie ist so perfekt, dass der Herzog von Orléans bei der anschließenden Begehung der Baustelle des Badehauses für seine eigene Gattin gehalten wird. Die Arbeiter sprechen ihn mit »Madame« an und verbeugen sich hastig. Auch Batiste Le

Jongleur geht auf das Spiel ein und fragt sich insgeheim, wie sich die dunkelhaarige Prinzessin, die im Park von Versailles den König geküsst hatte, mit einem solchen Ehemann fühlt und ob besagter Ehemann sich abends des Kleides entledigt und seinen ehelichen Pflichten nachkommt.

Nine gleitet hinter den jungen Brunnenbauer und flüstert: »Könnte es sein, dass Euch unsere neue Prinzessin erregt?«

»Wie ist Euch dieses Wunder gelungen?«, raunt Batiste zurück.

Nine lächelt. »Ich habe einen halben Tag gebraucht, um den Prinzen, der Euch bekannt ist, in diese Person zu verwandeln.«

»Mein Pate hat mich einige Zaubertricks gelehrt. Würdet ihr mir diesen da beibringen?«

Sie wirft ihm einen fröhlichen Seitenblick zu. »Aber nur, wenn Ihr mir Eure Geheimnisse verratet.«

Er sieht sie neckisch an. »Nichts lieber als das.«

»Wirklich?« Sie hebt überrascht die Augenbrauen.

»Wirklich. Ich habe meinen Bruder verloren, Blanche lebt bei Eurem Urgroßvater, und Jesus ist nicht sehr gesprächig. Geheimnisse machen nur Sinn, wenn man sie von Zeit zu Zeit mit jemandem teilt.«

Nine blickt ihm gerade ins Gesicht. »Denkt Ihr etwa daran, mich für Zwecke zu missbrauchen, die mir widerstreben?«

Batiste wendet sich ihr zu. Hoch aufgerichtet reicht sie ihm gerade einmal bis zur Schulter. Sie ist nicht hässlich. Wäre sie ein wenig fülliger, könnte man sie fast charmant nennen. Und doch begehrt er sie nicht. Überhaupt nicht. Er schätzt sie. Es hatte Frauen gegeben, die ihn mit ihrer Großzügigkeit oder ihrem Mut verblüfften, aber noch nie hat eine von ihnen in ihm die Bewunderung geweckt, die er der kleinen Perückenmacherin zollt. Wahrscheinlich sollte er sie lieber anlügen. Wenn man Frauen anlügt, kann man nur gewinnen, denn man vermeidet

Fragen, Erwartungen und Vorwürfe. Aber er hat keine Lust dazu. Nicht die geringste.

»Vielleicht. Ich weiß es noch nicht genau«, antwortet er deshalb wahrheitsgemäß.

Nine betrachtet ihn aus ihren lebendigen Wasseraugen, deren Glanz ihn blendet. »Erwartet Ihr etwas von mir?«

Er nimmt ihre rechte Hand, dreht sie um und küsst sie in die Handfläche. Eine kleine Hand mit abgeknabbertem Daumennagel, die wie ein wilder Garten an einem Sommermittag riecht.

»Mit Sicherheit. Aber ich weiß noch nicht, was.«

GRAUGRÜN.
Zumindest wenn er sie ansieht. In der restlichen Zeit haben Batiste Le Jongleurs Augen die Farbe von Wolken kurz vor dem Regen, von flussaufwärts schwimmenden Aalen, von poliertem Schiefer oder dem Metall, aus dem man Schwerter schmiedet.

Nine lächelt. Die Gedanken an den Brunnenbauer machen ihr Freude und verführen sie zu einer gewissen Ungeduld. Seit sie denken kann, hat sie sich ausschließlich dem kleinen Bildnis der Jungfrau Maria über ihrem Bett anvertraut, aber Batiste kann sie alles sagen, ohne ihn zu schockieren oder missverstanden zu werden. Sie hat einen Komplizen gefunden, fast einen Doppelgänger ihrer selbst, und sie ertappt sich dabei, die in seiner Gesellschaft verbrachten Momente wie einen frischen Wind in ihrem von den Launen des Prinzen vergifteten Tagesablauf herbeizusehnen.

Denis Jolly, den die Arbeit an neuen Installationen in Versailles übermäßig in Anspruch nimmt, hat die Überwachung der Arbeiten an Monsieurs Badehaus seinem jungen Kompagnon anvertraut. Batiste könnte sich damit begnügen, die Baustelle einmal in der Woche zu inspizieren, aber er kommt an jedem zweiten Tag, und jedes Mal bleibt er unter irgendeinem Vorwand bis zum Abend dort. Nine hält es für eine gewagte Vermutung, er hoffe vielleicht darauf, dass sie für eine Weile ihre Arbeit verlassen könnte, aber sie stellt fest, dass er alles stehen und liegen lässt und zu ihr kommt, sobald sie sich zeigt.

Im Lauf der Wochen öffnet sie sich ihm immer weiter. Sie erzählt ihm, wie ihre Kinderjahre im väterlichen Badehaus ihr all das über die Männer beigebracht haben, was man Mädchen sonst vorenthält, dass sie es ablehnt, sich Männern unterzuordnen, und weder ihr Spielzeug noch ihre Ware sein will und dass sie Männer sowohl beneidet als auch verachtet. Sie erzählt ihm, dass sie bei ihrer Geburt ihre Mutter getötet hat und dass sie dafür Wiedergutmachung leistet, indem sie Leiden lindert und Menschen heilt. Sie erzählt ihm, dass ihr Vater sein Versprechen gebrochen hat, sie immer bei sich zu behalten, dass ihr Pate Alexandre Bontemps, der der erste Kammerdiener des Königs ist, aus ihr ganz unverständlichen Gründen fürchtet, sie sei nicht fähig, bei Hof zu dienen, und dass ihr Onkel sie an einen alten Kauz mit einem Titel verheiraten möchte. Sie erzählt ihm, dass sich der Herzog von Orléans dank ihrer Geschichten und ihrer Tinkturen langsam, aber sicher in sie vernarrt und dass sie ihn, sobald er nicht mehr ohne sie auskommt, bitten werde, ihre Kandidatur an der Medizinischen Fakultät zu unterstützen und ihre Studien zu finanzieren. Sie erzählt ihm, dass der Chevalier de Rohan ihr treuer und großzügiger Verbündeter ist, dass Lully sie dem König vorstellen will und dass der Chevalier de Lorraine und der Marquis d'Effiat um ihre Jungfernschaft würfeln. Sie erzählt ihm, dass Madame ihrer Ansicht nach sowohl an der Seele als auch an der Leber leide, dass die Ärzte und Monsieur gemeinsam Henriettas Grab schaufeln und dass die Ärmste wahrscheinlich eines Tages an ihrer unglücklichen Ehe und ihrem schlechten Allgemeinzustand sterben werde. Sie erzählt ihm, dass sie vorhat, Arzneien nach ihrem Geruch zu klassifizieren, dass sie eines Tages eine Medizin ohne Lanzette und Klistier lehren würde und dass sie irgendwann der königlich-medizinischen Gesellschaft angehören und Kurse in botanischer Chemie im Park des Königs geben wolle. Sie erzählt ihm, dass ihre Mutter sie manchmal nachts im Schlaf besucht und sie darin bestärkt, neue Wege zu gehen. Sie erzählt ihm, dass ihre Mutter in ihren Träumen sehr lebendig wirkt und ganz und gar nicht der blonden Person ähnelt, die ihr Onkel Antoine de Courtin in einem Medaillon um den Hals trägt, dafür aber in allen Gesichtszügen einer Miniatur der Jungfrau Maria, die Alexandre Bontemps ihr einst geschenkt hat. Sie verspricht Batiste, ihm das Bild der Mutter Christi zu zeigen, und weil er lacht und sie als Götzendienerin bezeichnet, schilt sie ihn einen Ungläubigen und schlägt ihm ihre Handschuhe auf den Rücken.

Im Gegenzug zu den Vertraulichkeiten, mit denen sie ihn beehrt, berichtet der junge Mann von seinen eigenen Plänen. Er bewundert ihre Entschlossenheit und wünscht sich, dass sie sein Talent bewundert. Ihn fasziniert, dass sie so ganz anders ist als alle Frauen, die er kennt, und er möchte ihr gern anders erscheinen als die Männer, die sie kennt. Er erzählt ihr von seiner Hebevorrichtung für Wasser, über die er nachdenkt, seit er bei Jolly arbeitet, und von einem ganz neuartigen Verfahren, das es gestatten würde, in Frankreich so große Spiegel herzustellen, wie Monsieur Colbert sie bisher aus Venedig importiert und die ein Vermögen kosten.

»Woher nimmt ein junger Mann, der nie studiert, solche Ideen?«, fragte Nine.

»Ach, wisst Ihr, Mademoiselle Ninon, Ihr inspiriert mich …«

Er hat gesunde, glänzende Zähne mit spitzen Eckzähnen, und wenn er so lächelt, ähnelt er seinem Frettchen. Als Nine nicht weiß, was sie darauf antworten soll, beugt er sich zu ihr hinunter, fährt mit der Hand über ihr Dekolleté und bringt ein Seidenband oder einen kleinen Vogel zum Vorschein. Der Vogel fliegt davon. Das Seidenband windet er um das Handgelenk des jungen Mädchens. Wenn er eines Tages reich wäre, was nicht allzu lange mehr auf sich warten lassen dürfte, würde er ihr ein Armband aus ziseliertem Gold schenken, das mindestens so schön wäre wie das Geschmeide von Jeanne Jolly. Nine antwortet, dass ihr Schmuck gleichgültig ist. Sie ahnt, dass er mit der appetitlichen Gattin von Maître Jolly schläft oder geschlafen hat, zieht es aber vor, nicht weiter darüber nachzudenken. Das Band behält sie. Batiste bringt ihr die Pläne mit, die er noch nie jemandem gezeigt hat, und erklärt ihr genau, wie er sein Glück machen will.

Was er allerdings nicht erwähnt, ist die Sache mit dem Blei, der die hochfliegenden architektonischen Pläne Louis XIV. einen ungeahnten Schwung verleihen.

Nicht damit zufrieden, Apollon, Mars und Jupiter darzustellen, hält Seine Majestät sich mittlerweile für einen Pharao. Eines Tages hört Batiste, wie Monsieur Colbert zu Monsieur Francine sagt, er könne die Begeisterung seines Herrn für diesen kargen Standort nicht verstehen, er hielte es für absurd, ausgerechnet hier den größten Palast Europas zu erbauen, wo man doch bereits den Louvre und Saint-Germain habe, und er fände es ärgerlich, wenn man an den Ruhm Louis XIV. die Messlatte von Versailles anlegen würde.

Weil er den Jagdpavillon seines verstorbenen Vaters nicht abreißen lassen will, was sehr viel einfacher wäre, hat sich Seine Majestät für die Vergrößerungspläne von Monsieur Le Vau entschieden. Auf der zum Park hin gelegenen Westseite soll die Fassade vollständig mit Steinen verdoppelt werden und in eine monumentale Terrasse übergehen, deren Verlängerung in ein Wasserbecken mündet, das sich über Stufen in den Grand Canal ergösse. An der Ostseite, wo Reiter und Kutschen ankommen, sollen die Seitenflügel um den kleinen Hof verlängert und verbreitert werden. Dabei würde ausreichend Wohnraum für Staatssekretäre, Grafen und Marquis entstehen. Außerdem gäbe es eine neue Kapelle für die Königin und einen Pavillon für Madame de Montespan, dessen Wände und Dach mit weißen und blauen Kacheln ausgestattet würden. Der Oberintendant über die königlichen Bauwerke murrt, der König habe den Verstand verloren und Versailles würde eines Tages aussehen wie ein Mensch mit verkümmertem Körper und überdimensionalen Gliedmaßen. Wie ein Monstrum.

Für Batiste allerdings bedeutet diese Schrulle einen wahren Glücksfall. Der neue Bauabschnitt würde Tausenden Handwerkern für mindestens fünf Jahre Arbeit verschaffen, und er selbst gedenkt aus diesem Segen jeden nur möglichen Vorteil zu schlagen.

An den ersten schönen Tagen des Jahres 1669 sind die Erdarbeiten am Grand Canal beendet. Die Gruppe um Denis Jolly erhält den Auftrag, das Rohrsystem für die Wasserversorgung zu installieren. Die Erdarbeiten dazu finden unter Aufsicht des Gärtners Henry Dupuis statt und dauern vier Monate. Einhundertzwanzig Tage, um mit Menschenkraft neuntausend Klafter – also etwa achtundsechzigtausend Kubikmeter – Erde zu bewegen. Während dieser Monate hilft Batiste, die Tunnel zu mauern, durch die die Rohre führen sollen. Die Gräben bestehen aus Kalkstein, einem kieselsäurehaltigen, porösen Material, das leicht, aber sehr unempfindlich ist und das man mit Pickeln und Keilen in zwei bis drei Meter hohen Blöcken im Chevreuse-Tal bricht.

Batiste lernt, dass jeder Stein besondere Qualitäten aufweist, der seine Verwendung für Fundamente, Böden oder Wände bestimmt. Sockel werden zum Beispiel mit dicken Quadern aus Kalksandstein gebaut, der aus besonders widerstandsfähigen Sedimentschichten stammt. Die neuen Fassaden im Norden, Süden und Westen entstehen aus feinkörnigem Kalkstein aus Saint-Leu-d'Esserent, den man auch Troissy-Stein nennt. Er ist leicht abzubauen und darf nicht im Winter bearbeitet werden, weil er frostempfindlich ist. Er wird umso härter, je trockener er wird, ist unempfindlich gegen Ausblühungen und nimmt im Lauf der Jahre eine schöne rosigblonde Färbung an. Für die Vorbauten wurden in den Steinbrüchen an der Oise monolithische Säulen von sieben Metern Höhe und einem Meter Durchmesser gebrochen, die mehr als acht Tonnen wiegen. Batiste lernt auch den Sandstein aus Seine-et-Marne und vom Plateau d'Orsay kennen. Ersteren verlegt man in Würfeln in einem Sandbett, um Höfe und Alleen zu pflastern, den zweiten benutzt man für Böden und Ränder der Wasserbecken in Platten und großen Blöcken. Die seltsam geformten Sinter des gleichen Steins verwendet man als natürlichen Zierrat in Teichen. Die Statuen im Park bestehen auf Wunsch des Königs aus weißem Marmor aus Saint-Beat, den man mit Schwarzpulver aus der Klippe am rechten Garonne-Ufer sprengt und die Blöcke sechzig Meter den Hang hinunterrollt. Wie der grüne Marmor aus den Pyrenäen und der rote aus dem Languedoc wird auch der weiße Marmor auf Flößen die Garonne hinuntergebracht, von Bordeaux aus nach Rouen oder Le Havre verschifft und gelangt schließlich die Seine hinauf bis zum Port de la Conférence in Paris. In den Lagern am Quai des Célestins oder Quai de la Tournelle wird er auf Pferde- oder Ochsenkarren verladen und nach Versailles transportiert.

Batiste hat weder die Mittel noch die Kontakte, um Gewinn aus Marmor zu schlagen, an den Metallen jedoch hält er sich schadlos. Aus Furcht vor Kontrollen lässt er die Wandungen der Rohre nur um wenige Millimeter verdünnen, maximiert jedoch mithilfe seiner Zulieferer seine Gewinne. Während er für Jolly und Francine den Musterarbeiter spielt, denkt er über weitere Möglichkeiten nach, Blei in Gold zu verwandeln. Die Biegsamkeit des Metalls macht es ideal für Stutzen und Rohrabzweigungen, als Schweißmaterial für Eisenteile im Mauerwerk und für die Herstellung von Skulpturen, die später die Springbrunnen zieren sollen, aber noch weiß Batiste nicht, wie er daraus Gewinn ziehen könnte. Sollte allerdings Monsieur Le Vau seinen Plan in die Tat umsetzen, alle neuen Dächer, Balkone und Terrassen mit Bleiplatten zu belegen, deren Dicke man recht einfach ... überarbeiten könnte, wäre sein Glück gemacht. Er ist zuversichtlich. Innerhalb von zehn Monaten hat er bereits fünftausend Livres verdient, und wenn die Geschäfte so weitergehen und nicht Ärgerliches geschieht, hat er im kommenden Jahr genug beisammen, um seine Mutter aus dem Asyl Petites-Maisons zu holen und ihr das angenehme Alter zu ermöglichen, das Pierre für sie erträumt hatte.

Doch das Schicksal lässt ihm keine Zeit. Am Morgen des Allerseelentags 1669 geht Madeleine Le Jongleur morgens in der Kapelle des Asyls fromm zur Kommunion, kehrt in ihre Zelle zurück und reißt sich an beiden Armen mit den Zähnen die Adern auf. Die Nonne, die ihr das Essen bringt, fällt in Ohnmacht, als sie sie stocksteif auf dem blutbesudelten Boden findet. Madeleines Handgelenke und Ellbogenbeugen sehen aus wie von einem Wolf zerfleischt, und ihr nackter Körper ist über und über mit Blut beschmiert. Auf die Wand hat die Unglückliche mit ihrem Blut ein großes Kreuz gemalt.

Batistes Verzweiflung ist so zäh wie der Nebel, der über der Baustelle hängt. Feucht und kalt erstickt er jede Klage und verbannt alle Träume in die Nacht. Weil Madeleine Selbstmord begangen hat, ist sie von der Gemeinschaft der Christen ausgeschlossen, wird ohne den Segen eines Priesters in die Gemeindegrube geworfen und ist dazu verdammt, für alle Ewigkeit im Höllenfeuer zu darben. Sobald Batiste die Augen schließt, sieht er ihre von Blutegeln zerfressenen Waden, ihre von Boniface zerbissenen Brüste, ihre von der Trauer um Pierre erloschenen Augen und ihren von der Peitsche des Henkers aufgerissenen Rücken. Dann ruft er leise nach ihr. Er ruft »Madeleine«, denn er wagt nicht mehr, sie Mutter oder gar Mama zu nennen. Sie dreht sich um, und in ihrem Blick erkennt er, wie abgrundtief sie ihn hasst. Sie spuckt ihm ins Gesicht wie damals auf dem Marktplatz.

»Verfluchter!«, schreit sie. »Das alles ist deine Schuld!« Sie kommt näher und flüstert ihm mit einer Stimme, die schrecklicher ist als jeder Schrei, ins Ohr: »Du hast meinen Sohn getötet.« Und dann: »Und auch mich hast du getötet.«

Batiste rollt sich zusammen und hält sich die Ohren zu. Beunruhigt leckt Jesus ihm die Lippen. Batiste greift unsanft nach ihm und wirft ihn zu Boden. Das Frettchen sucht nach einem Versteck. Es erkennt seinen Herrn nicht mehr wieder. Von seinen Visionen verfolgt hat Batiste keine Lust mehr zu arbeiten. Weder seinen Bruder noch seine Mutter hat er retten können. Wozu also weiterkämpfen, wenn die Schlacht ohnehin verloren ist? Wozu sich damit abmühen, die Lebensumstände zu verbessern und Zukunftspläne zu schmieden, wenn Pierre und Madeleine daran nicht teilhaben können?

Ihm bleibt nur noch Blanche. Er könnte versuchen, alles wiedergutzumachen, indem er sein restliches Leben darauf verwendet, seiner Schwester etwas zu bieten. Blanche wird bald dreizehn Jahre alt, und ihr Leben ist noch ebenso jungfräulich wie sie selbst. Sie ist wie eine frische, neue Seite, auf der erst Geschichte geschrieben werden muss. Mit dem Bleigeld könnte Batiste ihr Gesangs-, Musik- und Tanzstunden ermöglichen, sie könnte Anstandsunterricht nehmen und sich im Lesen, Schreiben und in der Konversation fortbilden. Er könnte ihr Kleider und Schuhe kaufen. Nine La Vienne würde sie lehren, wie man sich richtig frisiert und schminkt und würde sicher ihr Versprechen halten, die Kleine Monsieur Lully vorzustellen.

Aber Blanche möchte nicht mehr in die Musikantentruppe des Königs eintreten. Sie möchte dem Wunsch ihrer Mutter entsprechen und dem Kloster der Karmelitinnen beitreten, die Madeleine Le Jongleur mit herzlicher Güte empfangen haben, ohne an ihrer bedauernswerten Lage Anstoß zu nehmen.

Ruhig hört Batiste seiner kleinen Schwester zu, als sie ihm die Gründe für ihren Entschluss erklärt. Blanche spricht nicht von Opfer, sondern nur von Pflicht und Liebe. Batiste glaubt nicht, dass man Tote in ihrem Schmerz trösten kann, und ebenso wenig, dass Gebete genügen, um den Schmerz der Lebenden zu lindern. Aber in ihrem Trauerkleid, die schönen Haare unter einer Haube versteckt, die der einer Witwe gleicht, erscheint Blanche so entschlossen, dass er nicht mehr versucht, sie umzustimmen. Die Zeiten der Ironie, der vorschnellen Kritik und der großmäulig verbreiteten Sicherheiten sind vorüber. Dem jungen Mann wird klar, dass er nicht mehr das Recht hat, darüber zu befinden, was das Beste oder Schlechteste für seine Angehörigen ist.

Er scharrt die Gewinne aus seinen Betrügereien zusammen. Insgesamt sind es sechstausend Livres in Gold und Silber. Der Anteil des Teufels. Blutgeld. Die Mitgift für ein Kind mit der Stimme eines Engels. Er steckt die unglaubliche Summe in eine neue Börse, legt Madeleines Rosenkranz dazu, den er aus der Hütte geholt hat, und vertraut sie Nine mit der Bitte an, die Kleine zu den Karmelitinnen zu bringen und sich um ihre Aufnahme zu kümmern.

In Nine wehrt sich jede einzelne Faser gegen diese Entscheidung, aber als sie sieht, wie zerknirscht der junge Mann ist, kann sie ihm diesen Gefallen nicht abschlagen. Monsieur genehmigt ihr freundlicherweise zwei freie Tage, die sie in der Mansarde der Werkstatt Binet verbringt, um mit der zukünftigen Nonne darüber zu sprechen, was sie erwartet. Diese beiden Tage voller Hingabe und Zärtlichkeit und vor allem die Nächte, die sie lachend und weinend unter demselben Laken verbringen, schmieden die beiden Mädchen zusammen wie Schwestern.

Am Morgen des Abschieds nimmt Nine ihren größten Schatz, die Miniatur der Jungfrau Maria, von der Wand und steckt sie in Blanches Gepäck. Auf die Rückseite hat sie geschrieben: »*Möge Unsere liebe Frau Eure Mutter werden, wie sie die meine war. Möge sie in Freude und in Prüfungen über Euch wachen, wie sie über mich gewacht hat.*«

Die Mutter Oberin der Karmelitinnen ist eine große, friedliche Frau. Sie empfängt Blanche und die wohlgefüllte Börse wie zwei Himmelsgeschenke. Nachdem sie die Bewerberin gebeten hat, ihr etwas vorzusingen, faltet sie die Hände und preist den Allerhöchsten, weil er mit seinem Finger die Kehle dieses Mädchens berührt hat. Angesichts ihrer hohen Stellung beim Herzog von Orléans gesteht man Nine das Recht zu, an Blanches Seite an der Messe teilzunehmen. Nach der Kommunion wird die Novizenmeisterin die Kleine mitnehmen.

In der Abteikirche ist es bitterkalt. Die grauen Gestalten, die auf der anderen Seite des Gitters knien, das die Klosterfrauen von der Welt der Lebenden trennt, sehen aus wie Trugbilder. Blanche greift nach Nines Hand. »Würdet Ihr Euch bitte um meinen Bruder kümmern?«, flüstert sie. »Er ist eigentlich kein schlechter Mensch.«

Nine raunt zurück: »Ich weiß.«

»Er braucht Euch.«

Nine wird verlegen. »Glaubt Ihr?«

Blanche drückt ihre Hand. Ihre Lippen zittern. »Vergesst mich bitte nicht.«

»Ich werde Monsieur bitten, bei der Äbtissin zu erwirken, dass ich Euch besuchen darf«, verspricht Nine und verschränkt ihre Finger mit denen der Kleinen.

Blanche lächelt ihr zu. Ihre Augen sind feucht, und in ihrem kleinen Koboldgesicht spiegeln sich verhaltene Gefühle.

»Ich werde für Euch singen. Und ich vertraue Euch Batiste an.«

Der Herzog von Orléans findet es großartig, dass Nine La Vienne eine Adoptivschwester im großen Karmelitinnenkloster hat. Dieses Kloster ist das strengste Ordenshaus Frankreichs. Man lebt dort vollständig abgeschlossen, und die allen irdischen Vergnügungen entsagende Seele erhebt sich daher sicher höher gen Himmel als anderswo. Wie Madeleine Le Jongleur sieht auch Monsieur in der Aufopferung Unschuldiger, die anstelle der Sünder büßen, eine Chance für sein Seelenheil. Umso mehr, als es von ihm keine Veränderung seiner Lebensweise erfordert. Zwar klopft Seine Hoheit sich an die Brust, ehe er zur Kommunion geht, reißt sich am Aschermittwoch ein Büschel Haare aus und trägt ein Büßerhemd unter seinen Kleidern, wenn er zum Ball zurückkehrt, aber trotz seiner wahrhaftigen Frömmigkeit und seiner noch wahrhaftigeren Angst vor dem Jüngsten Gericht weiß er, dass er nicht in der Lage ist, sich zu ändern. Zwar fürchtet er, Gott zu verärgern, aber er fürchtet noch viel mehr, seinen geliebten Lorraine zu verstimmen. Madame wirft ihm bereits vor, kein Französisch mehr zu sprechen, sondern nur noch die Sprache des Chevaliers. Er erwidert, dass er, wenn sie ihm nicht schwört, in gutem Einvernehmen mit seinem Favoriten zu leben, in der Weihnachtsmesse die Hostie verweigert.

Der König, in dessen Auftrag Monsieur de La Reynie überall im Palais-Royal Lauscher postiert hat, zählt den Punktestand dieses Ehekrieges. Der Chevalier de Rohan amüsiert sich über die Leidenschaft, mit der Seine Majestät die Turbulenzen im Leben seines jüngeren Bruders verfolgt, und fragt: »Warum legt Ihr so viel Wert darauf, Euch nichts entgehen zu lassen, Sire?«

»Weil ein König immer im Vorteil gegenüber seinen Gegnern sein muss.«

»Aber Ihr wisst, dass Monsieur nicht Euer Gegner und Madame Euch ganz und gar ergeben ist.«

»Man sollte sich nie in Sicherheit wiegen, Chevalier. Niemand kann die Abgründe in den Seelen anderer ermessen.«

»Ich gehe jede Wette ein, dass der Grund der Seele des Herzogs von Orléans seinem Äußeren gleicht, wenn er die Nichte von Maître Quentin darum bittet, ihn als Frau zu schminken. Euer Bruder hat sich bei seiner Geburt im Geschlecht geirrt, und dagegen kann niemand etwas tun.«

»Wie man sagt, hat er sich kürzlich in einen Brunnenbauerlehrling verliebt, und um ihn an sich zu binden, lässt er sich jetzt ein Badehaus bauen.«

Rohan seufzt. »Philippe hat seine Launen. Das ist nichts Neues.«

»Mir gefällt es aber nicht, einen lasterhaften und lächerlichen Bruder zu haben.« Der König schlägt mit dem Gehstock gegen den Fuß eines Sessels.

Rohan schlägt einen tröstenden Ton an. »Dieser Bruder ist mehr wert, als es den Anschein haben mag.«

»Sein Verhalten entwürdigt das Blut, das in unseren Adern fließt.«

»Würdet Ihr ihn tugendhaft bevorzugen? ›Und reizend alle Herzen sich gewinnen. Wie man die Götter bildet, so wie ich – Dich sehe!‹ Wie den Theseus des jungen Racine?« Rohan lächelt. »Ein parfümierter Hanswurst wirft keinen Schatten auf Apollon. Die Schwächen von Monsieur schaden Euch nicht. Sie dienen Euch. Euer Bruder ist ein Spielball seiner Leidenschaften, wie in der Zeit, als er die Liebe entdeckte. Ihr solltet Euch darüber nicht ärgern, sondern Euch dazu beglückwünschen.«

In den Augen des Königs hat sich ein Funke entzündet. »Von welcher Liebe sprecht Ihr?«

»Erinnert Ihr Euch nicht, wie verliebt Philippe früher in die kleine Anne Trouvé war? Genau wie heute in seinen schönen Lorraine.«

»Nein.«

»Anne Trouvé, das Waisenmädchen, das Eure Mutter, die Königin, ihm schenkte, damit er mit einer lebendigen Puppe spielen konnte?«

»Nicht dass ich wüsste.«

»Sie ist an der Seite von Monsieur aufgewachsen, sie hat mit ihm lesen gelernt und ist uns überallhin gefolgt, oder?«

»Nein.«

»Zu Beginn der parlamentarischen ›Fronde‹, als wir Paris verlassen mussten, haben wir in Scheunen geschlafen, nicht wahr?«

»Richtig.«

»Anne war immer bei Philippe. Bontemps fand sie schlafend neben ihm im Stroh. Aber daran erinnert Ihr Euch sicher?«

Das Gesicht Louis' XIV. ist glatt und kalt wie Marmor.

»Absolut nicht.«

»Im Herbst 1652 verschwand sie. Monsieur hat wochenlang kein Wort gesprochen. Er vergötterte dieses Mädchen. Wäre sie bei ihm geblieben, hätte er sich vielleicht nicht den Männern zugewandt, wie es danach geschah. Anne Trouvé. Ruft dieser Name tatsächlich keine Erinnerung bei Euch hervor?«

»Nicht die geringste.«

Der Chevalier kennt diese Stimme. Es ist die Stimme, die Kardinal Mazarin seinem Patenkind hinterlassen hat, die, hinter der sich der Herrscher verschanzt, um Gefühle zu verbergen, von denen niemand etwas wissen darf.

Seine Majestät lügt. Und wenn er Rohan wegen einer offenbar völlig harmlosen Sache anlügt, kann das nur bedeuten, dass diese Sache alles andere als harmlos ist.

Louis de Rohan ist extravagant und oft inkonsequent, aber niemand kann ihm nachsagen, dass er feige wäre. Er lässt einige Sekunden verstreichen, ehe er fortfährt: »Ich erinnere mich noch gut an sie. Sie war pummelig und hatte blaue Augen. Euer Bruder hat ihr aufs Geratewohl einen Geburtstag ausgesucht, indem er mit dem Finger blind auf ein Kalenderdatum deutete. Kurz vor ihrem Verschwinden hat er sich Geld von mir geborgt, um sie so malen zu lassen, wie er sie liebte. Er wollte ihr das Porträt zum fünfzehnten Geburtstag schenken.«

Die Hand von Louis XIV. krampft sich um den Knauf seines Gehstocks. Der Knauf ist sehr schön aus Achat gearbeitet. Unter einem verborgenen Deckel gibt es eine mit Gold ausgekleidete Aussparung, in dem sich Zahnstocher, eine Nagelfeile, ein Gerät, um Knöpfe durch Knopflöcher zu ziehen, ein Stilett und einige kleine Elfenbeintäfelchen zum Notieren von Namen oder Zahlen befinden. Im Deckel selbst ist ein Spiegel angebracht, damit Seine Majestät sich jederzeit überzeugen kann, dass seine Frisur so sitzt, wie er sie haben möchte.

Rohan hat vor nichts Angst. Er richtet sich zu seiner vollen Größe auf. Wenn er so dasteht, überragt er seinen König um Haupteslänge. Mit der Ruhe eines Mannes, der sich für unantastbar hält, fragt er: »Was ist mit Anne Trouvé geschehen, Sire?«

»Spielt das eine Rolle?« In den Augen des Königs tanzt ein

Irrlicht, das dem Widerschein des Mondes auf der Axt eines Henkers gleicht. Louis XIV. geht zum Fenster.

Der graue Tag verschmilzt mit den Grautönen des Kanals zu einer gespenstischen Perspektive. Der König erschauert.

Anne.

Er lehnt die Stirn gegen das Fensterglas.

Jene Nacht.

Der Arm des Mädchens ist weich. Die leicht feuchte Haut gleitet unter seinen Fingern hinweg. Louis packt fester zu und fordert mit seiner freien Hand seinen Bruder auf, sich nicht zu bewegen.

Philippe sitzt im Schneidersitz in den zerwühlten Laken. Er hat noch keine Haare an den Beinen, und auch sein Körper ist glatt. Er ähnelt den italienischen Engeln, die die Deckengemälde bei Kardinal Mazarin bevölkern. Als er den Eindringling erkennt, der da aus dem Schatten tritt, sperrt er Mund und Augen auf. Sein Blick irrt zwischen Louis und dem Mädchen hin und her. Er hält den Atem an. Er versteht nicht. Als er Louis lächeln sieht, wird er blass.

Louis ist nicht mehr wütend. Er spürt, wie das Leben in ihm pulsiert und anschwillt. Er liebt dieses Gefühl von Stärke. Er liebt die Angst, die wie schmutziges Wasser in den weit aufgerissenen Augen seines Bruders aufsteigt. Und er liebt das Zittern des Mädchens.

»Ich bin der Herr. Das, was dein ist, ist auch mein«, sagt er zu Philippe.

Ohne den Arm des Mädchens loszulassen, zieht er ihr Korsett nach unten, um ihre Brüste zu entblößen. Sie wimmert. Es klingt wie das Fiepen einer Maus und erhitzt Louis' Blut. Er greift nach ihren Brüsten und knetet sie, so heftig er kann. Sie bricht in Tränen aus und fleht Philippe mit Blicken an, ihr zu helfen.

Philippe sitzt wie gelähmt im Bett.

Louis dreht das Mädchen um. Sie hatte noch keine Zeit gehabt, ihre Hose und ihre Röcke wieder anzuziehen. Umso besser. Er greift nach ihrer Vulva und kneift hinein wie in eine Brustwarze. Das Mädchen schreit. Ihre Klagelaute hören sich ganz anders an als die, die sie ausstieß, während sie rittlings auf Philippe saß. Louis ergötzt sich daran. Er wird sie den Respekt lehren, den sie ihm schuldet.

Philippes Mund steht noch immer offen. Speichel läuft über sein Kinn. Als sein Bruder das Mädchen, das er liebt, gegen die Truhe stößt, in der Bettwärmer und Kerzen aufbewahrt werden, schließt er die Augen.

Louis drückt dem Mädchen fest auf den Rücken, um sie gebückt zu halten, während er seine Hose aufschnürt. Sie stöhnt nicht mehr. Sie schluchzt.

Er packt die runden Hüften und ruft seinem Bruder zu: »Öffne die Augen. Sieh zu!«

Zu dem Mädchen sagt er: »Und? Wer ist dein König?«

»Sire? Hört Ihr mich?«

Rohans Atem an seinem Ohr vertreibt das Mädchen, die Truhe und das große Bett. Der König dreht sich abrupt um. Rohan steht so nah bei ihm, dass er ihn, würde er die Lippen spitzen, küssen könnte. »Die Vergangenheit bringt sich manchmal auf die seltsamsten Weisen in Erinnerung, nicht wahr, Sire?«

Der König rückt das Ordensband zurecht, das quer über seinem Oberkörper liegt. »Überlassen wir die Vergangenheit ihrer Asche. Es ist die Gegenwart, die unserer bedarf. Lasst den Chevalier de Lorraine kommen. Ich werde dieses Gespräch mit ihm fortsetzen.«

»Und wenn er fragt, worüber Ihr reden wollt?«

»Dann sagt Ihr, dass ich mit ihm über … Liebe und Treue sprechen möchte.« Louis streicht über seinen dünnen Schnurrbart und die Narbe, die er verbirgt.

Rohan kehrt mit Lorraine zurück. Der schöne Liebhaber von Monsieur verbirgt seine Unsicherheit unter einem Ausdruck erfreuter Überraschung. Während er sich vor dem auf einem goldenen Sessel sitzenden König verbeugt, bewundert Louis XIV. die Rundung seiner Waden und seinen Porzellanteint. Lorraine erhebt sich mit dem Hut in der Hand.

Der König beobachtet ihn schweigend einen Moment, ehe er mit tiefer Stimme feststellt: »Monsieur, ich bin sehr unzufrieden mit Euch.«

Der Chevalier hebt die blonden Brauen. »Inwiefern habe ich Euer Missfallen erregt, Sire?«

»Ihr seid Monsieurs einzige Leidenschaft, Ihr aber gebt ihm seine Zuneigung nur halbherzig zurück.«

»Ich verstehe nicht …«

»Warum besucht er einen Ball nach dem anderen auf der Suche nach einem Glück, das Ihr ihm schenken solltet?«

Rohan unterdrückt ein Lächeln. Lorraine scheint die Falle nicht zu erkennen, in die er gleich tappen wird. Schon als Kind war Louis besser als jeder andere darin, Fliegen anzulocken und sie unter einem umgedrehten Glas zu fangen.

»Monsieurs Abwege schaden nicht nur ihm, sondern auch Madame und dem Thron. Ich bringe meinem Bruder zu viel Respekt entgegen, um ihn auszuschelten, daher fällt mein Zorn auf Euch zurück.«

Lorraine senkt den Kopf wie ein von seinem Lehrer gerügtes Kind. »Sire, ich werde alles in meiner Kraft Stehende tun, damit Ihr mit dem Herzog von Orléans zufrieden sein könnt.«

»Steht Ihr dafür ein?«

»Bei meinem Glauben.«

»Er wird nichts mehr tun, was mein Missfallen erregt?«

»Ich verspreche es.«

»Und wenn ihm nun zufällig Einfälle kämen, die meinen Zorn hervorrufen?«

»Würde ich Eure Majestät umgehend informieren.«

»Dann haben wir also ein Übereinkommen, Ihr und ich?«

»Bei meiner Seele.«

Rohan fährt der Gedanke durch den Kopf, dass der Schwur eines Mannes ohne Seele einem anderen gegenüber, der davon keinen Gebrauch macht, ein recht betrügerisches Spiel ist.

»Ich möchte Euch meinerseits ebenfalls einen Gefallen tun. Gibt es etwas, das Euch Freude bereiten würde?« Louis XIV. lässt seine Finger knacken.

»Sire, dürfte ich wagen, Eure Majestät zu bitten, einen profitgierigen Menschen aus der Umgebung von Monsieur zu entfernen, der einen sehr schlechten Einfluss auf den Herzog von Orléans hat? Er ist von hoher Geburt, aber ein Spieler und Wüstling. Monsieur ist begeistert von ihm und zahlt seine gesamten Spielschulden, ohne ihm Vorwürfe zu machen. Seit Beginn dieses Jahres hat dieser Mensch ihn achtundsechzigtausend Livres gekostet, und um ihn aus dem Gefängnis zu holen, wohin ihn seine Gläubiger gebracht haben, ist Monsieur bereit, auch das Doppelte aufzuwenden.«

»Wie lautet der Name dieses Spielers?«

»Cholay, Sire.«

»Ich kannte einmal einen Cholay in der Zeit, als meine Cousine sich damit amüsierte, mit Kanonenkugeln auf mich zu zielen. Er war der einzige Sohn eines alten normannischen Edelmannes, den mein Vater, soweit ich weiß, sehr schätzte.«

»Um ebenden handelt es sich – den heutigen Comte de Cholay und Baron d'Almenêches.«

»Ich dachte, mein Bruder erfreut sich derzeit einer etwas rustikaleren Gesellschaft. Man hat mir von einem Brunnenbauer berichtet …«

»Alle Brunnenbauer von Paris würden Monsieur ihr ganzes Leben lang nicht so viel kosten, wie Emmanuel de Cholay ihm in einem einzigen Monat abnimmt.«

Der König wendet sich an Rohan. »Chevalier, kennt Ihr diese Person?«

Der Großjägermeister tritt näher. »Ausreichend, um keine Lust auf seine Gesellschaft zu haben.«

»Wir haben gerade einen Friedensvertrag unterzeichnet.« Louis XIV. seufzt. »Ich kann also Euren Grafen nicht an die Front schicken und auf eine günstige Lösung hoffen. Wenn er auf seine Ländereien zurückkehrte, würde Monsieur ihn dort aufsuchen?«

»Monsieurs Gedächtnis ist kürzer als das Eure, Majestät. Was nicht erreichbar für ihn ist, vergisst er rasch.« Rohan nickt. »Dann müssen wir jetzt nur noch eine Möglichkeit finden, Cholay davon zu überzeugen, sich so bald wie möglich in seine Grafschaft in der Normandie zurückzuziehen. Sollen wir ihm vielleicht ein reiches Gänschen zur Frau geben?«

Der König lächelt. »Die Idee ist nicht schlecht. Um die Mitgift würden wir uns kümmern. Habt Ihr einen Vorschlag, was das Gänschen angeht?«

Der Plan scheint Lorraine nicht zu gefallen. »Sire, mir will scheinen, dass radikalere Maßnahmen eine bessere Garantie böten …«

Louis XIV. mustert ihn mit einem harten Blick. »Eure Sorge beschränkt sich von jetzt an darauf, Euer Wort zu halten und Monsieur zu überwachen, Chevalier. Alles andere geht Euch nichts an.«

Die Worte klatschen wie der Schlag einer Reitgerte auf Lorraine nieder. Mit einer Kinnbewegung beendet Seine Majestät das Gespräch. Lorraine grüßt niedergeschlagen und zieht sich, gefolgt von Rohan, zurück.

Der König blickt ihnen nach. Er erinnert sich daran, wie gern er früher Fliegen gefangen hat. Wenn niemand ihn beobachtete, riss er ihnen einen Flügel aus. Nur einen. Mit einem Flügel blieben sie immer noch Fliegen, summten und bewegten sich. Aber sie konnten nicht mehr davonfliegen.

JA, CHOLAY.
Euer Cholay. Unser Cholay.

Ich sehe, wie Ihr zittert, Charles, und mein Herz zieht sich zusammen.

Fürchtet Ihr jetzt, noch entsetzlichere Dinge über ihn zu erfahren als die, deren Zeuge Ihr in Eurer Kindheit geworden seid, obwohl Ihr Eurem Vater, dem Grafen, nie Achtung entgegengebracht habt?

Ich verstehe Euch.

Nehmt Euren Mut zusammen. Das, was jetzt folgt, hätte ich Euch gern erspart, aber weder Ihr noch ich können diesem Teil entrinnen.

Ihr seid der unverhoffte Sohn, der Erbe des Titels. Wäret Ihr im zarten Alter gestorben, wie es heutzutage mit der Hälfte aller Säuglinge geschieht, wäre der alte Name Cholay mit Euch erloschen. Hat Euch der Comte de Cholay erzählt, dass er sich Eurer schwachen Konstitution wegen sofort nach Eurer Geburt nach Almenêches zurückgezogen habe, dass er sich seit dreizehn Jahren für Eure Gesundheit opfere und sich auf sein Hoheitsgebiet beschränke, um Euch in frischer Luft großzu ziehen, weit weg von der Ansteckungsgefahr in Paris und der schlechten Luft von Versailles?

Damit hatte er nicht ganz unrecht.

Aber wie ich Euch bereits zu Beginn dieser Niederschrift gesagt habe, kann die Wahrheit verschiedene Gesichter annehmen, und wenn man andere Menschen anschaut, nimmt man häufig nur das wahr, was man sehen will.

Alles ist mit etwas Schminke veränderbar: Gesichtszüge, Gesten, Tatsachen und Gefühle.

Nehmt zum Beispiel Nine La Vienne. Inmitten von Perückenschachteln in einer Kalesche, die ihr Onkel Quentin anmietet, wenn er nach Versailles fährt, die Taille in ein rohrverstärktes Korsett geschnürt, die Hüften von einem dreifachen Rock gerundet, die kleinen Füße in grünen Absatzschuhen, mit geschminkten Wangen und gepuderter Perücke sieht sie aus wie eine echte Dame.

Selbst Ihr, die Ihr sie langsam zu kennen beginnt, würdet Euch täuschen.

Ihr Onkel sitzt ihr gegenüber, reibt sich die Hände und führt Selbstgespräche. Ja, er hat Alexandre Bontemps versprochen, Nine nie nach Versailles mitzunehmen. Aber Prinzen haben die Macht, von jedem Versprechen zu entbinden, und Monsieur legt Wert darauf, dass Nine ihn für den Neujahrsball zurechtmacht, zu dem Seine Majestät ihn zusammen mit Madame, dem Chevalier de Lorraine, dem Chevalier de Rohan und vielen anderen Kunden der Werkstatt Binet eingeladen hat. Bontemps wird sich zwar entsetzlich aufregen, aber Nine wird mit der Notwendigkeit ihrer Aufgabe argumentieren und das Gewitter vorüberziehen lassen. Philippe d'Orléans liebt nichts so sehr, wie seine neuesten Errungenschaften vor aller Nase zu präsentieren. Und wenn seine Aufschneiderei die Neugier der Königin oder von Madame de Montespan erregte, würde Seine Majestät, der König, vielleicht ebenfalls den Wunsch äußern, von den Talenten der »Mademoiselle Neffe« zu profitieren.

Maître Quentin hat vorsichtshalber ein zweites Kleid mitgenommen, falls es zu einer Vorstellung seiner begabten Nichte kommen sollte. Ein züchtiges Kleid mit verborgenen Taschen und breiten Säumen, in denen Nine ihre Duftsäckchen unterbringen konnte. Der Perückenmacher rät seiner Nichte, so bald wie möglich die gesamte Bandbreite ihrer Künste zu zeigen. Dem Bruder des Königs zu gefallen ist nicht schlecht, und Maître Quentin muss zugeben, dass Nine bisher äußerst geschickt vorgegangen ist. Aber dem König selbst zu gefallen wäre wie die Entdeckung des Heiligen Grals, und mit Gottes Hilfe und etwas Geschicklichkeit liegt dieses höchste Ziel zum Greifen nah. Jean Quentin arbeitet lange genug für Seine Majestät, um zu wissen, was die goldene Maske Apollons, der Harnisch von Mars und der Blitz Jupiters verbergen.

Louis XIV. ist zwar erst einunddreißig Jahre alt und stellt sich in der Öffentlichkeit majestätisch, kraftvoll und gesund dar, aber sein Haar wird bereits dünner, die Zähne fallen ihm aus, die Pockennarben auf seinen Wangen entzünden sich, sobald ihm warm wird. Er schwitzt sehr stark im Schlaf und hat feuchte Hände, er isst für vier, ohne sich je wirklich satt zu fühlen, hat eine schlechte Verdauung, leidet unter Schlaflosigkeit, fühlt sich oft nicht wohl, hat Augenflimmern, Migräne und Schwindelgefühle. Diese sorgfältig geheim gehaltenen Beeinträchtigungen verderben ihm so manchen Tag und die Hälfte seiner Nächte. Könnte Nine auch nur einige davon lindern, wäre die Zukunft der Dynastie Binet gesichert.

»Die Nase des Königs ist fast ebenso sensibel wie die von Monsieur«, erklärt Jean Quentin seiner Nichte. »Der Name Eures Vaters erweckt Vertrauen, er wird sich also nicht dagegen sträuben, Eure parfümierten Tinkturen auszuprobieren. Aber Vorsicht! Bloß keine Wichtigtuerei oder merkwürdige Einfälle! Ihr werdet Euch weder Euren Zopf abschneiden noch ihm einen Absud aus Leichen vorschlagen, nicht wahr? Einen König wickelt man nicht auf die gleiche Weise um den Finger wie einen Chevalier de Rohan, und Seine Majestät hat weniger Sinn für langweilige Geschichten als Monsieur. Seid erfinderisch, aber vorsichtig.«

Nine lächelt ihm mutig zu. »Keine Sorge, Onkel, ich werde Euch keine Schande machen.«

In seinem teuren kastanienbraunen Gewand und seiner samtigen Perücke sieht Jean Quentin aus wie ein Nachtschmetterling im Ballkleid. Er zieht den Vorhang aus gewachstem Tuch zu, der vor Luftzug schützen soll, und befiehlt dem Kutscher, so nah wie möglich vor dem Hoftor anzuhalten.

Nine beugt sich aus der Wagentür, so weit ihr steifes Korsett es zulässt. Als die Kutsche die Rue des Petits-Champs verließ, war es noch finster gewesen. Jetzt wird es langsam hell über der Straße, die man zur Avenue verbreitert hat. Sie führt zum Exerzierplatz. Rechts und links stehen junge Bäume. Die Pferde werden langsamer. Seit dem Tod von Pierre Le Jongleur war Nine nicht mehr in Versailles. Das Schloss hat sie noch nie betreten. Ihr Herz klopft stärker, als sie zugeben mag. Sie hatte keine Angst, sich als Junge zu verkleiden und der Armee nach Flandern zu folgen, einem Todgeweihten die Beine zu amputieren oder in einer Irrenanstalt Schädel zu rasieren. Auch vor dem Chevalier de Rohan in der Werkstatt Binet und vor Monsieur im Palais-Royal hatte sie keine Angst. Aber jetzt fürchtet sie sich.

Dabei hat sie den König schon gesehen. Sie hat ihn gesehen, wie er sein Schlachtross tänzeln ließ, wie er durch das Lager lief, wie er mit seinem Großjägermeister lachte und wie er seinen tapferen Soldaten gratulierte. Sie hat ihn völlig nackt in einer Badewanne gesehen und auf seinem Kammerstuhl mitten im Zelt. Sie hat ihm eine Tüte vor das Gesicht gehalten und Puder über die Perücke mit Schlitzen gestäubt, die sie eigens für ihn hergestellt hatte. Aber beim ersten Mal hatte Louis XIV. geschlafen, und die anderen Male hielt er sie für einen unbedeutenden Diener und widmete ihr nicht mehr Aufmerksamkeit als dem Schemel unter seinen Stiefeln. Heute jedoch geht es darum, nicht nur bemerkt, sondern auch erkannt zu werden. Der Monarch von göttlichen Gnaden, Sohn der Kirche, der in Saint-Denis gesalbt wurde. Er, von dem das Schicksal von fünfzehn Millionen Bauern, zwanzigtausend Ordensbrüdern und fünftausend Höflingen abhängt. Er, dem der Wohlstand von François La Vienne und Jean Quentin zu verdanken ist. Er, der Madeleine Le Jongleur martern und einsperren ließ.

Nine schnürt es die Kehle zusammen. Sie denkt an die von den Mauern des Karmelitinnenklosters umgebene Blanche. An die Kutsche von Louise de La Vallière, die vergeblich vor dem Lager wartete, während Seine Majestät sich mit der Gattin des Marquis de Montespan vergnügte. Ob es sich um eine bescheidene Unbekannte oder eine entthronte Mätresse handelte – eine Frau bedeutete dem vierzehnten Louis nicht viel. Ist es richtig, dass sie sich für ihren entscheidenden Einsatz ausgerechnet diesen König ausgesucht hat?

Als sie aus der Kutsche steigt, weht ein eisiger Wind ihren Hut und all ihre Fragen davon. Der Hof ist von tiefen Karrenspuren durchzogen und sieht aus wie ein Warenlager unter freiem Himmel. Überall stehen fast zwei Meter hohe, weiße Steinblöcke herum, daneben riesige Fässer, Wasserbehälter auf Rädern, Dachschindeln und Hebevorrichtungen. An allen vier Ecken erheben sich halbhohe Rohbauten von quadratischen Pavillons aus Ziegeln und Stein, umgeben von Kränen und jeder Menge Arbeitern und Zugtieren.

Nine zittert vor Kälte. Wie benommen von Rufen und Pfiffen, dem Kreischen von Steinsägen und Hammerschlägen hebt sie den Saum ihres Kleides, der im Matsch schleift, zieht bei dem Versuch, normal zu atmen, den Bauch ein. Das mit Rohr verstärkte Korsett ist ein Vorgeschmack auf das Fegefeuer. Und die Absatzschuhe sind dazu geeignet, weibliche Knöchel auszurenken.

Zwei Jungen mit kurzer Perücke und in königsblauer Livree trotzen den Windböen, begrüßen Nines Onkel und bieten ihm höflich an, ihn in sein Quartier zu begleiten und sich um sein Gepäck zu kümmern. Bei diesen Dienern handelt es sich um die »Garçons bleus«, die von Alexandre Bontemps eingestellt und betreut werden und ihm in jeder Hinsicht unterstehen. Nines Pate ist nicht nur der erste Kammerdiener, sondern auch der Verwalter von Versailles.

Die Besonderheit von Versailles, die das Schloss vom Louvre oder von Saint-Germain unterscheidet, ist die Tatsache, dass es nicht der Krone, sondern dem König persönlich gehört. Verschönerungen und Unterhalt werden daher nicht aus dem Staatsvermögen, sondern aus der Schatulle des Königs bestritten. Zumindest theoretisch. Seine Majestät ist der Ansicht, dass das Schloss nach den seit fünf Jahren andauernden Umbaumaßnahmen weder groß noch bequem genug für längere Aufenthalte ist. Wenn der König jedoch dort residiert, möchte er seine Minister, seine Familie, seine Favoriten und seinen Hofstaat bei sich haben. Rechnet man die hochrangigen Begleiter zusammen, zu denen noch die persönlichen Offiziere des Königs, die der Königin, untergeordnete Militärs und Domestiken jeden Grades hinzugezählt werden müssen, macht das etwa fünfhundert Männer und noch einmal halb so viele Frauen, die im Schloss wohnen. Die Prinzen von Geblüt, die hochrangigen Adeligen, die wichtigsten Regierungsmitglieder, die Inhaber hoher Ämter, die Höflinge, die gerade in Mode sind, und die schönsten Damen verfügen über ein ständiges Wohnrecht und eigene Gemächer. Diese Vorzugswohnungen werden namentlich zugewiesen, und ihre Inhaber würden sich lieber umbringen lassen, als sie abzugeben. Die Räumlichkeiten der Amtsträger tragen zwar nicht den Namen ihres Inhabers, aber dessen Amtsbezeichnung und haben ständige Neuauflagen des Spiels »Reise nach Jerusalem« zur Folge. Manche dieser Wohnungen umfassen ganze Zimmerfluchten, andere bestehen lediglich aus zwei Zimmern und einer Garderobe. Alle Wohnungen sind jedoch möbliert und – das gab es noch nie in einer königlichen Residenz –, Feuerholz und Kerzen werden gestellt. Auch dies zumindest in der Theorie.

Der König hat so viel Vertrauen in die Integrität seines Verwalters, dass er ihn einen Plan erstellen lässt, wie die freien Wohnungen je nach Rang und Amt zuzuweisen sind. Der rechtschaffene Bontemps hätte auf diese Ehre gern verzichtet, die ihm nichts als Bettelei, hochtrabende Versprechen und Erpressungsversuche einbringt, aber es macht ihm viel Freude, abends mit dem König an solchen Fragen zu arbeiten, bei denen sich die Politik unter der Maske der Gastfreundschaft verbirgt. Sein Stolz und sein Ehrgeiz kennen kein anderes Ziel, als seinem Herrscher gut zu dienen. Er wünscht sich keine Beförderung. Sein Amt ehrt ihn ausreichend, und wenn er sich bemüht, Anfragen zufriedenzustellen, dann nur aus Güte und nicht, um Profit daraus zu ziehen. Natürlich kann er es nicht allen recht machen, umso mehr, als der König manchmal aus einer Laune heraus etwas zugesteht, das er zuvor aus Vernunft abgelehnt hatte.

So hatte zum Beispiel der Marquis de Dangeau den König monatelang geradezu belagert, ohne eine Zusage zu erhalten. Eines Abends, als er am Tisch von Madame de Montespan und Seiner Majestät spielte, neckte der König ihn wegen seines Hangs, Verse zu schmieden, die tatsächlich meist nicht viel taugen. Er schlug dem Marquis die verrücktesten Wortspiele vor und versprach ihm eine Wohnung im Schloss, wenn er auf der

Stelle einen Reim darauf fände. Monsieur de Dangeau dachte nur eine Sekunde lang nach, entledigte sich der Aufgabe mit Bravour und bekam seine Gemächer.

Normalsterbliche Höflinge oder Domestiken, die natürlich nie eine solche Chance bekommen, müssen sich irgendwo einmieten oder in eine der Pensionen gehen, die seit dem Beginn der Arbeiten überall wie Pilze aus dem Boden schießen. Trotz seines Amtes als königlicher Perückenmacher und seiner von seinem Herrn hochgeschätzten Talente hatte sich Maître Quentin oft in einer Herberge wiedergefunden.

Dieses Mal jedoch führen ihn die blau gekleideten Jungen über schier endlose und immer steiler werdende Treppenfluchten in ein winziges Mansardenzimmerchen, das zudem über den Luxus einer Luke und eines Kamins verfügt. Die Kammer befindet sich am äußersten östlichen Ende des Dachgeschosses im Nordflügel, wo auch der König seine Gemächer hat, und verfügt über ein schmales Bett, einen Nachttisch, einen Kerzenhalter mit Kerze aus gelbem Wachs, eine kleine Kommode mit Krug und Schüssel aus Steingut sowie einen Tisch und einen Holzstuhl. Die Holzvertäfelung der Wände ist wie die der Treppenhäuser und Flure hellgrau gestrichen, auf dem Boden liegen nicht verfugte Tonfliesen. Die Mansarde ist staubig und riecht muffig nach Pilzen. Im Kamin liegt ein einziges Holzscheit. Der Krug ist leer, und das Glas des Dachfensters ist zersprungen. Nine findet, dass es in der Kammer aussieht wie auf dem Speicher der väterlichen Wohnung, doch ihr Onkel scheint begeistert zu sein. Nachdem alle Schachteln, Truhen und Holzköpfe nach oben getragen und untergebracht sind, kann man keinen Schritt mehr gehen und sich kaum noch umdrehen. Jean Quentin reibt sich die Hände mit doppeltem Eifer. Ihm ist nicht kalt, nein. Er findet das Zimmer ideal. Im vergangenen Sommer musste er einen Abstellraum mit zwei

Offizieren teilen, die den Inhalt ihres Nachttopfs erst dann entleerten, wenn er überzulaufen drohte.

Nine hilft ihm, Perücken, Bürsten, Brenneisen und Puder auszupacken. Sie erkundigt sich, wo man die Kammertöpfe leert – unten, in der Sickergrube der kleinen Höfe –, ob es auf den Etagen Latrinen gibt – es gibt keine –, wo man Wasser holt – am Brunnen neben der Thetis-Grotte –, ob man es selbst holen muss – es gibt Wasserträger, die sich darum kümmern –, ob es sicherer ist, es vor dem Trinken abzukochen, wie ihr Vater ihr geraten hat – es wäre besser, aber leider besteht nicht die Möglichkeit –, ob jemand Holz bringe oder ob man selbst welches kaufen muss – mit ein wenig Geduld und der Unterstützung von Bontemps werden sich Diener darum kümmern –, ob man von ihr erwartet, im Bett ihres Onkels zu schlafen – wenn sie sich nicht so zusammenrollt, dass sie in eine der Schachteln passt, gibt es keine andere Schlafgelegenheit –, ob die Wohnräume des Herzogs von Orléans mit denen des Königs verbunden sind – nein –, ob die Brüder sich häufig sehen – ja –, in welcher Reihenfolge die Perücken der Königin, der Herzogin von La Vallière und Vaujours und von Madame de Montespan aufgestellt werden sollen – in der der königlichen Zuneigung –, ob sie Monsieur gleich bei seiner Ankunft treffen und zu seiner Verfügung stehen solle wie im Palais-Royal – natürlich –, und schließlich die wichtigste Frage, weil die Turmuhr bereits elf Uhr geschlagen hat und ihr Magen heftig knurrt: wann und wo man esse? Nine hat seit der Morgendämmerung nichts mehr zu sich genommen, und ein sechzehnjähriger Magen ernährt sich nun einmal nicht nur von der Ehre, sich unter einem Dach mit dem größten Monarchen Europas zu befinden.

Jean Quentin setzt eine strenge Miene auf. In Versailles gehört es zum guten Ton, weder Hunger noch Durst zu haben, nicht müde zu sein und sich keinesfalls kratzen oder den Abtritt aufsuchen zu müssen. Louis XIV. ist der Meinung, dass der Wille über dem Instinkt stehen müsse und dass man natürliche Regungen unterdrücken könne. Alle, die ihm dienen, sind verpflichtet, dieser Maxime Rechnung zu tragen, ihre Instinkte in der Gewalt zu haben und ihre Natur zu beherrschen. Nine ist zwar ehrgeizig, aber es fehlt ihr an Opfergeist. Sie versteht nicht, im Namen welcher Vernunft sie nicht trinken oder ihre Blase nicht entleeren sollte. Weil aber Jean Quentin auf dieses Mädchen gesetzt hat wie Maître Jolly auf seine Windhunde, kommt keinesfalls infrage, dass sie die Arena verlässt, ehe sie gelaufen ist. Er schenkt ihr ein liebevolles Onkel-Lächeln und versichert ihr, dass Versailles der Palast aller nur denkbaren Möglichkeiten ist, auf welche Weise auch immer, im direkten oder im übertragenen Sinn, und dass man sich nur geschickt anstellen müsse, um seine Bedürfnisse zu befriedigen.

Nine braucht nur wenige Stunden, um festzustellen, wie sehr seine Worte der Wahrheit entsprechen.

Man muss pinkeln? Dann tut man es. Überall, ungeniert und ohne Zurückhaltung. In Vorzimmern, irgendwelchen anderen Zimmern, in den Nischen der Holzvertäfelungen oder hinter Vorhängen. Wenn die Predigt in der Kapelle wieder einmal zu lange dauert, lassen die Damen eine Art Soßenschüssel aus Steingut unter ihre Röcke gleiten, die ihre Dienerin anschließend hinter einer Säule entleert. Im vergangenen Monat hat sich der Fürstbischof von Noyon über ein Geländer in der ersten Etage des Südflügels erleichtert. Das Plätschern des Wasserfalls auf dem Marmor, mit dem der Hof ausgelegt ist, rief einen Schweizer Gardisten auf den Plan, der entsetzt den Schlossverwalter informierte. Indigniert berichtete Bontemps dem König von dem Zwischenfall. Statt sich jedoch zu ärgern, lachte Seine Majestät nur laut und sprach mit Rücksicht auf Monsieur de Noyon nicht mehr darüber.

Größere Geschäfte? Wenn irgend möglich, erledigt man sie draußen. Hinter fast jedem Gebüsch findet man eine kauernde Komtess oder einen ebensolchen Schweizer Gardisten. Wenn es nicht anders geht, erleichtert man sich in Durchgängen, den inneren Höfen oder unter Treppen. Allenthalben stehen glitschige, unaussprechliche Pfützen, die Treppenstufen zu den Mansarden sind mit Kothaufen gesprenkelt, manche Passagen kann man nicht benutzen, ohne sich ein Taschentuch vor die Nase zu halten, und überall surren Schmeißfliegen herum – aber jedermann kommt seinen Bedürfnissen auf diese Weise nach.

Waschen? Die meisten Höflinge besuchen keine öffentlichen Bäder, und diejenigen, die Wasser zu etwas anderem benutzen, als ihren Wein zu verdünnen, kann man an zwei Händen abzählen. Abgesehen von Monsieur, der in einem früheren Leben ein Otter oder eine Forelle gewesen sein muss, denkt niemand daran, sich zu waschen, niemand verspürt das Bedürfnis, und niemand tut es.

Die Glücklichen, die in einer Wohnung mit Küche untergebracht sind, reinigen ihr Geschirr und den Nachttopf dort, die anderen gehen zu den Brunnen in den kleinen Höfen. Es ist Vorschrift, schmutziges Wasser in Wannen nach unten zu bringen, aber sobald die Schweizer Gardisten nicht hinschauen, entleeren die Diener Eimer und Becken in den Hof.

Trinkwasser? Als der König anfangs nach Versailles gekommen war, um sich in Gesellschaft zahlreicher Begleiter zu entspannen, hatte es im ganzen Schloss nur eine einzige Entnahmestelle für fließendes Wasser gegeben. Das Wasser stammte aus dem Chesnay, war frisch und ganzjährig trinkbar, allerdings genügte die Menge nicht für eine regelmäßig bewohnte Residenz. Als Erstes wurden Claude Denis und Denis Jolly beauftragt, oberhalb des Étang de Clagny einen Brunnen zu bohren.

Später bauten sie ein Reservoir oberhalb des Brunnens und statteten den Brunnen mit einer von zwei Pferden betriebenen Pumpe aus, die das Wasser ins Reservoir beförderte. Da dieses Wasser jedoch moorig war, benutzte man es für die Springbrunnen, und Maître Jolly installierte eine zweite Maschine, die nun sauberes Wasser aus den Quellen von Bailly und Roquencourt nach Versailles bringt. Schlossbewohner können jetzt aus der Thetis-Grotte und unter der großen Treppe Trinkwasser besorgen, ohne Durchfallerkrankungen zu riskieren. Zwei Brunnen für sechshundert Personen? Seine Majestät würde gern mehr anbieten und hat Francine und Jolly entsprechende Aufträge erteilt, aber derzeit arbeitet die Brunnenbauertruppe am Zuleitungssystem des Grand Canal. In der Zwischenzeit müssen sich die Unzufriedenen an den Brunnen im Park oder denen im Dorf bedienen. Die Arbeiter auf den Baustellen und die Bewohner des Dorfes Versailles trinken dieses Wasser immer, und wenn sie daran sterben, so beschweren sie sich immerhin nicht. Es sind gute Kerle und treue Untertanen, die die Zuneigung ihres Herrschers verdienen.

Essen? In diesem Punkt hat Seine Majestät alles mit der Gewissenhaftigkeit eines Gastwirts organisiert, der seine Kunden an sich binden möchte. Das System ist aufgebaut wie eine Pyramide und eingestellt wie eine Uhr. Vom Größten bis zum Kleinsten hat jeder die Möglichkeit, sich zu ernähren, ohne sich aus dem Schloss entfernen zu müssen.

An der Spitze steht die königliche Tafel. Ihr gleich nachgeordnet sind die Ehrentafeln für diejenigen unter den Gästen, die der König hervorheben will. Es folgt die Tafel des Großkämmerers, dem der Grand Maître d'hôtel vorsitzt und an dem Botschafter, Minister und hohe Gäste von außerhalb verköstigt werden. Einem weiteren Tisch sitzt der Hauptmann der Garden vor. Hier speisen die Prinzen von Geblüt und der

Hochadel. Es folgen der zweite Tisch des Grand Maître, die Tische der anderen Maîtres d'hôtel, der Geistlichkeit, des niederen Adels, der Kammerdiener und der Garderobe, der Amtsdiener des Vorzimmers, der Mantelträger und der Barbiere. In den Speisesälen hängen Listen aus, wer am Tisch des Königs essen muss oder darf, damit sich niemand vordrängt. Einige hochgestellte Persönlichkeiten wie der Großstallmeister oder der Großjägermeister halten eigene Tafeln ab, tun dies jedoch in ihren eigenen Räumen und laden ein, wen sie mögen.

Auch die Essenszeiten sind so geregelt, dass sie dem Turnus der Gäste und ihrer mit dem König zu verbringenden Zeit Rechnung tragen. Die Maîtres d'hôtel und die Kammerdiener, die bei der Mahlzeit des Königs anwesend sein müssen, essen bereits um elf Uhr. Die Geistlichen bekommen ihre Mahlzeit, sobald der König die Messe verlässt, der Grand Maître und die hochrangigen Kammerdiener speisen um ein Uhr, wenn auch an der königlichen Tafel serviert wird. Der niedere Adel, der an der königlichen Tafel aufträgt, isst anschließend.

Die Menüs werden von einem eigens dafür eingerichteten Büro festgelegt, wo auch die notwendigen Mengen nach der Zahl der geladenen Gäste und ihrer Domestiken errechnet werden. Wer nicht zu den königlichen Tafeln geladen ist und auch nicht serviert, kann bei den Vorsitzenden der Tische oder den mit dem Servieren beauftragten Bediensteten »die Reste der Reste« kaufen und sie in den eigenen Räumen verzehren. Diejenigen, die nicht über die notwendigen Verbindungen verfügen oder nur einen Tag im Palast verbringen, können an Buden im Vorhof »die Reste der Reste der Reste« erstehen, die dort noch einmal durchgekocht und ausgiebig gewürzt werden, um den inzwischen leicht angegangenen Geschmack zu überdecken.

Es ist bereits zu spät für das zweite Essen, bei dem Maître

Quentin als königlicher Perückenmacher einen Platz gehabt hätte, und Nine wagt nicht, sich am Tisch ihres Paten einzuschmuggeln. Sie muss sich mit einem Ragout zweifelhafter Herkunft begnügen, das ein kleiner Diener in einem Topf bringt. Da der Onkel weder Teller noch Löffel eingepackt hat, isst sie stehend vor einem kleinen provisorischen Aufwärmherd auf dem Treppenabsatz, indem sie ihr Brot in das Frikassee tunkt. Im Herd befindet sich Glut, die man vor jeder Benutzung erst wieder anfachen muss. Das kostet nicht nur Zeit, sondern verrußt auch die Holztäfelung. Die schwere Sauce verbreitet einen fettigen Geruch, der sich mit dem des Abfalls zu Übelkeit erregenden Dünsten mischt, aber da Nine nicht weiß, was die Zukunft für sie bereithält, lässt sie sich nicht lange bitten. Jean Quentin ist viel zu aufgeregt, um seinen Teil auch nur anzurühren. Wenn er sich in Versailles aufhält, ernährt er sich gewöhnlich von Trockenobst und Sirup. Auf diese Weise behält er einen klaren Kopf und hat keinen zu vollen Magen, überdies spart er Zeit, um sich dem Grund für seine Anwesenheit im Palast und wahrscheinlich auf dieser Welt zu widmen: Seiner Majestät zu gefallen.

Seiner Majestät gefallen.

Am ersten Abend bekommt Nine den König nicht zu Gesicht. Monsieur, Madame, der Chevalier de Lorraine, der Marquis d'Effiat, der Comte de Beuvron und Mademoiselle de Grancey reisen am Nachmittag mit ihren Leuten, ihrem Gepäck, ihren Hunden und ihren Launen an. Nine muss Monsieur für das große Souper vorbereiten, was drei Stunden in Anspruch nimmt. Im Anschluss muss er komplett umgezogen und von Kopf bis Fuß für die Gesellschaftsspiele in den Räumlichkeiten der Madame de Montespan parfümiert werden. Danach heißt es warten. Später wird er abgeschminkt und für die Nacht, die er, um Seiner Majestät zu gefallen, nicht mit seinen

Favoriten, sondern mit seiner Gemahlin verbringt, erneut geschminkt und wieder parfümiert.

Seiner Majestät gefallen.

Selbst der Bruder des Königs fühlt sich verpflichtet, dem Herrn von Versailles zu Gefallen zu sein.

Am nächsten Morgen bricht der König zur Jagd auf. Monsieur begleitet ihn trotz seiner Hämorrhoiden, um ihm eine Freude zu machen. Nine hat Zeit und schickt Batiste Le Jongleur eine Botschaft mit der Bitte, sie aufzusuchen, sobald es ihm möglich ist. Schon eine Stunde später wartet er mit Jesus vor der Thetis-Grotte. Er trägt seine mit Rost befleckte Arbeitskleidung, sie kommt im Seidenkleid, mit gepuderter Perücke und einem pelzgefütterten Umhang, den Claude Roger, der Kammerdiener von Monsieur, ihr geliehen hat.

Unbehaglich mustert Batiste sie von den grünen Absätzen bis zu den Perlen in ihren Ohrläppchen. Er runzelt die Stirn. »Wann habt Ihr Eure Ohrläppchen durchstechen lassen?«

Nine verzieht das Gesicht. »Vorgestern. Monsieur hat es verlangt. Auch er hat Ohrlöcher, und zwar gleich an mehreren Stellen. Er meinte, dass er mich jetzt lange genug mit nonnenhaft nacktem Hals gesehen hätte und dass ich mich ein wenig zurechtmachen solle, sonst würde er sich schämen, mich dem König vorzustellen.«

»Ich dachte, Ihr mögt keinen Schmuck.«

»Diese Ohrringe liebe ich. Sie gehörten meiner Mutter.«

Batiste zieht sich einen Schritt zurück. Er hat sich eine Riesenlüge ausgedacht, um seinen Arbeitsplatz verlassen zu können, ist bis zum Kanal gerannt, um so schnell wie möglich bei diesem Mädchen zu sein, aber jetzt ist nichts von der üblichen lockeren Plauderei zwischen ihnen zu spüren. Er ärgert sich. Er hasst die Perücke, die wie ein Sahnebaiser aussieht. Er hasst ihr steifes Gehabe und hat den Eindruck, dass sie ihn trotz ihrer geringen Körpergröße schief ansieht.

Langsam dreht sie sich vor ihm, um ihm Gelegenheit zu geben, das Schimmern ihrer Röcke zu bewundern. »Gefalle ich Euch?«

Ihre Augen sprühen vor Freude. Plötzlich hat Batiste Lust, ihr wehzutun. Eine böse, eine bittere Lust. Mit drei Worten könnte er sie in Tränen ausbrechen lassen. Es ist so leicht, Frauen zum Weinen zu bringen. Nine erstarrt. Sie hat die Veränderung gespürt, wird unruhig und traurig.

»Es gefällt Euch also nicht?«

Er wendet sich ab. »Ich erkenne Euch nicht wieder.«

Sie streift einen Handschuh ab und nimmt seine Hand. Die Handfläche ist kalt und hart. Sie verschränkt ihre Finger mit seinen. »Und jetzt?«

Er schließt die Augen. Jetzt sieht er sie wie an dem Tag, als er sie kennenlernte. Damals hätte er sie beinahe geschlagen, aber sie hielt ihm stand. Wie auch sonst immer. Immer. Ihre kleine Hand ist so süß. Batiste hat das Gefühl, nie eine süßere Hand berührt zu haben. Die Lust, Schmerz zuzufügen, ebbt ab.

»Erinnert Ihr Euch des Morgens nach Pierres Operation auf der Lichtung?«, fragt er mit halblauter Stimme.

Sie zögert. »Ich war sehr müde …«

»Ihr habt meine Hand genommen und mich gebeten zu bleiben.«

»Wirklich?«

»Noch ein wenig bei Euch zu bleiben.«

Er zieht sie an seine Brust, hält sie aber kaum fest, als umarme er nur den Traum eines Mädchens und nicht ein lebendiges Wesen.

»Ich möchte nicht, dass du dich veränderst«, murmelt er, ohne die Augen zu öffnen.

»Ich verändere mich nicht …«, antwortet sie ganz leise. Und als wolle sie die Gefühle unter Kontrolle bringen, die sie beide empfinden, fügt sie ernst hinzu: »Aber dazu muss man mich ausstopfen. Wisst Ihr, wie man Perückenmacherinnen ausstopft?«

Batiste nimmt sie fest in den Arm und wirbelt sie herum, wie ich Euch früher herumgewirbelt habe, Charles, als Ihr noch klein wart. Nine protestiert. Ich spüre ihre Schreie in mir, wie ich früher Eure gespürt habe. Batiste setzt sie ab, schlägt den Kragen ihres gefütterten Umhangs hoch und nimmt ihre Hand.

»Kommt mit. Ich will Euch etwas zeigen, das Damen Eures Schlages nie zu sehen bekommen.«

»Ich bin keine Dame«, sagt sie und folgt ihm, so schnell ihre Absätze es erlauben.

Er zieht sie ohne großes Federlesen hinter sich her. Sie strauchelt. Um des bloßen Vergnügens willen, sie erneut zu spüren, fängt er sie auf.

»Das hoffe ich. Sonst müsste ich Euch nämlich wie eine behandeln, und das würde Euch sicher nicht passen.«

Prahlerisch spöttelt sie: »Das würdet Ihr wagen?«

»Führt mich nicht in Versuchung.«

Er führt sie an einem langen, weißen Steingebäude entlang, das den Nordflügel dessen verbirgt, was man heute das »Alte Schloss« nennt. Das Gebäude, das doppelt so groß ist wie der ehemalige Flügel, steht auf dem mit Gras bewachsenen Graben, biegt zum Park hin im rechten Winkel ab und geht an der breiten Treppe oberhalb der zentralen Allee weiter. Die unteren Mauern stehen bereits. Durch die Öffnungen erkennt man Arbeiter, die Deckenbalken anbringen, andere werkeln auf halber Höhe der zukünftigen Fensterkreuze. An einer der Mauern lehnt eine transportable Treppe, die bis zu dem sich über die Leere spannenden Gerüst reicht.

Batiste wirft einen Blick auf Nines ausladende Röcke und verzieht das Gesicht. »Glaubt Ihr, Ihr könnt da hochsteigen?«

Ohne zu zögern, streift Nine die Schuhe ab, steckt sie in den Gürtel des jungen Mannes, hebt mit einer Hand den Rocksaum, hält sich mit der anderen am Geländer fest und klettert wendig wie ein Zicklein bis zur Plattform hinauf. Ihre Füße frösteln auf den vereisten Stufen, und die Maurer werfen ihr wenig liebenswürdige Blicke zu, aber Nine würde um nichts auf der Welt jetzt aufgeben. Nicht nur die Sicht von dort oben ist atemberaubend, sondern auch der scharfe Wind raubt ihnen buchstäblich den Atem. Batiste zeigt ihr die Eisenstangen, die hier und da aus dem Mauerwerk lugen. Das Werk von Monsieur Le Vau trägt sich nicht allein durch die gemauerten Steine, sondern dank eines Gestells aus Säulen und Simsen aus Eisenstangen von fünf Zentimetern Durchmesser und mehreren Metern Höhe. Stolz berichtet Batiste, dass er geholfen habe, die Konstruktion mit geschmolzenem Blei zu verschweißen. An dem später unsichtbaren Gerippe des Gebäudes werden Verankerungen, Schellen, Spangen und Bolzen befestigt, die den Zusammenhalt der Steine verstärken und sich ihrer natürlichen Tendenz des Auseinanderdriftens widersetzen. Um Korrosion und Rost zu vermeiden, wird jedes Eisenteil mit Teer, Pech, Wachs, Lack, Kitt und Kapaunfett bestrichen.

Der Tag ist klar. Die Umrisse der Baumgruppen, Wasserbecken, Alleen und Wälder, die sich bis zum Horizont erstrecken, sind im kalten Licht deutlich zu erkennen. Von dieser Seite des Palastes kannte Nine bisher nur ein paar mit Springbrunnen geschmückte und von riesigen Ausgrabungsarbeiten umgebene Beete. Sie erinnert sich an Massen von Tagelöhnern, die unter Körben voller Erde dahinwankten, an jede Menge Baumstämme, die am Rand des Waldes lagen, der die sumpfige Ebene begrenzt, und an einen entsetzlichen Modergestank. Davon aber ist nichts mehr zu sehen. Am Fuß der neuen Gebäude und entlang der schier endlosen Avenue, die nach Westen hin abfällt, wimmelt der zerwühlte Boden zwar immer noch von Menschen und Arbeitstieren, aber der Rest der Landschaft wurde mit so viel Strenge und Gespür für Symmetrie domestiziert, dass es Nine an Soldatenaufmärsche erinnert.

Links, an der Seite, zu der sich die Gemächer der Königin öffnen, befindet sich eine Anlage mit südländischen Pflanzen samt einem kleinen Wasserbecken, das man Liebesbecken nennt, sowie eine schön gearbeitete Balustrade oberhalb der Orangerie. Rechts erkennt Nine das ovale Sirenenbecken, das zur Zeit der ersten Liebe des Königs zu Louise de La Vallière erbaut wurde. Dahinter liegt eine von zwei runden Bassins aufgelockerte Rasenfläche mit Buchsbäumen, die bereits doppelt so hoch sind wie zu Beginn der Arbeiten. An den Rasen schließt sich eine lange Allee an, die sich sanft zu der großen Baugrube absenkt, die für die Fundamente des zukünftigen Drachenbeckens ausgehoben wurde. In dieser Allee habe er im vergangenen Jahr fast ausschließlich gearbeitet, erklärt Batiste. Die Anlage heißt Wasserallee, und das zu Recht. Wenn die Brunnenbauer und die Steinmetze all das umsetzen können, was der König sich vorstellt, wird diese Allee eines Tages von nicht weniger als sechs Springbrunnen gesäumt, alle mit unterschiedlichen Mechaniken betrieben und jeder anders anzusehen. Einer der Brunnen ist gar für das Innere eines Pavillons geplant, der wiederum mitten in einem Teich liegen soll.

Ab 1670 sollen sich die Arbeiten hauptsächlich auf den westlichen Bereich konzentrieren, um die Perspektive anzulegen, die sich vom Schloss ausgehend von einem Wasserbecken zum nächsten hin absenkt, um schließlich in den Grand Canal zu münden. Die Parole lautet: Neuartigkeit, Schönheit und Symmetrie.

Was die Neuartigkeit angeht, so hat der König Berechnungen in Auftrag gegeben, wie man unter seiner künftigen Terrasse Reservoirs von nie da gewesener Größe installieren könne.

Der Schönheit zollen die Gebrüder Marsy Tribut. Sie sind ausgezeichnete Steinmetze und im Moment dabei, eine beeindruckende Gruppe zu schaffen, die ihren Platz in dem halbmondförmigen Becken finden soll, neben dem Batiste zum ersten Mal die dunkelhaarige Prinzessin Henrietta Anne Stuart angetroffen hat. Die Gruppe stellt die Sage von Latona und den lykischen Bauern dar, die von Apollons Mutter in Frösche verwandelt werden. Frösche und Tritonen bestehen aus Blei, das Schilfrohr aus Messing. Batistes Gruppe hat den Auftrag, die Einzelelemente zusammenzuschweißen.

Hinsichtlich der Symmetrie ist die Absicht bereits deutlich sichtbar, aber es gibt noch viel zu tun. Die meisten Sträucher sind zwar nach geometrischen Formen beschnitten, und die geradlinigen Alleen kreuzen sich im rechten Winkel, aber noch sind die Beetanlagen im Norden und im Süden nicht von gleicher Breite, und auch die Pflanzungen beiderseits der zentralen Allee haben weder dieselbe Form noch dieselbe Größe. Der Eindruck von Symmetrie entsteht auch durch zwei Tannenreihen, welche die Parkanlagen eingrenzen, aber von hier oben erkennt man, dass nur die linke Allee in einen Wald führt.

»Sobald Wasser im Kanal ist, wird man darauf mit dem Boot fahren können wie auf einem See.« Batiste zeigt in die Ferne. »Der König ist schon dabei, eine eigene Flottille bauen zu lassen. Wenn Ihr eines Tages einen Chevalier oder einen Grafen geheiratet habt, werdet Ihr in einem dieser Boote fahren und an mich denken.«

Er zieht seinen Hut und begrüßt sie so, wie Bauern große Damen zu begrüßen pflegen. Sie grüßt auf die Weise zurück, wie große Damen Bauern begrüßen, dreht sich um und beginnt vorsichtig mit dem Abstieg. Unten angekommen zieht sie ihre Schuhe wieder an.

»Ich werde nicht heiraten, Batiste«, sagte sie und rückt ihre Perücke zurecht. »Das wisst Ihr ganz genau. Und ich muss auch nicht auf Eurem Kanal herumschippern, um an Euch zu denken.«

Mit ihrer freien Stirn und den vom Wind rosig angehauchten Wangen sieht sie hinreißend aus. Ohne lange nachzudenken, beugt er sich zu ihr hinunter und küsst sie. Ihre Lippen sind kühl und hart. Hastig weicht sie zurück und sieht ihn an, als habe er ihr eine Ohrfeige versetzt.

»Bitte nicht beißen, Mademoiselle Ninon«, sagt er lachend.

In ihren geweiteten Augen sieht er verwirrte Gedanken vorüberziehen. Plötzlich schärft sich ihr Blick, als husche eine Schwalbe über den Himmel, und ohne dass die Klarheit aus ihrem Gesicht weicht, verwandelt sich ihre Iris von azur- nach tintenblau. Sie stellt sich auf die Zehenspitzen, packt ihn am Kragen und erwidert seinen Kuss. Ihre Zunge schmeckt nach braunem Zucker. Der Brunnenbauer kostet ihre glatten Zähne. Wildes Verlangen durchströmt seine Lenden. Er umschlingt ihre Taille, biegt sie zurück und presst sich gegen ihr Becken. Sie stöhnt auf. Batiste hält den Laut für Ermutigung und umarmt sie noch fester.

Nine befreit sich aus seinem Griff. »Ihr werdet mich noch ersticken.«

Sie ist sehr blass. Sie schlägt die Seiten ihres Umhangs auseinander und zeigt ihm das starre Fischbein, das ihren Magen einschnürt. Batiste hat zwar schon die Bänder unzähliger Kor setts gelöst, aber ein solches hat er noch nie gesehen.

»Warum tragt Ihr ein solches Folterinstrument?«

»Um einer Blüte zu ähneln, Monsieur.« Nine stützt die Hände an die Stelle, wo ihre Röcke ansetzen, und lässt sich in einen Hofknicks sinken. Der Knicks wirkt umso graziöser, als der untere Teil ihres Körpers zu einer Blütenkrone erblüht, während die Büste schlank und aufrecht bleibt wie ein Grashalm.

Mit leuchtenden Augen gibt Batiste zurück: »Wisst Ihr, Mademoiselle – Blüten pflege ich zu zerdrücken. Und anschließend verspeise ich sie.«

Nine richtet sich mit einem strahlenden Lächeln auf: »In Zukunft werde ich also meine Dornen ausfahren …«

Ihr werdet schnell bemerken, Charles, dass die Zukunft in Versailles nicht von den Wünschen des Einzelnen abhängt, sondern von den Launen des Königs.

Am Tag nach dem Kuss im Wind ist Seine Majestät sieben Stunden lang auf der Hirschjagd. Abends beklagt er sich über ein Kratzen im Hals und starke Kopfschmerzen. Beflissen wie immer bringt ihm sein jüngerer Bruder beim Zubettgehen eine doppelt gearbeitete Haube, die mit einem eigens für ihn zubereiteten Duftpulver gefüllt ist. Natürlich von Nine. Und zwar in der Küche der Gemächer von Monsieur, die sie auf Anweisung ihres Paten keinesfalls verlassen darf.

Alexandre Bontemps hat es als offene Brüskierung empfunden, dass Jean Quentin sich ungefragt die Freiheit nahm, das junge Mädchen nach Versailles mitzubringen. Für Bontemps spielt es dabei keine Rolle, ob der Herzog von Orléans es so verlangt hat – Quentin hätte mit Hinweis auf ein Unwohlsein seiner Nichte ablehnen können. Auf jeden Fall hätte er ablehnen müssen. Der sonst so wohlwollende Pate drohte, Nine in ein Kloster zu stecken, wenn sie noch ein einziges Mal derartigen Ungehorsam zeige. Mit dem Perückenmacher spricht Bontemps seither nicht mehr. Der Verwalter von Versailles ist eine mächtige Persönlichkeit. Seit der unerfreulichen Szene bemüht sich Jean Quentin, möglichst nicht aufzufallen, und Nine setzt keinen Fuß mehr vor die Tür.

Die Haube bringt die erwünschte Wirkung. Der König fordert eine zweite, die er möglicherweise auch während des Tages tragen könne. Nine stellt eine dünne Kopfbedeckung her, die auch unter einer Perücke nicht stört. Sie verströmt einen angenehmen Duft. Seine Majestät fühlt sich vor dem Kamin in seinem Kabinett wie in einem mittäglichen Pinienhain.

»Das ist Eukalyptus, Sire.«

Verwundert sieht der König seinen Bruder an. »Was bitte?«

Monsieur hebt den Blick vom Tricktrackbrett. Er bemüht sich redlich, zu verlieren, um seiner Schwägerin, der Königin, eine Freude zu machen. »Der Duft stammt vom Eukalyptus, Sire. Eine Pflanze aus weiter Ferne. Aus Asien oder Afrika, wie es heißt. Aber man findet sie auch in Italien, in den Hügeln um Florenz.«

»Und woher kennt Ihr, der Ihr nie ein Lehrbuch öffnet, diese Pflanze?«

»Die Person, die mir meine Salben zubereitet, hat mir ihr Loblied gesungen. Und nachdem ich ihre wohltuende Wirkung sowohl als Salbe als auch als Inhalation am eigenen Leib feststellen konnte, habe ich mir einige Pflanzen kommen lassen.«

»Gebt Bontemps die Adresse Eures Apothekers. Sollte der Mann wirklich so geschickt sein, würde ich gern von seinen Künsten profitieren.«

Die schwarzen Augen von Philippe d'Orléans funkeln bei der Vorstellung, seinen älteren Bruder überraschen zu können. »Bei der geschickten Person handelt es sich nicht etwa um einen Mann der Wissenschaft, Sire, sondern um die Nichte Eures Perückenmachers Quentin. Ich habe sie vor einiger Zeit in meine Dienste genommen.«

»Eine Frau? Ihr lasst Euch von einer Frau verarzten?«

»Von einem Mädchen.«

»Wie alt ist sie, um Himmels willen?«

»Noch nicht alt. Aber über heilsame Düfte weiß sie mindestens ebenso viel wie jeder ergraute Arzt.«

Das Gesicht des Königs färbt sich rot. »Es handelt sich doch hoffentlich nicht um eine Hexe?«

»Ganz im Gegenteil. Ihre Seele ist so rein wie ihr Körper.«

»Dann muss sie ja wirklich hässlich sein«, gluckst Madame de Montespan.

»Weniger schön als Ihr, Madame. Deutlich weniger schön. Aber sie ist weder hässlich, noch mangelt es ihr an Anmut. Ich persönlich finde sie amüsant.«

»Genug des Lobes, Monsieur. Führt uns Eure Entdeckung vor. Und sie soll mir etwas mitbringen für …« Der König lächelt der blonden, rosigen, üppigen Marquise de Montespan zu, die sich neben die blasse, magere Louise de la Vallière, nunmehr Herzogin de Vaujours, an den Kamin gesetzt hat. »Für unsere liebe Marquise. Euer Genie im Rock wird zweifellos den richtigen Riecher dafür haben, was ihr im Augenblick angenehm wäre.«

Nine hat nicht die geringste Ahnung. Seit dem Feldzug nach Flandern hat sie Madame de Montespan nicht mehr gesehen und weiß nichts über deren Geschmack. Monsieur amüsiert sich über ihre Ratlosigkeit.

»Hier geht es nicht um Geschmack, sondern um Notwendigkeit. Die Marquise ist indisponiert.«

»Indisponiert?«

»Im Einsatz verwundet.«

Nine reißt die Augen auf. Monsieur wird genauer.

»Seit einigen Wochen ist sie innerlich so gestört, dass es ihr schwerfällt, die lebhafte körperliche Zuneigung des Königs zu erwidern. Wenn sie es aber dennoch tut, bekommt sie Blutungen, die sie sehr erschrecken.«

Jetzt hat Nine verstanden. »Im wievielten Monat ist sie schwanger?«

»Im sechsten.«

»Ist Seine Majestät der Vater des Kindes?«

»Offiziell nicht. Offiziell ist Madame de Montespan auch nicht schwanger, sondern hat nur ein wenig zugenommen. Sie hat eine eigene Mode kreiert, um ihren Bauch zu verbergen. Natürlich lässt sich dadurch niemand täuschen, aber zumindest kann der Marquis, ihr Ehemann, keinen Skandal machen.«

»Ist es ihre erste Schwangerschaft?«

»Die zweite. Schon im letzten Frühjahr ist eine Frucht entstanden. Bontemps hat sie ebenso geerntet wie die Früchte der Herzogin de Vaujours, als sie noch Louise de La Vallière hieß und mein Bruder sie liebte. Sie wurden sicheren Menschen anvertraut. Nichts ist durchgesickert. Bontemps weiß Geheimnisse zu hüten. Das macht ihn so wertvoll für den König.«

Nine denkt nach. »Wäre es der Marquise lieber, dass sich das Kind ruhig verhält, oder wäre es sinnvoller, der königliche Ansturm hätte keine beunruhigenden Folgen mehr?«

»Kann man beides gleichzeitig therapieren?«

»Man kann. Allerdings nur getrennt voneinander.«

»Braucht Ihr lange, um die beiden Arzneien herzustellen?«

»Wenn Ihr mir den Zugang zur Apotheke des Schlosses ermöglicht, ist morgen früh alles bereit.«

»Morgen? Ihr seid eine Zauberin!«

Nine muss an Batiste denken und lächelt. »Nur ein Zauberlehrling …«

Der Herzog von Orléans löst eine Brosche aus dem Spitzengeriesel seiner Krawatte.

»Eure Hoheit haben mir bereits vier Ringe gegeben«, protestiert Nine.

Monsieur starrt sie verblüfft an. »Erst vier?«

»Das genügt, Monseigneur. Wirklich!«

»Tragt Ihr sie wenigstens? Ich sehe Euch immer nur mit ungeschmückten Fingern.«

Das junge Mädchen errötet bis über beide Ohren. »Mögen Eure Hoheit mir verzeihen, aber ich habe sie verkauft.«

»Verkauft? Lassen Euer Vater und Euer Onkel Euch verhungern?«

»Nein, Monseigneur.«

»Spielt Ihr etwa? Oder habt Ihr einen Galan? Dieser Brunnenbauer ist wirklich sehr hübsch.«

»Von Euren Ringen habe ich ein Chirurgenbesteck, die Haare aller Insassen von Petites-Maisons und die Mitgift des Kindes gekauft, das in den Karmelitinnenorden eingetreten ist.«

Monsieur betrachtet Nine, als sei sie eine aus dem Irrenhaus entflohene Verrückte.

»Die Haare haben mir gestattet, mich der Mutter des von Euch erwähnten Brunnenbauers zu nähern«, fährt Nine fort. »Sie war im Asyl eingesperrt und hat sich dort das Leben genommen. Die Novizin, die ich zu den Karmelitinnen begleitet habe, ist die kleine Schwester jenes Brunnenbauers. Und nein, Batiste Le Jongleur ist nicht mein Galan.«

»Und wozu brauchtet Ihr das Chirurgenbesteck?«

»Um ein Bein zu amputieren. Schließlich wurden es sogar zwei. Die Beine des Bruders …«

»Meines Brunnenbauers?«

»Richtig.«

Seine Hoheit macht ein Zeichen, man möge ihm einen Sessel heranrücken, setzt sich mit der Grazie einer jungen Gans und lehnt den Kopf zurück, damit Nine die Nadeln entfernen kann, die seine Perücke halten. Nine macht sich ans Werk, während Monsieurs glänzende Augen sie von unten mustern.

»Ihr seid zu jung und nicht verheiratet genug, um Euch so zu ruinieren, Mademoiselle Neffe. Euer junger Mann ist ein hübscher Köder, bei dem ich gern selbst anbeißen würde, aber ein Prinz darf nicht so tief sinken, sich auf einen Flegel einzulassen, und Ihr verdient Besseres als einen Klempner. Ihr müsst Euch höhere Ziele setzen, Kleines. Viel höhere.«

»Aber ich setze mir höhere Ziele, Monsieur. Deutlich höhere.«

»Aha. Und was?«

»Den Dekan der medizinischen Fakultät von Paris.«

»Wie bitte? Der Mann ist mindestens hundert Jahre alt!«

»Ich möchte ihn nicht heiraten, sondern seine Vorlesungen hören und meine Diplome machen.«

»Ihr seid ein Mädchen! Das ist unmöglich!«

»Wenn Ihr es wollt, wenn Ihr es fordert, kann es möglich werden.«

Monsieur dreht sich auf seinem Sessel um. Mit seinen roten Lippen, den grau geschminkten Augenlidern, dem dichten, mit einer Schleife zusammengebundenen Haar, dem Rouge auf beiden Wangen und den geschickt gezupften Augenbrauen sieht er aus wie eine der Schauspielerinnen von Monsieur de Molière. Und diese Schauspielerin fasst die Perückenmacherin streng ins Auge. »Brütet Ihr das schon aus, seit Ihr in meine Dienste getreten seid?«

Nine könnte jetzt lügen, aber sie hat sich noch nie vor einer Herausforderung gedrückt. »Schon viel früher. Aber ich wollte von Euch bemerkt werden, weil ich darüber nachdachte.«

»Und Ihr gebt es auch noch zu! Ich könnte es Euch übel nehmen und Euch fortjagen.«

»Der König würde es vielleicht tun. Ihr aber nicht.«

»Wieso glaubt Ihr das?«

»Wenn Euch jemand ans Herz wächst, akzeptiert Ihr ihn

mit all seinen Fehlern, selbst wenn sie groß sind und sogar dann, wenn es Euch zum Nachteil gereicht. Ihr liebt Menschen um ihrer selbst willen und nicht wegen des Bildes, das sie von Euch haben.«

»Ganz schön dreist!«

»Jedermann hat Angst davor, etwas zu verlieren. Seinen Gatten oder die Ehefrau, sein Geschäft, ein Stück Land, seinen Ruf. Reichtum. Gunst. An Besitz liegt mir nichts, Monseigneur. Und ich fürchte nicht, Eure Freundschaft zu verlieren, nur weil ich Euch einen Plan verrate, der mir durchaus ehrenhaft erscheint.«

»Dann seid Ihr also der Meinung, dass ich Euch mag. Damit macht Ihr Euch ziemlich wichtig.«

»Ich denke, dass Ihr mich schätzt und mich aus diesem Grund trotz meiner großen Fehler bei Euch behaltet.«

Der Herzog von Orléans kneift die Augen zusammen. »Ihr seid eine merkwürdige kleine Person, Mademoiselle Neffe.«

»Das bekomme ich öfter zu hören.«

Er fixiert sie, doch es sind andere helle Augen und ein anderes helles Gesicht, die er sieht. »Vor langer Zeit gab es jemanden, der mir gegenüber ebenso ehrlich war.«

Nine lächelt. »Aber Ihr habt sie nicht davongejagt, nicht wahr?«

»Ich? Nein.« Der Prinz senkt den Kopf. »Das hat der König übernommen.«

Nine verbringt die Nacht damit, eine Arznei zusammenzustellen, die die Blutungen von Madame de Montespan stillen, und ein anderes Mittel, das die Bewegungen ihres Ungeborenen beruhigen würde. Am folgenden Morgen lässt Jean Quentin seine Nichte so eng schnüren, dass sie fast in Ohnmacht fällt, und kümmert sich höchstpersönlich um ihre Frisur. Das für die Vorstellung vorgesehene Kleid hat die Farbe von Wolken und blaue Schleifen. Das Blau wiederholt sich in den Seidenbändern der Perücke, am Saum des Unterkleids und in den Strumpfbändern. Unter den Händen der beiden Zimmermädchen, die eigens dazu eingestellt wurden, sie anzukleiden, bekommt Nine den Eindruck, sich ebenfalls in eine Schauspielerin des »Illustre Théâtre« zu verwandeln.

Ihr Onkel sitzt mit dem Metermaß des alten Binet auf der Steppdecke seines schmalen Betts und überwacht die Verwandlung. Mit Perlen in den Ohren, weiß gepudert, Lippen und Wangen mit rosiger Farbe betont, Taille und Büste vom Korsett hervorgehoben sieht seine Nichte wirklich wunderschön aus. Er lackiert eine letzte Locke, bewundert sein Werk und reibt sich die Hände. Bontemps hat keine Ahnung von Frauen. Diese Kleine da ist wie für den Hof gemacht – und der Hof für sie.

»Jetzt müsst Ihr selbst sehen, wie Ihr beim König weiterkommt, liebste Nichte.« Mit einem Handzeichen fordert er seinen Kammerdiener auf, die unter der Luke gestapelten Perückenkartons zu nehmen. »Und bis dahin beschwöre ich Euch, Euren Paten zu meiden, wenn Euch am Erfolg unseres Unternehmens gelegen ist.«

Nine achtet darauf, den Saum ihres Kleides nicht auf den mit Exkrementen besudelten Treppen zu beschmutzen, und schleicht sich bei Monsieur ein, ohne unterwegs erkannt zu werden. Der Chevalier de Lorraine, der vor dem Kamin steht und sich aufwärmt, wendet den Kopf und pfeift mit Kennermiene.

»Teufel auch! Der Neffe des Perückenmachers sieht heute Morgen aus wie eine der Rosen von Monsieur Le Nôtre. Sind Euch diese Nacht etwa Blütenblätter gewachsen, kleine Schelmin? Ihr müsst Euer Rezept unbedingt an Monsieur weitergeben. Seht ihn Euch an, er ist ganz zerknittert.«

Der Herzog von Orléans wirft seinem Liebhaber einen bösen Blick zu. Sie haben offenbar gestritten und nicht mehr genügend Zeit gehabt, sich in den Kissen wieder zu vertragen.

»Genug, Philippe.«

Der Chevalier lässt die Spitze seines Schnallenschuhs unter Nines Rock gleiten und hebt kühn den Saum. »Ganz im Gegenteil. Das Beste kommt erst noch …«

»Genug, habe ich gesagt!« Monsieur greift nach einer mit Intarsienarbeit geschmückten Dose und wirft sie nach Lorraine.

Die Dose enthielt rosa Puder, mit dem nun die gesamte Kleidung des Chevaliers, sein Gesicht und sogar die Strümpfe bestäubt sind. Philippe de Lorraine schluckt seine Wut hinunter, die in seinen Augen brennt, und richtet sich zu seiner ganzen Höhe auf.

»Ich überlasse Euch Eurem Schützling, Monseigneur.« Er lächelt den Prinzen mit affektiertem Phlegma an. »Die junge Dame unterhält Euch zweifellos besser als ich.«

Als er an Nine vorbeigeht, bürstet er Puder auf ihr Kleid. Das junge Mädchen blickt ihn an, ohne mit der Wimper zu zucken. Er beugt sich zu ihr hinunter.

»Sag deine Gebete auf, Luder«, flüstert er. »Deine Stunden sind gezählt.«

Mit diesen Worten verschwindet er. Monsieur bereut seinen Wutanfall bereits und stöhnt: »Ich hätte ihn wenigstens zurückhalten sollen …«

Nine legt ihm ein Handtuch über den Kopf, unter dem er eine Essenz zur Glättung seiner Gesichtszüge inhalieren soll. Sie öffnet die Kassette mit den Düften, entkorkt einen Flakon, dem ein kampferartiger Geruch entströmt, und hält ihn ihm unter die Nase. Monsieur hält nur eine Minute durch, ehe er das Handtuch beiseiteschiebt und Nine mit ungewohntem Ernst ansieht.

»Mademoiselle La Vienne, seit gestern habe ich viel nachgedacht. Ich möchte nicht mehr, dass Ihr zum König geht.«

»Aber warum, Eure Hoheit?«

»Weil ich es Euch sage.«

»Ich verstehe nicht.«

»Es steht Euch nicht zu, verstehen zu wollen. Ihr habt zu gehorchen.«

»Aber Ihr wart es doch, der Seiner Majestät meine Talente angepriesen hat. Ihr habt ihm die Idee in den Kopf gesetzt, meine Rezepte ausprobieren zu wollen.«

»Das weiß ich, und es tut mir leid. Ich wollte ihn neidisch machen. Das hätte ich nicht tun dürfen.«

»Glaubt Ihr, dass meine Arzneien ihm nicht zusagen?«

»Schlimmer als die seiner Ärzte können sie nicht sein.«

»Was befürchtet Ihr dann?«

»Dass er tatsächlich neidisch wird.«

Es ist amüsant, eine Puppe ganz auszuziehen, sie abzureiben, damit sie sich nicht erkältet, ihr neue Kleider auszusuchen und sie wieder anzukleiden. Danach zieht man ihr Schuhe an und legt ihr eine Halskette um. Und dann frisiert man sie.

Aber wenn die Puppe ganz nackt ist – ehe man sie wieder anzieht –, dann spielt man mit ihr.

Eine Puppe darf keine Angst haben, muss fügsam sein, darf mit ihren großen blauen Augen nichts fest ansehen und muss sich überall berühren lassen.

Philippe besitzt wirklich die allerbeste Puppe.

Louis hat alles, aber keine Puppe.

Louis sagt, dass er auch keine will, dass nur Mädchen mit Puppen spielen und dass ihm seine Spielzeugburg, seine Hunde und die Regimenter, die er inspiziert, lieber sind, aber das stimmt nicht.

Louis lügt oft. Er lügt ständig. Wenn Philippe lügt, bekommt er

Prügel mit dem Rohrstock. Aber wenn der König lügt, tut jeder so, als glaube er ihm.

Eines Tages hat Philippe seine Puppe draußen mit dem Wasser für die Pferde gewaschen. Es war Sommer und sehr warm. Die Puppe hatte überall Flohbisse, weil man wegen der unverschämten Frondeure, die Paris besetzt hielten, im Stroh schlafen musste. Louis kam und sagte: »Ich will sie haben.« Philippe antwortete: »Nein, sie gehört mir. Mama hat sie mir geschenkt.« Louis stampfte mit dem Fuß auf und beharrte: »Ich bin dein König. Und ich will sie haben.« Philippe nahm Anne bei der Hand, um sie wegzuführen. Louis griff nach ihrer anderen Hand, und beide zogen so fest an ihr, dass sie ihr – hätte Bontemps ihnen die Puppe nicht fortgenommen – wahrscheinlich einen oder beide Arme ausgerissen hätten.

Seit diesem Tag hat Philippe nie mehr in Anwesenheit seines Bruders mit Anne gespielt.

Bis auf ein Mal. Das letzte Mal.

»Ich flehe Eure Hoheit an, mich nicht daran zu hindern, meine Arzneien zu Madame de Montespan zu bringen …«

Philippe hebt den Blick zu Nine auf, die sehr gerade und wie der Inbegriff der Enttäuschung vor ihm steht. Seine Hoheit seufzt auf. »Legt auch Ihr tatsächlich so viel Wert darauf, bei Hof eingeführt zu werden?«

»Mein Onkel legt großen Wert darauf. Wenn ich mich dem nicht füge, wirft er sich in den Grand Canal.«

»Abgesehen von Eurem Urgroßvater Binet ist kein Perückenmacher unersetzlich.«

»Immerhin verdanke ich es ihm, Euch vorgestellt worden zu sein.«

Philippe d'Orléans seufzt erneut. »In diesem Fall wollen wir Maître Quentin natürlich zufriedenstellen. Aber auf Euer eigenes Risiko …«

Louis XIV. ist der majestätischste und gleichzeitig höfischste Mensch, den man sich vorstellen kann. Am Eingang des Salons, in der der König seine Audienz abhält, übergibt Nine die beiden Steinguttöpfe mit ihren Tinkturen einer über und über mit Stickereien bedeckten Person, die sie sofort mitnimmt. Wie auf Wolken schwebend geht sie weiter in das hell erleuchtete Zimmer, das jedoch im Vergleich zu Monsieurs Kabinett eiskalt ist, und vollführt den mit ihrem Onkel eingeübten Hofknicks. Am liebsten hätte sie sich in ein Mauseloch verkrochen. Seine Majestät nickt gutmütig.

»Das ist also die Nichte unseres Perückenmachers und die Tochter unseres Baders – beides Ehrenmänner, die uns gut bedienen. Monsieur hat von Euch gesprochen, Mademoiselle. Er findet, dass Ihr Talent habt. Um welche Art von Talent handelt es sich?«

Überrumpelt bleibt Nine ebenso stumm wie der kaiserliche Karpfen, den Bontemps in das Becken hat setzen lassen, in dem Latonas Bauern demnächst in Frösche verwandelt werden.

»Zweifellos nicht um die Gabe der Eloquenz, was uns jedoch nicht stört.« Der König lächelt. »Plappermäuler gibt es in diesem Palast genug. Erhebt Euch, Mademoiselle. Es tut uns leid, dass die Kälte dieses vertrackten Winters sogar Worte gefrieren lässt.«

Als Nine wieder fest auf beiden Beinen steht, fühlt sie sich kühner. Jean Quentin hat ihr eingeschärft, den König nicht so ungeniert anzublicken, wie sie es sonst mit allen anderen tut, sondern ihn anzusehen, ohne ihn anzusehen, und trotzdem genau hinzuschauen. Nines Blick verweilt auf dem königlichen Mund, der weniger rot und weniger voll ist als der von Monsieur. Zwischen den königlichen Lippen zeigen sich wenig appetitlich anzusehende Zähne. Sie denkt: Mit Nelke versetztes Opiat – und fühlt sich plötzlich wieder wohl.

Sie hebt den Blick zur königlichen Nase auf, die ihr stärker und gekrümmter erscheint als in ihrer Erinnerung, und antwortet schließlich: »Ich kann Personen zu einem gegenüber ihrer wahren Natur so unterschiedlichen Aussehen verhelfen, dass selbst nahe Angehörige den Betreffenden nicht erkennen. Ich kann die Laune von Menschen verändern, indem ich sie selbst zusammengestellte Essenzen einatmen lasse. Ich kann auch die Qualität und den Duft der Luft in einem Raum verändern und davon ausgehend die Sinne der Personen, die sich in diesem Raum befinden, beruhigen, aufmuntern oder stimulieren. Ich kann Kopfschmerzen, Zahnschmerzen, Leibschneiden und Durchfall lindern …«

»Und all das kommt Monsieur zugute? Welch glücklicher Mann!« Der König lächelt. Die königliche Wange ist eher flach und nicht geschminkt.

»Ich tue mein Bestes, ihm zu Diensten zu sein.«

»Bitte, tretet näher.«

Der Zwischenraum zwischen den königlichen Augenbrauen ist schmal. Widerspenstige Härchen sträuben sich an der Stelle, wo die dominante Nase in die Stirn übergeht. Hätte Nine die Aufgabe, sich um das königliche Gesicht zu kümmern, würde sie als Erstes diese unschönen Härchen entfernen.

»Eure Perlen sind ausgesprochen schön.«

Überrascht von diesem Kompliment blickt Nine dem König direkt in die Augen. Sie sind eher braun als blau oder grün oder vielleicht eine Mischung aus allen drei Farben.

»Sind sie ein Familienerbe?«

»Ich habe sie von meiner Mutter, Eure Majestät.«

»Eurer Mutter?«

»Sie starb bei meiner Geburt.«

Der König lässt Zeit verstreichen. Kalt, diese Augen. Sein Gesicht ist edel und gutmütig, doch die Augen ähneln denen einer lauernden Schlange. »Wir würden sie gerne jedes Mal sehen, wenn Ihr vor uns tretet.«

»So wird es sein, Eure Majestät.«

»Würdet Ihr Euch anstrengen, uns ebenso angenehm zu sein, wie Ihr es für Monsieur seid?«

»Selbstverständlich, Eure Majestät.«

»Wir freuen uns darüber und werden bei Gelegenheit nach Euch schicken lassen.«

Nine tritt drei Schritte zurück und erblüht zu einer schillernden Päonie, tritt weitere drei Schritte zurück und wird zur seidigen Dahlie, und weitere drei Schritte später sinkt sie zu ihrem letzten Hofknicks zusammen – dem tiefsten von allen. Der Salon ist mit weißem und grünem Marmor in einem geometrischen Muster ausgelegt, das an die Pflanzanlagen von Monsieur Le Nôtre erinnert. Nine verzichtet darauf, den Blick zu heben, um zu sehen, ob die Augen des Königs ihren Rückzug verfolgt haben oder noch immer ihre Ohrgehänge mustern und ob sie immer noch so kalt wirken.

Im Rückwärtsgang, was angesichts der schweren Röcke geradezu einer Heldentat gleichkommt, erreicht sie die Tür, die von zwei Zerberussen vom Format eines Chevalier de Rohan bewacht wird. Der Zeremonienmeister kündigt die nächste Besucherin an, eine Prinzessin de Guéméné, die die Miene einer beleidigten Juno zur Schau stellt, in ein Kleid gehüllt ist, das zu einer Krönung taugen würde, und eine mit Juwelen bestückte Perücke trägt. Ihre Mantelschleppe wird von einer kleinen Mohrin gehalten. Ihr folgen zwei weiße Windhunde mit goldenen Halsbändern und zwei blonden Hofdamen am Ende der Hundeleinen.

Nine verschwindet eilig. Der Name Guéméné kommt ihr bekannt vor, und irgendetwas im Profil der auffälligen Dame erinnert sie an jemanden, doch sie weiß nicht, an wen.

Die Masse der Höflinge am Eingang teilt und schließt sich sofort wieder wie ein Fischschwarm, der durch einen Steinwurf gestört wird. Nines Kehle ist trocken, und ihr Herz schlägt bis zum Hals. Ihr ist, als hätte ihre Audienz beim König höchstens eine Sekunde gedauert, aber als ob diese Sekunde noch immer andauere. Die Wangen, die Lippen, die Nase und die Stirn Seiner Majestät haben sich in ihre Netzhaut geprägt, seine Sätze hallen in ihr nach, und seine Schmeicheleien rufen Gefühle wach, aber gleichzeitig ist sie seltsamerweise keineswegs zufrieden. Zwar hat sich der König freundlich gezeigt – aber diese Augen! Ein Schauder läuft über ihren Rücken. Mit ausgestreckten Armen, um die drängenden Menschenmassen zur Seite zu schieben, dreht sie sich langsam um. Vor ihr steht mit aufgelöstem Gesicht ihr Pate Alexandre Bontemps.

»Ich wusste nicht, dass Ihr eine Patentochter habt, Bontemps.«

»Ich habe auch nur diese eine, Sire. Ich bin Pate mehrerer Jungen, aber nur eines Mädchens.«

»Nine La Vienne. Die junge Dame, die die Perücke erfunden hat, die ich trage und die Monsieurs Beschwerden mit Düften lindert.«

»Ja, Sire. Ich sehe, dass Eure Majestät bestens informiert sind.«

»Was eigentlich durch Euch hätte erfolgen sollen, Bontemps.«

»Ich dachte nicht, dass Nine je bei Hof in Erscheinung treten würde, Sire. Daher hielt ich es nicht für notwendig …«

»Liebt Ihr Eure Patentochter sehr?«

»Ja, Majestät. Außerordentlich.«

»Und warum?«

»Zunächst, weil sie der einzige Lebensinhalt meines liebsten Freundes ist. Und außerdem, weil sie ganz anders ist als alle Mädchen, die ich kenne.«

»Inwiefern anders?«

Bontemps senkt den Kopf, denkt nach und wählt seine Worte mit Bedacht. »Ihr Charakter ist gleichermaßen vernünftig und ungestüm.«

»So etwas würde mir nicht gefallen.«

»Das fürchte ich auch, Sire.«

»Wollt Ihr nicht wissen, was ich von ihr halte?«

Nein, das will Bontemps nicht wissen. Zumindest zöge er es vor, es nicht zu erfahren. Er würde sich gern weiter vormachen, der König habe Nine wenig anmutig und geistlos empfunden, hielte ihre Nase für zu spitz, ihre Augen für zu groß und fände ihre Überheblichkeit lächerlich.

»Nun, ich fand sie nicht uninteressant. Ich hoffe, das freut Euch.«

»Ja, Sire.«

»Sie ist nicht besonders hübsch.«

»Nein, Sire, nicht sehr.«

»Bis auf die Augen, die sind schön. Blau, nicht wahr?«

»Meistens. Sie verändern manchmal ihre Farbe. Ein etwas verstörendes Phänomen.«

»Wenn sie vergisst, schüchtern zu sein, zeigt sie Selbstbewusstsein.«

»Meines Erachtens zeigt sie davon viel zu viel.«

»Mag sein. Aber sie hat so etwas Gewisses …«

»Wenig, Sire. Sehr wenig.«

Der König lacht. »Haltet Euch mit Eurer Meinung über Frauen zurück, Bontemps. Davon versteht Ihr nichts.«

»Meine Patentochter ist keine Frau, Eure Majestät. Sie ist noch ein Kind.«

»Mit sechzehn ist man eine Frau, mein Bester. Sogar schon früher, das könnt Ihr mir glauben.«

Bontemps fährt sich mit der Hand über den Nacken. Ihm ist warm, ihm ist kalt, er wünscht, das Gespräch würde enden. Er gäbe alles, was er besitzt, um einen Zauber zu finden, der Nine La Vienne aus dem haarsträubend guten Gedächtnis des Königs löschen könnte.

»Trocknet Euch ab, Herr Verwalter. Ihr schwitzt ja wie eine Poularde am Spieß.«

»Das liegt am Kamin, Sire. Das liegt am Feuer.«

»Ihr steht mindestens zehn Schritte von der Glut entfernt. Ihr habt doch hoffentlich kein Fieber? Ich brauche Euch tatkräftig, ich werde Euch meinen Arzt schicken. In der Zwischenzeit lasst Euch von Eurer Patentochter ein Herzstärkungsmittel geben.«

»Das werde ich tun, Sire. Sobald ich nach Paris zurückkehre, werde ich es tun.«

»Warum Paris? Hat die junge Dame hier nicht alles, was sie braucht?«

»Nine ist indisponiert, Sire. Monsieur lässt sie heute Nachmittag zum Atelier Binet zurückbringen, wo sie normalerweise wohnt. Ihr Urgroßvater, der alte Binet, den Eure Mutter schätzte, wird sich um sie kümmern.«

»Es kommt nicht infrage, dass sie das Schloss verlässt. Zunächst müssen wir die Wirksamkeit der Tinkturen abwarten, die sie für Madame de Montespan hergestellt hat, und vielleicht bedarf ich selbst ihrer auch. Niemand verlässt diesen Palast ohne mein Einverständnis. Hat sie es eingeholt?«

Bontemps zieht sein Schnupftuch hervor und betupft seine feuchte Stirn. »Ich weiß es nicht, Sire.«

Er weiß es sehr wohl. Zumal er den Wagen selbst bestellt hat.

Der König wandert unruhig durch seine Gemächer. Im Hemd, mit Wollhaube und gefütterten Pantoffeln. Es ist schon spät. Mitternacht ist seit zwei Stunden vorüber. Um diese Zeit pflegt er mit seinem treuen Diener über alles und nichts zu sprechen. Am Abend hatte er sich gemäß der Etikette zu Bett begeben, war aber später wieder aufgestanden. Er ist nicht müde. Wie immer fürchtet er den Augenblick des Einschlafens, fürchtet, das Bewusstsein zu verlieren oder im Schlaf zu sterben. Jetzt bleibt er stehen und beugt sich zu einem braun-weißen Hund hinunter, der sich mitten im Zimmer ausgestreckt hat. Bontemps atmet durch und steckt sein Schnupftuch wieder ein. Seine Vorstellungskraft gaukelt ihm immer gleich das Schlimmste vor. Bei dieser einzigen, zudem noch kurzen Begegnung konnte Ninon dem König doch sicher nicht so gut gefallen haben, dass …

»Ich möchte sie morgen Abend wiedersehen«, sagt Louis. »Bringt sie um elf Uhr zu der kleinen Tür – Ihr wisst schon.«

Bontemps erbleicht. Die kleine Tür. »Majestät, Nine La Vienne ist mir wie eine eigene Tochter …«

Der König zupft an den Ohren des Beagles. Seine Lieblingshündinnen schlafen in seinem Zimmer, und wenn er in Versailles logiert, bringt ihm sein Großjägermeister die Leithunde, um ihm das Vergnügen zu gönnen, sie selbst zu füttern.

»Eben deshalb. Indem ich ihr die Ehre erweise, sie in meinen Privatgemächern zu empfangen, erweise ich auch Euch eine Ehre.«

»Wenn ich mir die Bemerkung erlauben darf, Sire, ich sehe Euch während meines Dienstes jeden Tag in Euren Privatgemächern, und Ihr braucht mir nicht durch die Vermittlung dieses Kindes Ehre zu erweisen.«

»Ihr seid mir ans Herz gewachsen, Bontemps, und ich bin Euch unendlich dankbar für die Mühe, die Ihr Euch für mich gebt. Dennoch verhindert diese Zuneigung nicht, dass auch Ihr meinen Anordnungen zu gehorchen habt. Elf Uhr. Die kleine Tür.«

Es ist die Zeit der späten Imbisse. Sowohl hier als auch im Louvre oder in Saint-Germain ist es Alexandre Bontemps, der die Leckereien in Empfang nimmt und wieder wegräumt. Der König speist gern und viel, und die Delikatessen, die er täglich im Zimmer von Madame de Montespan, regelmäßig im Zimmer der Königin und ab und zu im Zimmer von Louise de La

Vallière genießt, dämpfen seinen Appetit auf weitere Leckerbissen keineswegs. Kammerfrau oder geschmücktes Dämchen, Küchenmädchen oder Ehrenfräulein, Jungfrau oder leichtfertig, dick, dünn, grün oder reif – jedes weibliche Wesen ist ihm ein Genuss, vorausgesetzt, sie hat keine Flöhe und keine offenen Wunden. Der König legt weder Wert auf die Art und Weise noch auf die Auswahl und erledigt die Angelegenheit so, als ob er ein Ei äße oder auf den Kammerstuhl ginge. Alles ist im Handumdrehen vorüber, und Bontemps wird gebeten, die Reste abzuservieren.

Den König erschrecken. Ihm Ekel einreden.

Der erste Kammerdiener hat wenig Fantasie, aber er kennt seinen Herrn. Er weiß, dass er nur eine Patrone zur Verfügung hat, und wählt diejenige aus, die den meisten Lärm macht. »Möge Seine Majestät mir verzeihen, aber ich muss Euch etwas zu meiner Patentochter sagen.«

»Dass sie von herausragender Weisheit ist und dass meine Bitte sie in Verlegenheit bringt? Genau das habe ich von ihr erwartet.«

»Sie hat Hautausschläge.«

Seit seine Mutter ihn als Kind gezwungen hatte, die Geschwüre skrofulöser Menschen zu berühren, ekelt sich Louis XIV. vor jeder Art von Hautkrankheit. »Ausschlag? Ich habe ihre Schultern und Arme gesehen, die mir durchaus gesund schienen.«

»Luft tut dieser Art von Hautschäden gut. Aber unter der Kleidung sieht es schlimm aus. Die Ärmste hat es überall – vor allem am Bauch und an den Oberschenkeln. Auch zwischen den Schenkeln. Die quälen sie ganz besonders. Um den Wundschmerz zu lindern, hat sie angefangen, sich mit Heilkräutern zu beschäftigen und die Tinkturen und Salben zu erfinden, die Monsieur so schätzt. Ihr eigenes Übel ist leider hartnäckiger als der Juckreiz von Monsieur. Bis jetzt hat sie noch nichts dagegen gefunden.«

Mechanisch kratzt sich der König am Rücken und schaut Bontemps an. In seinem Blick liegt eine Unsicherheit, die Balsam für das Herz seines Kammerdieners ist. »Ausschlag, sagt Ihr?«

»Eitriger. Und zwar überall.«

Der gute Bontemps lügt mitleiderregend schlecht. Der König erklimmt die Wendeltreppe, die zum Dachboden des alten Schlosses hinaufführt, und lächelt beim Gedanken an das Gesicht, das der armselige Schwindler ziehen wird, wenn er begreift, dass er ihm trotz seiner Bemühungen keinen Glauben geschenkt hat. Ein Mädchen, dessen Körper von Geschwüren zerfressen ist, sieht einen Mann und schon gar keinen König mit der Selbstsicherheit an, die Nine La Vienne bei ihrer Audienz an den Tag gelegt hat. Obendrein kaut dieses Mädchen schlimm an seinen Daumennägeln. Sie verbirgt sie zwar reflexartig in ihren Handflächen, aber als sie zum Hofknicks nach ihren Röcken griff, hat der König die roten, abgeknabberten Fingerspitzen gesehen. Wenn jemand auch nur für zwei Sous Intelligenz besitzt und die unsichtbaren Stellen seines Körpers hässlich sind, achtet er darauf, die sichtbaren Stellen nicht zusätzlich zu verunzieren. Da die Kleine sich weder wie ein Dummchen benommen noch so geredet hat, ist ihre Haut vermutlich so seidig und weiß wie die von Louise de La Vallière im gleichen Alter. In einem Punkt allerdings hat Bontemps recht: Seine Patentochter hat etwas Besonderes, und es ist genau diese Besonderheit, die Seine Majestät am hellen Tag und bis auf einen stummen Gardisten mutterseelenallein in die Domestikenunterkünfte hinaufsteigen lässt.

Als er noch jünger war und sich noch keine Favoritinnen

erkor, hatte der König für solche Eskapaden geschwärmt, die er vorbereitete und durchführte wie einen Feldzug. Manchmal war es eine Belagerung, manchmal ein Feuergefecht und manchmal ein Schwertkampf. Der Verführer Rohan diente ihm bei diesen galanten Vormärschen als Marschall oder Verstärkung, und je nach Gelegenheit teilte der König mit ihm auch die Trophäe.

Einmal, in Saint-Germain, hatten sie sich vorgenommen, bei Vollmond über die Balkone zu den Gemächern der Ehrendamen der Königin hinaufzusteigen. Bei der anvisierten Festung handelte es sich um Mademoiselle de La Mothe-Houdancourt, die gerade sechzehn geworden war und eine Büste besaß, die selbst eine Venus eifersüchtig gemacht hätte. Die Schöne widerstand gerade lang genug, dass sich der Ansturm lohnte, und der König verbrachte köstliche Momente mit ihr. Am nächsten Morgen fand die Gouvernante der Mädchen, Marschallin de Navailles, Blut auf dem Bettlaken. Sie wurde sehr wütend und ließ unverzüglich Gitter an den Fenstern anbringen. Maria Theresia weinte und schmollte. Damals wusste sie wohl noch nicht, dass es das Schicksal von Königinnen ist, ihren Gatten mit allen Frauen des Reiches zu teilen …

Auf dem obersten Treppenabsatz nimmt Seine Majestät einen gesprungenen Herd in der Aufwärmküche zur Kenntnis, eine Menge Fliesen, die ausgewechselt werden müssen, feuchte Stellen an den Wänden ohne Glockenleiste und Wasserflecken an mehreren Luken. Er würde eine Notiz schreiben lassen, damit Colbert die nötigen Maßnahmen ergriff. Perfektion zeigt sich in den Details, und Versailles soll der Spiegel seines Herrschers sein – bewundernswert bis in den letzten Winkel.

Zumindest bis in die Winkel, zu denen Louis Zugang gewährt. Von den verschlossenen Bereichen würde niemals jemand erfahren, was sie enthielten. Niemand. Niemals. Es geht um das Bild, das er von seiner Regentschaft vermitteln will, und dieses Bild ist ihm wichtiger als sein eigenes Leben.

Die Tür, die ein blau gekleideter Bediensteter ihm zeigt, ist halb geöffnet. Der Perückenmacher hat sich nach Paris begeben, um neue Bänder zu besorgen, und es seiner Nichte überlassen, die Perücke, die die Königin am Silvesterabend tragen wird, nach den Wünschen der Majestäten zu verändern.

Der Gardist will vortreten, um den König anzukündigen, doch Louis XIV. gebietet ihm Einhalt. Er geht allein in die Mansarde und lässt die Tür hinter sich ins Schloss fallen. Nine kauert mitten in einem wilden Durcheinander aus Puderdosen, Parfüm- und Ölflaschen, Wachsstäben, falschen Bart- und Haarteilen, Strängen aus Wolle, Baumwolle und Seide, kleinen Tüchern in allen nur denkbaren Farben, Scheren unterschiedlicher Größe und Nadelkissen. Im Hintergrund stehen drei Ankleidepuppen in Männerkleidung und ein Dutzend auf Stäbe montierte Holzköpfe. Neben dem Kamin simmert auf einem kleinen Kocher ein zäher Schleim, der unangenehm nach Klebstoff riecht. Das Zimmerchen ist so klein und niedrig, dass der König, der vor der Luke steht, den gesamten freien Raum einnimmt und alles Licht aussperrt. Das Feuer brennt kärglich, die Scheite zischen und qualmen, und Louis nimmt sich vor, Bontemps als Verantwortlichen für die Holzvorräte anzuweisen, die Holzlieferanten zur Rede zu stellen, weil sie zu kurz gelagertes Holz verkaufen.

Nine ist damit beschäftigt, Schlitze auf einer Unterhaube zu markieren, und fragt, ohne sich umzudrehen: »Seid Ihr schon wieder da, Onkel?«

»Nein, Mademoiselle.«

Überrascht lässt Nine die Kreide fallen, richtet sich auf, gerät aus dem Gleichgewicht, stürzt und reißt Töpfe und Kartons um. Ihr Rock schiebt sich hoch und gibt bis zum Knie den

Blick auf ihre Strümpfe frei. Es sind Wollstrümpfe, die anstatt von einem Strumpfband von groben Stoffstreifen gehalten werden. Die schweren Männerschuhe sind mit Stroh ausgestopft wie die Holzschuhe von Bauern.

Peinlich berührt vom Blick des Königs stammelt Nine: »Das sind die Schuhe meines Onkels. Ohne Stroh wären sie zu groß. Außerdem hält es warm. Von kalten Füßen bekommt man leicht Schnupfen …«

Ihre Fesseln sind schlank, die Waden hübsch gerundet.

»Zieht bitte Euren Unterrock noch ein Stück höher. Ich möchte gern Eure Haut sehen.«

Nine steigt das Blut in die Wangen. Sie stützt sich an der Wand ab und steht hastig auf. »Sire …«

Der König tritt einen Schritt vor. Jetzt hängt sein Blick nicht mehr an ihren Beinen, sondern an ihren Ohren.

»Ihr tragt Eure Perlen.«

Ein Schritt weiter, und er käme auf Tuchfühlung.

»Ich würde sie gern berühren. Erlaubt Ihr es mir?«

Er knöpft seinen rechten Handschuh auf. Nine beginnt am ganzen Körper zu zittern. Gleichzeitig schwitzt sie. Verstohlen schätzt sie den schmalen Zwischenraum zwischen ihren Utensilien und dem Bett ab. Sie hat das Schloss nicht gehört, also ist die Tür nicht verriegelt. Wenn es ihr gelänge, den Flur zu erreichen, würde sie den Wasserträger rufen. In Anwesenheit eines Zeugen würde Seine Majestät sicher nicht wagen, sie …

Louis XIV. hebt den Blick. Die Schlangenaugen. »Kommt doch näher. Es wäre für uns beide bequemer.«

Mit einem einnehmenden Lächeln, das sie beruhigen soll, greift er nach ihrer Schulter und drückt sie auf das Bett. Immer noch lächelnd beugt er sich vor und stützt sich auf der Matratze ab. Sein Gesicht ist auf gleicher Höhe mit dem von Nine. Aus der Nähe wirkt er männlicher, aber weniger schön. Die Blatternarben auf seinen Wangen sind tief. Die hohe Stirn wirkt edel, der Mund genießerisch. Seine Haltung drückt männliche Autorität aus. Sein Blick verliert sich im Ausschnitt von Nines Korsage, gleitet an ihrem Hals entlang, umhüllt ihr Kinn und streichelt das Oval ihres Gesichts.

»Maître Quentin kann sich glücklich schätzen, Euch zur Nichte zu haben.«

Nine kann seinen Atem riechen. Unangenehm. Kariöse Zähne und schlechte Verdauung. Er kommt noch näher.

Sie weicht zurück und stützt sich auf ihre Ellbogen. »So lasst mich doch …«

Entschlossen greift er nach ihrem Rock und schiebt ihn hoch. Nine trägt keine Unterwäsche. Mit samtener Stimme stellt der König fest: »Dachte ich mir doch, dass Ihr keinen Ausschlag habt.« Er streckt seine Hand nach ihrer Wange aus. »Nicht bewegen …« Er streichelt ihr Ohr und spielt mit der schweren Perle in der rotgoldenen Fassung.

Nine beißt sich auf die Zunge, um nicht zu schreien. Alle Mädchen würden sich vermutlich wünschen, was hier gerade geschieht. Nur sie nicht. Der König kommt noch etwas näher. Nine kann es nicht länger ertragen. Sie packt seine Schultern und stößt ihn zur Seite. Beide geraten ins Rollen. Der Kopf Seiner Majestät stößt mit einem dumpfen Knall an die Ecke des Nachttischs. Die aufgeplatzte Augenbraue blutet stark. Binnen kürzester Zeit sind die Locken der königlichen Perücke und die Spitzenkrawatte besudelt. Benommen stützt sich Louis auf den Bettrahmen. Nine ist mit einem Satz aufgesprungen. Mit zitternden Fingern tränkt sie ein Tuch in Wasser und beginnt, das Blut fortzuwischen. Die Platzwunde ist tief. Der König droht, ohnmächtig zu werden. Nine behandelt die Augenbraue mit einer Salbe auf Brennnesselbasis und reibt sein Zahnfleisch mit Auszügen von Minze ein. Er kommt wieder zu sich, schiebt ihre helfende Hand zurück, steht auf und glättet mit einer mechanischen Handbewegung seine Rockschöße. Die verletzte Augenbraue ist auf das Doppelte angeschwollen, das linke Auge schwimmt im Blut.

Nine geht vor ihm in die Knie. Sie wagt nicht mehr, ihn anzusehen. »Sire, ich weiß nicht, wie ich Eure Majestät um Entschuldigung bitten soll …«

Louis XIV. mustert sie, als sähe er sie zum ersten Mal. »Falls es Euch noch niemand gelehrt hat, erfahrt es von Eurem König, Mademoiselle La Vienne: Es gibt Dinge, die unverzeihlich sind.«

»Ich bitte Euch …«

Der König greift nach dem Schal einer der Ankleidepuppen und knotet ihn sich so um den Hals, dass man die beschmutzte Krawatte nicht sieht. Er hat seine Ruhe und seine Würde wiedergefunden. »Ihr seid eine äußerst überraschende Persönlichkeit, Mademoiselle. Weniger ist dazu nicht festzustellen, und ich werde niemandem die Möglichkeit geben, mehr darüber zu sagen.«

Nine ist in Tränen aufgelöst. Mit gleichbleibender Stimme fährt der König fort: »Es ist ein wenig zu spät für Tränen. Vielleicht auch ein wenig zu früh. Spart Euch Eure Gefühle und Kräfte. Ich wette, dass die Zukunft Euch Möglichkeiten bieten wird, sie nützlicher zum Einsatz zu bringen.«

Louis XIV. nimmt seinen Hut, der so rot ist wie sein Blut, grüßt das zusammengesunkene Mädchen mit einem Kopfnicken und geht. Sein ebenfalls roter rechter Handschuh bleibt am Fuß des Bettes zurück.

Bei der heftigen Bewegung, mit der Nine sich befreite, hat sich einer ihrer Ohrringe gelöst. Fieberhaft sucht sie unter der Steppdecke und auf dem Boden nach der Perle. Sie dreht Schachteln um und schüttelt Perücken. Vergebens. Verzweifelt lehnt sie sich an das Bett und schluchzt. Dass sie die letzte Erinnerung an ihre Mutter verloren hat, belastet sie mehr als der Zorn des Königs.

Die Zukunft, Charles.

Auch wenn manche Fehler nicht entschuldbar sind, hoffe ich, dass Ihr mir diejenigen verzeiht, die ich Euch bald eingestehen werde.

Bontemps versteht die Welt nicht mehr. Der König gibt vor, sich gestoßen zu haben – was seinen Kammerdiener ohnehin bestürzt, denn ein Stoß auf den Kopf kann ungeahnte Folgen haben –, aber er weigert sich partout zu sagen, wo und wie es geschehen ist. Von Monsieur Fagon lässt er sich die Platzwunde klaglos nähen. Er macht den abwesenden Eindruck, den er immer annimmt, wenn ihm etwas gegen den Strich geht, und lebt nur kurz auf, um zu befehlen, dass seine befleckten Kleider nicht gereinigt, sondern verbrannt werden sollen. Verbrannt? Abgesehen von der Darstellung seiner Großartigkeit, für die ungeachtet des Preises nichts schön genug sein kann, sträubt sich Louis XIV. gegen unnötige Ausgaben. Müsste er nicht bis ins Bett seiner Mätressen den König spielen, würden ihm drei bequeme Gewänder durchaus genügen, die er vermutlich trüge, bis sie fadenscheinig würden. Aber ohne Not ein maßgeschneidertes Wams und ein Spitzenjabot wegzuwerfen, die von den Wäscherinnen problemlos hätten gereinigt werden können?

»Wenn ich wenigstens wissen dürfte, woher Ihr kommt, Sire …«, murmelt Bontemps, während er dem König neue Manschetten anlegt.

»Es würde nichts ändern. Lasst mir lieber Eis in einem Handtuch bringen.«

»Wünscht Ihr vielleicht eine jener Salben, die Nine La Vienne zuzubereiten weiß? Eingedenk Eurer Befehle ist sie im Schloss geblieben …«

»Wenn diese Person ein Mittel weiß, das mir mein Gesicht zurückgibt, soll sie es zubereiten. Aber schnell.«

Bontemps schreibt ein paar Zeilen an Nine und reicht sie einem der blau gekleideten Burschen.

Der König hat sich in einen Sessel gesetzt und beobachtet seinen Kammerdiener mit verträumtem Blick. »Ich habe über etwas nachgedacht.«

»Ja, Sire?«

»Es geht um Eure Patentochter.«

Bontemps hält den Atem an.

»Wir werden sie verheiraten.«

»Nine? Oh, das eilt nicht. Sie ist erst …«

»Sechzehn. Das sagtet Ihr bereits. Aber genau darüber habe ich nachgedacht. Sechzehn ist der Frühling junger Mädchen. Nie ist ihr Teint frischer und sind ihre Reize betörender. Abgesehen davon ist es die beste Zeit, sich fortzupflanzen.«

»Ihre Majestät, die Kleine zeigt eine herausragende Begabung für Chemie, hingegen hat sie noch nie den Wunsch geäußert, eine Familie zu gründen.«

»Dem schwachen Geschlecht mangelt es an Einsicht. Es obliegt uns, zu ergründen, was für unsere Frauen und Töchter das Beste ist. Das Nesselfieber, unter dem Eure Nichte leidet, wird auch wohlmeinende Kandidaten abschrecken. Wir müssen vom frischen Gesicht des armen Dings profitieren und ihr einen Gatten suchen, der sie so annimmt, wie sie ist. Es muss natürlich eine gute Partie sein. Mein Vorschlag wäre, sie nicht zu verhökern, sondern sie im Gegenteil aufzuwerten, gemeinsam mit ihrem Onkel und ihrem Vater.«

»Sire, Nine La Vienne möchte gerne zwischen ihren Reagenzgläsern alt werden. Die Dienste, die sie Monsieur leisten darf, machen sie glücklich, und trotz des Stolzes, den sie gegenüber Eurer Majestät an den Tag gelegt hat, glaube ich kaum, dass ein Leben bei Hof ihr …«

»Wer spricht von einem Leben bei Hof? Die Partie, die ich im Sinn habe, kommt ihrem Trachten nach einer beschaulichen, ganz der geistigen Arbeit gewidmeten Existenz entgegen und erfüllt gleichzeitig die Hoffnung von Meister Quentin, der davon träumt, seine Nichte etabliert und mit einem Adelstitel zu sehen.«

»Ein Adelstitel?«

»Comtesse. Ich spiele mit dem Gedanken, Eure Patentochter zur Comtesse zu machen, Monsieur Bontemps.«

»Welche Ehre, Sire …«

»Aber in der Provinz, wie Ihr es wünscht.«

»In der Provinz? Das wäre sicherlich angemessen. Ebenso wie ihr Vater liebt Nine das Leben in der Natur. Sie könnte in aller Ruhe ihre geliebten Pflanzen studieren …«

»In aller Ruhe.«

»Es handelt sich hoffentlich nicht um eine allzu weit entfernte Provinz?«

»Eine halbe Tagesreise mit der Kutsche. Die Umstände erfordern es, dass der Edelmann, den ich ihr zugedacht habe, auf seinen Ländereien bleibt. Sie wird sich also daran gewöhnen müssen, wenig Gesellschaft zu haben.«

»Die wird ihr kaum fehlen.«

»Recht so! Dann seid Ihr also zufrieden?«

»Ich denke schon, Sire, ich denke schon … Allerdings kommt die Nachricht ein wenig plötzlich, und Ihr wisst ja, wie schwer ich mich mit neuen Dingen tue. Erst wenn ich mich mit meinem Freund La Vienne gebührend gefreut habe, werde ich wohl die Großzügigkeit Eurer Majestät ermessen können.«

»Ihr werdet zunächst weder mit La Vienne noch mit Maître Quentin darüber sprechen. Ich möchte sie überraschen, genau wie Euch.«

Bontemps stimmt widerwillig zu. »Ein schwieriges Unterfangen, Sire. Zumal eine Hochzeit nicht in einer Stunde geregelt werden kann. Sie bedarf einiger Vorbereitungen, über die nachgedacht werden muss. Die Binets sind eine ehrenwerte Familie und werden dem Ereignis den verdienten Glanz verleihen wollen.«

»Macht Euch darüber keine Sorgen. Wir kümmern uns um eine Mitgift für die Braut, die so ausfallen wird, dass der Bräutigam sich zu seiner Zukünftigen beglückwünschen wird. Die Hochzeit wird hier in der Hofkapelle zur Feier des neuen Jahres stattfinden.«

»So bald schon?«

»Am ersten Januar. Damit beginnt das Jahr unter den besten Voraussetzungen.«

»Aber das ist bereits übermorgen, Sire. Und außerdem geben Eure Majestät an diesem Abend einen großen Maskenball. Monsieur wird Nine brauchen, und sie wird keine Muße haben, sich zurechtzumachen. Ganz abgesehen von der Brautausstattung, die in derart kurzer Zeit nicht zusammengestellt werden kann.«

»Herzogin Louise de La Vallière erweist uns die Ehre, der Braut eines ihrer Kleider zu schenken. Mademoiselle La Vienne ist schlank – man wird nur den Saum etwas kürzen müssen. Und die Brautausstattung kommt später. Ihr werdet Euch selbst darum kümmern und sie aus meiner Schatulle bezahlen.«

»Eure Gefälligkeit ehrt meine Patentochter, Sire. Aber warum so viel Ehre und warum so überstürzt? Das Jahr mit einer Eheschließung zu beginnen ist sicher ein glückliches Zeichen, das verstehe ich sehr wohl, aber bis gestern war Euch die

Tochter des Baders La Vienne völlig unbekannt. Und die Eile könnte Anlass zu Gerede geben.«

Louis XIV. wirft seinem ersten Kammerdiener einen seiner Gorgonenblicke zu – einen Blick, der jeden Gegner erstarren lässt. »Erstens ist Mademoiselle La Vienne es wert, sie aus der Menge hervorzuheben, sonst täten wir es nicht. Zweitens sagtet Ihr selbst, dass ihr Charakter gleichermaßen vernünftig und ungestüm ist. Menschen dieser Art verwechseln oft das Gute mit dem Schlechten, und weil ihr Eigensinn sie häufig streitlustig macht, muss man sie überraschen, um sie dorthin zu bringen, wo man sie haben will. Würden wir Eurer Patentochter Zeit lassen, darüber nachzudenken, was wir für sie im Sinn haben, würde sie sich dem mit Sicherheit entziehen. Dabei stünde zu befürchten, dass sie sich selbst schadet.«

Bontemps senkt den Kopf. »Eure Majestät haben sicher recht.«

»Sicher. Und nun geht, und achtet darauf, nichts zu verraten.«

»Darf ich zumindest den Namen des Edelmanns erfahren, mit dem Ihr Nine zu verheiraten gedenkt, Sire?«

»Nur wenn Ihr ein Geheimnis bewahren könnt. Könnt Ihr ein Geheimnis bewahren, Monsieur?«

Bontemps krümmt sich, als hätte man ihm einen Dolch in den Rücken gestoßen. »Sire!«

»Gut, dann tretet näher.«

Bontemps beugt sich hinunter. Der König flüstert ihm drei Worte ins Ohr, die ihn erbleichen lassen. Langsam richtet er sich wieder auf. »Sire, hat dieser Herr nicht einen etwas merkwürdigen Ruf?«

Der König lächelt. »Sagt man nicht: Wie der Herr, so's Gescherr?«

»Über ihn kursieren recht finstere Geschichten ...«

»Euer Schützling wird ihn aufheitern. Angeblich versteht sie sich darauf, die Laune von Menschen zu verändern. In ihrem künftigen Ehemann wird sie also ein hervorragendes Versuchsobjekt finden.«

»Kennen Eure Majestät diesen Herrn gut?«

»Ich habe ihn noch nie gesehen. Aber ich weiß, dass er jung genug ist, um unserer getreuen La Vienne eine zahlreiche Nachkommenschaft zu schenken. Er ist noch keine vierzig Jahre alt, und wenn ich den Gerüchten Glauben schenken darf, soll er gut aussehen. Eure Patentochter bekommt damit einen schönen Namen und einen schönen Ehemann. Einen solchen Glücksfall erlebt man nicht oft.«

»Die Gerüchte sprechen hinsichtlich des Grafen auch von einigen Lastern …«

»Welcher Mensch hat kein Laster, Bontemps? Abgesehen natürlich von Euch und mir.«

»In letzter Zeit soll er einen erheblichen Teil seines Vermögens verloren haben …«

»Eheschließungen dienen dazu, diese Art von Scharte auszuwetzen. Die Mitgift Eurer Patentochter wird das Schiff wieder flottmachen, und auf dem Land wird das Paar weniger Ausgaben haben als hier. Und jetzt Schluss mit der Wichtigtuerei, mein Freund. Diese Heirat ist die beste Idee, die ich seit Langem hatte, und Ihr werdet sie nach meinen Vorgaben in die Tat umsetzen. Kümmert Euch um einen Notar, einen Pfarrer, das Kleid und all die Dinge, mit denen man die Zeremonie für Mademoiselle La Vienne angenehm gestalten kann. Sie heiratet schließlich nur einmal. Sorgt also für ein wenig Musik.«

»Und der Bräutigam, Sire? Und der Vater? Und die Onkel?«

»Wenn Ihr mir einen Gefallen tun wollt, kümmert Euch um die Dinge, die ich Euch aufgetragen habe. Um den Rest braucht Ihr Euch keine Gedanken zu machen.«

»Darf ich meiner Patentochter den Namen ihres Zukünftigen verraten?«

»Nein, das werdet Ihr nicht tun. Ihr habt mir versprochen, das Geheimnis zu wahren. Das gilt ebenso für sie wie für alle anderen.«

»Und was darf ich ihr sagen?«

»Alles, was Ihr für geeignet haltet, um sie darauf vorzubereiten, ohne ihr Angst einzujagen. Sie darf keinesfalls etwas Unbedachtes tun.«

»Etwas Unbedachtes? Woran denken Eure Majestät?«

»An Dinge, die viele Mädchen sich überlegen, wenn sie nicht heiraten wollen, Bontemps!«

Der gute Mann reißt die Augen auf. »Ins Kloster gehen?«

Nein, Nine denkt nicht ans Kloster. Versteckt im Stall der für den Pumpbetrieb eingesetzten Percheron-Pferde wartet sie auf Batiste Le Jongleur. Sie wartet lange. Zwei Stunden, vielleicht auch drei. Er findet sie eingegraben im Heu, das sie wie eine Decke über sich gebreitet hat. Ihre Lippen und Finger sind blau vor Kälte. Ohne zu zögern, bietet sie ihm ihren Mund und ihre Hände zum Aufwärmen. Aufgeregt erzählt sie ihm vom Besuch des Königs, dass sie ihn zurückgestoßen und dabei verletzt habe und dass er sie jetzt an einen Landedelmann verheiraten wolle. Ihr Pate wisse nicht, an wen und wann, nur dass es sich um einen Mann aus bester Familie handele und dass es sehr bald geschehen solle. Bisher habe sie noch nicht einmal Monsieur informieren können, den der Chevalier de Lorraine den ganzen Tag mit Beschlag belegt hatte. Sie habe vom Vergnügen der beiden profitiert und sich aus einem Fenster im Erdgeschoss davongemacht, sich dabei aber den Knöchel verstaucht und ihr Kleid beschmutzt. Und es komme nicht infrage, dass sie einen völlig Unbekannten heirate …

Batiste nimmt sie in die Arme und küsst sie, als gäbe es nichts auf der Welt als nur sie und ihn. Der Ort ist nicht unbedingt geschaffen für Hingabe, aber sie finden in diesem Kuss eine so wundervolle Süße, dass sie sich aneinanderklammern, um dem Zauber Dauer zu verleihen.

In die Arme des jungen Mannes geschmiegt murmelt Nine: »Mein Vater müsste informiert werden.«

Sie klappert mit den Zähnen. Batiste zieht seine Jacke aus und legt sie über den Schal, der Nines Schultern bedeckt.

»Euer Vater kann an diesem Entschluss nichts ändern, das wisst Ihr ebenso gut wie ich. Der König hat meine Mutter ins Irrenhaus sperren lassen, und er wird Euch in eine Ehe sperren, mit der er sich Euch vom Hals schaffen kann.«

Nine erstarrt. »Dann fliehe ich.«

»Ohne Hilfe kommt Ihr nicht weit. Monsieur de La Reynie hat seine Leute in allen Tavernen und allen Herbergen in ganz Frankreich. Wenn man ihn beauftragt, Euch zurückzubringen, um Euch den Ring über den Finger zu streifen, findet er Euch.«

Nines Kinn beginnt zu zittern. Mit einem ihm bisher unbekannten, zärtlichen Gefühl streichelt Batiste ihren Hals, ihre Wangen, ihre Stirn.

»Ich kann diese Perücke wirklich nicht ausstehen«, sagt er leise.

Nine verschluckt ein Schluchzen. »Wenn mein Ehemann mich in die Provinz mitgenommen hat, braucht Ihr sie nicht mehr zu sehen.«

Er umschlingt sie und wiegt sie in dem Gefühl, das einzige wirkliche Geschenk in den Armen zu halten, welches das Leben ihm je gemacht hat. »Ihr werdet nicht heiraten. Zumindest nicht den Kandidaten des Königs.«

»Gibt es ein Mittel, das zu verhindern?«

Er löst sich von ihr. »Mich.«

»Euch?«

Er nimmt sie an den Ellbogen und setzt sie auf den Rand der Tränke. »Heute und morgen verstellt Ihr Euch. Ihr tut ganz brav das, was man Euch aufträgt, Ihr bereitet Euer Hochzeitskleid vor und vor allem, das ist ganz wichtig, bleibt Ihr ruhig.

Am Neujahrstag geht Euer Herr zur Messe. Anschließend findet das Festmahl statt, das zwei bis drei Stunden dauern wird. In dieser Zeit, wenn alle entweder zu Tisch sitzen oder beim Essen zusehen, habt Ihr Bewegungsfreiheit. Ich erwarte Euch hier.«

»Und dann?«

»Ich bringe Euch an einen Ort, wo Euch niemand suchen wird.«

»Aber Ihr sagtet doch eben …«

»Die Bettler haben ihre Herrschaftsgebiete, ihre Armeen und ihre Gesetze, genau wie die braven Bürger. Mein Pate ist so etwas wie ein Befehlshaber in einem dieser Reiche. Dank meiner Hilfe hat er in der letzten Zeit sehr viel Geld verdient, ohne dass er dafür einen Finger krumm machen musste. Er wird Euch verstecken.«

»Im Cour des Miracles in der Rue Saint-Denis?«

»Der Hof existiert nicht mehr. Er wurde auf Befehl des Königs von der Polizei niedergerissen. Aber Gesindel findet immer eine Bleibe. Was im Stadtzentrum verloren ging, wurde in den Vororten neu gegründet. Ihr bleibt so lang bei meinem Paten, bis ich die nötigen Vorkehrungen getroffen habe. Was mögt Ihr lieber – Spanien oder England?«

Nine hat keine Ahnung. Sie hat Paris noch nie verlassen und kennt niemanden, der weiter als bis ins Tal der Loire gekommen wäre.

Batiste überlegt. »England ist besser. Vor vier Jahren hat in London eine Pestepidemie gewütet. Es gibt nicht mehr viele Handwerker. Aber man baut eine Menge, und ich glaube, die Engländer sind ganz wild auf Springbrunnen.«

Nine betrachtet ihn verdutzt. »Wollt Ihr mit mir fliehen?«

»Aber natürlich.«

Sie wagt kaum zu begreifen. »Aber Eure Zukunft ist hier. Ihr habt eine Arbeit, und Maître Jolly schätzt Euch – warum wollt Ihr das alles aufgeben?«

»Musst du diese Frage wirklich noch stellen?« Er beugt sich vor und legt seine Lippen in ihren Augenwinkel, dorthin, wo die Haut so zart ist, dass er den Eindruck hat, ihre Seele unter seinem Kuss pochen zu sehen.

Nine senkt den Blick. Trotz all ihrer Kümmernis ist sie plötzlich so glücklich, dass sie auf der Stelle sterben könnte und nichts bereuen würde.

Getreulich befolgt sie Batistes Ratschläge. Ihrem Paten gegenüber legt sie eine kaltblütige Ruhe an den Tag, vor ihrem Onkel heuchelt sie Zufriedenheit. Für den Ball schminkt, parfümiert und pudert sie mit gleichgültiger Miene Monsieur, den Chevalier de Lorraine, den Chevalier d'Effiat und alle anderen, die man zu ihr schickt. Sie berührt sie, sie spricht mit ihnen, sie kämmt und schminkt sie, aber sie sieht sie nicht. Sie ist weit weg, tief vergraben in dem Karren, der Versailles auf abgelegenen Wegen verlässt. Batiste hat sie in eine Plane gewickelt. Er gibt dem Pferd die Peitsche. Sie betrachtet seinen zuverlässigen Rücken. Er hat sich eine Wollmütze über die Locken gezogen. Sie denkt daran, dass sie eines Tages, wenn sie allein wären, diese Locken kämmen, waschen und ölen würde. Sie fragt sich, wie schwer und seidig sie sich in ihrer Hand anfühlen würden, und stellt sich vor, ihre Hand auf seinen festen Nacken und seinen warmen Hals zu legen. Dabei wird sie von einem Gefühl überwältigt, das ihr die Röte in die Wangen treibt, und zwar so sehr, dass der Chevalier de Rohan, ein Experte für weibliche Emotionen, es bemerkt. Er nutzt die kurze Pause zwischen einem einäugigen Korsar und einem Eisbären und zieht Nine beiseite.

»Seid Ihr etwa verliebt, kleine Ninon?«

Sie blinzelt und errötet noch tiefer. »Ich? Monsieur macht sich wohl über mich lustig, wie immer.«

»Ich mache mich nicht lustig, ich necke Euch. Aber ich habe recht. Wie immer. Nicht wahr?«

Nine blickt ihm gerade ins Gesicht. Der Großjägermeister hat ihr zu ihrem Aufstieg verholfen, und seit er sie aus der Werkstatt Binet geholt hat, stand er ihr immer mit Unterstützung zur Seite. Sie bewundert und liebt ihn so innig, wie sie einen Mann bewundern und lieben kann, der nicht Batiste ist.

Sie lächelt ihn an und flüstert: »Ja.«

Rohan lacht laut auf. »Dann pflückt diese Rose, mein Kind. Hütet Euch nur vor den Dornen, die die jungen Männer gern in den Körpern der Mädchen hinterlassen.« Er beugt sich zu ihr hinunter. »Ihr solltet den Rat eines erfahrenen Mannes befolgen: Liebt, so viel Ihr wollt, aber heiratet nie. Die Ehe reduziert eine Frau auf die Hälfte eines Paares – und Ihr seid mehr wert als das.«

Nine wird unruhig. Soll sie es ihm gestehen?

»Wenn ich irgendwie bei Eurer Liebschaft helfen kann …«, fährt Louis de Rohan in galantem Tonfall fort. Er richtet sich wieder auf und grüßt, wie Ritter ihre Damen vor einem Turnier begrüßen. »… seht in mir sowohl heute als auch jederzeit Euren persönlichen und treuen Kavalier.«

Ja, sollte Batistes Plan nicht aufgehen, würde sie sich an ihn wenden, und er würde ihr zu Hilfe eilen.

»Monseigneur …«

Rohan hat einen Silberteller umgedreht und betrachtet sein geschminktes Konterfei. »Seht Euch nur diese weißen Flecken an. Ihr müsst mehr Braun auftragen, sonst hält man mich für einen Dalmatiner-Mohren.«

Nine sagt nichts mehr. Die hohen Herren haben Seelen wie Wetterfahnen, die sich mit dem Wind ihrer Begierden, ihres

Stolzes und ihres Appetits drehen. Nine zweifelt keineswegs an der Ehrlichkeit des Chevaliers, aber der Augenblick für Vertraulichkeiten ist vorüber. Sie betet zur Jungfrau Maria, den Herzensbrecher bei Gefahr im Verzug an sein Versprechen zu erinnern, und schminkt ihn so echt, dass die Königin bei seinem Anblick kreischt und sich dreimal bekreuzigt.

Niemand ahnt, was sich zusammenbraut. In Erwartung des Balles nimmt das ohnehin schon aufbrausende Temperament von Monsieur geradezu vulkanische Formen an, und das Schicksal des Königreichs zählt nichts im Vergleich zu einem an seinem Kostüm fehlenden Knopf. Der Einzige, der Nine zu ihren Schminktalenten beglückwünscht, ist Philippe de Lorraine, der sie mit einem merkwürdig aufmerksamen Blick ansieht. Nine nimmt sich vor, diese goldene Schlange nicht aus den Augen zu verlieren, vergisst es jedoch schnell, weil hundert Notfälle auf sie warten.

Ihr Hochzeitskleid hängt auf einer Ankleidepuppe ihres Onkels. Eine Näherin hat den Saum gekürzt und eine Seidenrüsche ins Dekolleté genäht, weil eine Braut sich nicht mit nackten Brüsten vor dem Altar präsentiert. Madame de La Vallière, die einfühlsamer ist als alle Damen des Hofes zusammengenommen, hat Nine auch einen mit Perlen bestickten Schleier, zartrosa Handschuhe, einen Muff aus echtem Hermelin und eine mit dem gleichen Fell gefütterte Stola geschenkt, damit sie sich in der Kapelle nicht den Tod holt. Nicht geliehen – geschenkt. Die Dienerin, die die Geschenke überbrachte, hat Nine ausgerichtet, dass die Herzogin ihr das Glück wünsche, das sie selbst wohl nie erleben würde. Nine hat ihr einen bewegten Dankesbrief geschrieben. Gerne hätte sie die Zeit gehabt, Louise de La Vallière näher kennenzulernen. Sie hätte auch gern die Zeit gehabt, die Beschwerden von Henrietta Anne Stuart zu lindern, die einer Tochter das Leben geschenkt hat und seither nicht wieder zu Kräften gekommen ist. Sie wünschte sich …

Sie wünschte sich, dass Batiste pünktlich gewesen wäre. Mit dem Umhang von Claude Roger und einem Beutel mit den wichtigsten Essenzen und seltenen Ölen hat sie sich nach der Neujahrsmesse davongestohlen. Sie versteckt sich am vereinbarten Ort und knabbert am letzten Rest der Nägel, die auf ihren Daumen noch übrig sind. Durch die Dachluke verfolgt sie den Lauf der Sonne am klaren Himmel. Es ist ein strahlender erster Januar, reifglitzernd und gleißend hell. Nine wartet, bis das azurblaue Viereck zunächst rosig, dann violett und schließlich dunkel wird. In Gesicht und Füßen hat sie kein Gefühl mehr, und ihr Herz fühlt sich an wie ein gefrorener Stein in ihrer Brust.

Taumelnd kehrt sie zum Schloss zurück. Aus den Fenstern, hinter denen Hunderte von Kerzen die Nacht zum Tage machen, dringen Lullys Geigenklänge.

Der Hof. Es riecht nach Kot. Eine Steintreppe. Es riecht nach Schmierseife. Eine Holztreppe. Es riecht nach Urin. Der Flur im Dachboden. Aus einer Aufwärmküche riecht es nach Essen.

Die Tür zum Zimmer ihres Onkels steht offen. Jean Quentin sitzt auf dem Bett und zieht ein Gesicht wie ein Geizhals, der sein gesamtes Gold verloren hat. Als er Nine sieht, springt er auf. Doch er schlägt sie nicht, weil sie sechs Stunden lang verschwunden war, sondern er zieht sie in seine Arme und küsst sie.

»Ihr seid zurückgekommen … Ich hatte schon mit einem Unglück gerechnet. Einem großen Unglück, das uns alle in Mitleidenschaft gezogen hätte. Euer Vater ist bei Eurem Paten und spricht mit den Herren. Die Notare beider Seiten haben

Niemals, hörst du? Es geht um unser aller Sicherheit. Du liebst doch deinen Vater?«

Nine schlägt die Augen nieder.

»Ein einziges Wort genügt, um Gerüchte in Gang zu setzen. Ein einziges Wort, und alles, was dein Vater aufgebaut hat, stürzt in sich zusammen. Deine Mutter sieht dir vom Himmel aus zu – glaubst du, das würde sie wollen?« Tränen strömen über Nines Wangen. »Du wirst schweigen und heiraten. Schwöre es.« Nine schließt die Augen. »Für immer schweigen und anmutig heiraten. Denke an deinen Vater und deine arme Mutter, und schwöre es.« Er schüttelt sie. »Schwöre!«

Sie nickt und murmelt in seine Hand über ihrem Mund: »Ich schwöre es.«

Jean Quentin lässt sie los. Nine sinkt auf das schmale Bett. Das Bett, wo Seine Majestät …

Nine lächelt bitter. Jetzt ist nichts mehr von Bedeutung. Gar nichts mehr.

Der Perückenmacher bauscht die Schleifen an dem Kleid, das auf einer der Ankleidepuppen bereithängt. Es ist cremefarben mit Schleifen in ganz zartem Rosa. Korsage und Oberkleid sind aus durchwirkter Seide, die Unterröcke aus knisterndem Taft. Prächtig.

Quentin wendet sich zu seiner Nichte um. »Genug der Zeitvergeudung. Euer Pate hat zwei Zimmermädchen vorgesehen, um Euch anzukleiden. Glaubt Ihr, das genügt?«

Nine sieht ihn an. Plötzlich fühlt sie sich ganz ruhig und gleichgültig. »Bei Weitem.«

»Um Euer Haar zu bürsten und zu flechten und Puder und Schönheitspflaster aufzulegen?«

»Das mache ich selbst.«

Maître Quentin reibt sich die Hände.

»Weiß Monsieur, dass ich diese Nacht verheiratet werde?«

»Ich nehme es an. Man hat mir gesagt, dass Euer Bräutigam einer seiner Freunde ist. Es wäre wunderbar, wenn er uns mit seiner Anwesenheit bei der Zeremonie überraschen würde.«

»Und der Chevalier de Rohan?«

»Was ist mit dem Chevalier de Rohan?«

»Ich würde ihm gern eine kurze Botschaft schreiben, um ihn zu informieren …«

»Ihr könnt ihm einen ganzen Roman schreiben, sobald Ihr auf Eurem Besitz seid.«

»Nur ein Wort …«

»Genug jetzt, Nine!«

Louis de Rohan erscheint nicht in der Kapelle. Auch Philippe d'Orléans bleibt der Zeremonie fern. Eine Viertelstunde vor Mitternacht schläft Monsieur an der Brust seines Süßen ein, nachdem dieser ihn auf seine Art verwöhnt hat. Rohan hat soeben am Tisch des Königs eine Summe verloren, die den Jahreseinkünften zweier großer Abteien entspricht, und Madame de Montespan schlägt ihm eine Revanche vor.

François La Vienne hat sich in einen zartgrünen Anzug gezwängt, der ihm zu Gesicht steht wie einem Wildschwein ein Spielhöschen, und sieht ganz und gar nicht aus wie ein beglückter Vater. Mit buschigeren Augenbrauen denn je und beunruhigtem Gesichtsausdruck neigt er sich zu seiner Tochter. »Bist du ganz sicher? Willst du das wirklich?«, fragt er sie zum fünften Mal.

Nine nickt brav. Sie kann noch nicht einmal mehr weinen. Sie ist nicht außer sich, sie ist nirgends. Unter dem Schleier, der bis zu ihrer Taille hinabfällt, wirkt ihr Gesicht totenblass.

»Wirklich?«, drängt er.

Sie ist es, die schließlich seinen Arm nimmt und ihn führt. Der Ehrenhof ist menschenleer, die Nacht klar und eisig. Zwei von Bontemps beauftragte Schweizer gehen mit Laternen voraus. Die Kapelle befindet sich links vom Südflügel. Vor der von zwei weiteren Gardisten mit Laternen beleuchteten Tür dreht Nine sich um und prüft die Umgebung. Der letzte Moment, eine letzte Hoffnung.

La Vienne wird unruhig. »Erwarten wir noch jemanden?«

Nine entfährt ein stummes Schluchzen, das sie aber sofort unterdrückt. »Er wird nicht kommen.« Sie hebt den Schleier und wendet ihrem Vater ihr Gesicht zu. Es ist kreideweiß. »Gebt mir einen Kuss, Papa.«

La Vienne drückt einen schnauzbärtigen Kuss auf die kalte Stirn.

Seine Tochter lächelt ihn mit ungewohnter Sanftmut an. »Jetzt können wir gehen.«

Das Kirchenschiff liegt im Dunkeln. Nur die kleine, der Gottesmutter geweihte Seitenkapelle ist erleuchtet. Am Eingang wartet Maître Quentin mit einem alten, ziemlich erkälteten Pfarrer und zwei herzhaft gähnenden Chorknaben.

Bontemps empfängt seine Patentochter mehr peinlich berührt denn warmherzig. Er drückt ihre behandschuhte Hand und wirkt unendlich betrübt. »Monsieur Lully wäre sicher gern gekommen, weil er dich sehr gern hat, Ninon, aber weil es eine Überraschung sein sollte, konnte ich ihn nicht fragen. Du bekommst zwar Musiker, aber nicht die des Königs. Ihr seht hinreißend aus, liebe Patentochter. Ich bin sehr stolz auf Euch.«

Nine hört nicht zu. Vor dem Altar unterhält sich ein schöner, sehr stattlicher Mann in einem mit Silber bestickten Anzug mit zwei anderen, ebenso betressten Herren. Nine hat ein Gefühl, als ob eine Schlange ihren Rücken hinunterkröche. Bei dem größeren der beiden Herren, die vermutlich die Zeugen ihres künftigen Gatten sind, handelt es sich um den düsteren Marquis d'Effiat.

Auf der Empore stimmen Geigen eine Weise an, die Nine bekannt ist. Blanche Le Jongleur pflegte sie zu singen. Die Musik dringt wie durch eine dichte Wasserschicht zu Nine vor. Sie muss an die Abschiedsmesse bei den Karmelitinnen denken, an die Zelle, in der Madeleine Le Jongleur sie erwürgen wollte, sie denkt an die Augen, die Lippen und die Worte von Batiste, und sie friert bis ins Mark. Es ist eine Kälte, die dem Tod gleicht.

Der Priester schnäuzt sich in ein recht schmutziges Schnupftuch. Gleich schlägt es Mitternacht. Die Zeremonie beginnt. Bontemps und Jean Quentin folgen dem Priester und nehmen ihre Plätze links vom Altar ein, der Marquis d'Effiat und sein Kollege stellen sich auf der anderen Seite auf. Alle drehen sich um, um Nine zu bewundern, die am Arm ihres Vaters durch das Kirchenschiff schreitet.

Alle, bis auf den Bräutigam.

Als Nine neben ihm kniet, wagt sie es nicht, ihn anzusehen. Er hat sie mit einem kurzen Kopfnicken begrüßt, aber der Schleier hinderte sie daran, sein Gesicht zu erkennen. Der Priester schnieft und kürzt die üblichen Formeln ab. Er liest keine Messe, sondern führt lediglich die Segnung der Ehe durch. Je früher er fertig ist, desto schneller darf er zu Bett gehen.

Will Marie Emmanuel Anselme Claude, Comte de Cholay, Seigneur de Sées, Baron d'Almenêches diese Nine Louise Philippa La Vienne, die Gott ihm anvertraut, als seine Ehefrau lieben und ehren und die Ehe mit ihr nach Gottes Gebot und Verheißung führen, in guten wie in bösen Tagen, bis der Tod sie scheidet, so möge er antworten: Ja, ich will.

Mit tiefer Stimme erklärt der kniende Mann, dass er wolle.

Und Nine Louise Philippa, körperlich zwar anwesend, aber mit Herz und Seele nicht bei der Sache, will sie diesen Marie Emmanuel Anselme Claude, Comte de Cholay, Seigneur de

Sées, Baron d'Almenêches, den Gott ihr anvertraut, als ihren Ehemann lieben und ehren und die Ehe mit ihm nach Gottes Gebot und Verheißung führen, in guten wie in bösen Tagen, bis der Tod sie scheidet, so möge sie antworten: Ja, ich will.

Sie denkt, dass sie zwar nicht will, sich aber fügen muss, dass sie sich nicht mehr selbst gehört, und flüstert: »Ja, ich will.«

Ein Ringtausch findet nicht statt, weil der Bräutigam keine mitgebracht hat. Auch geküsst wird nicht.

Der silberbetresste Mann erhebt sich und sagt, ohne seine frischangetraute Gattin auch nur anzulächeln: »Im Hof wartet ein Wagen. Morgen im Morgengrauen erreicht Ihr mein Schloss.«

Nine hebt ihren Schleier. »Und Ihr, Monsieur?«

»Ich gehe meiner Wege.«

Und schon ist er fort. Er hat ihr nicht einmal ins Gesicht geschaut.

Langsam richtet Nine sich auf. Ihre Knie zittern.

Der Marquis d'Effiat nähert sich ihr und flüstert ihr ins Ohr: »Willkommen in der Hölle, schöne Frau.«

Der andere Zeuge wird bereits ungeduldig. Zusammen verlassen sie die Kapelle. Die Chorknaben räumen die Utensilien fort. Der Priester räuspert sich und wünscht Glück, ein langes Leben und viele Kinder. Jean Quentin reibt sich ununterbrochen die Hände. Bontemps verschwindet, um für den Wagen dicke Decken, warme Pasteten, Wein und eine Wärmpfanne zu besorgen, die man sich unter die Füße stellen kann. François La Vienne fragt sich, ob er geträumt hat, ob er vielleicht immer noch träumt und ob er bald endlich aufwacht.

Aber er träumt nicht.

Genau wie Ihr, Charles. Obwohl es schon spät ist – sehr spät sogar –, seid Ihr noch wach und habt aufmerksam gelesen.

Am ersten Januar 1670 hat Euer Vater, der Comte de Cholay, Schlag Mitternacht die kleine Ninon in Versailles geheiratet.

Legt diese Seiten jetzt nicht fort.

Hört mir weiter zu.

Die Leute in Eurer Umgebung haben Euch nur sehr wenig von Eurer Mutter erzählt, und das, was Ihr zu hören bekamt, war zu wenig, um Euch ihr Gesicht oder ihre Erscheinung vorzustellen. Die einzige Gemeinsamkeit in allen Berichten war ihr Grab, das sich angeblich in Versailles befindet, wo sie kurz nach Eurer Geburt verstarb. Fleckfieber, Kindbettfieber, Gallenentzündung oder Magenschwäche – irgendein Fieber hatte ihrem Leichnam so zugesetzt, dass man sie möglichst schnell an Ort und Stelle begraben musste. Wenn man über sie sprach, nannte man sie immer »die arme Frau« und bekreuzigte sich. Den Leuten zufolge hieß die arme Frau Marie. Ihre Stimme war nur selten zu hören, sie bewohnte den Nordflügel des Schlosses, und Euer Vater haderte mit ihr, weil sie ihm nicht sofort einen Erben schenkte. Über ihre Herkunft und ihre Verwandtschaft wusste niemand etwas, und wenn Ihr Euren Vater danach fragtet, versetzte er Euch anstatt einer Antwort eine Ohrfeige. Er nannte sie »Hure«, »Schlampe« oder »Hexe«. Diese Worte fügten Euch so viel Schmerz zu, dass Ihr schließlich keine Fragen mehr stelltet.

Ich versichere Euch, Eure Mutter war weder eine Hure noch eine Schlampe oder Hexe und auch nichts, was solchen auch nur ansatzweise ähnelt.

Die Bediensteten, die ihr in der ersten Zeit ihrer Ehe zur Hand gingen, wurden später fortgeschickt. Der Comte sorgte dafür, dass sie auch das Dorf verließen, damit Ihr ihnen nicht begegnen konntet, als Ihr größer geworden wart. Dennoch war er nicht in der Lage, die gesamte Region von jenen zu säubern, die er »Schädlinge« nannte.

Im Lauf der Jahre habe ich einige von ihnen anlässlich von Krankenbesuchen in den Hütten der Umgebung wiedergefunden. Eure Mutter wurde geliebt, Monsieur. Man schätzte sie. Und diejenigen, die sie kannten, haben sie nach ihrem Tod bitterlich beweint.

Ihr sagt Euch, dass man den Namen Nine wohl kaum mit Marie verwechseln kann, und Ihr begreift nicht, dass Ihr der Sohn einer Perückenmacherin und der Enkel eines Baders und Barbiers sein sollt?

Ich verstehe, dass Euch das unglaublich vorkommt.

Handelt es sich hier wirklich um die Wahrheit? Eure Wahrheit? Die Wahrheit, die Ihr im Labyrinth Eurer Träume suchtet, seit Ihr ganz klein wart?

Ich antworte Euch mit dem Satz, mit dem Batiste Nine im Stall antwortete: »Musst du diese Frage wirklich noch stellen?«

Und weil ich Euch bisher nur einen Teil dieser Wahrheit berichtet habe, bitte ich Euch, Eure Tränen hinunterzuschlucken und weiterzulesen.

Inzwischen kennt Ihr Nine La Vienne. Aber Ihr wisst nichts über die Comtesse de Cholay.

Ich werde Euch jetzt von ihr erzählen.

Das Grab. Die »arme Frau«. Der Nordflügel des Schlosses. Und der Schoß, der nicht empfing.

Die Leute haben Euch nichts Falsches berichtet, aber sie haben Euch nur den Rahmen des Bildes geliefert. Das eigentliche Gemälde aber befindet sich darin und wartet nun darauf, dass Ihr es betrachtet.

Nach holpriger Fahrt erreicht Nine La Vienne Almenêches. Der Himmel zeigt dieses verwaschene Blau, das man nur hier findet. Todmüde und halb erfroren entdeckt sie das Schloss, das heute Euch gehört. Die Gebäude sind so, wie Ihr sie kennt – das Haupthaus, das gegen Ende der Regierungszeit von Louis III. wieder hergerichtet wurde, besteht aus Caen-Stein, für die Wirtschaftsgebäude, in denen die Pferde, das Geflügel, die Schweine, die Windhunde, der Gutsverwalter, die männlichen Domestiken und die Tagelöhner wohnen, wurden Ziegeln und Lehm verwendet.

Die Angestellten sind beim ersten Sonnenstrahl aufgestanden und gehen ihrer Beschäftigung nach. Rasch stellt Nine fest, dass niemand die Leute über eine Besucherin oder deren Status in Kenntnis gesetzt hat. Der Kutscher lädt Nines Gepäck ab und reicht ihr den Arm für den Weg durch den Hof.

Der Eingangsbereich ist dunkel, feucht und eiskalt. Am Ende befindet sich eine Treppe, links ist eine halb offene Tür, durch die Licht und der Duft frisch gekochter Suppe in den Flur dringt. Nine bedeutet dem Kutscher, dort hineinzugehen, und folgt ihm. Die Küche ist die Eurer Kindheit, Charles. Langgestreckt und niedrig. Im Kamin hängen Knoblauch und Schinken. Eine dicke Frau in schmutziger Haube und Holzschuhen und ein kleines Mädchen, das ihr gleicht wie ein Ei dem anderen, wärmen sich vor dem Feuer und verlesen Linsen. Sie heben gleichzeitig die Köpfe und wischen mit der gleichen Hast ihre Hände an ihren grauen Schürzen ab.

»Ich bin die neue Comtesse de Cholay«, sagt Nine mit dem Gefühl, jemand ganz anderen vorzustellen.

Der Frau klappt das Kinn herunter, und ihre Kleine versteckt sich hinter ihren Röcken.

Nine zwingt sich zu einem Lächeln. »Ich tue Kindern ganz bestimmt nichts. Hättet Ihr bitte die Güte, mir ein Zimmer zuzuweisen und dort Feuer zu machen? Ich habe eine lange Reise hinter mir und möchte mich gern ausruhen. Wisst Ihr, wann der Comte zurückkommt?«

Sie wissen es nicht. Sie sprechen auch nicht, sondern machen sich Nine mit Gesten verständlich. Aber die Suppe riecht köstlich nach fettem Huhn. Und sie wissen, wie man Bettlaken wechselt und anwärmt. Nine bittet nicht darum, die Zimmer ansehen zu dürfen. Sie nimmt das Erste, das man ihr zeigt. Es ist hoch und einigermaßen hell. In einer Nische steht ein Bett mit grünen Vorhängen, es gibt eine Truhe, einen Tisch und zwei Sessel mit geraden Rückenlehnen. Ein Fenster geht auf den Hof hinaus, das andere auf den Park. Über dem Kamin hängt ein zerbrochener Spiegel, der Boden ist mit roten Kacheln gefliest. Die Wände sind so bemalt, als bestünden sie aus Naturstein, und von Salpeter zerfressen. Es gibt viel Staub und ein paar Mäuse.

Nine hat sich seit der Zeremonie nicht umgezogen. Im Wagen hat sie ihr Korsett ein wenig gelockert, aber sie konnte die Schnüre allein nicht lösen und hat jetzt das Gefühl, als ob das Fischbein tiefe Rillen in ihre Haut gedrückt hätte. Als sie den gefütterten Umhang und die von Louise de La Vallière geschenkte Stola ablegt, faltet die Frau die Hände, und das kleine Mädchen wirft sich auf die Knie. Das Kleid macht ihnen Angst. Sie weigern sich, es zu berühren. Nine ist zu müde, um darauf zu bestehen. Stehend vor dem Feuer schlingt sie eine Schüssel Bouillon hinunter und fällt völlig bekleidet auf das Bett.

Als sie wieder aufwacht, steht die Sonne im Zenit und der Comte de Cholay neben ihrem Bett.

»Ihr habt Euch das Zimmer meiner ersten Gattin ausgesucht. Sie hieß Marie. Ich werde Euch ebenso nennen: Marie.«

Nine reibt sich die Augen. Sie hat den Eindruck, geradewegs aus einer Salzmine zu kommen. Der Mann, an den sie sich für das Leben gebunden hat, ist nicht mehr mit Silbertressen besetzt, sondern trägt jetzt Jagdkleidung und hohe Stiefel, gegen die er eine kleine Peitsche knallen lässt.

»Wie alt seid Ihr?«

Sie richtet sich auf und versucht, ihr verwirrtes Haar glatt zu streichen. »Sechzehneinhalb.«

Er lacht unhöflich. Er ist blond, hat leicht gebräunte Haut, ein langes Gesicht, ein ausgeprägtes Kinn, einen kleinen, geschwungenen Mund, eine schmale Nase und eine hohe Stirn. Nine kann nicht sagen, dass sie ihn hässlich oder unangenehm findet, doch sie kann immer noch nicht fassen, dass dieser Mann dort ihr Gatte sein soll.

»Dann wart Ihr also schon einmal verheiratet?«

»Zweimal. Die Erste ist in den Brunnen gefallen, die Zweite wurde von ihrem Pferd zu Tode getrampelt.«

Seine Äußerungen klingen ungezwungen, fast amüsiert. Er wendet ihr den Rücken zu, legt die Peitsche auf die Truhe und öffnet seinen Mantel. Er hat breite, ein wenig abfallende Schultern und einen gewölbten Brustkorb.

Die Vorstellung, er könne sie berühren, verursacht Nine eine Gänsehaut. Sie igelt sich hinter den Bettvorhängen ein und fragt mit tonloser Stimme: »Haben Eure Gattinnen Euch viele Kinder geschenkt?«

»Kein einziges.« Ihr Ehemann zieht einen Sessel ans Feuer und setzt sich. »Das wird jetzt Eure Aufgabe sein.« Er streckt die Beine aus. »Kommt her und zieht mir die Stiefel aus, Marie.«

Nine zögert. Um zunächst Rohan und später Monsieur für sich zu gewinnen, konnte sie sich auf ihren Instinkt verlassen, aber sie hat keine Ahnung, wie sie vorgehen sollte, um von einem Mann respektiert zu werden, dem ein religiöses Sakrament alle Rechte über sie verliehen hatte. Entschiedenheit? Distanziertes Verhalten? Liebkosungen? Voller Zweifel und in der Hoffnung, Zeit zu gewinnen, versucht sie es mit Würde.

»Mein Vorname ist Nine, Monsieur. Habt Ihr keine Diener, die Euch beim An- und Auskleiden helfen?«

Sie hat den Satz noch nicht ausgesprochen, als er bereits aufspringt und ihr eine schallende Ohrfeige versetzt. Er greift nach ihr, zerrt sie hinter sich her, drückt sie auf die Knie, setzt sich wieder und drückt ihr einen seiner Absätze in den Leib. »Zieht, oder ich lasse Euch meine Sohlen ablecken.«

Wie gelähmt streift Nine ihm erst einen, dann den anderen Stiefel ab. Die Füße ihres Ehemannes riechen nach altem Bock wie die Füße eines Stallknechts. Wieder lacht er, streckt das rechte Bein aus und drückt ihr seinen großen Zeh so heftig auf die Lippen, als wolle er ihre Zähne zur Seite drängen. Schließlich schiebt er ihr seinen schmutzigen Strumpf in den

Mund. »Mit sechzehn lutscht man doch sicher noch am Daumen, nicht wahr?«

Nine wird so wütend, dass sie mit aller Kraft zubeißt.

Ihr Gatte brüllt auf. Er reißt sie an ihren Haaren hoch, wirft sie bäuchlings auf das Bett, schiebt ihren Rock hinauf und zerreißt ihre Hose in zwei Teile. Mit nacktem Hinterteil schreit Nine und wehrt sich, als hinge ihr Leben davon ab. Der Comte nimmt die Krawatte ab, fesselt ihre Handgelenke und befestigt das Tuch am Bettpfosten. Dann greift er nach seiner Peitsche. Als er es leid ist, sie auszupeitschen, öffnet er seine Hose und zieht sie hinunter.

Mehr sage ich nicht dazu, Charles.

Ich erspare Euch das, was der Mann, dessen Namen Ihr tragt, Nine La Vienne an jenem Winternachmittag antat. Und was er nach dem Abendessen wiederholte, das er in Gesellschaft seines Kammerdieners vor dem Bett einnahm, an dem seine gefesselte Gattin mittlerweile nicht einmal mehr zu weinen wagte, und noch einmal spät in der Nacht bis zum ersten Hahnenschrei. Das Stöhnen vergewaltigter Mädchen und Jungen geisterte durch Eure Kindheit, und das, was Ihr nicht mit eigenen Augen saht, habt Ihr Euch leider allzu oft vorgestellt.

Die ganze Woche nach der Hochzeit bleibt das Wetter wunderbar. Nine ist zu schwach, um sich auf den Beinen zu halten, und bleibt in ihrem Zimmer. Die dicke Frau und das kleine Mädchen waschen, verbinden und füttern sie und singen ihr Kinderlieder in normannischem Dialekt vor. Nine weint nicht und spricht nicht. Sie hält die Augen auf das Fenster geheftet. Wie durch die Luke im Stall von Versailles verfolgt sie den Lauf der Sonne. Ihr Ehemann ist auf die Jagd gegangen. Mit den Fingern erklären ihr die Frau und das kleine Mädchen, dass er sechs, vielleicht auch zehn Tage abwesend sein wird, dass er, so Gott will, viel Wild mitbringen würde, dass er gern Fasan in Weinsauce und Wildschweinkopf isst, dass er stark und ein ausgezeichneter Jäger ist, dass er als Herr auch nicht schlechter ist als jeder andere und dass sie schnell ein Kind bekommen soll, weil er sie sonst nicht in Frieden lassen würde.

Als sie schließlich Pferde und Hunde im Hof hört, hat sie so schreckliche Angst, dass sie zu schluchzen beginnt.

Er kommt sofort in ihr Zimmer.

Dieses Mal braucht er sie weder auszupeitschen noch zu fesseln. Sie lässt alles über sich ergehen, schließt die Augen und redet sich ein, sie wäre tot. Weil ihre Passivität ihm die Motivation nimmt, schlägt er sie. Sie schreit. Das bringt seine Manneskraft zu einem so erfreulichen Aufwallen, dass er sie weiter misshandelt und dafür Sorge trägt, seine Schläge so abzuwandeln, dass sich ihre Schreie jeweils verändern.

Anschließend lässt er ein Becken und heißes Wasser kommen und befiehlt ihr, ihn zu waschen, zu massieren, zu salben und zu parfümieren. Diese Feinheiten hat er von Monsieur gelernt. In der Provinz ist Sauberkeit etwa so nützlich wie eine Perle im Ohr einer Kuh, aber der Comte hat Geschmack an den Badespielen gefunden, und wenn er schon die Tochter eines Baders im Hause hat, kann er ebenso gut davon profitieren.

Nine tut, wie ihr geheißen wird, und weil sie die Hoffnung noch nicht aufgegeben hat, ihn besänftigen zu können, beginnt sie, all ihre Kunst anzuwenden. Aus weichem Holz, das sie auszähnt, stellt sie einen Schaber her, aus einem mit Sand gefüllten Taschentuch einen Schwamm und Schröpfgläser aus kleinen Schnapsstampern. Für die Einschnitte hat sie ihr Chirurgenbesteck, und für die Wohlgerüche röstet sie Kräuter in der Glutpfanne, an der sie auf der Hinfahrt ihre Füße gewärmt hat. Der Comte lässt sich stumm und ohne einen Blick für sie abschrubben, betasten und einölen, als wäre sie nichts als eine anonyme Dienerin.

»Seid Ihr zufrieden?«, fragt sie ihn, wenn er sauber, frisiert und wieder angezogen ist.

Er zuckt mit den Schultern, die tatsächlich hängen. Außerdem hat er eine auffällige Narbe quer über dem Bauch und flache Hinterbacken. Der Rest ist gut proportioniert und sehr muskulös, seine Haut ist ausgesprochen schön, sehr weich und fast so weiß wie die des Chevaliers de Lorraine.

»Glaubt Ihr, ein Mann wie ich gibt sich mit einer Frau zufrieden, deren Beruf es ist, jedermann die Schwarte abzuseifen?«

Pikiert richtet Nine sich zu ihrer ganzen bescheidenen Größe auf. »Ich habe nicht darum gebeten, Eure Frau zu werden, Monsieur. Wenn Ihr meine Herkunft so sehr verachtet, warum habt Ihr mich dann genommen?«

Der Comte antwortet wieder mit dem Lachen, das sie bereits hassen gelernt hat. »Nicht ich habe Euch erwählt. Man hat mir einen Handel angeboten, und weil ich keine andere Möglichkeit sah, aus dem Kerker zu kommen, habe ich akzeptiert.«

»Was für einen Handel?«

»Eure Mitgift, um meine Schulden zu bezahlen. Und weil der Chevalier de Lorraine mich ein für alle Mal aus der Umgebung von Monsieur entfernen wollte, das Exil auf meinen Ländereien. Diese Schlange hat versprochen, Monsieur für den König auszuspionieren und zu kontrollieren, wenn ich im Gegenzug in Ungnade falle.«

»Hat der König Euch diese Übereinkunft vorgeschlagen?«

»Ich habe den König noch nie zu Gesicht bekommen. Monsieur Bontemps hat mich mit einem Notar im Kerker aufgesucht.«

»Und Ihr habt Euch kaufen lassen?«

Er wirft sie über den Rand der Wanne, entblößt sie bis zu den Lenden und greift nach der Flasche mit dem Öl, mit dem sie ihn gerade parfümiert hat. »Nun, Ihr habt Euch schließlich auch verkaufen lassen.«

Danach bleibt die Zeit stehen.

Tage und Wochen vergehen.

Nine verlässt das grüne Zimmer nicht.

Wenn der Comte sich im Schloss aufhält, schließt er sie ein und benutzt sie wie ein Spielzeug, das man nicht zu zerstören befürchtet. Wenn er wieder abreist, bleibt sie unter der verzweifelten Obhut der Köchin und ihrer Tochter im Bett zurück. Oft kehrt er zurück, ehe sie von seinen Misshandlungen genesen ist.

Doch daraus macht er sich nichts. Er will, dass sie ihm einen Sohn schenkt, und weil er ihrer Reize allmählich überdrüssig wird, verzichtet er auf nichts, was ihn aufreizen könnte. Wenn er seinen Diener oder einen Jungen, dessen Aussehen ihn anregt, mit ins Bett nimmt, gestattet er ihnen, sich auf jede nur denkbare Weise mit ihr zu vergnügen, achtet aber peinlich darauf, dass sie nicht in ihr ejakulieren.

Der Erbe der Comtes de Cholay muss blond und hellhäutig sein wie er. Er würde Monsieur bitten, sein Taufpate zu werden. Weil ein Prinz von Geblüt jedoch nicht reist, wird er ihm den Säugling bringen. Eine Taufe besänftigt fromme, gefühlvolle Seelen. Monsieur lässt sich leicht rühren und liebt Kinder von ganzem Herzen. Er würde mit dem König sprechen, und die Zukunft des hübschen, kleinen Cholay würde sein Schlüssel für die Rückkehr nach Paris werden.

Der Frühling kommt. Dann der Sommer. Trotz seiner Ausdauer ist seine Frau noch immer nicht schwanger.

Die Leute beginnen zu reden. Die neue Marie ist die Dritte, und auch bei den beiden anderen hat der Comte sich gleichermaßen abgemüht. Am verwunderlichsten findet man, dass die Neue noch so jung ist. In diesem Alter braucht ein Mann ein Mädchen normalerweise nur anzuschauen, und schon steht sie kurz vor der Entbindung. Noch spricht niemand von einem Fluch, aber vielleicht geht es tatsächlich nicht ganz mit rechten Dingen zu.

Der Gutsverwalter fragt den Comte, ob er durch das Schlüsselloch der Kapelle gepinkelt habe, in der er geheiratet hat. Nein? Habe er denn wenigstens Weißwein aus einem frisch angestochenen Fass durch den Ehering laufen lassen? Emmanuel de Cholay habe seiner Angetrauten weder einen Ehering angesteckt noch ein Hochzeitsmahl abgehalten? Das sei allerdings ärgerlich. Wenn er sich aber spute und alles richtig mache, könne er die Angelegenheit noch ins Reine bringen. Der Gutsverwalter rät, alles noch einmal von vorn zu beginnen und so vorzugehen, wie es üblich und Brauch ist. Der Comte stimmt eifrig zu. Um einen Sohn zu bekommen, würde er sich sogar mit Gott versöhnen.

Nine legt noch einmal ihr Korsett, ihr Seidenkleid und ihren Schleier an. Ihr Gatte fährt mit ihr zur Klosterkirche von Almenêches und bittet den Pfarrer, ihre Verbindung feierlich zu segnen. Um sich der Gnade des Himmels zu versichern, belässt er es dieses Mal nicht bei einer einfachen Trauung, sondern nimmt gleich eine ganze Messe. Nachdem er die Kommunion mit Brot und Wein eingenommen hat, pinkelt er gewissenhaft in das Schloss der Kirche und nimmt die Gelegenheit wahr, die junge und charmante Marie de Cholay, Patentochter des mächtigen Großkämmerers von Versailles, in der Nachbarschaft vorzustellen. Der Gutsverwalter hat drei lange Tische in der Nähe des Teichs aufstellen lassen, in dem Enten statt

Schwäne herumpaddeln. Vor der versammelten Gesellschaft sticht der Comte ein Fass mit einem exzellenten Wein aus der Touraine an und hält Nines Ehering unter den Strahl. Er achtet darauf, das Glas bis zum Grund zu leeren, um sein Sperma zu beleben, und sobald die Gäste gegangen sind, wiederholt er die Heldentaten des ersten Morgens.

Wenige Tage später bekommt Nine ihre Monatsregel.

Der Pfarrer von Almenêches nimmt die unerwartete Gelegenheit wahr und bemüht sich, ein verlorenes Schäflein in den Schoß der Kirche zurückzuholen. Er hält nicht viel vom Volksaberglauben, aber mit zweiundsiebzig Jahren, von denen er vierzig in den unterschiedlichsten Diözesen der Bretagne und der Normandie verbracht hat, kennt er den Lauf der Welt und weiß, an welche Türen man in der Not klopfen muss. Wenn Gott damit beschäftigt ist, sich um die Leute in der Stadt zu kümmern, muss man sich auf dem Land eben an die Heiligen wenden. Ein Heiliger nimmt bei Gott die gleiche Stellung ein wie Monsieur Bontemps beim König. Seine Fürsprache kann Wunder wirken, und einfache Gemüter schreiben ihm Fähigkeiten zu, die mit seinem Leben oder Tod zusammenhängen. So rufen sie den heiligen Claudius bei Karbunkeln an, den heiligen Aurelius, wenn sie Ohrenschmerzen haben, den heiligen Quintinus bei Keuchhusten und den heiligen Sulpicius, der auch der Heilige der Qualen genannt wird, um Schmerzen aller Art zu lindern. Die Leute sind überzeugt, dass ein Heiliger durch sein Martyrium in die Lage versetzt wird, genau die Schmerzen zu lindern, die er selbst erlitten hat; im Übrigen musste er nur so grausam leiden, um diese für Menschen nützlichen Fähigkeiten zu erwerben.

So wird der heilige Vinzenz, dem sein Henker den Bauch aufschlitzte, bei Leibschmerzen angerufen. Die heilige Apollonia, der alle Zähne ausgeschlagen wurden, hilft bei Zahnschmerzen. Den bei lebendigem Leib gerösteten heiligen Laurentius bittet man um Hilfe bei Brandwunden. Die heilige Agathe mit ihren abgeschnittenen Brüsten hilft gegen das Versiegen der Milch. Die blind geborene heilige Odile kümmert sich um Augenleiden, und der heilige Blasius, der einem Kind eine stecken gebliebene Gräte aus dem Hals entfernte, hilft bei jeder Art von Halsschmerzen.

Um den Heiligen zu finden, der seinem Fall am ehesten entspricht, begibt sich Emmanuel de Cholay nach Sées, wo hinter dem Bischofspalast eine alte Frau wohnt, die in der ganzen Gegend berühmt ist und sich auf solche Dinge versteht. Sie soll mindestens zweihundert Jahre alt sein und ist zu der Zeit, als ihre Beine sie noch trugen, weit herumgekommen und hat sich kundig gemacht. Nachdem sie wieder in die Hütte zurückgekehrt ist, in der sie geboren wurde, um zu Hause das Ende ihrer irdischen Laufbahn abzuwarten, schlägt sie ihren Kunden auf liebenswürdigste Weise drei Möglichkeiten der Heiligenanrufung vor, die natürlich alle gleichermaßen wirksam sind.

Die erste, die hauptsächlich im Limousin praktiziert wird, besteht darin, dass sie selbst ins Haus kommt und an den vier Ecken des Bettes der unfruchtbaren Gattin Kerzen anzündet. Jede der Kerzen erhält den Namen eines Heiligen, zu dem sie zuvor beten muss. Die Kerze, die als Erste erlischt, bezeichnet den Heiligen, an den sich das Paar wenden soll.

Die zweite, von den Elsässern bevorzugte Methode besteht darin, eine Münze in ein Glas Wasser zu werfen. Dabei muss man die entsprechenden Gebete sowie die Namen der Heiligen aufsagen, die in solchen Fällen zuständig sind. Bei der Erwähnung des Heiligen, der die Comtesse de Cholay heilen kann, springt die Münze aus dem Glas, ohne dass jemand sie berührt.

Bei der letzten und zugleich schnellsten Methode legt man

einen Strohhalm auf eine Wasseroberfläche. Die Alte dreht das Glas oder den Krug, bis sich das Wasser bewegt. Sobald der Strohhalm zum Stillstand kommt, muss der Comte feststellen, in welche Richtung die Spitze zeigt. Aus dieser Richtung kommt das Übel, und dort wohnt auch der Heilige, der es bekämpfen kann.

Emmanuel de Cholay entscheidet sich für den Strohhalm, der in die Richtung des Heiligtums von Trun zeigt, wo eine kleine Statue des heiligen Fiacrius seit über fünfzig Jahren Krätze und Hämorrhoiden heilt. Zwar haben diese beiden Krankheiten mit Unfruchtbarkeit nichts gemein, aber da der Strohhalm sich niemals irrt, beschließt der Comte, den heiligen Fiacrius um Hilfe anzuflehen.

Das Ehepaar wallfahrtet in langen weißen Hemden und barhäuptig zu Fuß nach Trun, das drei Stunden von Almenêches entfernt liegt. Nine ist seit Monaten nicht mehr zu Fuß gegangen. Die frische Luft berauscht sie, die Augustsonne heizt ihr ein, und ihre Muskeln geben nach. Auf halber Strecke fällt sie in Ohnmacht. Sosehr ihr Gatte sie auch schüttelt – sie kann beim besten Willen nicht mehr weiterlaufen. Die Leute, die das Grafenpaar bei seiner frommen Prozession begleiten, improvisieren eine Trage und helfen der jungen Frau bis zu der Quelle, wo der Heilige seine Wunder vollbringt. Nine muss ihr Gewand bis zu den Rippen hochziehen und ihren nackten Leib an der Statue des Heiligen reiben. Danach ergreift ihr Gatte einen Arm, der Pfarrer von Almenêches den anderen, und gemeinsam tunken sie die Comtesse mit dem ganzen Körper in das Becken unter der Quelle. Um ganz sicherzugehen, drückt Emmanuel de Cholay auch ihren Kopf für einige Sekunden unter das eisige Wasser. Als Nine aus dem Wasser gezogen wird, ist sie wieder ohnmächtig geworden. Ihr Gatte ohrfeigt sie so brutal, dass die Leute zu murren beginnen. Es stört ihn nicht. Nass, wie sie ist, stellt er sie auf die Füße und zwingt sie, neunmal das Heiligtum zu umrunden und dabei mit lauter Stimme die vorgeschriebenen Gebete zu singen.

Zurück im Schloss muss Nine eine Novene beten, ein spezielles Gebet, das neun Tage hintereinander zu einer bestimmten Zeit zu rezitieren ist. Zu diesem Zweck lässt der Comte die Schlosskapelle öffnen, die seit dem Tod seines Vaters nicht mehr benutzt worden war, und achtet darauf, dass Nine nicht nur zwei, sondern gleich vier Stunden dort verbringt. Zum Ende der Gebete und um das Angenehme mit dem Zweckmäßigen und die Theorie mit der Praxis zu verbinden, erscheint auch Emmanuel de Cholay in der Kapelle. Die knienden Frauen inspirieren ihn, und wo könnte man besser ein schönes Kind zeugen als in einer Atmosphäre mystischer Hingebung.

Im Herbst ist Nine noch immer nicht schwanger. Der Graf lässt sie für seine Enttäuschung so bitter bezahlen, dass man den Chirurgen aus Argentan kommen lassen muss, um sie zu nähen. Der Mann ist nur dem Namen nach Chirurg und gibt offen zu, dass er alles, was er weiß, aus eigener Erfahrung gelernt hat. Nine leiht ihm ihre eigenen Instrumente und bittet ihn um Opiumsaft. Er hat keinen. Sie zeigt ihm die Brosche, die Monsieur ihr geschenkt hat – eine von kleinen Amethysten umgebene Kamee. Daraufhin kann der Mann plötzlich doch Opiumsaft besorgen. Ehe sie ihm jedoch das Kleinod überreicht, stellt Nine eine Liste von Kräutern, Wurzeln, Gewürzen, Essenzen, Steinen und Pulvern zusammen, die er ihr heimlich bringen soll. Zwar fürchtet der Quacksalber den Comte mehr als den Teufel persönlich, aber er muss das Dach seines Hauses reparieren lassen, das beim letzten Sturm von einer umgestürzten Tanne beschädigt wurde. Er liefert die Ware, weil er Mitleid mit der kleinen Comtesse hat. Aus eigenem Antrieb fügt er noch einen Ballen Werg für Kompressen und eine Flasche mit altem Apfelbranntwein hinzu, der das Herz ebenso erwärmen kann wie die Eingeweide.

Die Wälder werden bunt, die Hirsche röhren. Nine hofft, dass die Vielzahl der Wildtiere und sein Jagdtrieb ihren Mann aus ihrem Bett fernhalten und ihr eine Verschnaufpause gönnen wird. Leider ist er nicht in der Laune, hinter Wild oder Bauernmädchen herzuhetzen. Sein Verwalter behauptet, dass es sich, wenn sowohl ausdauernder Beischlaf als auch die Anrufung der Heiligen nicht den gewünschten Erfolg gebracht haben, wohl um einen Fluch handeln muss. Eine Verhexung. Oder um schwarze Magie. Jemand versuche wohl, ihn zu vernichten, und sorge zu diesem Zweck dafür, dass die Nachkommenschaft auf sich warten ließe.

Emmanuel de Cholay bemüht sich, eine Liste seiner Feinde aufzustellen. In Paris sind sie mächtiger als in der Normandie, in der Normandie dagegen zahlreicher als in Paris. Ein Mädchen zu benutzen und auszunutzen führt meist nicht zu irgendwelchen Folgen, aber häufig steht ihm der Sinn nach ganz anderen Dingen, und die Väter, deren Söhne er vergewaltigt hat, würden ihn nur allzu gern von einem tollwütigen Hund zerfleischen lassen. Auch sind diejenigen zu berücksichtigen, deren Leihgaben er zurückbehalten hat, hinzu kommen einige verprügelte Diener, zwei betrogene Pferdehändler, ein düpierter Nachbar, ein weiterer Nachbar, den er mit Holz beschwindelt hat, sowie eine erkleckliche Anzahl an Händlern und Lieferanten.

Der Pfarrer ist der Ansicht, dass der Verwalter recht hat und dass der Verursacher des Übels aus der Gegend stammt. Diensteifrig bietet er seine Hilfe beim Ausmerzen des Zaubers an, weil er sich davon einen ordentlichen Profit erhofft. Ehe der Comte sich jedoch der Kirche anvertraut, klopft er als zusätzliche Sicherheit und zur Beruhigung seines Gewissens dreimal an die Schale des Eis, das er isst, spuckt auf die Sohle seines rechten Schuhs, ehe er ihn anzieht, und lässt an die Haupteingangstür des Schlosses einen Wolfspelz nageln. Er fordert Nine auf, sich die Hände jeden Morgen mit Urin zu waschen und einen Dattelkern in ihren Hemdsaum einzunähen. Er selbst füllt seine Taschen mit ungeweihtem Salz, und jedes Mal, wenn er jemandem begegnet, von dem er vermutet, dass er ihm Böses will, steckt er die Daumen in das Salz und murmelt: »Hexer, Hexer, wenn du mich verhext, soll dich der Teufel holen.«

Da der Bauch seiner Gattin als Sitz des Übels gilt, muss natürlich sie die Behandlung über sich ergehen lassen. Vor seinen Angestellten, die im Schlosshof beten, setzt der Comte Nine mit dem Rücken zur kaum erst aufgegangenen Sonne und befiehlt ihr, laut und deutlich ihren Namen, Marie Comtesse de Cholay, und den ihrer Mutter, Louise de Courtin, auszusprechen. Anschließend muss sie alle Erzengel aufzählen, ein Vorgang, der sechs Tage lang jeden Tag um Mittag und Mitternacht wiederholt wird. Am siebten Tag muss sie vom Morgengrauen bis zur Abenddämmerung nackt bleiben und danach die Namen der Engel auf eine Holzplatte schreiben. Vor dem einundzwanzigsten Tag des Monats, so heißt es, würden sie ihr unfehlbar helfen.

Am einundzwanzigsten Tag besprüht der Pfarrer das Haus und die angrenzenden Gebäude mit Weihwasser, danach beginnt er mit den Messen. Um den Schadzauber zu lösen, erscheinen ihm neun mal neun Gottesdienste in der Schlosskapelle eine angemessene Anzahl. Sie würden den Grafen den Preis einer Orgel für die Klosterkirche von Almenêches kosten. Aber was sind schon ein paar Tausend Livres gegen die Aussicht, Vater eines Sohnes zu werden?

Nine glaubt ebenso wenig an den Erfolg von Bibellesungen wie an den des Dattelkerns, aber sie bietet dem Geistlichen ihren Kopf als Stütze für das Evangeliar. Als er jedoch vorschlägt, sie solle Haarnadeln auf den Altar legen und sich nach jeder Messe in den Schrank einschließen lassen, in dem man die Messgewänder aufbewahrt, und dabei dreimal mit dem Kopf nicken, lehnt sie mit deutlichen Worten ab. Der Berater wird böse. Er beschwert sich beim Comte, der wiederum seine Frau auf seine Weise zu überzeugen versucht. Nine sträubt sich weiter. Haarnadeln werden von Engelmacherinnen und Hexern benutzt, und niemand würde sie zwingen, das Verhalten der Insassen von Petites-Maisons nachzuahmen. Der Graf schlägt härter zu. Nine behandelt ihre Wunden mit der Gemeinen Schmerzwurz, die man auch »Kraut der geschlagenen Frauen« nennt, und lässt dem Verwalter ausrichten, er möge in Zukunft seine Ratschläge für sich behalten.

Der robuste Normanne ist ein Lehnsmann von Emmanuel de Cholay. Die kleine Comtesse, die ihrem Herrn den Erben verweigert, den das Gut so dringend braucht, ruft in ihm ebenso wenig Mitgefühl hervor wie ihre beiden Vorgängerinnen. Der neuen Gattin mangelt es sowohl an Demut als auch an Rundungen. Sie hat eine Art, einem gerade in die Augen zu sehen, die geradezu nach Ohrfeigen schreit. Der Comte hat das Recht, sie zu schlagen, und nach Ansicht des Verwalters kann es gar nicht genug sein. Am liebsten würde er seinem Herrn dabei zur Hand gehen, wie er es in allen anderen Dingen ebenfalls tut. Wenn man eine Frau an der richtigen Stelle schlägt, steht sie nicht wieder auf, und man kann sich eine neue nehmen. Mädchen aus Paris sind nun einmal nicht gebärfreudig – beim nächsten Mal sollte der Comte ein Bauernmädchen mit breiten Hüften und dicken Titten nehmen. Aber die derzeitige Comtesse scheint sich ja trotz ihrer unterentwickelten Figur ans Leben zu klammern. Und jetzt gibt sie sich obendrein auch noch dreist? Sicher hat sie einen Pakt mit dem Teufel geschlossen. Das würde auch erklären, warum sowohl die Wallfahrt als auch die Messen ohne Erfolg geblieben sind. Die Kleine ist nicht etwa das Opfer, sondern verantwortlich für das Dilemma – nicht die Verwünschte, sondern die Hexe.

Der Verwalter schlägt sich an die Stirn. Als er seine Herrin nach der ersten Anrufung der Engel in ihr Zimmer zurückbrachte, hatte er Spuren eines roten Pulvers am Boden gesehen. Es roch seltsam, und auf der Glut köchelte etwas in einem kleinen Topf. Er könnte sich ohrfeigen, dass er in diesem Moment nicht besser aufgepasst hat.

Als die Comtesse die Kapelle aufsucht, schleicht er sich in ihr Zimmer, wühlt Schränke und Bett durch und dreht die Matratze um. Er findet Tiegel, Schachteln und Säckchen mit solch verdächtigen Dingen wie getrockneten Eidechsen, Spanischer Fliege, Haaren, Pferdeäpfeln und Pferdehaar, Knöchelchen, Stücken von Hirschgeweihen, Talg, Hechtzähnen, Moschus, Muscheln, Krebsbeinen und Schlangenhaut. Umgehend sattelt er ein Pferd, reitet zu seinem Herrn und erzählt ihm von seinen Funden.

Der Comte erbleicht. Von dem Menschen verhext zu werden, mit dem man das Bett teilt, hat etwas Beängstigendes. Ob er sie ins Kloster einsperren soll, um sich von ihr zu befreien? Oder soll er sie lieber töten, um ganz sicherzugehen?

Sie zu töten würde es ihm zwar gestatten, sich bald erneut zu verheiraten, würde aber den Bann nicht brechen. Ein Zauber überlebt seinen Urheber, und die Heimsuchung durch Tote ist schlimmer als die durch Lebende. Zunächst also muss er sich um einen Gegenzauber kümmern, dann kann er weitersehen. Der Verwalter kennt einen Beschwörer, einen vertrauenswürdigen Mann, der in der Nähe von Nonant-le-Pin wohnt und sich als Bezahlung mit einem Sack Mehl und einem Ster Holz zufriedengibt.

Der Mann ist noch jung, kaum dreißig, hat aber vermutlich dank des ständigen Kontakts mit Dämonen einen ebenso buckligen Rücken, gekrümmte Finger und verdrehte Gliedmaßen wie sie. Er entstammt einer Dynastie von Steuereintreibern, und man kann ihm kein X für ein U vormachen. Er hat die kleine Comtesse im Heiligtum von Trun gesehen, aber sie zeigte nicht ein einziges der Kennzeichen, die bei den Dienern des Bösen üblich sind. Ehe er sich mit ihr befasst, will er daher ganz sichergehen. Indem man einen Haselzweig in einen Eimer Wasser taucht, kann man das Gesicht des Feindes ganz einfach heraufbeschwören. Handelt es sich tatsächlich um die Comtesse, ist der junge Mann gern bereit, den Zauber zu bekämpfen. Sollte er jedoch jemand anderes sehen, wird er sie in Frieden lassen.

Der Comte wirft ein paar Münzen auf den schwarzen Holztisch. Seine Überzeugung bedarf keines Beweises, und wer ihm nicht helfen will, wird es bitterlich bereuen. Der Beschwörer vergisst seine Vorbehalte und steckt hastig das Geld ein. Für ein derart fürstliches Entgelt wird er jede Art von Zauber lösen und ihn gegen diejenige richten, die ihn verursacht hat. Ob seine Herrschaft denn bereit sei, jetzt an Ort und Stelle das zu tun, was er ihm befehle?

Emmanuel de Cholay stimmt sofort zu. Der Beschwörer entzündet ein großes Kohlenfeuer und bittet den hohen Herrn, sich ganz und gar zu entkleiden – einschließlich aller Ringe, Amulette, des Schwerts und der Sporen. Er fegt das verschimmelte Heu aus der Hütte, verteilt Weihrauch und Aloe auf dem gestampften Lehmboden, legt die Kleidungsstücke des Comte darauf und sagt zu jedem Einzelnen: »Möge das Parfüm Jesu Christi Emmanuel, Graf von Cholay, heilen.« Als er damit fertig ist, schreit er: »Ich rufe Marie, Comtesse von Cholay« und schlägt mit einem Stock auf den Kleiderhaufen. Anschließend schneidet er drei Kreise aus festem Papier. Er schreibt die Buchstaben J und C für Jesus Christus darauf, taucht einen nach dem anderen in seinen besten Schnaps, klebt sie zusammen, heftet sie auf den Magen des Grafen und schlägt ein Kreuzzeichen darüber. Schließlich bringt er in einem Topf Öl zum Kochen, lässt eine ungerade Anzahl Nadeln eine nach der anderen mit der Spitze zuerst hineinfallen und murmelt: »Nicht die Nadel ist es, die im Öl siedet, sondern es sind der Körper, die Seele und das Herz von Marie, Comtesse de Cholay, die Emmanuel, Comte de Cholay, Schmerz zugefügt haben.« Er endet mit einer Art Gebet, das er aus einer kleinen Zauberfibel vorliest. Zumindest tut er so.

Schweigend zieht der Graf sich wieder an. Der Vorgang hat ihn an schwarze Magie erinnert, und so freigeistig er auch sein mag – okkulte Dinge liegen ihm nicht. Der Beschwörer versichert ihm, dass sein Gegenzauber innerhalb weniger Stunden zu wirken beginne, dass er in ein paar Tagen eine Veränderung spüren werde und dass er beim nächsten Neumond befreit wäre. Bis dahin hätte die Comtesse ihre gesamte Macht über ihn verloren und hinge gänzlich von ihm ab. Natürlich dürfe er ihr keinerlei Anlass zu einem Verdacht geben, denn sonst könne sie erneut den Zauber aussprechen, den er gerade gegen sie gewendet habe.

Der Herr kehrt ins Schloss zurück. Mühsam schluckt er seine Wut hinunter. Er sagt Nine kein Wort von dem, was er erfahren und unternommen hat, und lässt sie keine Sekunde aus den Augen.

Seit fast einem Jahr wohnt sie nun schon mit ihm unter einem Dach, aber er hat sie noch nie wirklich angesehen. Ihre Schlüsselbeine zeichnen sich deutlich ab. Sie mag kaum mehr als eine Ziege wiegen. Mager wie eine Hexe. Ihre Iris wechselt die Farbe, sobald er sie anspricht, sich ihr nähert oder sie berührt. Hexenwerk. An manchen Tagen riecht sie wie eine Wiese in der Sonne, an anderen wie ein Garten im Frühling, manchmal auch nach allen Geheimnissen des Orients, einem Rosenhain oder nach Honig. Auch das muss Hexerei sein. Sobald es mit dem Zauber vorbei wäre, würde sie schon sehen, wie man im Herrschaftsgebiet der Comtes de Cholay mit Leuten ihres Schlags zu verfahren pflegte. Er widersteht dem Drang, ihr ins Gesicht zu spucken, und wenn er darauf verzichtet, sie zu packen und es ihr zu besorgen, wie es Ehemänner ungestraft tun dürfen, dann nur in der Erwartung, ihr bald die verdienten Qualen zufügen zu dürfen.

Angesichts dieser ungewöhnlichen Rücksichtnahme beginnt Nine zu ahnen, dass man etwas gegen sie im Schilde führt. Ihr erster Hochzeitstag steht vor der Tür, und sie fürchtet, dass ihr zu dieser Gelegenheit eine schreckliche Überraschung bereitet werden wird. Inzwischen beherrscht sie den normannischen Dialekt so weit, dass sie sich mit der Köchin und dem Handlanger, der ihr das Holz nach oben trägt, verständigen kann. Auf ihre Frage antworten die beiden schüchtern, dass der Verwalter die Comtesse für eine Hexe hält und den Comte ermutigt, sich an ihr zu rächen.

Die dicke Frau und ihre kleine Tochter haben oft auf Nines Anweisungen Wurzeln ausgegraben oder Gräser geschnitten. Beide haben Angst davor, dass der Herr sie zur Rede stellt, schätzen aber die geschundene Ehefrau so hoch, dass sie sich lieber bei lebendigem Leib die Haut abziehen ließen, als irgendetwas zuzugeben. Die junge Comtesse hat ihnen gezeigt, aus welchen Kernen man Öl pressen kann, wie man aus Blütenblättern Duftessenzen gewinnt, welche Rinden man abschälen muss, um daraus Salben zu machen, wie man eine Nachthaube gegen Schnupfen und Albträume präpariert und mit welchem Pflaster man eine infizierte Wunde behandelt. In diesen Weisheiten erkannten sie ein großes Wissen und eine natürliche Magie, aber keineswegs etwas Dämonisches.

Der Knecht hat einen Sohn in Eurem Alter, Charles. Der Junge geht oft mit dem Jagdaufseher in den Wald und bringt von dort die Tiere, Moose und Steine mit, um die seine Herrin ihn bittet. Er liebt Madame Marie von ganzem Herzen, und wenn er die Spuren der Schläge auf ihren Armen und an ihrem Hals sieht, träumt er davon, den Comte an dem Haken aufzuhängen, mit dem die Heuballen in die Scheune gehoben werden, oder ihn mit der Mistgabel zu durchbohren und zuzusehen, wie er ausblutet wie ein Schwein. Er träumt auch manchmal davon, ein Pferd aus dem Stall zu stehlen, nach Paris zu reiten und persönlich einen Brief zuzustellen, in dem seine Herrin denen, die sie verheiratet haben, erklärt, was sich hier abspielt. Zwar schreibt sie jeden Monat mehrere Briefe, bekommt aber nie eine Antwort. Vielleicht denken die Menschen in der Hauptstadt nicht mehr an sie, oder der Comte enthält ihr die Antworten vor. Madame Marie weint, weil sie dort, wo sie herkommt, offenbar von allen vergessen wurde. Sie ahnt längst, dass die beiden früheren Ehefrauen des Grafen keines natürlichen Todes gestorben sind, und jedes Mal, wenn sie ihre Monatsregel bekommt, fühlt sie sich ein bisschen mehr in Gefahr. Der Junge würde ihr gern helfen. Wenn er wüsste, wie er es anstellen soll, würde er sie aus dem Schloss holen, sie in ihm bekannten Höhlen oder Hütten verstecken und sie in kleinen Etappen nach Paris bringen. Man erzählt sich, dass ihr Pate ein einflussreicher Mann sein soll. Wenn er erführe, wie der Comte mit ihr umspringt, würde er den König sicher bitten, diese mörderische Ehe vom Bischof auflösen zu lassen.

Tatsächlich plant Emmanuel de Cholay Nines Tod. Am

Morgen des 25. Dezembers findet sie in der Truhe in ihrem Zimmer ein mit Nadeln durchbohrtes Ochsenherz. Sie fragt ihren Gatten, woher das schreckliche Ding käme.

»Ich habe es dort hingelegt«, antwortet er ganz ruhig. »Genießt dieses Weihnachten, meine Liebe, denn es wird Euer letztes sein.«

Nine kann nicht mehr schlafen. Ihr Mann schließt sie in ihrem Zimmer ein. Er hat den Sekretär hinausräumen lassen und verbietet ihr sogar, zum Beten in die Kapelle zu gehen. Sie kann nichts anderes mehr tun, als das Leben vom Fenster aus zu beobachten und darauf zu warten, dass das geschieht, was geschehen soll.

In einer Neumondnacht, die gleichzeitig auch die letzte Nacht des Jahres ist, tritt der Comte mit dem Lächeln ins Zimmer, das ihn immer überkommt, wenn er ihr sehr weh tut. Sie liegt bereits im Bett. Er geht schnurstracks zu den Schränken und wischt den gesamten Inhalt von den Regalbrettern. Dann hebt er ihre Matratze hoch, dreht sie mit einer Bewegung um und wirft Nine zu Boden. Die Tasche mit den chirurgischen Instrumenten klemmt zwischen den Sprungfedern des Bettes. Er reißt sie heraus und wirft sie ins Feuer. Nine stürzt zum Kamin. Zitternd vor Wut und Angst rettet sie die halb verkohlte Tasche, nimmt das Skalpell heraus und richtet es gegen ihren Mann. Der kann über den ungleichen Kampf nur lachen, zieht sein Schwert und drängt sie immer weiter zurück, bis ihr Rücken das Fensterkreuz berührt. Draußen herrscht finsterste Nacht. Die Hunde schlafen. Diener und Bauern feiern beim Pfarrer, wo es einen Umtrunk und heiße Blutwurst gibt. Nines zierliche Formen zeichnen sich unter ihrem Nachthemd ab, und angesichts der wilden Miene, mit der sie ihm ihre Waffe entgegenhält, läuft Emmanuel das Wasser im Mund zusammen. Er lässt sein Schwert sinken.

»Komm her. Je mehr Vergnügen du mir bereitest, desto länger behalte ich dich.«

Nine beginnt zu schwitzen. Mit einer Hand drückt sie die Instrumente an ihre Brust, mit der anderen öffnet sie das Fenster, ohne sich umzudrehen. Sich auf das Fensterbrett hochzuziehen dauert eine Weile und ist mühsam.

Der Graf schaut ihr amüsiert zu. »Solltet Ihr vorhaben zu springen, um mir zu entkommen, so darf ich Euch erinnern, dass das Fenster sechs Meter hoch über dem Hof liegt und dass die Erde dort unten gefroren ist.«

Aber Nine hat keine Angst mehr. Die kalte Luft brennt in ihren Lungen. »Gute Nacht, Monsieur.«

Sie dreht sich auf ihren bloßen Füßen um und lässt sich fallen.

MADAME DE CHOLAY *oder Madame Comtesse oder nur Comtesse, ehrlich gesagt weiß ich nicht, wie ich Euch anreden soll. Wenn ich an Euch denke, so seid Ihr für mich immer noch Demoiselle Ninon, genau wie früher. Erinnert Ihr Euch noch an früher? Ihr hasst mich sicher, weil ich Euch versprochen habe zu kommen und dann doch nicht gekommen bin. Sicher glaubt Ihr alles, was man über mich erzählt, und es ist ja auch wirklich abscheulich. Ich habe schreiben gelernt, um zu versuchen, Euch alles zu erklären, und auch, um Euren Brief lesen zu können, falls Ihr mir einmal antwortet. Es hat sechs Monate gedauert, bis ich so weit war, und seit sechs weiteren Monaten suche ich nach einer Adresse für diesen Brief. Ich kannte weder den Namen des Mannes, den Ihr geheiratet habt, noch wusste ich, in welcher Provinz er seinen Besitz hat. Die rote Mathilde, die das Geflügel für die Königin rupft, hat sich für mich erkundigt. Sie ist ein liebes Mädchen mit einem großen Herzen und der einzige Mensch, den der Wandel meines Schicksals nicht abgestoßen hat. Während des Prozesses hielt man mich unter Verschluss, aber nach dem Urteil hat sie sich als meine Schwester ausgegeben und durfte mich besuchen. Ich habe sie gebeten, Euch zu finden. Die Vorstellung, dass Ihr bald meinen Brief in Händen halten werdet, ist mein einziger Trost, wenn ich diese Erde verlasse …*

Zunächst hört Nine nur Gesänge. Engelsstimmen.

Sie ist nicht mehr in der Hölle, sondern im Himmel.

Dann aber meldet sich der Schmerz. Er ist so scharf, dass sie den Atem anhält.

Ihre Seele ist im Himmel, aber ihr Körper ist in der Hölle geblieben.

Ihre Augen sind verklebt. Sie kann sie nicht öffnen. Als sie wieder zu atmen beginnt, spürt sie, dass jemand ganz sanft ihre Lider benetzt.

Erneut verliert sie das Bewusstsein.

Eine Frau spricht Französisch mit ihr und sagt, dass Gott sie heilen werde.

Aber sie will nicht genesen, sie will sterben.

Ein Mann spricht in normannischem Dialekt mit ihr. Er sagt, dass Gott sie nur heilt, wenn sie selbst es will, und dass er gekommen ist, um ihr bei der Entscheidung zu helfen.

Sie erinnert sich seiner. Er hat einen dicken Schnurrbart und grobschlächtige Hände, die sich aber darauf verstehen, Wunden zu nähen und Knochen einzurenken.

Und genau das ist es, was er ihr vorschlägt: ihre Knochen einzurenken. Ihr Becken, die rechte Schulter, der rechte Oberschenkel, beide Handgelenke und alle Finger der rechten Hand sind gebrochen, die Knie ausgekugelt und ein Teil der Rippen eingedrückt. Von den offenen Wunden an Kopf, Bauch und Oberschenkeln ganz zu schweigen. Sie sind zahlreich und sehr tief. Im Winter tragen die Laubengänge keine Blätter; die nackten Zweige haben ihr böse Schnitte zugefügt.

Die Rippen interessieren den Mann nicht weiter. Es sind die anderen Brüche, die nicht warten können, wenn Nine nicht ihr Leben lang behindert bleiben will. Er fragt Madame Marie, ob sie einverstanden sei, dass er ihr jetzt sehr weh tue – aber danach ginge es ihr gleich viel besser.

Sie heißt nicht Marie. Sie heißt Nine, und man hat ihr so viele Schmerzen zugefügt, dass es für dieses Leben und alle weiteren genügt. Aber da sie den Mund ebenso wenig öffnen kann wie die Augen, antwortet sie nicht.

Weil sie aber nicht antwortet, tut der Mann, was er für nötig hält, nachdem er zuvor das Einverständnis der Frau eingeholt hat, die den Dialekt ebenso gut wie das Französische beherrscht.

Während er es tut, glaubt sie zu sterben.

Später jedoch, nachdem viel Zeit auf ihrem Körper gelastet hat wie ein Leichentuch, öffnet sie die Augen einen Spaltbreit. Zu ihrer Linken sieht sie eine weiße Wand mit einem Kruzifix. Rechts sitzt eine alte Nonne auf einem Stuhl. Ihr Kinn ist auf ihre Brust gesunken. Sie hält einen Rosenkranz zwischen den Fingern, ist fest eingeschlafen und schnarcht. Das tröstliche Geräusch lullt Nine ein. Trotz der Schmerzen, die von den Knöcheln bis zum Schädel brennen, schläft sie wieder ein.

Die Frau, die Französisch mit ihr spricht, ist die Äbtissin des Benediktinerinnenklosters von Almenêches. Nine ist halb tot, aber eben nur halb, und der Comte lässt jeden Morgen anfragen, wann sie so weit sei, nach Hause zurückzukehren. Beim Gedanken an ihren Mann beginnt Nine zu weinen. Die salzigen Tränen brennen in den Schnittwunden auf ihren Wangen. Die Äbtissin beugt sich zu ihr hinunter und lächelt ihr zu. Sie hat regelmäßige Züge, Pockennarben, drei Falten auf der Stirn und einen großen Mund. Der große Mund sagt, dass die Abtei ein Asyl ist, dass die Gesetze des Comte hier nicht gelten, dass die Comtesse hier in Sicherheit sei und dass sie bleiben könne, so lange sie wolle.

Sie möchte nicht mehr die Comtesse sein, sondern wieder zu Nine werden. Einfach nur Nine. Sie denkt an Batiste Le Jongleur und sagt sich, dass sie versuchen will, ihn zu finden, wenn sie je wieder gesund wird.

Die Schwestern füttern sie mit Brei, dicker Suppe, Cremes und Kompott. Sie sehnt sich danach, gewaschen zu werden, anstatt dass man nur ihre Wäsche wechselt, aber sie kann noch immer nicht sprechen. Sie denkt an Batiste Le Jongleur und sagt sich, dass er sie im Stich gelassen hat, weil er sie nicht liebte.

Die Äbtissin erzählt ihr, dass Gott sie lebend haben will, denn sonst hätte er sie sterben lassen. Zunächst einmal ist sie auf die Laubengänge anstatt auf den Boden gefallen. Dann hat Mathieu, der Sohn des Knechtes, sie bei der Rückkehr vom Fest gefunden, weil ihr Hemd im Gebüsch wie ein heller Fleck schimmerte. Der Comte war ausgegangen, ohne sich weiter um sie zu kümmern. Er vertraute darauf, dass die Kälte das vollendete, was der Sturz nicht geschafft hatte. Mathieu hat niemanden benachrichtigt. Weil es Stein und Bein fror, deckte er sie mit einem Schaffell zu und drückte sie an sich. Dafür bat er um Vergebung, die ihm auch gewährt wurde. Nachdem der Verwalter das Licht gelöscht hatte, schirrte Mathieu die alte, sehr brave Stute an, legte seine Herrin samt Schaffell in einen kleinen Karren, verließ lautlos den dunklen Hof und fuhr auf dem schnellsten Weg zum Kloster. Er bat auch um Verzeihung dafür, dass er Madame Marie unterwegs geknebelt hatte, weil sie so laut stöhnte. Auch diese Verzeihung wurde ihm gewährt. Mathieu sagt, dass er bereit wäre, sein Leben für seine Herrin zu opfern. Da genau dies geschehen dürfte, wenn der Graf seiner habhaft würde, hat man ihn nicht wieder wegfahren lassen. Der Klostergärtner hat mit dem Obstgarten, dem Gemüsegarten, den Bienenkörben der Mönche und dem Schneiden der Hecken in den klostereigenen und den zum Mönchskloster gehörigen Besitzungen so viel zu tun, dass eine jugendliche, starke Hilfskraft ein wahrer Segen für ihn ist.

Hier gibt es also ein Frauen- und ein Männerkloster, die zusammengehören. Mit einem großen Garten. Sollte Nine eines Tages wieder laufen können, will sie dort spazieren gehen. Sie denkt an Batiste Le Jongleur und wünscht sich, dass er in einen seiner Brunnen fallen und sich alles brechen solle, ganz so wie sie.

... früher, da lachten wir zusammen über den Tag, an dem ich so reich sein würde, dass ich Euch mit Geschmeide bedecken könnte. Eure Augen wechselten dann immer die Farbe; Ihr wollte keines dieser Mädchen sein, denen man Ringe und Halsketten schenkt. Wie mögt Ihr wohl heute sein? Eine verheiratete Frau. Eine Comtesse. Durch meine Schuld. Ich weiß. Aber ich schwöre Euch bei meinem Glauben, dass ich das nicht gewollt habe. Hätte man mich nicht daran gehindert, wäre ich zum Stall gekommen und hätte Euch entführt.

Es war Boniface, der mich ausgeliefert hat. Anselme Boniface, der Gehilfe des Vogts, der meine Mutter misshandelte, es auf meine Schwester abgesehen und mir geschworen hatte, Jesus zu braten und mich an den Galgen zu bringen. Ein wuchtiger Mann mit breitem Gesicht. Brutal und böse. Ich habe Euch oft von ihm erzählt. Blanche auch. Ihr habt mir das Versprechen abgenommen, ihn nie zu provozieren. Ich habe nie eines der Versprechen gebrochen, die ich Euch gegeben habe, Ninon. Madame. Ich habe Euch lediglich einige Dinge verheimlicht, weil ich nicht wollte, dass Ihr mich auf eine ganz bestimmte Weise ansaht.

Trotz seiner hässlichen und pöbelhaften Art ist es Boniface gelungen, sich bei der Frau meines Meisters einzuschmeicheln. Jeanne Jolly. Sie trieben es miteinander. Da ich die Jolly kenne wie kein anderer, hätte ich es ahnen müssen. Aber der Tod meiner Mutter machte mir noch sehr zu schaffen, und ich sah nicht, was ich hätte sehen müssen. Im Bett vertraute die Frau meines Meisters ihm die Grundzüge eines Handels an, dessen Einzelheiten ich Euch ver-

schweigen möchte. Mit den Arbeiten von Monsieur Le Vau und der Neuanlage des Parks wäre der Profit erheblich gewesen. Boniface hat drei Fliegen mit einer Klappe geschlagen. Die Idee und die Organisation stammten von mir. Mich zu denunzieren verschaffte ihm ein größeres Vergnügen, als mich sterben zu sehen, denn so konnte er mich zum Paria machen. Maître Jolly unterstützte mich und kassierte einen Teil des Gewinns. Dadurch, dass er auch ihn ins Gefängnis brachte, sicherte sich Boniface die alleinigen Rechte an der Gunst seiner Frau. Drittens steigerte er durch diese Meisterleistung sein Ansehen bei Monsieur Colbert, von dem er eine ordentliche Belohnung erwartete.

Mein Meister und ich wurden am 31. Dezember des vergangenen Jahres gemeinsam verhaftet, als wir gerade ein Leck in den Wasserspeichern abdichteten.

Es war der Tag, an dem Ihr auf mich gewartet habt.

Gott hat gut gearbeitet. Der Heilkundige ebenfalls. Nine ist von den Zehen bis zur Brust eingewickelt wie eine ägyptische Mumie, aber der Mann, der sie behandelt hat, verspricht ihr, dass sie sich binnen weniger Wochen wieder im Bett aufsetzen könne. Als sie wieder sprechen kann, bittet sie ihn, die Verbände zu entfernen, und erklärt ihm, wie er ihre Wunden desinfizieren soll. Solange die Schnitte noch eitern, lässt sie sich nicht mehr verbinden, bleibt aber völlig reglos liegen. Später bittet sie um Schienen für ihre Beine und Hände. Glücklicherweise haben die Knochen die Haut nicht durchdrungen. Tagelang betrachtet sie das Kruzifix an der Wand, lauscht den Stimmen der Engel und wartet.

Der Schmerz lässt nach. Manchmal, wenn sie ganz vorsichtig atmet, scheint es ihr, als würde sie langsam wieder sie selbst. Sie denkt an Batiste Le Jongleur und hofft, dass er nicht in ein Loch gefallen ist.

Sie weiß, dass ein Brief gekommen ist. Durch das kleine Zellenfenster hat sie eine Unterhaltung zwischen dem Heilkundigen und Mathieu mitgehört. Draußen, im Garten der Mönche. Der Mann mit den grobschlächtigen Händen sieht bei seinen Besuchen oft schreckliche Dinge und findet es trostlos, dass es in einem fortschrittlichen Jahrhundert und unter einem weisen und mächtigen König möglich ist, dass ein Ehemann seine siebzehnjährige Ehefrau so sehr quält, dass sie sich aus einem Fenster ihres Hauses wirft. Als die Postkutsche aus Argentan kam und der Verwalter gerade nicht zur Stelle war, nahm er die Briefe für das Schloss Cholay entgegen. Es ist ein dicker Packen Briefe für den Comte und ein einziger Brief für die Gattin. Der Heiler steckt sie in seine Tasche. Bei der Rückkehr ins Kloster, wo er nach der Kranken sieht, überreicht er den einzelnen Brief der Mutter Oberin, denn er selbst kann nicht gut lesen, und die Comtesse ist noch nicht dazu in der Lage.

Ich wurde verhaftet und in den Kerker der Vogtei geworfen. Maître Jolly stöhnte in der Nachbarzelle. Er bat mich, ihn bei meiner Vernehmung zu entlasten. Er sprach dabei von Pflichten und seinem letztgeborenen Sohn Déodat, der jetzt zwei Jahre alt ist. Er ähnelt mir sehr, hat aber Pierres rote Haare. Ich habe Euch nie von ihm erzählt. Auch nicht vom Sohn der Geflügelrupferin Mathilde, der fast gleichaltrig und ebenfalls nicht von ihrem Ehemann ist. Warum hätte ich es Euch auch sagen sollen? Ihr hättet mich wahrscheinlich pikiert angesehen und Euch geweigert, mich zu küssen. Erinnert Ihr Euch, wie Ihr mich geküsst habt? Seit ich im Gefängnis sitze, verbringe ich jede Minute, die ich mich nicht dem Alphabet widme, mit der Erinnerung an Eure Küsse. Ja, ich weiß, Ihr seid die Comtesse de Cholay, und ein Abschaum wie ich sollte nicht so mit einer hochgestellten Dame reden. Aber ich werde Euch nur ein einziges

Mal schreiben, Ninon, und bitte Euch daher, mir den Affront zu verzeihen.

Wie soll ich es Euch sagen? Hätte ich Euch nicht kennengelernt, hättet Ihr mich nicht durchdrungen – ich hätte meinen Meister nach allen Regeln der Kunst belastet und ihn mit mir ins Verderben gezogen. Man hat mich ausgepeitscht, an den Fersen aufgehängt, den Spanischen Stiefel angelegt und hier und da mit der Zange bearbeitet. Aber körperlicher Schmerz ist mir seit meiner Kindheit geläufig, und ich weiß, wie ich ihm ein Schnippchen schlagen kann. Ich habe mir vom Folterknecht kein Sterbenswörtchen über meinen Meister oder dessen Frau entlocken lassen. Anselme Boniface war immer dabei. Sein Gesicht wurde immer röter. Nur um ihn erbleichen zu sehen, hätte ich am liebsten zumindest Jeanne Jolly mit dem Blut, dem Urin und den Tränen bespritzt, die der Folterknecht mir entlockte. Blut, Urin und Tränen, aber keinen Namen. Weder die der Gefährten aus der Schmiede noch die der Zwischenhändler oder meines Paten. Ich schwieg aber nicht etwa, weil ich ehrbar bleiben wollte. Und schon gar nicht aus Tugend. Ich schwieg, damit Ihr mich nicht verachtet. Mein Meister hat natürlich erklärt, dass alles allein mich betraf.

Es gab weitergehende Untersuchungen und schließlich einen Prozess. Ich wurde nach Paris gebracht. Ins Untergeschoss des Gefängnisses der Conciergerie. Ich kenne wirklich viele erschreckende Orte, aber nirgends habe ich so wenig Menschlichkeit und so viele Ratten erlebt. In den oberen Geschossen haben bessergestellte Gefangene möblierte Zimmer. Wir Armen aber sitzen zu vierzig in einem Käfig unterhalb des Seine-Pegels. Hier gibt es weder Tageslicht noch frische Luft, und es geht in etwa so zu wie in Petites-Maisons, allerdings mit dem Unterschied, dass man nur alle drei Tage zu Essen bekommt, und alle vier Tage muss man jemanden töten, um nicht selbst umgebracht zu werden. Ich habe einen ehemaligen Bischof wieder getroffen, den ich von früher her kannte. Er ist ein sehr ge-

bildeter, aber wenig empfehlenswerter Mensch, der mit seinen Novizen Analverkehr hatte, ehe er sie je nach Laune roh oder gekocht verspeiste. Er war es, der mich Lesen und Schreiben gelehrt hat. Wie ich dafür bezahlt habe? Nun, mit dem, was ich noch zu geben hatte. Bitte, verurteilt mich nicht. Ihr wisst nicht, was es bedeutet, nur noch sich selbst verkaufen zu können. Ich scheine begabt zu sein. In Versailles habe ich mir das Rechnen, das Entwerfen von Plänen und das Zeichnen von Maschinen selbst beigebracht. Die Buchstaben haben mich ein wenig mehr Mühe gekostet als die Zahlen und Winkel, aber mir schien es, als öffneten sie mir die Augen für die Welt.

Nachdem ich alle Worte in der Bibel des Bischofs gelesen und selbstständig Sätze zu Papier gebracht hatte, wollte ich plötzlich nicht mehr auf die Zukunft verzichten. Eine Zukunft, die ich mir immer mit Euch erträumt habe. Vielleicht wart Ihr ja doch nicht verheiratet. Vielleicht könnte ich Euch, wenn ich Euch alles erklärte, was Ihr jetzt gelesen habt, überzeugen, mit mir fortzugehen. Nach England oder auf den Mond – ganz nach Eurem Belieben. Dank sehr geheimer Verbindungen kam mein Bischof irgendwann frei. Ich trug ihm auf, meinen Paten ausfindig zu machen, der Euch als Erstes zu Hause aufsuchen und Euch überzeugen sollte, auf mich zu warten, und der mir gleich danach helfen sollte zu fliehen.

Schwester Angéline liest mit möglichst sanfter Stimme und unterbricht sich jedes Mal, wenn die Comtesse an ihren Tränen fast erstickt. Ihre Rippen sind gerade erst wiederhergestellt, und sie sollte möglichst nicht husten. Die Nonne gibt sich große Mühe, nichts von dem zu verstehen, was sie vorliest. Würde sie es nämlich verstehen, müsste sie ihrer Oberin Bericht erstatten. Die Äbtissin missbilligt zwar eheliche Gewalt, aber sie respektiert das Sakrament der Ehe. Sie würde sich verpflichtet fühlen, den Comte darüber in Kenntnis zu setzen, dass ein Gefangener vorhat, seine Ehefrau zu entführen.

Nine wartet. Alles, was ihr an Inbrunst und Hoffnung geblieben ist, hängt an der Stimme dieser Klosterfrau, die ihr beunruhigt und mitleidig zulächelt.

Schwester Angéline hat ihr Leben Gott geweiht, als sie so alt war wie die Comtesse. Seit dreiundzwanzig Jahren spielt sich ihr Leben zwischen Kirche, Kloster, Refektorium, Skriptorium, der Bibliothek und ihrer Zelle ab. Dreiundzwanzig Jahre in dem frommen Bemühen, ihren Körper zu verleugnen, der ihr in manchen Sommernächten seltsame Empfindungen vorgaukelt. Sie hat nie einen Mann geküsst. Sie weiß nicht, was Analverkehr ist, und kann nicht glauben, dass ein Diener Gottes so hungrig ist, dass er einen jungen Mönch verspeist. Während die Nonne der Comtesse zulächelt, denkt sie, dass gewöhnliche Frauen großes Unglück und großes Glück erleben dürfen. Ihr selbst würde so etwas nie beschieden sein.

Als die Schwester weiterliest, wird Nine von ihren Gefühlen übermannt. Sollte sie nach Entfernung der Bandagen zu verkrüppelt sein, um zu Batiste zu eilen, würde sie noch einmal springen. Aber von viel höher, um ganz sicher zu sterben.

Sicher ahnt Ihr, dass ich weder vom Bischof noch von meinem Paten je etwas gehört habe. Die Richter verurteilten mich zu den Galeeren. Ich wurde gebrandmarkt. Um ein wenig Zeit zu gewinnen, habe ich dem am wenigsten dummen Wärter einen Vorschlag gemacht, den dieser an seinen Vorgesetzten weitergab und der wiederum an den Direktor. Es ging darum, die Entwässerung des Untergeschosses zu sanieren und Abflüsse zu schaffen, damit die Gefangenen nicht wie Ferkel in ihren Hinterlassenschaften herumplanschen. Man erteilte mir den Auftrag. Ich arbeitete so langsam wie möglich. Aber plötzlich war kein Geld mehr für die Abwasserkanäle da, und man erklärte mir, ich würde mit dem nächsten Transport nach La Rochelle verlegt.

In diesem Moment tauchte Mathilde auf. Mit ihrem Kleinen. Wegen des Kindes holte man mich aus dem Käfig und brachte mich in Eisenfesseln in den großen Saal, wo die Besuche stattfinden. Mathilde fand, ich hätte mich sehr verändert. Sie hat viel geweint. Ich vermied einen zu engen Kontakt mit ihr und ihrem Sohn, weil ich voller Ungeziefer bin. Von Mathilde erfuhr ich, dass Maître Jolly freigelassen wurde und wieder seinen Aufgaben in Versailles nachgeht. Er muss das Geld zurückerstatten, das er bei dem Betrug eingestrichen hat, aber niemand kennt den Mechanismus der Springbrunnen so gut wie er, und der König wollte nicht auf seine Dienste verzichten. Aber so ist nun einmal der Lauf der Welt, Ninon. Wer sich unentbehrlich macht, bekommt seinen Platz an der Sonne. Alle anderen bleiben im Schatten, und es ist das Schicksal der Schatten, sich in der Finsternis aufzulösen.

Ein zweiter Besuch wurde Mathilde nicht mehr gestattet. Über einen Küchenjungen ließ sie mir heimlich die Nachricht zukommen, dass Ihr im Schloss Cholay in der Nähe von Almenêches lebt und einen Edelmann gleichen Namens geheiratet habt.

Im Frühling werde ich verlegt. Ich werde Euch nicht wiedersehen. Wäre ich in der Lage zu beten, würde ich Gott anflehen, dass Euer Ehemann es gut mit Euch meint und Ihr ihm unentbehrlich werdet. Für mich wart Ihr es und seid es noch immer. Und ganz gleich, wohin mein Schicksal mich führt – Ihr werdet es bleiben.

Passt gut auf Euch auf. Und sollte es Euch gelingen, ihm zu vergeben, dann denkt manchmal an

Batiste Le Jongleur

Die Lust weiterzuleben, hängt oft von einem wärmenden Sonnenstrahl, einer ersten Knospe im Frühling, einem süßen Vogelzwitschern oder einer sanften Liebkosung ab. Oder von ein paar Worten in unbeholfener Handschrift auf schlechtem Papier.

Nine kann zwar noch keinen Stift halten, aber sie kann diktieren. Schwester Angéline mit der sanften Stimme hat alles Notwendige mitgebracht. Sie hat die schönste Handschrift des ganzen Klosters, und ihre Buchmalereien sind so zierlich, dass der Erzbischof von Sées ihr seine Stundenbücher schickt, damit sie die Blätter mit Arabesken und seltsamen Tieren schmückt.

Die Augen der kleinen Comtesse glänzen. Schwester Angéline ist damit einverstanden, jeden nur denkbaren Brief für sie zu schreiben, vorausgesetzt, es ist keine Antwort an diesen Monsieur Jongleur, der auf die Galeeren geschickt wurde. Nine wollte zwar darauf bestehen, aber trotz ihres verbesserten Gesundheitszustandes ist sie noch nicht in der Lage, wirklich wütend zu werden, und die Schwester trug ohne große Auseinandersetzung den Sieg davon. Mathieu hat einen Tisch aufgestellt. Es ist Vormittag. Das Zimmer duftet nach Lavendel.

»Wie viele Briefe schreiben wir?«, erkundigt sich die Nonne mit gezückter Feder:

Nine lächelt und antwortet: »Nur einen, Schwester. Bitte schreibt ganz oben auf das Blatt: ›An François Francine, königlicher Brunnenverwalter zu Versailles, zu Händen von Monsieur le Chevalier de Rohan‹.«

Am 21. September 1671 hat der Herzog von Orléans seinen einunddreißigsten Geburtstag gefeiert und hält sich für den unglücklichsten aller Menschen. Zu Beginn des vergangenen Jahres hat sein Bruder ihm Nine La Vienne fortgenommen, deren Gesellschaft ihm angenehm war und die ihm gut diente. Der König gab sie dem Comte de Cholay, dessen Gesellschaft Monsieur ebenfalls angenehm war, wenngleich aus anderen Gründen. Gemeinsam hat Louis sie in die Normandie geschickt, wo niemand hinwill, weil es dort nur Kühe zu sehen gibt, wo man nichts tun kann, außer am Kamin Patiencen zu legen, und wo nichts zu erhoffen ist. Doch das allein genügte dem König noch nicht. Jetzt hat er ihm auch noch den Chevalier de Lorraine entzogen und nach Italien ins Exil geschickt. Nach Italien möchte natürlich jeder, aber Philippe darf seinem Geliebten nicht folgen, weil er als Prinz von Geblüt seine Stellung bei Hof behaupten muss.

Mitgenommen von der Trennung hat er es hingenommen, dass der König Madame Verhandlungen über eine Allianz mit ihrem Bruder, dem König von England, anvertraut hat. Drei volle Wochen bleibt Henrietta in Dover, wo sich auch der unwiderstehliche Herzog von Monmouth aufhält. Madame kommt mit einem Vertrag zurück, in dem England verspricht, sich auf die Seite Frankreichs zu schlagen, sollte Louis XIV. Holland den Krieg erklären. Sie sieht erschreckend aus – wie eine bekleidete Leiche, der man Rouge aufgelegt hat. Und tatsächlich wird Monsieur innerhalb weniger als einer Woche nach ihrer Rückkehr zum Witwer.

Der König verzichtete weise darauf, gewissen Gerüchten nachzugehen, die von Giftmord sprachen, und begann schon nach einer politisch vorteilhaften Nachfolgerin zu suchen, als Madame noch nicht einmal unter der Erde war. Ohne sich um die Wünsche seines jüngeren Bruders zu kümmern, fiel seine Wahl auf eine arme Prinzessin aus dem niederen Adel, die bei der Verteilung der Schönheit von den guten Feen offenbar vergessen worden war. Nachdem Monsieur den Ehevertrag unterzeichnet hatte, erhielt er ein neueres Porträt von ihr.

Bestürzt zeigt er es dem Marquis d'Effiat und dem Chevalier de Rohan. »Seht Euch das an! Sie sieht aus wie ein Blumenkohl mit einer gekeimten Kartoffel als Nase.«

Der Marquis d'Effiat prustet. Monsieur versetzt ihm eine Maulschelle.

»Dass Eure Verlobte hässlich aussieht, ist, so fürchte ich, noch nicht das Schlimmste«, sagt Rohan.

Der Herzog von Orléans reicht ihm das Porträt. »Nicht das Schlimmste? Habt Ihr das hier gesehen?«

»Nach allem, was man sich über sie erzählt, soll sie recht schlampig sein. Sie riecht nach Kohl, weil man sie seit Kindertagen damit ernährt. Nach Zwinger riecht sie ebenfalls, weil sie ihre Hunde bei sich im Bett schlafen lässt. Und schließlich riecht sie nach Schweiß, weil sie gerne auf die Jagd geht und sich dabei viel bewegt. Die Mischung ist so aufdringlich, dass man in zehn Schritt Entfernung und mit geschlossenen Augen feststellen kann, ob sie sich in einem Raum aufhält.«

Monsieur blickt ihn verwirrt an. »Hat sie denn dort, wo sie herkommt, keine Leute, die etwas dagegen tun?«

»Sie hasst es, Toilette zu machen. Und sie will nicht, dass ihre Frauen sie nackt sehen.«

»Wäscht sie sich denn wirklich nie?«

»Niemals.«

Der Prinz ist entsetzt. »Mein Gott! Wenn das so ist, kann ich keinesfalls mit ihr schlafen!«

Rohan gibt ihm das Porträt zurück. »Es muss aber nun einmal sein. Der König fordert es, weil sonst die Ehe nichtig ist. Außerdem hat Madame Euch nur zwei Mädchen hinterlassen. Wenn Ihr also einen Sohn wollt …«

Philippe d'Orléans schüttelt den Kopf. »Unmöglich. Es geht nicht. Ich würde sterben.«

Rohan macht es sich in einem Sessel bequem, streckt die langen Beine aus und lässt seine Fingergelenke knacken. »Doch, Ihr könnt. Ich wüsste da jemanden, der Euch liebend gern helfen würde und so gut darin ist, dass Eure Verlobte ganz erträglich werden könnte.«

Monsieurs Gesicht hellt sich auf.

»Gehört dieser Jemand zu Eurem Freundeskreis? Kenne ich ihn?«

»Aber ja. Ihr kennt sie sehr gut!«

Ehe ich Euch über die Rückkehr von Nine La Vienne berichte, möchte ich kurz über die Prinzessin sprechen, die Eure Patin geworden ist, Charles.

In der Zeit, über die ich hier schreibe, ist sie neunzehn Jahre alt, heißt noch Elisabeth Charlotte von der Pfalz und ist die Tochter des pfälzischen Kurfürsten. Die Pfalz, ihre Heimat, liegt als kleiner Staat eingeklemmt zwischen unserer Ostgrenze und einigen anderen deutschen Staaten. Karl Ludwig, Pfalz graf bei Rhein, lebt bigamistisch und hat zwei Kinder mit seiner Ehefrau und acht mit seiner Mätresse. Elisabeth Charlotte, die junge Braut, hat nicht das geringste Interesse an einer Ehe mit dem Bruder des Königs von Frankreich. Sie ist Protestantin und würde sich dafür verachten, wegen eines Ehemannes – so interessant er auch sein mag – die Religion zu wechseln. Außerdem gefällt ihr das, was man ihr von ihrem Zukünftigen berichtet, überhaupt nicht. Viel lieber würde sie einen deutschen Adeligen ehelichen, der ihre Vorliebe für die Natur, das einfache Leben und lange Spaziergänge teilt. Aber die Tochter eines Adeligen hat ebenso wenig Einfluss auf die ihr zugedachte Zukunft wie die Tochter eines Baders. Angesichts ihrer Vorbehalte antwortet der Kurfürst, wie es fast alle Väter tun: »Ich gebe dir den Ehemann, der mir als Schwiegersohn nützlich ist, mein Kind.« Er bringt sie nach Metz, lässt sie zum Katholizismus konvertieren und gibt sie Seiner königlichen Hoheit Philippe, Herzog von Orléans, zur Frau, der zu diesem Anlass von Herzog du Plessis-Praslin vertreten wird. Dann küsst er sie und verlässt sie in Straßburg mit dem Hinweis, sich nie über die französischen Sitten zu wundern. Eure zukünftige Patin schluchzt bis Châlons, wo sie ihrem Ehemann zum ersten Mal begegnen soll.

Sie liebt das Familienleben auf deutsche Art, wo man sich nicht um Äußerlichkeiten und Etikette kümmert, deftig isst, bequem kleidet, laut lacht, früh aufsteht und früh zu Bett geht, gute Bücher liest, bei offenem Fenster schläft und immer ausspricht, was man denkt. Sie hält sich für hässlich wie die Nacht, hat aber kein Interesse daran, anderen zu gefallen. Sie musste ihre Dienerinnen fragen, ob Ehemänner mit ihren Frauen das tun, was Hunde mit Hündinnen machen, und die Aussicht darauf, Kinder bekommen zu müssen, ist keineswegs nach ihrem Geschmack. Sie besitzt überdurchschnittlich viel Geist, Charakter und Herz, hat keinerlei Hang zur Intrige und kein Interesse an Macht, aber dafür einen Freimut, wie man ihn am französischen Hof bisher nicht kannte.

Dies, Monsieur, ist die sehr originelle Prinzessin, die Ihr bald kennenlernen werdet. Natürlich hat sie sich im Lauf der Jahre ein wenig verändert, aber ich wage zu bezweifeln, dass dies auch die Qualitäten betrifft, die sie so einzigartig machen. Trotz des Rangunterschieds und der Umstände hat sie Eure Mutter sehr gern gehabt, und ich glaube, dass sie auch Euch von Anfang an lieben wird, weil Ihr sie an die verlorene Gefährtin erinnert. Eure Mutter liebte sie ebenfalls. Ihr werdet sehen, dass sie es Madame verdankte, dass ihre Träume schließlich in Erfüllung gingen. All ihre Träume, Charles. Euch inbegriffen.

Der Chevalier de Rohan findet Nine im Klostergarten. Sie sitzt auf einem Schemel inmitten von Nacktschnecken und Heilkräutern. Er hat den Weg nach Almenêches in kleiner Begleitung ohne Unterbrechung zurückgelegt, weil er ihr die Neuigkeit gern selbst verkünden wollte. Schon jetzt lacht er bei dem Gedanken an die Freude, die er ihr macht.

Als Nine ihn mit herrischem Schritt durch den Garten auf sich zukommen sieht, werden ihre Knie so schwach, dass sie nicht aufstehen kann. Der Chevalier walzt ein Salbeibeet nieder, als er sich vor ihr aufbaut.

»So empfängt man also seine Freunde?«

»Entschuldigt bitte, Monseigneur. Ich war recht krank und bin noch nicht gänzlich wiederhergestellt.« Sie lächelt, aber ihre Lippen zittern. »Ihr kommt mir immer noch sehr groß vor.«

»Und doch bin ich nicht mehr der Großjägermeister Seiner Majestät.«

»Wieso das?«

»Ich habe mit Madame de Montespan geschäkert. Daraufhin hat mir der König das Amt entzogen. Ich erinnere mich eines Tages kurz nach der ›Fronde der Fürsten‹ im Louvre. Louis war vielleicht fünfzehn oder sechzehn Jahre alt. Wir spielten bei der Königinmutter. Er hatte gegen mich gewonnen und verlangte, dass ich ihn sofort bezahlen sollte. Ich hatte aber nur spanische Münzen bei mir. Er wollte jedoch Louis, und die sofort. Ich öffnete das Fenster, warf meine Münzen in den Hof und sagte, wenn sie nicht gut genug für ihn wären, dann wären sie es auch für niemand anderen. Kardinal Mazarin nahm den König beiseite und sagte: ›Sire, der Chevalier de Rohan hat wie ein König gespielt, Ihr aber wie ein Chevalier de Rohan.‹ Naiv, wie ich war, dachte ich, Louis hätte meine Geste bewundert. Inzwischen bin ich der Ansicht, dass er, obwohl er meine Gesellschaft sucht, nie aufgehört hat, den Augenblick vorzubereiten, in dem er mir die Flügel stutzen würde. Eifersucht ist seine Achillesferse. Eine Bagatelle für einen gewöhnlichen Mann, aber ein tödliches Gift für einen König.«

Der Chevalier runzelt die Stirn. »Was nun Euch angeht, meine Liebe, so seid Ihr noch magerer, als ich Euch in Erinnerung habe.« Er beugt sich vor und betrachtet sie aus der Nähe. »Bei allen Teufeln, Comtesse, man sagt zwar, dass die Ehe eine Frau verändere, aber das …«

Nine senkt den Kopf. »Nennt mich bitte nicht Comtesse, Monseigneur.«

Rohan hockt sich vor sie. Nines Stirn, Wangen, Hals und Hände sind mit frischen Narben übersät.

»Was hat Cholay Euch angetan, kleines Mädchen?«, murmelt er. Er streift die Handschuhe ab und fährt mit dem Finger über ihren Unterarm, wo frische Narben die alten überlagern. »Warum habt Ihr mir nicht früher geschrieben? Ich hätte Euch geholt!«

Nine ist so bewegt, dass ihre Stimme rau klingt. »Wirklich?«

Der Chevalier nimmt ihre Hand. »Habe ich Euch je enttäuscht seit jenem Tag, als Ihr mich batet, Euch mit der Armee ins Feld zu schicken?«

Nine hebt die Augen. »Habt Ihr meinen Brief an Monsieur Francine weitergegeben?«

Der Chevalier verzieht enttäuscht das Gesicht. »Ihr kleingläubiges Weib …«

Nine blickt ihn voll wilder Hoffnung an. »Ist er gerettet?«

Rohan lächelt. »Das wird er Euch selbst sagen. Fühlt Ihr Euch in der Lage zu reisen?«

Sie betastet ihre Beine unter dem Habit der Novizin. Jeden Morgen muss Schwester Angéline ihr helfen, ihn anzulegen. »Wenn es nicht unbedingt zu Pferd oder zu Fuß ist, glaube ich schon.«

Der Chevalier reicht ihr die Hand. »Gut, dann nehme ich Euch mit.«

Nine wirft einen ängstlichen Blick auf die Mauer, die den Klostergarten umgibt. »Und mein Gatte? Wird er ebenfalls dabei sein?«

»Euer Gatte weiß noch nicht Bescheid, und wir sehen zu, dass er es so spät wie möglich erfährt. Kommt Ihr?«

Nine legt einen Zwischenaufenthalt bei der Fürstin de Guéméné, der Mutter des Chevaliers, ein. Rohan bittet seine Mutter, die Klosterfrau aus Almenêches wieder in die Comtesse von Cholay zu verwandeln. Nine erkennt ihre Gastgeberin sofort. Die schöne, hochmütige Dame ist jene, die sie am Tag ihrer Audienz in Versailles beiseitegestoßen hat. Von ihr hat Louis de Rohan die hellen Augen, das Profil, die hochgewachsene Gestalt und den Stolz.

Die Fürstin führt den Schützling ihres Sohnes in ein Kabinett, das wie einer der Salons in Versailles ausgestattet ist und wo ihre Leute sie dreimal täglich umziehen.

»Seid Ihr in meinen Sohn verliebt, Comtesse?«, fragt sie ohne Umschweife.

Unwillkürlich errötet Nine. »Nein, Madame. Aber ich bin ihm zu ewigem Dank verpflichtet.«

»Dann macht Ihr also keine Schweinereien miteinander?«

»Ganz bestimmt nicht!«

»Sehr gut. Ich werde mich jetzt hier hinsetzen, während man Euch umkleidet, und Euch zum Zeitvertreib erzählen, was ich von ihm halte. Das kann Euch nützen, und mir tut es gut. Ihr werdet mir das Kleid zurücksenden, nicht wahr? Die Unterwäsche nicht, nur das Kleid. Hört Ihr mir überhaupt zu, Comtesse?«

Selbst die gleichgültigsten Mütter strahlen normalerweise ein wenig Wärme aus, wenn sie von ihrem Sohn sprechen. Die Fürstin von Guéméné jedoch scheint ihrem Sprössling gegenüber nichts als Verdruss und Groll zu empfinden. Der Chevalier verspielt seine Renten und sein Erbe, und sollte er eines Tages in der Gosse enden, wäre es nur gerecht. Der Chevalier geht zu verheirateten Frauen und ins Hurenhaus, und würde er eines Tages von der Syphilis zerfressen, wäre es nur gerecht. Der Chevalier geht mit dem König um, als wäre dieser sein Freund oder gar Bruder. Sollte der König eines Tages genug davon haben, wäre es nur gerecht. Der Chevalier hält sich für aller Welt überlegen. Sollte er eines Tages von aller Welt verlassen sein, wäre das nur gerecht.

Nine ist bestürzt darüber, so von einem Mann reden zu hören, dem sie fast alles verdankt, und antwortet: »Ich habe das Glück, Madame, Euren Sohn unter einem sehr viel schmeichelhafteren Aspekt kennengelernt zu haben.«

Die Fürstin seufzt. »Ihr kennt ihn kaum und seid in dem schönen Alter, in dem man noch Illusionen hat. Ich gehe jede Wette ein, dass er auch Euch schwer enttäuschen wird. Wettet Ihr dagegen?«

Nine zeigt auf ihr Nonnenhabit, der inzwischen auf dem Boden liegt. »Sehr gern, aber ich fürchte, ich kann nur mich selbst als Pfand einbringen.«

»Seid Ihr, abgesehen vom Namen Eures Gatten, überhaupt etwas wert?« Die Fürstin hebt ihre Lorgnette und betrachtet sie mit eiskalten Augen.

Nine macht der Dienerin, die sie gerade pudert, ein Zeichen, sich zu entfernen. Sie trägt ein locker sitzendes Kleid, das die Brust hervorhebt und von dort bis auf die Füße fällt, ohne die Rippen einzuzwängen. Drei Fingerbreit venezianische Spitze ersetzen die Halskette. Die schimmernden Locken der Perücke fallen ihr auf die Schultern, und mit den langen Handschuhen sieht sie ganz und gar nicht mehr bäuerlich aus. Auch ihre Narben sind fast unsichtbar.

»Ich wage für mich in Anspruch zu nehmen, Madame, meinen Wert nicht vom Comte de Cholay abhängig zu machen.«

»Sieh mal einer an. Singt Ihr denn? Oder tanzt? Oder musiziert Ihr?«

»Leider nein.«

»Dann zeichnet Ihr vielleicht?«

»Ebenfalls nicht.«

»Wenn Ihr nichts könnt, was wollt Ihr mir bieten?«

Auf dem Dekolleté der Fürstin hat Nine einen merkwürdig zweifarbigen Schönheitsfleck bemerkt. Sie beugt sich vor und berührt ihn mit dem Finger. »Vielleicht ein paar Jahre Leben? Aber nur, wenn Ihr bereit seid, diesen Knoten hier entfernen zu lassen, ehe er Wurzeln schlägt und sich in einen Tumor verwandelt.«

Die Fürstin von Guéméné fährt zurück, als hätte Nines Finger sie verbrannt. »Wer seid Ihr, dass Ihr vorgebt, Euch mit solchen Dingen auszukennen? Eine Hexe? Wisst Ihr, wie mit Hexen umgegangen wird?«

In der Kutsche, die sie zum Schloss Villers-Cotterêts bringt, wo der Herzog von Orléans seine Flitterwochen verbringen wird, lacht Rohan laut auf.

»Eine Hexe? Genau das braucht Monsieur jetzt.«

Nine ist nicht zu Scherzen aufgelegt. Sie hat ein Jahr in einer Folterkammer und neun Monate in einem Kloster verbracht und hat Angst davor, so plötzlich in die große Welt zurückgestoßen zu werden. Beim kleinsten Geräusch zuckt sie zusammen, und bei der Aussicht darauf, Menschen wiederzusehen, die sie kennt, und Unbekannten zu begegnen, würde sie sich am liebsten in einem tiefen Loch verkriechen. Sie hat keine Ahnung, wie sie eine königliche Hoheit, die sie nie gesehen hat und deren Sprache sie nicht spricht, überzeugen soll, sich von ihr baden, parfümieren und schminken zu lassen.

Die pfälzische Prinzessin sitzt mit einem Zobelumhang auf den Knien vor einem Sekretär. Sie schreibt einen Brief, der sie sehr zu berühren scheint, denn sie weint heiße Tränen. Rechts von ihr steht eine ältere Frau mit Dragonerfigur und strengem Gesicht. Sie reicht der Prinzessin ein Taschentuch nach dem anderen und scheint ebenso traurig zu sein wie sie. Hinter dem Dragoner erkennt Nine Henriette de Gordon-Praslin, die bereits Henrietta, der verstorbenen Madame, als Gesellschaftsdame gedient hatte. Diese äußerst unsympathische Person stammt aus Schottland, hat von Narben zerklüftete Wangen, eine feuchte Aussprache, fummelt gern an den Hosenknöpfen der Herren herum und hält sich für unendlich spirituell.

Während die Gordon sie großzügig ignoriert, das Dragonerweib mit Hingabe die benutzten Taschentücher seiner Herrin untersucht und besagte Herrin sich die Nase mit Tinte beschmiert, als sie sich mit der Hand abwischt, nimmt Nine ihren ganzen Mut zusammen, macht eine Reihe so tiefer Hofknickse, wie ihre Knie es eben zulassen, und stellt sich mitten ins Zimmer.

»Wenn Eure königliche Hoheit mir einen Moment Aufmerksamkeit schenken möchten – man hat mich geschickt, Euch Parfüms und Puder einer ganz neuen Art vorzuführen.«

Die neue Madame dreht sich abrupt auf ihrem Stuhl um und mustert Nine. Sie sieht aus wie eine Bulldogge. »Ich lege keinen Wert auf Parfüm und Puder. Ihr seid wer?«

»Nine Marie, Comtesse de Cholay.«

»Hat Monsieur Euch geschickt? Ich weiß, dass er nicht zufrieden mit mir ist. Zwar bemühe ich mich seit der Hochzeit um ein einigermaßen vernünftiges Aussehen, aber ich sehe nur zu gut, dass ich ihm überhaupt nicht gefalle. Was bei meiner Hässlichkeit nicht weiter verwunderlich ist.«

Ihr Französisch ist ausgesprochen korrekt, aber sie spricht es mit schwerfälligem Akzent. Und sie ist wirklich hässlich. Ihre Hässlichkeit ist geradezu dazu angetan, Monsieur abzuschrecken. Dabei liegt das Problem weniger in der Harmonie ihrer Züge oder ihrer Gestalt als vielmehr in ihrer ungehobelten Art. Ausgerechnet diese Prinzessin, die aussieht und sich benimmt wie eine Bauerntochter, wurde dem empfindlichsten Mann am ganzen Hof vermählt. Zu allem Überfluss riecht sie auch wie eine Bäuerin. Als sie aufsteht und sich breitbeinig und mit ausgebreiteten Armen hinstellt, sind ihre Körperausdünstungen so stark, dass Nine peinlich berührt die Augen niederschlägt.

Mit einer verunsichernden Schlichtheit dreht die Prinzessin sich um die eigene Achse und sagt: »Seht selbst.«

Frankreichs Damen kleiden sich im November in Samt, schwere Seide und Brokat. Madame hingegen trägt ein hellblaues Taftkleid, das vielleicht auf einen Provinzball gepasst hätte, aber kein einziges Schmuckstück. Ihr fettiges Haar liegt platt am Kopf an. Unter dem Kleid blitzt ein Pantoffel hervor, den sie wie das Kleid aus ihrer Heimat mitgebracht haben muss und vermutlich seit Kindertagen trägt, denn der Stoff ist völlig abgewetzt. Die Prinzessin folgt Nines Blick, greift nach ihren Röcken und zieht sie hoch. Ihre Waden sind muskulös wie die eines Bauarbeiters und stecken in Wollstrümpfen und gefütterten Pantoffeln, wie sie François La Vienne abends vor dem Kamin zu tragen pflegt.

Madame lächelt zerknirscht. »Ich habe gern warme Füße.«

Ihr Lächeln und diese Worte treffen Nine mitten ins Herz. Sie erwidert das Lächeln und antwortet: »Ich auch, Eure Hoheit. Im Winter stopfe ich meine Schuhe mit Stroh aus. Stroh hält wärmer als Schafwolle, und außerdem saugt es Feuchtigkeit auf.«

Madame schlägt dem Dragonerweib begeistert auf die Schulter und ruft: »Hört Ihr, Kolb? Endlich einmal eine Französin, die so ist wie wir.«

An Nine gewandt erklärt sie: »Kolb ist meine Gouvernante. Ich habe sie aus der Pfalz mitgebracht und hoffe, dass Monsieur sie mir lassen wird. Sie ist der einzige Mensch, dem ich vertraue. Seid Ihr verheiratet?«

Nines Lächeln erlischt. »Ja, Eure Hoheit.«

»Gut verheiratet?«

Nine zögert. »Nicht ganz nach meinem Geschmack, Eure Hoheit. Aber ich glaube, das sind die wenigsten Frauen.«

Die Prinzessin setzt sich wieder. Sie setzt sich wie ein Mann, der von den Feldern oder der Jagd zurückkehrt – breitbeinig und die Hände flach auf den Oberschenkeln. »Eure Offenheit gefällt mir. Mir scheint, in Frankreich muss man ständig über unwichtige Dinge reden, aber nie über wichtige. Seit einer Woche habe ich nur Leute kennengelernt, die auf meine Fragen mit Bemerkungen über das Wetter an Allerheiligen oder die hübschen, mir zu Ehren errichteten Blumenbögen geantwortet haben. Dabei wünsche ich mir, dass mir jemand sagt, was ich tun oder wie ich sein soll, damit Monsieur mich weniger entsetzt ansieht.«

Nine wartet einige Sekunden, ehe sie antwortet. »Ich helfe Euch gern, wenn Ihr es wollt. Allerdings hielte ich es für sinnvoll, wenn wir uns unter vier Augen unterhalten könnten.«

»Kolb ist niemand – sie kann bleiben. Herzlichen Dank, Madame de Gordon-Praslin. Wir sehen uns dann später.«

Nachdem die Schottin das Zimmer verlassen hat, zieht Madame ihren Sessel so ans Fenster, dass sie vom Tageslicht unbarmherzig ausgeleuchtet wird, und fragt:

»Und? Wie findet Ihr mich?«

Nine geht vor ihr in die Hocke. »Gebt mir Eure Hände, Eure Hoheit.«

»Ich habe Maulwurfsschaufeln. Darin könnt Ihr nichts lesen.«

Ihre Finger sind breit, die Nägel schmutzig.

Nine dreht die Hand um und betrachtet den rötlichen Handteller. »Sind Eure Hoheit nicht der Ansicht, dass es der sicherste Weg ist, jemandes Herz zu gewinnen, herauszufinden, was dieser Jemand mag und warum er es mag?«

»Ganz bestimmt.«

»Wünscht Ihr, dass ich Euch zeige, was Euer Gatte mag? Ich habe ihm im Palais-Royal gedient, und hätte man mich nicht verheiratet, würde ich heute noch vor ihm auf den Knien liegen wie jetzt vor Euch, ihm die Hände massieren und seine Zehen parfümieren.«

»So etwas tut man hier als Comtesse? Ein merkwürdiges Land!«

»Ich bin von niederer Geburt, Eure Hoheit. Mein Vater führt ein Badehaus, und mein Onkel ist Perückenmacher mit eigener Werkstatt.«

»Tatsächlich? Dann müsst Ihr wirklich schlau sein, denn davon bemerkt man nichts.«

Über dieses Kompliment muss Nine lächeln. »Eure Hoheit werden schnell lernen, dass in Frankreich nichts nützlicher ist als eine Vielzahl von Masken. Monsieur benutzt sie häufig und missbraucht sie manchmal. Er liebt es, unter einem anderen Äußeren aufzutreten.«

»Unter einem anderen Äußeren? Wie macht er das?«

»Wenn Ihr Lust habt, kann ich es Euch zeigen. Jetzt sofort und an Euch selbst.«

Madame verzieht ihre geschwungenen Lippen zu einem Lächeln, mit dem sie aussieht wie ein Wels. »Wäre mein Gemahl dann zufriedener mit mir?«

»Das ist doch das Ziel, nicht wahr?« Nines Augen funkeln.

Die Prinzessin lacht. »Genau, das ist das Ziel. Ihr gefallt mir wirklich, Madame de Cholay. Macht mit mir, was Ihr mit Monsieur gemacht habt. Wir werden ja sehen, ob es zu etwas Gutem führt.«

Es führt zu einer vollzogenen Ehe. In Châlons, wo er Madame kennengelernt und seine erste Nacht mit ihr verbracht hat, und später in Épernay und Château-Thierry, wo das Paar auf dem Weg nach Villers-Cotterêts übernachtete, hat es Philippe d'Orléans nie länger als eine Viertelstunde im Bett seiner Frau ausgehalten und sie nicht ein einziges Mal berührt. An jenem Abend jedoch entdeckt er auf dem Kopfkissen nebenan eine zwar dicke, aber immerhin gepuderte und frisierte Frau mit weicher Haut, die nach Reseda duftet. Das Unvermeidliche findet ohne großes Vergnügen für die Dame, aber durchaus nicht zum Missvergnügen des Herrn statt. Weil die pfälzische Prinzessin daran gewöhnt ist, früh zu Bett zu gehen, schläft sie sofort ein, nachdem ihr Gemahl den letzten Seufzer ausgestoßen hat. Monsieur schließt sich ihr an, und der

Morgen findet sie vereint unter einer Decke und beide äußerst erleichtert. Der Ehre ist Genüge getan, der Verbindung mit der Pfalz desgleichen, und die Robustheit seiner neuen besseren Hälfte gibt Monsieur Anlass zur Hoffnung auf viele gesunde Söhne.

Der Herzog von Orléans legt Wert darauf, erwiesene Dienste gut zu entlohnen. Kaum ist er wieder in seinen eigenen Gemächern, lässt er Nine rufen. Als sie blass und bewegt über das Wiedersehen eintritt, eilt er ihr mit einem schalkhaften Lächeln entgegen.

»Madame de Cholay! Euer Weggang im letzten Jahr hat mich sehr verärgert, aber die Befriedigung, die Ihr mir heute schenkt, löscht meinen gestrigen Zorn aus. Herzlich willkommen.«

Nine blickt ihm gerade in die Augen. »Ich habe Euch nicht aus eigenem Antrieb verlassen, Eure Hoheit.«

»Ihr heiratet klammheimlich einen schönen Mann von hoher Geburt und verschwindet bei Nacht und Nebel mit ihm – und ich soll glauben, man hätte Euch gezwungen?«

Nine wendet den Blick ab. Monsieur nimmt ihren Arm und geleitet sie in eine Zimmerecke.

»Ich habe Euch redseliger im Gedächtnis, als Ihr noch nicht Comtesse wart, Mademoiselle Neffe. Hat unser Freund Cholay Euch enttäuscht? Er ist doch sehr kraftvoll.«

Nine zögert nur kurz, ehe sie mit einer Geste eine ihrer Schultern entblößt. »Und auch sehr einfallsreich.«

Bestürzt betrachtet Monsieur die Brandnarben auf der schmächtigen Brust.

»Diese Verzierungen wurden mir letzten Winter mit einem Schürhaken beigebracht«, sagt Nine leise.

Nine hat sich bereits wieder bedeckt.

»Erbarmen! Wer weiß davon?«, flüstert Monsieur.

»Die Nonnen von Almenêches, die mich gesund gepflegt haben. Der Chevalier de Rohan, der mich auf Euer Ersuchen abgeholt hat. Und jetzt auch Eure Hoheit.«

Philippe d'Orléans bekreuzigt sich. »Ihr kehrt nicht in die Normandie zurück. Ihr bleibt bei mir.«

»Wird der König das erlauben? Es war Seine Majestät, der meinen Gatten auf seinen Besitz verbannt hat, und mich mit ihm.«

»Ich werde ihm sagen, dass Ihr, wenn er will, dass der pfälzische Kurfürst sein Freund bleiben soll, jeden Tag dafür arbeiten müsst, meine Gemahlin hübscher zu machen, als ihre Eltern es taten. Nine La Vienne diente Monsieur, ohne ein besonderes Amt innezuhaben. Die Comtesse de Cholay dient Madame auf die gleiche Weise. Ich werde Euch aus meiner eigenen Schatulle bezahlen, was Ihr verlangt. Ihr bleibt in unserer Nähe – hier oder in Saint-Cloud und auch in Versailles. Wenn wir uns in Paris aufhalten, wohnt Ihr im Palais-Royal. Eure Dienste umfassen nur das Allernötigste, und Ihr verbringt den Rest der Zeit damit, Hippokrates oder Galenus zu studieren, ganz wie Ihr wollt. Ich habe über Euer Anliegen nachgedacht. Die Pariser Fakultät ist mächtig, und auch wenn der König gerne zuhört, wie Molière sich über sie lustig macht, fürchtet er sie doch. Um die Herren Doctores nicht vor den Kopf zu stoßen und ein Verbot des Königs zu riskieren, werden wir Euch unter dem Namen Ninon La Vienne einschreiben, der ebenso gut ein Männername sein kann. Ihr geht als Neffe von Monsieur La Vienne zu den Vorlesungen. Bis Ihr Eure Diplome habt, was frühestens in fünf oder sechs Jahren der Fall sein wird, werden wir sicher eine Möglichkeit finden, Eurem Geschlecht die Lorbeeren zukommen zu lassen.«

Nine hat Tränen in den Augen.

Der Herzog von Orléans lächelt sie verschmitzt an. »Könnte

es sein, Mademoiselle Neffe, dass Ihr nach einigen Umwegen immer das erreicht, was Ihr wollt?«

Nach einigen Umwegen …

Ich hoffe, dass dieser Satz auch auf Euch und mich zutrifft, Charles.

Während ich schreibe, bete ich, dass wir am Ende dieser Geschichte und am Ende des Weges wieder zusammenfinden.

Seit dem allerersten Tag warte ich auf Euch. Es war der Tag Eures Zorns und meiner Ratlosigkeit, der Tag des Königssohns und des Sohnes von Niemand, der Tag, an dem Ihr meinen Mund ansaht und ich Euer Gewicht auf den Knien spürte.

Jener Tag, an dem ich mich Euch schenkte.

Meine Unterwürfigkeit ist Euch peinlich? So viel hattet Ihr nicht erwartet? Die Vorstellung, dass ich mich geopfert habe, gefällt Euch nicht?

Ich habe mir nie ausgesucht, wen ich liebte. Es war immer die Liebe, die mich erwählt hat.

Nun muss ich Euch nur noch erzählen, wie es geschah.

Am Tag vor Aschermittwoch des Jahres 1672 trifft der Geleitzug aus neun Kutschen und dem Wagen von Monsieur und Madame im Vorhof von Versailles ein. Batiste Le Jongleur hat bis zum Morgengrauen gearbeitet, um die Trinkwasserversorgung der Gemächer im Südflügel zu gewährleisten, die der König zu Ehren seiner neuen Schwägerin hat modernisieren lassen. Seit seiner Entlassung aus dem Gefängnis schweißt Batiste Tag und Nacht und sonn- und feiertags Rohre zusammen. Mit zusammengebissenen Zähnen und ohne Pause. Tut er es aus Dankbarkeit gegenüber François Francine, der ihn aus dem Gefängnis befreit, aus dem Lehrverhältnis von Denis Jolly gelöst und in seine eigene Gruppe geholt hat und ihm trotz seiner kriminellen Vergangenheit sein Vertrauen schenkt, seine Ideen schätzt und ihn weniger als Arbeiter, sondern eher wie einen Adoptivsohn behandelt? Nein. Francines Hilfe war bezahlt worden, und zwar sehr gut. Dass der Generalintendant der königlichen Brunnen in der Conciergerie vorstellig wurde und dem Gefangenen seine Befreiung gegen den Bauplan einer gewissen Maschine anbot, von der in einem Brief einer gewissen Comtesse die Rede war, den ein gewisser Chevalier überbracht hatte, war nicht seiner Großzügigkeit geschuldet, sondern reinem Interesse. Diese Maschine, deren Mechanik Batiste in glücklichen Zeiten Nine La Vienne einmal erklärt hatte, als sie sich unter den Linden des Palais-Royal trafen, gestattet es einem Arbeiter unter Zuhilfenahme einer wind-, wasser- oder handgetriebenen Mühle, vierundzwanzig Spiegel in einer Zeit zu polieren, die er sonst für einen einzigen gebraucht hätte. Fasziniert von der Möglichkeit, die Produktivität der Glasermeister von Versailles deutlich zu steigern, sicherte Monsieur Colbert François Francine die ausschließliche Nutzung des Verfahrens für eine Dauer von dreißig Jahren zu und verbot jede Art von Nachahmung. Der Generalintendant der königlichen Brunnen war bereits ein reicher und bei Hof hoch angesehener Mann. Jetzt ist er noch reicher, und Monsieur Colbert schwört auf ihn. Die Preisgabe seiner Erfindung hat Batiste gerettet, aber er ist verbittert, dass er damit die einzige Möglichkeit verloren hat, sich ein ehrenwertes Leben zu sichern. Selbst die wiedergewonnene Freiheit kann ihn nicht darüber hinwegtrösten.

Er weiß, dass die Comtesse de Cholay die Normandie verlassen hat und den Winter bei der zweiten Gemahlin von Monsieur verbringen wird. Schon tausendmal hat er darüber nachgedacht, nach Saint-Cloud oder zum Palais-Royal zu eilen, um sie zu sehen. Tausendmal. Dann aber berührte er die Narben, die der Spanische Stiefel auf seinen Knöcheln hinterlassen hat, und die Königslilie, die ihm in den Rücken gebrannt wurde, und verzichtete lieber. Er hat Dutzende Briefe geschrieben und einen nach dem anderen wieder zerrissen. Die Monate in der Kloake des Kerkers, in denen er immer wieder seine Trauer, seine Fehler und seine Fehlschläge Revue passieren ließ, haben ihn tiefer gezeichnet als die Zange des Folterknechts. Er hat seine Lebenslust und den Glauben an seinen guten Stern verloren. Er besitzt nichts, was er einer Frau bieten könnte. Vor allem nicht dieser Frau.

Als jedoch die Damen der Herzogin von Orléans plaudernd aus den Kutschen steigen, klettert er auf eine Mauer und sucht nach Nine. Er erkennt sie sofort. Klein und grazil steht sie neben einer Deutschen, die ebenso breit wie hoch ist, und trägt den gefütterten Umhang, den sie auch an dem Tag umgelegt hatte, als er sie küsste.

Auf der Freitreppe dreht sie sich um. Ihr Blick gleitet über die Diener, die Koffer und Truhen schleppen, und verweilt bei der Grotte der Thetis. Batiste zieht sich in den Schatten zurück. Mit Perücke und weiß gepudertem Gesicht gehört die Comtesse de Cholay zu einer Welt, in welcher der Sohn der »Zitze« und des Pfarrers Philippeaux keinen Platz hat. Batistes Schicksal besteht darin, weiterhin Pinkelrinnen zu installieren, gemeinsam mit den Brunnenbauerlehrlingen im Pumpenhaus zu schlafen und den Boden durchzuwühlen wie eine Ameise, damit die Springbrunnen sprudeln, die diese Dame dann im Kreise von Leuten ihres Schlages betrachtet, während sie im Schatten der Sonnenschirme Sorbets kostet. Abgesehen von einigen Erinnerungen hat sie nichts mit ihm gemein. Er darf sie nicht mehr wiedersehen.

An diesem Abend, am nächsten Tag und an allen weiteren Tagen der Woche hofft Nine auf sein Erscheinen. Aus Angst davor, Louis XIV. über den Weg zu laufen, verlässt sie Madames Gemächer nicht. Im Umkleidezimmer hat man ihr ein Feldbett aufgestellt. Nine zählt die Stunden, die ihr ebenso langsam zu vergehen scheinen wie die ihrer Genesungszeit in der Klosterzelle. Glücklich, sie heil und gesund wiederzusehen, kommt ihr Pate regelmäßig zu Besuch und erzählt ihr, was sich am Hof abspielt.

Louise de La Vallière leidet darunter, dass Seine Majestät ihr die kalte Schulter zeigt. Sie ist erst sechsundzwanzig Jahre alt, bereitet sich aber schon auf ihren Rückzug ins Kloster vor. Der König braucht sie aber noch und will nichts davon hören. Madame de Montespan ist wieder guter Hoffnung. Die Witwe des Dichters Scarron zieht die beiden anderen Kinder der Favoritin in einem von Monsieur Colbert eigens für sie angemieteten Haus auf. Dem König geht es gut. Bestärkt durch den von Henrietta, der ersten Madame, ausgehandelten Pakt mit den Engländern bereitet er einen neuen Feldzug gegen die Holländer vor, die ihm zu erfolgreich und zu unverschämt sind. Der Krieg verspricht schrecklich zu werden, aber Seine Majestät spart keine Mühe, um seinen Ruhm zu vergrößern, dessen Widerschein über ganz Europa erstrahlen und bis nach China reichen soll.

Als der König erfährt, dass die Comtesse de Cholay trotz seines Verbotes den Besitz ihres Gatten verlassen hat, runzelt er zunächst die Stirn, doch nachdem Monsieur ihm das Wie und Warum erklärt hat, verwandelt sich sein Zorn schnell in Bestürzung. Er hatte gewusst, dass der Comte de Cholay ein Spieler ist, nicht aber, dass er Frauen verprügelt. Monsieur schickt sich an, über die schrecklichen Einzelheiten zu sprechen, aber der König will nichts mehr davon hören. Er scheint äußerst verärgert zu sein und leidet in der folgenden Nacht unter schweren Albträumen. Nach Ansicht des guten Bontemps hat sein Herr ein besseres Herz, als man gemeinhin annimmt, und bereut die allzu hastig festgesetzte Hochzeit. Nine kann also ruhig schlafen – man würde sie nicht nach Almenêches zurückschicken.

Aber Nine kann nicht schlafen. Sie denkt an Batiste.

Er kommt am Morgen der Abreise, als sie längst aufgehört hat, auf ihn zu warten. Sie steht hinter einer Kutsche und überwacht das Einladen des Gepäcks. Sie sieht ihn nicht kommen, aber als sie sich umdreht, steht er so dicht hinter ihr, dass sie nur die Hand ausstrecken müsste, um seine Wange zu streicheln. Genau das ist ihr erster Gedanke: die Hand auszustrecken und seine Wange zu streicheln. Aber der junge Mann vor ihr ist ein ganz anderer als der, dessen Lachen sie in ihrer Erinnerung sieht. Sein Gesicht ist ausgemergelt und voller Schatten, und seine Augen sind nicht mehr grün, sondern dunkelgrau. Nachtgrau. Aschgrau.

Sie streckt die Hand aus, streicht ihm über die Wange. »Ihr habt Euch verändert.«

Er nimmt seine Wollkappe ab. Sein Schädel ist rasiert. Er blickt sie an, als wolle er sich ihr Bild für immer auf die Netzhaut prägen, und fragt mit rauer Stimme: »Ihr nicht?«

Er beißt sich auf die Unterlippe. Sie sieht Blut unter seinen Zähnen hervorperlen und kann seinen Schmerz nachempfinden. Vom Fenster der Wohnung von Madame aus ruft das Dragonerweib Kolb nach der Comtesse de Cholay. Nine winkt, sie käme sofort. Als sie sich wieder umdreht, ist Batiste verschwunden.

Nach der Rückkehr in den Palais-Royal stürzt sich Nine in ihr neues Leben, als wolle sie sich darin ertränken. Sie kennt das Gesetz, das es Ehemännern gestattet, nach Gutdünken über Körper und Besitz ihrer Frauen zu verfügen, und jedes Mal, wenn sie das Haus verlässt, hat sie Angst, ergriffen, in eine Kutsche gezerrt und ihrem Herrn und Meister ausgeliefert zu werden. Ihr Weg nach draußen führt daher immer durch das kürzlich eingeweihte, angrenzende Badehaus, das sie als Comtesse de Cholay betritt und als Neffe Jean Quentins wieder verlässt. Mit Perücke und Schnallenschuhen überquert der sehr glaubwürdige Ninon La Vienne die Seine über der Pont-Neuf, um eine Viertelstunde später die Rue de la Bûcherie zu erreichen.

Dort, dem Hôtel-Dieu gegenüber, werden die heilkundlichen Wunder gelehrt, aufgeteilt in vier Lehrstühle: In der Physiologie beschäftigt man sich mit den *Res naturales*, den natürlichen Dingen, und den sechs *Res non naturales*, den nicht natürlichen Dingen – Licht und Luft, Essen und Trinken, Bewegung und Ruhe, Schlafen und Wachen, Ausscheidungen, Gemütsbewegungen. In der Pathologie geht es um die *Res contra naturam*, die widernatürlichen Dinge. Der dritte Lehrstuhl ist der Chirurgie gewidmet und der vierte der *Materia medica*, der Pharmazie. Die Professoren in ihren langen Gewändern und mit dem Doktorhut auf dem Kopf werden für die Dauer von zwei Jahren aus der Belegschaft der Fakultät gewählt.

Ihre Vorlesungen bestehen darin, in lateinischer Sprache Aristoteles, Hippokrates und Galenos zu rezitieren. Bei Letzterem wird jedes Kapitel zusätzlich von einem ebenfalls in Latein geschriebenen Dithyrambus untermalt, einem Loblied auf Dionysos. Ausgehend von diesen unwandelbaren Lehrsätzen teilen sich die Doctores in zwei Schulen auf, die beide an den Vorrang der Vernunft über die Erfahrung glauben, die von Descartes ererbten Gedanken anwenden und sich mit aller Gewalt bemühen, die Realität in die Form ihrer Theorien zu pressen.

Die größere der beiden Gruppen nennt man Iatromechaniker. Sie sehen den menschlichen Körper als Ansammlung von Organen, die mit Werkzeugen vergleichbar sind, welche nach den Gesetzen der Physik funktionieren. Ihrer Meinung nach ist das Herz nichts anderes als eine Feder, die Lunge ein Blasebalg, der Magen ein Destillierapparat, die Muskeln Seile, die Eingeweide ein Filter und die Adern Rohre. Für die Anhänger dieser Medizin geht die Linderung von Krankheiten in aller Regel mit dem Entfernen von Stauungen und anschließender Ausleerung einher. Wenn Nine diese Leute über ihre Heilmethoden reden hört, kommt ihr sofort der Gedanke, dass sie ausgezeichnete Klempner abgegeben hätten.

Die zweite Schule ist die der Iatrochemiker, welche in der Krankheit das Aufbegehren der Regulatoren zwischen sauren und alkalischen Säften sowie Gärung und Wallung sehen. Diese Mediziner verhalten sich eher abwartend und empfehlen als Universalheilmittel die Diät, und zwar vor, während und nach der Krankheit. Der Student Ninon La Vienne kann nicht begreifen, wieso Menschen, die ohnehin nur Brot zu essen haben, gesund werden sollen, wenn man sie fasten lässt. Beunruhigt nimmt er außerdem zur Kenntnis, dass seine Lehrmeister empfehlen, einen Kranken bis zu vierundzwanzig Mal am Tag zur Ader zu lassen, weil Blut sich angeblich ähnlich verhält wie Milch: Je mehr man abzapft, desto mehr wird nachgebildet. Nine, die bei der Lektüre von Paracelsus gelernt hat, dass sich medizinische Wissenschaft nicht auf Grundsätze, sondern auf die Praxis am Krankenbett gründen sollte, hört erschrocken, dass ein ordentlicher Arzt, der diesen Namen verdient, seinen Patienten keinesfalls entkleiden, abtasten und untersuchen darf. Um seine Diagnose zu stellen und die richtige Therapie zu finden, muss er sich damit begnügen, Fragen zum Sitz des Übels und dessen Auswirkungen zu stellen und das Gesicht, die Zunge, die Augen, den Puls, den Stuhl und das Blut zu begutachten.

Den Puls fühlt man, indem man drei Finger auf die Stelle des

Armes legt, wo zur Ader gelassen wurde. Er kann gleichmäßig und dabei beschleunigt oder schwach sein. Er kann auch unregelmäßig und dabei wechselseitig, zeitweilig aussetzend oder ebenfalls schwach sein. Oder er ist klein, angespannt, gestreckt, krampfhaft, selten, verspätet, wellenförmig, runzelig, kribbelnd, wogend, breit oder träge.

Das Blut betrachtet man nach dem Aderlass entweder in flüssigem oder in geronnenem Zustand. Ist es schwärzlich und wässrig, liegt Sumpffieber vor. Ein gelblicher Farbeinschlag weist darauf hin, dass das Übel in der Milz sitzt, bläulich grünes Blut auf eine kranke Leber, und rötliches, schnell gerinnendes Blut ist ein Anzeichen für eine Lähmung.

Urin analysiert man, indem man einen durchsichtigen Behälter schüttelt. So kann man zwischen mehr oder weniger krankhaften Gerüchen unterscheiden und erkennen, ob die Farbe ins Weiße, Orange, Safranfarbene, Rote, Weinrote, Grüne oder Blaue tendiert und ob die Hypostase – die Ablagerung auf dem Grund der Flasche – grob oder feinkörnig ist.

Ein Aderlass, ganz gleich, ob vorbeugend oder heilend, wird bei Kerzenlicht in einem Zimmer durchgeführt, dessen Läden geschlossen sein müssen. Man durchsticht die Adern an der Stirn, den Schläfen, der Nasenspitze und den inneren Augenwinkeln bei Migräne, Augenschmerzen und Gesichtskrankheiten, die der Unterlippe und der Zunge bei Geschwüren im Mund und Zahnschmerzen, die mittlere Armvene bei Schmerzen am Herzen und in der Lunge, die *Vena basilica* des rechten Armes für die Leber und die des linken Armes für die Milz. Am Knie lässt man gegen Nieren-, Blasen- und Oberschenkelschmerzen zur Ader. Die Adern oberhalb des Fußes durchsticht man bei Nierensteinen und Sterilität, die der Füße bei Hämorrhoiden, Gebärmutterleiden und Ausbleiben der Menstruation.

Abgesehen von Diät und Aderlass ist auch das Abführen sehr beliebt. Man führt es mithilfe eines Brechmittels von oben oder eines Klistiers von unten durch. Bei einem Klistier handelt es sich um eine in die Därme eingeführte Flüssigkeit, die erfrischt, den Bauch entspannt, den Stuhlgang fördert, Winde auflöst und den Geburtsvorgang erleichtert. Ambroise Paré sagt, dass es bereits von den Ägyptern erfunden wurde, die es den Störchen nachmachten, die häufig ihren Schnabel wie eine Spritze benutzen.

Diese Art Behandlung ist sehr bequem. Vorausgesetzt, die Birnspritze wird geschickt gehandhabt, kann man die Waschungen mit Ton, Milch, Kräutern, Einläufe, die erweichen, die adstringieren, Schmerzen lindern oder abführen, durchaus im Salon verabreichen, ohne die Unterhaltung zu unterbrechen. Man kann es auch bei Besuchen machen, sollte sich allerdings bei seinem Gastgeber erkundigen, ob man seine Garderobe benutzen darf.

Abführen kann man jederzeit, vorzugsweise allerdings morgens und, wenn möglich, bei untergehendem Mond. Die Ärzte des Königs gehen mit gutem Beispiel voran, und Seine Majestät fühlt sich ausgesprochen wohl, weil er auf diese Weise zwei bis drei Mal in der Woche gereinigt wird.

Nine ist zutiefst enttäuscht. Ihre Professoren sind sicherlich sehr gelehrt, aber ebenso dogmatisch und schwerfällig wie die Philosophen, deren Vorlesungen sie mit zwölf Jahren heimlich gehört hat. Weil Galenos den Chinarindenbaum noch nicht kannte, wollen sie nichts von Chinarinde wissen, obwohl man längst herausgefunden hat, dass Sumpffieber damit heilbar ist. Weil Hippokrates sich nicht oft genug mit geköpften Tieren oder amputierten Menschen beschäftigt hat, lehnen sie die Theorie von der Blutzirkulation, die der Engländer Harvey vor über vierzig Jahren veröffentlicht hat, in Bausch und Bogen ab. Sie halten sie für paradox, unnötig, unmöglich, absurd und schädlich. Die Vorlesungen der Fakultät werden weder von Vorführungen im Hospital noch von Laborversuchen oder Sezierungen begleitet. Der kurze Kontakt mit den Kriegsversehrten in Flandern hat Nine mehr über den menschlichen Körper gelehrt als die endlosen Vorlesungen der weisen Herren.

Um Baccalaureus zu werden, muss man drei Jahre studieren. Weitere zwei Jahre braucht der angehende Arzt, um das Diplom zu erhalten, und noch einmal zwei Jahre, um den Doktorgrad zu erreichen. In Paris kostet das Studium zwischen fünf und sechstausend Livres.

Die Kaste der Ärzte, die eifersüchtig ihre Errungenschaften hütet und sich trotz im Ausland gemachter Entdeckungen standhaft weigert, sich weiterzuentwickeln, die ihr Wissen nur bei Leuten anwendet, die ein Livre für die Konsultation bezahlen können, was dem fünffachen Einkommen eines Tagelöhners entspricht, verkörpert all das, was Nine verabscheut. Die willkürliche Ausübung einer egoistischen Macht, das wissentliche Zurückhalten von Erkenntnissen, die Weigerung, sich selbst infrage zu stellen, das Recht, über Leben und Tod anderer Menschen zu entscheiden, und die Verachtung von Frauen und einfachen Leuten. Die junge Frau ist dem Herzog von Orléans unendlich dankbar, dass er ihre Ausbildung finanziert und ihre Maskerade unterstützt, aber sie zieht es vor, für launisch und undankbar gehalten zu werden, statt sich an eine Lüge zu fesseln, in der sie sich zu verlieren droht. Man kann die Chirurgie auch ohne den Umweg über die Medizin erlernen. Chirurgen und perückenmachende Barbiere stehen sich nahe, ihr Beruf wird als Handwerk angesehen, und man erlernt ihn hauptsächlich am lebenden Objekt.

Nine will den Herzog von Orléans bitten, sie bei der Suche nach einem wirklich guten Chirurgen zu unterstützen, der sie unter ihrer wahren Identität und nur ein paar Stunden täglich annimmt. Immerhin hat sie mehr zu bieten als ein normaler Lehrling. Sie hat Erfahrung auf dem Gebiet der Barbierkunst und der Perückenmacherei, sie kennt die »Pharmacopée« von Nicolas Lemery auswendig, sie hat viele Hefte mit selbst ausprobierten Rezepturen auf der Basis von Düften gefüllt, und mit ihren achtzehn Jahren hat sie mehr Wunden genäht und Abszesse geheilt als der Dekan der Fakultät. Sie wird an den Anatomiekursen und den Vorführungen über den großen und kleinen Blutkreislauf teilnehmen, die öffentlich und kostenlos im Auditorium der königlichen Gärten stattfinden. Diese Einrichtung, die neben der Fakultät von Paris von einem Arzt Louis' XIII. geschaffen wurde, bietet auch Lektionen in Botanik, Pharmazie, Galenik und Chemie an, und der zugehörige Heilkräutergarten ist jedermann zugänglich. Nine hat vor, ihre persönlichen Forschungen und ihre Lehrzeit gleichzeitig zu absolvieren. Sollte sie dafür ihre Tätigkeit im Palais-Royal aufgeben müssen, würde sie es tun. Nachdem sie achtzehn Monate ehelicher Barbarei und einen Sturz überlebt hat, der sie fast zerschmettert hätte, würde sie jetzt nicht auf halbem Weg aufgeben. Batiste würde sie nicht mehr »Mademoiselle Ninon«, sondern »Maîtresse Ninon« nennen. Sie wäre der erste weibliche Chirurg in der Regierungszeit von Louis XIV., würde die Auflösung ihrer Ehe erreichen und dann, sobald sie frei wäre, mit dem Mann, den sie liebte, nach England oder auf den Mond ziehen. Ja, sie liebt Batiste Le Jongleur. Sie hat es ihm nicht gesagt, hofft aber, dass er es trotzdem verstanden hat. Außerdem hofft sie, dass er sich trotz der Schatten, die sein Gesicht mit Trauer zeichnen, ebenso für sie vorbereitet, wie sie sich für ihn vorbereitet.

Der Comte de Cholay sieht das alles vollkommen anders. In der nervenaufreibenden Einsamkeit seines Schlosses hat er viel Zeit, über Vergangenheit, Gegenwart und Zukunft nachzudenken. Der Dämonenbeschwörer hatte ihn nicht von einer Ehefrau befreien können, die ihm auch noch in der Erinnerung ein Jucken an seinen edelsten Teilen verursacht. Nachdem diese Hexe ins Kloster entkommen war, verhöhnt sie ihn nun weiter, indem sie sich im Haus von Monsieur verschanzt. Er hasst sie. Aber sie ist und bleibt seine Frau, und Frauen sind nun einmal dazu da, Söhne zu gebären. Ob freiwillig oder unter Zwang – über kurz oder lang wird dieser Abschaum von Weib ihm einen Sprössling schenken. Sollte das Kind nicht männlich sein, würde er in seinen Bemühungen nicht nachlassen, bis sie ihre Pflicht getan hätte. Das Kind würde er behalten, die Mutter ausmerzen. Und zwar ein für alle Mal. Unterdessen schärft der Comte seine Waffen und unterhält eine angeregte Korrespondenz mit seinen Freunden, dem Marquis d'Effiat und dem Comte de Beuvron, die beide mit einem Fuß im Palais-Royal und dem anderen in Versailles stehen.

Der König will einen Krieg, um seinen Ruhm zu mehren, Monsieur Colbert will ihn, um den Handel zu steigern, und das verbündete England will ihn, um die holländische Marine auszuschalten, die eine ernst zu nehmende Konkurrenz für das Inselreich ist. Ein Landedelmann bedarf dem König gegenüber seiner ganzen Noblesse. Emmanuel de Cholay schluckt seinen Ärger hinunter. Er hofft, dass Seine Majestät bald dem einzigen Sohn von Amédée de Cholay, einem Getreuen seines Vaters Louis XIII., den Platz zuerkennt, der ihm zusteht.

Als Nine am 6. April 1672 nach einem Gespräch mit dem Dekan des Collège Saint-Côme, das Theorie für Chirurgen-Lehrlinge anbietet, in den Palais-Royal zurückkehrt, findet sie Madame in heller Aufregung vor. Frankreich hat den Spanischen Niederlanden den Krieg erklärt. Und der Comte de Cholay hält sich nicht mehr in Almenêches, sondern in Paris auf. Genauer gesagt in einem Becken des Badehauses, wo er sich mit Monsieur vergnügt, der sich, nachdem er ihn kurz über den Umgang mit seiner Gattin ausgezankt hatte, von ihm gängeln lässt wie ein Schaf.

Die Geflügelrupferin Mathilde hat noch immer eine weiche Haut. Wenn Batiste sie in der Küche besucht, führt sie ihn heimlich in die Obstkammer und verbindet ihm die Augen, damit er sie berühren kann, ohne sie zu sehen. Nur auf diese Weise begehrt er sie – blind und mit den Fingerspitzen. Sie tut alles, was er will. Sie nimmt, was er ihr gibt, bittet nie um mehr und nie um etwas anderes. Wenn sie ihm ihre Liebe erklärt, dann mit dem Körper und nicht mit Worten. Er genießt ihr Schweigen ebenso wie ihre seidige Haut. Nur aus diesem Grund kommt er immer wieder zu ihr. Er erklärt ihr, dass er Freundschaft und große Dankbarkeit für sie empfindet, aber dass er sie nicht lieben kann und dass er nie jemanden lieben wird. Sie ahnt, dass er lügt und dass er an Nine La Vienne denkt, wenn er sie küsst. Nine, die kleine braune Maus, die Blanches Haar kaufen wollte, die Pierre operiert hat und die Batiste rettete, indem sie Monsieur Francine mit der Aussicht auf eine Maschine köderte, von der Mathilde nichts versteht. Die Comtesse de Cholay. Die Frau, die der König in einer Neujahrsnacht mit einem ehemaligen Liebhaber von Monsieur verheiratet hat, einem Edelmann, der in der Normandie lebt, wo er seine Frauen zu Tode prügelt, weil sie ihm keine Kinder gebären.

Nachdem Mathilde auf Batistes Bitten hin die Spur von Nine La Vienne gefunden hatte, informierte sie sich über den Mann. Sie fand heraus, dass der Comte de Cholay ein Unhold der gleichen Art ist wie Anselme Boniface – ein Mann, dem es Vergnügen macht, Frauen zu quälen.

Mathilde ist nicht eifersüchtig. Sie liebt Batiste von ganzem Herzen und möchte ihn nur glücklich wissen. Würde sie es wagen, riete sie ihm, die kleine Maus ihrem gewalttätigen Ehemann zu entführen und mit ihr das Leben zu führen, das er mit keiner anderen Frau leben möchte. Aber dazu ist Mathilde nicht kühn genug. Worte sind nicht ihre Sache. Sie fürchtet, sich nicht richtig auszudrücken. Lieber lässt sie den Brunnenbauer von seiner verlorenen Liebe träumen, während er sie zwischen den Gitterrosten liebkost, auf denen die im Herbst gepflückten Äpfel nachreifen. Anschließend richtet sie ihre Schürze und kehrt zu ihren Braten zurück.

Nachdem das Regiment ihres Mannes wieder nach Holland in den Krieg gezogen ist, wurde sie befördert. Benoît ist einfacher Soldat geblieben, aber Mathilde arbeitet mittlerweile für die Tafel des Königs und bereitet die Mahlzeiten vor, die Seiner Majestät und den von ihm geladenen Gästen in Versailles serviert werden. Ihre Vorgesetzten sind vier Edelleute, die die Lebensmittel von den Lieferanten in Empfang nehmen, sie verteilen und die Qualität der fertigen Speisen kontrollieren. Im Rang unter diesen Offizieren, die sich ihr Amt für die unvorstellbare Summe von neunzigtausend Livres erkauft haben, befinden sich vier Küchenmeister, vier für Braten zuständige Köche, vier Suppenköche und vier Konditoren, die ihre Ämter für sechsunddreißigtausend Livres kaufen mussten und von denen jeder jedes Jahr drei Monate lang dient.

Der Küchenmeister bereitet die Vorspeisen und Horsd'œuvres zu sowie Fleisch und Geflügel am Spieß. Als kleine Vorspeise gibt es in aller Regel ein Frikassee aus sechs Hühnern und ein Haschee aus zwei Fasanen. Zum Horsd'œuvre werden drei Rebhühner in Jus sowie sechs geschmorte Schildkröten, zwei geröstete Truthähne und drei getrüffelte Masthühner mit Trüffeln gereicht. Es folgen die großen Vorspeisen, bestehend aus einer Kalbskeule samt halbem Rücken und zwölf Taubenpasteten.

Die Hâteurs beaufsichtigen das Fleisch, das im Ofen zubereitet und schlicht Braten genannt wird. Im Karneval, an den sieben »fetten Tagen«, bereiten sie zwei gemästete Kapaune, neun Hühner, neun Tauben, zwei junge Kapaune, sechs Rebhühner und vier Pasteten für Seine Majestät zu. An Fastentagen besteht der Braten aus einem halben Lachs von etwa vierundzwanzig Zoll Länge, was ungefähr fünfundsechzig Zentimetern entspricht, und einem großen Karpfen.

Die Potagers sind verantwortlich für Suppen, Eintöpfe, Saucenfonds und vom Leibarzt des Königs verschriebene Bouillons, die Pâtissiers bereiten süße Desserts zu und richten Teller mit Gebäck und Kuchen. Den einen wie den anderen stehen Küchenjungen zur Seite, die sich das Recht, ins Fleisch zu pieken und neben den Töpfen mit köchelnder Suppe zu schlafen, für zwölftausend Livres erkauft haben.

Mathilde hat keine solche Stellung inne. Der Küchenmeister zahlt ihr fünfzehn Sou am Tag, und sie muss sich in alles fügen, was er ihr aufträgt. An manchen Tagen rupft und spickt sie von vier Uhr morgens bis Mitternacht, aber sie ist stolz, zur Verpflegung des Königs und seiner Gäste beitragen zu dürfen. Mathilde ist eine einfache, gute Seele. Es genügt ihr, sich als nützlich zu empfinden, und wenn sie sieht, wie sich ihre Poularden am Spieß drehen, fühlt sie sich so erfüllt, wie eine Frau ihrer Herkunft es nur sein kann.

Batiste ist weit entfernt davon, diese glückliche Zufriedenheit zu teilen. Vom Morgengrauen bis in die tiefe Nacht für den Mann zu arbeiten, der seine Mutter gequält und ihn selbst mit den glühenden Eisen gebrandmarkt hat, weckt in ihm nichts als Mordlust. Dabei sollte er Gott auf Knien danken, einem verdienten Schicksal entkommen zu sein, er müsste seine Sünden bereuen, das wiedergewonnene Leben genießen und in der schweren Arbeit eine Art Erlösung finden. Stattdessen hegt er einen Zorn, den das Gefühl, jeden Atemzug dem vierzehnten Louis widmen zu müssen, nur noch mehr anfacht.

Die Höflinge und das gemeine Volk sind der Ansicht, dass Seine Majestät in Versailles nur deshalb ein Vermögen verprasst, weil ihn das Schloss an seinen Vater erinnert und weil er lieber hier auf die Jagd geht als in Fontainebleau oder in Saint-Germain. Aber der König war erst fünf Jahre alt, als sein Vater starb, und seiner alten Amme zufolge empfand der Kleine mehr Furcht als Zuneigung für Louis XIII. Dass er sich für Versailles entschieden hat, ist weder seiner Sohnesliebe noch seiner Lust an frischer Luft zu verdanken. Der wahre Grund ist sein Drang nach Größe. Er will Gott gleichen, indem er einer eigenen Welt Form und Leben gibt, sich die Natur untertan macht und ihr seine eigenen Gesetze aufzwingt. Seit zehn Jahren versteift er sich darauf, Wasser, Wind, Erde und Wälder zu bezähmen und eine ganze Landschaft nach dem Bild zu formen, das er von seiner Regierungszeit hinterlassen will – dem Sieg des Sonnengottes Apollon über die Finsternis vergangener Jahrhunderte, der Ordnung eines Jupiter über das Chaos der »Fronde«.

Aber die beschnittenen Buchsbaumhecken mögen aussehen wie Stickereien auf einem riesigen Teppich, die Springbrunnen bis in den Himmel sprühen und die kleine Flotte auf dem Grand Canal vor einer begeisterten Menschenmenge Salut schießen – Batiste lässt sich nicht täuschen von dem Sand, den man den Gutgläubigen in die Augen streut. Längst ist er nicht mehr stolz darauf, Teil eines großen Ganzen zu sein, sondern fühlt sich wie ein Galeerensträfling im Dienst eines Despoten.

Die Holländer denken wie Batiste. Sie sehen in Louis XIV. einen neuen, nach Eroberungen ausgehungerten Cäsar, der davon träumt, jeden in die Knie zu zwingen, der ihn bedroht. Seine Majestät ist mit einem Heer in den Kampf gezogen, dessen Truppenstärke jene des ersten Feldzugs um das Dreifache übertraf. Während Monsieur van der Meulen die stürmische Rheinüberquerung zu Pferde malt, schreibt Monsieur Colbert verlockende Vorschläge darüber nieder, wie man aus den holländischen Staaten Vorteile ziehen könne, um den Handel im Reich voranzutreiben. Die Spanischen Niederlande verfügen über zehnmal weniger Soldaten, doch ihr Oberbefehlshaber, Prinz Wilhelm von Oranien, schickt sich mit nur zweiundzwanzig Jahren an, mit dem Grand Condé als Feldherr zu wetteifern, und schwört Frankreich tödlichen Hass. Wild entschlossen, jeden nur möglichen Widerstand zu leisten, öffnen die Holländer ihre Schleusen und reißen ihre Dämme ein. Die Überschwemmung hält den Vormarsch der französischen Truppen auf. Amsterdam wird zur Insel und entgeht den Plünderungen. Einheiten in Booten bedrängen die von ihrer Nachhut abgeschnittenen Franzosen. Doch Louis XIV. ist seiner Überlegenheit sicher. Er erkennt nicht, dass er, anstatt die »Heringsfischer« und »Käsehändler« zu unterwerfen, seine erste militärische Niederlage einstecken muss. Begleitet von den Schmeicheleien des Dichters Boileau, der begeistert ausruft: »Großer König, beende das Siegen, oder ich beende das Schreiben!«, kehrt er nach Saint-Germain zurück. Er hinterlässt zwanzigtausend Tote auf dem Schlachtfeld.

Während er darauf wartet, dass Seine Majestät sein Sommerquartier in Versailles bezieht, wirft Batiste dem kaiserlichen Karpfen, der zwischen den Tritonen des Latona-Brunnens herumschwimmt, kleine lebende Frösche zu. Innerhalb von vier Jahren hat der Fisch seine Größe verdoppelt. Seine Schuppen schimmern wunderbar golden. Der große Louis! Die Sonne des Jahrhunderts! Batiste ballt die Fäuste. Auch ein König ist nur ein Mensch. Auch dieser König, der sich für einen Gott hält. Träfe Batiste ihn hier allein am Rand dieses Beckens, würde er sich weder um das diamantbesetzte Schwert noch um den Orden Saint-Esprit kümmern, sondern ihm nur die hohe, braune Perücke abreißen, ihn im Nacken packen, ihn über den Rand stoßen, seinen Kopf unter Wasser drücken und ihn so lange festhalten, bis er erstickt wäre. Götter sind unsterblich. Ein König aber ertrinkt wie jeder beliebige Flegel.

Nine träumt nicht davon, Louis XIV. zu töten, sondern ihren Gemahl. Emmanuel de Cholay war unter dem Oberbefehl von Monsieur an die Front gezogen und ist nun gemeinsam mit ihm aus Holland zurückgekehrt. Nachdem Philippe d'Orléans ihm gedroht hatte, ihm auf immer seine Gunst zu entziehen, würde er Nine weiterhin Gewalt antun, schlägt er sie nicht mehr. Er verlangt auch nicht, dass sie sein Bett teilt, sondern lässt sie auf dem Feldbett in Madames Umkleidezimmer schlafen. Aber jedes Mal, wenn er ihr begegnet, zerrt er sie in eine Ecke und zwingt sie zu ihren ehelichen Pflichten. Er wartet nicht einmal, bis niemand in der Nähe ist, sondern dreht sie mit dem Gesicht zur Wand, knöpft seine Hose auf und erledigt seine Sache hastig mit zwanzig Stößen. Ohne ein Wort. Ohne einen Blick. Er knöpft sein Beinkleid ebenso schnell wieder zu, wie er es geöffnet hat, spuckt auf den Boden und geht weiter. Wenn Nine sich mit feuerroten Wangen und Hass im Herzen wieder umdreht, steht er nur wenige Schritte entfernt herum und plaudert mit seinesgleichen. Sie beklagt sich bei Monsieur über sein abstoßendes Verhalten, aber der Herzog von Orléans lehnt es ab, sich einzumischen. Wenn ein Mann sich bemühe, der eigenen Frau ein Kind zu machen, sei das nicht verwerflich, und Ehegatten kämen dieser Aufgabe nach, wie es ihnen passe. Nine solle ihr Unglück geduldig ertragen und sich willig zeigen. Habe der Comte im Übrigen nicht versprochen, sie in Frieden zu lassen, sobald sie schwanger sei?

Im Herbst 1672 ist Madame guter Hoffnung, Nine jedoch noch immer nicht.

Die Herren ziehen wieder in den Krieg, der in den überschwemmten Ebenen stecken bleibt. Mit Einbruch des Winters kehren sie zurück, um die kalte Jahreszeit am warmen Kamin zu verbringen, während die an den verschiedenen Fronten zurückgebliebenen Soldaten Krampen unter ihre Stiefel montieren, um sich auf den vereisten Wasserflächen fortbewegen zu können.

Madames Leib wölbt sich, und Monsieur lobt sie in den höchsten Tönen. Nines Leib bleibt flach, und der Comte de Cholay vergewaltigt sie zweimal täglich.

Im Frühjahr legt der König seinen Harnisch wieder an und belagert mit einem großen Teil seiner Armee die Stadt Maastricht. Die Gerüchte, die der schwatzhafte Perückenmacher Jean Quentin im Palais-Royal verbreitet, klingen wenig schmeichelhaft. Man munkelt, Louis XIV. verlängere den Feldzug trotz der mit dem Prinzen von Oranien begonnenen Verhandlungen aus Freude an der Jagd. Die Leiden der Bevölkerung würden ihn dabei weniger interessieren als die Trophäen, die er der Galerie seiner Schlachten einverleiben kann. Er hat Condé nach Utrecht und den Maréchal de Turenne an den Rhein entsandt, um allein die Lorbeeren einzuheimsen, die er mit fünfunddreißig Jahren nicht mehr teilen will. Die Truppen des Maréchal de Luxembourg erpressen die flämische Bevölkerung und verbrennen die Leute lebendig in ihren Häusern. Der deutsche Kaiser, die spanische Regentin, der Herzog von Lothringen und sogar der pfälzische Kurfürst – Monsieurs

Schwiegervater – kritisieren den Machtanspruch und das Vorgehen des französischen Königs. Man bezeichnet ihn nicht mehr als Kriegsgott Mars und das Licht, das die Welt erleuchtet, sondern als Attila und blutrünstigen Wüterich. Doch der Herrscher von Versailles macht sich nichts aus alledem, sondern bittet Monsieur Colbert, ihm einen Maler zu schicken, weil die derzeitige Belagerung so schön anzusehen sei.

Madames Entbindung ist für Mitte Juni vorgesehen. Weil ihre Ärzte ihr Spaziergänge untersagen, zeigt Nine ihr, wie man Parfüm aus der Maiglöckchenessenz herstellt, die ihr Gemahl so liebt. Ihre Beziehung zu Elisabeth Charlotte ist noch enger geworden, seit die treue Kolb, die nach dem Geschmack des Königs und Monsieurs zu bäuerlich und zu deutsch war, nach Deutschland zurückgeschickt worden war. Nine nutzt die Abwesenheit ihres Gatten, um die Abhandlung des Chirurgen Mauriceau über die Krankheiten schwangerer Frauen und solcher, die kürzlich entbunden haben, zu studieren und einer vereidigten Hebamme bei einem Dutzend Entbindungen zu assistieren.

Die Geburt findet in Saint-Cloud statt und dauert sechzehn Stunden, davon fünf mit schweren Schmerzen. Nine bleibt während der ganzen Zeit bei Madame. Als das Kind schließlich da ist, hilft sie der Wehmutter, es mit Butter und mit Schnaps versetztem, heißem Wasser abzuwaschen und das Köpfchen so zu formen und zu kneten, bis es hübsch rund ist. Das Neugeborene ist ein Junge, groß und robust wie ein Deutscher. Madame ist unendlich glücklich und sehr stolz. Sie befiehlt, man möge Fenster und Türen ihres Zimmers öffnen, und lädt ganz Frankreich ein, an ihrer Freude teilzunehmen. Es wird gelacht, getanzt, und am Fußende ihres Bettes erfreuen sich die Besucher am Hoca-Spiel.

Aus Versailles kommt François Francine, um die Gemahlin

von Monsieur zu beglückwünschen. Batiste Le Jongleur begleitet ihn. Als er mit ernster Miene und seinem Hut in der Hand hinter seinem Meister das Zimmer betritt, wird Nine so weiß wie die bestickten Windeln des Neugeborenen. Madame setzt sich in ihren Kissen auf. Sie versucht zu erraten, wer von den Besuchern derartige Gefühle bei ihrer geschätzten Cholay hervorruft. Francine hat einen intelligenten Blick, ist aber zu alt. Der junge Mann hingegen, der ihm folgt …

Madame zupft an Nines Ärmel. »Ist das der, den Ihr vor den Galeeren gerettet habt?« Nine nickt mit zugeschnürter Kehle. Madame macht ihr Wels-Gesicht. »Eines Tages müsst Ihr mir einmal erklären, was diese Bengel an sich haben, dass sie den Damen so gut gefallen …«

Zuneigung zeigt sich manchmal auf den seltsamsten Umwegen. An jenem Sommernachmittag sprechen die Comtesse de Cholay und der Brunnenbauer Le Jongleur im Zimmer von Madame über viele Dinge – nur nicht über das, was sie sich eigentlich zu sagen haben.

Nine erfährt, dass Francine als Meister ganz annehmbar und die Wasserallee fertig ist, dass der riesige Drache im gleichnamigen Becken vielen Spaziergängern Angst macht, dass das Wassertheater eine Heldentat ohnegleichen ist, dass der kaiserliche Karpfen inzwischen zwölf Pfund wiegt, dass Jeanne Jolly ein Kind von Anselme Boniface erwartet, dass Blanche Anfang des kommenden Jahres ihre Gelübde ablegt, dass die rote Mathilde noch immer entgegenkommend ist, dass Batiste seit einigen Monaten eine Art Pension besucht, in der man Sprachen und Philosophie lehrt, und dass er sich in naher Zukunft ganz bestimmt nicht zu vermählen gedenkt.

Batiste erfährt, dass Nine nach einem Sturz in einem Laubengang voller Narben ist, dass sie eine Leiche sezieren kann, dass das von den Jesuiten mitgebrachte und von der Fakultät abgelehnte Pulver »Quina-Quina« heißt, was »Rinde der Rinden« bedeutet, dass der Comte de Cholay zusammen mit Monsieur die Stadt Zutphen belagert hat, dass Nine in Madame eine wahre Freundin gefunden hat, dass es das schlimmste Schicksal von allen ist, als Frau geboren zu sein, und schließlich, dass sie ihren gesamten Besitz für ein ganz neuartiges und besonderes Instrument aus Holland geben würde, mit dem man die kleinen Tierchen im männlichen Samen beobachten könne. Batiste hat noch nie etwas von einem Mikroskop oder dem Wissenschaftler Van Leeuwenhoek gehört, aber er verfügt über Kontakte nach Amsterdam, die trotz des Krieges das mysteriöse Instrument besorgen können. Er wüsste nur allzu gern, wozu Nine es so nötig braucht. Ohne mit der Wimper zu zucken, erklärt sie ihm mit klarem Blick, dass sie inzwischen weder den Annahmen der Ovisten noch denen der Animaculisten Glauben schenke und dass sie mithilfe eines Mikroskops herauszufinden gedenke, wie ein Mann eine Frau befruchtet.

Der Brunnenbauer sperrt Mund und Augen auf. Unter dem weißen Puder, der dem Teint der Comtesse de Cholay die Farbe eines Nachtgeschirrs verleiht, hat er soeben seine unnachahmliche Ninon wiedergefunden. Die Mauer, die er um seine Erinnerungen errichtet hatte, beginnt in einem Lächeln zu zerbröckeln und hinterlässt ihn so schutzlos wie am Tag ihres ersten Kusses. Er flüstert: »Ihr habt mir so gefehlt.«

Weil sie ihn nicht mit den Lippen küssen kann, tut sie es mit den Augen. Sie küsst seine Locken, die wieder gewachsen sind und sich wild um seinen Kopf kringeln. Sie küsst seine Wangen. Sie küsst seinen sanften Mund. Er liest die Unruhe in ihrem Blick und tritt so nah an sie heran, wie der Anstand es eben noch zulässt.

Sie nützt das Gedränge im Zimmer aus und greift nach seiner Hand. Und weil sie weiter eine entspannte Miene an den Tag legen muss, damit niemand merkt, wie gern sie mit diesem jungen Handwerker fliehen möchte, fragt sie: »Lernt Ihr Latein und Philosophie, um am Kaminfeuer Konversation über höhere Dinge betreiben zu können?«

Batiste schlingt seine Finger insgeheim um die, die sich ihm anbieten. Er will diese Frau. Er will eins mit ihr werden, sie in jeder Weise zu der Seinen machen und sie nie wieder verlassen. Er beugt sich zu ihr hinunter und flüstert ihr ins Ohr: »Nein, Liebste. Ich tue es, um die Welt zu verändern und darin für dich und mich einen Platz zu schaffen.«

In der Pension im Vorort Picpus, wo Batiste seine Sonntage und seine freien Tage verbringt, diskutiert man über Terenz, Hobbes und Descartes, widerlegt religiöse Dogmen, rezitiert Gedichte, zerpflückt medizinische Meinungsverschiedenheiten und lehrt Zivilrecht, kanonisches Recht, Hebräisch, Latein und Griechisch. Der Hausherr ist ein hochgebildeter Mann von vierundsiebzig Jahren, der erst kürzlich aus Antwerpen fliehen musste, wo er eine von Schöngeistern geschätzte freie Akademie geführt hatte. Einer seiner Zuhörer dort war ein gewisser Baruch Spinoza gewesen, der aus der jüdischen Gemeinde ausgeschlossen wurde, weil er die Existenz eines Schöpfergottes infrage stellte.

François van den Enden, den seine Schüler Meister Affinius nennen, bekennt sich zu Zweifel und Kritik als Ausdruck des freien Willens, bemängelt die Autokratie der Kirche und träumt davon, in Amerika eine Kolonie aufzubauen, wo alle Rassen und Religionen zusammenleben könnten, alle Menschen gleich wären und alle gemeinsam arbeiten und die Erträge ihrer Arbeit gerecht untereinander aufteilen würden. Seit

Batiste diesen Mann kennt, hat er entdeckt, dass Ideen Flügel verleihen und dass diese Flügel – sofern man sie in Form hält – einem gestatten, weit über den Alltag hinaus in ein Land voller Träume zu fliegen, die nur darauf warteten, Wirklichkeit zu werden. In der Conciergerie hat er Lesen und Schreiben gelernt, und nachdem er aus dem Gefängnis freigekommen ist, verschlingt er die von François Francine ausgeliehenen Veröffentlichungen der Akademie der Wissenschaften mit dem gleichen Appetit wie die Pamphlete, die auf der Straße verteilt werden, oder die Ausgaben des »Mercure Galant«, die Monsieur Donneau de Visé alle drei Monate herausgibt.

Es war der Pate, der Batiste zu Meister Affinius geschickt hatte. Weil der alte Wissenschaftler immer knapp bei Kasse war, bemühte er sich um die Verbreitung einer Methode, die es gestattete, in Sprechgeschwindigkeit zu schreiben. Als unbeugsamer Analphabet hatte der Pate Batiste eiligst mit dem Auftrag zu ihm gesandt, sofort tätig zu werden, falls sich diese närrische Methode als lukrativ erweisen sollte. Van den Enden entdeckte gleich beim ersten Gespräch, dass sein junger Besucher nicht nur Muskeln, sondern auch Hirn besaß. Seine pädagogische Berufung witterte einen geradezu idealen Boden. Er jätete, grub, säte und goss, bis aus dem Brunnenbauer mit den verhornten Händen einer seiner eifrigsten Schüler geworden war. An seinem Tisch lernte Batiste Leute jedweder Herkunft kennen, die alle den Geschmack an intellektuellen Spekulationen und die Freude an Rhetorik teilten. Dank dieses Umgangs gewann sein Denken an Wendigkeit, Tiefe und Höhe und wurde umso anspruchsvoller, je mehr Nahrung es bekam und je mehr sich seine Horizonte ausdehnten.

Van den Enden jubiliert. Dieser Junge aus der untersten sozialen Schicht ist das lebende Beispiel dafür, dass Bildung jeden in die Lage versetzt, die Mechanismen der menschlichen Gesellschaft zu begreifen und sein Leben selbst in die Hand zu nehmen, anstatt es nur zu ertragen. Weil er darauf brennt, seine Theorien auf dem Prüfstand zu sehen, stellt er seinen jungen Schüler Gilles du Hamel, Sieur de Tréaumont, vor, einem ehemaligen Kavallerieoberst, den man wegen mangelnder Disziplin aus der französischen Armee ausgeschlossen hatte. Der Mann war einmal Zechkumpan des Comte de Guiche und Liebhaber von Monsieur und dem Chevalier de Rohan gewesen. Als glühender Gegner des Absolutismus und Anhänger der »Fronde« aus Idealismus hatte sich der normannische Edelmann fünfzehn Jahre zuvor in die Rebellion der Holzschuhmacher in der Sologne eingemischt. Der Marquis de Bonnesson, den er unterstützt hatte, wurde enthauptet, und La Tréaumont schwor, sich an dieser Monarchie zu rächen, die Bauern ausbluten lässt und den alten Adel in die Knie zwingt. Im Herbst 1673, als Seine Majestät nichts weiter erhofft, als sich am Busen von Madame de Montespan von seinen politischen Sorgen zu erholen, schmiedet der adelige Heißsporn gemeinsam mit Meister Affinius Pläne, den König von Frankreich zu entthronen.

In Erwartung des Ausgangs von Friedensverhandlungen, die sich dank der französischen Ansprüche als geradezu undurchführbar erweisen, versammelt sich der Hof um den Sieger von Nijmegen, Wesel und Maastricht. Monsieur, der dem Feind zweiundzwanzig Flaggen und zwei Standarten abgenommen hat, genießt seinen Anteil an den Lobeshymnen mit verdientem Stolz. Madame ist so begeistert darüber, dass er sich derart männlich verhalten hat, dass sie ihm vor allen Anwesenden um den Hals fällt. Der König neckt seinen Bruder ob dieser Liebesbeweise, die ihn umso mehr freuen, als er inzwischen die freimütige Art seiner neuen Schwägerin so sehr zu schätzen gelernt hat, dass er sich schon nicht mehr des Namens der ersten Madame erinnert.

Emmanuel de Cholay hat unter Monsieurs Befehl gekämpft und mehrere Verwundungen durch das Schwert erlitten. Er hofft, dass die Narbe quer über seiner Wange zu seinen Gunsten ausgelegt werden wird. Er hat die Einkünfte zweier Monate investiert und sich einen neuen Anzug mit Bändern und Spitzen an allen freien Stellen schneidern lassen. Derart pompös gewandet setzt er die Ellbogen ein, um sich durch die Menge zu drängen, die darauf wartet, dass der König die Kapelle verlässt. Louis XIV. geht an dem Comte vorüber, ohne ihn eines Blickes zu würdigen, bleibt aber fünf Schritte weiter vor dessen Gattin stehen, die ihn mit einem Kopfnicken begrüßt.

»Die geschickte Comtesse de Cholay.«

Nine weicht alles Blut aus dem Gesicht. Mit gesenktem Blick hält sie den Atem an.

»Die Herzogin von Orléans lobt Euch in den höchsten Tönen, Madame. Wenn wir ihr glauben, so liegt es weder an Gott noch an der Diplomatie, dass ihre Ehe glücklich ist, sondern einzig an Euch.«

Nine hätte gern geantwortet, dass Seine Majestät ihr zu viel der Ehre erweise, aber der König hat sich bereits abgewendet und setzt seinen Weg durch das Spalier der Höflinge fort. »Die geschickte Comtesse de Cholay.« Man drängt sich, um das geschnürte Mieder ihres Kleides und die Höhe ihrer Perücke zu begutachten, und weil niemand sie erkennt, hört sie, wie man sich eine Menge erfundener Dinge über sie zuflüstert. Von Eifersucht zerfressen packt der Comte de Cholay nach ihrem Ellbogen und drückt ihn, als wolle er ihn zermalmen.

Nine hält ein Stöhnen zurück und murmelt: »Eure Macht währt nicht mehr lang, Monsieur.«

Er drückt noch fester zu und erwidert ebenso leise: »Mag

sein. Aber solange sie noch währt, werde ich sie auf meine Art ausüben. Ihr seid nur eine Frau, vergesst das nicht!«

Nur eine Frau.

Die Tage der Comtesse de Cholay sind gezählt.

Ein Jahr, um lieben, hassen und sterben zu lernen.

Jenes Jahr, das Euch das Leben schenkte, Charles.

MITTEN IN EINER ZELLE des Karmelitinnenklosters steht eine Nonne und betrachtet eine Miniatur der Jungfrau Maria, die sie unter dem Kopfkissen von Blanche Le Jongleur gefunden hat. Die Zelle misst vier mal zwei Schritt, die Wände sind kahl, der Boden desgleichen. Als Bett dient ein Strohsack auf drei Brettern, auf einem Regal stehen Notenhefte und ein Wasserkrug, auf einem Lesepult liegt eine offene Partitur, und auf dem einzigen Stuhl hängt ein neues Habit. Ein kleines Fenster ohne Läden geht auf einen mit einem Wasserbecken geschmückten Hof hinaus. Über dem Bett hängt ein großes spanisches Kreuz, auf einem Schemel steht eine Kerze in einem Kupferständer.

Die Nonne beugt sich über das Bild. Sie ist noch nicht alt, vielleicht fünfunddreißig oder sechsunddreißig Jahre, aber ihre Augen sind in der letzten Zeit schlechter geworden, und manchmal verspürt sie starke Schmerzen in den Augenhöhlen. Man nennt sie Schwester Anne von der Dreifaltigkeit. Sie ist verantwortlich für die Novizinnen. Dank Schweigen und Verzicht glaubte sie, ihren Seelenfrieden gefunden zu haben, aber als sie die Miniatur umdreht und die Inschrift auf der Rückseite liest, begreift sie, dass sie noch weit davon entfernt ist.

Plötzlich stürmt die Novizin Le Jongleur in die Zelle. Sie kommt von ihren Gebeten zurück. In zwei Stunden wird das junge Mädchen während des Hochamts die ersten Gelübde ablegen und ihr Noviziat unter dem Namen Schwester Blanche von der Erlösung fortsetzen. Ihre Wangen sind rosig, und ihre Augen blitzen.

»Schwester, ich habe die ganze Nacht in meinem Kopf gesungen, und alle Sterne haben mit mir gesungen.«

Schwester Anne legt einen Finger auf die Lippen, schimpft aber nicht. Sie liebt dieses Mädchen mehr als die anderen, sie bewundert die Reinheit ihres Herzens ebenso wie die Schönheit ihrer Stimme, und manchmal beugt sie die Regeln ein wenig, um ihr das Klosterleben zu erleichtern.

Blanche schließt die Tür, wirft ihr Stundenbuch auf die Matratze und flüstert eifrig: »Ich glaube, Gott ist zufrieden. Und ich hoffe, dass meine Mutter es auf ihrer Wolke auch ist.«

Die Novizenmeisterin bedeutet dem Mädchen, sich neben sie zu setzen, und zeigt ihr den rotgoldenen, edelsteinverzierten Rahmen. »Ich weiß nicht recht, ob Gott wirklich zufrieden mit Euch ist. Eine Nonne darf keinen Besitz ihr Eigen nennen, Ihr aber versteckt ein Kleinod in Eurem Bett. Woher habt Ihr diese Jungfrau?«

»Meine Patin hat sie mir geschenkt, als ich hier eintrat, und weil sie ein Schützling von Monsieur ist, hat die Mutter Oberin mir gestattet, das Geschenk zu behalten. Ehrlich! Ich schwöre es.«

»Ein Schützling von Monsieur? Wie heißt Eure Patin?«

»Demoiselle Nine La Vienne. Mein Bruder und ich nennen sie Ninon. Sie stellt Perücken her. Und Salben.«

»La Vienne wie das Badehaus im Faubourg Montmartre?«

»Demoiselle Ninon ist die Tochter des Besitzers. Außerdem ist sie die Patentochter von Seigneur Bontemps, der das Schloss von Versailles verwaltet. Ihre Mutter hieß Louise de Courtin und ist bei ihrer Geburt gestorben. Sie stammte aus der Touraine und hat Nine dieses Bild und Ohrringe hinterlassen.«

Schwester Anne von der Dreifaltigkeit hat große blaue Augen mit weiten Pupillen und in diesem Moment die Gesichtsfarbe von jemandem, der versehentlich eine Leiche ausgegraben hat.

»Rosa Perlen? Sehr groß und sehr schön?«, erkundigt sie sich atemlos.

»Woher wisst Ihr das?«

Die Novizenmeisterin ist den Tränen nahe. Sie murmelt:

»Auch ich hatte einige Freundschaften, ehe ich hier eintrat …«

Die Meditationsübungen haben Blanches Ungestüm noch nicht gebrochen. Sie klatscht in die Hände.

»Nine ist nachher in der Kirche. Sie hat mir geschrieben, dass sie kommt. Redet mit ihr über ihre Mutter. Ihr macht ihr damit eine große Freude.«

Schwester Anne legt die Miniatur wieder unter das Kopfkissen und richtet sich auf. Sie hat den Eindruck, als ob eine Feuerhand ihr Herz zermalme, und fragt sich, ob es noch schlägt oder schon zerquetscht ist.

»Ihr wisst genau, dass mir das verboten ist. Auch Ihr dürft nicht sprechen. Ihr müsst schweigen, meine Kleine. Ihr müsst jetzt und für immer schweigen und nur der Gnade harren, die Euch erwartet.«

Gnade? Während der gesamten Zeremonie bemüht sich Blanche, nicht an die Dinge zu denken, die ihr hier absurd oder unausstehlich erscheinen. Das Verbot, mit den Kameradinnen zu plaudern. Das Aufstehen um vier Uhr morgens im Winter. Die alljährliche vierzigtägige Fastenzeit. Der mit Eisenspitzen versehene Büßergürtel, den man um Taille oder Oberschenkel tragen muss, um Christi Leiden nachzuempfinden. Die Geißelungen, die die Nonnen sich allein oder gemeinsam auferlegen. Man peitscht so lange, bis Blut spritzt. Die merkwürdige Praxis, sich mit dem Gesicht zum Boden vor die Tür des Refektoriums zu legen, damit die Schwestern eine nach der anderen auf den ausgestreckten Körper treten. Ohne die Hilfe der Musik wäre Blanche schon längst geflohen. Oder hätte sich aufgehängt.

Nein, aufhängen würde sie sich nicht. Dazu liebt sie das Leben zu sehr. Sie spielt gern Verstecken unter den Bögen des Kreuzgangs. Sie liebt das Rotkehlchen, das ihr von der Außenwelt erzählt. Sie liebt den Messwein. Sie liebt es, wenn die Mutter Oberin weint, sobald sie das »Veni creator« anstimmt. Sie liebt es, ohne Furcht vor Anselme Boniface einzuschlafen. Sie liebt es, nicht mehr barfuß und in Lumpen herumzulaufen. An diesem Morgen hat Schwester Anne ihr geholfen, das Habit einer Novizin anzuziehen. Sie liebt das weite Gewand aus brauner Wolle, die weiße Haube und das weiße Stirnband und vor allem die geflochtenen Sandalen mit Hanfsohlen, die man Alpargatas nennt. Wenn sie gleich ihre Patin sieht, wird sie ihr die Sandalen zeigen.

Mit brennenden Kerzen in den Händen haben sich die Nonnen in den Teil des Chors begeben, der ihnen vorbehalten ist. Blanche kniet vor dem Trenngitter, dessen Doppeltür offensteht. Der Bischof macht das Kreuzzeichen über einen weißen Schleier und einen weißen Mantel, die auf dem Altar liegen. Blanche erhebt sich. Schwester Anne von der Dreifaltigkeit umhüllt ihren Kopf mit dem Schleier und ihre Schultern mit dem Mantel und führt sie in die Mitte des Chors, wo sie sich auf einen Teppich aus grobem Serge legt. Mit ausgebreiteten Armen und dem Mund an dem kratzigen Gewebe lächelt Blanche ihrer Mutter Madeleine zu, die ihr Lächeln von ihrer Wolke aus erwidert. Alles ist gut.

Durch das Chorgitter hindurch sucht Schwester Anne von der Dreifaltigkeit unter den Zuschauern nach der Patin, von der die Kleine ihr erzählt hat. Die Frau, die ihr die Miniatur geschenkt hat und Salben herstellt. Die Patentochter von Alexandre Bontemps.

Die Kapelle ist beinahe gefüllt, wie immer bei Hochämtern. In der ersten Reihe sitzen ein weißhaariger Greis mit einem Lockenaufbau, der fast so groß ist wie er selbst, eine Frau mit Sommersprossen, ein Mann mit einem roten Gürtel und eine brünette junge Dame, die Blanche bewegt ansieht. Ihre Augen sind von ungewöhnlicher Größe, Gestalt und Farbe. Schwester Anne spürt, wie ihre Beine unter ihr nachgeben. Sie greift nach einer Gitterstrebe, hält sich fest und gibt vor, gegen einen Hustenanfall anzukämpfen, um ihre Fassung wiederzuerlangen.

Annes Entbindung dauerte nur zwei Stunden. Die Nonne, die ihren Bauch bandagiert hat, schien darüber verärgert, denn der Schützling von Monsieur Bontemps hätte viel mehr leiden müssen, um für den Fehltritt zu büßen, der sie hierhergebracht hatte.

Anne Trouvé findet, dass sie trotz ihres Kummers, der sie oft an den Tod denken lässt, großes Glück hatte. Ob gut oder schlecht – sie wurde geliebt wie im Märchen. Ein Prinz und ein König haben sich ihretwegen verprügelt, und das, was die Nonne die Frucht ihrer Sünde nennt, ist aus dieser Liebe entstanden.

Die Frucht hat langgeschnittene Augen von der Farbe eines Sees im Mondschein, dunkle Haare und ganz kleine Hände. Anne studiert die winzigen Gesichtszüge. Ihre Tochter ähnelt weder Philippe noch Louis, sondern sieht ganz einfach aus wie ein Neugeborenes. Sie weiß, dass Monsieur Bontemps im Sprechzimmer wartet. Anstatt sie in den Kerker zu bringen, von wo die Frauen aufbrechen, die nach Indien geschickt werden, hat er sie hier ins Karmelitinnenkloster gebracht. Dieses Gefängnis ist viel angenehmer, auch wenn man nie wieder herauskommt. Monsieur Bontemps hat dem König nicht gehorcht. Er ist ein barmherziger Mensch. In ihrem Kummer und ihrer Scham will Anne ihm ihr Kind anvertrauen.

Sie wickelt ihre Tochter, wie man es sie in jenem Waisenhaus gelehrt hat, aus dem sie Monsieur Bontemps im Alter von fünf Jahren herausgeholt hat, um sie zu einer Puppe zu machen. Zwischen die Windeln legt sie statt einer Wegzehrung die Miniatur, die Philippe ihr geschenkt hat, und die von Louis erhaltenen Ohrringe. Der schöne Chevalier de Rohan hatte ihr das Bild gebracht, Monsieur Bontemps übergab ihr den Schmuck. Auf der Miniatur ist sie selbst als Jungfrau Maria dargestellt. Das Gesicht ähnelt ihr sehr, man erkennt sie genau. Die Perlen haben beide die gleiche Größe, aber nicht ganz das gleiche Gewicht. Die schwerere kann man in der Mitte öffnen. Innen verbirgt sich ein vom König mit eigener Hand geschriebener, eng zusammengerollter Liebesbrief, in dem er ihr mitteilt, dass er sie begehrt und sie erwartet.

Anne denkt, dass der König zwar begehren, aber nie wirklich lieben konnte. Philippe hingegen konnte es. Und aus diesem Grund hat sie ihm den Vorzug gegeben.

Sie wird versuchen, jene Nacht zu vergessen. Wegen der Schande, von der die Schwester spricht, und weil ihr Herz zu weinen beginnt, wenn sie daran denkt.

Sie wird auch das kleine Porträt und den in der Perle versteckten Brief vergessen. Und die großen Augen des Kindes, das sie niemals wiedersehen wird.

Sie wird beten, dass Monsieur Boniface sich um die Frucht ihrer Sünde und ihrer Liebe kümmert. Beten bis zum letzten Atemzug, dass ihre Tochter frei aufwachsen darf und so glücklich wird, wie eine Frau in dieser Zeit und in dieser Welt nur werden kann.

Der junge Mann mit dem roten Gürtel ist Batiste, der Bruder der kleinen Le Jongleur. Kantige Züge, lange Wimpern. Der alte Mann ist Maître Binet, der berühmte Perückenmacher. Die Rothaarige ist eine Nachbarin aus Versailles. Die Novizenmeisterin steht nur wenige Schritte von Blanche entfernt, die stolz ihre Alpargatas zeigt, und wartet auf das Ende der Umarmungen. Nine. Ninon. Sie fragt sich, ob es Bontemps oder der Bader La Vienne war, der den Vornamen ausgesucht hat.

Die dunkelhaarige junge Frau kommt näher. Blanche zerrt sie hinter sich her. Als sie Schwester Annes schließlich ansichtig wird, wechselt ihr Blick von Höflichkeit zu Verblüffung, dann zu Ungläubigkeit und schließlich zu Faszination. Nine kennt diese Nonne nicht, aber sie kennt das Gesicht. Diese gebogenen Brauen, die kornblumenblauen Augen, der sinnliche Mund, das feine Oval. Sie kennt und erkennt sie.

Verwirrt stammelt sie: »Ihr ähnelt der Heiligen Jungfrau …« Ohne nachzudenken, kniet sie vor der Nonne nieder und greift nach ihrer Hand. »Bitte, segnet mich. Ich flehe Euch an.«

Atemlos und mit ihrer ganzen Seele in den Fingerspitzen zeichnet Schwester Anne ein Kreuzzeichen auf die hohe, an einigen Stellen von Narben gezeichnete Stirn. Und weil einmal nicht ausreicht, um all die Liebe in ihre Geste zu legen, die ihr Herz zum Beben bringt, zeichnet sie ein zweites und schließlich noch ein drittes Kreuzzeichen. Dieser Augenblick, der in der Ewigkeit zu schweben scheint, ist der ergreifendste und süßeste ihres ganzen Lebens.

Nine La Vienne erhebt sich. Sie strahlt. »Danke, Mutter. Euer Segen wird mich niemals verlassen.«

Vor dem Gitter des Palais-Royal sieht der Brunnenbauer Le Jongleur die Comtesse de Cholay an. Sie haben den alten Binet bis zu seiner Werkstatt begleitet und Mathilde in die Postkutsche nach Versailles gesetzt. Nun muss Nine wieder ihren Platz an der Seite von Madame einnehmen und Batiste zu seinen Springbrunnen zurückkehren. Noch immer von tiefen Gefühlen bewegt halten sie sich an den Händen. Sie können sich nicht trennen.

Als sie sich von Blanche verabschiedeten, hat die Kleine sie beide fest in die Arme genommen und ihnen ins Ohr geflüstert: »Lebt für mich. Und seid glücklich für mich.«

Batiste beugt sich zu Nine hinunter. Er ist ihr so nah, dass er sein Spiegelbild in ihren Augen sieht. Das verwilderte Kind. Der Brandstifter. Der Schwarzhändler. Der Mörder. Der zu den Galeeren verurteilte Sträfling. Aber jetzt und hier ist er ein Mann, der darauf hofft, wiedergeboren zu werden und Leben zu geben. Er legt seine Lippen auf die Schläfe seiner Liebsten und murmelt: »Willst du?«

In Paris gibt es allenthalben möblierte Unterkünfte, die man für ein Jahr, einen Monat, eine Nacht oder eine Stunde mieten kann. Nine schämt sich nicht im Geringsten. Mit unverhülltem Gesicht betritt sie die Herberge, das Zimmer und legt sich ins Bett. Sie hat das Gefühl, endlich ihr Leben zu beginnen. Es sind die Empfindungen der Liebe, die das Sein erweitern, entwirren, von den Schlacken des Lebens reinigen und Neues entstehen lassen. Die Narben an ihren Körpern erzählen von den Steinen und Dornen ihres bisherigen Weges, doch das Land, das sie gemeinsam entdecken, ist gänzlich jungfräulich. Aneinandergeklammert werden sie neu.

Und weil Batiste Nine nie mehr etwas verheimlichen will, erzählt er ihr im Bett von der Verschwörung.

Ohne Geld kann man keinen Krieg führen, aber das Geld wächst nun einmal nicht im Gemüsegarten des Königs wie seine Riesenkürbisse. Trotz der in allen Kirchen angezündeten Kerzen und den Bemühungen der Soldaten nimmt der zweite Holländische Krieg eine ganz andere Wendung, als Louis XIV. und Monsieur de Louvois dies erwartet hatten. Wilhelm von Oranien ist ein grimmiger und ausgesprochen kämpferischer junger Mann, und die Holländer verhalten sich wie stolze Selbstmörder. Die spanische Regentin und Kaiser Leopold haben sich auf ihre Seite geschlagen. Charles II. von England bricht das mit der verstorbenen ersten Madame geschlossene Abkommen und unterzeichnet einen gesonderten Friedensvertrag mit den Vereinigten Provinzen der Niederlande. Auch die deutschen Fürsten, unter ihnen der pfälzische Kurfürst, schließen sich einer nach dem anderen der flämischen Sache an. Plötzlich steht Frankreich einer nie da gewesenen Allianz gegenüber. Mit der Anzahl der Fronten steigen die Ausgaben, und Monsieur Colbert muss ständig neue Steuern erfinden.

Ihr habt mich oft gefragt, Charles, warum Euer Vater sich so schwer damit tat, seine Saisonarbeiter zu bezahlen, und warum er immer ausspuckte, wenn er den Namen Jean-Baptiste Colbert hörte. Grund dafür ist eine Steuer, die in jener Zeit in der Normandie erhoben wurde. Wenn zuvor ein Eigentümer ein Stück Wald verkaufte, zahlte er je nach Region entweder ein Drittel oder ein Zehntel des erzielten Preises an den Staat. Wegen der Aufwendungen für den Krieg jedoch verlangt Seine Majestät nun, dass der Eigentümer den Gürtel enger schnallt und ab sofort sowohl ein Drittel als auch ein Zehntel bezahlt. Den Grundbesitzern, die vom Holzertrag lebten, droht der Ruin. Es ist ihnen gleich, ob Monsieur Colbert davon träumt, den Handel der Holländer zu übernehmen, und ob Louis XIV. den arroganten Prinzen von Oranien den Schlamm seiner eigenen Polder essen lassen will. Sie haben ihre Gürtel längst bis zum letzten Loch geschnallt. Den Bescheideneren unter ihnen geht es nicht besser als Bettlern, und die Reichen sehen sich gezwungen, Eier aus dem eigenen Hühnerstall und in den eigenen Wäldern erlegtes Wild zu essen. Sie beklagen sich über die Ungerechtigkeit, schwingen Mistgabeln und Sensen und träumen von einer neuen »Fronde«.

Ein Staatsstreich. Batiste Le Jongleur wird an einem Umsturz teilnehmen.

Das Ziel? Louis XIV. absetzen und mit spanischer Hilfe eine Republik nach holländischem Muster ausrufen. Der Vordenker? Der flämische Philosoph Van den Enden. Mit dem Tatendrang und einem Vertrauen in die Zukunft, das eines jungen Mannes würdig ist, hat der alte Wissenschaftler die Verfassung der zukünftigen Republik bereits ausgearbeitet und Kontakt zum Comte de Monterrey, dem Gouverneur der Spanischen Niederlande, aufgenommen. Der Unterhändler? Der normannische Haudegen Gilles de la Tréaumont. Der umtriebige Mann hat den Aufruhr im Blut. Als Sohn einer mit allen Apfelbäumen der Region verbündeten Parlamentarierfamilie kennt er die Normandie wie seine Westentasche und hat sich einen Spaß daraus gemacht, alle Widersacher des Regimes zu vereinigen. Die Truppen? Zunächst sind da zwanzigtausend Bauern und normannische Grundbesitzer, hinzukommen sechstausend von Spanien gestellte Soldaten. La Tréaumont zweifelt nicht daran, auch die Unterstützung Guyanas, des Languedoc, der Provence und der Dauphiné zu gewinnen, die bereits unter der Führung von Jean-François de Paule, Seigneur de Serdan, ihrerseits über finanzielle und militärische Unterstützung durch den Prinzen von Oranien verhandeln. Waffen und Belagerungsmaterial? Spanisch. Kriegsschatz? Zwei Millionen von Spanien gestellte Livres. Die Durchführung? Holländische Kriegsschiffe bringen die verbündeten Truppen bis zur Küste der Normandie, wo sechs Edelleute in Rüstung auf sie warten. Vier von ihnen besteigen die Schiffe, wo man sie als Geiseln nimmt, die beiden anderen belagern gemeinsam mit den Spaniern die Festung Quilleboeuf in der Seine-Mündung. Quilleboeuf ist der Schlüssel zur Normandie. Nach Fall der Festung würden die Soldaten in einem Zug nach Versailles marschieren. Der Anführer? Der Chevalier de Rohan, dem Spanien jährlich dreißigtausend Ecus Pension zahlen würde, vorausgesetzt, er liefert Le Havre, Abbeville und Dieppe aus. Außerdem soll er die Entführung des Thronerben organisieren. Der junge Louis, der fast zwölf Jahre alt ist, geht leidenschaftlich gern auf die Wolfsjagd. Seine wilden Ritte führen ihn häufig bis an die Grenze der Normandie. Wenn man einige Raufbolde als Leibwächter verkleidete, würde der Prinz ihnen vermutlich ahnungslos folgen.

Nine kann es kaum fassen. Der Chevalier de Rohan, der Mann, der dem König am nächsten steht, soll sich plötzlich gegen seinen Herrn wenden, dem er seit Kindertagen zugetan ist und ebenso lange dient?

Es war der König, der die zwanzigjährige Freundschaft und Herzensbrüderschaft der beiden Männer verriet. Der Chevalier hatte sich in Holland nicht geschont und wurde zweimal verwundet. Angesichts seiner drückenden Schulden und als Belohnung für seinen Mut hoffte er, entweder das Amt des Grand Maître de la Garde-Robe, der sich um die Kleidung des Königs kümmerte, oder die Herrschaft über Guyana zu erhalten. Ohne sich die Mühe zu machen, ihm persönlich zu antworten, ließ der König ihm durch Monsieur de Louvois ausrichten, er sei seiner Extravaganzen und seiner Forderungen müde und dass der Chevalier vielleicht einmal daran denken solle, anständig zu leben. Kurz und gut – Rohan bekam nichts. Gar nichts. Noch nicht einmal eine Pension. Anständig leben? Der König hat gut reden. Ausgerechnet er, der sich nicht darum schert, ob es die Frau seines Nächsten ist, die er besteigt, der die in doppeltem Ehebruch gezeugten Kinder vor der Kirche legitimieren lässt, der das Hab und Gut seiner Untertanen für seine Vergnügungen ausgibt und seine Zimmerdecken mit ruhmreichen Waffengängen schmückt, damit seine Legende eines Tages die des Olymps in den Schatten stellt – dieser Mann will ihm eine Lektion erteilen? Der Chevalier ist den Menschen treu, die ihm treu sind, aber er hat eine zu hohe Meinung von sich selbst, um ohne Gegengeschenk zu lieben. Der König behandelt ihn wie einen Diener, den man entlässt, wenn er einem nicht mehr zusagt? Schande über ihn. Er wird es bitterlich bereuen.

Nine klatscht Beifall. Sie ist zwanzig Jahre alt und hungert ebenso nach Gerechtigkeit und Freiheit wie der Brunnenbauer Le Jongleur oder der Chevalier de Rohan. Sie bittet darum, die neue Verfassung lesen zu dürfen. Sie will auch an den Versammlungen teilnehmen, die bei Meister Affinius und in einem Haus am Place Royale abgehalten werden, wo der Chevalier de Rohan seinen Freund La Tréaumont untergebracht hat. Sie bietet an, den König über Bontemps auszuspionieren, um im richtigen Moment losschlagen zu können. Sie möchte den Umgang mit Schwert und Pistole erlernen …

Die Liebe und die Natur aber entscheiden anders.

Ihr, Charles, habt anders entschieden.

Mitte April, als Meister Affinius nach Brüssel gereist ist, um ein Abkommen mit dem Gouverneur der Spanischen Niederlande zu unterzeichnen, stellt die Comtesse de Cholay fest, dass sie schwanger ist.

Das Kind wurde an jenem Morgen empfangen, den Batiste ihren Hochzeitstag nennt – nach der Rückkehr aus dem Karmelitinnenkloster.

Ja, Charles. Ja.

Gegen Ende des gleichen Monats kehrt der Comte de Cholay aus Deutschland zurück. Er hat eine zweite Narbe im Gesicht davongetragen und ist bösartiger als je zuvor. Als er erfährt, dass seine Gattin allein ist, lässt er sich bei Madame anmelden und betritt die Gemächer mit martialischem Schritt.

Er findet Nine über eine Art bewegliche, auf einen Fuß montierte Lorgnette gebeugt, neben der ein Docht brennt. Ohne sie auch nur zu begrüßen, beginnt der Graf, seinen Gürtel zu lösen. Alles in Nine sträubt sich gegen ihn.

Sie nimmt ihren ganzen Mut zusammen und gebietet ihm Einhalt: »Schluss damit, Monsieur. Ihr werdet mich nicht mehr wie eine Eurer Huren behandeln.«

Emmanuel de Cholay wirft sein Wehrgehänge auf das Bett. »Ich behandele Euch, wie Ihr es verdient. Kommt her.«

Nine steht auf und verschanzt sich hinter dem Tisch. »Ich werde Euch nicht den Sohn schenken, den Ihr von mir verlangt.«

Er streckt den Arm aus und will sie packen. »Das werden wir ja sehen. Hierher!«

Nine klappert vor Angst mit den Zähnen, aber für Euch,

Charles, ist sie entschlossen, bis zum bitteren Ende zu gehen. »Der Fehler liegt nicht bei mir, Monsieur, sondern bei Euch. Ihr seid nicht zeugungsfähig.«

»Ein Cholay, der nicht zeugungsfähig sein soll? Welch drollige Geschichte.«

»Eine Geschichte, die Ihr sicher nicht verbreitet wissen wollt.«

»Verrücktes Weib. Ihr wäret die Gedemütigte.«

Nine zeigt auf das Gerät auf dem Tisch. »Würdet Ihr Euch für ein Experiment zur Verfügung stellen?«

Der Comte weicht einen Schritt zurück und bekreuzigt sich. »Hexerei!«

»Nein, Wissenschaft. Dieses Mikroskop hier ist dank seiner Linsen in der Lage, unendlich kleine Dinge sichtbar zu machen. Als Ihr mich das letzte Mal vergewaltigt habt, verwahrte ich ein wenig von Eurem Sperma. Nachdem ich es unter diesem Apparat untersucht hatte, wusste ich, warum Ihr nie eine Eurer Ehefrauen geschwängert habt – ebenso wenig wie Eure Mätressen oder die kleinen Mädchen, die ihr so gern vergewaltigt. Eure Manneskraft ist eine Luftblase, Monsieur. Eure Hoden schmeicheln Euch, und Ihr schießt öfter, als Ihr an der Reihe seid. Aber in Eurem Sperma befindet sich kein Animaculus. Nicht ein Einziger.«

Emmanuel de Cholay spuckt vor ihr aus. »Ihr seid unfruchtbar, Dreckstück.«

»Nein, Monsieur.« Nine ballt die Fäuste über ihrem Unterleib.

»Zufälligerweise bin ich schwanger.«

Ihr Gatte blickt sie an, als hätte sie ihm eine Ohrfeige versetzt. Mit dem Gefühl, in einen tiefen Brunnen zu stürzen, fährt sie fort: »Ich habe das Kind zu einer Zeit empfangen, als Ihr mit der Armee unterwegs wart.«

Auf dem Gesicht des Comte spiegeln sich Gedanken, die Nine auf der anderen Seite des Tischs fast das Herz zerreißen. »Wer ist der Vater?«

»Das braucht Ihr nicht zu wissen. Das Kind wird es eines Tages erfahren.«

Emmanuel de Cholay packt das Mikroskop und wirft es nach dem Kopf seiner Frau. Nine kann nicht mehr ausweichen. Das Instrument trifft sie oberhalb der Stirn. Ihre Kopfhaut platzt auf. Sie wankt. Ihr Mann wirft sich auf sie, drückt sie auf den Boden und prügelt auf sie ein. Sie schreit aus Leibeskräften. Er knebelt sie und schlägt sie ins Gesicht, auf die Schultern und auf die Brust. Sie beißt ihm in die Hand und schreit zum Steinerweichen. Ein Schlag unter das Ohr lässt sie das Bewusstsein verlieren. Der Comte knöpft seine Hose endgültig auf und tut das, was nötig ist, um bei der Geburt, ohne sich der Lächerlichkeit preiszugeben, behaupten zu können, dass er dieses Kind gezeugt habe.

Am nächsten Morgen spricht Madame beim König vor. Es diene dem Ansehen des Hofes und des Königs keineswegs, wenn ein Edelmann seine bessere Hälfte unter dem Vorwand, sie schwängern zu wollen, halb tot schlage. Vor allem dann, wenn sie bereits schwanger sei und die Brutalität des Ehemannes auch das Ungeborene in Gefahr bringe.

Der König ist äußerst ungehalten. Er diktiert umgehend einen Brief, mit dem er Monsieur de Cholay mit sofortiger Wirkung von seinem Dienst bei der Armee entbindet, ihn zurück zu seinen Kühen schickt und ihm verbietet, seiner Gemahlin bis zur Geburt des erwarteten Kindes lästig zu fallen.

Ehe Emmanuel de Cholay abreist, verabschiedet er sich von der Comtesse. Er findet sie mit verbundenem Kopf und dem Gesicht voller Blutergüsse ausgestreckt auf einem Sofa. Er lächelt sie an. Er ist zwar bösartig, aber nicht dumm und weiß die verfahrensten Situationen zu seinen Gunsten zu wenden. In diesem Fall genügt es, sich ruhig zu verhalten und ein wenig Zeit verstreichen zu lassen. Sechs oder sieben Monate. Er verbeugt sich vor Nine, nimmt ihre Hand und küsst sie mit vollendeter Höflichkeit.

»Adieu, Madame. Ich reise ab, aber ich werde Euch nicht vergessen. Das Spiel hat gerade erst begonnen, und das Ende wird Euch überraschen.«

Charles. Kind.

Ich sehe, wie Ihr in Eurem Zimmer im Kreis lauft.

Euch ist kalt, Euch ist warm. Ihr weigert Euch zu glauben, was Ihr eben gelesen habt, und wünscht Euch, Ihr hättet es nie getan.

Kommt zu Euch.

Kommt zu mir.

Wir sind noch nicht am Ende, und erst nach der letzten Abbiegung werdet Ihr die gesamte Landschaft überblicken.

Am MORGEN DES 14. Septembers, um punkt acht Uhr, nähert sich Alexandre Bontemps dem königlichen Bett und verkündet: »Sire, es ist Zeit.«

Der König reckt sich, fährt mit dem Finger über sein entzündetes Zahnfleisch und kratzt sich am Gesäß, das ihn wegen des Bandwurms in seinen Eingeweiden ständig juckt. Schließlich richtet er sich in den Kissen auf, atmet durch und setzt sein Königsgesicht auf.

Wie jeden Morgen zählt Bontemps bis zwanzig, um Louis die Zeit zu geben, wieder zu Apollo Palatinus zu werden – dem Sonnengott, der auf seiner Leier spielt, während seine Orakel der Welt das Licht bringen – und zu Victoria Retellensis – dem Sieg, der die Uneinigkeit unter seinen Füßen zertritt – wie auf den Medaillons, die sein Goldkarpfen um die Kiemen trägt.

Bei einundzwanzig öffnet der erste Kammerdiener die Bettvorhänge, reicht Seiner Majestät ein sauberes Hemd und geht vor ihm in die Knie, um ihm die Pantoffeln überzustreifen. Der König betrachtet seinen Lieblingsdiener und wird plötzlich traurig. Eigentlich müsste er wütend sein, ist es aber nicht, sondern er empfindet nur eine bittere Mattigkeit.

Er legt Bontemps die Hand auf die Schulter. »Richtet der Comtesse de Cholay aus, dass ich sie nach der Messe zu sehen wünsche, Monsieur.«

Bontemps ahnt nichts. Ohne aufzublicken, erkundigt er sich: »Worum geht es, Sire?«

Louis XIV. öffnet die Hand, die er auf sein Knie gelegt hatte. In seiner Handfläche schimmert ein Ohrgehänge mit einer großen rosa Perle.

Bontemps wird blass. Leise sagt er: »Eure Majestät, ich schwöre, dass meine Patentochter nichts weiß.«

Ebenso leise gibt der König zurück: »Ihr habt mich angelogen, Bontemps. Seit zwanzig Jahren lügt Ihr mich an.«

»Ich flehe um Verzeihung, Sire, und bitte Euch, Verständnis zu zeigen. Ich konnte Euren Befehl nicht ausführen. Die betreffende Person wäre in den Kolonien gestorben, und ich hätte mit dieser Schuld bis zu meinem Tod umgehen müssen. Ich habe sie in das Kloster gebracht, in das Madame de La Vallière sich zurückzuziehen wünscht. Wie Ihr wisst, ist es eine uneinnehmbare Festung. Man hat mich über die Schwangerschaft informiert, sobald sie festgestellt wurde. Im entsprechenden Moment war ich zur Stelle. Ich nahm das Kind an mich, und um ihm ein annehmbares Schicksal zu sichern, habe ich es gegen ein anderes ausgetauscht, das gerade gestorben war.«

Der König murmelt: »Die Tochter des Baders La Vienne.«

»La Vienne ist mein engster Freund. Ein tüchtiger, königstreuer Mann.«

»Was habt Ihr ihm gesagt?«

»Nichts. Er war zur Beerdigung seiner Frau gefahren und dankte dem Himmel, dass er ihm zumindest das Kind gelassen hatte.«

»Ihr habt ein zu großes Herz, Bontemps.« Während er spricht, hat der König die Perle aufgeschraubt. Jetzt öffnet er sie, entnimmt ihr ein sorgfältig zusammengewickeltes Stück Papier und rollt es zu einem Kügelchen.

Ohne lange nachzudenken, nimmt Bontemps ihm das Kügelchen aus der Hand, steckt es in den Mund und verschluckt es. »Warum sollte man verstörende Dinge an den Tag bringen, Sire? Meine Patentochter braucht nichts davon zu wissen.«

Der König bedeutet ihm aufzustehen und antwortet mit lauter Stimme: »Aber mein Guter, darüber wollte ich gar nicht mit ihr sprechen.«

Mit einem Kopfnicken begrüßt er seinen Leibarzt und den Leibchirurgen, die seinen Puls nehmen und sein Nachtgeschirr untersuchen. Er lächelt seiner alten Amme Pierrette Dufour zu, die ihn auf beide Wangen küsst. Bontemps richtet sich auf. Seine Knie zittern.

Der König hat die Perle wieder in seiner Hand eingeschlossen und befiehlt: »Madame de Cholay soll in meinem Arbeitszimmer auf mich warten. Seht zu, dass sie ohne Furcht kommt, und bleibt vor der Tür, damit wir nicht gestört werden.«

Als Großkämmerer und Verwalter von Versailles verfügt Bontemps über eine ganze Armee blaugekleideter Diener. Er hat Schweizer, die darauf abgerichtet sind, Klatsch und Tratsch in den Vorzimmern, Wachunterkünften, Fluren, Treppenhäusern und Wäldchen zu belauschen. Er unterhält einen Zensurdienst, der die Korrespondenz sämtlicher Schlossbewohner überprüft. Er weiß, dass ein Kadett aus der Gascogne namens Cauzé de Nazelle an Monsieur Colbert geschrieben hat, um ihm von aufrührerischen Gesprächen zu berichten, die in einem Kellerraum des »Hôtel des Muses« im Vorort Picpus zwischen Monsieur de La Tréaumont und dem Chevalier de Rohan stattfanden. Er weiß, dass ruchlose Menschen Plakate an die Türen der Kirchen und öffentlichen Gebäude der guten Stadt Rouen geklebt haben, auf denen das Volk dazu aufgerufen wird, sich gegen Louis XIV. zu erheben. Er weiß, dass ein reicher Unbekannter bei einem Schneider im Vorort Saint-Antoine fünfhundert Leibwächteruniformen in Auftrag gegeben hat. Er weiß, dass der Parlamentspräsident der Normandie, Claude Pellot, mit der Postkutsche eingetroffen ist, um eine dringende Unterredung gebeten hat und über eine Stunde bei Seiner Majestät geblieben ist. Außerdem weiß er, dass der König am Vorabend, ehe er zu Madame de Montespan ging, eine Weisung für den Polizeipräfekten La Reynie diktiert hat und eine weitere für den Vogt von Versailles. Das alles weiß Alexandre Bontemps. Aber er erkennt darin keinen Zusammenhang mit seiner kleinen Ninon.

An jenem 14. September also erwartet die Comtesse am Mittag den König in seinem Kabinett. Sie nimmt an, dass er sie wegen seiner gedrückten Stimmung oder seines Durchfalls konsultieren will, was er von Zeit zu Zeit ohne Wissen seiner Ärzte tut, und lässt die Gesundheitsprobleme noch einmal Revue passieren, über die Bontemps sie genauestens auf dem Laufenden hält.

Louis XIV. tritt ein. Er hat Schatten unter den Augen. Seine Haut ist fleckig. Vermutlich wieder ein Abszess im Mund. Nine knickst, so tief es ihr Bauch zulässt.

»Erhebt Euch, Madame. Wie fühlt Ihr Euch?« Seine Stimme klingt neutral.

»Gut, Sire. Vielen Dank.«

»Lässt Euer Gemahl Euch in Frieden?«

»Im Augenblick ja, Sire.«

»Ich habe heute Morgen in der Kapelle den Chevalier de Rohan gesehen. Er hat vergessen, die Königin zu begrüßen, und mir fällt seine Unruhe auf. Soviel ich weiß, ist er Euch freundschaftlich verbunden. Seht Ihr ihn häufig?«

Beunruhigt über die Richtung, die das Gespräch nimmt, antwortet Nine vorsichtig: »Er kommt selten zu Monsieur. Daher habe ich kaum Gelegenheit, ihn zu sehen.«

Der König tritt ans Fenster und trommelt gegen die Scheibe. »Man hat mir erzählt, dass Ihr ihn des Nachts häufig aufsucht.«

»Sire, ich bin im sechsten Monat schwanger. Niemals würde der Chevalier …«

Der König dreht sich um. »Ihr trefft ihn auch bei einem Philosophieprofessor namens Affinius. Einige seiner Kostgänger haben Euch dort gesehen.«

Vor Nines Augen beginnt es zu flimmern.

»An einem Ort, den man ›Hôtel des Muses‹ nennt. Die Musen inspirieren dort allerdings nicht zu Poesie, sondern zu einer republikanischen Verfassung.«

Nine wankt. Der König hält ihr ein Riechfläschchen unter die Nase.

»Atmet das ein. Den Duft kennt Ihr. Ihr habt ihn selbst gemischt. Zu einer Zeit, als Ihr Euch eher den Heilmitteln als der Revolution verschrieben hattet.«

Nine beißt sich auf die Lippen.

Ohne sie aus den Augen zu lassen, fährt der König fort: »In diesem Augenblick ist mein Gardemajor Monsieur de Brissac dabei, den Chevalier de Rohan festzunehmen. Die Helfer von Monsieur de La Reynie tun das Gleiche mit Monsieur de La Tréaumont, der sich in Rouen aufhält, und mit Monsieur Van den Enden, der sich auf dem Rückweg von Brüssel befindet, wo er ein Bündnis mit unseren Feinden eingegangen ist. Was sagt Ihr zu diesem Fischzug, Madame?«

Atemlos antwortet Nine: »Darf ich Eure Majestät fragen, warum Ihr mich darüber informiert?«

»Weil Ihr über dieses Komplott Bescheid gewusst, aber nichts gesagt habt. Weil dieses Schweigen genügt, um Euch mit denen in den Kerker zu werfen, die mit dieser Verschwörung zu tun haben und die alle noch vor dem Ende dieser Woche verhaftet werden. Warum habt auch Ihr mich verraten?«

Nine hat nichts mehr zu verlieren. Sie richtet sich auf und blickt Louis XIV. gerade ins Gesicht. »Weil es nicht genügt, Schlösser zu bauen, Gesetze zu erlassen und Feinde zu unterwerfen, um ein großer König zu sein, Sire. Man muss auch gerecht und gut sein, und das seid Ihr nicht. Ihr wolltet mir meine Jungfernschaft nehmen, und um mich dafür zu bestrafen, dass ich Euch zurückstieß, habt ihr mich zwangsverheiratet. Und zwar mit einem Ungeheuer, das mich jahrelang gequält hat.«

»Ich wusste nicht, dass der Comte de Cholay dieser Art von Laster frönt.«

»Ich glaube, Ihr hättet mich ihm auch gegeben, wenn Ihr es gewusst hättet.«

»So seht Ihr mich? Ebenfalls als Ungeheuer?«

»Gestattet mir, diese Frage nicht zu beantworten.«

Louis XIV. wendet sich ab und lässt einige Sekunden verstreichen. Seine Augenringe sehen grau aus, und sein linkes Augenlid zuckt. »Ich werde Euch beweisen, Madame, das gewisse Ungeheuer auch ein Herz besitzen. Dass sie sowohl ihre eigenen Fehler erkennen als auch die anderer Menschen verzeihen können.«

»Ihr, Majestät? Ihr wollt verzeihen können? Würdet Ihr dem Chevalier und seinen Anhängern verzeihen?«

»Nein, Comtesse. Nur Euch. Und auch nur deswegen.« Der König hält ihr einen kleinen Seidenbeutel hin. »Als ich vor vier Jahren in Euer Zimmer hinaufkam, glaubtet Ihr, dass ich Euch verführen wollte. Aber ein König zwingt keine Frau, Madame. Wenn er es täte, wäre er nicht würdig, König zu sein, und müsste früher oder später darüber Rechenschaft ablegen. In diesem Fall jedoch kam ich nicht wegen Eurer Reize, sondern wegen eines Schmucks, den ich mit äußerstem Erstaunen an Euren Ohren gewahrte.«

Nine öffnet den Beutel. Ihre Perle.

»Ich habe diese Ohrgehänge vor langer Zeit Eurer Mutter geschenkt, und zwar unter Umständen, die Euch nicht zu interessieren haben.«

Louis hatte diese Worte zuvor mehrmals probeweise wiederholt, aber als er sie ausspricht, schnürt es ihm die Kehle zu. *Anne.* »Umstände, um derentwillen ich noch immer tief in ihrer Schuld stehe.«

Er betrachtet die kleine Comtesse. Nina Philippa Louise. Ihren zerbrechlichen Hals. Ihre vorstehenden Schlüsselbeine. Ihre zu den Schläfen hinaufgezogenen Augen. Ihren schwangeren Leib.

»Ein König ist verpflichtet, seine Schulden zu bezahlen. Auch die ältesten. Da ich Eurer Mutter das verlorene Leben nicht zurückgeben kann, schenke ich Euch dafür das Eure.«

Nine sieht ihn an, ohne zu begreifen. Der König räuspert sich.

»Hört mir gut zu. Ihr habt nie an diesem Komplott des Chevaliers de Rohan teilgenommen. Ihr wisst nichts davon. Das, was die Verschwörer unter Folter aussagen, wird nicht gegen Euch verwendet. Ihr werdet zu Madame zurückkehren und Euren Dienst bei ihr weiterführen. Ihr werdet weder ihr noch Eurem Paten oder Eurem Vater gegenüber ein Sterbenswort über diese Unterredung verlieren. Nicht ein Wort, versteht Ihr? Ihr vergesst diese unangenehme Angelegenheit und kümmert Euch um Euer Kind. De Cholay ist ein ehrenwerter Name – ihn weiterzugeben ist durchaus ein Opfer wert. Ihr werdet dieses Kind würdevoll und ohne großen Trubel aufziehen. Sobald es alt genug ist, werden wir es bei Hof empfangen und ihm ein Amt zuweisen. Habt Ihr mich verstanden?«

Nine ist wie erstarrt. Mit ungläubig aufgerissenen Augen nickt sie langsam.

Louis XIV. murmelt: »Ihr ähnelt Eurer Mutter überhaupt nicht.«

Nine antwortet ebenso leise: »Vermutlich komme ich eher auf meinen Vater.«

Das Gesicht des Königs bleibt unbewegt. Er sagt nur: »Wer weiß?«

Das, was in den folgenden Wochen geschah, ist schon in unserer Zeit zur Legende geworden. Ihr werdet bei Hof hundert Leute kennenlernen, die Euch auf hundert verschiedene Arten von den Ereignissen berichten, und wenn Ihr Euch in der Normandie erkundigt, werdet Ihr hundert weitere Versionen hören.

Ich für meinen Teil begnüge mich hier mit Tatsachen, denn ich möchte Euch erklären, wie diese Euch und mich verbinden.

Ja, Euch und mich.

Wie der König versprochen hatte, schlägt die Polizei von Monsieur de La Reynie mit bewundernswerter Schnelligkeit und äußerst wirksam zu. La Tréaumont wird im Obergeschoss einer Herberge in Rouen ergriffen. Er wehrt sich heftig, springt aus einem Fenster, verletzt sich schwer und stirbt. Van den Enden lässt sich widerstandslos in einem Hotel in Le Bourget festnehmen. Er wird in die Bastille gebracht, wo er die Marquise d'O wiedersieht, eine Geliebte des Chevaliers de Rohan, außerdem den Chevalier de Préault, der Rohans Stallmeister war, die Marquise von Villars, Mätresse von Préault, den Comte de Mouchy, Gouverneur von Honfleur, Monsieur d'Herbeville, Ratsherr im Parlament von Rouen, sowie etwa fünfzig weitere tatsächliche oder vermutete Komplizen, derer man in der Normandie, in Paris und Versailles habhaft geworden war.

Und Batiste?

Die Gendarmen stöbern ihn in der hintersten Ecke des Stollens auf, in dem sein Bruder Pierre sich die Beine gebrochen hatte. Als er seinen Namen rufen hört, lässt er sein Werkzeug fallen und verschwindet in dem Labyrinth, das sich unter Monsieur Le Nôtres Grünanlagen erstreckt. Der Vogt und seine Leute sind aufgeschirrt wie Kampfrösser. Keiner von ihnen könnte ihm auf allen vieren durch die engen Röhren folgen.

Folgen konnten sie ihm tatsächlich nicht. Aber der Gehilfe des Vogts, Anselme Boniface, war in der ersten Bauphase Vorarbeiter gewesen, hat die Erdarbeiten genau verfolgt und kennt die Ausgänge aus dem Röhrensystem. Als Batiste eine Falltür hinter einem Dickicht südlich des Latona-Beckens öffnet, packt er ihn am Kragen und zieht ihn heraus wie ein Karnickel. Zwei Gendarmen fesseln seine Arme und knebeln ihn.

Um sich für die Wartezeit zu entschädigen, versetzt Boniface ihm einen Faustschlag in die Leber, einen Tritt zwischen die Beine und schließlich einen Stockschlag, der ihn vor den Froschskulpturen des Beckens in die Knie gehen lässt. »Sieh mal, wer sich hier von dir verabschieden will.«

Der Vogtsgehilfe legt ein kleines, wie einen Rollbraten verschnürtes Pelztier auf den Brunnenrand. Als Jesus seinen Herrn erkennt, stößt er durchdringende Schreie aus.

Boniface zieht sein Messer und schlitzt dem Tierchen den Bauch auf. »Das ist für die Narbe, die dieses Mistvieh an meinem Hals hinterlassen hat.« Er steckt die Finger in Jesus' Bauch, zerrt die Eingeweide heraus und wirft sie in das grüne Wasser. »Das ist für deine Schwester, die ich zu gerne mal zur Brust genommen hätte.«

Jesus lebt noch und windet sich wie ein Aal. Boniface hebt ihn am Schwanz hoch und wirft ihn hinter seinen Eingeweiden her, die der goldene Karpfen vom Blut angelockt mit großem Appetit verschlingt.

»Und das ist für Seine Majestät.« Er packt Batiste an den Haaren, biegt seinen Kopf zurück, beugt sich über ihn und leckt ihm die Tränen von den Wangen. »Mit dir, Freundchen, nehme ich mir mehr Zeit. Alle Zeit, die der Henker mir lässt. Und ich werde meine Sache so ordentlich machen, dass die Luder, die ständig hinter dir her sind, dich nicht mehr wiedererkennen. Und wenn du schließlich vor allen Leuten das Podest betrittst, werde ich es sein, der dir die Schlinge um den Hals legt.«

Unmittelbar nach ihrem Gespräch mit dem König bekam Nine so starke Wehen, dass sie sich hinlegen musste. Der Leibarzt des Königs befahl ihr, das Zimmer zu hüten, weil sie sonst vorzeitig ein nicht lebensfähiges Kind zur Welt bringen würde.

Nine bleibt also in Madames Kabinett, wo sie ihre Tage damit zubringt, übel riechende Salben zu mischen. Ihr Vater besucht sie regelmäßig, ebenso wie Monsieur Lully. Beide glauben, dass das Kind von ihrem Ehemann ist, und schieben ihr Unwohlsein auf den Schmerz über das Schicksal des Chevaliers de Rohan. Sie verstehen ihre Trauer umso besser, als der gesamte Hof entsetzt und in Tränen aufgelöst ist. Man erzählt sich, dass der König sich schon vor langer Zeit wegen Madame de Montespan mit seinem Großjägermeister zerstritten habe. Dieser, dem es offenbar nicht genügte, mit Madame de Thianges, der älteren Schwester der Marquise, zu schlafen, soll der Mätresse des Königs eindeutige Anträge gemacht haben. Außerdem munkelt man, dass die Freiheit, die sich der Chevalier im Umgangston und seinem Auftreten erlaubte, den König zwar in jüngeren Jahren noch amüsiert hatte, den großen Louis inzwischen jedoch als beleidigende Vertraulichkeit störte. Darüber hinaus ist zu hören, dass die Fürstin von Guéméné sich darüber beschwert, dass ihr Sohn in ihre Garderobe eingedrungen sei und ihr Schmuck gestohlen habe, um damit seinen Lebenswandel zu finanzieren und seine Spielschulden zu bezahlen. Das Wichtigste aber ist, dass der König seine Macht offenbar dadurch zu festigen gedenkt, dass er den Geist der »Fronde« ein für alle Mal ausmerzt, und vorhat, ein Exempel zu statuieren, das den französischen Adel endgültig davon abhält, Ränke gegen die Krone zu schmieden.

Der Prozess gegen die Verschwörer beginnt am 6. November vor einem Sondergericht im Arsenal. Dank seiner hohen Geburt entgeht Louis de Rohan dem Verhör, den anderen bleibt die Folter nicht erspart. Am 26. November hat die Kammer genügend Beweise gesammelt und verurteilt den Chevalier de Rohan, den Chevalier de Préault, die Marquise de Villars, François van den Enden und Batiste Le Jongleur zum Tode. Die drei Ersten sollen enthauptet, die beiden Letztgenannten gehängt werden. Die Mitläufer werden freigesprochen und aufgefordert, nicht mehr in Erscheinung zu treten.

Als ein Sendbote den Richterspruch im gelben Salon von Monsieur vorliest, fallen die meisten anwesenden Damen in Ohnmacht. Die Comtesse de Cholay hält Riechsalz aus eigener Herstellung unter etwa dreißig Nasen und verbringt eine gute Stunde mit Bemühungen, Monsieur zu trösten. Anschließend überredet sie Madame mit bewundernswerter Selbstbeherrschung, sie den Henker besuchen zu lassen.

Die Franzosen hängen ihre Delinquenten, indem sie den Gleitknoten einer Schlinge unter Kiefer und Hinterhauptknochen platzieren. Eine frühere Gesellschaftsdame von Henrietta Anne Stuart hat Nine von der englischen Methode erzählt, die, um die Wirbelsäule ganz sicher zu brechen, das Seil unter der linken Seite des Unterkiefers entlanglaufen lässt. Sie will dem Henker diese Methode erklären und ihn zu überzeugen versuchen, sie zu benutzen, um Batiste Le Jongleur unnötige Qualen zu ersparen. Sie nimmt ihr gesamtes Geld mit, das sie auf zwei Börsen verteilt, außerdem eine bis oben hin mit Salben gefüllte Tasche.

Der für die Vollstreckung des Urteils zuständige Henker ist Nicolas Levasseur, den Nine seit ihrer Kindheit kennt. Dicht verschleiert sucht sie ihn auf und lässt sich unter ihrem Mädchennamen melden. Levasseur erscheint keineswegs verwundert. Er hilft ihr aus dem Mantel, schiebt ihr einen Sessel hin und drückt ihr einen Kuss auf die Stirn wie früher, als sie elf Jahre alt war und ihm unerhörte Fragen über den menschlichen Körper stellte. Nine reicht ihm das Geld und die Tasche. Der Henker wiegt die Börsen in der Hand, die beide mindestens zehntausend Livres enthalten dürften, öffnet einen der Tiegel und riecht daran. »Im wievielten Monat bist du?«, seufzt er dann.

»Im achten.«

»Ich dachte mir, dass du kommen würdest. Le Jongleur ist der Vater dieses Kindes, nicht wahr?«

Nines Augen füllen sich mit Tränen. Levasseur schenkt ihr ein Glas Burgunder ein, der schwangeren Frauen guttun soll.

»Ich habe ihm so wenig Schmerzen zugefügt wie möglich. Mir ist gleich, was er verbrochen hat. Er liebt dich, und das genügt mir.«

»Hat er von mir gesprochen?«

»Um mich anzuflehen, dir das Verhör zu ersparen. Er war der Meinung, du wärst mit den anderen verhaftet worden.«

»Man hätte es tun müssen.«

»Wer schützt dich? La Reynie? Oder Louvois?«

»Der König.«

Der Henker pfeift durch die Zähne. »Du machst wirklich niemals halbe Sachen.«

»Maître Nicolas, das Geld, das ich Euch gebracht habe …«

Levasseur bedeutet ihr zu schweigen. »Ich kenne dich und weiß genau, was du willst. Ich kann dir nicht versprechen, dass es mir gelingt, aber ich werde tun, was ich kann.« Er versteckt

Börsen und Tasche in einer Truhe. »Geh jetzt. Und bleibe morgen zu Hause. Die Exekution ist auf drei Uhr festgesetzt. Wenn alles vorbei ist, lasse ich dich benachrichtigen.«

An jenem Nachmittag begibt sich der Herzog von Orléans zu Seiner Majestät. Er findet ihn in einem medizinischen Streitgespräch vor. Monsieur Daquin, sein Leibarzt, will ihm ein Klistier verabreichen, Monsieur Félix, sein Leibchirurg, will ihn zur Ader lassen. Der König ist von Natur aus naschhaft, doch seitdem der Prozess im Arsenal läuft, hat sein Appetit überhandgenommen, und die großen Nahrungsmengen bereiten ihm heftige Verdauungsprobleme. Seinem Kammerdiener Bontemps, der ihn zur Vernunft zu bringen versucht, antwortet er, dass ein König seinem Volk gegenüber seine Pflicht zu erfüllen habe. Er könne so viel Kummer haben, wie er wolle – er müsse sich vergnügen und kräftig essen, um immer stark und gesund zu erscheinen.

Als die Ärzte sich zu einer Diskussion zurückziehen, setzt sich Monsieur neben seinen Bruder, der halb entkleidet den Schiedsspruch der Herren von der Fakultät erwartet. Er beugt sich zu Louis hinüber und sagt halblaut: »Sire, Ihr seid traurig. Ich bin es ebenfalls. Wir alle sind es. Der Chevalier de Rohan hat an die Fürstin de Guéméné geschrieben und sie angefleht, Euch um Gnade zu bitten. Werdet Ihr sie ihm gewähren?«

»Ich nehme an, dass auch die Fürstin seiner müde ist, denn sie hat mich um nichts gebeten. Aber selbst wenn sie es getan hätte, hätte ich abgelehnt.«

»Und wenn ich für ihn bäte? Würdet Ihr mir in Erinnerung an unsere fröhlichen, zu dritt verbrachten Zeiten sein Leben schenken?«

»Nein, Monsieur. Hinge es nur von mir ab, würde ich ihn gern begnadigen. Aber die Fakten sind zu belastend. Niemand würde meine Milde verstehen, meine Autorität hingegen nähme Schaden.«

»Aber Ihr habt doch auch unseren Vettern Condé und Conti verziehen, dass sie gegen uns gekämpft haben.«

»Ich bin keine fünfzehn mehr. Und dass der Chevalier mit uns aufgewachsen ist, macht ihn noch lange nicht zu unserem Cousin.«

»Rohan ist von ungestümem Temperament und setzt sich gern in Szene. Sicher hat er die Folgen der Angelegenheit nicht bedacht. Ihr kennt ihn doch besser als jeder andere. Er ist ein Hitzkopf …«

»Und genau solche Köpfe müssen rollen.«

»Ich bin doch auch so, Louis. Ihr werft es mir oft genug vor.«

»Zweifellos. Aber Euren Kopf kann ich nicht fordern.«

Die Worte dröhnen wie ein Fallbeil. Betroffen weicht Philippe zurück. »Ich wusste, dass Ihr mich nicht schätzt. Aber ich habe geglaubt, dass Ihr mich wenigstens ein bisschen liebt.«

Der König winkt gereizt ab. »Ich liebe Euch, Monsieur. Ich versorge Euch mit Häusern und Geld, und im vergangenen Jahr habe ich Euch sogar Euren geliebten Lorraine zurückgegeben.«

»Aber nur damit ich Euch weiterhin liebe und Euch bis ans Ende meiner Tage treu bleibe.«

»Spielt das eine Rolle? Habt Ihr nicht alles, was Ihr Euch wünscht?«

Philippe kneift die Augen zusammen. »Sagt mir wenigstens ein einziges Mal die Wahrheit. Liegt es daran, dass unsere Mutter mich klüger fand als Euch?« Der König lehnt sich in seinen Sessel zurück. »Liegt es daran, dass ich als Kind in Euer Bett gepinkelt habe, nachdem Ihr in meines gepinkelt hattet, und dass ich Euch nach einer Ohrfeige ebenfalls geohrfeigt habe?« Louis streicht mit der rechten Hand über das Band des Ordens Saint-Esprit. »Liegt es daran, dass alle Leute zu mir gekommen sind, als Ihr mit Typhus daniederlagt, weil sie der Meinung waren, ich würde noch vor dem Ende der Nacht ihr neuer König?«

Seine Majestät liegt mit ausgestreckten Beinen und blassem Gesicht in seinem Sessel. Er sieht aus wie eine Leiche. Philippe betrachtet die halbmondförmige Narbe, die der Schnurrbart nur teilweise verbirgt.

»Liegt es an Anne, Sire? An jener Nacht?«

Ein roter Blitz fährt durch Louis' Stirn.

Sein ganzer Mund ist voll Blut. Philippe sitzt rittlings auf ihm und schlägt ihn ins Gesicht. Mit einer Kerze in der Hand betritt Bontemps im Nachtgewand das Zimmer. Er wirft sich auf Philippe, reißt ihn von seinem Bruder los und schleudert ihn zu Boden. Louis liegt mit geschwollenem Gesicht auf dem Rücken. Seine Oberlippe ist aufgeplatzt. Bontemps hilft ihm, sich aufzurichten. Louis stößt ihn zurück und zeigt mit dem Finger auf das Mädchen, das hinter der Truhe kauert.

»In die Kolonien mit ihr. Auf dass sie niemals zurückkehrt!«

Philippe murmelt: »Ihr wusstet, dass ich sie liebte.«

Der König wendet ihm sein Gesicht zu. Seine Augen brennen. »Glaubtet Ihr, dieses Recht allein zu haben?«

Philippe richtet sich auf. »Sie hatte mich erwählt.«

Louis beißt die Zähne zusammen. »Aber sie hätte mich erwählen müssen. Ich hatte ihr Schmuck geschenkt. Sehr schönen Schmuck. Aber sie hat sich Euch hingegeben.«

»Und dafür musstet Ihr uns alle drei bestrafen?«

»Damals wie heute ist ein König zu Gerechtigkeit verpflichtet.«

»Ist es ein so großes Vergehen, Euch nicht zu Füßen zu liegen?«

Louis neigt sich seinem Bruder entgegen. »Ja, das ist es, Philippe. Es ist sogar das einzige Vergehen, das ich nie verzeihen kann, weil es nicht nur mich betrifft, sondern darüber hinaus alles, was ich verkörpere.«

»Und wegen dieses Vergehens muss Rohan morgen sterben, nicht wahr?«

Der König lässt sich in seinen Sessel zurücksinken. »Jeder, der mich herausfordert, verliert dabei.«

»Habt Ihr wirklich kein Mitleid? Kein Herz?«

Seine Majestät macht seinen Ärzten ein Zeichen, näher zu treten.

»Ich habe das Herz eines Königs, Monsieur. Und niemand auf der Welt hat mehr davon als ich.«

Das Herz eines Königs.

Am 27. November 1674 bittet der Gardeoberst Herzog de La Feuillade Seine Majestät, ihn von der Überwachung des in der Rue Saint-Antoine vor der Bastille aufgebauten Schafotts zu dispensieren. Der König ruft aus: »Du bist viel zu weich, La Feuillade«, und befiehlt dem treuen Freund von Louis de Rohan, die Trommel schlagen zu lassen, um das Volk zu sammeln. Die Verurteilten werden auf einem Karren zum Schafott gebracht. Buhrufe sind zu hören. Der Chevalier de Rohan stützt sich auf die Geistlichen Bourdaloue und Talon, die ihm die Beichte abgenommen haben. Er hat blaue Lippen wie ein Toter, ist blass und so schwach, dass man ihn auf das Podest tragen muss. Die Henkersgehilfen ziehen auch Van den Enden und Le Jongleur auf das Podium. Beide sind halb tot von der Folter und lassen sich die Schlinge um den Hals legen, ohne sich zu wehren. Der alte Van den Enden zappelt noch einige

Sekunden, nachdem die Falltür geöffnet wurde, und verschafft so dem Volk die erwartete Gänsehaut. Le Jongleur, den der Henker mit größerer Sorgfalt befestigt, fällt wie ein Stein und zittert nicht einmal. In der ersten Zuschauerreihe stößt eine rothaarige Frau einen lauten Schrei aus und fällt in Ohnmacht. Der Hilfsvogt, dem man gestattet hat, dem Garde-Infanterieregiment zu assistieren, weil er einen der Verdächtigen eigenhändig festgenommen hat, lässt sie in ein nahes Wächterhaus bringen. Sie heißt Mathilde und riecht nach Hühnerhof, aber sie ist hübsch üppig und außer Atem. Schon im Voraus leckt sich Anselme Boniface die Lippen.

Der König wohnt der Exekution nicht bei.

Auch nicht die Comtesse de Cholay.

Am folgenden Sonntag trifft sich der Henker mit Nine und berichtet, wie sich alles abgespielt hat. Laut Richterspruch sollte der Chevalier de Rohan als Letzter enthauptet werden. Angesichts seines mitleiderregenden Zustands bat Pater Bourdaloue die Kommission, ihn als Ersten zu exekutieren, was gestattet wurde. Bis zu dem Moment, als man ihm die Augen verband, starrte der Chevalier ununterbrochen den Herzog de La Feuillade an, weil er hoffte, dass dieser ihm doch noch seine Begnadigung mitteilen würde. Aber die Begnadigung kam nicht, und der schöne Kopf des Chevaliers musste rollen. Ihm folgte der Kopf des Chevalier de Préault, dann jener der Marquise de Villars, die, nachdem man ihr das Urteil vorgelesen hatte, laut rief, sie müsse unschuldig sterben. Der Leichnam von Monsieur de Rohan wurde vom Stallmeister der Fürstin von Guéméné mitgenommen, der von Madame de Villars von einem Edelmann in den Diensten ihres Bruders. Um zu verhindern, dass der Pöbel den Leichnam von Batiste Le Jongleur durch die Straßen zerrte, ließ der Scharfrichter ihn in ein Laken einwickeln und auf dem Friedhof des Gefängnisses begraben.

Nine begleitet Nicolas Levasseur bis zum Gitter des Parks und küsst ihn vor den verdutzten Spaziergängern auf beide Wangen. Als sie wieder in Madames Gemächer hinaufsteigt, setzen die Wehen ein. Es ist drei Wochen zu früh, und die Brüche ihres Beckens lassen nichts Gutes ahnen. Madame schickt nach der Hebamme, die sie nicht nur glücklich von Alexandre Louis, dem stattlichen Herzog von Valois, entbunden hat, sondern kürzlich erst von dem noch stattlicheren Philippe, Herzog von Chartres.

Trotz der Beharrlichkeit der Wehmutter weigert sich Nine, auf dem traditionellen »Schmerzensbett« Platz zu nehmen, das vor dem Kamin steht. Die Bediensteten haben ein wahres Höllenfeuer entfacht. In England legen sich die Frauen mit angezogenen Knien auf die Seite. In den deutschen Provinzen setzt sich die Gebärende auf einen Stuhl mit einem Loch in der Mitte oder auf eine andere Frau, die ihr dabei hilft, die Schenkel gespreizt zu halten. Bäuerinnen gebären häufig auf allen vieren, Bürgerinnen stopfen sich Kissen in den Rücken.

Da Nine ihre Knie nicht vollständig beugen und auch ihre Beine nicht spreizen kann, bleibt sie lieber stehen und hält sich mit erhobenen Armen an einer Holzstange fest. In dieser Haltung verharrt sie den ganzen Nachmittag, den ganzen Abend und die ganze Nacht. Kurz vor der Morgendämmerung, als die Hebamme sie von hinten umfängt, sprudelt ein Blutschwall aus ihrem Körper. Sie bricht zusammen und verliert das Bewusstsein.

Als sie wieder zu sich kommt, fühlt sie sich ebenso schwach wie nach dem Fenstersturz in Almenêches. Die Wiege ist leer. Die Hebamme neben ihrem Bett ringt die Hände. Der Comte de Cholay ist gekommen, um sein Eigentum einzufordern, und hat den Säugling mitgenommen.

Ja, ein Junge. Der lang erwartete Sohn.

Ihr, Charles.

Ihr.

Wutentbrannt stürmt die Herzogin von Orléans ins Zimmer und beschimpft ihre Leute als unfähig, aber weder ihre Autorität noch die von Monsieur können einen Vater zwingen, ein Kind zurückzugeben, über das er laut Gesetz alle Macht hat. Madame hat die Narben auf dem Körper ihrer geschätzten Cholay gesehen. Sollte Nine zu dem Comte in die Normandie zurückkehren, um ihren Sohn zu erziehen, würde sie so sicher durch die Hand ihres Gatten sterben, wie der Chevalier de Rohan und Batiste Le Jongleur durch die Hand des Henkers gestorben sind.

Aber wie Ihr längst wisst, hat Madame mindestens ebenso viel Geist wie Herz. Sie denkt nach. Und sie hat eine ausgezeichnete Idee.

Am Tag des ersten Gottesdienstbesuchs Eurer Mutter nach der Entbindung erscheint Madame in ihrem Zimmer und legt ihr Kleidung auf das Bett, die zu einem bescheidenen Händler oder einem Notar vom Land passen würde. Mausgraues Wams, dunkelgraue Beinkleider und Strümpfe, eine kurze, mittelgraue Perücke. Das Hemd ist einfach und aus haltbarem Stoff, die Schuhe sind schwarz und ebenfalls solide. Neben diese unauffälligen Kleidungsstücke legt die Prinzessin den Koffer, in dem Nine die Pasten und Puder aufbewahrt, mit denen sie den Herzog von Orléans so oft verwandelt hat, sowie das Chirurgenbesteck, das sie sieben Jahre zuvor mit dem Rubin Seiner Hoheit erstanden hat.

Zwar schmerzt es die Prinzessin sehr, die Frau zu verlieren, die sie längst wie eine Schwester liebt, trotzdem zwingt sie sich zu einem Lächeln. »Ich werde Monsieur mitteilen, dass Ihr an einem so plötzlich einsetzenden Kindbettfieber gestorben seid, dass keine Zeit mehr war, Euch zu retten. Ihr bekommt ein wunderschönes Begräbnis, das verspreche ich Euch. Außerdem werde ich dem Comte von Cholay schreiben, dass ich in liebevoller Erinnerung an Euch die Patin seines Sohnes werden möchte und auch Monsieur sich die Ehre einer Patenschaft geben wird. Und jetzt gebt mir einen Kuss. Sobald Ihr bereit seid, zu sterben und wieder aufzuerstehen, sagt mir Bescheid.«

Und nun ist es so weit, Charles.

Die Comtesse de Cholay hat bereits Übung darin, die Männerhosen des schneidigen Ninon La Vienne auf den Bänken der Fakultät blank zu wetzen. Es machte ihr daher nicht viel Mühe, sich in den geduldigen Ange Lacarpe zu verwandeln.

Ange, also Engel, um Euch zu hüten und zu beschützen, mein Kind.

Lacarpe wie der stumme Karpfen, um mich daran zu erinnern, dass ich, solange Emmanuel de Cholay lebte, und auch wenn es mir manchmal unendlich schwerfiel, nie, wirklich niemals den Betrug enthüllen durfte, der es mir gestattete, für Euch zu sorgen.

Ich verließ den Palais-Royal bei Nacht und Nebel über eine Geheimtreppe. Mein einziges Gepäckstück war eine Truhe. Im Morgengrauen nahm ich die Postkutsche, die mich auf dem Marktplatz von Argentan absetzte. Ich suchte den Heiler mit den grobschlächtigen Händen auf und bat ihn, mir den Weg nach Almenêches zu weisen, wo ich mich niederlassen wollte. Während der Reise hatte ich an meiner Aussprache gefeilt, um gerade ausreichend zu stammeln, dass mein Gesprächspartner seine Aufmerksamkeit eher meiner Sprechweise als dem Klang meiner Stimme schenkte. Ich behauptete, aus Loches zu stammen. Dass meine Familie mit Monsieur Bontemps, dem Verwalter von Versailles, verwandt sei. Dass ich Kräutermedizin praktiziere. Dass ich Krankheiten der Haut und der Augen sowie Bauchschmerzen, Zahnschmerzen, Fieber, Gicht und Wundbrand kurieren könne, darüber hinaus im Notfall aber auch in der Lage wäre, zu kastrieren, Arme und Beine zu amputieren und Leistenbrüche, Karbunkel und Fisteln zu operieren. Ohne zu ahnen, dass sich unter der grauen Kleidung die Frau verbarg, deren Skelett er drei Jahre zuvor wieder zurechtgerückt hatte, zeigte sich der Heiler sehr erfreut über einen neuen Kollegen. Er gratulierte mir, diesen vom Aufruhr unberührten Teil der Normandie ausgesucht zu haben, und warnte mich vor dem Herrn der Gegend, dem Comte de Cholay, der zwei seiner Gattinnen getötet und die dritte gequält haben sollte.

Nachdem ich nun wusste, dass meine Verkleidung glaubwürdig war, stemmte ich mein Gepäck auf seinen Karren und begleitete ihn bei seinen Besuchen. Er setzte mich bei Michel Plivar ab, dem Vater des jungen Mathieu, der mir das Leben gerettet hatte. Dieser sanfte, unendlich gütige Mann konnte dem Körper durch Handauflegen Hitze entziehen. Zu einer Zeit, als ich noch Marie de Cholay genannt wurde, suchte ich ihn wegen der Verbrennungen auf, die der Graf meiner Brust und meinem Bauch zugefügt hatte. Jedes Mal brauchte Michel Plivar nur seine bloße Hand auf meine Wunde zu legen, und ich empfand sofort Erleichterung. Er züchtete Schafe, deren Wolle und Fleisch er auf dem Markt verkaufte. Bis ich von meiner Kunst leben konnte, wollte ich ihm, so schlug ich vor, gegen eine warme Mahlzeit und ein Dach über dem Kopf bei der Schafschur zur Hand gehen.

Michel Plivars Frau Louisette litt unter einem quälenden Dauerschluckauf. Ich massierte sie unterhalb der Schulterblätter mit einem mit Basilikum, Dill, Kümmel, Estragon und Melisse versetzten Öl, was ihr so guttat, dass am nächsten Morgen der ganze Ort Ange Lacarpe kennenlernen wollte. Père Michel, wie man meinen Gastgeber allenthalben nannte, lächelte mir freundlich zu. Ich glaube nicht, dass er mich sofort erkannte. Als jedoch Nachbar Ragot – der mit dem schönen Gemüsegarten – von einem Säugling sprach, den der Herr aus Paris mitgebracht hatte, begann ich unwillkürlich, Fragen zu stellen. Père Michel hat andere Augen und Ohren als gewöhnliche Menschen, und trotz meiner Bemühungen, meinen Gesichtsausdruck und meinen Stimmklang zu kontrollieren, erriet er meine wahre Identität. Wir haben nie darüber gesprochen, weder damals noch irgendwann sonst.

Er wies mir eine Bleibe unter dem Dach an und brachte mir unbemerkt von seiner Frau sogar zwei Bettlaken. Anschließend stellte er mich Bonne Fermat vor, damit ich die Ohren ihrer Zwillinge untersuchen konnte. Er drängte Bonne, mich ins Schloss mitzunehmen; vielleicht könne ich mir den jungen Herrn einmal ansehen, der keine Mutter mehr hatte und ununterbrochen schrie.

Und so kam ich in Euer Leben, Charles.

Seht Ihr mich jetzt?

Sobald der Tag anbricht, nehmt Eure ganze Kraft zusammen und kommt nach Saint-Hippolyte. Ich habe das alte Pfarrhaus angemietet, als Ihr sieben Jahre alt wart, um Euch besser unterbringen zu können, wenn der Comte am anderen Ende seiner Provinz auf die Jagd ging. Unter dem Fenster meines Schlafzimmers findet Ihr die Truhe, mit der ich nach Almenêches gekommen bin. Unzählige Male habt Ihr mich gefragt, was diese Truhe enthält, und ich antwortete ebenso oft, dass ich Euch eines Tages gestatten würde, sie zu öffnen. Schüttelt meine alten Schuhe, die vor dem Kamin stehen. Es sind die geflickten Galoschen meines Onkels Jean Quentin, die ich mit Stroh ausstopfte, um mir keinen Schnupfen zu holen. Ich trug sie, als der König mich besuchte.

Der Schlüssel steckt im rechten Schuh.

In meiner Truhe findet Ihr den roten Handschuh des französischen Königs, das von der Herzogin de La Vallière als Geschenk erhaltene Hochzeitskleid, den pelzgefütterten Umhang des Dieners Claude Roger, die Schuhe mit den grünen Absätzen, die Nine La Vienne gehörten, den roten Gürtel von Batiste Le Jongleur, die Perlen, die der vierzehnte Louis der jungen Anne Trouvé in einer Herbstnacht des Jahres 1652 durch Alexandre Bontemps übergeben ließ, um die Puppe mit den blauen Augen dazu zu bringen, lieber ihn zu lieben als seinen Bruder Philippe.

Das Geheimnis jener Herbstnacht vertraute Schwester Anne von der Dreifaltigkeit, verantwortlich für die Novizinnen, auf ihrem Totenbett Schwester Blanche von der Erlösung an, der Solistin der Kantorei des Karmelitinnenklosters in der Rue d'Enfer in Paris.

Blanche und ich schreiben uns heute noch regelmäßig.

Als sie erfuhr, dass der mit der Hinrichtung beauftragte Henker ihren Bruder nicht aufgehängt, sondern nach England geschickt hatte, ließ sie es mich sofort wissen. Den Namen des Todeskandidaten, der an Batistes Stelle am Galgen hing, kannte sie nicht; sie wusste nur, dass mein Geld und meine Salben ihre Aufgabe erfüllt hatten. Der im letzten Moment gerettete Verurteilte konnte das Meer überqueren, ohne dass seine Wunden sich mit Wundbrand infizierten, und ließ sich in London nieder, wo er seither auf mich wartet.

Er wartet jetzt seit dreizehn Jahren. Seit dreizehn Jahren schicke ich ihm jede Woche einen langen Brief, in dem ich von Euch erzähle, damit er an dem Tag, an dem er Euch zum ersten Mal sieht, seinen Sohn sofort erkennt.

Er kennt Eure Wimpern, die Ihr von ihm habt. Er kennt Eure Lebenslust, Euren Geschmack für alles Schöne und Wahre und Eure große Seele. Er weiß, dass Ihr das Schwert mit der rechten Hand zieht, dass Ihr aber mit der linken Hand zeichnet. Er weiß, dass Ihr Mäuse zähmt und sommers wie winters in dem Bach schwimmt, in dem Ihr Krebse fangt. Er weiß, dass ich Euch fast alles gelehrt habe, was ich weiß, und dass es seine Aufgabe ist, Euch den Rest beizubringen.

Er weiß, dass ich stolz auf Euch bin.

Er weiß auch von den Opfern, die ich gebracht habe, um Tag und Nacht bei Euch sein zu können, von den Klagen, die Ihr nie gehört habt, und von den Tränen, die ich Euch verborgen habe. Er weiß, wie viel Angst ich hatte, immerzu, all die Jahre hindurch. Angst vor den Blicken des Comte, jedes Mal, wenn sie auf mir verweilten. Und noch größere Angst, wenn sie auf Euch ruhten. Ich kannte Emmanuel de Cholay gut genug, um zu wissen, dass er Euch früher oder später missbrauchen würde. Als ich in seinen Augen das Aufglimmen des Lasters bemerkte, das ich seit langer Zeit befürchtete, zögerte ich nicht länger.

Von Mutterkorn befallenes Roggenmehl unterscheidet sich nicht von gewöhnlichem Mehl. Man kann daraus Grütze, Pfannkuchen oder Brot zubereiten.

Ein an Antoniusfeuer erkrankter Mensch spürt zunächst ein Kribbeln in Füßen, Händen und am Kopf. Das Kribbeln wird später zu einem Brennen. In der zweiten Woche setzen Krämpfe ein, in der dritten Halluzinationen. Nach einem Monat sterben die Gliedmaßen ab. Nachdem Euer Vater zehn Wochen lang das von mir zubereitete Brot gegessen hatte, hatte er keine Finger, keine Zehen, keine Nase und keinen Penis mehr. Ich bereitete ein Lindenblütenbad in dem grünen Zimmer vor, in dem er mich während unserer Ehe einzuschließen pflegte. Quentin und Geoffroy trugen ihn in den Zuber. Ich bat sie, Euch zusammen mit Gervaise und der Muhme ins Kloster zu bringen und Messen lesen zu lassen, weil das Ende des Comte nahte.

Nachdem ich mit ihm allein war, nahm ich die Perücke ab und behauptete, von den Toten auferstanden zu sein, um ihn in die Hölle zu bringen. Er glaubte, den Leibhaftigen vor sich zu sehen. Ich ließ ihn schreien und kehrte in meine Wohnung zurück. Am nächsten Morgen kamt Ihr, um mir zu sagen, dass er sein Leben ausgehaucht hatte.

Ich entschuldige mich bei Euch für alles, Charles – für alles, außer für diesen Tod.

Jetzt seid Ihr in Sicherheit und frei. Ich bereue nichts.

Morgen werde ich in London und Ihr bei Hofe sein. Betrachtet Versailles als verführerische Sirene. Lächelt ihr zu, bewundert sie, tanzt mit ihr zu den Klängen der Geigen meines Freundes Lully, aber beugt Euch nicht über die Becken, in die sie Euch hineinziehen und ertränken würde. Wenn Eure Augen die Marmorsäulen und schön behauenen Gesimse liebkosen, denkt an die Maurer, die unter Steinblöcken zerquetscht wurden. Wenn Ihr eines der Schiffe besteigt, die Euch von einem Ufer des Grand Canal zum anderen bringen, denkt an die im Schlamm erstickten und vom Fieber dahingerafften Erdarbeiter. Und wenn die Springbrunnen ihre glitzernden Perlenfontänen in den Himmel sprühen, denkt an Batiste, Pierre und Madeleine Le Jongleur.

Der König, der Euch empfangen wird, hält mich für tot und glaubt, das Geheimnis von Anne Trouvé sei mit mir begraben worden. Lasst ihn in seinem Glauben. Er soll nie erfahren, was ich Euch anvertraut habe.

Sobald Ihr die Flut Eurer Gefühle unter Kontrolle habt, sobald Ihr in mir nicht mehr ein Ungeheuer seht, das kaum weniger verabscheuenswert ist als Emmanuel de Cholay, schreibt mir. Adressiert Eure Briefe an das Karmelitinnenkloster in der Rue d'Enfer, zu Händen von Schwester Blanche von der Erlösung. Sie wird sie mir zukommen lassen.

Ich hinterlasse Euch das, was ich war, und das, was ich bin. Das Ungestüm der Nine La Vienne, das Martyrium der Comtesse de Cholay, die stille Art des Ange Lacarpe. Meine Liebe zu dem Mann, zu dem ich jetzt gehe. Meinen unerschütterlichen Glauben an Euch.

An dem Tag, an dem Ihr bereit seid, den Faden dieser Geschichte wieder aufzunehmen, um sie gemeinsam mit Euren Eltern fortzusetzen, werdet Ihr mein Herz und meine Arme weit geöffnet finden. Ich erwarte Euch.

Nach so vielen Jahren unter einer Maske, so vielen mit Geduld ertragenen Umwegen, so vielen notwendigen Lügen und tödlichen Wahrheiten, möchte ich jetzt nichts anderes mehr sein als

Eure Mutter

DANKSAGUNG

Mein herzlicher Dank gilt Daniella Malnard vom Service des Eaux de Versailles und Mathieu Da Vinha im Centre de recherches du château Versailles für ihre wertvolle Hilfe und die Zeit, die sie mir gewidmet haben.

Ebenso großer Dank gebührt François Lebrun, dem Autor von »Se soigner autrefois. Médecins, Saints et Sorciers aux XVIIe et XVIIIe siècles«, und Frédéric Tiberghien, dem Autor von »Versailles. Le Chantier de Louis XIV. 1662–1715«, deren packende Werke mir in meiner Arbeit eine wichtige Unterstützung waren.

evedecastro@hotmail.fr

DIE FIGUREN DER HANDLUNG

Der Roman erzählt von sehr vielen Menschen – von zahlreichen historischen Figuren und ebenso vielen fiktiven, von Fürsten und von kleinen Leuten. Der Übersichtlichkeit halber sind hier im Wesentlichen nur die Namen derjenigen verzeichnet, die tatsächlich sprechen und handeln. Bei den *kursiv* gesetzten Namen handelt es sich um fiktive Personen.

DIE FAMILIE DER COMTES DE CHOLAY

Marie Emmanuel de Cholay
Charles de Cholay, sein Sohn
Ange Lacarpe, Erzieher von Charles

DIE FAMILIE QUENTIN / LA VIENNE

Binet, Perückenmacher, Großvater von Jean und François Quentin
Jean Quentin, Perückenmacher
François Quentin, genannt La Vienne, Badehausbetreiber
Louise de Courtin, genannt La Vienne, seine Frau
Nine La Vienne, beider Tochter
Antoine de Courtin, Louises Zwillingsbruder

DIE FAMILIE LE JONGLEUR

Madeleine Le Jongleur, Blutegelvermieterin
Pierre Le Jongleur, Maurer, ihr Sohn
Batiste Le Jongleur, Brunnenbauer, ihr Sohn

Blanche Le Jongleur, ihre Tochter

Mathilde Benoît, Geflügelrupferin, Geliebte von Batiste Le Jongleur

Der Einäugige, Pate von Batiste im »Cour des Miracles«

DIE FAMILIE DES KÖNIGS

Louis XIV., König von Frankreich

Maria Theresia, seine erste Frau, Tochter Philipps IV. von Spanien

Anna von Österreich, Königinmutter

Philippe, Herzog von Orléans, genannt Monsieur, jüngerer Bruder des Königs

Henrietta Anne Stuart, genannt Madame, seine erste Frau

Elisabeth Charlotte, Prinzessin von der Pfalz, genannt Madame, seine zweite Frau

Anne Marie Louise d'Orléans, genannt La Grande Mademoiselle, Cousine des Königs

BEI HOFE

Louise de La Vallière, Herzogin von La Vallière und Vaujours, Mätresse des Königs

Marquise de Montespan, Françoise de Rochechouart de Mortemart, Mätresse des Königs

Louis de Rohan-Guéméné, genannt Chevalier de Rohan, Großjägermeister von Frankreich

Chevalier de Lorraine, Liebhaber des Herzogs von Orléans

Marquis d'Effiat, Stallmeister und Großjägermeister des Herzogs von Orléans

Comte de Beuvron, Hauptmann der persönlichen Garde des Herzogs von Orléans

Anne de Rohan-Chabot, Fürstin von Guéméné, Mutter des Chevaliers de Rohan

Alexandre Bontemps, Erster Kammerdiener von Louis XIV. und Verwalter von Versailles
Antoine Vallot, Leibarzt des Königs
Félix, Leibchirurg des Königs
Jean-Baptiste Lully, italienischer Komponist und Balletttänzer
Anne Trouvé, Waise, Patenkind Annas von Österreich

IN VERSAILLES

Jean Sanson, Anwerber für Arbeiter in Versailles
Anselme Boniface, Vorarbeiter, später Vogtsgehilfe
Denis Jolly, Erster Brunnenbaumeister
Jeanne Jolly, seine Frau, Geliebte von Batiste Le Jongleur
François Francine, Erster Wasserbauingenieur
André Le Nôtre, Erster Gärtner des Königs
Louis Le Vau, Erster Architekt des Königs
Claude Lottin, Chirurg auf der Baustelle von Versailles